『西鶴諸国はなし』の研究

宮澤照恵 著

和泉書院

はじめに

本書は、『西鶴諸国はなし』を多角的に論じ、作品全体を俯瞰しつつその原質に及ぼうとするものである。

本論に先立ち、『西鶴諸国はなし』の簡単な紹介と、本書の組立てとを記しておきたいと思う。

『西鶴諸国はなし』は、貞享二年（一六八五）正月、大坂の池田屋三郎右衛門から刊行された大本五巻五冊、各巻七話の計三五話からなる短編説話集で、『好色一代男』『諸艶大鑑』に続く西鶴浮世草子の第三作である。

外題に「西鶴諸国はなし」、各巻の目録題に「大下馬」、その右肩に「近年諸国咄」とあり、三つの題を持つこと、及び生前出版で外題に西鶴の名を冠する唯一の作品であることが注目される。ただし、柱刻は「大」であることから、もともとは「大下馬」という題であったと推定できる。本書では一般名称として馴染みのある『西鶴諸国はなし』（または略称『諸国はなし』）を用いるが、成立を問題とする際には、必要に応じて原題の『大下馬』を用いることとしたい。なお、「大下馬」は江戸城大手門外濠端の下馬札のことで、この命名には、「全国から集まった人々が皆、馬から下りて聞くほどおもしろい咄」という意味が籠められていよう。

奥州から筑前・肥後まで二〇箇国に及ぶ諸国奇談の形を取るが、その内実は現実味の濃い咄や笑話・怪異譚など多岐にわたっており、後の作品に発展していく様々な話材も見られる。版下は自画自筆、各巻各章は統一形式を持つ。

さて本書は、『大下馬』の構想とその原質を追究する第二部「構想と成立試論」と、個々の咄の創作原理と方法を解明していく第三部「咄の創作」とを二つの柱とし、全体の綴じ糸として「諸本の書誌」「綜覧」「挿絵」「研究史」「資料」などを配置している。

第一部では、「諸本の書誌」と「綜覧」という二つの方向から、『諸国はなし』の全体像を把握する。これらは、序論に代わるものである。諸本の版行時期が、（初印本を別にして）大きく三つのグループに分けられることを明らかにし、貸本屋を介した流通が見られることなどにも触れていきたい。

続いて綜覧を置く。これは、編集・創作意図を含めた成立問題、及び創作方法の解明という視点から、二五項目の分析表を掲げて考察したものである。綜覧は、『諸国はなし』全体を俯瞰しながら、その多様性を分析しようとするものであるが、同時に、論者の視座を明確に示すものでもあることをつけ加えておきたい。

第二部では七章にわたって、本書の一つめの柱となる「構想と成立試論」を展開する。版下の特徴をもとに成立をめぐる仮説を導き、次にその仮説を内容の上から検証していきたいと考えている。

まず、版下の形態に他とは明瞭な差異が認められる四章があることを論証し、そのうちの一章は咄の原初形態を再現する内容を持つこと、残る三章は構想・方法共に軽口ウソ咄を意図していること、更に当該の四章は共にウソ絵（戯画）を配することなどを明らかにし、四話が『大下馬』を企図する際の核となった可能性を検討していくことになる。この過程で、序に謳う「人はばけもの」という語句の解釈や、「軽口ウソ咄」の定義、「語り口」の秀逸さなどにも言及しようと思う。

第三部は本書の二つめの柱となるもので、西鶴が咄を創作する際の構想と具体的な方法を詳らかにすることを、その目的とする。西鶴独自の創作原理と方法を、個々の作品に即して探求しようというのである。意外なものを取り合わせる着想のエネルギーを始め、題材の意図的な改変やそこからの飛躍、「脱け」に通じる省略、更には作品に伺うことができる謎掛けや作為といったものを、四つの咄からそれぞれに炙り出すことになろう。第三部の試みでは、読者参加型の読みの可能性を、論者の目を通して様々に問いかけることになると考えている。

第四部では、明治から平成に至る『諸国はなし』の研究史を整理しておきたい。ここでは、作品評価や研究のあり方が時代背景と共に変化していった過程を確認し、それぞれの意義と限界とを考察する。その過程では、現代に繋がる課題を問い直すことになるだろう。また、本書で展開する議論自体が、研究の流れの中でどのような位置を占め、どのような意味を持つのかを問うことにもなろう。

第五部には、参看資料をまとめて示す。本書で取り上げる古典籍資料の一覧に加え、第三部の第一章「「大晦日はあはぬ算用」考」の中で引用する新資料、『盗賊配分金銀之辨　全』の解題と翻刻を掲載する。

以上、本書の構成に従って、それぞれの論考の目的や内容を簡単に示した。各論を通じて、『諸国はなし』が小説家西鶴の最も原初的な創作原理と方法とを含む咄の本であることが鮮明になることを、期したいと思う。

なお、表記と資料の典拠について、つけ加えておく。

本書では、漢字は通行のものに改めた。

古典籍の引用は、第五部「参看資料」掲載の資料に拠るが、一部表記を改めた箇所がある。一つの章を充てて議論する咄については全文を掲げ、論述の都合上、記号や改行などを付した。

各資料の典拠は、本文やキャプションでは簡潔に記し、近代以降の資料は第四部の付章「研究論文・資料年譜」に、古典籍資料は第五部の「参看資料一・二」に、図版については図版一覧に、それぞれ詳しく記した。

目　次

第三部　咄の創作―構想と方法―

第四部　研究史と課題

第五部　参看資料

第一部　基礎的研究

第一章　諸本調査報告

――先後と版行状況――

一　はじめに

本章では、『西鶴諸国はなし』の所在がわかっている諸本について、欠損状況や異同箇所に関するデータを報告し、数量的処理を参考にして諸本の先後を推定した上で、版行状況にも触れていきたいと思う。なお、書誌調査によって明らかとなった版下自体の特徴については、成立事情を探る手掛かりと位置づけ、第二部「構想と成立試論」第一章「書誌形態から見えてくるもの」において扱うこととし、本章では触れない。

二　諸本

調査した版本は、東洋大学附属図書館蔵本（吉田幸一氏旧蔵本）、天理大学附属天理図書館蔵甲乙二本、京都大学附属図書館蔵本、東京大学総合図書館蔵霞亭文庫本、東洋文庫蔵岩崎文庫本、東京女子大学図書館蔵本、立教大学図書館蔵江戸川乱歩旧蔵本、星槎大学蔵真山青果旧蔵本の計九本である。何れも同一版木に拠ったものであり刊記も共通している。星槎大学蔵本・東京女子大学蔵本の二本を除く諸本の書誌解題については、天理図書館編『西鶴』（一九六五年（昭40）4月）、江本裕編『（西鶴選集）西鶴諸国はなし』（一九七六年（昭51）4月）及び森田雅也編『西鶴諸国はなし』（一九九六年（平8）4月）による報告が備わっており重複する部分があるが、論述の都合上初めに諸本の概略及び新たに気づいた点を簡単に記しておく。

○東洋大学附属図書館蔵本（吉田幸一氏旧蔵本）

五巻五冊。五冊ともに、原表紙雲形模様巻龍紋朽葉色地（紋は左右上下の四箇所）、原題簽中央双辺。巻三12丁ウ9に本文に続けて「助かりける」と書き入れがある。保存状態良。

○星槎大学蔵真山青果旧蔵本

四巻四冊（巻一欠本）。四冊ともに、原表紙毘沙門格子巻龍紋（紋は左上下と右中央の三箇所。無地朽葉色）、原題簽中央双辺（巻二は下方欠損）。巻二21丁オ左下一部欠損。「東京　三越　真山様　4・1」の付札あり。保存状態良。

○天理大学附属天理図書館蔵乙本（図書番号　913―62―イ49）

五巻二冊（巻一・二、巻三・四・五がそれぞれ合冊）。替表紙紺色無地、題簽なし。「昭和二十四年三月十六日卍堂寄贈」（単郭墨方印、数字は墨書）の印記。巻一1・2丁及び巻五16・17丁欠、巻一13丁欠損。保存状態不良。

○天理大学附属天理図書館蔵甲本（図書番号 913―62―イ101）

五巻五冊。巻二が後刷の取り合わせ本。巻一表表紙のみ原表紙、毘沙門格子巻龍紋薄鶯色地（紋は左上下と右中央の三箇所）、原題簽中央双辺、東洋大本・星槎大本の題簽とは僅かに異同があり、後刷りと見られる（章末の**参考図版1**参照）。巻二～五は模刻題簽。巻二は縦寸法が短く匡郭寸法も若干小さい(1)。天地に二重に裏付けを施して他の巻と体裁を揃えた補配である。「兎角庵」（果園文庫、各巻共通）・「能州／木下与次兵衛／輪島」（巻二を除く各巻）の印記、巻一表紙右肩に「四冊の内／木下氏」の書き入れがあり、補配の時期を推定する手掛りとなる。

○京都大学附属図書館蔵本

五巻五冊。巻五は写本。巻一～四共に原表紙毘沙門格子巻龍紋朽葉色地（紋は巻一～三は左上下と右中央、巻四は左中央と右上下の三箇所）一部欠損、五巻共に同一の模刻題簽　中央双辺、書名のみで巻の数を示さず、天理図書館甲本と同じ書体。巻一に「長しまもち主」「此本何方へ参候共早々御帰し可被成候」の書き入れ。巻一～四は明治三二年購求（大惣本）、巻五は大正七年登記（印記による）。

○東京大学総合図書館蔵霞亭文庫本

五巻五冊。原表紙茶色無地、原題簽左肩双辺（一部欠損）。巻一21丁ウ、巻五8丁が一部欠損。紙質はやや劣る。

○東洋文庫蔵岩崎文庫本
五巻五冊。巻五は写本（前半は影写、後半は臨写か）書題簽。巻一～四共に原表紙肌色無地、原題簽左肩双辺。保存状態不良。

○立教大学図書館蔵本（平井氏（江戸川乱歩）旧蔵本）
五巻五冊。原表紙毘沙門格子巻龍紋朽葉色地（紋は左上下と右中央の三箇所、巻三は右上下と左中央）、題簽なし。巻一22丁オを始め、挿絵丁を中心に欠損が多い。巻二・三・四は貸本屋（越前屋）旧蔵本。岡田真旧蔵。昭和三十二年三月弘文荘より『西鶴伝授車』『銅版地球全図』と共に江戸川乱歩が購入（領収書存）。

○東京女子大学図書館蔵本（図書番号B913・62／（1―3）／6）
半紙本（改装）、三巻三冊（巻三・四・五存）替表紙焦茶色無地、題簽なし、直墨書「大下馬」。巻四表紙見返し右上に「軽口大わらひ」の墨書。各巻目録丁と、巻三21オ・巻四17オを欠く。刷ムラが見られる。喉が狭いが、手ズレの位置からして早くから半紙本と考えられる。昭和六年十一月登録。

以上の諸本について、表紙・匡郭・題簽などの異同対照表を次ページに示す。なお、以下の表示のうち※を付した部分については、章末の**参考図版1**（p.40）に写真を、**図1・2**（pp.9―10）及び**参考図版2・3**（pp.41―42）に原則として初出発表時のまま模写を掲げページを記した。

諸本対照表

	形態	表紙（紋の位置）	大きさ	題簽	匡郭 巻一1オ	天地上部 巻一1オ	版心異同	句点異同	その他
東洋大本	大本 五巻五冊	朽葉色 雲形模様 巻竜紋 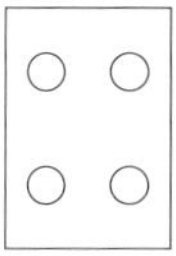	26.6×17.2	中央 16.1×4.5	19.3×14.5	5.7			丁の表喉下方かすれ多い
星槎大本	大本 四巻四冊（巻一欠）	毘沙門格子 巻竜紋 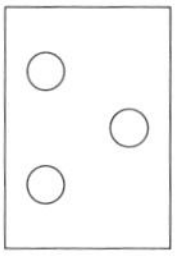	25.5×17.7	中央 16.1×4.4	（19.3×14.5）（巻二1オ）	4.7		巻四5オ2行目下が黒丸点	
天理乙本	大本 五巻二冊（合冊）	（紺色無地）（替表紙）	25.4×17.2	ナシ	（19.1×14.4）（巻一3オ）	（5.2）（巻一3オ）			
京大本	大本 五巻五冊（取り合わせ）	朽葉色 毘沙門格子 巻竜紋 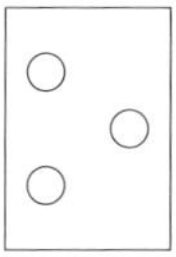	25.5×17.3	中央（16.1×4.3）（複製貼付）	19.0×14.3	4.6	巻四14丁「犬」		巻五は写本
天理甲本	大本 五巻五冊（取り合わせ）	薄鶯色 毘沙門格子 巻竜紋（巻一） 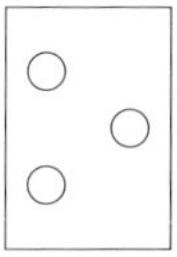	25.2×17.0	中央 16.1×4.5（巻一）	19.2×14.5	4.4	巻四14丁「犬」	黒丸点が2ヶ所余分にある（巻一4オ）	巻二が後刷の取り合わせ、巻一のみ原表紙、題簽の書体が異なる※
霞亭本	大本 五巻五冊	茶色無地	25.3×17.8	左肩 15.9×4.5	19.1×14.4	4.6		黒丸点が3ヶ所余分にある（巻二18ウ4・9行目、巻三19オ）	かすれ・ベタつき多い 紙質粗い
岩崎本	大本 五巻五冊	肌色無地	25.3×17.8	左肩 16.1×4.5	19.2×14.7	4.6	巻一17丁上広がり、「大」の字体が異なる		
立教大本	大本 五巻五冊（取り合わせ）	朽葉色 毘沙門格子 巻竜門 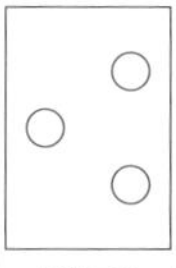 （巻三） 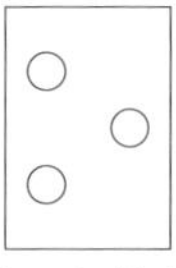 （巻一・二・四・五）	25.6×16.7	ナシ	18.9×14.1	5.1			巻二・三・四は越前屋旧蔵本 欠損多い
東京女子大本	半紙本（改装） 三巻三冊（巻三・四・五）	（焦茶無地）（替表紙）（角包みアリ）	22.0×15.8	ナシ	19.0×14.3	2.2		巻四5オ2行目下が黒丸点	刷りムラあり 改装により喉が狭い

諸本は原表紙の形態が、

Ａ　雲形模様巻龍紋朽葉色地（紋は四箇）、題簽中央

Ｂ　毘沙門格子巻龍紋朽葉色系地（紋は三箇）、題簽中央

Ｃ　茶系色無地、題簽左肩

の三種に分類され、版行が少なくとも三回にわたると考えられるが、九本共に同一版木であることは疑いない。そこで諸本の先後関係を究明するには、版木の匡郭、文字の欠損推移を見究めることが有効であろう。また諸本の細部には、これまでに報告されていない若干の補刻異同が認められる。

例えば次に掲げる**図1**は、版木の上部匡郭の欠損状況を、その欠損の度合いに応じて次第したものである。これによって、ある程度刊行の先後を推定することができる。

10ページ**図2**の文字欠損の例は、諸本のうち最も摺りの早いと思われる東洋大学本の欠損例である。この欠損部分は刊行先後に応じて広がっていることが推定できる。ここに挙げた例を始め、管見の諸本には文字及び匡郭の欠損が少なくない。確かに彫刻や摺りの技術、保存方法、版木や紙の側の諸条件など版面に現れた欠損の要因は様々に考えられる。しかし、諸本に共通する箇所が多く後摺りのものほど欠損が拡大しているところをみると、保存など扱い方によって生じる版木の乾燥（キレ・ワレ）・スレ・虫食いなどを別にすれば(2)、東洋大学本に至るまでにある程度の版行がなされ版木の欠損が広がっていたと考えるのが妥当であろう。

なお本書の成立に関して、「目録題が「近年諸国咄」「大下馬」外題が「西鶴諸国はなし」の三つの題を持つこと」、「生前出版に「西鶴」を冠した書名が他にないこと」、「柱題が「大下馬」に拠ること」などから改題や再版の可能性を指摘する説がある(3)。しかし、東洋大学本が早印本グループに属するという推定と、同書が改題本・再版本

である可能性の有無とは別問題である。本章はあくまでも、所在が明らかな諸本の調査結果に基づきそれらを同版本と認める立場であり、外題を異にする初印本や内容上の異同を持つ初版本の存在に関して明確な根拠や異本の存在を聞かない以上、現段階では改題本説・再版本説は取らない（再版本説の根拠の一つとなっていると思われる柱刻の不統一については後述する）。

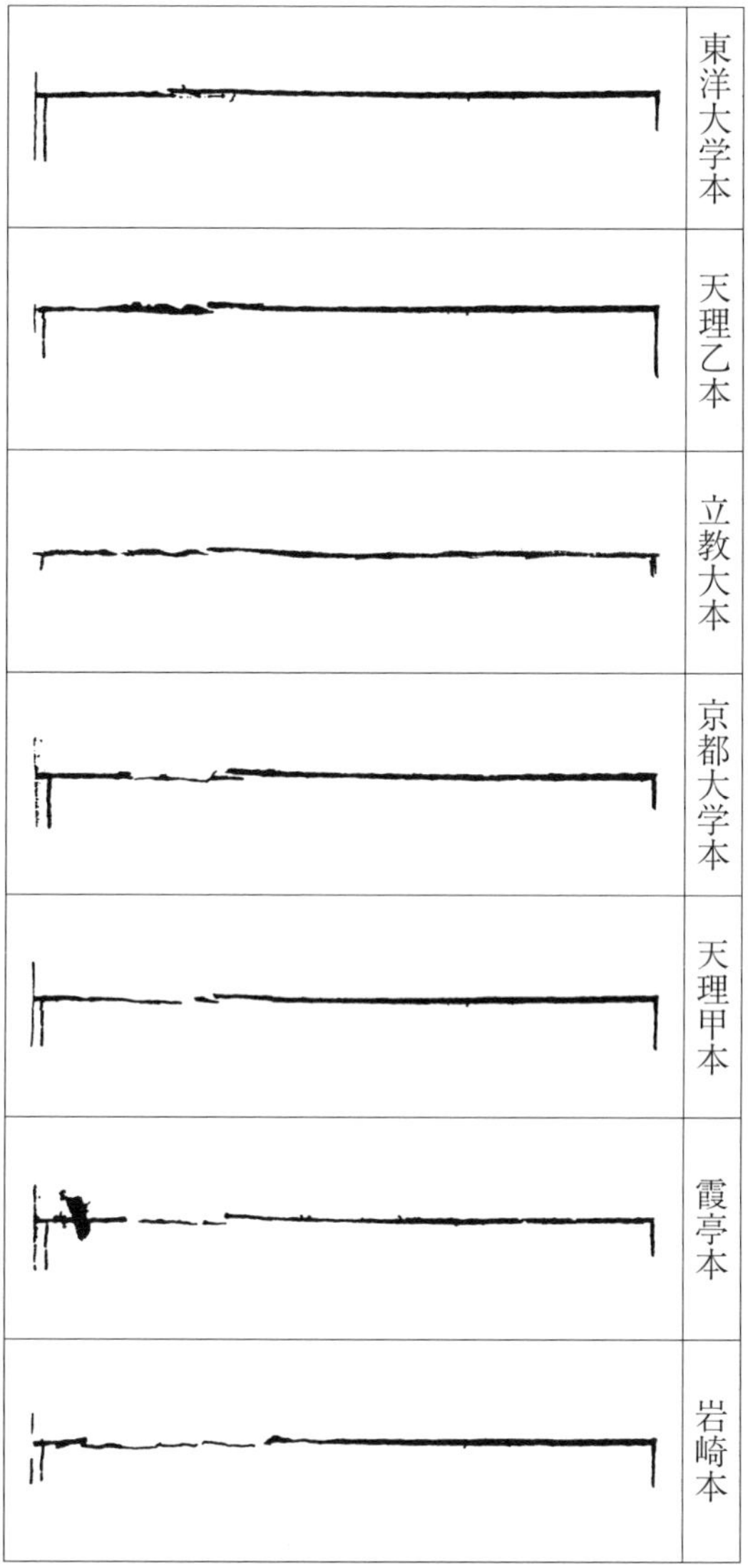

図1　匡郭欠損　巻一7オ　天11㎝

図2　文字欠損

巻一16ウ　2〜3行

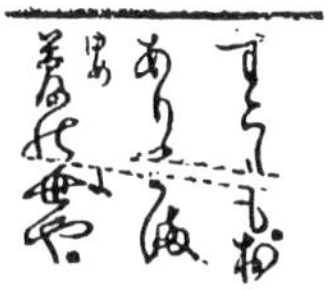

巻一21オ　5〜7行

巻二14ウ　5〜10行

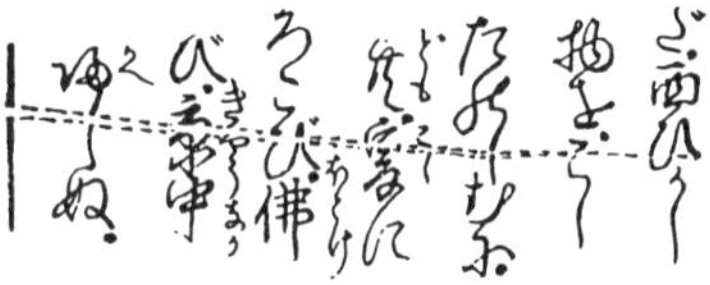

巻二16ウ　4〜10行

三　版木の欠損状況

ここでは、諸本の匡郭・文字・挿絵等の欠損状況を項目別に報告する（欠本・欠丁・欠落等は空欄とする）。

①　匡郭

匡郭の欠損状況[4]を表示する。但し「切れ」と「かすれ」の判別ができないもの、及び版心と横匡郭との接点の切れは特に記さない。欠損の所在箇所は、次の略号と端からの距離（㎝）によって示す。

天　横匡郭上　｝丁の表は右端からの、裏は左端からの距離を示す。但し
地　横匡郭下　｝左右端及び匡郭付近は距離によらず、左・右で示す。
右　丁の表の縦匡郭（右側）｝上端からの距離を示す。但し上端および
左　丁の裏の縦匡郭（左側）｝下端は距離によらず上・下で示す。
心　版心縦線

各本の欠損状況は次の記号によって示す。

◎　欠損がなく完全
○　細り・欠け
△　よじれ・凹凸・二箇所以上の欠け
▲　切れ
×　大きい切れ
？　不明

諸本間で欠損状況に細かな差がある場合には、欠損の度合いの少ないものから順位を番号で示す。なお欠損の様相を見るために、巻一は欠損と考え得る全例を挙げ、巻二以降は諸本間で異同のあるもののみを挙げる。但し、東京女子大学図書館蔵本は、喉が狭く版心の欠落も多いなど匡郭調査が困難なため、対象から外した。

巻	丁		東洋大本	星槎大本	天理乙本	京大本	天理甲本	霞亭本	岩崎本	立教大本
一	1オ右6	切れ	▲			▲	▲	▲	▲	▲
	1オ右18	切れ	▲			▲	▲	▲	▲	▲
	1オ地3	欠け	◎			◎	◎	○	○	◎
	2オ心15	切れ	◎			?	▲	▲	▲	▲
	2ウ左3	細り	○			○	▲切れ	○	○	○
	2ウ左18	切れ	▲1（一箇所）			?	▲2（二箇所）	（かすれ）	▲2（二箇所）	▲1
	3オ天8	細り	◎		◎	◎	○	◎	◎	◎
	3ウ心6	切れ	▲		▲	▲	▲	▲	▲	▲
	3ウ心16	切れ	▲		▲	▲	▲	▲	▲	▲
	4ウ心下		△欠け		▲	◎	○欠け	▲	▲	○
	4オ左2	細り	△		△	△	△	△	△	△
	5オ右18	切れ	◎		◎	◎	（かすれ）	◎	▲	◎
	5ウ心12	切れ	▲		▲	▲	▲	▲	▲	▲
	6ウ天1	細り	◎		◎	◎	◎	○	◎	◎
※	7オ天11	（9ページ）	▲1		▲2	▲3	▲3	▲4	×5	▲3
	7ウ天12	欠け	◎		◎	◎	◎	◎	○	◎
	7ウ心1	切れ	▲		▲	▲	▲	▲	▲	△
	7ウ地1	切れ	◎		◎	▲	◎	◎	▲	◎
	8オ心上	かすかな切れ	△（かすれ）		△	◎	△	▲	◎	▲
	8ウ地3	細り	◎		◎	◎	◎	◎	○	○
	10ウ天8	切れ	▲		▲	▲	▲	▲	▲	▲
	10ウ天2	切れ	◎		◎	◎	◎	◎	▲	◎
	10ウ左2	切れ	◎		◎	◎	◎	◎	▲	◎
	10オ左5	切れ	◎		◎	◎	◎	▲	▲	○（細り）

10ウ左12	欠け	○		△	△	△	○	△	△
11オ心16	切れ	▲		▲	▲	▲	▲	▲	?
11オ心下	切れ	▲		▲	▲	▲	▲	◎	○
11ウ天5	凹凸	◎		◎	◎	◎	◎	△	◎
12オ心	切れ四箇所	▲1		▲1	▲1	▲1（但し二箇所不明）	▲1	▲2（但し一箇所かすれにより不明）	△（一箇所）
12ウ左15	切れ	▲		▲	▲	▲	▲	▲	▲
13オ心11	切れ	▲		▲	▲	▲	▲	▲	▲
13ウ心	切れ三箇所	▲		▲（うち一箇所不明）	▲	▲（うち一箇所不明）	▲	▲	▲
14オ天7	細り	◎		◎	◎	◎	◎	○	◎
14ウ天8	凹凸	△2		△1	◎	◎	◎	△1	◎
14ウ地7	凹凸	△		△	△	△	△	△	○
15オ心3	切れ	×2		▲1	▲1	▲1	▲1	▲2	×
15ウ心3	切れ	▲1		▲1	▲1	（薄れ）	▲2	（薄れ）	
15オ左3	先細り⧗	◎		◎	◎	◎	◎	○	◎
16オ右6	切れ	▲		▲	▲	▲	▲	▲2	▲
16オ地右	切れ	▲		◎	◎	（薄れ）	◎	◎	◎
16ウ心2	切れ	▲2		?	▲（薄れ）	○	▲1	▲2	▲
16ウ地3	欠け	◎		◎	◎	◎	◎	○	◎
17オ心4	切れ	◎		◎	◎	◎	▲	▲	◎
17オ心5	切れ	▲		▲	▲	▲	▲	▲	▲
17ウ地10	切れ	▲		?	▲	◎	▲	▲	?
18ウ地	切れ四箇所	▲		▲	▲	▲	▲	▲	△
18ウ左1	先細り⧗	○		○	○	○	○	○	◎

巻	丁		東洋大本	星槎大本	天理乙本	京大本	天理甲本	霞亭本	岩崎本	立教大本
	20ウ心	切れ三箇所	▲		▲	▲	▲	▲	▲	▲
	20ウ左14	切れ	×		×	×	×	×	×	×
	21オ右1	切れ	×		×	×	×	×	×	×
	21オ右10	切れ	◎		×	×	×	×	×	×
	21オ地11	切れ	▲		◎	◎	◎	?	◎	◎
	21オ心上	切れ	×		▲1	◎	×	(かすれ)	▲	◎
	21ウ左上	切れ	◎		◎	×	×	×	◎	×
	22オ心上	切れ	◎		◎	◎	?	?	×	
二	1オ地右	欠け	(薄れ)	(かすれ)	◎	◎	○	○	○	○
	1ウ天左	切れ二箇所	◎	◎	◎	◎	◎	▲	◎	◎
	1ウ左1	切れ	◎	○	◎	◎	△	◎	○	◎
	3ウ左9	欠け	○	?	◎	○	○	○	○	○
	3ウ左18	切れ	◎	◎	▲	(かすれ)	▲	◎	▲	◎
※	4オ地10	切れ(41ページ)	○1	▲	×	×	×	×	×	×
	4ウ心16	切れ	◎	◎	◎	◎	◎	◎	▲	?
	4ウ心18	切れ	▲	▲	◎	◎	▲	◎	◎	◎
	5オ心10	切れ	▲2	◎	◎	○細り	◎	◎	▲1	▲2
	9ウ左	切れ四箇所	◎	◎	◎	◎	◎	◎	▲	◎
	10オ右8	切れ	◎	◎	▲	◎	◎	◎	▲	?
	12オ心15	切れ	◎	◎	◎	◎	▲	◎	▲	◎
	12ウ左2	切れ	◎	◎	◎	◎	▲2	▲1	▲3	◎
	12ウ地3		◎1	◎1	◎1	◎	▲3	▲4	○2(欠け)	◎
	13オ右8	切れ	◎	◎	◎	◎	◎	◎	▲	◎
	13オ天11		◎	◎	△欠け	◎	(薄れ)	△	△(凸凹)	△欠け
	13ウ天2	切れ	◎	◎	◎	◎	▲	◎	▲	◎

三

13ウ左8	切れ	◎	◎	◎	◎	◎	◎	▲	◎
14オ右15	切れ	◎	◎	◎	◎	▲	◎	▲	◎
14ウ天左	切れ	◎	◎	◎	◎	▲	▲	◎	◎
15ウ左2		◎	◎	（虫喰）	◎	○欠け	▲	▲	◎
16オ心2	切れ	▲2	▲1	▲2	▲2	▲2	▲2	▲2	▲2
16ウ天6	切れ	◎	◎	◎	◎	▲	▲	▲	◎
16ウ左下	細り	◎	◎	◎	◎	◎	○	◎	◎
17ウ左14	切れ	▲1	▲2	▲2	▲2	▲3	▲3	▲3	▲2
18ウ左18	欠け	◎	△	◎	○	△	○	△	◎
18ウ地1	欠け	◎	◎	?	◎	（虫喰）	△	◎	◎
20オ心13	切れ	◎	◎	◎	◎	◎	◎	×	◎
1ウ地3	切れ	◎	◎	◎	◎	◎	◎	▲	◎
1ウ左上	切れ	▲	▲	◎	▲	▲	▲	▲	▲
1ウ左17	切れ	▲1	◎	?	◎	◎	○欠け	▲2	◎
2ウ左下	切れ	◎	◎	◎	◎	◎	▲	◎	◎
4オ心10	切れ	×	×	×	×	×	○細り	×	×
5オ右6	切れ	◎	◎	◎	◎	◎	▲（かすれ有り）	◎	◎（かすれ有り）
6ウ地5	切れ	▲2	▲1	▲2	▲3	▲3	×4	×4	×
7オ右13		○細り	○細り	▲	▲	▲	▲	×	×
7ウ左上	切れ	◎	◎	◎	◎	◎	▲	◎	◎
8オ地11		▲	◎	▲	○欠け	○欠け	▲	▲（凸凹）	○欠け
8ウ天7	切れ	◎	◎	◎	◎	◎	◎	▲	◎
8ウ心6	切れ	×1	×1	?	×1	?	×2	×2	×
9ウ地右		○切れ	▲	○欠け	▲	○欠け	▲	?	×切れ
10ウ地13	切れ	◎	◎	◎	◎	◎	◎	▲	?
11ウ左上		◎	◎	◎	◎	◎	▲	△	◎

巻	丁	備考	東洋大本	星槎大本	天理乙本	京大本	天理甲本	霞亭本	岩崎本	立教大本
	12オ天11		△1	△2	△2	△2	△2	△3	△4	△1
	12オ心6	切れ	◎	×	?	×	×	×	?	×
	12ウ左上		○欠け	◎	◎	◎	○欠け	▲	◎	○細り
	14ウ左上		○欠け	▲2	○欠け	▲1	▲1	▲2	▲2	▲1切れ
	15ウ左10	切れ	○欠け	▲	▲	▲	▲	▲	▲	▲
	17オ右13	切れ	◎	◎	◎	◎	◎	×	◎	◎
	18オ右下		○(かすれ)	○(かすれ)	?	◎	○(かすれ)	▲	▲	◎
	19ウ左4		◎	◎	◎	◎	◎	▲2	▲1	◎
	20オ地5	欠け	○1	○3	○3	○2	○2	○4	○4	○2
	20ウ地11		◎	◎	◎	◎	◎	○(細り)	▲	◎
	20ウ左18	切れ	◎	◎	◎	◎	◎	▲	◎	◎
	21オ右上		◎	▲	◎	○	○(欠け)	▲	◎	◎
	21オ右17	切れ	◎	◎	◎	○細り	◎	◎	▲	◎
四	1オ天2	凸凹	◎	◎	◎	◎	◎	△	△	◎
	1ウ天左	切れ	○	▲	×2	×1	×2	×3	×4	×1
	2オ天1	細り・欠け	○	▲	◎	◎	○	○	○	◎
	2ウ左2	切れ三箇所	◎	◎	◎	◎	◎	▲2	▲1	◎
	2ウ地左		◎	◎	◎	◎	◎	▲	△欠け	◎
※	3オ天13	切れ(41ページ)	▲1	▲1	▲3	▲1	▲1	▲4	▲2	▲3
	3ウ天2		◎	◎欠け	◎	◎	◎	▲2	▲1	◎
	3ウ地10		▲	○欠け	○欠け	▲欠け	○欠け	▲	?	○欠け
	3ウ左下	切れ	◎	◎	◎	◎	◎	▲1	▲2	◎
	4オ下2	欠け	○2	○1	○2	○2	○2	○3	○2	○2
	4ウ心2	切れ	◎	◎	◎	◎	◎	◎	▲	◎
	5オ地7	欠け	○2	○1	○3	○3	○3	?	○3	○3

5オ天11	欠け	◎	◎	○	◎	○	○	○	○
5ウ左1	切れ	◎	◎	◎	◎	◎	◎	▲	◎
6オ地12		○欠け	◎	◎	○欠け	○欠け	▲	◎	○欠け
6ウ地3	欠け	○	◎	○	◎	○	◎	○	○
6ウ左13	切れ	◎	◎	◎	◎	◎	▲	◎	?
7ウ心1	切れ	×	×	?	×	×	×	×	×
7ウ左13	切れ	▲2	▲1	?	▲2	▲2	▲2	▲2	○
8オ右13		▲	△欠け	?	▲	▲	▲	×	▲2
8オ地2	切れ	◎	◎	◎	◎	◎	×	×	◎
9オ地5	凸凹	△	◎	◎	◎	◎	◎	◎	◎
9ウ左10	切れ	▲1	▲1	▲2	▲2	▲2	▲2	▲2	▲2
9ウ左16	欠け	◎	◎	◎	◎	◎	○	○	◎
11ウ左6	切れ	×3	▲1	×2	×2	?	×2	×3	×3
11ウ左11		○欠け	◎	▲	○欠け	◎	▲	?	▲
13ウ天7	細り	○1	○1	○2	○2	○2	○3	○1	○2
13ウ左上	切れ	◎	◎	◎	◎	◎	▲	◎	◎
13ウ左18	切れ	◎	◎	◎	◎	◎	（かすれ）	▲	◎
15オ心17	切れ	▲	◎	◎	◎	◎	◎	◎	▲
17オ地2	○	◎（凸凹）	◎（かすれ有り）	▲	◎	◎	◎	▲	◎
五　1オ右下	切れ	◎	◎	◎		◎	×		◎
1ウ心下	切れ	▲	▲	◎		▲	▲		▲
※　1ウ地11	細り（41ページ）	○	○	○		▲	▲		▲
1ウ左8	切れ	◎	◎	?		▲	▲		◎
2オ地2	欠け	○2	○1	?		○2	?		○1
2ウ地8	細り・切れ	○	◎	?		▲	○		○
3オ地5	切れ	▲	◎	?		▲	（二重）		○

巻丁		東洋大本	星槎大本	天理乙本	京大本	天理甲本	霞亭本	岩崎本	立教大本
4ウ地12		○	▲1	▲1		▲1	▲2		▲1
5オ右3		▲1	○	▲1		▲1	▲2		▲1（かすれ）
5オ地6	欠け	○	○	◎		○	○		○
7ウ左10	切れ	▲1	▲2	▲1		▲1	▲1		▲1
8オ右4	切れ	▲2	▲1	▲2		▲2	？		▲2
8オ右13	切れ	▲2	▲1	▲2		▲2	？		▲2
9ウ天11	細り	◎	◎	◎		◎	○		◎
10オ心下	切れ	◎	▲	▲		▲	▲		▲
12ウ地10		○2	○1	？		○1	▲		▲
12ウ地5		▲3	○1	○2		○2	▲4		▲3切れ
12ウ心3	切れ	○（かすれか）	◎	◎		◎	▲		▲
13ウ地1	切れ	◎	◎	◎		◎	▲		▲
13ウ左下	細り	◎	◎	◎		◎	○		？
14ウ地3	凸凹	◎	◎	◎		◎	△		◎

② 文字

次に文字の欠損状況を表示する。欠損部分を矢印で示し、各本の欠損状況は次の記号によって示す。

◎　欠損がなく完全

○　欠損はないがその部分がやや薄れている

△　その部分が切れている

▲　その部分が大きく切れている

×　欠損のため文字の判読不能

？　不明

諸本間で欠損状況に細かな差がある場合には、欠損の度合いの少ないものから順位を番号で示す。匡郭同様巻一は欠損の全例を挙げ、巻二以降は諸本間で異同のあるもののみを挙げる。

巻丁行	該当箇所	東洋大本	星槎大本	天理乙本	京大本	天理甲本	霞亭本	岩崎本	立教大本	東女大本
一 1オ3	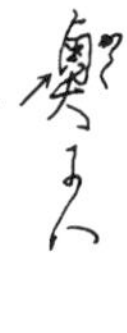	△ 1			△ 2	△ 2	△ 3	?	△ 2	
1ウ1		△			△	△	△	△	△	
1オ7		○			◎	◎	○	△	◎	
3オ9		◎		◎	◎	◎	◎	△	◎	
4オ4	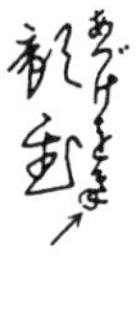	◎		◎	◎	◎	△	△	うすれ○	
5ウ8		▲ 1		▲ 2	▲ 3	▲ 2	▲ 3	▲ 4	◎	
9オ10		△		◎	△	△	◎	△	○	
10オ6	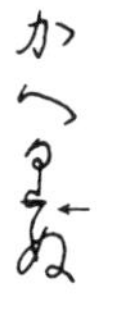	◎		◎	△	△	△	◎	○	

巻丁行	該当箇所	東洋大本	星槎大本	天理乙本	京大本	天理甲本	霞亭本	岩崎本	立教大本	東女大本
11ウ3	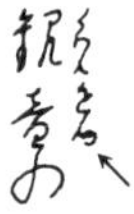	△		?	▲	△	▲	▲	▲	
13ウ6		△		◎	○	△	△	△	◎	
14ウ8		◎		◎	◎	◎	△	△	◎	
※16ウ2〜3（42ページ）	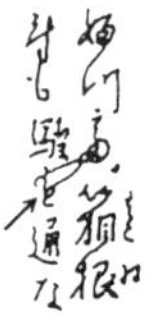	▲ 1		▲ 2	▲ 2	▲ 2	▲ 1	▲ 3	▲ 2	
20ウ10		◎		△	△	▲	△	?	◎	
21オ4	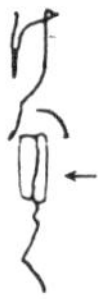	◎ 		▲ 	◎ 	◎ 	▲ 	◎ 		
21オ5〜7	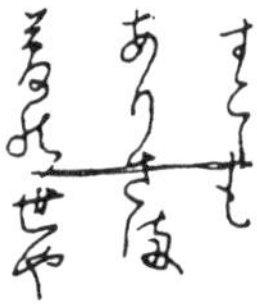	▲		▲	▲	▲	▲	▲	▲	
二1オ9		◎	▲	▲	▲	▲	▲	▲	○	
3ウ5		◎	◎	◎	△	△	△	?	◎	
4ウ4		△ 1	△ 1	△ 1	△ 2	△ 2	△ 2	?	△ 2	

4ウ9	5オ5	8オ8	※14ウ5～10	16ウ4～10	17オ9	17ウ6～8	19ウ9	三3ウ6	9オ4	14オ8	14オ9
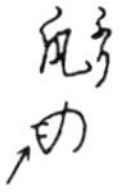	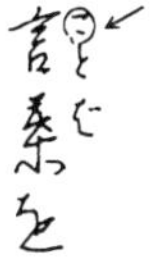		（上から五～六字目横に続けて欠）	（上から九～十字目横に続けて欠）	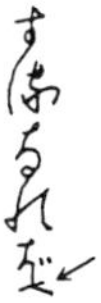	（下から七～八字目横に続けて欠）			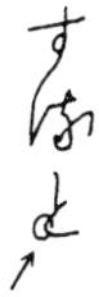		
◎	◎	◎	△ 2	▲ 1	△ 1	△ 1	◎	◎	◎	× 1（上部かすかにあり）	○
◎	◎	△	△ 1	▲ 2	△ 1	△ 2	◎	◎	◎	× 2	○
◎	◎	▲	▲ 3	▲ 3	△ 2	△ 2	◎	◎	▲	× 2	○
◎	◎	×	▲ 3	▲ 2	△ 1	△ 2	◎	◎	△	× 1	◎
△	▲	×	▲ 3	▲ 3	△ 2	△ 3	◎	◎	◎	× 2	○
△	○	△	△ 2	▲ 2	△ 2	△ 2	▲	◎	◎	× 2	○
?	?	?	▲ 3	▲ 2	△ 2	△ 2	◎	△	▲	× 2	▲
◎	○ うすい	×	△ 2	▲ 3	△ 1	△ 2	◎	◎	○ かすれ	× 2	◎
								◎	◎	×	◎

巻丁行	該当箇所	東洋大本	星槎大本	天理乙本	京大本	天理甲本	霞亭本	岩崎本	立教大本	東女大本
17オ8		◎	△	△	◎	△	△	?	◎	ブレ有◎
四1ウ6	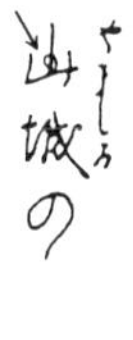	△	△	?	△	△	△	?	△	1
※2ウ2（42ページ）		△ 2	△ 1	△ 4	△ 3	△ 3	▲ 5	△ 1	△ 3	△ 2
4ウ8		△	△	△	△	△	▲	▲	○	△
4ウ9		◎	◎	?	◎	◎	△	△	◎	◎
6ウ10		◎	△	△	△	△	△	△	△	△
7ウ6		◎	◎	◎	◎	◎	△	△	◎	◎
7ウ7		◎	◎	◎	◎	◎	△	◎	◎	◎
7ウ10		△	（かすれ）	（かすれ）	（かすれ）	△	▲	△	◎	◎
8オ2		◎	◎	△	◎	◎	△	△	△	◎
14オ3	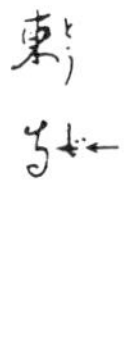	◎	◎	◎	◎	◎	◎	△	◎	◎

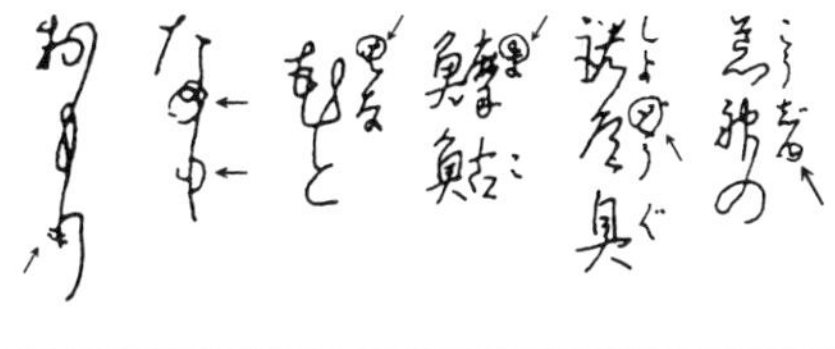

14ウ2	五3オ1	7オ1	13ウ4	14ウ8	16ウ4
▲	◎	◎	▲ 1	◎	○
▲	◎	◎	▲ 1	◎	◎
?	◎	◎	▲ 1	◎	◎
▲					
▲	◎	◎	▲ 1	◎	◎
▲	▲	△（べたつきもあり）	▲ 2	▲	△
◎					
▲	◎	◎	▲ 1	◎	◎
▲	◎	◎	▲ 1	◎	◎

③ 濁点

次に濁点の欠損状況を表示する。印刷時の諸条件の影響を受けやすい要素であるから、ここでは差異の明瞭なものの例示に止める。各本の欠損状況は次の記号及び括弧内の表示によって示す。

◯　欠損がなく完全
△　欠損はないが全体に非常に薄い（薄い）、一方の点が薄いか非常に短い（ヾ）、二線が繋がって一本になっている（ヾ）
▲　一方の点のみ
×　点がない
?　不明

巻丁行	一 12オ9	15オ1	17ウ5	18オ7	5オ4	5オ5	7ウ4	9オ6	14ウ7	19オ1	19オ4
該当箇所	おそらく	ともし火《び》	源《げん》八兵衛	海《うみ》為《だん》	何《なに》がし	言葉《ことば》	呼《よび》て	檀浮《どんぶく》	あそびし暮	刀《かたな》をば	とゝねば
東洋大本	○	▲	○	○	△゛	○	○	○	○	○	○
星槎大本					△゛	△゛	○	△゛	▲	○	○
天理乙本	▲	?	△゛	○	○	○	○	△゛	▲	○	○
京大本	△゛	△゛	○	○	△゛	○	○	○	△゛	○	△゛
天理甲本	○	?	○	○	○	▲	△゛	△゛	△゛	△゛	▲
霞亭本	▲	○	△（薄い）	▲	○	▲	▲	△゛	○	▲	○
岩崎本	▲	▲	▲	▲	○	△゛	?	○	△゛	○	○
立教大本	▲	○	△	○	○	○	○	▲	△゛	○	△゛
東女大本											

三 3オ1		▲	▲	▲	▲	△	×	▲	▲	ナシ
3ウ3		△	▲	▲	▲	△	▲	▲	▲	▲
9ウ5	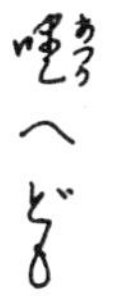	▲	▲	▲	▲	○	▲	▲	▲	△
11オ5	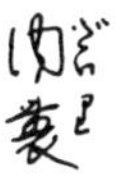	○	△	▲	○	○	△（ごく薄い）	△（やや薄い）	▲	△
四 7ウ3	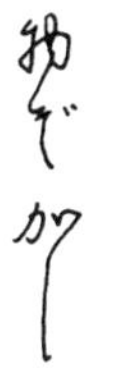	○	▲	?	▲	△	△	▲	▲	○
8オ4		○	○	?	○	△	▲	○	▲	▲
五 5ウ8	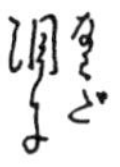	△	△	○	○	○	△		▲	△
12オ2		○	○	○	○	△（ごく薄い）	▲		▲	△（ごく薄い）

④ **句点**

次に句点の欠損状況を表示する。巻一・二には該当例がない。巻三以降の諸本間で異同のあるもののみを挙げる。

各本の欠損状況は次の記号によって示す。

◎　欠損がなく完全

○　欠損はないが薄れている

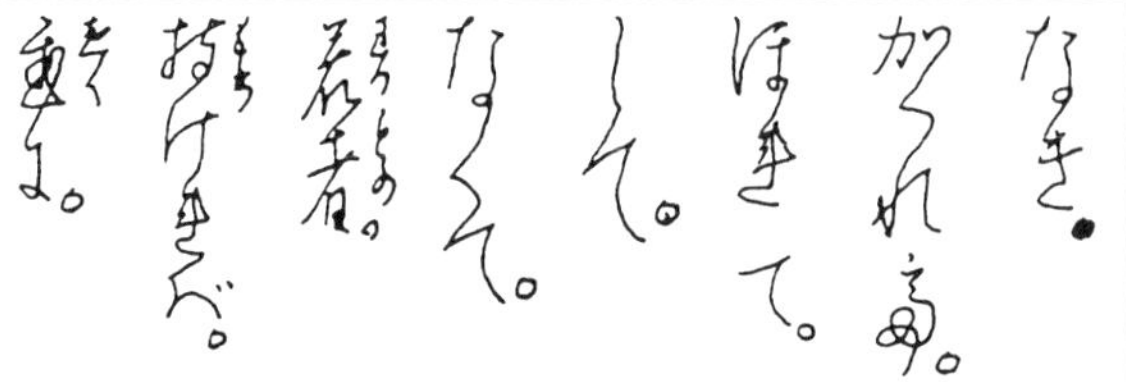

巻丁行	東洋大本	星槎大本	天理乙本	京大本	天理甲本	霞亭本	岩崎本	立教大本	東女大本
三5ウ6	◎	▲	◎	◎	◎	◎	？	◎	
16ウ9	◎	◎	◎	○	◎	△	◎	○	
17オ3	◎	◎	◎	◎	◎	▲	◎	○	
17ウ5	◎	◎	◎	◎	◎	▲	？	◎	
四14オ4	△	▲	▲	▲	▲	▲	▲	▲	▲
14オ6	◎	◎	◎	◎	◎	△	△	◎	◎
14ウ4	▲	？（皺）	▲	▲	◎	▲	▲	▲	▲
15ウ7	▲（右薄い）	▲	▲	△（右薄い）	◎	▲	×	▲	▲

△　一部切れている
▲　大きく切れている
×　判読不能（句点の有無が確認できない）
？　不明

巻丁	15ウ9	16オ5	16ウ3	五2ウ6	5オ2
該当箇所	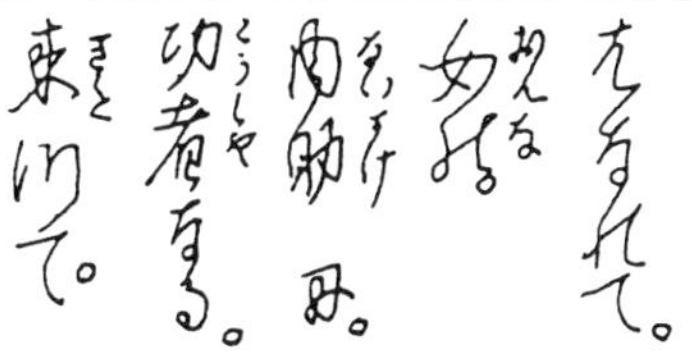				
	△◠	◎	◎	◎	◎
	▲◠	◎	◎	◎	◎
	▲◠	◎	△◠	?	◎
	▲◠	◎	△◠		
	○	◎	▲◠	◎	◎
	▲◠	▲◠	▲◠	▲◠	▲◠
	▲◠	◎	△◠		
	▲◠	◎	△◠	▲◠ うすれ	△◠ かすれ
	△◠	◎	○	△	○

⑤ 挿絵

挿絵の欠損箇所で、諸本間に異同のあるものを巻一についてのみ表示する。欠損の所在箇所は、図に矢印をもって示す。欠損のないものは◎で表示する。

巻丁	一5オ右下
該当箇所	
東洋大本	◎
天理乙本	◎
京大本	◎
天理甲本	◎
霞亭本	◎
岩崎本	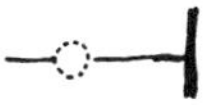
立教大本	◎

巻丁	7オ右下	7オ中下	7オ左中	11オ中上
該当箇所	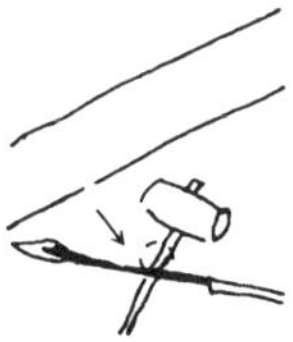	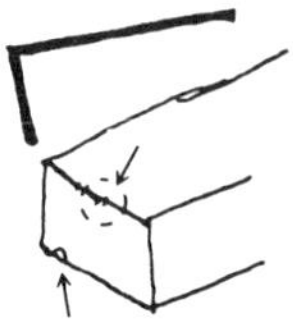	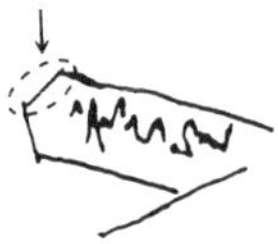	
東洋大本		◎		
天理乙本		◎		
京大本		◎		
天理甲本		◎		
霞亭本		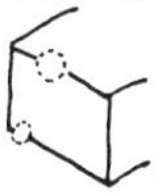		
岩崎本				
立教大本		◎		

⑥ その他

先後推定の参考資料として、刷毛跡等の墨汚れや印刷状態などに関する諸本間の異同を一瞥しておく。本書の版下の特徴として、削り残しや刷毛跡等が多く見られる。立教大本・東京女子大本を除く七本に関して気づいた墨汚れは27例に及ぶが、そのうち諸本に共通するものが14例、残り10例については東洋大本・天理乙本が各1、星槎大本・天理甲本が各2、京大本が3、霞亭本・岩崎本が各5（霞亭本と岩崎本にのみ独自に見出されるものが各3）例である。霞亭本・岩崎本に多いことが目を引く。

印刷状態はおおむね良い。東洋大本は墨付きが良く匡郭が肉太になる傾向がある一方で、丁の表喉下方にかすれが多く認められる（何れも初印と認めることをためらわせる要素である）。霞亭本には「べたつき・二重写り・太り・ぼやけ」が、東京女子大本には刷りムラがある。これらは紙質の問題もあろうが、摺りの技術や版木の疲れが影響していると思われる。また、立教大本・星槎大本は共に、巻による印刷状態の差異が見られる。

四　優劣の数量的処理

ここでは一つの試みとして、前節で表示したデータをもとにした数量的処理によって、諸本の版行先後を推定してみたい。但し、立教大本・東京女子大本については、調査時期の隔りによる基準の揺れを考慮して数量的処理の範囲から外し、全体の調査からその位置づけを推定するに止める。まず最も異同例の多い① **匡郭**を取り上げ、諸本間の版面の優劣を概観する。ここでは（欠損レベルの厳密な比較ではなく）機械的に個々の優劣を測ることで、全体の大枠を把握しようと思う。

東洋大学本巻一を例にとって他の各本と比較してみる。天理甲本と対比すると欠損の度合いが異なる箇所は15箇所あるが、このうち東洋大学本の方が優っている箇所（すなわち欠損の度合いが天理甲本より小さいもの）は7箇所ある。同様にして、他の各本との比較をして、それぞれの異同数と東洋大学本の方が優位である例数とを示せば次のようになる。

表1

対校本	天理乙本	京大本	天理甲本	霞亭本	岩崎本	計
異同数	9	12	15	17	29	82
東洋大学本の方が優位な例数	5	5	7	12	23	52

すなわち延べ異同数82例のうち、東洋大本の方が優位であるものは52箇所、約63％となっている。同様にして、他の巻についても異同延べ総数に対して東洋大本が優っている例数の百分比を算出すれば、巻二が88％、巻三が75％、巻四が66％、巻五が48％となる（巻五の百分比が低いのは、東洋大本の優位性が最も高い岩崎本が欠巻であることが影響していよう）。

このような手順で、他の諸本についても各巻ごとの百分比を算出すれば、次のようになる。

表2

巻	東洋大本	星槎大本	天理乙本	京大本	天理甲本	霞亭本	岩崎本
一	63		70	72	73	40	18
二	88	82	79	85	22	43	13
三	75	82	78	61	76	13	17
四	66	80	65	76	70	15	14
五	48	79	81		52	2	

表から、七本が大きく東洋大本・星槎大本・天理乙本・京大本・天理甲本のグループと、霞亭本・岩崎本のグループの二つに分かれることが読み取れる。なお、天理甲本の巻二が補巻であることはその様相から容易に判断できるのであるが（注1参照）、上記表の百分比が低いことから、この巻のみ匡郭欠損が多い後刷りであることが明瞭になる。

次に①**匡郭**の欠損異同の優劣によって大きく二段階に分けられた、各グループ内の先後を推定したい。ここでは②**文字**の欠損異同の例数を取り上げ、上記と同様の操作を行う。まず東洋大本等の第一グループでは、五本がすべて揃っている巻三・四について各本の異同箇所の延べ総数と他本より優っている例数とを示せば、次のようになる。

表3

	延べ異同数	他本に優る例数	百分比
東洋大本	19	16	84%
星槎大本	9	6	66%
天理乙本	11	1	9%
京大本	14	10	71%
天理甲本	7	3	42%

すなわち、この二巻について文字欠損の少ない順に並べれば

東洋大本→京大本・星槎大本→天理甲本→天理乙本

の順になる。

霞亭本等の第二グループは、三本が揃う巻二で比較すると次のようになる。

表4

	延べ異同数	他本に優る例数	百分比
霞亭本	6	5	83%
岩崎本	3	2	67%
天理甲本巻二	5	1	20%

例数が少ないので即断はできないが、

霞亭本→岩崎本→天理甲本巻二

の順になる。

以上の操作を欠損全般に応用し、さらに第二節で示した表紙や匡郭その他紙質等を勘案した上で、諸本の版行先後を推定すれば、おおよそ次のようになろう（補論参照）。

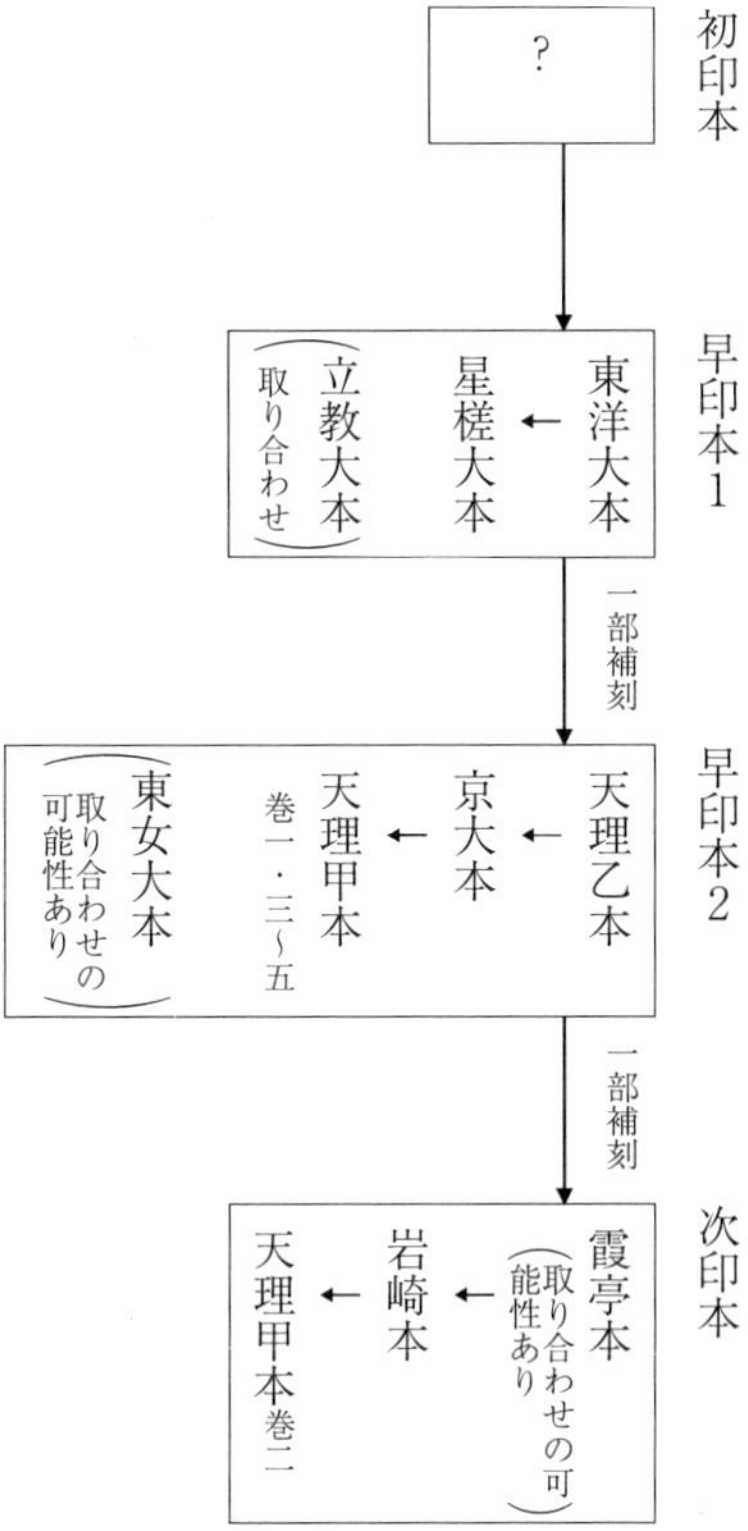

五　先後の推定

上記の順位を推定するにあたって、第二節で報告した版面の欠損を決定要素の一つとした。しかし、版木と刷り上がった版面を比較する時しばしば経験するところであるが、こうした欠損がそのまま版木の欠損を意味するとは限らない。彫刻や摺りの技術、版木の保存環境、版木や料紙の諸条件など、版面に現れた欠損の要因は様々に考えられ、偶然に左右される側面も見逃せない。一方で、挿絵部分などの墨溜りとは別に、鋭角に削り取られた箇所が磨滅や墨の付き具合によって埋められる例も本調査中に見出された。要するに、部分的補刻を考慮に入れない場合であっても、欠損部分のバラツキは避けられないのである。以上の点を勘案して、代表的なサンプルだけで判断せず、個々の優劣対比を積み重ねて百分比を出す処理を施すと共に、諸条件の影響を受けやすい匡郭は目安とするに止めた。諸本が三つのグループに分けられることは動かない。しかし、数量的な処理には限界があることや、各グループ内の諸本は共通性が高いことなどから、そのグループ内の先後は柔軟に捉える必要があろう。各グループ内の先後推定の次第を以下にまとめておく。

○　東洋大本と星槎大本では、巻二・三は匡郭・文字・濁点のいずれも東洋大本の方が優位。巻四では匡郭は星槎大本の方が良く、文字・濁点を含めるとほぼ同じになる。巻五はいずれも星槎大本の方が良い。外装は東洋大本が1.1㎝縦長で表紙模様が独自である。以上総合して両者は極めて近いが、東洋大本の方がやや早い刷りの特装本であろう（この点で、縦寸法の差は通例に合致する）。但し、東洋大本は喉下方匡郭にかすれが多く墨付きに難が残る。

○　東洋大本は初印本とは見なせない。これは、数行にわたる文字の欠損や墨付きなどの版面による判断である（三節の表示及び参考図版参照）。なお水谷不倒氏が『浮世草子西鶴本』（一九二〇年（大9）11月）で紹介された「署名入り本」を初版と考える立場もある。同書によれば、この本は無地左肩簽で大きさは霞亭本・岩崎本に近いがやや小さめ、匡郭寸法も縦横ともにやや小さめである(5)。原本の所在が不明であるため議論の対象からは外すが、本の形態の通例に従えばこれを初版本とするのは疑問が残る。

○　京大本と天理乙本、巻二を除く天理甲本とは極めて近い刷りで、三者の先後はにわかには決めかねる。巻一・三・四は天理甲本が良く、巻五では乙本の方が良い。欠損の度合いのみからすると天理甲本が優位のように思われるが、甲本及び京大本のみに現れる巻四14丁の版心の独自性が気になる（他に甲本巻一4丁表に2箇所現れる黒丸点が問題になろうが、こちらは墨汚れの可能性も高い）。ここでは版心の異同を補刻に伴うものと考え、乙本の方がやや早い刷りと推定しておく。

○　次印本グループの大枠は上述のとおりである（**表4**参照）。霞亭本と岩崎本の先後について付言しておく。霞亭本は、前述したように刷りが悪くかすれやべたつきが目につくほか、三箇所にわたり他本に見られない黒丸点がある。また岩崎本は巻一17丁の版心が上広がりであり、「大」の字体が独自である。これらは欠損の度合の高いことと併せて、二本が後印本であること及び補刻を伴うことを示していよう。

二本を比較すると、体裁はほぼ同一、匡郭は岩崎本の方がやや大きい。欠損状況は、巻一は霞亭本のほうが岩崎本に比べてはるかに少ないのに対して、巻三・四はこれが逆転している。試みに両本で匡郭と文字の欠損の度合いが異なる箇所と、そのうち霞亭本の方が欠損の度合いが小さい箇所の例数とを巻ごとに挙げれば、次のようになる。

表5

巻	匡郭 異同数	匡郭 霞亭本の優る例数	文字 異同数	文字 霞亭本の優る例数	計 異同数	計 霞亭本の優る例数	計 百分比
一	20	16	7	5	27	21	78
二	18	13	2	1	20	14	70
三	21	9	2	2	23	11	48
四	14	5	5	0	19	5	26
計	73	43	16	8	89	51	57

例数が少ないので断定することはできないが、巻四は霞亭本の方が欠損が多いことは留意すべきであろう。

　上記の結果と岩崎本巻一17丁の版心にみる補刻、霞亭本巻二・三にみる黒丸点（対照表参照。墨汚れの可能性もあろう）の存在、更には第二節で表示した欠損のバラツキなどを勘案すると、岩崎本の段階で相応の補刻がなされたことがわかる。又二本が刷りだめ等による取り混ぜ本である可能性も考えられるが、想像の域を出ない。一応ここでは版心の補刻を重視し、霞亭本が先に刷られたものと推定しておく。

六　まとめ

現在所在が明らかになっている『西鶴諸国はなし』は、すべて同版本で版木が譲渡された形跡もない。しかし、これまでに示した諸本の版面調査から、それぞれの欠損レベルに差があり、部分的補刻や後刷りの題簽があることが判明した。また「限りなく初印に近い」（江本裕氏前掲書）と言われる東洋大学本は善本ではあるが、初印とは距離があり、摺りの技術にやや難があることなどが明らかになった。『諸国はなし』はこれまで考えられてきた以上に、多数回版行されたと言えるのではないだろうか。それぞれ一回の印刷部数については不明と言わざるを得ないが、少なくとも時を隔てて何回にもわたって印刷されたであろうことは疑いない。調査を通じ、「西鶴の咄本」という側面から、貸本屋も視野に入れた『諸国はなし』の享受史を改めて問い直す必要を痛感した。

流通面に目を向けると、本書は元禄十二年を境にして、以降長期にわたり書籍目録等の流通の表面には現れない。[6] 一方、版元である池田屋の活動は明和期まで確認されている。[7] 現時点で入手し得る情報の限りでは、次印・後印本の版行の実態はいまだ不分明と言わざるを得ない。この間の隙間を埋める資料の出現が俟たれるところである。

注

（1）　各巻1丁表の右肩匡郭寸法（㎝）は次のとおりで、巻二が若干小さい。

	縦	横
巻一	19・2	14・5
巻二	19・0	14・2
巻三	19・2	14・5
巻四	19・2	14・3
巻五	19・2	14・4

全冊裏打ちが施してあるが、巻二のみ原本が短く、天地を二重に裏打ちして他の巻と体裁を揃えてある（左図参照）。

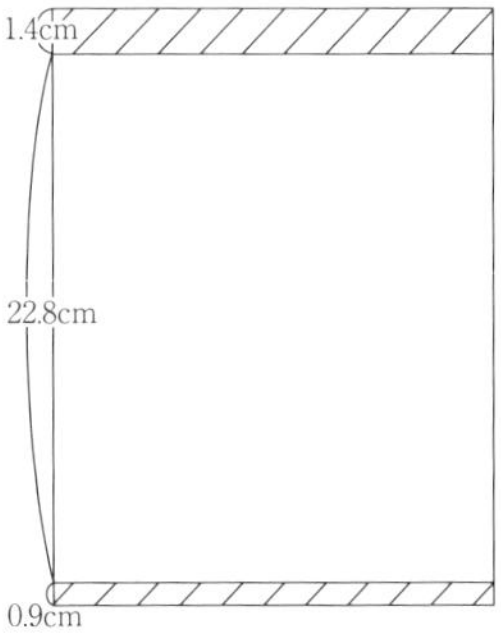

天理甲本　巻二
（21オを除く）

天理甲本　巻二21オ

（2）狭い管見の範囲でも、現存する版木の中には、保存中に生じたと思われるこうしたいくつかの要因による欠けが確認できるものがある。

（3）滝田貞治『西鶴の書誌学的研究』一九四一年（昭16）7月

野間光辰『西鶴年譜考証』一九五二年（昭27）3月
堤 精二「『近年諸国咄』の成立過程」一九六三年（昭38）10月

（4）以下で扱う匡郭欠損には、挿絵や字詰めの関係で彫刻段階から削られていたと考えられるものを含む（第二部第一章参照）。

（5）縦8寸3分（約25・1cm）横5寸8分（約17・6cm）、匡郭は縦6寸2分（約18・8cm）横4寸7分（約14・2cm）である。尺貫法による計測誤差を考慮しても、初版本とするには小さめである。

（6）元禄十二年（一六九九）刊『新版増補書籍目録』に「西鶴諸国咄」の記載がある。『広益書籍目録』では、元禄五年（一六九二）版に「西鶴はなし」があるが、元禄九年（一六九六）以降増補版には記載がない。下って文化八年（一八二五）序『近代著述目録』、天保四年（一八三三）3月序の『近代著述目録続編』、天保十三年（一八四二）6月序の『近代著述目録後編』に至って記載をみる。

（7）羽生紀子「岡田三郎右衛門・毛利田庄太郎出版書目年表」（一九九七年（平9）9月）

参考図版

1　題簽

天理甲本

東洋大本

2　匡郭欠損

	巻五 1ウ 地11cm	巻四 3オ 天13cm	巻二 4オ 地10cm
東洋大本			
星槎大本			
天理乙本			
京大本			
天理甲本			
霞亭本			
岩崎本			
立教大本			
東女大本			

3　文字欠損

	巻一 16ウ 2～3行	巻二 14ウ 5～10行	巻四 2ウ2行
東洋大本			
星槎大本		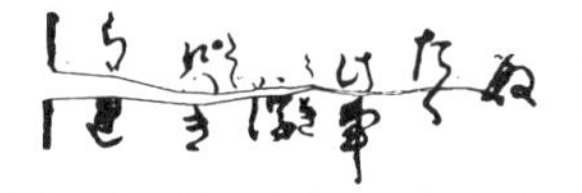	
天理乙本	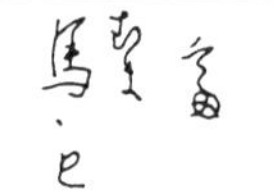	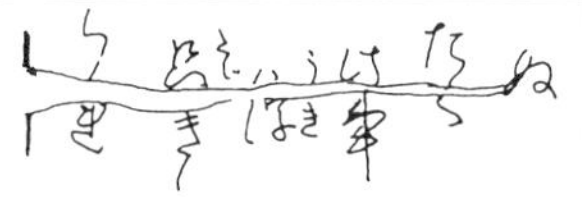	
京大本	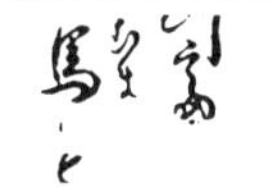	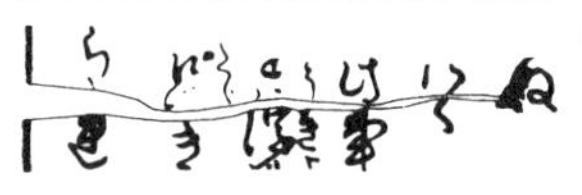	
天理甲本	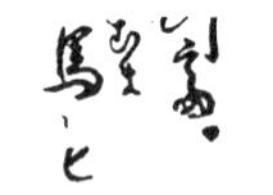	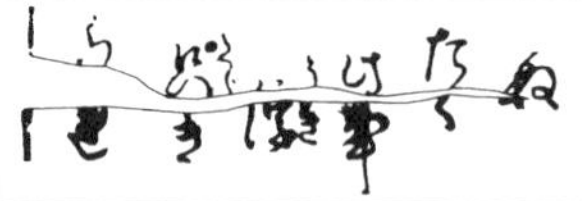	
霞亭本	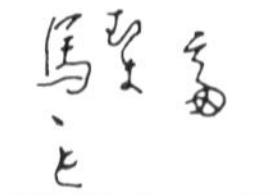	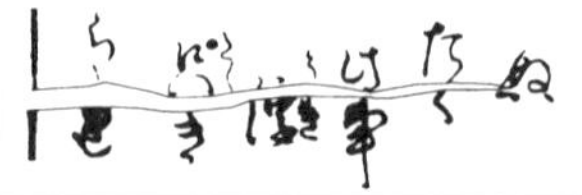	
岩崎本	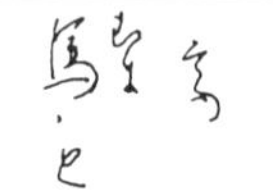	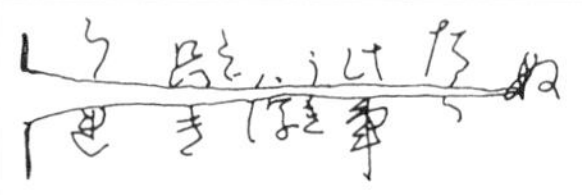	
立教大本	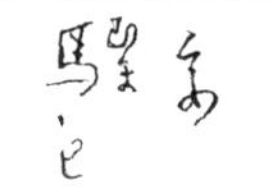	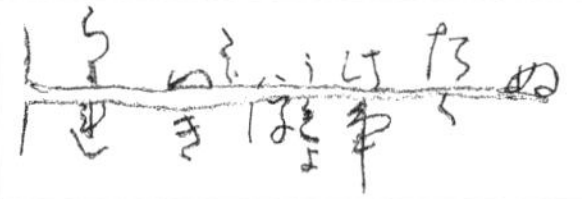	
東女大本			

補論　上述したように、立教大本及び東京女子大本は、他の諸本に較べて調査時期に隔たりがあるため、基準の揺れを考慮して異同箇所を表示するに止め、数量的データ処理の対象からは外した。**参考図版2・3**からもある程度先後は推定できるが、異同箇所の全体調査からは、立教大本は早印本1のグループに、東京女子大本は早印本2のグループに位置すると推定される。

第二章　綜　覧

――成立論・方法論への手掛かりとして――

一　はじめに

本章は、成立論・方法論への手掛かりとするために、『西鶴諸国はなし』三五話の分析表と各要素の解説とを提示する綜覧である。

『西鶴諸国はなし』は五巻三五の咄から成る。これらは、序に示された「人はばけもの世にない物はなし」という意識の下に、統一ある諸国奇談集の型になってはいるものの、題材・方法・性格など、どれを取っても単一の咄意識に納まるわけではない。いわば、雑多な混合物といった一面を有することも、また事実である。ここで改めて作品の多様性を腑分けし分類整理することは、『西鶴諸国はなし』の内実に――加えて西鶴の当初意図していた咄の本（『大下馬』）の本質に――近づく上で、不可欠な補助線と考えられる。(1)

これまでの研究に目を向けると、『西鶴諸国はなし』の文学史上の位置づけを急ぐあまり、本書を同一レベルの創作意識に収斂させて論じようとする弊害が、作品論・成立論において見られたように思われる。例えば、先行する特定の一作品の影響下に本書の創作意図を見ようとする試みに、例外を軽視する傾向が見られるごときである。

更に言えば、『大下馬』・『近年諸国咄』・『西鶴諸国はなし』という三つの書名を有する特殊事情の問題を含め、成立論の構築にあたっては、本書の多様性を認識しないわけにはいかないであろう。あるいはまた、本書の読みの可能性の一つとしてしばしば繰り返されて来たところであるが、本書に「西鶴の創作方法の原初的な姿」（江本裕『西鶴諸国はなし』（一九七六年（昭51）4月　13ページ）を見、それを探求しようとする立場に立てば、本書に見られる題材や方法の多様性は、最も注目すべき要素となろう。

本章のサブタイトルを「成立論・方法論への手掛かりとして」としたのは、論者の問題関心の方向も、編集・創作意図を含めた成立問題にあり、また、西鶴の咄の方法の解明にあるからである。従って、本章における分類・整理の方法や補助線の引き方も、自ずから内容の傾向や方法に目を向けたものとなっていることを予めお断りしておきたい。なお、『西鶴諸国はなし』を一括して論じようとすれば、その発想や方法の解明にあたって、素材および素材離れの様相を視野に入れねばならないのは言うまでもない。しかし、私見ではこれらはいずれも探求の段階であり、一篇一篇の咄について更なる論議を必要とするものと思われる。[2] 論者も個別には用意がないではないが、素材に関する言及は本章の基礎作業からは外すこととした。章末に各章の梗概を付したので、参照されたい。

以下論述の手順として、各要素を

イ　目録や丁数といった外的構成形態（第二節）

ロ　内容からみた三五話の基本的性格（第三節）

ハ　表現や構成など、主として方法に関わる諸側面（第四節）

の三つのグループに分け、項目ごとに図あるいは表を掲げ、解説を加えながら話を進めたいと思う。

言うまでもなく、三つのグループは厳密な区分けが出来るものではなく、それぞれが相互に密接に関連しあっている。右の手順は便宜上のものであって、本章の目的は、あくまで全体を見渡すことにある。そこで、巻末に各項目を総合した表を掲げることとした（但し、スペースの関係で**図1**、副題、現実性の内容、大笑い・おかし、戯画・想像画、教訓・評等の項目を省略した）。

なお、表の解説範疇に属するものの中で、本章では論じ尽くせず、今後具体的な咄の検討を含めた形で個別に論ずる必要のあるものや、問題が大きく多岐にわたるために別途独立して論じたいと考えているものを前もって提示し、併せて右の三つのグループとの関連性を**イ・ロ・ハ**の記号により記しておく。

- 内容上の「笑話性」や「怪異性」・「現実性」などの分析及びそれらと方法との関係　**ロ・ハ**
- 地域の設定と、素材および内容・方法との関係　**ロ・ハ**
- 咄の創作方法に見られる俳諧的傾向の問題——個々の作品分析を通して　**ロ・ハ**
- 咄の方法へのアプローチのうち、特に章末が果たしている機能の分析　**ロ・ハ**
- 本書と先行作品との影響関係、あるいは『宗祇諸国物語』との関係など、成立や創作意図をめぐる諸問題　**イ・ロ・ハ**

以上、先走るようではあるが、五つのテーマを示した。このことは、本章で表示する各項目の設定そのものが、論者のどのような問題意識に繋がるものであるかを表明したことでもある。以下**イ・ロ・ハ**の各グループごとに節を設けて具体的な項目説明に入るが、その際、各項目を設定した意義、及び記号や記述内容の基準といった、図あるいは表を読み取るための解説を中心に述べ、必要に応じて考察を加える形をとりたい。なお、綜覧の性格上、基本事項の確認を含むため、この点で先学の御指摘と重なる部分のあることを予めお断りしておきたい。

二　外的構成形態

本節では『西鶴諸国はなし』の外的構成形態として、目録と全体の構成に着目する。**図1**では全体の構成を見るために各巻の本文・挿絵の割付けを掲げ、**表1**では目録の記載と本文の丁数を一覧表にした。以下、表の記載順と論述の順序に若干の違いがあるが、各項目を一瞥しておく。

《本文丁数》　表1・図1

文章の丁数を示す。各章おおむね一丁半〜二丁で、分量的に際立って多いのが巻一の三の「三丁」、次いで二・五丁の章が八章ある。逆に際立って少ないのが、巻四の四の「一丁」である。なお、行数は一〇行で一定である。**図1**に全体の構成を示したが、目録及び巻一〜五の分量・形式は整然としており、巻四・五は巻一〜三に比べ総量で、「四丁」短い。

図1に示したように、本書の構成の特色として、一つの咄は必ず絵で終ること、各巻第一章は目録の関係で丁のオモテから始まるが、第二章以下はすべて丁のウラから始まり、各話が見開き二枚又は三枚で完結するように操作

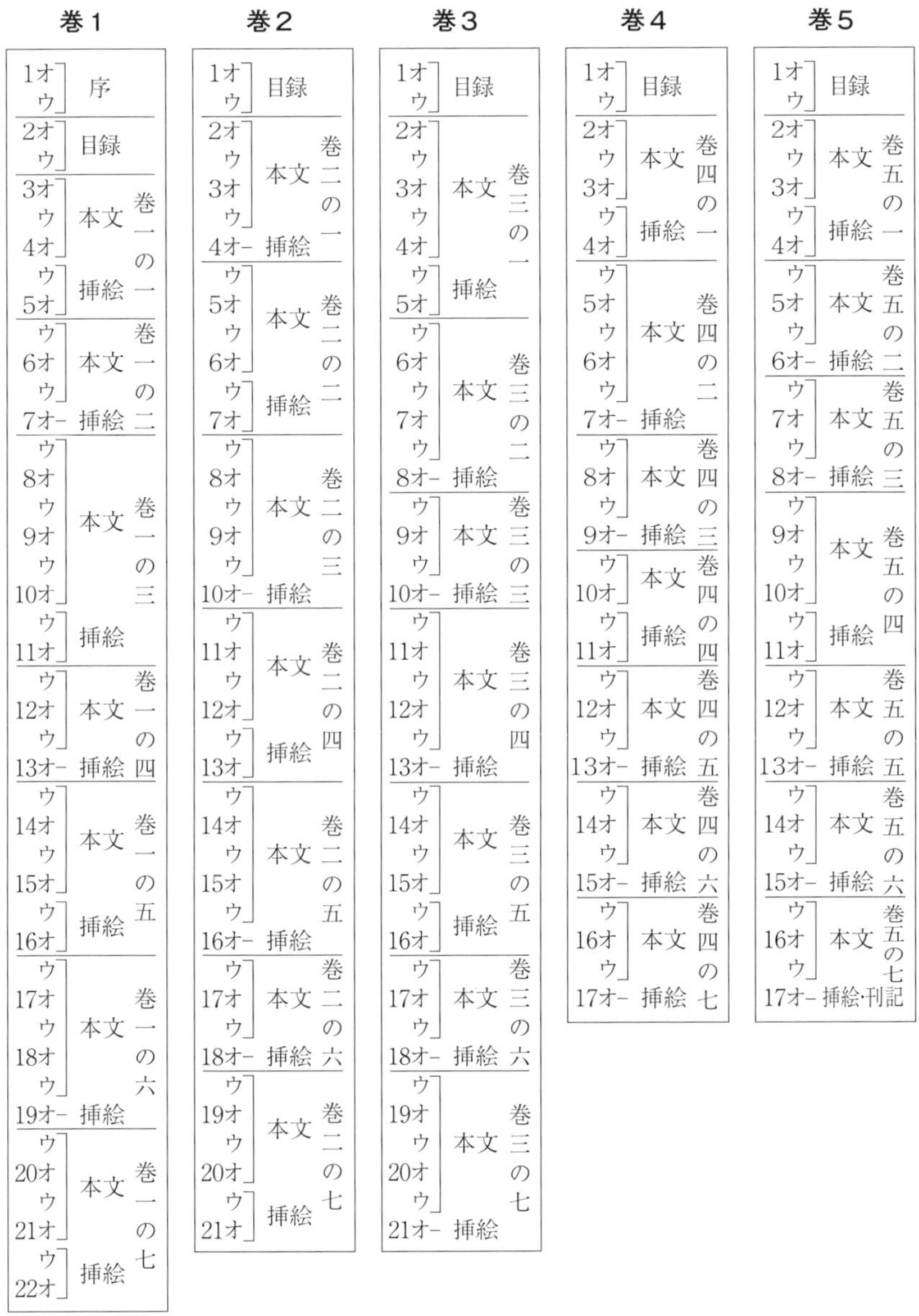

巻1
1オ ウ 序
2オ ウ 目録
3オ ウ 4オ 本文 ウ 5オ 挿絵 巻一の一
ウ 6オ ウ 本文 7オ– 挿絵 巻一の二
ウ 8オ ウ 9オ ウ 10オ 本文 ウ 11オ 挿絵 巻一の三
ウ 12オ ウ 本文 13オ– 挿絵 巻一の四
ウ 14オ ウ 15オ 本文 ウ 16オ 挿絵 巻一の五
ウ 17オ ウ 18オ ウ 本文 19オ– 挿絵 巻一の六
ウ 20オ ウ 21オ 本文 ウ 22オ 挿絵 巻一の七
巻2
1オ ウ 目録
2オ ウ 3オ ウ 本文 4オ– 挿絵 巻二の一
ウ 5オ ウ 6オ 本文 ウ 7オ 挿絵 巻二の二
ウ 8オ ウ 9オ ウ 本文 10オ– 挿絵 巻二の三
ウ 11オ ウ 12オ 本文 ウ 13オ 挿絵 巻二の四
ウ 14オ ウ 15オ ウ 本文 16オ– 挿絵 巻二の五
ウ 17オ ウ 本文 18オ– 挿絵 巻二の六
ウ 19オ ウ 20オ 本文 ウ 21オ 挿絵 巻二の七
巻3
1オ ウ 目録
2オ ウ 3オ ウ 4オ 本文 ウ 5オ 挿絵 巻三の一
ウ 6オ ウ 7オ ウ 本文 8オ– 挿絵 巻三の二
ウ 9オ ウ 本文 10オ– 挿絵 巻三の三
ウ 11オ ウ 12オ ウ 本文 13オ– 挿絵 巻三の四
ウ 14オ ウ 15オ 本文 ウ 16オ 挿絵 巻三の五
ウ 17オ ウ 本文 18オ– 挿絵 巻三の六
ウ 19オ ウ 20オ ウ 本文 21オ– 挿絵 巻三の七
巻4
1オ ウ 目録
2オ ウ 3オ 本文 ウ 4オ 挿絵 巻四の一
ウ 5オ ウ 6オ ウ 本文 7オ– 挿絵 巻四の二
ウ 8オ ウ 本文 9オ– 挿絵 巻四の三
ウ 10オ 本文 ウ 11オ 挿絵 巻四の四
ウ 12オ ウ 本文 13オ– 挿絵 巻四の五
ウ 14オ ウ 本文 15オ– 挿絵 巻四の六
ウ 16オ ウ 本文 17オ– 挿絵 巻四の七
巻5
1オ ウ 目録
2オ ウ 3オ 本文 ウ 4オ 挿絵 巻五の一
ウ 5オ ウ 本文 6オ– 挿絵 巻五の二
ウ 7オ ウ 本文 8オ– 挿絵 巻五の三
ウ 9オ ウ 10オ 本文 ウ 11オ 挿絵 巻五の四
ウ 12オ ウ 本文 13オ– 挿絵 巻五の五
ウ 14オ ウ 本文 15オ– 挿絵 巻五の六
ウ 16オ ウ 本文 17オ– 挿絵・刊記 巻五の七

図１　各巻の本文・挿絵の割り付け

されていることが挙げられる。(3) 絵を含んだ分量では、やはり巻一の三の「四丁」が際立って多く、巻三の一の「三・五丁」がこれに次ぐ。少ない方では巻四の四の「二丁」が目を引く。当代の「物語類」や「咄の類」の書と較べてみると、形式や長さを揃える本書の意識は際立っている。形式・分量共に、方法や成立を考える際の手掛りになる要素の一つであると思われる。

《副題（諸国・地名）》　表1

目録の副題をそのままに示す。この副題には『西鶴諸国はなし』各章の「諸国（=咄の舞台）」が示されており、意図的で斬新な目録形式である。北は奥州から南は筑前に至る二〇に及ぶ諸国にわたること、三都（京都―三、江戸―四、大坂―二）と畿内で過半を占めることなど、既に指摘されている通りである。

「国名・地名」＋「にありし事」といった形式に全体が統一されているが、最終章のみ「江戸にこの仕合せありし事」となっている。この章の章題が、巻頭第一章とともに例外的に体言止めではないことと併せて、全体の中では破格であって、「挙句」の特別意識をそこに伺うことができよう。

各章それぞれの土地設定については、内容・方法の領域に関わる問題であるため、第四節において触れることにしたい。

《章題》　表1

目録の章題を示す。巻頭と巻末が例外的に主語・述語のかたちを取るが、他は体言止めで統一されている。この巻頭と巻末の特別意識は留意すべきであろう（巻四の五「夢に京より戻る」は変則的だが、「戻る」を連体形と取り、下に名詞（藤・花・名草）が略されている形と考えれば、他の三二章と同列に扱うことができよう）。全体に工夫が見られる意表をつく章題で、見立て（巻二の二、巻二の六など）、洒落（巻三の七、巻四の六、巻五の二など）、奇抜（巻二の五、三の六など）といった言葉遊びが散見され、軽口の気分が伺える。一方で兼題による咄作りではないかと想像させるものもある。いくつか例を挙げると、「見せぬ所」（巻一の二）、「御託宣」（巻一の四）、「俄坊主」（巻二の二）、「蚤の籠抜け」（巻三の一）、「八畳敷」（巻三の六）、「鱏鮎の手」（巻五の三）……といった具合である。「咄の点取り」(4)の実態がつかめない以上、想像の域を出ないわけだが、章題には兼題かと思わせるほど、連想を喚起する単語が散りばめられているということでもある。この「題が先行する」という発想は、次に挙げる小見出しにも流用できそうである。何れにせよこの問題には、当時の咄のあり方、西鶴の咄の方法、成立過程の問題、『宗祇諸国物語』との関連などといった、様々な方向に広がる可能性が含まれていることを指摘しておきたい。

小見出しや副題との関連を見ると、三位一体となる効果をねらってはいるが、中に平凡な繋がりに過ぎないものが交じる点は免れない。

《小見出し》表1

目録の小見出しを示し、本文に同一単語が見られるものには「○」を付す。

小見出しは、本書の特徴の一つとして無視できない要素である。読者の側からすれば、その奇抜な分類命名に興をそそられ想像力を刺激される、と同時に本書の咄の本としての話題材料の豊富さを印象づけられることになろう。作者の側に立って見ると、命名には遊びの気分も伴いながら、時には凝り時には安易に三五話それぞれの差異を——一つとして重なるモードはないという自負を込めて——工夫していることは疑いない。目録に小見出しをつけ

表1　章題・小見出し・副題（諸国・地名）・本文丁数

巻・章	章題	小見出し	副題（諸国・地名）	本文丁数
巻一の一	公事は破らずに勝	知恵	奈良の寺中にありし事	一・五
巻一の二	見せぬ所は女大工	不思議	京の一条にありし事	一・五
巻一の三	大晦日はあはぬ算用	義理	江戸の品川にありし事	三
巻一の四	傘の御託宣	○慈悲	紀州の掛作にありし事	一・五
巻一の五	不思議のあし音	音曲	伏見の問屋町にありし事	二
巻一の六	雲中の腕をし	長生	箱根山熊谷にありし事	二・五
巻一の七	狐の四天王	○恨	播州姫路にありし事	二
巻二の一	姿の飛乗物	因果	津の国の池田にありし事	二
巻二の二	十二人の俄坊主	○遊興	紀伊の国あは島にありし事	二
巻二の三	水筋のぬけ道	報	若狭の小浜にありし事	二・五
巻二の四	残る物とて金の鍋	○仙人	大和の国生駒にありし事	二
巻二の五	夢路の風車	○隠里	飛騨の国の奥山にありし事	二・五
巻二の六	楽の男地蔵	現遊	都北野の片町にありし事	一・五
巻二の七	神鳴の病中	欲心	信濃の国浅間にありし事	二
巻三の一	蚤の籠ぬけ	武勇	駿河の国府中にありし事	二・五
巻三の二	面影の焼残り	○無常	京上長者町にありし事	二・五
巻三の三	お霜月の作り髭	馬鹿	大阪玉造にありし事	一・五

巻三の四	紫女	夢人	筑前の国はかたにありし事	二・五
巻三の五	行末の宝舟	無分別	諏訪の水海にありし事	二
巻三の六	八畳敷の蓮の葉	名僧	吉野の奥山にありし事	一・五
巻三の七	因果のぬけ穴	○敵打	但馬の国片里にありし事	二・五
巻四の一	形は昼のまね	執心	大坂の芝居にありし事	一・五
巻四の二	忍び扇の長歌	○恋	江戸土器町にありし事	二・五
巻四の三	命に替る鼻の先	○天狗	高野山大門にありし事	一・五
巻四の四	驚は三十七度	○殺生	常陸の国鹿島にありし事	一
巻四の五	夢に京より戻る	○名草	泉州の堺にありし事	一・五
巻四の六	力なしの大仏	○大力	山城の国鳥羽にありし事	一・五
巻四の七	鯉のちらし紋	○猟師	河内の国内助が淵にありし事	一・五
巻五の一	灯挑に朝皃	○茶湯	大和の国春日の里にありし事	一・五
巻五の二	恋の出見世	○美人	江戸の麴町にありし事	一・五
巻五の三	楽の⿰魚擘鮎の手	生類	鎌倉の金沢にありし事	一・五
巻五の四	闇の手形	横道	木曾の海道にありし事	二
巻五の五	執心の息筋	○幽霊	奥州南部にありし事	一・五
巻五の六	身を捨る油壺	後家	河内の国平岡にありし事	一・五
巻五の七	銀がおとして有	○正直	江戸に此仕合ありし事	一・五

る形は、中世説話の部立て、遊女評判記の部類分け、仮名草子等々、先行例がないわけではない。だが、本書の場合は、例えば評判記の見立ての性格とは異質であるし、仮名草子の『智恵鑑』などに見られるような一定の基準による統一された形でもなく、西鶴独自の形式と言う他はない。一言でいってしまえば、一見非常に整然としているように見えて、その実、命名の尺度が多種多様なのである。以下、いくつかの側面から小見出しの性格を概観しておく。

命名の尺度であるが、「名僧・猟師・後家」といった登場する人物に焦点を当てたもの、「義理・慈悲・無常」などの抽象的概念を示すもの、「馬鹿・無分別・正直」といった性格評価がある。かと思えば、「敵打・恋・茶湯」など本文で扱っている題材そのものをストレートに示す例もある。真面目な小見出しもあれば、遊びの気分が濃厚な小見出しもあるのだが、この尺度の多様性は、小見出しが一律に主題を示しているわけではないことを示している。小見出しイコール主題と見なしている論考を多く見かけるが、西鶴の誘いに安易に乗らぬ用心が必要であろう。

咄の内容との関係に目を向けよう。表示したように、小見出しの言葉がそのまま本文に見出せる例は、巻四・五に多く見られる。巻一～三にも二、三例ずつあるが、それらの小見出しが本文をひとひねりする傾向があるのに較べて、巻四・五ではその用い方に何のひねりもなく、本文中の単語をそのまま据えている上、ストレートに内容を指し示している。まず、前者の例を挙げておこう。巻一の四「傘の御託宣」では、本文の「慈悲」が貸し傘の形容として用いられ、そこに観音の慈悲を重ね合わせているのに対して、小見出しの「慈悲」は章末のエピソード（好色オチ）の「情もなし」をも含めた意味を担っており、一話の中で「慈悲」の意味が変化していくことを踏まえたものとなっている。同様のひねりは、「恨」（巻一の七）・「無常」（巻三の二）などにも見られる。総じて巻一～三では、本文中の単語と小見出しとが安易に重なることを嫌う。一方、巻四・五ではそうした配慮が見られないばかりか、積極的に本文中の単語を小見出しに用いる傾向が伺われる。例えば巻五の二では、素性を明かさない浪人の娘を「此娘の美人、東に見た事もない姿」と描写しているが、その「美人」をそのまま小見出しに据えている。

ところで、小見出しに見える「猟師」「後家」「美人」などの語彙は複数の咄の中に登場し、「因果」「不思議」「恋」・「殺生」・「茶湯」・「幽霊」などの小見出しについては説明を要しないであろう。「無常」などの語も本書のそこここでお目にかかる。内容から見ても、特定の咄に限定する必然性がさほどある訳ではない語彙である。贅言は避けるが、これらがそれぞれ特定の咄と結び付いているのには、「章題の連想範囲内にあり、章題と語彙が重ならない場合」、あるいは「他の咄に、より適切な小見出しがある場合」、「当該咄には適合する小見出しが他に考えにくい場合」などの条件が考えられよう。いずれにしても厳密なものではない。

一話中の挿話と小見出しとの関係であるが、複数の挿話が一つの咄の中に仕掛けられている場合、「名僧」や「茶湯」のように一つの見出しに収斂される場合は問題がない。そうでなくとも挿話に軽重があって、小見出しが中心となる話題に添ったものになっていれば、混乱はない。だが、例えば、巻二の五「夢路の風車」のように奇談と隠里とを取り合わせているような場合、小見出しに「隠里」とあることを根拠として「隠里」の方に主眼があると速断してよいかどうか、という問題が残る。また巻二の七のように、「神鳴の病中」という章題が章末におかれた笑話を指し、小見出しの「欲心」が前半の人間の側の争いを指す、といった章題と小見出しとの乖離の例もあって、目録を目にした読者は、その透き間を埋める謎解きをせねばならない。

謎解きと言えば、巻二の一の「因果」のように、章題との繋がりがおぼろに感じられるようではあるが、本文を読んで、なお意味がよくわからぬままというものもある。小見出しに導かれて「因果咄」と得心すると言ったところだろうか。

以上いくつかの側面を見てきたが、結局のところ、小見出しの性格はフレキシブルに捉えるべきだということになろうか。

最後に、方法や成立の側面から小見出しの性格を見ておきたい。以下、紙幅の関係で結論のみを述べることにする。小見出しは、第一に出来上がった咄を編集する際に全体のバリエーションを工夫するための手掛かりとする、という機能を持っていたと思われる（編集の側面）。第二に、西鶴が収集していた咄のネタないし咄そのものの整理見出しとして始めから西鶴の手元にあった、つまり、西鶴の咄の引き出しにおける分類項目ラベルといった性格のものが含まれているのではないか、という見方も可能である（材料や咄のストック整理の側面）。第三に、《章題》の項でも触れたことであるが、いくつかの咄には三題咄のように兼題があり、「題（小見出し）が先行した」という考えが当てはまるものもあるように思われる（咄の創作方法の側面）。こうした役割上の諸側面も、小見出しの性格の多様性に関係しているのではないだろうか。今後、方法論・成立論と搦めて考えたい課題である。

三　内容の諸相

本節では、各話の表現や構想など、主として創作の方法に関わる諸側面を扱う。登場人物等を確認した後、便宜上各話の内容を現実性・笑話性・怪異性の三つの要素に注目して可視化し、本書の性格を考える補助線としたいと思う。その際、咄の中で用いられる個々の説話の類想パターンにも目を配る必要があると思われるので、類話パターンの項を独立して設けることとした。以下、**表2〜4**にそって各項目を見て行くこととするが、始めに断ったように各要素の分析考察に立ち入る余裕はないので、詳論については別稿を期したい。

《人物等》　表2

主要登場人物・異類・異形を記す。人間（及びその霊魂等）以外の、いわゆる異類・異形には「＊」を、歴史上の実在人物には「○」を付す。異類・異形については後述の《怪異性》及び《類話パターン》の項を参照されたい。

主要登場人物の職種が多岐にわたり、武士が各巻に必ず配置されているなど、この項がバリエーションに富むことや、意図的に同じ色合いのものを分散させていることは、一目瞭然である。

三五話中、歴史上の実在人物を扱ったものは

海尊・小平六（巻一の六）

関口柔心・頼宣（巻二の二）

信長・策彦和尚（巻三の六）

の三篇であり、それぞれ取り合わせを工夫している。これは、周知の人物を単独に扱うことで咄が一つに収斂していく、あるいは咄の飛躍を封じられやすい、そういった咄の方向や制約を嫌う気分の現れであろう。見方を変えれば、『諸国はなし』全体が、題材を限定したストーリー性指向ではないことの証拠でもあろう。その他の人物に関しては、その無名性が全体の傾向として指摘できる。但し、武士が主要人物となる場合には、固有名詞を明確に与えている。(5) 当然と言えば当然の操作ではあるが、武士に対するこの扱いは西鶴の一面を表していよう。更に固有名詞の有無と内容との関係に注目すると、笑話傾向の強い咄では、人物は無名あるいは一般的呼称で扱われ、怪異傾向の強い咄では、固有名詞を用意している。これらは他の西鶴作品にも通ずる点である。

表2　人物等・現実性

巻・章	章　題	人物等	現実性
巻一の一	公事は破らずに勝	寺僧	衆徒の争い
巻一の二	見せぬ所は女大工	女大工　＊屋守　奥さま	
巻一の三	大晦日はあはぬ算用	浪人	合力　金の紛失　貧乏　義理
巻一の四	傘の御託宣	＊傘　後家	
巻一の五	不思議のあし音	盲人	月待ちの遊興　調子を聞く
巻一の六	雲中の腕をし	木食　○海尊　○小平太	
巻一の七	狐の四天王	＊於佐賀部狐　米屋	
巻二の一	姿の飛乗物	＊飛乗物　女	
巻二の二	十二人の俄坊主	○柔心　○頼宣　＊うはばみ	
巻二の三	水筋のぬけ道	下女　女房	
巻二の四	残る物とて金の鍋	＊生馬仙人　商人	
巻二の五	夢路の風車	侍　女商人　谷鉄	
巻二の六	楽の男地蔵	男	誘拐
巻二の七	神鳴の病中	百姓　＊神鳴	
巻三の一	蚤の籠ぬけ	浪人　科人	牢内の高名話　芸尽し　訴訟
巻三の二	面影の焼残り	娘　男	
巻三の三	お霜月の作り髭	同行衆　坊主　聟　舅	お取越　婿入り　託言

巻三の四	紫女	若侍　＊紫女　くすし	
巻三の五	行末の宝舟	馬方	
巻三の六	八畳敷の蓮の葉	法師　○信長　○策彦	
巻三の七	因果のぬけ穴	武士　しやれかうべ	敵討
巻四の一	形は昼のまね	＊人形（狸）　道化遣い　楽屋番	
巻四の二	忍び扇の長歌	大名の姪　男	身分違いの恋
巻四の三	命に替る鼻の先	＊天狗　上人	
巻四の四	鷲は三十七度	猟師　子供　妻	
巻四の五	夢に京より戻る	＊女（精霊）	
巻四の六	力なしの大仏	大仏（車借）　小仏	
巻四の七	鯉のちらし紋	＊鯉　猟師	
巻五の一	灯挑に朝皃	亭主　客	茶の湯
巻五の二	恋の出見世	浪人　娘　商人	嫁入りの要請
巻五の三	楽の鱓鮎の手	出家　＊鱓鮎	
巻五の四	闇の手形	あばれ者　女　男	強姦　訴訟
巻五の五	執心の息筋	後妻　継子（幽霊）	
巻五の六	身を捨る油壺	老女（山姥）　神官	
巻五の七	銀がおとして有	男　人宿の亭主	江戸下り　銀の拾得

《現実性》　表2

現実の人間社会を描き、その種々相に「不思議」あるいは「笑い」を見るという内容で、あくまで人間世界から逸脱しない咄を「現実性の強い咄」として取り上げ、その内容を記した。

人間観照の度合いは様々で、軽いスケッチに「落ち」を盛り込んだもの（巻一の五、巻三の三など）もあれば、テーマが限定されたストーリー性の高いもの（巻一の三、巻四の二など）もある。一方で話材の珍しさが際立っているもの（巻二の六、巻五の七など）もあり、これらが混在している。三番目に挙げたグループは、確かにありそうな咄だが同時に不可解さも備えており、作者の意図がつかみにくい傾向がある。但し最終章巻五の七は例外で、現実性に祝儀の気分を盛り込む意図が明瞭である。

表示した現実性の強い一一の咄の中で、本書のキーワードと見なすことのできる「不思議」の語彙を本文に織り込んでいる咄は、三話（巻二の六、巻四の二（二例）、巻五の四）である。この頻度は、全体からみるとやや少ない。一方「おかし」は、全体で五例あるうち四例がこの一一話に該当し、現実性の強い咄に集中しているのがわかる（**表3**参照）。用語だけを取り出して結論づけるつもりはないが、おおむね人間世界から逸脱しない、怪に頼らない咄は、「不思議」よりも「おかし」の傾向が強い。その中で先の巻二の六、巻四の二、巻五の四の三話では、単なる笑いだけではなく「人間世界の不思議」を見ようとする作者の目が育ってきているように思われる。こうした現実生活の中の「不思議」の発見は、西鶴の咄の独自性として注目すべきであろう。

なお、ここで《現実性の強い咄》とした一一話のいずれにも素材・類話を指摘することができるが、伝承や古典の裏づけを意識するまでもなく、それぞれが「当世の咄」として鮮明に自立していることを付言しておきたい。

《笑話性》表3

筆者の主観的判断により笑話性が認められるものを、「◎」「○」の二段階によって示す。併せて、本文に見られる「大笑い」「おかし」の語を掲出する。「◎」「○」のおおよその基準は、構想・話材等に一定以上の笑いが認められるものとし、笑いのレベル及び一章全体にかかわる度合いによって評価を加えた。言うまでもなく、『西鶴諸国はなし』には滑稽表現・当世化・スピード・機知・会話・現実性などに見られる軽口の気分が、程度の差はあれ、全篇にわたって指摘できる。これらの部分的笑いあるいは表現上の滑稽味、更には命名や性格設定のおかしみなどは、表示に含まないものとする。

本書の笑いの分析に当たっては、表現上の問題と、素材の消化の仕方（転合化）を含めた一篇の構想上の問題、さらには枕やオチといった咄の枠組みの問題等、いくつかの側面に分けて考えるのが妥当であろう。このうち構想に関しては、現在のところではまだ個々の咄の分析が必要な段階と考えているので、ここでは立ち入らない。また、表現や一篇の基本的枠組みに関しては、方法に関わる側面を扱う第四節でその傾向を示したいと思う。ここでは、一話全体の笑話性がどの程度認められるか、という主観的判断による度合いを示すにとどめ、その笑いを醸し出している要素に若干触れておく。

笑話性が認められる咄は、艶笑譚・愚か者・強戯など題材自体が軽口咄の系統であるものが多い。但し必ずしも終始一貫して笑い咄というわけではなく、後半に落とし咄をはめ込んだり笑いの傾向の強い挿話を配したりすることによって、全体が笑いに向かって収斂していくという構造をとる。巻一の四や巻二の七などは、この顕著な例と言えよう。巻三の三なども一貫した笑話に見えるが、お取り越しや婿入りのスケッチが半分を占め、笑いは後半に

表3　笑話性・怪異性

巻・章	章　題	笑話性	想像画	戯画	怪異性	怪異小説他
巻一の一	公事は破らずに勝					
巻一の二	見せぬ所は女大工				○妖怪（屋守）	伽婢子
巻一の三	大晦日はあはぬ算用					伽婢子
巻一の四	傘の御託宣	◎			妖物（傘）	
巻一の五	不思議のあし音	○大笑い				
巻一の六	雲中の腕をし	○			登仙	伽婢子
巻一の七	狐の四天王	◎おかし	○		狐	新御伽婢子
巻二の一	姿の飛乗物		○		◎妖怪（女）	
巻二の二	十二人の俄坊主	大笑い	◎		妖怪（うはばみ）	宗祇諸国物語
巻二の三	水筋のぬけ道		○		◎死体湧出　亡魂	新御伽婢子
巻二の四	残る物とて金の鍋		○		仙術	続斉諧記
巻二の五	夢路の風車		○		◎異郷　夢（亡魂）	新御伽婢子
巻二の六	楽の男地蔵			○	（変化）	
巻二の七	神鳴の病中	◎	○	○	雷	新御伽婢子
巻三の一	蚤の籠ぬけ	おかしさ				
巻三の二	面影の焼残り				○蘇生	伽婢子　宗祇諸国物語
巻三の三	お霜月の作り髭	◎おかし・おかしがり				

巻三の四	紫女		○		◎妖怪（女）	伽婢子
巻三の五	行末の宝舟	○	○	○	異郷	伽婢子
巻三の六	八畳敷の蓮の葉		○	○	八畳敷の蓮　竜の昇天	宗祇諸国物語
巻三の七	因果のぬけ穴				◎夢（亡魂の告）　首の消滅	
巻四の一	形は昼のまね				○妖物（人形＝狸）	伽婢子
巻四の二	忍び扇の長歌					
巻四の三	命に替る鼻の先		○		○天狗	伽婢子　新御伽婢子
巻四の四	驚は三十七度				◎殺生の報い	新御伽婢子　宗祇諸国物語
巻四の五	夢に京より戻る		○		○精霊（藤）	伽婢子
巻四の六	力なしの大仏		○		怪力	伽婢子
巻四の七	鯉のちらし紋		○		○妖怪（鯉）	
巻五の一	灯挑に朝皃	○おかし				
巻五の二	恋の出見世					
巻五の三	楽の鱏鮎の手		○		形見　異類（鱏鮎）	宗祇諸国物語
巻五の四	闇の手形					
巻五の五	執心の息筋		○		◎幽霊	
巻五の六	身を捨る油壷		○		○妖怪（山姥）	新御伽婢子
巻五の七	銀がおとして有	大笑い				宗祇諸国物語

集中している。笑いを醸し出す上で、章末の果たす役割は大きいと言えよう。なお、最終章は、話材自体は笑話の系統であるが、人間の不思議をかいま見させる面を持つ咄であり、例外的に考えるべきであろう。

本書に見る笑話性の強い咄の特徴を二、三加えておく。

第一に、《人物》の項でも触れたが、登場人物の無名性が挙げられる。いわゆる軽口咄の特徴を引き継ぎ、その枠内にあることを示す一面と思われる。第二に、題材そのものが本来笑話の系統にあり笑いが題材に依拠している場合、むしろ表現上の滑稽・誇張などは押さえられるという傾向が指摘できる。第三に、笑いの部分を挿絵に依存していないことが挙げられる。例えば巻一の四、巻一の七、巻二の七などに明らかであるが、笑いのポイントそのものが画題になっているわけではなく、あくまでオチは文章によって表現されている。第四に、教訓とは無縁である（**表4**参照）。第五に、「おかし」という語が本書全体で五例あるうち、四例までが笑話と結び付いていることを指摘しておく(6)。

右のうち、第二・第三として挙げた特徴に注目しておく必要があろう。

《怪異性》表3

主観的判断により、怪異性が認められるものを「◎」「○」の二段階によって示し、併せて作品中の怪異要素を記した。怪異要素は、「人物等」の項で掲げた異形の他、亡魂・異郷・夢・蘇生など、現実生活の枠から逸脱するものを全て掲げた。

怪異要素が多彩に盛り込まれていることは一見して明らかである。ここで西鶴の独自性として問題とすべきは、怪異要素があることと、読者に怪異性――現実からの逸脱感――をリアルに感じさせることとが、パラレルには対応していないことであろう。この点について、これまで主として西鶴の「哄笑的発想」や「俳諧性」と結びつけて論じられてきている。この問題を検討する前に、ひとまず怪異性の内容を一瞥しておこう。

怪異の要素としては、一方に中世説話以来なじみ深い、異類・異形の系統（表では主に妖怪として示すもの）や神仏に関わるものがあり、一方に仙境・神仙譚の類や、亡魂による報復（巻二の三、巻五の五など）に代表される幽霊説話などが見られる。いわゆる百物語系・伽婢子系・仏教系といった傾向の、どれか一つに片寄ってはいない点を指摘できよう。当代の人々にとっては、やはり幽霊説話が最も新奇で題材の怪異性に引き付けられたかと想像するが、西鶴はむしろ、『諸国はなし』全体のカラーがその方向に染まることを、意識的に避けているようである。西鶴には出自・質を含めてさまざまなレベルの「不思議」を、共に取り入れ消化して新しい咄を創り出す自負があったであろうし、そのことを通じて作品に変化を持たせる意図もあったであろう。このことは、**表3**に示した怪異性のバリエーションが端的に示している。巻ごとの変化で言えば、巻一が笑話仕立てや現実性の強い咄が多く、人物等の変化も大きいのに較べて、巻二では、巻二の七に笑いをはめ込むことでようやくバランスを取るほど全体に怪異の気分が強く、『新御伽婢子』への接近が見られ、巻三では再び現実・笑い・民話への接近が伺えるといった具合である。

五巻を通じて各巻に怪異性が際立つ咄が一話は配されていることは、現実性や笑いと共に、怪異性が本書の柱の一つであることの表れであろう。逆に言えば、いわゆる「怪異」と現実性や笑いに見る「不思議」とが、西鶴の中で一つの像を結んでいたかどうかが、作品解釈の大きな分かれ目になるはずである。本章の目的から逸脱するので、この点に関する詳細は別稿を期したいと思う。怪異性のバリエーションを一瞥したところで、この項目の最初に挙げた問題に立ち戻ることとしよう。

『西鶴諸国はなし』においては、さまざまな怪異要素が現実からの逸脱感と必ずしも結びつかない点を、西鶴の方法上の問題として捉え、新たに「怪異性の剝奪」と位置づけておきたい。この問題は、西鶴の咄の方法を明らかにするいくつかの鍵のうちの一つでもある。西鶴は意図的に（あるいは西鶴の体質的なものに根ざす場合もあろうが）、題材の持つ怪異色を薄めているわけで、このことは同題材を扱った『伽婢子』『新御伽婢子』の各話に当たるだけで、即座に了解できることである。西鶴の「怪異性剝奪の方法」は探求すべき課題であるが、本章では以下に三つの側面を指摘し解説を加えるにとどめておく。

第一は、巻一の四、巻一の七、巻二の五、巻二の七のように、全体を笑話仕立てにすることで、変化（傘）や動物（狐）、異界（竜宮）などから怪異性を剝奪し、日常性に引きずりおろしてしまう方法である。多くは、咄の終りに滑稽色を配することによって笑話に仕立てていることは、《笑話性》の項で見たとおりである。巻五の六もこの中に入れてよいかと思われる。

第二は、現実の新奇な風俗と怪異とを取り合わせることによって、興味の対象をそちらに擦り替える、あるいは現実の強者をおくことで怪異性の効力を薄めるという方法である。巻一の二「見せぬ所は女大工」を例に取れば（叡山の札や守宮という別の仕掛けもあることはさて措き）、読者の興をそそるのは、「大工」という職業婦人の珍しさであろう。そこでは、変化をなす守宮の怪異性そのものは薄められて提示された上、その女大工によって退治されるのである（第三部第二章参照）。同じ取り合わせでも、巻二の二「十二人の俄坊主」は、より力のある者を配している。ここでは、関口柔心などの名人咄や頼宣の武勇が取り上げられるのだが、怪異要素である「うわばみ」は頼宣を恐れる――即ち、頼宣の下位に置かれることによって、妖怪の怪異性は威力を半減されるのである。更にこの咄では、蛇に呑まれた十二人も命に別条はなく、皆一様に坊主になるという結末で笑いの気分となり、緊迫感は氷解している。怪異性の剝奪を考える際、このような取り合わせの妙は大いに注目すべきであろう。

第三に怪異性と好色性とを取り合わせている側面を挙げておきたい。先に笑話仕立ての例として挙げた巻一の四もその例に漏れないが、怪異要素のある咄のほとんど全てにおいて、西鶴は男女の色恋沙汰に筆を及ぼしている。それにより咄の世界が俄然現実性を帯び、卑近なものになって、怪異の超現実性を稀薄にしているのである。他の怪異小説に見られない、西鶴の独自性と言うべきであろう。

以上、三つの側面を指摘した。今、具体例は全て省略するが、このほかにも語り口の問題や、緊迫感を和らげる挿絵の働き、怪異小説にありがちな教訓性を持たないこと（**表4**参照）、全体で一七例に及ぶ「不思議」の語を怪異要素には直接結び付けない傾向、エピソードの自然な連ね方によって超現実性をそれと気づかせずに読者に受け入れさせてしまう咄の技法、章末に後日譚や第三者の評を入れることで咄を過去のものとし、緊迫感を削ぐ方法（第四節《章末》の項参照）等々、本書の中に怪異性を剝奪する手だては数多く指摘出来る。このように見てくると、逆に怪異性を維持し怪異が際立つ咄が、『西鶴諸国はなし』の中では特殊であることが、浮き彫りとなってくるようである。

なお**表3**の「怪異小説他」の項であるが、主として『伽婢子』『新御伽婢子』『宗祇諸国物語』の中で、本書と共通性が見られる咄があるものを表示した。(7)『諸国はなし』の執筆にあたり、西鶴が『新御伽婢子』を意識していたことは疑いない。ここでは内容には触れないが、右の三書を本書と並べて見ることによって、西鶴独自の怪異要素の料理の仕方――特に怪異性の剝奪や咄の取り合わせ、当代性など――が明確になるように思われる。先行怪異小説（中でも右に挙げた両書）や『宗祇諸国物語』との関係性は、今後本書の成立を考えていく上で、欠くことの出来ない視点である。

《教訓》《評》表4

現実性・笑話性・怪異性と、教訓や評との同居の度合いを見るために、「教訓」や「評」が明確な形で書き込まれている咄にそれぞれ「○」を付した。

《類話パターン》表4

説話の典型的類話パターンを示す。同時に、「占い」・「訴訟」など、必ずしもそれがメインとなって独立した咄を構成するわけではないが、咄の展開上よく見られる要素をも併せて示した。

表示はいずれも厳密なタイプインデックスに基づくものではないが、説話に見る話型との関係について、おおよその傾向をつかむことは可能である。即ち、限定されたいくつかの咄を取り出して、その素材や方法に説話（民話）の影響を強調するアプローチがことさらに感じられるほど、西鶴は総ての咄に、自然に説話の類型を取り込んで利用しているのである。言葉を変えれば、西鶴はある面で正しく説話文学の延長線上にいる、と言うべきであろう。西鶴のオリジナル性は、一話を構成している咄のパターンそのものにあるのではなく、むしろその組み合わせ方や題材の消化の仕方にあるのである。問題とすべきは、類話のパターンを踏まえた上で、何が西鶴らしさなのか、『西鶴諸国はなし』の新しさとは何かを検証することであろう。なお、類話パターンの表示内容を腑分けしていくことも、作品のバリエーションをつかむ上で何らかの意味があろうかと思われるが、ここでは省略する。ただ、内容が多岐にわたること（笑話、民話、伝承、仏教説話、怪異説話等）、及び編集上変化に留意していることを確認しておくにとどめる。

なお、類話パターンの利用と関連があると思われるのでここで触れておくが、表現の上では明確には示されていない、隠された副主題ともいうべきものがある。即ち、仕掛けられた（隠された）咄の要素であって、『西鶴諸国はなし』の性格上重要なものである。第三部の作品分析において詳述する予定であるため、ここでは一例を挙げるにとどめておく。

巻一の二「見せぬ所は女大工」は、釘にとじられた守宮が生きていたという素材を核に、「悪霊退治、夢中の怪、占い」という伝統的類想でふくらませ、「女大工」という当世風の珍しい職業婦人と取り合わせ、更に都を守るはずの「叡山」のお札が元凶という皮肉を効かせることで咄を締め括っている。しかし、文中に現れたこれらの要素以外に、隠し題として「奥向きの女の独り寝」が効いている、と思われるのである。「登場人物が女性のみ」であるとか、「貞操を守る守宮」(8)とか、「奥向きの舞台設定」といった記号は、総て恋を示唆しているものと読めば、西鶴の仕掛けた「恋」という隠し題が浮かび上がってくる。

裏で恋を意識した咄は、他にも六篇ほど見出すことができる。(9)つまり咄の内容に関して、一読了解される類話パターンだけでなく、そこに加えられた西鶴らしさを読み解く必要があるのである。この点は、他の怪異小説類には見られない操作であり、咄創りにおける類話パターンの利用に連なる西鶴独自の方法と言えよう。

表4　教訓・評・類話パターン

巻・章	章題	教訓	評	類話パターン
巻一の一	公事は破らずに勝			狡智　訴訟　学頭の知恵
巻一の二	見せぬ所は女大工			悪霊退治　占い　夢中の怪
巻一の三	大晦日はあはぬ算用		○	機知
巻一の四	傘の御託宣			飛神　愚か村　付喪　妖物退治　艶笑　託宣
巻一の五	不思議のあし音			調子の占　観相　名人咄
巻一の六	雲中の腕をし			長生　神仙譚
巻一の七	狐の四天王			狐の報復　髪切
巻二の一	姿の飛乗物			化物語
巻二の二	十二人の俄坊主			名人咄　神罰　蛇に呑まれる
巻二の三	水筋のぬけ道			死霊復讐　嫁が淵　悋気
巻二の四	残る物とて金の鍋			神仙譚
巻二の五	夢路の風車			隠里　仙郷　夢の告
巻二の六	楽の男地蔵		○	神隠し　誘拐　訴訟
巻二の七	神鳴の病中		○	跡目争い　名刀　雷神　水論
巻三の一	蚤の籠ぬけ			牢の高名咄　訴訟　夜盗
巻三の二	面影の焼残り		○	蘇生　占い　出家
巻三の三	お霜月の作り髭			強戯　墨塗り

巻三の四	紫女			妖怪　異類婚姻か
巻三の五	行末の宝舟		○	竜宮　魂還　神隠し　巧智
巻三の六	八畳敷の蓮の葉			竜の昇天　法話
巻三の七	因果のぬけ穴		○	敵討　夢の告　因果応報
巻四の一	形は昼のまね		○	生きて働く作り物　狸
巻四の二	忍び扇の長歌			恋
巻四の三	命に替る鼻の先		○	僧が天狗となる　さとりのわっぱ
巻四の四	驚は三十七度			殺生戒　鳥塚起源
巻四の五	夢に京より戻る	○		草木譚
巻四の六	力なしの大仏			力競べ　名人咄　大小比較　鍛錬
巻四の七	鯉のちらし紋	○		怪魚　異類婚姻　魚女房
巻五の一	灯挑に朝皃		○	茶の湯　愚か者
巻五の二	恋の出見世			子別れ
巻五の三	楽の鱏鮎の手			地名起源　動物の援助　形見の衣
巻五の四	闇の手形		○	訴訟　機知
巻五の五	執心の息筋		○	継子譚　幽霊復讐
巻五の六	身を捨る油壺		○	山姥　油盗
巻五の七	銀がおとして有	○		正直（笑話）　物を拾って幸福となる

四　創作方法へのアプローチ

これまで形態（第二節）及び内容の側面（第三節）から項目を立てて説明を加えて来たが、その中で自ずから方法に関わる領域に言葉が及んだものも多い。本節では、咄としての構造上の装置や表現上の技法といった、目に見える方法を一瞥し、構想にも目を向けることで、本書を方法の面から分析するための視点（項目）を提示したい。具体的項目は**表5〜6**に示すとおりである。このうち、「時代」「土地」は、内容の一環として処理すべきであろうが、西鶴の咄ではこれらの設定に意図的計算が見られ、方法との関連が深いと考えられるので、あえて本節で扱うこととした。「座」以下「列挙」の項は、表現上の技法のいくつかを通覧しようとしたもので、一括して項目解説および表示の基準を述べる。「章首」「章末」は、構造上の装置を把握する意図で立てた項目である。「咄の並列」は、素材や内容との関わりが深く、個々の咄の精密な読みを行った上で判ずべきものであるが、ここでは構想上の方法として捉え、現時点での論者の判断を示すことで、大まかな傾向を見ておくこととした。

以上、本節での各項目によるアプローチが、既に第二・三節で触れた方法に関する部分と併せて、西鶴の咄の方法を考えていく補助線となることを期したいと思う。

《時代》表5

表示したように、年時を明示しているものは、巻一・二の五篇で、元和から慶安までに限定される。(10) とはいえ、咄の内容がある特定の年と結び付く必然性は見られず、恣意的な一面があるように思われる。

年時が明示されている五つの咄には、内容的にどのような傾向が見られるのであろうか。少なくとも、この五篇は現実性の強い咄ではない。同時に当代まで継続性がある咄ではなく、一回性の出来事、あるいは過去のある時点で完了した咄である。登場人物で言えば、別の章に登場する信長や井上播磨掾のように、実在感があり年代を特定できる人物や奉行の登場する咄ではない。舞台はと言えば、三都あるいは読者に馴染みの深い繁華な場所や、限定された特定の土地というわけでもない。要するに、人物や舞台に流動性があり、それだけでは実在感や説得力が希薄になりがちな咄や、民話・神仙譚・説話等に依拠していて、近年の咄として再生させるためには何らかの手続きが必要である、という咄に、年時を配して見せたように思われる。

時代を元和偃武以降のやや古い時期に設定したのには、それなりの理由があろう。今、私に結論のみを述べれば、

○　現実性の強い当代の咄の間に昔語りを置くことで、編集上の変化をねらった。

○　民話や説話の再生という点からすれば、当代に近すぎない方が説話性が温存されることになり、効果的である。

○　『新御伽婢子』においては年代が明記されているもののほとんどが、直近の万治・寛文・天和であることを念頭に置き、意図的にそれよりもやや逆上る時代の咄を混入させた。

といった複数の要素が絡んでいるように思われる。一方でこのような配慮をしているにもかかわらず、年時を明示しているのが巻一・二に限られるのは、『新御伽婢子』と比較しても、甚だバランスに欠ける。例えば、巻三の五「行末の宝舟」には年時の記述が見られないが、過去の一回性の出来事を扱い同時に民話伝承を踏まえるなど、年

時を明示した五篇と内容や方法に共通するものがある。つまりこの咄では、当事者の一人を「今に命のながく目安書して……」と描く形で実在感を持たせ、生き証人がいるとして咄に説得力を与える方法を選択し、年時を書き込むことによる安心感や定着を明らかに放棄しているのである。

こうした例を踏まえて**表5**の時代表示の分布を見直すと、「五篇に年時を与えている巻一・二は、五巻の中ではむしろ例外的で、巻頭であるがゆえに形式を整える配慮が働き、民話・説話色の強い咄に元和偃武以降三代将軍の御世までの年時を配した」、という見方もできそうである。いずれにせよ、成立問題との繋がりも考慮せねばならない問題である。

《土地》表5

目録の記載と諸国分布については前節で述べたので、ここでは内容や方法との関係から見た土地の設定に触れておく。表は舞台となる土地（国名または地名）を示す。二つの土地にまたがる場合は併記する。土地と内容との繋がりについて、その土地を選ぶ必然性が読者に了解されると考えられるものには、程度に応じて「◎」・「○」を付す。その際、必然性はあっても、それが一話の中の部分的エピソードとの繋がりにとどまる場合や、素材の説明なしでは即座に伝わりにくいものは「○」とする。評価は論者の判断によるものであるが、巻一の一「公事は破らずに勝」や巻二の二「十二人の俄坊主」など、咄の舞台として他に動かしようがないものが一方にあり、他方に明らかに土地のイメージや伝承を利用したものがあるなど、大半は土地の設定と内容の繋がりを承認できよう。

西鶴が土地の選択・指定に意を用いているのは一読して明らかである。一、二の例を挙げれば、咄の展開に占いを用いるのは京都が舞台の咄に限ること、同じ山中でも箱根・生駒・木曾などを明確に使い分けていることなど、随所にその周到さを伺うことができる。

また、**表4**の類話パターンの項を参照するだけでも了解されようが、複数の土地に類話伝承が伝わる例があるわけで[11]、咄に応じてその中から意図的に一つの土地を選び取っていることは注意しておくべきであろう。

方法に関わることであるが、土地の伝承を明示し、咄の展開に利用しているものは、一〇例ほどある。但しこれらの伝承（例えば生馬仙人、諏訪湖の神わたり、内助が淵など）そのものは、咄の展開とは一致しない場合がほとんどである。論証は省略するが、土地に結び付いた伝承を積極的に取り込むことで、咄に説得力を持たせ、当代に再生させると同時に、西鶴独自の咄の世界に読者を引き込む導入の具とする意図的方法であることは明らかである。

咄を自立させる上で土地伝承を利用していると考えられるものが一〇例あると述べたが、これとは逆の手順を踏んでいる咄もあるようである。即ち、土地に依存せず土地を限定しない形で、先に咄が出来ていたと思われるもので、巻二の五、巻二の七、巻三の七、巻四の四、巻五の五など、**表5**の土地の項が無印となっている咄の多くがこれにあたる。笑話仕立ての一例（巻二の七「神鳴の病中」）を除き、怪異性が顕著であり、いずれも地方に配されている。咄自体が独立してはいるが、逆に言えば西鶴らしさが希薄で話材がこなれていず、仕掛けのおもしろさが見られない咄と言えよう。中で巻四の四「驚は三十七度」は、殺生戒に「友よび雁」という珍しい風俗を取り合わせて、かろうじて土地との繋がりを確保しているように見える。西鶴の咄と舞台設定とが常に密接に結びつくわけではないことは、西鶴の創作方法を追求する上で考慮すべき点であろう。

確認すれば、土地の選択・指定において、特定の土地であることの必然性が希薄な咄では、内容上次のような特徴が見られる。即ち、おおむね題材それ自身の説話性に依存しており、一章全体の変化が乏しく、モノトーンであ

表5　時代・土地・表現上の技法

巻・章	章題	時代	土地	座	会話	誇張	滑稽	好色	列挙
巻一の一	公事は破らずに勝		◎奈良	○	○				
巻一の二	見せぬ所は女大工		◎京	△	○				
巻一の三	大晦日はあはぬ算用		◎江戸	◎	○				
巻一の四	傘の御託宣	慶安二	○掛作　○肥後	○	○			○	
巻一の五	不思議のあし音		○伏見	◎	○				
巻一の六	雲中の腕をし	元和	○箱根	◎	○		○		○
巻一の七	狐の四天王		◎姫路		○				○
巻二の一	姿の飛乗物	寛永二〜慶安四	摂津			○		○	○
巻二の二	十二人の俄坊主		◎紀伊	○	○	○			○
巻二の三	水筋のぬけ道	正保	○若狭　○秋篠		○				
巻二の四	残る物とて金の鍋		○生駒	△	○				
巻二の五	夢路の風車		飛驒		○				
巻二の六	楽の男地蔵		◎京			○			
巻二の七	神鳴の病中	正保〜	浅間		○		○		
巻三の一	蚤の籠ぬけ		駿河　○京	○	○	○			
巻三の二	面影の焼残り		京			△			
巻三の三	お霜月の作り髭		◎大坂	○					

巻三の四	紫女		○博多		○			○	
巻三の五	行末の宝舟		○諏訪	○	○		○	○	○
巻三の六	八畳敷の蓮の葉		○吉野	◎	○				○
巻三の七	因果のぬけ穴		但馬						
巻四の一	形は昼のまね		◎大坂					○	○
巻四の二	忍び扇の長歌		○江戸		○				
巻四の三	命に替る鼻の先		◎高野山		△				
巻四の四	驚は三十七度		鹿島		○				
巻四の五	夢に京より戻る		○堺		○			○	
巻四の六	力なしの大仏		○鳥羽			○			○
巻四の七	鯉のちらし紋		○河内		△	○		○	
巻五の一	灯挑に朝皃		春日	○					
巻五の二	恋の出見世		江戸	△	○				
巻五の三	楽の鱏鮎の手		○鎌倉　大淀						
巻五の四	闇の手形		木曾	○	○				
巻五の五	執心の息筋		南部		○				
巻五の六	身を捨る油壷		◎平岡		○				
巻五の七	銀がおとして有		◎江戸	△	○				

るという印象を免れないことである。結論のみを述べる形になるが、土地の設定にこだわり、土地と内容を深く関わらせる方法は、「素材をあらぬものに作りなす」という西鶴らしい咄の手法と深く結びつく場合において、より強く発揮されると言えそうである。

《表現上の技法》表5

表現上の技法として「座・会話・誇張・滑稽・好色・列挙」の六つの項目を立て、該当するものに一〜三段階の評価（「◎」「○」「△」）を付した。それぞれの項目の内容および評価基準は以下の通りである。

座——三人以上が一同に集まって座を形成するもの。咄との関係は左のいずれかで、咄の展開を担う程度、登場人物達の集合状況が座と認められる度合に応じて、私に三段階の評価を行う。
- ・法話など特定の性格設定のなされた場で、構成員の一人（僧侶など）によって咄が語られていくもの
- ・座の構成員がそれぞれにエピソードを披露するもの
- ・座の共通体験を構成員の一人が語るもの
- ・座中の咄のやりとりを写し取るもの

会話——ほとんど全篇にわたり口語表現が見られるが、相互に受け答えのあるもののみを取り上げ、二段階の評価を加える。

誇張——オーバーな形容といった、静止した一つの表現にとどまるものではなく、形容・例示などが次第にエスカレートして誇張されていく例。ここでは表現技法の一つとして捉え、二段階の評価を加える。

滑稽――題材や構想上の笑い（素材の転合化など）ではなく、部分的表現上のおかしみ、茶化しや言葉遊びに近いもの。中で色事をかすめるものは「好色」の項に入れる。

好色――題材としての好色ではなく、主に会話中の表現に好色性を取り込むもの。咄を現実の次元に引きおろし、笑いを醸す効果を持つ。

列挙――部分的表現に物尽しが見られるもの。

右の項目のうち、座と会話の項目を掲げた理由は、百物語の伝統の枠組を意識したからではなく、むしろ集まって評判する、或いは談話するといった咄のプリミティブな形に注目した結果である（「会話」を重視したのは、そのためである）。座の会話により咄が展開していき、その座に集う人々次第で咄の方向が自在に変化する気分を一話の中で維持する、というのは、単純なスケッチに見えて、その実周到な用意や構成能力が必要とされる。「座と会話と咄の展開」がうまく嚙み合っている咄には、リアルタイムの咄の臨場感と自由な気分とを重視した作者側の計算が十二分にあり、そこに初めて読者を巻込んだ形での共有空間が生まれ得るといえよう。咄の中心にこの方法が見られるのは、巻一の三～六及び、巻三の六「八畳敷の蓮の葉」ということになろうか。今、個々の咄に立ち入る余裕はないが、座の設定が成功し、会話が咄の展開にうまく機能すれば、「誇張・滑稽・好色・列挙」等の表現上の手だてがなくても、リラックスした、時に笑いを含んだ臨場感が十分に成立するのは、表に見るとおりである。

《章首》表6

章首（枕）を構造上の装置と捉え、そのパターンを、「1登場人物等の紹介、2伝承・伝説、3評・教訓・諺等、

4風俗流行・風景季節描写、5類例、6その他」の六種に分けて整理した。

博多・吉野・生駒・鹿島など地方が舞台の咄では、風俗や風景描写を枕におく傾向が見られるが、当然の配慮であろう。巻四の六のように、章首がそのまま一つの挿話となり、導入としての役割を越えているものもある。野間光辰氏は「西鶴五つの方法」（一九六七年（昭42）3月～一九六九年（昭44）3月）で枕の型を分類し、巻四の六「力なしの大仏」の章首を「連ね枕」とされているが、用語として「枕」にこだわることが西鶴の意図に適うのかどうか疑問である。西鶴は、咄創りに型としての枕が必要だという意識を、必ずしも持っていたわけではないと思える。

一方、巻五においては「章首に教訓や評が置かれ、章末が登場人物の死や消滅で終る」咄が続くが、これらがあまりに「枕で始まり亡魂の消滅で終る」という型通りになっていることが、本書全体から見ると却って特殊に感じられる。

《章末》表6

章末も章首と同様、構造上の装置という見方をしたい。章末については、西鶴の他の作品にも、急激な逆転やはぐらかし等いくつかの特色を見出すことができ、それらをどう捉えるかが作品理解の一つの鍵でもある。『西鶴諸国はなし』では、各咄の完結性が西鶴の前二作品に較べて高いのであるが、それだけ終らせるための装置に意を用いていると言えよう。例えば怪異を扱う咄では、当代の他の怪異小説と異なり、教訓で締め括る例はない。三五話それぞれに終り方を工夫している様相が、表からも見て取れる。

表には「後日」「オチ」「評」「結末（死・消滅・登天など）」「奉行」「〇〇起源」などと記したが、総じて次の1

～5のようなパターンとして把握できる。なお、左記の4・5は咄自体が結末を迎えた後に説話的結構を付け加える構造を持つもので、1～3とは位相を異にするが、ここでは一括して示しておく。

1　笑話のオチおよびそれに準じるもの（「オチ」と表示したものは、笑話のオチのように、落差がありそれまでの咄の内容を無効にする力がある、というわけではなく、あくまで咄をこわさない範囲で、咄を笑いで締め括っているものである）。

2　主要人物・異類などが消滅・登天・死によって姿を消すもの。咄の緊迫感やスピードをこわさず、読後もその余韻が残るもので、当然ながら亡魂が関わるものが多い。一つの結末の型として位置づければ、巻一の二、巻二の一などもそのバリエーションと捉えることも可能である。ただ、この場合は後日譚を付加する形をとって怪異性を和らげている。

3　結末に力や知恵のある人物を登場させることによって、問題が一挙に解決するという力業で終る形。「人物」はこのパターンの約一二話中五例が奉行である。必ずしも最後の一行というわけではないが、終り近くになって実質的に問題を解決する人物も加えれば、巻一の二の女大工、巻一の四の後家、巻二の二の頼宣等々が挙げられる。これらの人物が咄を締め括る役割を担っていることは明らかで、咄の中の一つの装置と見ることが可能である。

4　後日譚を付加するもの。登場人物に擦り替わって、語り手が咄を引き取る形をとる。それまでの咄の部分を独立させ、語りの時点から切り離して過去のものにしていると言えよう。先の2・3と抱き合わせになっている例もある。咄を過去の奇談とすることで、意図的に曖昧化する、怪異性や緊迫感を剝奪する、といっ

表6　章首・章末・話の並列

巻・章	章題	章首（枕）	章末	話の並列
巻一の一	公事は破らずに勝	伝承・伝説　登場人物の紹介	奉行　後日	
巻一の二	見せぬ所は女大工	登場人物の紹介	結末（焼く）　後日	
巻一の三	大晦日はあはぬ算用	登場人物の紹介	評	
巻一の四	傘の御託宣	登場人物の紹介	艶色オチ	○
巻一の五	不思議のあし音	伝承・伝説　登場人物の紹介	オチ	●
巻一の六	雲中の腕をし	登場人物の紹介	結末（登天）	●
巻一の七	狐の四天王	登場人物の紹介	（オチ）	●
巻二の一	姿の飛乗物	登場人物の紹介	後日	●
巻二の二	十二人の俄坊主	評・教訓・諺等	結末（オチ）	○
巻二の三	水筋のぬけ道	登場人物の紹介	結末（死）	
巻二の四	残る物とて金の鍋	風景描写　登場人物の紹介	第三者の解説（生馬仙人伝承）	
巻二の五	夢路の風車	評・教訓・諺等　その他（隠れ里の紹介）	後日	
巻二の六	楽の男地蔵	登場人物の紹介	評	
巻二の七	神鳴の病中	評・教訓・諺等	オチ	○
巻三の一	蚤の籠ぬけ	風景（季節）描写　登場人物の紹介	奉行	
巻三の二	面影の焼残り	登場人物の紹介	評	
巻三の三	お霜月の作り髭	登場人物の紹介	（オチ）	

巻三の四	紫女	風景描写	後日（消滅・命拾い）	
巻三の五	行末の宝舟	評・教訓・諺等　伝承・伝説	後日（オチ）	
巻三の六	八畳敷の蓮の葉	風景（季節）描写　登場人物の紹介	語り（例示）おさめ	○
巻三の七	因果のぬけ穴	登場人物の紹介　評・教訓・諺等	結末（死）	
巻四の一	形は昼のまね	風俗流行　その他（播磨紹介）	オチ　語りおさめ	●
巻四の二	忍び扇の長歌	風景（季節）描写	後日（出家）	
巻四の三	命に替る鼻の先	評・教訓・諺等	後日	○
巻四の四	驚は三十七度	評・教訓・諺等　風俗流行	鳥塚起源	
巻四の五	夢に京より戻る	風景描写　登場人物の紹介	後日	
巻四の六	力なしの大仏	類例	後日（オチ）	
巻四の七	鯉のちらし紋	その他（評判　池の紹介）	里人の評	
巻五の一	灯挑に朝皃	風景（季節）描写　評・教訓・諺等	第三者の評	○
巻五の二	恋の出見世	登場人物の紹介	奉行	
巻五の三	楽の鱏鮎の手	登場人物の紹介	地名起源	
巻五の四	闇の手形	評・教訓・諺等	結末（死）	
巻五の五	執心の息筋	評・教訓・諺等	結末（消滅）	
巻五の六	身を捨る油壺	評・教訓・諺等	オチ	
巻五の七	銀がおとして有	評・教訓・諺等	後日（祝言）	

た効果が見られる。

5　第三者の評、解説、語り手の感想などを置く形。**4**と同様、咄を一旦終らせた後、評を入れて完結させている。この「評・解説・感想」などは短いが、咄を搦め取って咄の内容を相対化する機能を果たしている。怪異性・緊迫性を剝奪しているのは**4**と同じである。

以上、章末を私に五つのパターンに分けて説明を試みた。この他、咄の締括りを土地の伝承と結び付けるもの（巻二の四、巻四の四、巻五の三等）は**4**のバリエーションの一つではあるが、独立させて考える必要があろう。また、巻四の一のように、**3**と**2**が抱き合わせになった形の上に、浄瑠璃の語り納めを洒落で加えた例もある。子細に見れば、**表6**で示したような単一な捉え方が不十分なものであるのは言うまでもない。但しここでは、章末を装置として捉えた上でその様相を大まかに把握し、内容や方法を見渡すにとどめておく。

《挿話の並列》表6

本書には、いくつかのエピソードが連なって一話を構成する際、挿話が独立性を保ち、それぞれが並列していると見なせるものがある。この傾向が顕著なものに「○」を付した。一方、同じシチュエーションで具体例を重ねていくような場合で、各挿話が同じレベルにとどまり、大きな飛躍・転換がないものには「◉」を付した。

評価の大まかな基準は、

○　ストーリー性の高い咄で、挿話がその一部として組み込まれているものは、部分としての独立性が多少あっても並列とは見なさない。

○　一章全体が一つの咄としてのまとまりを持つが、ストーリー指向ではなく、各挿話の素材や挿話相互の結合の様相がある程度透けて見えるものは、並列と見なす。

というものである。

この項目は西鶴の咄の方法を考える上で不可欠な視点であり、それだけに、咄の並列の具体的様相をさまざまな角度から分析する必要があろう。今思いつく視点を列挙すれば、ストーリーへの吸収のされ方、取り合わせの落差、各挿話をつなげる機能（付合的連想、土地への結び付き、主人公の設定など）の強弱、「業くらべ型」など咄運びの類型等である。取り合わせの落差を例に取れば、「水争いと笑話」（巻二の七）、「殺生戒と新風俗」（巻四の四）、「水筋伝承と亡魂」（巻二の三）等にその奇抜さを見てとることができる。ただし取り合わせを問題にする際には、単に挿話の取り合わせの妙を楽しむレベルと、別ジャンルの咄（仏教説話、民話、中国系怪異譚、笑話等）を意図的に組み合わせようとするレベルがあることにも、留意すべきであろう。いずれにせよ、『新御伽婢子』などで一話が一つの話題に終始しているのに較べると、『西鶴諸国はなし』には咄の並列性が顕著であり、そこに西鶴の独自性を伺うことができる。

注

（1）　これまで分類整理の試みがなされないではなかったが、いずれも同一視点による明確な分類基準や方法に拠ったもの、あるいは全篇を網羅したものとは言い難いのが実情である。

（2）現段階における素材探求の成果は、江本裕・谷脇理史編『西鶴事典』（一九九六年（平6）12月）の「出典一覧」（担当　川元ひとみ）にまとめられており、この方面の整理は地固めの終った段階と考えている。

（3）第二章以下では、本文が一・五丁または二・五丁であれば絵は半丁、本文が一丁・二丁・三丁であれば絵は一丁となる（第一章は絵がそれぞれ一丁及び半丁となる）。なお、この形に注目した宗政氏の次の論説がある。同論の検討を含めて、第二部第一章で論じたい。

宗政五十緒「『西鶴諸国はなし』の成立」（野間光辰編『西鶴論叢』一九七五年9月　中央公論社　所収）。

（4）『本朝二十不孝』巻一の四「慰改て咄の点取」に「其比は咄作りて点取の勝負はやりしにおりふしの兼題に・還咲の花の陰に哀にをかし物・初霜の朝に四人泣は悲しき物・世の中にあればいやな物なければほしき物・はじめおそろしく中程はこはく後はすかぬもの・時雨の夜は跡先のしれぬ物・此五つの題を取てあけ暮案じ入……」とある。

（5）例外が二つある。一つ目は巻五の二の浪人で、名を秘すところに不可思議さが生じるという設定のため、無名としたと考えられる。二つ目は巻四の二の男女であるが、名を明示しないのはモデルとの関係もあろうか。後者は「下級武士、醜男」という設定と相まって、無名であることが男の相対的立場の低さを表す効果をもたらしている。

（6）先に《現実性》の項で、現実性の強い一一話と「おかし」の語との結びつきが強いことを指摘したが、笑話性の認められる八話と「おかし」の結びつきの度合は、それをやや上回る。

（7）表の記載は私の判断によるものである。『伽婢子』・『新御伽婢子』に関しては、『西鶴事典』掲載の出典一覧（前掲注2）とは視点が異なるせいか、異同が多い。
（8）テキストの表記は、「屋守」であるが、やもりは「守宮」の表記を媒介にして、「ゐもりのしるし」伝承と結びついていると考える（『類船集』によれば宮守（ヤモリ）と血は付合）。第三部第二章参照。
（9）恋を意識した咄作りと関連するが、挿話の取り合わせとしての怪異性と好色性について、先に《怪異性》の項で、怪異性の剝奪という観点から若干触れた。
（10）宗政五十緒氏は全掲（注3）論文で、「巻一、二の諸章は主として江戸初期をその時代に設定していたといいうるようである。そして、このことは巻一、二のみならず『諸国はなし』全体の基本的な時代設定にも、例外はあるけれども、通じるようである。」とされるが、筆者は見解を異にするものである。
（11）一例を挙げると、土地との結び付きに一見必然性が見える巻一の七の於佐賀部狐の類話には、源九郎狐や小左衛門狐が思い浮かぶし、巻四の七の鯉の説話には近藤忠義氏が指摘された二点、摂州網島大長寺の鯉塚の由来（寛文八年）や伊勢の浦の小僧円魚の伝承（『奇異雑談集』）があり、他にも鳥羽の恋塚などの類話（第二部第四章参照）がある。
近藤忠義『西鶴』（日本古典読本9）一九三九年（昭14）5月

付表1　三五話の梗概

巻・章	章題	梗概
巻一の一	公事は破らずに勝	東大寺が太鼓を貸し渋ったため、興福寺は胴内の「東大寺」の銘を一旦削り書き直して返却。奉行は興福寺の所有と裁いた。
巻一の二	見せぬ所は女大工	奥様が背骨に大釘を打ち込まれる夢をみる。女大工が室内を壊すと、比叡山のお札の下に釘で打ち貫かれた守宮が生きていた。
巻一の三	大晦日はあはぬ算用	品川の浪人が十両包みを入手し仲間に披露するうち一両紛失。そこへ誰かが一両出し女房が一両見つけて一一両となる。主人の智恵で難題解決。
巻一の四	傘の御託宣	紀州の傘が突風に飛ばされ肥後の山奥に落ちた。社に祀るとおくらごを要求する。後家が籠るが何も起こらず、後家は怒って傘を破り捨てた。
巻一の五	不思議のあし音	伏見の一節切吹きの盲人が足音で通行人の正体を次々に言い当てるが、下僕連れの武士を「男と女」と言う。正体は男装した女主人と手代だった。
巻一の六	雲中の腕をし	箱根の嶺に住む百余歳の短斎坊を、常陸坊海尊が訪れる。源平の昔を語るところへ猪俣小平六が現れ、腕相撲をするうち三人共に雲の中に消えた。
巻一の七	狐の四天王	姫路の小狐が礫に当り死ぬ。屋敷に礫が投げられ、夫婦・嫁・父がそれぞれの成り行きで髪を剃られてしまうが、すべて狐の報復であった。
巻二の一	姿の飛乗物	摂津池田に美女を乗せた女乗物があった。馬方が口説くと出てきた蛇に喰いつかれ、難病になる。その後乗物は街道筋を移動し、女も姿を変えた。

巻二の二	十二人の俄坊主	頼宣の船遊び中、関口柔心は落ちざま小姓の衣を斬り裂く。大蛇が現れるが頼宣に長刀で払われて退却。呑みこまれた十二人は丸坊主となって尾から出た。
巻二の三	水筋のぬけ道	若狭で女中ひさの顔に女房が焼け火箸を当てる。ひさは身投げし遺体は秋篠に揚がる。ひさの霊が女房に焼鉄を当てた時刻に、女房は急死する。
巻二の四	残る物とて金の鍋	商人が山道で老人を背負うと、礼に酒肴や美女を吐き出して馳走。老人が眠ると美女は情夫を吐く。目覚めた老人は全て呑みこみ、金の小鍋をくれた。
巻二の五	夢路の風車	奉行が隠れ里に入り込むと夢に女の首が現れ、敵をとってくれと嘆く。国王に訴え犯人の谷鉄は死刑。奉行は風車でこの世に帰る。
巻二の六	楽の男地蔵	北野の独身男は子供と遊び、美しい幼女を盗んでは返す。菊屋の七歳の娘が掠われる。男は捕えられ、可愛がりたいだけと言う。
巻二の七	神鳴の病中	浅間の百姓兄弟が家宝の刀を争うが、水争いの際に父が殺人を免れた鈍刀と知れる。その旱は水神鳴の腎虚が原因だったという。
巻三の一	蚤の籠ぬけ	府中の浪人が強盗殺人の冤罪で捕えられる。牢内の自慢話で真犯人が判明し、浪人は身の潔白を証明してくれた犯人の赦免を願う。
巻三の二	面影の焼残り	造り酒屋の娘が病死。乳母の夫が墓地でまだ息があるのを発見し看病すると、快癒するが物を言わない。親が仏事をやめると話し始めた。
巻三の三	お霜月の作り髭	同行四人の酔った隠居が、婿入りする男の寝顔に墨を塗る。舅が死装束で飛び出し、四人は作り髭に引裂紙、裃姿で詫びて示談が成立した。

巻三の四	紫女	筑前の武士伊織は常精進の一人暮らしだが、紫づくめの美女が毎夜訪れ次第にやつれる。「紫女」と知って女を斬ると、洞穴に消えた。
巻三の五	行末の宝舟	諏訪湖で勘内が春先に転落する。七夕に玉船で現れ、龍宮で買物係をしていると言って同行者を誘う。同行した六人は帰らなかった。
巻三の六	八畳敷の蓮の葉	吉野山で小蛇が昇ると見えたが龍の天上だった。驚く村人に和尚は他国の大きな物を示し、策彦和尚と信長の逸話を話した。
巻三の七	因果のぬけ穴	親子で敵討に出るが果たせず、父は抜け穴で足を摑まれ、子は父の首を斬る。父の首を埋めた穴に伯父の髑髏があって因果を説くが、子も返り討ちにあう。
巻四の一	形は昼のまね	大坂の浄瑠璃小屋で夜中に人形同士が戦う。継信が休むと二郎兵衛は水を飲む。人形が水を飲む点を不審がると、実は狸の仕業だった。
巻四の二	忍び扇の長歌	大名の姪と中小姓身分の醜男が駆け落ちするが捕まる。男は成敗され姪は座敷牢に。自害を迫られるが、作法であり縁だと主張。剃髪して男を弔う。
巻四の三	命に替る鼻の先	高野山。鼻先に割挟みが当って、天狗が正体を現す。報復に山を焼くと聞いた宝亀院は、山を救うため天狗になる。杓子天狗の由来。
巻四の四	鷲は三十七度	常陸。猟師の子供が、うなされて三七度ぴくぴく動く。妻は夫が三十七羽殺生したことを言い当て、猟師は畏れて塚を建立。
巻四の五	夢に京より戻る	女が藤を取り返しに歩く。昔、金光寺の藤を禁中に移すと藤の精が嘆いたので戻したというが、折られた藤は元の棚に戻っていた。

巻四の六	力なしの大仏	鳥羽の車夫大仏は大男だが力なし。息子が八歳の時子牛を持ち上げる。毎日続けると九歳で大牛を持ち上げ、成人して鳥羽の小仏と名乗った。
巻四の七	鯉のちらし紋	鯉を可愛がった漁師が結婚すると、留守に女が来て女房を脅す。舟に大鯉が飛び乗り、口から子を吐くと去った。
巻五の一	灯挑に朝皃	朝顔の茶の湯に昼前に来た客を提灯で迎えるが、皮肉に気づかない。庭の掃除をせず「八重葎」の軸、漢の茶の湯に「仲麿」など、数奇の茶があるのに。
巻五の二	恋の出見世	実直者の長兵衛の店先で、浪人が「娘を嫁に貰ってくれ」と五百両と刀脇差を渡し、その場で髪を切って行方知れずになった。
巻五の三	楽の鱏鮎の手	鎌倉流円坊のもとに鱏鮎が二匹来て世話をする。伊勢の円山上人の紫衣をさし出すので不審がると、円山遷化の報。
巻五の四	闇の手形	人を討って女と退く途次、追分で暴れ者が同行の女に恋慕し仲間と乱暴を働く。「鍋墨の手形」を証拠に賊は捕えられ、二人は刺し違えて死ぬ。
巻五の五	執心の息筋	南部鉄商人が後妻に跡を託して死ぬと、三人の息子も続いて死ぬ。後妻は、継子の幽霊に息を吹きかけられて焼死する。
巻五の六	身を捨る油壺	一一人の夫に死別した八八歳の老婆が明神の燈油を盗んで首を射抜かれる。火の玉となって祟るが、「油さし」と言うと消えた。
巻五の七	銀がおとして有	「江戸では銀拾いがよい商売」と教えられた難波男、江戸に下って毎日拾いに歩く。皆が五両出しあって拾わせ、これが縁で富貴となる。

第二部　構想と成立試論

第一章　書誌形態から見えてくるもの

一　はじめに

第二部では、『西鶴諸国はなし』の版下の調査考察、及び作品内部の主として創作方法上の分析とを重ね合わせて、作品の成立過程をめぐる事情を探り、西鶴が当初意図していた説話集『大下馬』の本質に近づこうとする試みを展開する。これを仮に「構想と成立試論」と題するが、「名人芸と言われた西鶴の咄の原点といえる方法は何か、刊行された『西鶴諸国はなし』という作品を総体としてどう捉えるか」という問題意識が常に背景にあり、最終的にはそれらの解明に繋げようとするものであることを始めにお断りしておきたい。

上記の試みのうち本章は、版下の調査考察に焦点を絞り、第一部で報告した諸本の調査結果を出発点として、本書の「版下の特徴、版心の形式、句点の分布、割付け、各巻各章の分量」などの書誌形態上のデータを関連づけ総合的に捉え直すことを通して、『西鶴諸国はなし』の成稿をめぐる事情に及ぼうとするものである。調査した版本は第一部で報告したとおり、東洋大学附属図書館蔵本（吉田氏旧蔵本）、天理大学附属天理図書館蔵甲乙二本、京都大学附属図書館蔵本、東京大学総合図書館蔵霞亭文庫本、東洋文庫蔵岩崎文庫本、東京女子大学図書館蔵本、立教大学池袋図書館蔵江戸川乱歩旧蔵本、星槎大学蔵真山青果旧蔵本の計九本である。何れも同一版木に拠ったものであり刊記も共通している。本章では諸本の調査報告を踏まえ、所在が明らかな諸本のうち最も刷りが早く同時に書誌的に最も瑕瑾の少ない東洋大学本を底本に据えて、版下の特徴を探ることとする。以下で用いる『西鶴諸国はなし』の図版は『［西鶴選集］西鶴諸国はなし』（東洋大学本）により、『好色一代男』・『諸艶大鑑』については『近世文学資料類従』による。[1]

二　版下の特徴

本書の版下は、挿絵も含めて西鶴自画自筆と言われている。個々の考証は省略するが筆者もこれを追認する立場であり、このことを前提として以下いくつかの観点から版下の特徴を探っていきたい。なお必要に応じて、『西鶴諸国はなし』の九箇月前に同じ池田屋から刊行された『諸艶大鑑』の例を併記する。これも西鶴が直接版下に関わっており、[2]分量は本書の二倍強である。

1　脱字の追補

次ページの**図1**は脱字を校正段階で小書きにして補ったと思われる全例で、『諸艶大鑑』と『好色一代男』の全例も併記する。一見して助詞の脱落が多い（この傾向は、『本朝桜陰比事』・『西鶴名残の友』など『諸国はなし』以後の自筆とされる版下にも見られる）。併記した二書の分量が『諸国はなし』の二倍前後であることを考慮すると、『西鶴諸国はなし』では脱字の追補が際立って多いことがわかる。入木訂正はさほど行われなかったと言えよう。

図1　脱字の追補

西鶴諸国はなし

巻一 12ウ5
12オ7
14ウ3
16ウ6
巻三 19ウ6
巻五 7オ5
10オ6
11ウ2
16ウ6

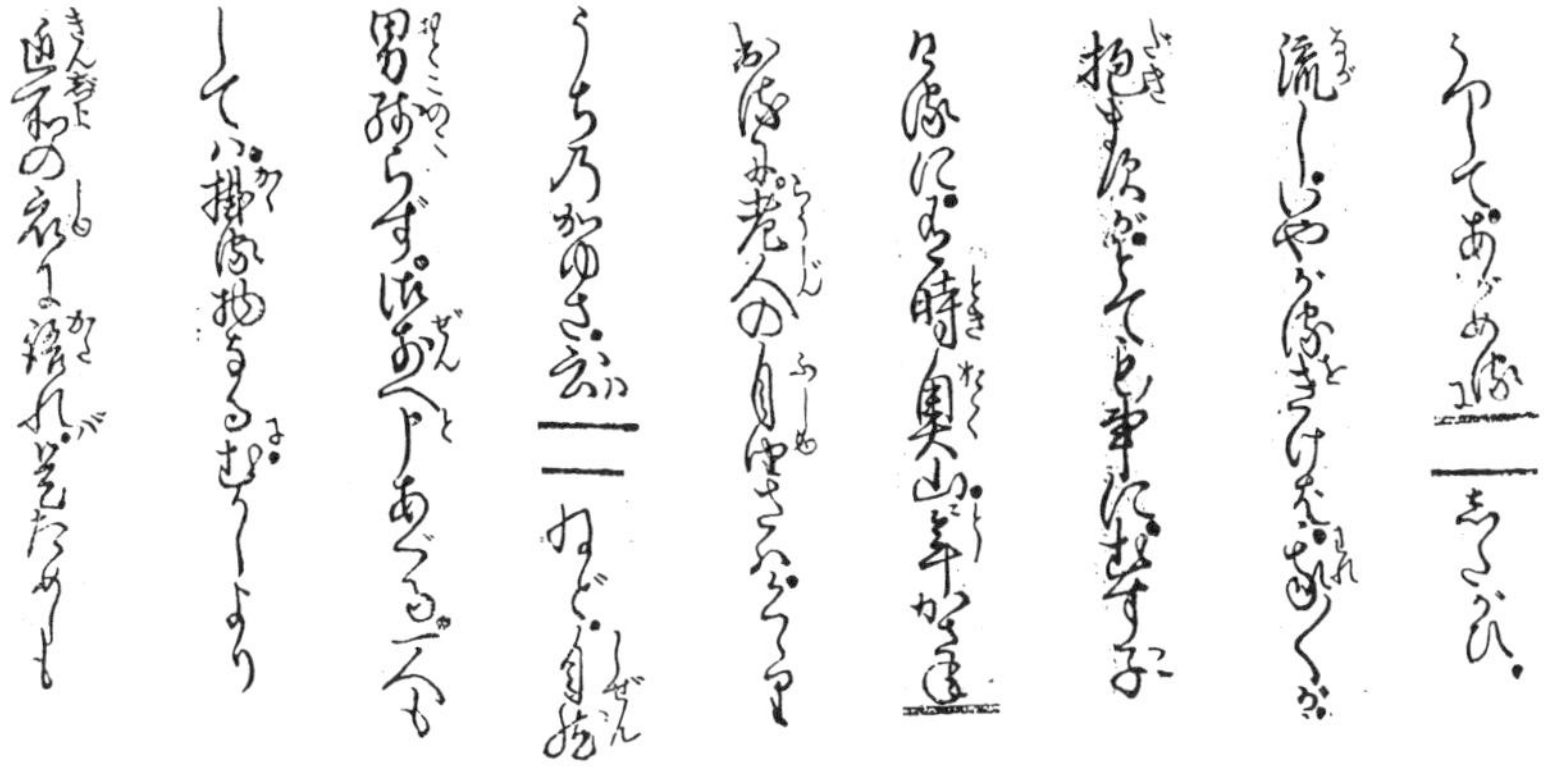

諸艶大鑑

巻三 11ウ12
巻四 15オ5
巻五 4ウ4
5オ9
巻七 7オ2
巻八 11オ6

好色一代男

巻三 6オ6

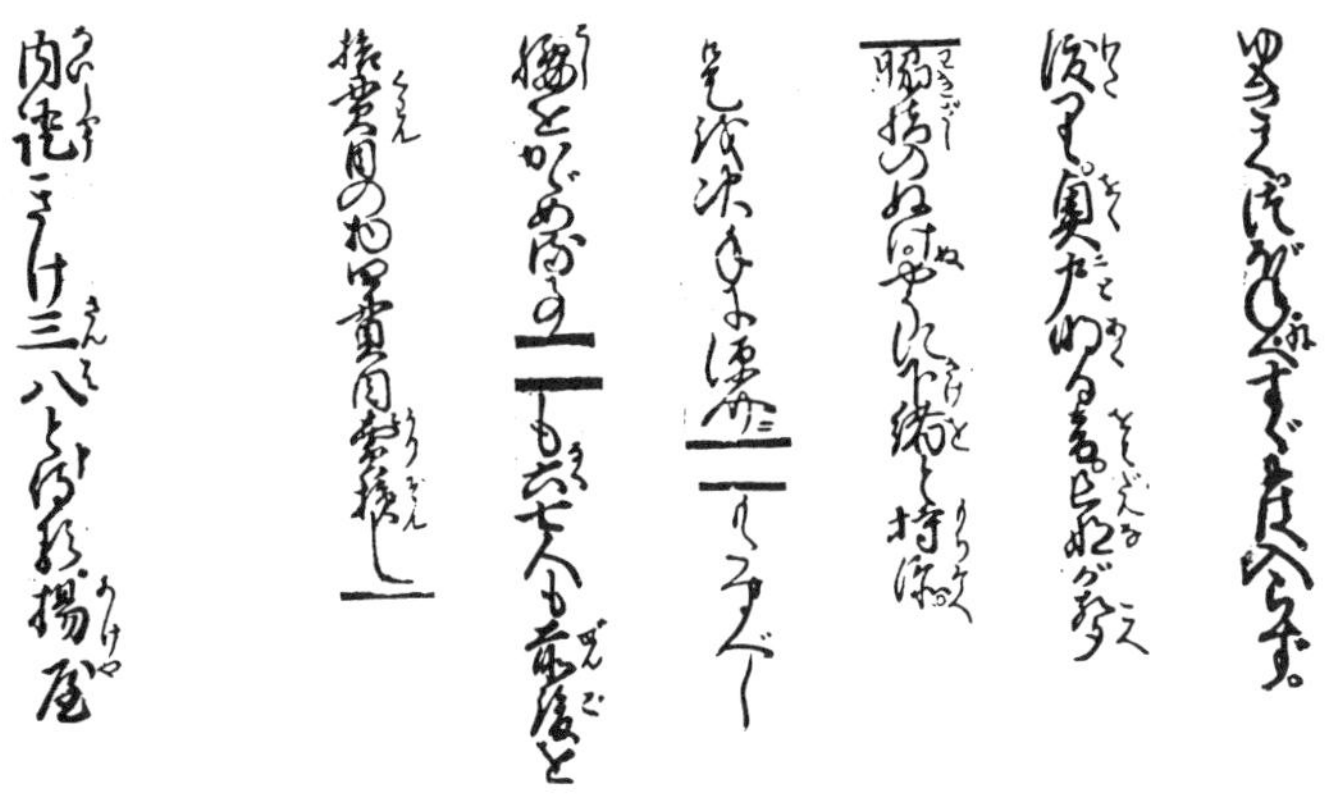

2　誤刻

誤刻の箇所を『好色一代男』・『諸艶大鑑』の例と共に挙げる（但し、振り仮名・濁点・漢字表記などに関するものは割愛する）。

西鶴諸国はなし

当寺の物になせるなせる分別あり（巻一３ウ）
杉戸こけ掛りおはぬ怪我をいたしける（巻一14オ）
おのれ証拠をみ見せんと（巻一20ウ）
焼刃もかつてなれれば（巻二19オ）
小哥ままじりに（巻三８ウ）
仏の通のあたりがたき事に（巻三10ウ）
その中にで（巻三15オ）
天この科をゆるしたまぬを（巻三20ウ）
さまの〴〵ふしを語り出して（巻四２オ）
楽屋番の二人おどき太夫本にて是を語る（巻四３オ）
女房はやさくしも此事とまれと異見する事（巻四９ウ）
おもひありし物語のあり（巻四12オ）
小家へははいる事を。あたまつかへて。めいわくすれども。（巻四14オ）

諸道具皆から物をかざれしに（巻五3オ）

松火もとけなくなく（巻五14オ）

好色一代男

是おそろしおもはゞ・文の返事もしたり・（巻三20オ）

幕うたせてて・誠に仏法の昼なり・（巻八7ウ～8オ）

諸艶大鑑

遥に見れゆるは。くらがりにても初音なり。（巻一11オ）

今ににはひきふね。禿まじりの丸寝。（巻一12オ）

髪にも深く留て。此やしさ言葉ではいわず（巻一16オ）

一番鶏のに鳴時（巻一18オ）

古今類なき遊女なり。是にも賛をのみしに。（巻二6オ）

鶯の子を三光に付ると。からず其声を囀るぞかし（巻二21ウ）

此外遣手禿までも。口くせあれあれども（巻二21ウ～22オ）

爰の角。かしこの屏風をたゝきめくるぬるは興あり。（巻四3ウ）

笛はなかりしに。皷にもよるやとやさしくおはる。（巻四18オ）

身のくだけるもといはで。舌喰切所存見へし時。（巻五2ウ）

下女に。嵐が狂言を咄しを。口から果迄聞。（巻五19オ）

捨し身のと。五文字書付る折し。（巻六2ウ）

さいの川原の子共も。思ひ〳〵も作り姿。（巻八5ウ）
きのふはお帰りをなげしが。けふはひた〳〵がいやしや。（巻八14ウ）
親世之介より・色道の二代男と沙汰せられから。（巻八17ウ）
はなつさせし爪は。剣の山を筥入にして見るがごとし。（巻八18オ）

軽重を別にして今数だけを問題にすれば、『西鶴諸国はなし』一五例、『諸艶大鑑』一六例、『好色一代男』二例、そして、例示は省いたが『好色五人女』八例となる。総量の差を考え併せれば、前後に刊行された西鶴の浮世草子作品に較べて、『諸国はなし』は版下の入念なチェックや最終的な入木修正がほとんど行われなかったものと推察される。

3　行末字詰め

次ページの**図2**に行末の字詰めに多少無理が感じられる例を二、三示す。⑴は咄本や俳書などによく見られる例でことさら取り上げるまでもないが、『西鶴諸国はなし』において頻度が高いことを指摘しておく。⑵は下部匡郭に本文が接したために匡郭を削ったかと思われる例で、『諸艶大鑑』の六倍以上の頻度で現れている。外枠がすでに印刷されている料紙に版下を書き入れたものであろうが、『諸国はなし』においては枠内の字配り（微調整）にさほど意を用いていないことが明らかである。

図2　行末字詰め

(1)

巻一17オ5

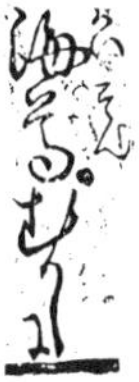

巻一21オ6

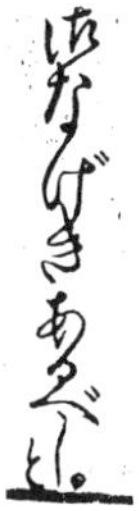

(2)

巻三10ウ2～5

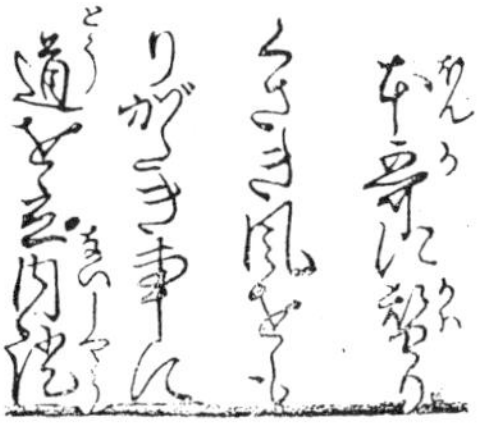

巻三11ウ5～7

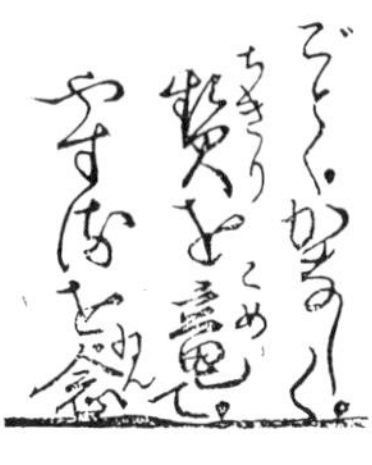

巻三12ウ3～6

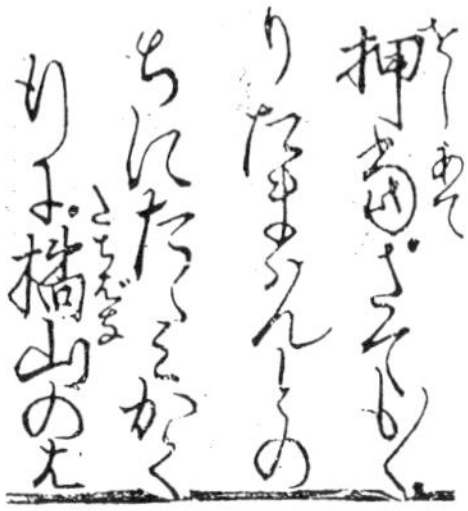

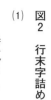

4　彫り残し、句点の彫り損ない

墨の跡が諸本に共通して見られる例を次ページの**図3**に挙げる。中には印刷の際の墨の汚れもあろうが、多くは彫り残しなど彫刻に起因するものであろう。出現頻度は高い（但しこうした彫り残しは、目に触れた限りで言って、多寡はあっても同時代の草子類に珍しいものではない）。後に改めて取り上げるが、句点に関しては彫り損ないが二例、稚拙な形のものが一例ある。なお例示は省くが、濁点は不揃いで長く、二本線が重なって一本になっている例が『諸国はなし』に多く見られる。これも、版木の摩滅というより彫刻が粗雑であったことに因ると考えられる。

参考　序の墨汚れ

102ページの**図4**は序文の末尾「是をおもふに人はばけもの世にない物はなし」の左傍に見られる墨の汚れである。彫り残し、入木または削り跡(3)、刷毛の汚れなどの印刷の不手際、版木の反りによる歪みなど様々な要因が考えられ特定できないのであるが、線が太く明瞭であることから印刷に起因する可能性も高い。版下と直接関係がある現象とは限らないが、資料としてここに提示しておく（なお同様の現象が、霞亭本及び天理甲本の二本のみではあるが巻一10丁オ7に見られ、こちらは明らかに刷毛の汚れなど印刷の不手際に因ると考えられることを付け加えておく）。

以上、**1**～**4**の項目を立てて本書の版下の特徴を探った。同一書肆刊行で、同じく西鶴自身が版下に関わる『諸艶大鑑』に比しても、校正チェックが不十分で彫刻も粗雑である。工程の慌ただしさが感じられると共に、全体に軽易な作業であったことが明らかである。

図3　彫り残し・句点の彫り損ない

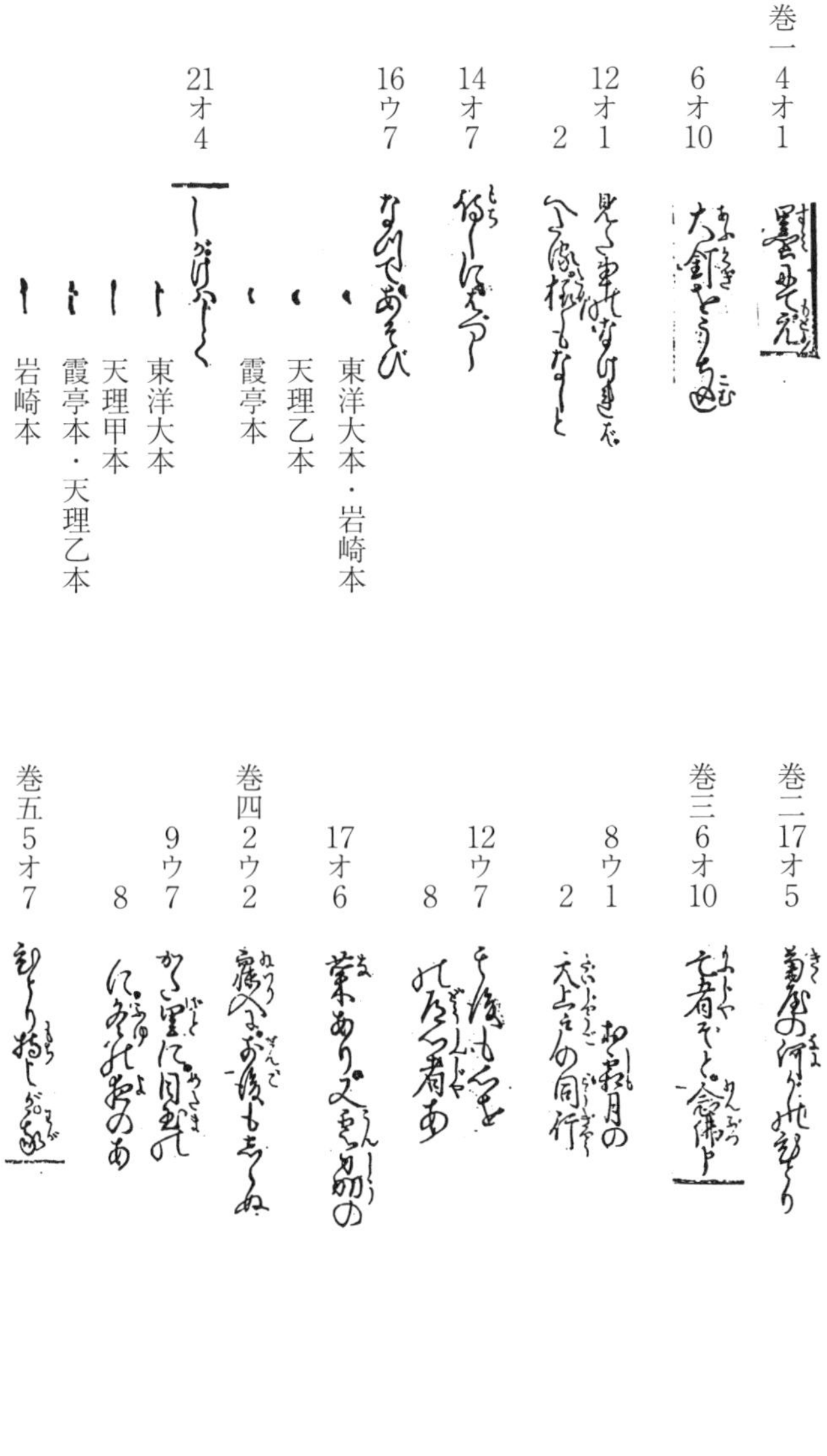

図4　序の墨汚れ

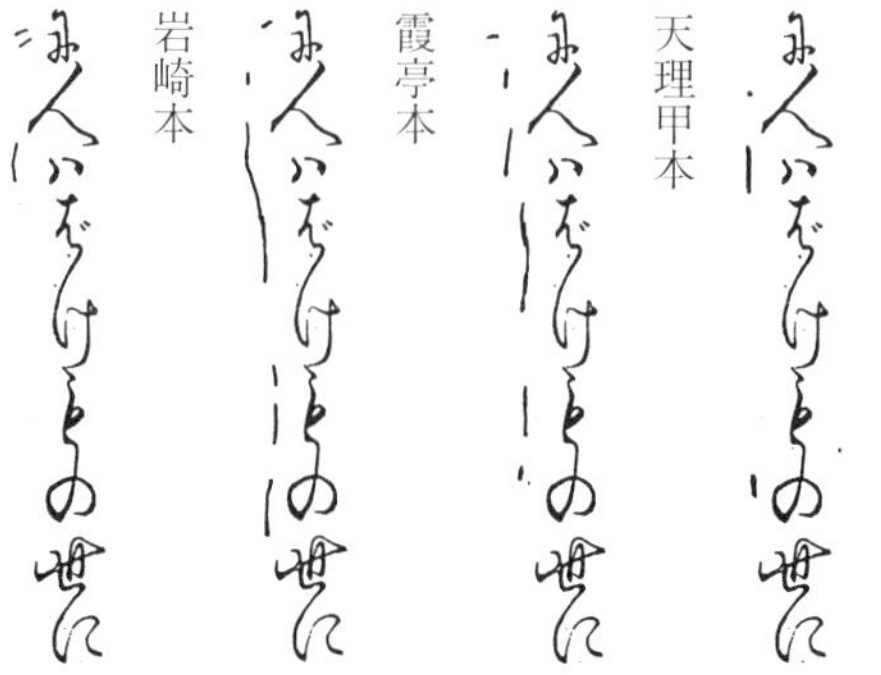

東洋大本　天理甲本　霞亭本　岩崎本

三　章構成の形式と挿絵

続いて、『西鶴諸国はなし』全体の割付け構成、版心、句点などの書誌項目に話を進める。本節ではそのうち本文と挿絵の割り付けを中心に章構成の形態を取り上げ、その意味するところを考えようと思う。

次ページの**図5**は全体の構成を見るために、本文・挿絵の割付けと句点の分布を示したものである。左端に丁数

図5　句点（白丸と黒丸）の分布と挿絵の配置

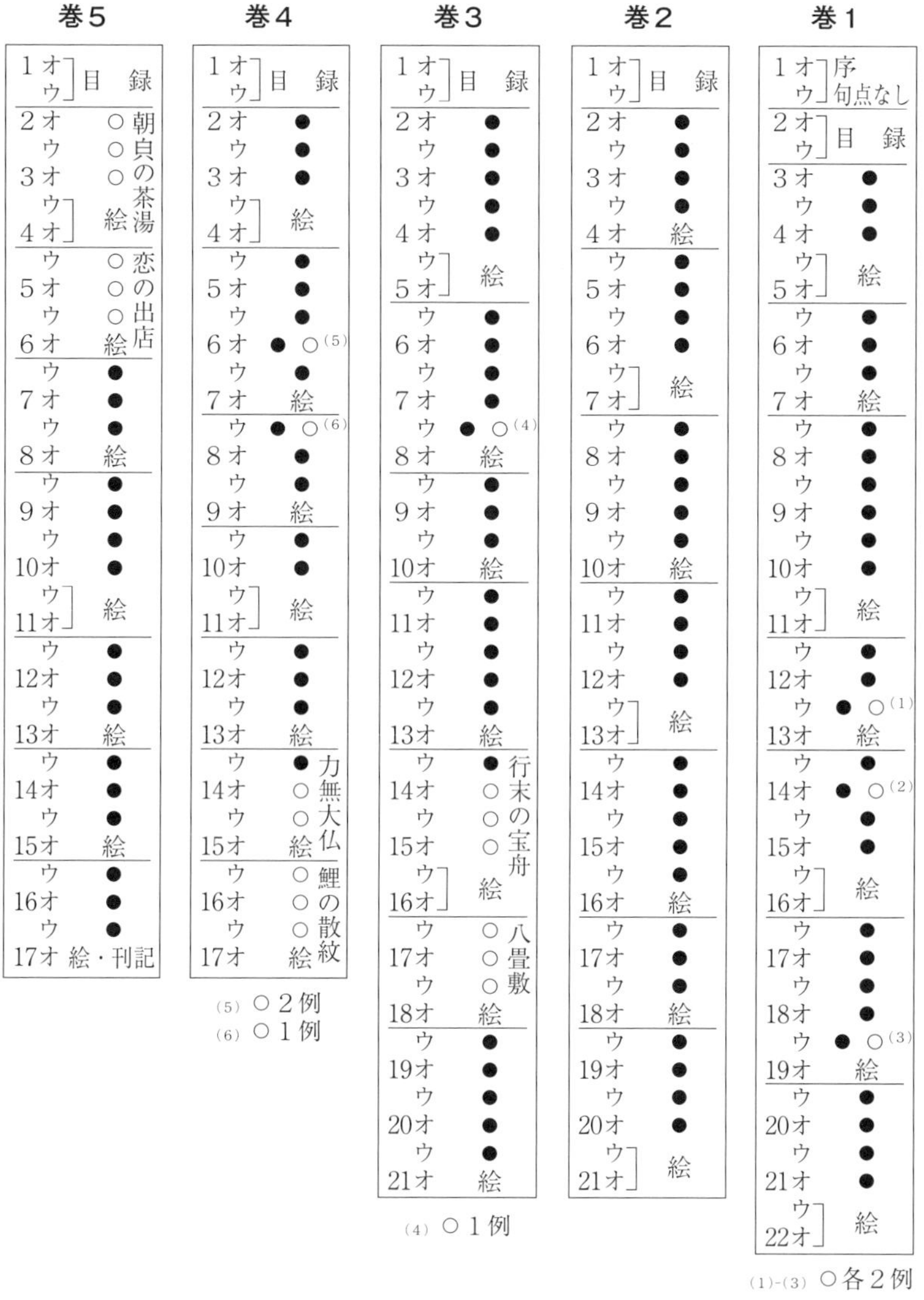

（及び表・裏の表示）、次に本文であれば白丸点と黒丸点の別[4]（併用の場合は欄外に注記）を置き、横線により各章の区切りを示している。各巻ともに、第一章のみは目録の関係で丁の表から始まるが二章以下は常に丁の裏から始まること、一章すなわち一つの咄は必ず絵で終ること（刊記は巻五の七の挿絵を兼ねる）、この二つの法則性が見て取れる。各話は基本的に見開き二枚または三枚で完結しており、分量・形式共に整然としている。当代の「物語類」は言うに及ばず、諸国奇談集にしても咄の本にしても各話の長さは区々となるのが普通であるから、本書は意識的に長さや形式を統一したものと見るべきである。

この形態に注目して、宗政五十緒氏が「『西鶴諸国はなし』の成立」（一九七五年（昭50）9月）で本書の成立について論じておられるので、検討を加えておきたい。氏は原『西鶴諸国はなし』があり、それは「個別の数十冊の小冊子（横折り懐紙）」の形で「はなし」の台本として西鶴の手元に保持されていたものである、と推測される。刊本も「一章ずつを版心から切離して、見開きにした右丁の第一行に章名があり、一篇が印刷されているという形態」で「すべての章は一小冊子ずつに形態上分離しうる」一定の手頃な分量である故に「はなしの台本として使用するにははなはだハンディな形態である」とされる。

『諸国はなし』の形態を咄の台本説に結び付けた魅力的な論であるが、疑問も残る。台本的な性格の強い当代の咄本を見れば明らかなように、そもそも覚書・台本の類いがそれほど整然とした分量や形態になるとは思われないし、氏の言われるような刊本の切り離し利用が有効であったとすれば、本書と同様の形式を持つ咄本が他に残っていてもよさそうである。また、西鶴の咄の手腕はむしろ即興や自在性にあるのであって、形式の整った完成度の高い作品群を固定化した台本（レパートリー）として手元に「数十冊」も保持し、あるいは「懐中に所持して」利用していたとは考えにくい。レパートリー化していた台本があったとすれば、もう少し加工する余地に富む未完の形を取るのではなかろうか。更に、第一部第二章の「綜覧」において指摘し分類整理を試みたことであるが、本書の咄は題材・方法・性格ともに多様であって、必ずしも実演の咄の台本として適したものばかりとは限らない。「原形態」あるいは「刊本」の何れを想定するにしても、全ての咄を同一レベルに扱い、等し並みに実演に結びつけて捉えるのは無理があろう（なお、宗政氏の推論の中には挿絵についての視点が抜け落ちている。第六章「挿絵と作画意識」で詳述するが、『西鶴諸国はなし』の各話がいかに挿絵と一体化しているかを考慮すれば、実演台本とはまた違った要素を本書に見出すことができるように思われる）。

長々と揚げ足取りのようになったが、本書に反映しているであろう手持ちの草稿群の存在や咄の台本的要素を、否定している訳ではない。本書の咄の中には、すでにレパートリー化していた咄の一部が含まれている可能性もあろう。要は法則性に貫かれた整然とした本書の形態が、宗政氏の言われるような手元のレパートリー台本を集めた結果（と同時に、切り離して台本に利用する目的）によって生じたものではなく、出版工程などに絡む何らかのねらいのもとに意図的に採用されたものだと考えるのである。

ところで、第一章を除き各章が常に丁の裏から始まり挿絵で終るという本書の形式を、実は西鶴はすでに『好色一代男』・『諸艶大鑑』で体験している。即ち、『諸国はなし』を含む浮世草子の初期三作品には、すべて割付けに意図的な統一形式が用いられている[5]わけで、同時代の草子や咄本の中では目を引く特徴となっている。前二書に較べて各話本文の分量が少なくかつ形態上の規制が緩んでいる『西鶴諸国はなし』では、挿絵は本文の分量によって半丁か一丁かに決められ、それによって一話が常に丁の表で完結するよう調整されているように見える。ここで話を初期三作品に広げて、こうした統一形式への西鶴の固執の意味するところを確認しておこう。

そもそも統一形式を採用した理由として、処女作『好色一代男』が俳諧師の余技としての小説執筆であり、素人出版であったという刊行事情を見逃せまい。西鶴は小説執筆にあたって全体の趣向（主題）という大枠と共に、各話については丁数の画一的制約および原則として一話完結という枠組み（諸国分布や年立て、目録形式の統一もこれに含まれよう）の中で初めて材料の選択やはなしの組み立てが可能になる、さもなければ自在な連想がどこに飛んで行くか、どこで止まるかわからない、そういう側面を資質として持っていたであろう。同時に不慣れな分野を前にして、様々な形式上の枠組み（制約）は、かえって執筆への手掛かりを身近に引き寄せる働きをしたと考える。最大四四〇字に及ぶ分量差がある（注5参照）にもかかわらず、あくまで一章二・五丁形式を遵守した『好色一代男』の例は、動機はともかく結果から見れば、「始めに形ありき」の典型と言えよう。

とは言え、『諸国はなし』刊行の時点には、『一代男』の好評によりすでに作家としての自信を深めていたであろうから、これだけでは、その西鶴が相変わらず丁の裏から一章を始めることに固執した説明としては不十分である。上記の統一形式を採用した第二の理由として、版下作成や彫刻の作業工程に絡む何らかの利便性があったのではないだろうか。

作業工程を想定してみる。例えば『好色五人女』のように丁の途中で次章が始まり挿絵の位置も一定ではないという一般的なケースでは、あらかじめ各章の配列を決定しておく必要があり、清書原稿（場合によっては版下）は指定通りの順序で書かれねばならない。本文の完成原稿だけではなく、挿絵の場面や構図、割付けを含む青写真（稿本）も必要となろう（後にも触れるが、絵入り本では挿絵部分にトラブルが集中する傾向がある。その一因は、緊急の差し替え、分担作業による進行のズレなどと共に、粗雑な青写真にも求められよう）。

これに対して本書のような統一形式では、周到な事前の青写真は必ずしも必要ではない。全巻の清書原稿ができていない段階でも個々の部品作りは始められるのであって、極端に言えば巻頭の一話さえ決めておけば、あとは原稿の執筆のみならず、版下を書く、彫刻に回す、挿絵の構図を考える、等々の作業を一話ごとに自由に進めることも可能なのである。三五の咄が出揃った段階での編集調整に際しても、理論上この形式であれば、咄の差替えや組替えも容易である。

本書の場合、各章はより独立性の高い短篇説話であってみれば、小説執筆に慣れた西鶴が創作にあたって統一形式による制約に依存する必要性は、前二作に比してないに等しい。本書でことさら上記の統一形式を踏襲した動機は処女作の場合とは趣を異にし、作業工程上の利便性が大きかったのではないだろうか。なおこの形式にならえば、総じて刊行までの準備期間の短縮が可能である。

良いことづくめのようであるが、挿絵を含めた統一形式のメリットを享受するためにはいくつかの条件がある。即ち個々の咄の独立性が高いこと、各咄の長さに大きなバラツキがないこと、割り付けの際各咄の本文末尾に大きな空白が生じないこと、（章末に配する挿絵との一体感を保つために）一章が長すぎないこと、一話ごとに挿絵一葉を添付することなどである。メリットを生かすための条件を列挙したが、何よりもまず分担作業よりも個人作業に向くことを付け加えておきたい（同様の統一形式を持つ『好色一代男』・『諸艶大鑑』・『西鶴諸国はなし』・『近代艶隠者』[6] などが一様に西鶴自画自筆版下であることは、その間の事情を語っていようし、西鶴の作業手順や個人的な嗜好をも示唆しているようである）。何れにしても、この方式の利便性は限られた条件下においてのみ効力を発揮することを再度確認しておく。

本節の最後に、挿絵の割付けに積極的な意味があることを付け加えておきたい。前節において本書の版下の特徴を挙げ、校正が不十分で彫刻が粗雑であるなど慌ただしく軽易な作業工程が伺われるとした。具体例は省くが、同時代においては通常こうした場合、手間のかかる挿絵はないがしろにされやすく、外題に「絵いり」とうたってはいても、挿絵の数は少なくなる傾向がある。同時に、挿絵部分にトラブルが生じやすくなる。即ち、挿絵と該当する本文との位置が大きくずれる、あるいは二章分以上の挿絵が丁の表・裏を用いてまとめて挿入される、丁付けの乱れや重複（又丁）などが挿絵部分に集中する、他作品の挿絵を流用する、画題が本文と大きくずれる、用意した絵を差し違える、などといった様々なトラブルが生じやすいのである。手近な例では、『新御伽婢子』・『山路の露』・『好色五人女』などの左右、あるいは章を隔てた挿絵の差し違えが即座に思い浮かぶ[7]。本文との位置がずれる例は、枚挙に遑がない[8]。先に詳述した版下のレベルを考え併せた時、『西鶴諸国はなし』の挿絵にこうしたトラブルが一切ないことは、極めて特異なことに思われてくる。

　挿絵にまつわるトラブルが皆無である理由の一端は、前述の統一された形態に求められる。繰り返しになるが、この形式であれば、あらかじめ一話一図と定められ挿絵挿入位置が統一されている上、挿絵版下作成を含む一連の作業工程を一話単位で進めることができるからである。だが、単に作業能率を重視して形式が先行したために挿絵のトラブルが防げた、と結論づけるのは一面的に過ぎよう。詳細は第六章「挿絵と作画意識」及び個々の作品論に譲るが、本書の統一形式は、挿絵を重視し挿絵と本文を一体化させようとする姿勢に裏づけられたものであることを見落としてはなるまい。

　同じ形式の統一でも、より作業が効率化することが明らかな丁の表から始まる形にしなかったのは、章末における「見開きの挿絵」を確保するためであろう。最後に絵を配することで一話を完結させる形は、絵巻形式の意識的踏襲であり、絵の機能を認めると同時に絵そのものの自立性をも認める姿勢の現れと考える。章末の見開きにおかれた絵は、文章を補完し増幅させ、時には謎解きとなる一方で、絵そのものを独立して鑑賞することをも保証しているのである。挿絵が半丁分の場合も同様である。

四　句点の分布と版心

一見して気づくのであるが、本書は咄本の性格を反映してか、句点の使用量が非常に多く、(9)しかも当代の通例と異なり、全巻通して量の分布にバラツキがない。先に版下の特徴を挙げた際、句点の彫り損ないを二例、稚拙な形を一例挙げた（「彫り残し、句点の彫り損ない」の項）。この例に限らず、『諸国はなし』の句点は通例に較べて大きく彫が雑である上、量の多いことにも因るのであろうが、文字に入り込むなど位置が不自然なものが目に付く。版下が出来上がった後、校正を兼ねながら全巻通して句点を施したという作業工程が想定できよう。

次ページの**図6**の二行目下は版下の句点を「ニ」と誤刻した例である。この丁では、他の句点がすべて黒丸点であることに注目すると、版下の指示がそもそも白丸であり、それを彫師が手を抜いて黒丸に彫ったという可能性も考えられる（なお、東京女子大学図書館本・星槎大学本では当該箇所は黒丸であるが、墨溜りに起因するものと推定する）。一般に句点は高価な本では白丸、安価なものや後版では黒丸となる傾向がある。同時代の咄本の類では『鹿の巻筆』（貞享三年（一六八六）刊）・『はなし大全』（貞享四年（一六八七）刊）・『座敷咄』（元禄七年（一六九四）刊）・『露鹿懸合咄』（元禄十年（一六九七）刊）など、黒丸が用いられる例が多い。その場合、版下の指示自体が白丸か黒丸かは即断できないが、『諸国はなし』に限れば、黒丸点の中に部分的に一〜二例白丸点が混じっている丁があること（103ページ**図5**参照）や、彫刻が雑であることなどを総合して、版下自体は白丸であったものを、

図6　巻四5オ

彫師が適宜黒丸に処理したものと推定しておく。

そのように考えると、白丸点のみで統一されている丁は、図6の版面で見るように句点の数が多いだけに、かえって目を引き、その丁のみ丁寧な彫刻作業が行われたかのように思われてくる。どういうことであろうか。考えられるケースは二通りある。一つは、彫刻が分担作業によった場合である。絵専門の彫師と文字専門の彫師が分かれていくように、本のジャンルによって彫師の職掌が分かれていたか、あるいはそこまでいかないまでも、個々の彫師が普段扱っている本によって出来上がりに差が生じ、一つの指示から二通りの彫り方が生じたケースである。もう一つは、白丸点で統一されている丁と他の丁とで、彫刻に回される時間的な差があったという場合である。上述のように、本書の形態は各章ごとに独立して作業を進めることが可能な形であるから、十分に成り立つ推論である。

議論を進める前に、この問題に関連して本書の版心に注目しておく。次ページの**図7**に示すのは、本書の版心の形式である。[10] 図の①は基本となる形であり、②・③も①とほぼ同じ形式である。⑤・⑥・⑦は巻一にのみ見られるが、①・②・③に魚尾が加わった類似の形式と見ることが出来る。問題は特殊な形を取る④で、巻三14・17丁、巻四14・15・16丁の五丁分がこれに該当する。

堤精二氏は、「『近年諸国咄』の成立過程」（一九六三年（昭38）10月）でこの形式の不自然さに注目され、初版からの挿入ではないかと問題提起された。この問題について江本裕氏は『［西鶴選集］西鶴諸国はなし』（一九九三年（平5）11月）において、「柱刻の巻数を示す数字が丁数部分に下げられている例は版本ではきわめて稀で、これを初版と見るのは問題ではなかろうか。」と、慎重な扱いをされている。極端な例を挙げるようではあるが、仮に貞享三年（一六八六）刊『好色伊勢物語』と、その改題本である元禄七年（一六九四）刊『いくののさうし』の関係のような異版の挿入があるとすれば、版面に不自然さの生じる可能性が高い。[11] 同版本のみによる議論が不毛であることを承知で言えば、本書の版面にはこの五丁を異版の挿入と認め得る特徴は見出せない。版心にしても④の形式以外に差異（字体を始め書名や巻数、丁数などの異同や欠如など）は認められず、巻数を下に置く④の形は必ずしも特殊なものではない。[12] 外題を異にする初印本や内容上の異同を持つ初版本の存在を聞かない以上、現段階で

図7　柱刻

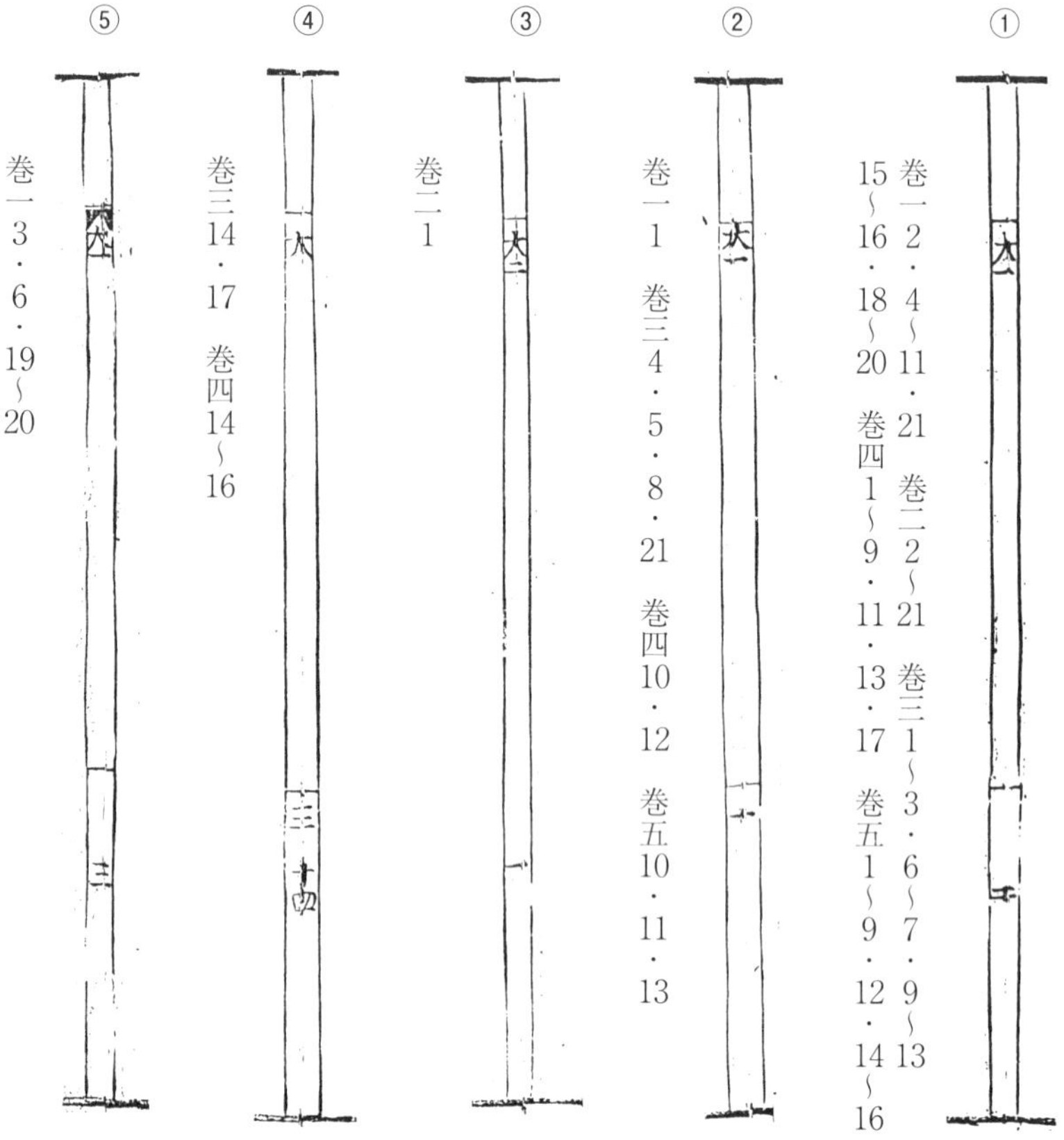
①
巻一2・4〜11・21　巻二2〜21　巻三1〜3・6〜7・9〜13
15〜16・18〜20　巻四1〜9・11・13・17　巻五1〜9・12・14〜16
②
巻一1　巻三4・5・8・21　巻四10・12　巻五10・11・13
③
巻二1
④
巻三14・17　巻四14〜16
⑤
巻一3・6・19〜20

⑥

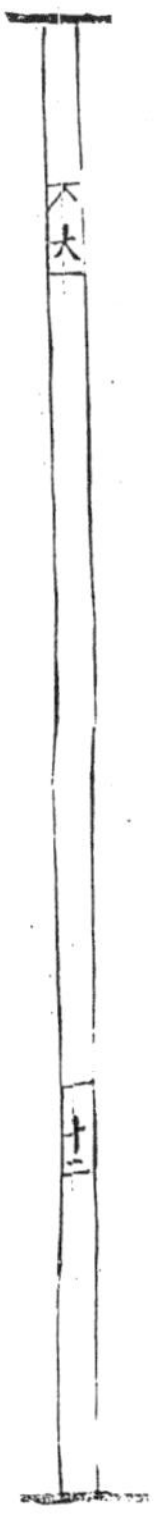

巻一12〜18

⑦

巻一22

は、本書の版心の不自然さを異版の挿入によるものとするのは無理があろう。そうであれば、④の版心形式の乱れは別な視点から考える必要がある。

五　作業工程と版下成立事情

前節で句点の分布に関する見解と版心にまつわる問題を提示したが、ここでは版心の乱れを「作業工程と版下成立事情」という側面から探ってみたい。まず上述した**図7**④の形を取る五つの版心を、先に挙げた103ページ**図5**の構成割付け表に当て嵌めてみる。この五例の版心が四章（巻三の五・六、巻四の六・七）にわたっていること、及びこの五丁（巻三14・17丁、巻四14・15・16丁）はすべて白丸点で、『西鶴諸国はなし』の句点分布の中では例外的な丁であることがわかる。すなわち、「版心の特殊性」と「句点の特殊性」とが奇妙に一致していることが了解されるのである。当該の四章に注目すると、この中で黒丸点が使われているのは、表が挿絵になっている巻三13丁裏、及び巻四13丁裏に限られる。以上が**図5**から読み取れる情報である。

当該の四章の中では、この黒丸点がかえって特殊になるわけであるが、これは単純に版木と彫刻の問題として説明が付く。両面二丁彫の場合、例えば一枚の版木の表に巻三の14・15丁を、裏に16・17丁を配すれば、当然その前後は別な板に彫ることになる。先に考察したように、版下の指示は本来白丸で（それも本文清書のあとで校正を兼ねて付された）、多くは彫工が簡便に黒丸に彫った場合、同じ章といえども板が異なれば、13丁裏のみが黒丸になっても不思議ではない。また時間差や作業分担といった他の条件が加わればなおさら、その部分が簡便な黒丸になる率は高くなるはずである。

ここで「白丸」と「特殊な版心」とが結び付く何らかの要素さえ説明できれば、巻四については、問題を二章の成稿事情と一枚の版木の特殊性に帰着させることができる。巻三はどうか。こちらは二章の成稿事情と白丸点・版心とを結び付けるためには、④の形を取る版心が連続していない――挟まれた15丁・16丁が標準的な版心である――理由を説明する必要があろう。

ところで先に見たように、本書の形式は章ごとの個別の版下作成が可能な形である。また、これも形式を考察した際に述べたことであるが、軽易な本造りにもかかわらず非常に挿絵を重視している。ここで、巻三15・16丁はそれぞれ挿絵を含むことに注目したい。④の形を取る版心の特殊性は、始め巻数・丁数がともに未定で版心が未刻だったことに起因するものとすれば、次のような作業工程が想像される。すなわち、版心④の形を持つ14・17丁は最も早い時期に版下が完成し巻数・丁数ともに未定（空欄）、次いで当該部分の挿絵が出来上がるのを待って版心を整えた15・16丁の方は、すでに編集作業が進んだため標準的な形に揃えられた、というものである。以上、版心の特殊性と句点の特殊性とが一致している巻三14・17丁及び巻四14・15・16丁は、早い時期に版下が整い彫工に回されたと考える。

上述のような作業工程が全くの空想ではないことは、いくつかの資料が語ってくれよう。『元禄太平記』巻三「写本料にてめいわくに候」に

西鶴《さいくわく》存生《ぞんじやう》の時。池野《いけの》屋二郎右衛門より。好色《こうしよく》浮世《うきよ》踊《をどり》といふ草子《さうし》を六冊《さつ》にたのまれ。いまだ写本《しやほん》を一巻《くわん》も渡《わた》さずして前銀《まへがね》三百匁かり。

とある（傍線論者）。この「池野屋」が池田屋を指しているであろうことは疑いない。小説の記述を鵜呑みにはできないが、先に本屋が巻数を指定していたらしいことや、原稿が出来た順に本屋に渡された場合があったことを伺わせる資料と言えよう。一方、周知のように書籍目録類には冊数項目が未刻のまま掲載されている書名が見える。それが出版予告に限らないことは、時代は下るが『大日本史』の版心部分が未刻のまま（従って黒塗りで）刊行されている例によって知ることができる。章題や小見出し、巻数などが最終段階まで未刻（未定）というケースも、入木による訂正差し替えと同様珍しくなかったのではなかろうか。前節図7に示したように、本書の版心の字体や大きさ、位置は必ずしも一定ではないのであるが[13]、これなども、版下の仕上がり時期や編集チェックがさほど厳密なものではなく、彫工に任される場合があったことを示唆しているように思われる。

先に「挿絵作成の作業が手間取った」と推定した点について、付け加えておく。これまでに度々触れたところであるが、挿絵については、同時代の草子類一般に差し違いや又丁を設けた挿入、位置のズレなどが目に付く。分業による打ち合わせミスもあろうが、挿絵の版下が本文版下に遅れスペースを空けたまま編集を進める、といったケースが当代には頻繁にあったと考えて差し支えなかろう。

六　成稿過程の推定

これまで述べてきたことを踏まえ、改めて本書の成稿過程をまとめておきたい。

西鶴がいくつかの話を書き溜めていることを聞いた池田屋が、短編説話集を急遽刊行することを西鶴に持ちかけ、西鶴もこれを承諾した。定説のように西村本の『宗祇諸国物語』への対抗意識もあったであろう。そこで冊数を五冊とすること、及び前二作同様各章が丁の裏で始まり挿絵で終わるという形式が決められ、版下用の料紙が西鶴に渡される。西鶴はまず、手持ちの材料でいくつかの章をまとめ、それを自ら版下に書く。版下が彫り師に回されて版木が彫られる。五巻各七章という咄の数がある程度揃うまでは編集作業が進まないため、先にできた四章は柱にいれるべき巻数、丁数が後回しにされ上述④のような形式を持つに至った。巻頭・巻末などいくつかの指示を除いて、「諸国配分」や「目録小見出し」を手掛かりに編集された。咄によっては、「小見出し」が咄の題として執筆に先行して用意されていた場合もあろう。あるいは咄ができてから、「土地設定」を割り振ったと思われる咄もある（小見出し及び土地設定については、第一部第二章「綜覧」を参照されたい）。個々の咄の独立性は、先行する『好色一代男』『諸艶大鑑』を超える。全体を律する大枠が必要なことから、序に「人はばけもの世にない物はなし」を掲げ、一書としての方向性を整える。

以上のような段階を経て、『西鶴諸国はなし』が出版されるに至ったと推定する。繰り返しになるが、本書に限ってこうした推論が成り立つことについて、その前提となった諸条件を再確認しておく。

○異版の存在が認められず、同版本である現存諸本を初版と同型と見なし得ること。
○版下が自画自筆であり、途中に第三者のチェックがほとんど入っていないこと。
○彫刻が粗雑で校正が不十分である等、出版が慌ただしく全体に軽易な作業だったと見なせること。
○それに比して挿絵と本文との関係は密で一体化しており、位置のズレなども生じていないこと。
○句点が非常に多く、基本的に黒丸点が用いられ白丸点は特殊と見なせること。
○各章の独立性が高い短編説話集であることから、章ごとに作業工程を同時進行させることが可能であること。
○巻頭の一章を除き各話本文が常に丁の裏から始まる形式であるため、編集上配列の調整が容易で、五巻七章の枠組みや目録小見出し、諸国といった手掛かりの利用により、段階的編集すら可能であること。

以上の諸条件である。

七　おわりに

書誌形態の調査をもとにしてその特徴から『西鶴諸国はなし』の成稿事情を探り、句点の分布と版心の形態を手掛かりとして、四つの咄（巻三「行末の宝舟」「八畳敷の蓮の葉」、巻四「力なしの大仏」「鯉のちらし紋」）が先に成立していたという試論を提示した。必ずしも先後は決定できないというのであれば百歩譲って、少なくとも四つの咄は他の咄とは異なる書誌形態を持ち、成稿・彫刻の時期にズレがあると言おう。確かに、時期的ズレは、あらかじめ手元にあった草稿群の利用とも、さして巧まず即興で急遽作り上げて補塡したとも、両様の解釈が可能だからである。先後の議論よりもまず先に、この四つの話が『西鶴諸国はなし』全体の中にどのように位置づけられるかこそが問題であろう。

すなわち、四つの咄が西鶴の咄の原型に近いものと言えるかどうか、題材や方法、主題意識などの面で他の咄との違いが摘出できるかどうかの検証を得て、初めて本章で述べた成立試論が意味を持つものとなると考える。次章以降では、内容の面から成立試論へのアプローチを展開していくこととしたい。

注

（1）江本裕編『［西鶴選集］西鶴諸国はなし〈影印〉』一九九三年（平5）11月　おうふう
近世文学書誌研究会編『好色一代男（大坂版）』第二期近世文学資料類従西鶴編1　一九八一年（昭56）8月　勉誠社
近世文学書誌研究会編『諸艶大鑑』第二期近世文学資料類従西鶴編3　一九七四年（昭49）12月　勉誠社

（2）従前の『諸艶大鑑』全篇自筆版下説に対し、金井寅之助氏は「諸艶大鑑の版下」（一九六七年（昭42）12月）で、自筆部分は一部分であると推定されている。今これを検討する準備はないが、西鶴が直接版下に関わった作品と捉え、『諸艶大鑑』の例を『西鶴諸国はなし』の版下考察の参考に供する。

（3）当該の墨汚れを、水谷不倒氏が紹介された署名入り本（第一部第一章第四節参照）に引き付けて考え、署名削除（を含む補刻）に伴う汚れと捉える可能性も皆無ではない。但しここでは所在確認のできない署名本にはこだわらず、広く補刻に伴う汚れを可能性の一つとして挙げたものである。

（4）白丸点・黒丸点については、諸本により多少の異同がある。東洋大本に較べて天理甲本は黒丸点が一箇所余分にあり、霞亭本は二箇所余分にある。

（5）三書を比較すると、『好色一代男』では「本文二・五丁、挿絵半丁」と厳密なまでに統一されていたのが、『諸艶大鑑』では、挿絵は章末見開き一丁に統一されているものの本文は二〜五丁（第一章を除き整数で収める）と幅が生じている。第三作目の『西鶴諸国はなし』では、本文・挿絵共に分量の制約を緩めている（103ページ**図5**参照）。

『好色一代男』の形態上の制約については、谷脇理史氏の指摘（「『好色一代男』の成立過程」一九六三年（昭38）6月）が備わる。名妓列伝的章に顕著なのであるが、同じ二・五丁の中で平均二〇〇字（最高四四〇字に及ぶ）ほども他よりも字数が多く、字詰めに無理が生じている章がある、というのである。氏の指摘のとおり、『好色一代男』においては、字数にかかわらず形式の統一を第一として厳守していることが明らかである。こうした無理を次第に緩和させながらも、しかし一つの咄を常に丁の裏から始める法則性は第三作目の『西鶴諸国はなし』にも受け継がれている。

（6）『近代艶隠者』には例外的に一例丁の表から始まる章が一例含まれる。

（7）差し違いの例として、『新御伽婢子』巻二2丁ウ・3丁オの見開き図の左右差し違いや、『山路の露』巻四2丁ウ・3丁オの見開き図の左右差し違いなどが挙げられる。『好色五人女』では、巻三12丁ウ・13丁オおよび巻三17丁ウ・18丁オの見開き二図がそれぞれ片面ずつ差し違えられている（それぞれ、12丁ウと18丁オ、17丁ウと13丁オとが正しい組み合わせ）。

（8）本文と挿絵とのズレの例は珍しくないが、西鶴本では西村本などと較べて頻度が低いことを指摘しておく。

（9）同時代の句点を付した咄本ではその使用量が多い傾向があり、音読を意識した付け方になっている。本書の版下がどの程度ジャンル意識の影響下にあるかは即断できないし、ここはジャンル論を展開する場でもないが、本書の句点の多さは享受形態や読者層、咄本の相対的地位などと無関係ではなかろう。

(10) **図7**とは別に、版心の刷り上がりが諸本により多少異なるところがある。巻四14丁は京大本・天理甲本では「大」字の右肩に濁点様のものが現れている。また、岩崎本巻一17丁は、版心が上に広がり「大」の字形が他の本とは異なっている。

(11) 『いくののさうし』(東京大学総合図書館蔵霞亭文庫本)は巻一に四丁にわたる改刻があり、この部分の版面の字体や文字の大きさが他と異なることは一目瞭然である。版心に注目すると、改刻部分の巻一の2丁・3丁・6丁・15丁には、魚尾及び巻数の記載がない。なお改題本・改竄本に関しては、版面及び版心の異同が多数報告されている。

(12) 巻数を丁数と並べて下方に置く版心の形は、『諸艶大鑑』・『懐硯』・『近代艶隠者』などにも見られる。『西鶴諸国はなし』の例を特殊視すべきではなかろう。

(13) 版心の「大」の字は字体並びに大きさに三種あり、魚尾の有無や巻数・丁数の位置にバラツキが認められる(**図7**参照。ただし、これらと④の版心形式との関連は認められない)。こうした傾向は他の草子にも見られるとはいえ、際立った例の一つとして注意しておいてよい。

第二章　巻四「力なしの大仏」論
――『大下馬』の原質（一）――

一　はじめに

『西鶴諸国はなし』の原初形態を探る試みのうち、本章では巻四「力なしの大仏」の考察を行う。

『西鶴諸国はなし』三五話は、その題材・方法共に多岐にわたり一つに括ることのできないものである。そこでその多様性に目を向け本書の全体像を捉えるべく、先に第一部第二章「綜覧」において、いくつかの補助線（外的形態・内容・方法）を設定して三五話の腑分けを試み表示解説した。本章は、その成果をもとにして原題『大下馬』の原質に近づき、さらには成立試論に繋げていこうとする一連のアプローチの一環をなすものである。副題に掲げた「原質」という表現について言葉を足しておく。雑多な説話群である『西鶴諸国はなし』が当初目録題や柱題にある「大下馬」として企図されたものであるとすれば、説話集『大下馬』の企画段階において核になった話群があったと思われる。その原形となった話群には共通性があるのではないか、と同時にそこには西鶴の咄創りの原初的形態が見られるのではないか、それを指して私に「原質」としたのである。

さまざまな要素が入り混じっている説話集を前にして「何が原形か、何が核になって編集されたか」を素手で探ろうとするならば、問題設定自体無謀の謗りを免れまい。だが、幸い前章で述べたように、原本の調査によって四つの咄のグループ（巻三「行末の宝船」・「八畳敷の蓮の葉」、巻四「力なしの大仏」・「鯉のちらし紋」）が、他とは異なる書誌形態を有することが明らかになった。そこで提示した結論は、四話は成稿・版下作成が他の三一話とは別に進行し、その時期は他に先行した可能性が高い、というものである。書誌調査による成果を直ちに作品研究に当てはめることは無謀である。だが一定の条件を満たすことができれば、手掛かりの一つとして生かすことは十分に可能であろう。その際には、「書誌形態の異なる話群の咄には共通するものが認められるのか、認められるとすればそれは咄創りの原質という尺度と接点を持ち得るものなのか」が、まず問われねばなるまい。その上で初めて、四つの咄は『西鶴諸国はなし』全体の中にどのように位置づけられるのか、という問題に向き合うことができ、この問題の検討を通じて『諸国はなし』論への新しい切り口が見えてくるものと考える。まずは四話の特徴をあぶり出し、その共通性を探ると共に四話以外の咄との違いに注目していくことによって、原題『大下馬』の原質を考えていきたいと思う。以下では、巻四「力なしの大仏」一篇を取り上げてその特徴を抽出していくこととする。

二　ありふれた題材と単純な構造

巻四「力《ちから》なしの大仏《あふほとけ》」の全文は次のとおりである。便宜上全体をA～Dの四つの部分に分け、必要に応じて私に符号を付した。

A　長崎《ながさき》半左衛門が・ひしやくの曲《きよく》づくしを・めいよとおもへば・京のこりき町《まち》に・若《わか》ひものども集《あつま》りて・たば

ね木《ぎ》山のごとくつみかさね・下《した》よりは三間高《げんたか》し・上《うへ》より茶《ちや》が呑《のみ》たいとよめば・天目《もく》に入《いれ》ながらなぐる・すこしもこぼさず取《とる》事・幾度《いくたび》にてもあぶなからず・また近江《あふみ》の湖《みづうみ》にて・白髭《しらひげ》の岩飛《いわとび》・よし野《の》の滝《たき》おとし・是皆《みな》れんまなり・飛鳥《あすか》井殿《どの》の・ゐぼしづけの鞠《まり》を見て・油売《あぶらうり》一升はかりて・銭《ぜに》の穴《あな》より・雫《しづく》も外《ほか》へもらさず・通《とを》しけるとや・たとへば・無筆《むひつ》なる者《もの》・将棋《しやうぎ》の駒書《こまかく》に同しと・巧者《こうしや》なる（13ウ）」「人の申伝《つた》へし。

B　其比下《そのころしもと》鳥羽《ば》の。車《くるま》つかひに。大仏《あふぼとけ》の孫《まご》七とて。その生《うま》れつき。千人《せんにん》にもすぐれて。都《みやこ》かよひに。東寺《とうじ》あたりの。小家《こいゑ》へははいる事を。あたまつかへて。めいわくすされども。すこしも力《ちから》なくて。達者《たつしや》事に。ひけをとる事たび〳〵也。壱斗《と》のおもめ。片手《かたて》にてはあがらず。世間《せけん》の笑《わら》ひものぞかし。此里《さと》の若者《わかもの》。一石《こく》弐斗《とう》を。中《ちう》ざしにする者《もの》あまた也。

C　大仏《あふぼとけ》ア一代《だい》。むねんにおもふうちに。男子《なんし》ひとり。もふけぬるに。おとなしくなる事をまちかね。はや取立《とりだち》の時分《じぶん》より。六尺三寸の。棒《ばう》を持《もち》ならはせ。三歳《さい》の時《とき》は。はや一斗《と》の米《こめ》をあぐる。それより（14オ）」「段〳〵仕込《しこみ》。八歳《さい》の春《はる》の比《ころ》。手《て》なれし牛《うし》の。子《こ》をうみけるに。荒神《こうじん》の宮《みや》めぐりもすぎて。やう〳〵うしの子《こ》もかたまり。我《われ》と草村《くさむら》に。かけまはるを。とらへてはじめて。かたげさせけるに。何《なに》の子細《しさい》もなく持《もち》ければ。毎日《まい》三度《ど》づゝかたげしに。次第《しだい》にうしは。車引《くるまひく》ほどになれども。そも〳〵より持《もち》つゞけぬれば。九歳時《さいとき》もとらへて。中《ちう》ざしにするを。イ見る人興《きやう》を覚《さま》しぬ。

D　後《のち》は親仁《おやぢ》にはかはり。らくちう。らくぐはいの大力《だいちから》。十五歳《さい》より。鳥羽《とば》の小仏《こほとけ》とぞ。名乗《なのり》ける

わずか一丁半で完結しているこの咄の説話としての興味は、後半の半丁強に集中している。一章のメインモチーフとなっているのは、私にCとした部分である。初めにこの中心話題Cの性格に触れておこう。一読して明らかな

ように、この部分は学問や武芸一般に浸透し重んじられていた鍛練咄を基調としている。話題はその範囲から一歩も出ていない。子供の年齢を追うのと同時進行で、鍛練のレベルは業くらべの型に沿って次第に日常を逸脱していくのであるが、咄の到達地点を見る限りでは、誇張の様相は先行説話や当代の軽口咄に見られるものとさほど隔たりはない。軽口咄から一例を挙げれば、『当世はなしの本』にみる「情の強き者髪結評判の事」で、髪結の技術を巡って賭けをし、勝ち目がないと知ると自らの鼻をわざと髪結に剃り落とさせるところまで咄がエスカレートしたり、「後生ねがひと巾着切と喧嘩の事」で、腕を落とした親仁に外科が慌てて巾着切の手を接いだため元の悪性がその部分に現れ、数珠を持てば放り巾着を見れば手が出るといったウソに行き着いたりする、いわゆる誇張咄と共通性が高いのである[1]。

今試みにCの部分のみを独立させ、傍線部ア・イを削って最後に評言を加えたとすれば、「鍛練を題材とした即興の誇張咄」として違和感なく通用するであろう。すなわち、前段からの繋がりを持つ傍線部アの「一代むねんにおもふうちに」や、人々の反応を付加している傍線部イの「を見る人興を覚しぬ」の部分を除いてみると、Cは独立した言い捨ての誇張咄となり、卒然と読む限りでは西鶴らしさは見えてこないのである（少なくともここには、「素材を自在に転合化し元の形をないものにしなす」という積極的な姿勢は見られない）。西鶴はC部分で、力くらべ・業くらべの咄のパターンに基本的には寄り添い、すでにある説話それ自体のおもしろさをそのままの形で取り込んでいる、あるいはそのおもしろさに頼った咄創りをしているように思われる。

さて、このような創り方をしている小咄をメインモチーフに置くのであれば、西鶴の独自性は本話の何処に求められるのであろうか。この問題に話を進める前に、私に分けたA～Dに沿って一話全体の構造を確認しておこう。

本話は、

A（導入）技芸巧者尽し――B（人物）大仏の紹介――C（メインモチーフ）鍛練の成果――D（後日）名乗りの笑い

という明快な咄の構造を持つ。

Aでは畿内における錬磨名人の具体例を連ねており、分量はメインモチーフとほぼ同じ全体の三分の一にわたる。導入にしては長いため、野間光辰氏が「西鶴五つの方法」（一九六七年（昭42）9月〜一九六九年（昭44）3月）で「連ね枕」と命名したものである。ただし、この導入部分Aは、Cで描かれる鍛練の成果と内容上の繋がりを持って読めるのであって、長いからといって咄の流れに破綻を来しているわけではない。むしろ、耳目を集める具体例の列挙にメインモチーフとほぼ同じ分量を費やすことで、前半の技芸巧者尽しと後半の咄とが向き合う形になり、両者は奇妙なバランスを保っている（この点については、後述する）。技芸巧者尽しの後、Bでは「大仏の孫七」という車借が紹介される。彼は大男であるにもかかわらず見かけによらず力がなく、仕事柄さらには土地柄悔しい思いもし世間の笑いものにもなる。Bの大仏の人物造型並びにそれに続くCの傍線部ア（大仏）「一代無念におもふうちに」という説明によって、大仏が息子の鍛練にのめり込む動機が明確になる。まさにそういう人物だからこそ、息子には鍛練によって力をつけさせようと考えるのだ、と咄の展開を納得させられ、読者はCのウソ咄へと自然に誘われることになる。大仏の側の動機を書き込むことで、肉付けを施し咄の展開に説得力を与えているのである。人物紹介に続いて、先に触れたメインモチーフCがおかれる。章末は常套の教訓ではなく、後日一人前（十五歳）になった息子の名乗りによる笑いで締め括られる。

以上一話の構造を一瞥した。ありふれたCの鍛錬咄をウソ咄に仕立てるにあたり、西鶴は鍛練に至る必然性を用意して現実的肉付けを与えると共に、錬磨による身近な技芸巧者尽しを取り合わせることで咄を立体的にしていることが了解される。言い換えれば、「力なしの大仏」は、「ストーリー性の獲得」並びに「モチーフの取り合わせ」を併せ持つ上に「意図的結構」が施された、西鶴の創作咄になっているのである。とは言っても、構造そのものは非常に単純であることを再度確認しておきたい。

三　西鶴の独自性

これまで見てきたような単純な咄の中に、上述した「意図的結構」以外に、西鶴の独自性や咄のおもしろさは見出せるのであろうか。

結論を先に提示すれば、本話を同時代の咄の類と画している要素は次の三点である。

（1）一見ありふれた伝統的な題材を扱いそれに従いながら、常識的な見方からは微妙に視点をずらし、価値・権威・教訓といったものから解き放たれている。

（2）現実から出発して次第にあり得ない方向に持っていくという咄の運びが顕著である。その際、段階を追って挿話を連ねると共に、巧妙な語り口を用意することにより、現実とウソとの境目を意識させない自然な推移を生み出している。

（3）ウソ咄に運ばれた読者をそこに放り出さず、装置を用意して最後に現実に引き戻している。

わずか一丁半の短い咄ではあるが、こうした手法（及び先の「意図的結構」）を通してどこにでもありそうな「誇張咄」が面目を新たにし、「西鶴の創作咄」に生まれ変わっているのである。以下では右の三項目について、テキストに沿って具体的に検証していきたい。

1　常識からの離脱――西鶴の転合化

本話前半Aの技芸巧者尽しと後半Cの大力の咄を貫いているのは、鍛練という共通項である。鍛練咄といえば学問や武芸一般に重んじられる話材で、武勇伝・名人伝に引き付けて語られ、教訓と直結するのが一般的である。説話の常として誇張が含まれるのは当然としても、厳しい修行や稽古を肯定し奨励する姿勢は、揺らぐことがない。道を志すものは鍛練を旨とすべし、というわけである。これに対して、本話における鍛練の扱いはどうであろうか。まず前半の技芸巧者尽しを見ていこう。

章首から、「長崎半左衛門の曲芸――樵木町の若者――白髭の岩飛――吉野の滝落し――油売り」と次々に繰り出される巧者は、上方の人々にとって近しい市井の熟練者たちである。何れも職業に伴う技芸であり、曲芸や岩飛び・滝落としなどはその技芸が飯の種となっている。仏道・学問・武芸などの道においてその志と修練を称賛・奨励する「鍛練」を、市井の熟練者たちの技術に引き付けた点は、話材の当世化であり価値の転換と言えよう(2)。もっとも鍛練をいわゆる求道から解放したのは、西鶴の手柄というわけではない。『浮世物語』では、浮世房が「いずれの道も一人前になるには鍛練が必要」と大工の親方に意見されている(3)（『浮世物語』巻二の三「大坂下り付大工異見物語の事」）。そこでは、唐土の匠石の名人ぶりが引き合いに出されてもっともらしく教訓が展開するが、要は市井の職業と結び付けた鍛練の勧めである。本話では鍛練を更に一歩進め、「物の本」にその範を求めるのではなく、普段特に注目されたり評価されたりすることのない樵木町の若者や油売りといった卑近な例に、鍛練の成果の典型を発見しているのである。

冒頭の「長崎半左衛門」の曲芸は手鞠を杓や茶碗で受けるもの(4)であるが、それを賞賛するのであれば、人に知られてこそいないが、積み上げた材木の上にいて下から投げ上げる茶碗を中身をこぼさず受け取る「樵木町の若者」の方が技術は数段上、と読める。また、岩飛びや滝落としのように人々の耳目を驚かすわけではないが、「油売り」の技術も人間離れした精巧なもので、気をつけて見ればこれまた錬磨の賜であることを西鶴は発見している（語り口に注意すると、右に見たように西鶴は人目を引く例と何げない市井の一齣とを交互に配置して、後者に光を当てる連ね方を工夫していることがわかる。こうした配慮については、留意しておくべきであろう）。

卑近な例に向かう視点を指摘したが、この部分が仮名草子の鍛練咄と一線を画すのは、教訓性を脱し権威づけや価値判断から自由になっている点である。技芸巧者に対する評言に注意すると、曲芸に関して「めいよ」（珍しい）、岩飛びや滝落としに関して「れんま」とあるのみで、特に巧者を評価・称賛しようという姿勢は見出せない。注目すべきは、巧者の列挙（市井の隠れた技芸の発見）にすぐに続いて「たとへば・無筆なる者・将棋の駒書に同じと・巧者なる人の申伝へし。」と当事者の言がおかれていることである。必要に迫られて身についた職業技能などというものは、繰り返すことによって身体が覚えてしまうという体のもので、「だから偉い、価値がある」というものではない、案外外形だけの錬磨であって、「道を極める」という言葉から人々が連想するような内面的な価値を伴うものではないのだ、というのであろう。西鶴は語り手の評言という形を取らずに「巧者なる人の申伝へ」と断ることで、鍛練の成果を崇める常識に対して一矢報いている。権威や価値づけに対する皮肉とも読めるし、単なる茶化しとも読める。冷静で捉われることのないリアリストの眼とも言えよう。鍛練を勧めたり教訓を垂れたりする姿勢とは無縁である。何れにしても、鍛練を扱うに教訓色の強い仮名草子の類いからの距離は大きい。

　さらに一歩進んで、西鶴によるひねり（転合化）の側面を検証したい。巧者尽しの最後に取り上げられている油売りに注目してみる。「飛鳥井殿の・ゐぼしづけの鞠を見て・油売一升はかりて・銭の穴より・雫も外へもらさず・通しけるとや・」と市井のどこにでもいる油売りの熟練した技術に感嘆しているのであるが、言葉選びに意を用いている本書で[5]、西鶴がわざわざ「飛鳥井殿の・ゐぼしづけの鞠」と断っていることが目を引く。確かに、ここに固有名詞を挿入することによって説得力が生まれ、同時に京の風俗紹介を取り込むこともできる。「あの鞠を見物しながらでも失敗しない」という誇張の程度に、違和感はない。だがここで、Aの「巧者尽し」のしんがりにおかれた油売りの例が後半Cの「大力の咄」への橋渡しになっている、その連続性に注意して読めば、また違った面が見えてくる。

　見物人でごったがえしている[6]飛鳥井殿のゐぼしづけの（正式な）鞠を見て熱中、上下左右に動いている鞠から眼が離せない。時間は夕刻[7]。――熟練した技術に素直に驚嘆するという見方がある一方で、「なにもそんな夕暮に、動いている鞠を目で追いながら見物の雑踏の中で油を計る（銭の穴を通して注ぐ）必要はなかろう」という冷めた見方もあり得る。油売りが「飛鳥井殿のゐぼしづけの鞠」と取り合わされることによって、ある種職能の範囲を超える誇張が加わるのである。すぐ後に続く巧者なる人の言「たとへば・無筆なる者・将棋の駒書に同し」と重ねて読めば、何もかも等し並みに一方的に有り難がる必要はない、という気分が一層醸し出されてくる。そこに、一般的鍛練の勧めや感嘆を意図的にずらしていく西鶴の操作を感知する。後半のエスカレートしていく鍛練咄に繋げる出発点という見方をしてみれば、なるほどここは意図的な言葉運びである。なお、油売りの技術を鍛錬の例とする点は、田中邦夫氏の指摘（「『武家義理物語』と『見ぬ世の友』―西鶴典拠利用の方法―」一九八五年（昭60）3月）のとおり、『見ぬ世の友』に前例がある。但し、『見ぬ世の友』では、油売りと領主との鍛錬をめぐる会話にすぎないのに対し、本話では鍛錬にまつわる価値の解体に繋げているという点に違いが見られる。

テキストの後半に話を進めよう。Cの内容がいわゆる鍛練の勧めや教訓とは掛け離れていることは、一読了解される。親個人のコンプレックスを動機として、子供が大きくなるのも待ちきれず開始された鍛練は、始めから道を志すといった高尚なものとは無縁であった。一歳に満たない頃からの鍛練の成果は、いつの間にか子供が牛を持ち上げるという架空咄にまでエスカレートする。

一体鍛練による大力の獲得はどこまで可能で、その成果はどこまで意味を持つものなのか。前半A部分で（市井の職能と結び付いた技能への興味と発見を通してではあるが）一旦は鍛練を肯定した、その延長で読み進めて来た読者は、あり得ない状況を突き付けられて言葉を失ってしまう。そこまでの誇張に運んでおいて、しかし西鶴は人間の不思議や鍛練の持つ麻薬効果、その危うさを取り出して見せているわけではない。不可思議さに立ち止まらせているわけではない。強いて言えば、無条件に信じられている鍛錬の価値を解体して見せているということになろうか。Aの末尾に配した「読み書きができない者でも将棋の駒を達者な字で書く」、鍛錬といってもそれほど有り難がることもなかろうと茶化す気分が、Cのウソ咄にも息づいているのである。

またCの挿話では、子供が「鍛錬」の意識を持って自ら努力しているわけではない。他の子供たちが竹馬や風車で遊ぶのと同じ感覚で、牛を持ち上げて遊んでいるのである。つまり、この子供にとっては物を持ち上げることが生まれながらの遊びであり、その延長として与えられた子牛もまた、慣れ親しんだ玩具というわけである。確固とした志を持って自ら修練を積むべきはずの鍛錬を、ここでは遊びにとりなし、価値をずらして見せている。風車や竹馬で遊ぶ子供を脇に配して牛を持ち上げる子供を描いた自筆の挿絵（図1）は、この間の事情を的確に視覚化している。同時に、一見しただけでナンセンスと感じさせる画面になっていて、本話の本質をよく表しおおせていると言えよう。

以上のいわば価値からの解放やずらしを、一話の構造と重ね合わせて見ておく。前半Aで語られる大人にとっての、繰り返しによって身につくそれと意識しない鍛錬が、職業に結び付いたものであったのとパラレルに、後半Cで描かれる子供にとっての鍛錬は、やはりそれとは意識されないもので、遊びに結び付いたものとして描かれる。こうしたことから、前半Aと後半Cとが同じ分量で配置されているという構造は、実は計算された対比であり、必然性を持って配置されていることが、改めて確認される。

図1　巻四「力なしの大仏」挿絵

先にも触れたが、この咄には（鍛錬を通じて）「人間世界の不思議」を見るといった作者の人間観照の眼はいまだ育ってはいない。あくまで、ありふれた題材を利用して既存の咄のパターンや価値をひねって見せた、もとのかたちが分からなくなるほどの転合化ではなく、よく知られた題材をそのまま生かして（利用して）一般的な見方をずらしてみせた――その軽いひねりが西鶴の独自性であり、この咄のおもしろさなのである。

2　現実からウソ咄へ——自然な推移

咄の運びに注目すると、いわゆる軽口のウソ咄では、「咄の出発点」と「誇張された到達点」とが手短かに描かれ、両者の落差を見せることで一場の笑いを提供し、教訓や評を加えて一篇とするのが通例である。それに対して西鶴は、咄につきものの誇張を描くのに結果のみを提示してよしとはせず、その間の過程を書き入れている。というよりむしろ、「出発点は日常でありながら次第にあり得ない方向に運ばれ、気がつくと日常を逸脱していた」といった咄の運びに腐心するが故に、途中経過が周到に描き込まれている、と言った方が的を射ているであろう。到達点（逸脱）に至る過程にこそ、西鶴の力点は置かれている。すなわち、咄の出発点と誇張された到達点との落差（誇張のレベル）よりも、自然な展開をもたらすよう留意された途中経過の連続性と飛躍との巧妙な取り合わせにこそ、西鶴はその手腕を発揮しているのである。ここに、軽口咄一般とは異なる西鶴の独自性が見られる。

ウソ咄に先立つA部分の言葉選びや配列の妙、さらにはC部分への橋渡しの配慮については、すでに確認した。ここではメインモチーフであるC部分の分析を通じて、現実の咄から出発していつのまにかあり得ない方向へ、ウソ[8]咄へと導かれてしまう、その具体的様相を辿り、西鶴の語り口に迫りたいと思う。

まず咄の展開に際して、子供の年齢に沿った時間軸を一つの安全な枠として確保していることに気づかされる。誕生から取立（つかまり立ち）の頃、三歳、八歳、九歳と大枠が固定され、年齢という自然な時間軸に沿って咄は展開する。[9] 咄の飛躍や日常からの逸脱に気づかせず、安心して咄に委ねさせるための装置の一つと言えよう。

だが、単に子供の成長を追っていくだけではない。特徴的なのは、目まぐるしいほどの視点の移動である。わずか二四〇字ほどの中で、次に示すように一〇回も視点が入れ替わっている。

〔取立〕　〔三歳〕　〔八歳〕（出産）（かたまる）（車引くほど）〔九歳〕
a大仏——子供——大仏——（子供）——牛——牛の子——大仏——b子供——牛の子——c子供——見る人
（〔　〕は子供の年齢、（　）は子牛の成長、□は主語が明示されるものを示す。）

このうち、主語が文中に示されるのは□で囲んだ五ケ所のみであるから、読者は視点の移動を押し付けられることなく、流れにまかせて読み進めることになる。前半は大仏の動機や主体的働きかけが咄をリードしていく形で描かれ（aの大仏は四つの述部を持つ）、語り手の子供に注がれる眼は、年齢紹介と親の働きかけに対する反応を記すにすぎない淡々としたものである。子牛の誕生を機に、牛の成長というもう一つの時間軸が絡まると共に、大仏の存在は影が薄くなり子供の動きに視線の中心が移る（b・cの子供はそれぞれ二つずつの述部を持つ）。子供が親の指導（思惑）を離れて自らの意志で子牛を持ち上げ始めるのである。

（子牛を）はじめて。①かたげさせけるに。何の子細もなく②持ければ。毎日三度づつ③かたげしに。

右の傍線部①では、大仏が「試しに……」という程度の気分で子供に働きかけをし、読者も半信半疑（日常の側）——それが案に相違して何の問題もなく子供は子牛を持ち上げた、この②を境に日常からの逸脱が始まる。①・②の関係は「親から子供への働きかけと子供の反応」というものであるが、続く③は①（親の働きかけ）の視点を切り離して子供の視点に移行してしまっている。省略された主語を括弧で補いながら現代語に置き換えてみると、

「（親が）持ち上げさせたら（子供が）持ったので（子供は）毎日持ったところ」となろうか。日常からの逸脱が、視点の移動及び文の捩れという二つの要素と連動していると言えよう。この間、人間の側の主語がすべて省略されていることで、読者は捩れに気づかないまま咄の展開に気を奪われ、②を境にしてウソ咄に運ばれていくことになるのである。

主語を略したまま頻繁に行われる視点の変化に組み合わされるのが、副詞の使用に顕著に見られるスピードの緩急である。Cの初めでは、大仏のはやる気持ち（「まちかね」）とそれに応えるかのごとき幼児の大力獲得の早さが、繰り返される「はや」という副詞に支えられる。その後（大仏は）「段々」に仕込み、（産まれた子牛）は「やう〳〵」しっかりしてくる。毎日持ち上げさせているうちに牛は「次第に」車引くほどになる――と緩やかな展開に移行する。親の気持ち（余裕）の変化がこのスピードの変化によって表され、自然な流れを生み出している。一方、牛の成長に関する部分にことさら時間の流れを遅くする表現が用いられ、牛の側にのみ主語が明示されていることにも注目すべきであろう。現実には牛の成長は瞬く間であるのに、主語の明示と副詞の効果的配置とが一種のトリックになり、そこだけ時間が緩やかに流れる。さりげなく「子牛」は「牛」と表現を変え、読者はまんまと西鶴の咄に乗せられて「毎日三度ずつ持ち上げていればそんなこともあり得よう……」と、その展開を受け入れてしまうのである。

さて、「視点の変化」「主語の省略」及び「スピードの緩急」を指摘したが、読者を立ち止まらせることなく咄の流れに乗せていく仕掛けの最たるものは、「連体形＋に」による連続する表現技法（四箇所）を始めとして、連用中止や接続助詞などを駆使した区切れることのない文章である（唯一文が切れるのは子供の三歳から八歳に至る時間の経過を示唆する一箇所のみで、それすらも指示語によって前文と後文とは密に繋がっている）。「連体形＋に」

の形には、「男子ひとり。もふけぬるに。おとなしくなる事をまちかね。」のように、「産まれた。そして」という接続の形に置き換えることでは括れないニュアンスがある。「産まれたので」でもなく、「産まれたのに」でもない、その中間のあたりで意味を確定せずに放り出す気分とでも言えようか。こうした「連体形＋に」の多用により、読者の側からすれば判断や論理性を要求されないまま、順接・逆接のどちらでもない曖昧な文の繋がりによって次第にあらぬ方へと運ばれ、気がつくと日常を逸脱してしまっている、ということになる。子牛をはじめて持ち上げさせる上述の①の飛躍箇所、そこから日に三度ずつ持ち上げると記す③の日常を逸脱する箇所、いずれにも「連体形＋に」の形が用いられているのは偶然ではない。

この項の最後に、重量の巧みな配置にも触れておこう。Bには、土地の男たちが米一石二斗（約一八〇キログラム）を持ち上げるのに、大仏は一斗（約一五キログラム）を片手では持ち上げられなかった、とある。親の無念の象徴となる「一斗」は印象に残り、続くC部分で三歳の息子が一斗を持ち上げる展開を受け入れる下地となる。五年後に牛が産まれる。冷静に考えてみれば、子牛を持ち上げるという咄の転換点は、日常からの逸脱の起点でもある。しかし、すでに三歳児が米一斗を持ち上げたことを受け入れた読者は、「産まれたての子牛の重さは米三斗にも満たないのだから、鍛錬を続けてきた息子に持ち上げられないはずはない」と思い込む。土地の大人達の達成基準値（一石二斗）が明示されていることも、この判断を支える方向に働く。子牛は、三ヶ月で二・五倍になり、成牛では六〇〇キログラムにもなるが、牛の重量には一切触れられない。

以上、それと意識させずにウソ咄にもっていく際の西鶴の語り口を検証した。軽口咄一般とは比較にならない周到さである。なお詳細は別な機会に譲るが、こうした語り口を生かした咄の運びは、その性格上長さの制約を伴わざるを得ないことを付け加えておく。

3　ウソから現実への帰還

あり得ない地点にまで至った咄を現実に引き戻す、という装置を西鶴は意識的に用意しているように見受けられる。本話Cでは大力を得ようとする鍛練が次第にエスカレートしていった後、九歳の子供が牛を中ざしにするに至り、「見る人興を覚しぬ」と書かれる。宗政五十緒氏はこの部分を「それを見た人々は肝をつぶして驚いた」と解釈されるが、(10)「興を覚す」という言葉のニュアンスは、用例から見ても「興覚めになった、（かえって）しらけてしまった」という気分であると思われる。言葉を足せば、驚愕するような事態を前にして、心はかえってその超常現象から離れて安定した日常の側に向かう、異常の域に引き込まれそうにはなってもそこから我に返る、という方向なのであろう（言うまでもなく、この言葉選びは「鍛錬」にからむ価値や信頼の解体に通じている）。

さて、子供のあまりの大力に「見る人興を覚しぬ」と書いた後で、西鶴はさらに咄を現実に引き戻す結末を用意している。「後は親仁にはかはり。らくちう。らくぐはいの大力。十五歳より。鳥羽の小仏とぞ。名乗ける。」と、なるほど時間が経過した後の親子逆転の対比を端的に示す、十五歳の名乗りによる笑い――大男ゆえに大仏と呼ばれた親仁は力なし、(11)その息子は親の鍛練の成果で比類ない大力となり、成人して小仏と名乗った――で本話は締め括られる。エスカレートしていった力くらべのスケッチは打ち切られ、あり得ない咄はそこに放り出されたまま、興味の対象が突然「名乗りのおかしみ」に擦り替わっているのである。それと共に、後日を付け加える際に伝聞推定の「けり」を用いてそれまでの咄全体を過去のものにしおおせており、最後の部分に至って、一つの伝承として客観視できる地平に読者を着地させている。咄に運ばれた読者は無事現実に引き戻され、すでに咄が語り終えられたことを確認することになる。繰り返しになるが、先行説話や小咄とは異なり、西鶴は読者をウソ咄に引き入れたあと頂点でそのまま放り出した上教訓を添えるのではなく、最後で現実に引き戻しているのである。そこでは「現実への帰還」は、単に咄を終わらせるための装置というレベルを越え、それまでの咄を相対化し、改めてウソ咄であったことを聴き手や読者に確認させる働きをしていると言えよう。

四　おわりに

「力なしの大仏」一篇を取り上げ、単純な小咄の中にも子細に見れば、西鶴の創作咄としての独自性が確固として存することを示した。最後に本章で抽出検証した特徴を、『西鶴諸国はなし』中の他の咄との違いや、四話（巻三「行末の宝舟」・「八畳敷の蓮の葉」、巻四「力なしの大仏」・「鯉のちらし紋」）のグループ内における比較、及び咄の原質」といった問題意識に基づいて、簡単に整理し直しておく。全体の中の本話の位置づけに目を向けることを通じて、四話の特徴をあぶり出し成立論に繋げていく橋渡しとするためである。山括弧内には、『諸国はなし』中の他の咄との差異、あるいは四話のグループ内に共通する点を示す。

1　咄の構造そのものは単純で、パターンにのっとっている。業くらべの型を利用し周知の話材を見える形で取り合わせるなど、わかりやすく一般受けする咄らしい咄である。

〈ストーリー性の高い咄やナゾ解きに類する作為が見られる一部の咄とは一線を画し、三五話中最も軽口咄に近い。また「人間のありように不思議を見る」という本書の序に掲げる方向に帰結させようとする意図は見られない〉。

2　市井の日常に取材しているが、誇張の度合いが次第にエスカレートしていき、ウソ咄になっている。また
そこに至る語り口が秀逸である。
〈同じ鍛錬の成果でも巻一「不思議のあし音」などはあくまでも現実の範囲のスケッチである。一部の咄の
ように神仏霊験や怪異の方向に向かうものではなく、現実から次第にウソ咄に運ばれて行く点は、四話に共
通する〉。

3　咄の最後で、ウソ咄を現実に引き戻している。
〈ウソ咄を現実に引き戻す装置として、章末に日常を配する構造を持つものは少ない〉。

4　教訓・常識からの離脱や話材の当世化、軽くひねりを加えた転合化が見られる。
〈『諸国はなし』全般にわたる特徴であるが、転合の度合や姿勢に違いが見られる。題材自体のおもしろさ
を生かしたまま軽くひねりを加えた、という点はほぼ四話に共通する〉。

5　挿絵が奇抜で印象的であり、その戯画性は咄自体がナンセンスであることを示唆している。
〈この傾向は四話に際立って見られる（第六章第五節参照）〉。

右のうち**5**の挿絵の問題については、第六章「挿絵と作画意識」において詳述する。以上、一話の分析のみでは
十分に論じられなかった点も多いが、次章以降の「『大下馬』の原質」追究に譲りたいと思う。

注

（1）独立した評言の有無や咄の運び、作者の視点など相違点はあるが、詳しくは後述する。なお、これらの軽口咄には何れも先行咄があり、同種のウソ咄が大いに流布していたと言える。
（2）家業に結び付いた場合にのみ鍛練を評価するという西鶴の姿勢は、『日本永代蔵』や『西鶴織留』においても展開される。
（3）鼻の端に漆喰がついたのを匠石が手斧で削り落としたが、本人がまばたきもせず顔も動かさないうちに「洗ひぬぐうたる」ように削った、として鍛練の効用・成果を示す。
（4）井上敏幸氏ご指摘。新日本古典文学大系76『好色二代男　西鶴諸国ばなし　本朝二十不孝』一九九一年（平3）10月
（5）第五章「「八畳敷の蓮の葉」論」第四節参照。裏づけとなる例は枚挙に暇がない。
（6）『京町鑑』の記事により見物人が群集したとの指摘がある。前掲注4書。
（7）鞠と夕暮は付合（『類船集』）。『日本永代蔵』巻二「才覚を笠に着る大黒」に「ゆふべに飛鳥井殿の御鞠の色を見」とある。
（8）ここで言う「ウソ咄」は、正統な出処・根拠を持ち読者を説得させてしまう類のもの（物語）とは対極にある、言い捨ての誇張咄というほどの意味で用いている。なお、西鶴が「咄イコール嘘」と捉えている例が『西鶴大矢数』に二例（第八及び第三七）見られるが、基本認識であったと考える。
（9）本話に限らず、時間軸を大枠として配置した咄創りは西鶴の作品に多く見られる。
（10）新編日本古典文学全集67『井原西鶴集二』一九九六年（平8）5月

（11）実直な大男を「大仏」と呼んだ先行例として、『遠近草』下「玄旨法印の中間」や『狂歌はなし』巻三の例に気づいた。『日本永代蔵』にも見られ、ある程度記号化した命名と考えられる。本話の「大仏」も、こうした共通認識を踏まえていよう。

第三章　巻三「行末の宝舟」論
――『大下馬』の原質（二）――

一　はじめに

前章に引き続き原題『大下馬』の「原質」を探る試みとして、本章では巻三「行末の宝舟」の考察を行う。

「『大下馬』の原質」と副題に掲げたこの一連の試みは、『西鶴諸国はなし』の分析を通じて「西鶴の咄作りの原初形態」を探り、「西鶴の咄作りに見られる独自性」を明らかにし、最終的には一書全体を総体として捉え直すことに繋げようとするものである。「原質」の語については、「力なしの大仏」を取り上げた第二章で説明したが、論述の都合上繰り返しておく。「雑多な説話群である『西鶴諸国はなし』が当初目録題や柱題にある「大下馬」として企図されたものであるとすれば、説話集『大下馬』の企画段階において核になった話群があったと思われる。その原型となった話群には共通性があるのではないか、と同時にそこには西鶴の咄作りの原初的形態が見られるのではないか、それを指して私に原質としたのである」（121ページ）。

ただ、「原質の追究」という課題に取り組むに際しては、問題がある。第一部第二章「綜覧」で示したように、『西鶴諸国はなし』が題材・方法ともに多岐にわたり、一つに括ることのできない説話集であるという点である。

そこで、原質と言えるものを探る手掛かりとして、第二部第一章で報告した書誌調査による成果を利用したいと思う。その結論をかいつまんで言えば、次のようになる。本書には白丸点や柱刻などに他とは異なる書誌的形態を持つ四つの咄（巻三「行末の宝舟」・「八畳敷の蓮の葉」、巻四「力なしの大仏」・「鯉のちらし紋」）が認められるが、これらは成稿・彫刻の時期が他の三一話とは異なり、他の咄に先行する可能性が高い、というものである（書誌調査の成果を利用する際の条件及び手続きについては、第一章第六節及び第二章第一節を参照されたい）。そこでこの試みにおいては、四話の共通性を探ることを作業の第一段階とする。

四つの咄のうち巻四「力なしの大仏」については、前章でその創作方法を分析すると共に、「西鶴の軽口咄の独自性」という視点からその特徴を抽出した。続く本章では巻三「行末の宝舟」を取り上げるが、本論に入る前に、前章において本章への橋渡しのためにまとめておいたことを確認しておく。巻四「力なしの大仏」の分析結果を、『諸国はなし』中の他の咄との違いや四話のグループ内における比較、及び咄の原初性」といった問題意識に基づいて整理した、次の五点である。

1　パターンにのっとった単純な構造を持つ軽口の傾向の強い咄で、周知の話材を見える形で扱うなど、分かりやすい咄である。

2　現実から次第にウソに運ばれていく法螺咄で、ウソに至る語り口が秀逸である。

3　当代の軽口咄とは異なり、咄の最後に日常を配して現実に引き戻している。

4　題材を生かしたまま、「当世化、転合化、教訓からの離脱」といった操作が行われている。

5　挿絵の戯画性が際立つ。

右の特色を念頭に置きながら、以下では主として方法上の分析を通して、巻三「行末の宝舟」の性格を明らかにしていきたいと思う。

二

巻三の五「行末《ゆくすへ》の宝船《たからふね》」のあらすじと本文とは次のとおりである（便宜上三つに分け、それぞれA～Cの符号を付す）。

A　諏訪湖の神渡りが済んだ春先に馬方の勘内が強引に氷の上を渡ったところ、中ほどの所で俄に氷が溶けて彼は湖水に沈む。

人間程《にんげんほど》・物のあぶなき事を・かまはぬものなし・信濃《しなの》の国諏訪《くにすは》の湖《みつうみ》に・毎年氷《まいねんこふり》の橋《はし》かゝつて・狐《きつね》のわたりそめて・其跡《あと》は人馬《にんば》ともに・自由《じゆう》にかよひを・する事ぞかし・春《はる》また・きつねの渡《わた》りかへると・そのまゝ氷とけて・往来《ゆきき》をとめけるに・此里《さと》のあばれ者・根引《ねひき》の勘内《かんない》といふ馬《むま》かた・まはれば遠《とを》しと・人の留《とむ》るにもかまはず・我《わが》こゝろひとつに・渡《わた》りけるに・まん中過程《なかすぎほど》になりて・俄《にはか》に風あたゝかに吹《ふき》て・跡先《あとさき》より氷《こふり》消《きへ》て・浪《なみ》の下《した》にぞしつみける・此事かくれもなく・哀《あはれ》と申はてぬ・

B　その年の七月七日、突如光り輝く船に乗った立派な姿の勘内が現れる。初めは不審に思った村人であるが、次第に彼の異境咄に引き込まれ、最後には自分たちも竜の国に行きたいと先を争うことになる。七人だけが乗船を許される。

同し年《とし》の七月七日（13ウ）」「の暮《くれ》に。星《ほし》を祭《まつ》るとて。梶《かぢ》の葉《は》に哥《うた》をかきて。水海《みづうみ》に流《なが》しあそぶ時《とき》。沖《おき》のかたより。ひかりかゝやく舟《ふね》に。見なれぬ人あまた。取乗《とりのり》ける。其中《そのなか》に勘内《かんない》。高《たか》き玉座《ぎよくざ》に居《ゐ》て。其ゆゝしさ。むかしに引替《ひきかへ》。皆《みな》〳〵見違《ちが》へける。舟《ふね》より心《こゝろ》静《しづか》にあがり。前《まへ》につかはれし。親方《おやかた》のもとに行《ゆけ》ば。いづれもおどろき。様子《やうす》聞《きく》に。それがし只今《たゞいま》は。竜《たつ》の中都《なかみやこ》に。流《なが》れ行《ゆき》て。大王《だいわう》の買物《かいもの》づかひになりて。金銀《きんぎん》我《わが》まゝにつかまつると。金銭《きんせん》弐貫《くはん》くれける。さて爰元《こゝもと》より。米《こめ》もやすし。鳥肴《とりさかな》は手《て》とらへにする。女房《にようばう》はより取《どり》。旅芝居《たびしばゐ》の若衆《わかしゆ》もくる。はやり哥《うた》の。やろかしなのの。雪国《ゆきぐに》をうたひあかして。さむ（14オ）」「ひとも。ひだるひともしらず。正月も盆《ぼん》も。爰《こゝ》とすこしも。違《ちか》ふた事なし。十四日から灯篭《とうろ》も出して。爰《こゝ》と替《かわつ》た事は。借銭乞《しやくせんこひ》といふ者《もの》をしらぬと申。此七月は。我《われ》はじめての盆《ぼん》なれば。ひとしほ馳走《ちそう》のために。国《こく》中《ちう》の色《いろ》よき娘《むすめ》。十四より廿五迄。いまだ男《おとこ》を持《もた》ぬをすぐりて。大踊《あふおどり》のこしらへ。それは〳〵またあるましき事也。其用意《やうい》の。買物《かいもの》にまいつたと申。めしつれし者《もの》ども。何《なに》とやら磯《いそ》くさく。かしら魚《うを》の尾《を》なるもあり。螺《ばい》のやうなるも有。万《よろず》の買物《かいもの》をもたせ出行時《ゆくとき》。あの国《くに》の女の。いたづらを皆《みな》〳〵。見せましたい事じやといふ。それはなる事かといへば。それがしのまゝ（14ウ）」「なり。十日斗《ばかり》の隙入《ひま》にして御越《こし》あれ。しろかね銭《ぜに》を。ふねに一ばいつ《（ママ）》みて。まいらせんと申せば。我《われ》はつね〳〵のよしみ。人よりは念比《ねんごろ》したと。行《ゆく》事をあらそひける。親方《おやかた》をはじめ。その中《なか》にで《（ママ）》。七人伴《ともな》ひける。取残《とりのこ》されし人。是をなげきしに。耳《みゝ》にも聞《きゝ》いれず。

C

出船間際に、一人の男が心変わりして留まった。それから十年あまり音沙汰もなく過ぎた。「六人の後家」は嘆き暮らし、間際で分別した男は目安書になって今に長らえている。

くだんの玉　船《きよくせん》にのりさまに。壱人分別《ふんべつ》して。命《いのち》に替《かへ》る程《ほど》の。用《やう》のありとてゆかず。さらば〳〵頓《やがて》といふまもなく。舟《ふね》は波間《なみま》に深《しづ》み。それより十とせあまりも過《すぎ》ゆけど。たよりもなく。踊《おどり》を見にと。歌《うた》にばかり。うとふて果《はて》ぬ。此六人の後家《ごけ》のなげき。又壱人ゆかぬ人は。今《いま》に命《いのち》のながく。目安書《めやすかき》して。世を渡《わた》りけると也

この咄の中心は、勘内の繰り広げてみせる異境咄に少しずつ引き込まれていく村人が、ついには我先に「あの国」に行きたがるに至る、直接話法を生かしたBの展開にある。つまり、「非現実のウソが先行して示され、周囲が次第にそれを受け入れ同化していく」という部分である。この方向は、先に論じた巻四「力なしの大仏」における「現実から次第に架空咄（ウソ）へ」という方向とは丁度逆の行き方である。ベクトルの向きは逆であるが、しかし「語り口によって非現実の空間に誘い込む」という底を流れる姿勢は、何ら変わるところがない。

やや煩雑になるが次にBの部分を取り上げ、周囲をウソに引き込む勘内の語りの妙と、聞き手の反応が次第に変化していく様を、テキストに即して見ておきたい。

三

七夕の暮れ刻、湖の沖から光輝く宝船に乗って現れたのは、「見なれぬ」人々であり、半年前水死したはずの勘内が「高き玉座に居て。そのゆゝしさ。昔に引替。皆〳〵見違へ」たほどである。信じがたい光景。かつての暴れ者は、「心静に」振る舞う。わけを尋ねる役割は、かつての仕事仲間以外にない。

「（勘内が）前につかはれし親方のもとに（挨拶に）行」くという一言が挿し挟まれる。それを境に勘内を取り巻く相手は、「皆〳〵」（岸辺に居合わせた村人達）から「いづれも」（勘内のかつての仕事仲間）へと移行する。こ

のことは同時に、閉じられた咄の空間が設定されたことを意味し、これ以降の対話による展開を可能にする。この時点でかつての仕事仲間は、初めに勘内一行を迎えた村人達と同じく此岸のものとして、いわば村人を代表する形で、異界（彼岸）から来た勘内に向き合うことになる。しかし、会話の進行と共にいつのまにか両者は融合して行き、彼此の区分は次第にうち捨てられていく。その次第は、次のような展開を取る。

いづれもおどろき様子聞に。それがし只今は。竜の中都に。流れ行て。大王の買物づかひになりて。金銀我がまゝにつかまつると。金銭弐貫くれける。

金を貰えば、周囲の目つきが変わろうというもの。俄然話は熱気を帯び具体的になってくる。

さて爰元より。米もやすし。鳥肴は手とらへにする。女房はより取。旅芝居の若衆もくる。はやり歌の。やろかしなのの。雪国をうたひあかして。寒ひとも。ひだるひとも知らず。正月も盆も。爰とすこしも。違ふた事なし。十四日から灯篭も出して。爰と替た事は。借銭乞といふ者をしらぬと申。

竜宮がいかにユートピアであるか、勘内の弁舌はよどみない。魚鳥・女・若衆に不自由せず、金の苦労も寒の憂いもない。あまりに現実離れした夢の楽園だからといって「見知らぬ異界」と心配するには及ばない、馴染みの流行歌も旅芝居も盆正月もここと変わらぬと、「やろかしなの雪国」、「十四日から灯篭」などの具象を交えて未知への恐怖心を和らげる配慮も巧みに織り込んでいる。

さてその盆であるが、折しも七月、勘内にとっては新盆である。

我はじめての盆なれば。ひとしほ馳走のために。国中の色よき娘。十四より廿五迄。いまだ男を持ぬをすぐりて。大踊のこしらへ。それは〳〵またあるまじき事也。其用意の。買物にまいつたと申。

勘内はここで初めてその来意を明確にする。聴き手の呼吸をつかんだ間合いである。すでに話に引き込まれている男たちは得心し、羨望の念を禁じ得ない。当初「見なれぬ人あまた」と表現された異人たちは、まさしく勘内が買い物のために「めしつれし者ども」だったのだと認定される。その上で「何とやら磯くさく。かしら魚の尾なるもあり。螺のやうなるもあり」と、変わった風体に改めて気づく視線は、既知の者に向けるそれに変化している。異様な、形容しがたい未知の姿形に対して「言葉」を与えたことで、彼らの存在を認識し受け入れたと言えよう。更には、（なるほど、そう言えば竜宮から来ただけあって、どことなく……）と、変わった風体であることがむしろ勘内の話を裏づけ、説得力を添える方向で受け止められてくる。

この異人たちの描写が出現時になされていれば、未知に遭遇した村人の側に、観察し説明するだけの余裕があったことになる。異人たちをスケッチすることによって、当初の彼らの驚きは、そのエネルギーを殺がれていたはずである。勘内の竜宮咄が一段落したところで、初めて同行の異人たちに目を向けさせるのは、なるほど西鶴の手腕と言えよう。

後述するように、勘内に課された使いの真の使命は「万《よろず》の買物《かいもの》」などではなく、実は生きた人間を調達することにあった。見違えるほどの立派な姿形、二貫の金、更には蠱惑的ユートピア咄で十分人々を引きつけておいて、最後の餌はやはり色と金であった。

出航間際に勘内が何気なく洩らす「あの国の女の。いたづらを皆〳〵。見せましたい事じや」に思わず飛びついた仲間の「それはなる事か」に対し、勘内は「それがしのまゝなり」と請け合い、すかさず「ふね一ぱいのしろかね銭」の土産まで保証する。ここまでくれば、欲に勝てる男はいない。しかもわずか「十日斗の隙入」で済むというのだ——勘内はうまいことやってあの国の住人になった、昔の馴染みで少しぐらいそのおこぼれを貰ってもいいじゃないか、どうやら竜宮への行き来は簡単にできそうだ、ちょっと行ってすぐ戻ればいい——。かくして男たちは勘内の話に疑念を抱くどころか、「我はつね〴〵のよしみ。人よりは念比したと。行事をあらそひける」ということになる。立場の強弱は逆転した。人選に漏れた者は「取残されし人」と表現される(1)。出航間際に勘内の「語り」が周囲との「会話体」に移行するのも効果的で、主語の省略や接続助詞「ば」を用いた連続が、この急転回を支えている。

親方をはじめ。その中にで。(ママ)七人伴ひける。取残されし人。是をなげきしに。耳にも聞入れず。くだんの玉船に乗りさまに。

「耳にも聞き入れず」の一語に、選ばれて勝ち誇り得意になっている七人と冷静な勘内の対比が読み取れるところである。言葉を足そう。「耳にも聞入れず」の主語は上から読めば勘内だが、下に続く「乗りさま」に繋げば「七人」ということになる。ここは両者それぞれ別な意味で、選に漏れた者のことなど眼中にない、と読んでおく。

以上、勘内の巧みな語り口と周囲がそれに引き込まれていく様が、無駄のない筆致で描かれている。勘内の用意した「色と金」という餌は、四方四季など居ながらの美景を強調して雅の世界を繰り広げる伝統的竜宮描写の当世化と言えようが、言い換えれば、万人に共通する欲望に直截に応えるものであった。日常語で語られる単純でわかりやすい即物的なユートピアが、そのためにかえって説得力を持ち、その場にいた人々を惹きつけ、架空のウソ咄であることを忘れさせたのである。

四

前節では、周囲を架空咄に引き込む様を、直接話法を生かした表現の上からたどった。次に西鶴の作意に焦点を当てて構想の骨格を明らかにし、転合化や当世化といった咄創りの方法を考えたい。

1　「霊還り」と「竜宮譚」の取り合わせ

初めに、本文のA～Cに従って、全体を貫くイメージが意図的に用意されていることを確認しておこう。

まず馬方の勘内が湖水に沈んだ、というAのエピソードであるが、テキストには、

まん中過程になりて・俄に風あたゝかに吹て・跡先より氷消て・浪の下にぞしつみける・此事かくれもなく・哀と申はてぬ・

とある。遺体はあがらぬものの水死したことは自明である。ここでは章首に置かれた警句「人間ほど物のあぶなき事をかまはぬものなし」と重ねて読むことで、危険を省みない行為と死との繋がりが印象づけられる。

Bの、勘内の出現から村人と共に船出するまでの部分は、一連の盆行事の始まりでもある（2）七夕の日が発端となっている。更に、勘内が村人に「あの国」のすばらしさを披露した後、続いて紡ぎ出されるユートピアは、「十四日からの灯篭、初めての盆、色よき娘たちの大踊、その用意の買い物……」と、実は最終的に「盆」に収斂していくものであった。間近に迫った盆――このイメージを揺るぎないものにしているのが、挿絵に描かれた「麻殻・盆提灯・団扇・芋の葉・蓮の花と葉」であろう。このように見てくれば、一話の中心となるBの部分からは、おのずから「盆・霊還り」というキーワードが抽出されよう。

加えて、勘内の竜宮への土産が「七月七日（七夕）に七人の男を誂える」と七尽しである点にも、実は凶のイメージが貼りついている。『譬喩尽』に、

月の七日は悪日なり　除くべし

とあり、『桜川』秋一「七夕」には、

月の七日嫌はて（で）星の出舟かな　　西山梅翁

の句が見えるなど、「七日」は凶に通じる（この他「凶数七」については、郡司正勝氏が『話数考』（一九九七年6

月　白水社）において古今東西の例を挙げて考察しておられるので、参照されたい。七が凶数であることについて、当代には一定の了解があったものと考える）。一方、『和漢船用集』の「七夕船之部」の項には、

七種の舟　いろ〳〵の宝七色を舟に積て、七夕にたむくる也、と連俳の書にみゆ。

とある。一例を挙げたが、「七月七日に七人の男」という七尽しには、凶の暗示や手向けのイメージを読み取ることができよう。

これに続くCの部分を支配しているキーワードは、どのようなものであろうか。分別した男は「命に替へるほどの用あり」と言って宝船から降り、十年あまり経ってみれば（六人の残された）「後家」は嘆くばかり、（一人行かぬ人は）「今に命の長く」――と、短い中に「命」という言葉が繰り返され、ここでも死を内奥に含んだ表現が、展開の梃子となっていることに気づかされる。事実、船出した六人は彼岸に旅立ち、二度と戻らなかったのである。

以上、直接「死・彼岸・黄泉」といった表現は用いられていないが、この咄には始めから終わりまで一貫して「死」のイメージが置かれており、盆の霊還りを踏まえた咄創りであることは明白である（ただし、霊還り本来の意味は解体させられている）。挿絵に描かれている盆の必需品の数々は、こうした全体を貫くイメージのだめ押しであり種明かしでもあると言ってよかろう。

本話創作の要となっているもう一つの要素は、言うまでもなく水底の楽園、即ち竜宮譚である。（水中に沈んだ者が）「竜の中都に。流れ行て。」という表現から、竜宮を思わない読者はいるまい。事情は作中の村人達にとって

も同様である。「めしつれしものども。何とやら磯くさく。かしら魚の尾なるもあり。螺のやうなるも有。」という表現は、視覚化された戯画と相俟って、いよいよ勘内が水底の王国竜宮から来たことを確信させる（ちなみに『俵の藤太物語』（寛永頃版本・寛文九年版・江戸初期絵巻等）に見る竜宮の眷属は、本話の挿絵に描かれる「めしつれし者ども」と同類。「勘内」の姿は、絵巻や絵入り本に見える浦島太郎そのままである）。これまでに「行末の宝舟」の素材として、幽界から現世に訪れる『剪燈新話』の「修文舎人伝」や、『伽婢子』の「竜宮の上棟」が指摘されている(3)。しかしそれ以前に、本話からは「浦島子」や「俵の藤太」の伝承を思い浮かべる方が自然ではないだろうか(4)。咄の展開を受け入れる前提として竜宮譚が効果的に働いているわけで、竜宮譚に依拠した咄創りであることは明らかである。

西鶴の咄創りの方法という主題に戻れば、「凍結した諏訪湖上を往来する中で時に生じたであろう転落水死者(5)の話から、水底にあるという竜宮伝承を連想し、そこに水死者の霊還りという思いがけない要素を取り合わせて一話に仕立てたもの」、と捉えてほぼ誤りはあるまい。この咄の構想の核になっているものを示せば次のようになろう。

［諏訪湖のおみ渡り］ → **春先の転落** → **浪の下** → ［竜宮］

氷上の転落 → 水死 → ［霊還り］（点線で［竜宮］に結ぶ）

※ゴシック部分は本文に記述があるもの

右の繋がりのうち、途中までは無理のない連想の上に立つのであるが、点線で示した部分は結びつきに無理がある。竜宮は異境であると同時に、玉取伝説に見るように死を忌み嫌う場でもあって(6)、本来は霊還りとは繋がりにくい。西鶴の飛躍とも言えるし、取り合わせの妙とも言える。この「竜宮伝承」と「霊還り」とを結びつけたところに、それまでの竜宮譚や蘇生譚とは全く異なる西鶴の咄の核ができたのである。

つけ加えれば、右図のうち諏訪湖と竜宮の取り合わせにもひねりがある。竜宮と言えば、一般に「勢多」や「丹後」が連想されるが、意表を突いて舞台を諏訪湖に設定し、「御神渡」を利用しているのである。付き過ぎを避け、飛躍のおもしろさをねらったものであることは疑いない。と同時に、土地と結びついた他の伝承を思い合わせれば、「諏訪縁起」で馴染み深い地獄巡りのトーンを水死者の竜宮漂着及び男たちの死への船出に重ねている、と読むとも不可能ではない。暴れ者が転落していった黄泉の国という思いがけない設定も、その出所が見えてくるようである（そう言えば、「竜国」で勘内が仕えているのは「大王」と表現されており、想像を逞しくすれば西鶴はここで「閻魔大王」を重ねて、ほくそ笑んでいるのかもしれない）。なお、勘内の語りの中に流行歌の「やろかしなの雪国」を添えているのは、土地の設定に際しての西鶴の挨拶であろう。

2　竜宮譚の転換

大枠を把握したところで、次に竜宮譚を睨みながら、西鶴の転合化の様相を確認しておこう。竜宮伝承の定型は、「恩返しに竜宮に招待された主人公が、もてなしを受けた上に土産物を貰い、再び人間界に送り届けられる」というストーリーである。本話ではどうか。先に確認したように、竜宮は黄泉の国である。勘内は招待されたのではなく無鉄砲と無精とによって自分からそこに落ちたのであり、土産を貰って送り届けられたのではなく「自分の新盆（我初めての盆なれば）」の準備のために」従者を引き連れて此岸にやって来たというのである（すでに荒唐無稽な設定であるが、語り口に乗せられてしまうのは、先に見た通りである）。

実際には勘内の真の使命は、村人への説明とは別なところにあった。此岸に戻った目的は「万の買い物」を整えることなどではなく、生きた七人の人間を調達することにある。(7)いわゆる竜宮譚とは逆に、「竜宮へ土産を持っていく」のであり、その土産とは勘内によって選ばれ、彼の口車に乗せられた六人の男たちなのである（ちなみに竜宮からの土産は玉手箱の他に珠や絹がポピュラーであり、『俵の藤太物語』では鎧・太刀・赤銅の釣鐘である）。ただし、このときすでに仲間達には二貫の金銭を渡しているから、この土産も勘内に言わせれば「万の買い物」の一つという理屈が成り立つかもしれない。また選ばれた男たちについて、テキストに「親方をはじめ」とあることに注意したい。勘内が調達した人間の筆頭に、世話になったはずの「親方」が置かれているのである。こんなところでも、西鶴は竜宮譚に共通する「報恩」モチーフを引っ繰り返しているのである。

さて、この世の側から見れば「竜宮行き」は、定型どおり選ばれた人間が招待され歓待を受けた上で土産を貰い、かつ無事に送り届けられることを意味する。村人の側にその共通理解があればこそ、この咄は成り立っているのである。しかし、男たちは竜宮に行ったきり二度と戻ってこない。「死」を意味することは、残された「後家のなげき」という表現に明らかである。竜宮譚を基にした荒唐無稽な俳諧化であり、登場人物たちもなまじ竜宮譚を知るからこそ騙されてしまったのである。繰り返せば、それを可能にしているのは勘内の語り口であった。

ところで、井上敏幸氏が本話の典拠として民話の「馬喰やそ八」を挙げておられる(8)ので、引用しておく。


本話は、民話の狡智譚・馬喰やそ八を典拠としている。その結びは、死んだはずのやそ八が、竜宮の土産だといって旦那に魚荷を与える。自分も竜宮へ行きたいという旦那を淵へ沈めて殺し、その後釜に座るというもの。本話で、親方以下六人の者が、いとも簡単に口車に乗せられ死んでいくのも、この狡猾漢やそ八の役柄が、そのまま「勘内」に与えられていたからである。

「馬喰やそ八」の民話がどこまで遡れるか、という大前提となる議論はここでは措き、西鶴の創作方法を抽出するという本題に照らして、簡単に私見を述べておく。井上氏は、現世の狡猾咄「馬喰やそ八」を構想に与る典拠として認定され、「狡猾」を咄の展開論理として、勘内の役柄にやそ八がそのまま投影している、と解される。一方論者は、「行く末の宝舟」の眼目は、人口に膾炙した竜宮譚や異境咄、及びそれらと此岸との往還咄を転換してみせるところにある、と述べてきた。言うまでもなく、両者の読みには距離がある。様々な解釈があろうが、現世における狡猾譚に重ねた読みを押し進めた場合には、水死者と水底の国とを繋げる回路を想像させたり、霊還りにまつわる諸事情を想像させたりする、といった咄の余白を取りこぼす怖れがあると思われる。

3　「好色」の配置と効果

「竜の中都」の描写に、いわばユートピアの日常語への翻訳、当世化が見られることは第三節に見たとおりである（四方四季や眷属達の舞、時間の流れ、乙姫の美しさ、もてなしの様々などの伝統的な竜宮ユートピアと較べてみれば、西鶴の取捨選択と当世化は一目瞭然である）。ここでは、こうした当世化の手法の一つである「好色」に目を向けておく。

これまで指摘されてはいないが、**A**で示される「根引きの勘内」という命名は身請けに繋がる遊里語を掠め、「それぞれの家庭（女房）という根がついたまま男達を引き抜く」という展開に繋がるものであろう。**B**では、「竜の中都」に女色と男色とを挿入してみせた上に、勘内が男たちを誘う切り札がまさに「好色」であった。更にCの後日譚では、亭主の浮気心がもとで「後家」にさせられてしまった女たちの嘆きを配している。「此六人の後家のなげき」と、わずか十文字で示されるのみであるが、実に多くを語っているように思われる。

単に夫に先立たれた妻の嘆きではない。夫の軽率な浮気心の一番の被害者は妻である。ここは、一連の咄の展開を引き取る恨みの籠もった嘆きと言えよう。出船の時には気づかなかったが（注1参照）、「異境の一日は此岸の一年に匹敵するとか……そうであれば、十日といって出かけたのだから、もう少ししたら土産を持って、年を取らぬまま戻ってくる……」（注1・4参照）そう言い暮らして、あたら女の盛りを十数年も無為に過ごしてしまった、こんなことなら再婚でもするんだった……[9]。そんな女の側からの空閨の恨みを、「此六人の後家のなげき」という一言に読みとることができる。遺族の嘆きとして、ここに親兄弟を持ち出していないことを見逃してはなるまい。

西鶴は、Bの勘内の語りの中で、「女房はよりどり」、「旅芝居の若衆もくる」、「国中の色よき娘」、「いまだ男を持ぬをすぐりて」、「あの国の女のいたづら」と言葉を使い分け変化を持たせて、男の視点から好色を配してきた。その流れに続くいわば仕上げとして、後日譚に女の視点からの好色を配したのである。

右に見たように西鶴は、「行末の宝舟」全体を通じて、脚色の小道具に「好色」を効かせている。[10] そのことによって、怪異や縁起にも結びつき得る題材からシリアスな要素やメッセージ性が削ぎ落とされ、新たに現実味や滑稽味が生じているのである。

4　連結と統合の装置

1段〜3段にわたり、「霊還り」・「竜宮譚」・「好色」という三つのキーワードを手掛かりとして、西鶴の咄の創り方を考えてきた。これまでに示した操作のそれぞれは、「連想・取り合わせ・飛躍・転換・滑稽化・当世化」などと名づけてよいものであろう。ひとことで言えば、素材の転合化と位置づけて間違いはなかろう。まさに句作りの手法そのものである。もっとも当世化のみ（あるいは滑稽化のみ）を取り出せば、この一話に限ったことではなく、西鶴作品の至る所でお目にかかる。しかし、上記の操作のすべてが構想や表現を貫く基本的方法になっている作品となると、非常に限られてくる。その意味で、本話はまさに俳諧に通じる手法を駆使した咄創りに貫かれている一篇と言えよう。

ところで、連想や飛躍を身上とする俳諧的咄創りでは、個々の部品（挿話）を連結し統合する役割を担う要素が不可欠となる。詳述するいとまはないが、その一つとして章首に置かれた警句、「人間程・物のあぶなき事を・かまはぬものなし・」に触れておく。

この言葉はすぐ後に続く、春先に湖水の薄氷の上を渡るなどという危険を省みない行為によって命を落とした、勘内の無謀な振る舞いを指している。しかし後半を読むと、同じ警句が人の陥りやすい迂闊さ、日常に潜む危険に対しても有効に機能していることが了解される。つまり、勘内の甘言に乗せられてうかうかと「あの国」行きの船に乗ってしまった男たちの迂闊さを取り出して見せ、この誘いがいかに危険に満ちたものであるかを見通し予告する響きに変化しているのである。同じことは、目録副題の「無分別」にも当てはまる。まずAとBでは、勘内と六人の男（あるいはその行為）が、それぞれに「無分別」の実例となる。Cの後日譚では、「分別の有無」というBとCの関係がAとは無関係に新たに生じ、六人の男と目安書とが対比される。すなわち、冒頭のアフォリズムと目録副題とは、個々の部品に密着しながら、展開に伴って別な意味合いに変容させられ、一方で全体を貫く縦糸の役割をも果たしているのである。意味の変容を含まずにいない「縦糸」は、俳諧の性格を色濃く持つ咄創りの象徴と言うことができよう。

五

ここでは、「閉幕後の現実回帰」という側面を取り上げたい。前節で触れた後家の嘆きに続き、いわば後日譚その二として、「また一人行かぬ人は今に命の長く目安書して世を渡りけるとなり」とある。そもそも土壇場で気が変わった男を設定すること自体、竜宮行きの咄としては不要な要素である。加えて、メインの話に直接関わらないこの男の後日譚を結末に配置していることは、注目しておくべきであろう。

確かに話のパターンとして考えれば、「複数の死者のうち、ただ一人が助かり生還した」という類例は、ないわけではない。人口に膾炙した話として説経の「小栗」を例に取ろう。死者の中で小栗が一人だけ蘇生するのだが、その理由については「十人の家来が火葬であったのに、小栗だけが土葬であり遺体が残っていたからだ」、という整合性が話の中に用意されている。更に小栗の蘇りが次の展開を呼び込む構造になっており、必然性を伴う「ただ一人の生還」である。それに対して本話の場合は、死を免れた理由として「分別」というキーワードが本文に示されるのみで、それ以外には何の説明もなされない。またこの人物の存在が、咄に新たな展開を呼び起こすわけでもない。我々は、この人物を創作した西鶴の意図を読み取らねばなるまい。

この人物は、選ばれた側の人間であったにもかかわらず、土壇場で「分別」した人間である。つまり勘内の法螺咄の胡散臭さを見顕し、ただ一人「分別」があって命を落とさずに済んだ、危険を回避できた人物なのである。わずか三二文字を最後に付け加えただけではあるが、効果は絶大であった。この男の存在を末尾に加えることにより、誘いに乗った六人の男たちを相対化し、咄の場の生き証人として、七夕の夜の出来事を客観的に語る立場を獲得できたからである。同じ後日譚であっても、直前に置かれた後家たちが当事者の身内として直接の被害を被る立場にあり、それ故に咄の内側に位置しているのとは対照的である。

男の今の職業を「目安書」としている点に触れておこう。「分別」と「公事沙汰」は付合（『類船集』）であるから、目安書は分別と繋がる言葉と捉えてよかろう。また『西鶴大矢数』には次の付合が見られる。

吉野山色々分別めぐらして
目安のおくの谷の下つゆ
行水をはや算用やおきぬらん
（『西鶴大矢数』一）

一例を挙げたが、「目安書」からは「文字が書け、分別・律儀の代名詞のような人物」が導き出される。それだけにこの奇談の生き証人として信頼できることになる。冒頭の格言に端的に示された「あぶなさ」を見顕した「分別者」のその後の職業として、また信頼できる「生き証人」として、それ以外考えられない的確な職業設定である。

この職業をめぐり、松田修氏の論及がある。(11) 回り道になるが、本話の解釈に関わる問題と思われるので、簡単に検討を加えておきたい。氏は、「船出した者の愚かさに重ねて、船出せぬ者の愚かさをも西鶴は漏らさない。」として、此岸に留まった男について次のように捉える。

行かずともその生は、たかだか筆耕で、あけてもくれても同じような文案で、命をすりへらしてしまうだけだ。

行くも阿呆、留まるもこけ——まことそれは、苦きに失するさめた作家の目の業であった。

私見では、この読みはやや近代的に過ぎるように思われる。少なくともテキストの文脈では、「目安書き」という職種は「律儀・分別」という記号として読むべきであって、そこに人生の空しさや愚かさを読み取るならば、西鶴の目論見やこの咄の軽さから外れることになると考える（戯画、会話体、好色や金の扱い等々、テキストに従う限り、この咄はあくまで軽口の笑いと西鶴の咄創りの手法を楽しむべきであって、「作者の醒めた視線」を読み取るものではなかろう）。

話を戻そう。分別した男は、咄に説得力を持たせると同時に、咄を相対化する役割を持っていた。証人が生きていることで、不思議な出来事は今に連続すると同時に、過去の体験として閉じた非連続のものになった。西鶴は一話の中に、「仲間が集う座を設定し、登場人物の一人にウソ咄を語らせて周囲をその咄に乗せる」という構造を用意しながら、同時に「そのウソを見顕わし、咄が終結した後も目安書をたつきとして生き続ける」という人物をも用意しているのである。自分で創った法螺咄を同じ咄の中で相対化し、ウソに乗せられた一夜の夢を、生き証人の存在を通して自ら現実に引き戻している、と言えよう。この時、読者も架空咄から現実に引き戻されるのである。

六

本章では巻四「行末の宝舟」を取り上げ、(1)登場人物による語り口の妙、(2)構想の骨格と素材の転合化、(3)(閉幕後の)現実回帰、という三つの側面からその特徴を検討した。この手続きを通して、

○　登場人物「勘内」が、絶妙な語り口によって周囲を架空咄に引き込んでいく次第が、秀逸である。
○　周知の「竜宮譚」を見える形で扱い、それに「霊還り」を取り合わせて転換させた軽口の傾向の強い咄で、構造自体は分かりやすい。
○　竜宮の描写や後日譚に転合化・当世化が見られる。冒頭に警句が置かれているものの、教訓には向かわない。
○　当代の軽口咄とは異なり、咄の最後に後日譚を二重に配して咄を過去のものにすると共に、生き証人を確保して現実に引き戻している。
○　挿絵の戯画性が際立つ。

といった特徴が明らかになり、本話が俳諧色に満ちた西鶴独自の軽口の咄であることが確認できたと思う。本章の冒頭に巻四「力なしの大仏」の特徴を列挙したが、両者を較べると、語り口・構造・方法・挿絵ともに共通性が高いと言えよう。ただし、「行末の宝舟」では、土地伝承の利用や語り手の設定などが加わり、題材の取り合わせや後日譚などに若干複雑化した様が見られる。

注

（1）後日譚と関連する箇所であるが、この「取り残されし人」を家族や妻とする解釈は採らない。すぐに帰ってくるというのが、この時点での人々の共通認識であり、選ばれた七人は運の良い勝利者、というムードがその場を支配していたはずである。妻だけが冷静に危険を察知しているとか、夫の好色目当ての船出を嘆いているというより、この時点では妻たちも勝利者の身内として、十日後に夫が持ち帰るであろう土産を期待している、と見る方が当たっていよう。

（2）七月七日を七日盆と呼ぶこと、盆初めとすることなどについては、井上敏幸氏の指摘がある（新日本古典文学大系『好色二代男　西鶴諸国はなし　本朝二十不孝』一九九一年（平3）10月）。

（3）『剪燈新話』については早川光三郎氏の、『伽婢子』については堤精二氏の指摘がある。

早川光三郎「西鶴文学と中国文学」（一九六九年（昭44）3月）

堤　精二「近年諸国はなしの成立過程」（一九六三年（昭38）10月）

（4）当代の竜宮理解について、お伽草子系浦島太郎については林晃氏の紹介が備り、竜宮譚については山本恵子氏の論考が備るので、ここでは詳述しない。ただ、山本氏は主として浦島譚に言及しておられるが、『太平記』や謡曲、付合集などからの情報も加えると、西鶴及びその周辺の人々にとっては、俵藤太伝承も浦島譚に劣らず身近な竜宮認識であったことは疑いない。本章の竜宮理解は、右の諸情報の総体として考える。

林　晃『浦島伝説の研究』二〇〇一年（平13）2月

山本恵子「『西鶴諸国はなし』巻三の五――「行末の宝舟」の素材と方法」一九九七年（平9）3月

（5）土地の人の話では、一面凍結したように見える諏訪湖に、湧き湯のため氷の薄い危険箇所が存在するとのことである。また、井上氏の指摘があるが（前掲（注2）書）、『西鶴独吟百韻自註絵巻』二十三に「跡へもどれ氷の音に諏訪の海」の句がある。転落事故は多かったと思われる。

（6）玉取伝説による。この伝説は『西鶴諸国はなし』巻一「公事は破ずに勝」の冒頭でも触れられている。謡曲「海士」に「龍宮の習に死人を忌めば。あたりに近づく悪龍なし」とある。

（7）人選に漏れた「取り残されし人」が嘆いても、勘内は「耳にも聞き入れ」なかった。結果的に一人取りこぼしたのであるが、彼の使命は「七月七日に七人の男を連れ帰る」ことにある。なお「七人の船出」は、『好色一代男』の結末で女護の島に船出する好色丸の乗員数と一致する。

（8）前掲（注2）書

（9）周知のように、夫が行方不明の場合再婚が認められる。例として、『懐硯』一の四「案内しってむかしの寝所」などがある。

（10）『俵の藤太物語』や浦島譚のいくつかにも、竜宮に誘う契機として化身した美女が登場するが、本話のように「好色」が全体にわたって強調されることはない。

（11）松田　修『日本逃亡幻譚』一九七八年（昭53）1月　192ページ

第四章　巻四「鯉のちらし紋」論
――『大下馬』の原質（三）――

一

「構想と成立試論」と題した第二部の一連の試みは、『西鶴諸国はなし』の分析を通じて「西鶴の咄創りの原初形態」（『大下馬』の原質）を探り、「西鶴の咄創りに見られる独自性」を明らかにし、最終的には一書全体を総体として捉え直すことに繋げようとするものである。論述の手続きや付帯説明については、すでに第一章第六節及び第二・第三章の冒頭で述べたので、ここでは繰り返さない。書誌形態の異なる話群（巻三「行末の宝舟」・「八畳敷の蓮の葉」、巻四「力なしの大仏」・「鯉のちらし紋」）を手掛かりに「西鶴の咄創りの原初形態」を探る作品分析の「その三」として、本章では巻四の七「鯉のちらし紋」を取り上げる。

「河内の国内助が淵」の地名起源説話の形を取るこの咄のあらすじは、次のとおりである。

内助が淵の畔に内介という漁師が一人で暮らしていた。雌の鯉を飼っていたが、いつのまにか鱗に巴の紋が生じて内介になつき、内介も特別に扱った。十八年もたつと十四、五歳の娘の背丈ほどにも成長した。ある時内介は女房を娶った。夫の留守に美しい女が駆け込んできて「お腹に内介の子供がいる。」と恨みを言って脅した挙句、姿を消す。妻の問いに対し、内介は覚えがないと言う。翌日、内介の船に大きな鯉が飛び乗り、口から子供を吐きだして消える。ようやく逃げ帰ってみれば、生け簀から鯉は消えていた。村人は「生き物に深く思いをかけるものではない」と語り合った。

次に原文を示しておく。

川魚《かわうを》は。淀《よど》を名物《めいぶつ》といへども。河内《かわち》の国《くに》の。内助《ないすけ》が淵《ふち》のざこ迄。すぐれて見へける。此池《いけ》むかしより今《いま》に。水《みづ》のかわく事なし。此堤《つゝみ》にひとつ家《や》をつくりて。笹舟《さゝふね》にさほさして。内介《ないすけ》といふ猟師《りやうし》。妻子《さいし》も持《もた》ず只《たゞ》ひとり。世《よ》を暮《くら》しける。つね〴〵取溜《とりため》し。鯉《こい》の中《なか》に。女魚《めす》なれどもりゝしく。慥《たしか》に目見しるしあつて。それ斗《ばかり》を売残《うりのこ》して置《をく》に。いつのまかは。鱗《いろこ》にひとつ巴《どもへ》出来《でき》て。名《な》をともへとよべば。人のごとくに聞《きゝ》わけて。自《し》然《ぜん》となつき。後《のち》には水《みづ》をはなれて。一夜《よ》も家《や》のうちに寝《ね》させ。後《のち》にはめしをもくひ習《なら》ひ。また（15ウ）」「手《て》池《いけ》にはなち置《をく》。はや年月《としつき》をかさね。十八年《ねん》になれば。尾《を》かしら掛《かけ》て。十四五なる娘《むすめ》のせい程《ほど》になりぬ。あるとき内助《ないすけ》に。あはせの事ありて。同し里《さと》より。年《とし》かまへなる女房《によぼう》を持《もち》しに。内介《ないすけ》は猟船《りやうせん》に出しに。其夜《そのよ》の留《る》守《す》に。うるはしき女《おんな》の。水色《みづいろ》の着物《きるもの》に。立浪《たつなみ》のつきしを上《うへ》に掛《かけ》。うらの口《くち》よりかけ込《こみ》。我《われ》は内助殿《ないすけどの》とは。ひさ〴〵のなしみにして。かく腹《はら》には。子《こ》もある中《なか》なるに。またぞろや。こなたをむかへ給《たま》ふ。此うらみやむ事なし。いそひで親里《おやさと》へ。帰《かへ》りたまへ。さもなくば。三日のうちに。大浪《あふなみ》をうたせ。此家《いゑ》をそのまゝ。池《いけ》に深《しづ》めんと申捨《すて》て。行方《ゆきかた》しれず。妻《つま》は内介《ないすけ》を待《まち》（16オ）」「かね。おそろしきはしめを語《かた》れば。さら〳〵身《み》に覚《おぼへ》のない事也。大かた其方《そのほう》も。

合点《かつてん》して見よ。此あさましき内助《ないすけ》に。さやうの美人《びじん》。なびき申べきや。もし在郷《ざいこう》まはりの。紅《へに》や針売《はりうり》のかゝには。おもひあたる事もあり。それも当座《とうざ》〳〵にすましければ。別《べつ》の事なし。何《なに》かまぼろしに見へつらんと。又夕暮《ゆふくれ》より。舟《ふね》さして出るに。俄《にはか》にさゝ浪立《なみたつ》て。すさまじく。浮藻《うきも》中《なか》より。大鯉《あふこい》ふねに飛《とび》のり。口《くち》より子《こ》の形《かたち》なる物を。はき出しうせける。やう〳〵にげかへりて。いけすを見るに。彼鯉《かのこい》はなし。惣《そう》して生類《しやうるい》を。ふかくてなれる事なかれと。其里人《そのさとびと》の語《かた》りぬ

本話の原拠については諸説あるが、大筋は『奇異雑談集』に見える「伊勢《イセ》の浦《ウラ》の小僧《コゾウ》、円魚《エイノウヲ》の子の事」に拠ると考えて誤るまい。その概略は、

ある漁師が釣った円魚を犯し海に放したが、十ヶ月後夢に円魚が現れて、岩の間にあなたの子供がいるから受け取るようにと言う。果たしてその通りだったのでその子を養育し、子は成長して庵の小僧になった。人のようで人ではない。牛庵がその小僧を見たときには十八歳だった。

というもので、子供の存在に注目した牛庵の見聞として記される。

『奇異雑談集』は貞享四年（一六八七）が初版で、それ以前の写本が確認されてはいるものの[1]『西鶴諸国はなし』との書承関係は立証しにくい。しかし、『諸国はなし』との内容上の繋がりは他にも指摘されており、本書でも取り上げている（第五章　巻三「八畳敷の蓮の葉」論）。また、『奇異雑談集』は禅宗との関係が深く、説教の場を通じて版行以前から咄が流布していた可能性も高い。西鶴がこの話を知っていて原拠とした、と考えて差し支えある

まい。もちろん背景には、豊富な異類婚姻譚や魚女房咄の流れがある。後述する（177ページ）が、睦言に至らないまでも、井口洋氏が「鯉のちらし紋――『西鶴諸国はなし』試論」（一九八一年（昭56）10月）で紹介された『列仙伝』の子英の話なども、西鶴の念頭にあった可能性はある。

西鶴は「円魚の子」というこの題材をいかに脚色したか。魚類を愛した末に人でもなく魚でもない子供が産まれた、という大枠は『奇異雑談集』と共通している。つまり、枠組みを見えなくするといった謎解きに類する咄の創り方ではなく、それを素直に利用し、一つ一つの挿話の運びや語り口を工夫することによって、西鶴の咄に創り換えているのである。この咄を読み解き、西鶴の独自性を明らかにするには、やはり「どのように表現されているか」にこだわる以外あるまい。煩瑣なようではあるが、以下テキストを読み解いていきたい。

二

川魚は。淀を名物といへども。河内の国の。内助が淵のざこ迄。すぐれて見へける。此池むかしより今に。水のかわく事なし。

この冒頭で読者は「あの淀の鯉[2]より、内助が淵の川魚は雑魚までうまいそうだ。」とこの池に興味を持ち、「古くから水が乾いたことがない」とは何やら曰くありげな……と咄に引き込まれていく。視線が淀から河内へ一直線に飛び、土地に惹きつけるうまい導入である。続いて、このほとりに暮らす漁師が紹介される。「ひとつ家をつくりて」「笹舟にさほさして」「妻子も持たずただ一人」と畳み込む一人暮らしは、何やら世間との交わりの薄い、閉ざされた空間を保証する。奇談が醸成されていく条件が、章首部分ですでに整えられたと言えよう。

内助が淵には当時何か伝承があったらしい(3)。今その詳細を追究するいとまはないが、江本裕氏が「『西鶴諸国はなし』―説話的発想について」一九六三年（昭38）11月で紹介されている『河内鑑名所記』（延宝七年（一六七九）刊）の次の狂歌は、示唆に富む。


もし魚に心をかくるものならハあみないすけか淵なのそいそ　　重次

この内助が淵に、その名も内介という独身を通す変わり者が一人暮らす――この設定は、「内助が淵」起源説話のリニューアル化の宣言でもある。狂歌からも伺えるように、『奇異雑談集』「伊勢の浦の小僧、円魚の子の事」と何らかの接点を持つ伝承が存在し、それを介して舞台を畿内に移し、スポットを半人半魚の子供の側にではなく「漁師と鯉」に当てて、ここに新たな地名起源説話を創り出そうというのである。

上記のごとく土地と人物の紹介がなされた後、咄の発端が描かれる。内介も生身の人間であるから、色恋沙汰がないわけがない。以下「異類婚姻」の枠に従って、発端から懐妊・出産（鯉の口から子供が吐き出される）までが、内介の結婚と雌鯉の嫉妬を絡め、滑稽・具象・怪異の色づけを施した形で展開する。まさに当事者間の生のやりとりを生かしながら、時系列で咄が進むのである。この間わずか一丁強、無駄な言葉は一つもない。

翻って『奇異雑談集』では、先に述べたように円魚の子供の方に関心が向き、僧牛庵の不審に対する説明が庵主の一人語りでなされる。そこでは、奇談の一部始終は子供の身の上話という形を取り、「漁師が魚を犯す――海に放す――十ヶ月後夢にその魚が現れる――夢のとおり子供が岩場に置かれているのを発見する――子供を引き取り育てる——人でも魚でもないその子は小僧となり、今十八歳である」と、第三者が奇談を紹介する姿勢が貫かれる。当事者間の生のやりとりはない。本話がこれとは全く異なる姿勢で書かれていることは、明らかである。

さて、本話の語り口の秀逸さは、大きく三箇所の見せ場に集中している。第一は、発端から蜜月が十八年に及んだところまでの筆運びである。ここは第二章で扱った「力なしの大仏」の鍛錬の場面と全く同じ手法と言ってよかろう。即ち、あくまで現実ではあるが耳目を集める際立った例から出発して、次第に咄がエスカレートしていき、いつのまにか架空の法螺咄に至るというものである。便宜上傍線と番号を付して、次に示す。

つね〴〵取溜し。鯉の中に。女魚なれどもりゝしく。慥に目見しるしあつて。それ斗（ばかり）を売残して置に①いつのまかは。鱗にひとつ巴出来て。名をともへとよべば。人のごとくに聞きわけて。自然となつき。②後には水をはなれて。一夜も家のうちに寝させ。③後にはめしをもくひ。習ひ。また手池にはなち置。④はや年月をかさね。十八年になれば。尾かしら掛て。十四五なる娘のせい程になりぬ。

ここでは、鯉と内介との親密度が進行していく場にふさわしく、主語はすべて省略され、閉ざされた空間の中で「いつのまかは」・「後には」・「後には」と、何の束縛も受けず限定されない三つの副詞（句）だけが時の推移を表す。傍線部①「いつのまかは」に導かれる部分がいわば架空咄の出発点である。いまだ現実に見聞する範囲に留まっている。傍線部②、初めの「後には」が第一の飛躍。「わらに包んでおくと生きている」という注釈もあるが、無意味である。ここは擬人化した法螺咄と読むべきところであろう。「一夜も家のうちに寝させ」と書いておいて、色事の有無には触れない。どちらとも取れる思わせぶりな書き方である。傍線部③、次の「後には」が第二の飛躍。いよいよ人間に近づき、ただし「また手池にはなち置」と断っている。あくまで鯉は鯉、基本的には手池で暮らしているのである。この段階で逸脱しすぎないよう、安全装置は忘れない。

　そうして気がついてみれば、傍線部④「はや」年月を重ね十八年の年月が過ぎた。ここは『奇異雑談集』にある「今、十八なり」によって、原拠の子供の年齢を内介と鯉との蜜月時代に取りなし、ふとした出来心による一回性の契りという原拠の設定を、十八年かけた第三者の立ち入れない程の一体化した結びつきへと創り換えている。このことが次の、嫉妬に基づく怪異性を呼び込むことになる。次の展開への必然性を内包していると言えよう。

「十八年」はそのまま下の文に続いて、「十八年になればお頭掛けて十四、五なる娘のせいほどになりぬ」と誇張していく。日常化した時間の流れから、突然傍線部④「はや」に導かれる「気づき」が訪れる。毎日一緒にいれば、その日毎の成長は目に見えないが、改めて気づいてみると……。ここは、内介自身の感慨である。と同時に「毎年一、二寸は大きくなるのだから十八年もたてば年頃の娘の背くらいには成長しようというもの……」と、語り手の解説にもなっている（誇張があるのだが、鯉の年齢が身の丈で測られること（『和漢三才図会』巻四十八）を踏まえて説得力を持つ）。登場人物と語り手の二つの視点を重ね合わせることで、誇張された背丈がすんなりと受け入れられてしまう、そういう構造になっているのである。更に「十四、五なる娘」という比喩は、本話の底を流れる好色の気分を背景に、内介と鯉との生活は夫婦のそれであったことを暗示する表現である（同様の指摘が井口氏前掲論文にもある）。

　以上、ここは限定されない時間の経過に伴って、内介と鯉が閉ざされた空間の中で何者にも邪魔されずに親密さを増し、現実を逸脱していく様が描かれているのである。

秀逸な語り口が見られる第二の箇所に目を移そう。「あるとき」結婚したという一文を挿んで、その女房のもとへ「うるわしき女」が駆け込んでくるという怪異性を帯びた場面である。ここは、後に第三の箇所として挙げる内介自身の発言と互いに向き合う構造である。どちらも直接話法を生かした語り口で、二つの部分が形・分量・内容共に対になっていることを意識して読み取るべきところである。

女は「水色の着物」に「立浪模様の羽織」という装束に身を包み、「大浪」・「池」、と縁語仕立てで女房を脅す。

我は内介殿とは。ひさびさのなじみにして。かく腹には。子もある中なるにまたぞろや。こなたをむかへ給ふ。此うらみやむ事なし。いそひで親里へ。帰りたまへ。さもなくば。三日のうちに。大浪をうたせ。此家をそのまま。池に深（しづ）めん

読者にとっては鯉の化身であることが一目瞭然であるが、新婚早々の女房にとっては寝耳に水。加うるに「夜」。夫は漁に出て留守、女の方は脅し文句を言い捨てて「行方知れず……」というわけで、「おそろしき」体験である。当然帰宅した夫の口から説明を求める、という次の展開を呼び込む。

怪異譚に傾いたところを、西鶴は笑いに引き戻す。内介は怯える女房の訴えに対し、滑稽色を効かせた現実味を持って答える。語り口の秀逸な、第三の箇所である。

さらさら身に覚へのない事也。大かた其の方も。合点して見よ。此のあさましき内助《（ママ）》に。さやうの美人。なびき申（す）べきや。もし在郷まはりの紅や針売りのかかには。おもひあたる事もあり。それも当座〳〵にす

ましければ。別の事なし。何かまぼろしに身へつらん

このとき、内介の念頭には鯉の面影はよぎらない。「紅屋針売りのかか」については正直に告白していること、脅しの文句を気にも留めずその日の夕暮れにも漁に出ていることなどがその証であること、井口氏が前掲論文において指摘するとおりである。ただしその理由についての考えは、氏とは趣を異にする。

井口氏は「口からの受胎」というキーワードを媒介に、内介が相手を「人のごとく」思ったことはなかったからだ、と結論づけられる。加えて「口からの受胎」という論理については、その根拠をインドの神話及び口から子を吐き出した点に求めておられるが、いかがであろうか。鯉が口からものを吐く、という習性は日常目にするところであるから、鯉が子供を口から吐いたからといって、交わりの形態の根拠にはなるまい（『奇異雑談集』の記述に従って「開閂の動くを犯す」と捉えて不都合はない）。

ここで内介が鯉の懐妊に思い至らないのは、井口氏の言われるような「鯉との繋がりが終始弄びに過ぎなかったせい」ではなく、妻を娶ったことでそれまで可愛がっていたペットの存在を忘れるのと同じ心理によるものと考える。かつての第三者が介入しない十八年間には、弄びという意識ではなく、確かに鯉が「十四、五なる娘」のように思えていたのである。しかし結婚によって、心情の変化と同時にその扱いも激変する。寝食が別になるのは自明として、テキストから伺えるのは、鯉が飼われる場所が「手池」から「生け簀」へと変化していることである。何気ない変化ではある。かつては他の魚とは別に手池に放し飼いだったのが、一夜明ければその日の水揚げと共に生け簀に投げ込まれている――内介にとっては自然なこの変化が、鯉には通じない。鯉の側の論理では、人間の女と自分は対等（人と魚は同一の土俵に立つもの）で、自分はあくまで他の女に内介を取られた被害者なのである。い

わゆる異類婚の続篇を現実的に創作してみれば、なるほどあり得る展開である。このとき、人間と異類との間のギャップは大きい。

さて、内介の側に鯉への思い入れがない以上、新妻の話を気に留めないのは当然であった。ここから咄は、『諸国はなし』巻二「水筋の抜け道」に見られるような悋気がらみの怪異譚に進んでもよいはずであるが、西鶴はそこに笑いを織り込み、怪異性を殺ぐ内介の返答を用意する。自分の過去の振る舞いに疑いを持たない現実的な男の言葉は、自信に満ちていると同時に滑稽でもあり、正直な告白であるだけに説得力を持つ。聞き手はその当世化にリアリティーを感じ、怪異がこの咄の主題ではないことを感得する。内介の返答の「滑稽な現実的語り口」は、秀逸な語り口の第二に挙げた箇所の「怪異性」と見事に対峙し、一旦は怪異を打ち消すことに成功しているのである。

結末はどうか。悋気による怪異とそれを打ち消す現実世界の言葉との間に保たれていた均衡は、その夕暮れに突如破られる。妻の話を意に介さず漁に出た内介の船の周囲が「俄にさざ波立ちて。すさまじく。」なり、「浮藻なかより。大鯉ふねに飛びのり。口より子の形なるものを。はき出しうせける」。これが急展開による結末である。内介と鯉との間に、もはやかつての蜜月は戻るべくもない。かつて「ともゑ」と呼び親しみ、年頃の娘のように見えていた鯉は、今や単に「大鯉」にしか見えない。「やうやうにげかへ」った内介にとって、鯉は我が身に害を及ぼす異形の物と化したのである。

内介と鯉の婚姻譚は、『奇異雑談集』の円魚の話と同様、子を父親の手に渡すことによって結末を迎える。しかし、円魚が静けさのうちに岩場に子を産み去ったのとは対照的に、内介と鯉の場合は劇的緊張を必要とした。語り口の第一に挙げた「十八年の蜜月」が咄の中で生きて働き、当事者の一方だけがたやすく現実に戻ったのに、一方は怪異性を帯びてもとの世界に留まる――このような両者が向き合ったままの状態（語り口で挙げた第二と第三の対峙）では、咄は動かない。この膠着状態を解消し、両者がそれぞれに現実に戻るためには、何らかの劇的な動きが必要だったのである。「女のことは当座当座にすませた」という滑稽を含んだ語りから急降下する緊迫は、十八年の年月が一夜にして崩壊するドラマの幕切れであった。

とはいえ全体の構造を見る限り、発端から蜜月、懐妊、出産、子を父親に託す、という一連のストーリーは、見事に型どおりになっている。西鶴は、周知の咄のパターンを逸脱せずに、しかし中身には豊富なドラマを詰めて、この咄を創っているのである。「やうやうにげかへりて。いけすを見るに。かの鯉はなし。」と付け加えることで、鯉が失踪し異類との咄が終結したことが明確になる。現実回帰が果たされたわけである。

この後、「総じて生類を。ふかくてなれる事のなかれと。其の里人の語りぬ」と第三者による評が添えられ、それまでの咄は相対化され、過去のものとして閉じられる。一方の当事者である鯉の失踪と、里人による評――最後に用意された、この二段階の操作によって、当世化を施され誇張された架空の咄を、意図的に現実へと引き戻していることは明白である。

「現実回帰」という視点から整理しておこう。内介は結婚という転機によって一足先に現実回帰を果たし、鯉との秘め事は忘れ去っていた。表現の上では直接話法の中に好色を取り合わせることで、男の側の現実味を強化していた。鯉の側は劇的緊迫を経た後、生け簀からの失踪という手段により、ようやく現実に戻る。最後に、第三者の評によって語り終えた咄を過去のものにし、読者を現実に戻している。

以上、本話の語り口を一瞥した。次節では、構想及び作意に触れたい。

三

まとまりを持った散文として自立させるためには、何らかの構想なり主題なりといった骨組みが必要となる。本話の場合、それが『奇異雑談集』に見られる円魚の子の話であったことは、すでに見てきた通りである。すっかり西鶴の咄に創り換えられ、地名起源説話に仕立てられているものの、大枠は原拠の範囲や咄のパターンに依拠している。ここでは当該咄の脚色の仕方を通じて、西鶴の仕掛け、ねらい（転合化）、咄の展開をもたらす内面の連想といった側面に注目しておきたい。

俳諧色の強い西鶴の浮世草子において問題とすべきは、個々のエピソードの繋げ方であり取り合わせの必然性であろう。即ち、異素材や独立した挿話をいかに取り合わせ、一つの大枠の中に溶け込ませるか、という編集の手腕の問題である。そこでは、それぞれのモチーフ（部分品）は、西鶴の手によって独自に秩序づけられることになる。個々の素材に付与されていた意味は変容させられ（転合化）、場合によっては意味自体が剝奪されて、新しい論理と方法に従って統合される。

こうした西鶴独自の操作は、本話においてもいくつか指摘できる。そのうち、土地の設定及び漁師の命名については、第二節において「伝承を下敷きにした咄のリニューアル化宣言」と「地名起源説話の枠組設定」という観点から触れたので、ここでは省略する。また、当世化の様相や好色の色づけ、原拠の「円魚の子」の年齢である十八を鯉との密月期間に取りなしたことなど、これまでに触れた点についても繰り返さない。

さて、「鯉のちらし紋」が奇談の枠を超えて架空咄に推移していくための大きなモメントになっているのは、語り口の第一に挙げた「魚の年毎の成長と目印」である。この二つの要素を違和感なく咄に盛り込む上で、西鶴は原拠の円魚を新たに「鯉」に仕立て、そこに「巴の紋」を取り込んでいる。これらの意味を解明することが、創作方法に迫る切り口の一つになり得よう。以下では、右の操作を手掛かりとして、西鶴の構想及び作意を探りたいと思う。

1　円魚を鯉に仕立てる

『奇異雑談集』「伊勢の浦の小僧、円魚の子の事」にいう円魚とは何か。架空の魚なのかどうか、今つまびらかではない。対するに、鯉に関する当代の情報には事欠かない。曰く食材として（鯛よりも）高級魚である、曰く鱗ごとに小黒点があり鱗に十字の文理がある、曰く年数と体長とが相関し三尺以上にもなる、曰く「孕む・子持ち・池」と「鯉」は付合。『和漢三才図会』・『本朝食鑑』・『類船集』などを一瞥するだけでも、直ちにこうした情報が得られる。他にも、口から食べた物を吐くといった習性が知られ、琴高仙人説話からは「尾鰭はねる・大魚」といった連想が浮かぶ。これらはすべて、当話の展開に有効な属性であることに改めて気づかされる。

例えば「孕む・子持ち」と「鯉」が付合であることは、咄の展開にこれ以上はないほどの符号を見せる。年を追う毎の成長ぶりとその大きさとは、先に語り口で取り上げた第一の部分に欠かせない要因である。「高級魚」なのに売らずにおいた、ということで内介の潜在的思い入れが垣間見える。「紋」についても、明確に識別できるかどうかは別として、鯉に斑紋が生じること自体は不自然ではない。

鯉にまつわる説話伝承に目を転じてみる。前述した（168ページ）ように、井口氏は前掲論文で『列仙伝』に載る「子英」の話を典拠として挙げておられる。「子英」は鯉に乗って空に登った仙人で本話との距離は明白であるが、

「子英」の導入部に「捕まえた鯉の赤色が気に入り池で飼ったところ、一年もすると一丈あまりになり……」とあり、本話との共通点が見られる。影響関係がないとは言い切れない。

一方、貞享三年九月刊（天和二年四月草稿）『雍州府志』巻五寺院門下「恋塚寺」に、上鳥羽にある「恋塚」は「鯉塚」の誤りであるとして、次の記述がある。

古《ヘ》上‐鳥‐羽池‐中《ニ》有《リ》二大《ナル》‐鯉‐魚一時‐々作《ス》二妖‐怪《ヲ》一土‐人殺《シ》レ之《ヲ》為《ニ》築《ト》レ塚《ヲ》云《フ》

この他の当代の資料を挙げれば、万治元年刊の『洛陽名所集』、道祐による延宝八年の旅の記録『西遊左券』、元禄三年刊『名所都鳥』などが、軽重の差はあるものの「鳥羽の鯉塚」に触れている。要するに、「鳥羽の池の大鯉が、怪をなしたのでこれを退治して塚を建立した」という伝承が当代に広まっていたわけで、より身近にかつ直接に「大鯉」と「怪異」とを結びつける下地があったことは、注目しておく必要がある。

以上の鯉にまつわる諸情報を総合すると、まさに鯉でなければこの咄は成り立たないことが了解されよう。鯉の咄にする決定と展開の青写真と、その着想の先後は何とも言えないが、上述した符合を見るに、西鶴が原拠の「円魚」を「鯉」に取りなすことによって、脚色の方向性が定まったようにさえ思われてくる。

2　巴の紋を取り込む

鯉に斑紋が生じること自体は不自然ではない、と先に指摘したが、その紋を巴に限定したのは、西鶴の働きである。その拠ってくるところとして、網島大長寺の「鯉塚の由来」が指摘されている。天保四年成立の『摂陽奇観』

に絵入りで紹介されているこの話から西鶴が巴の紋を着想したという説は、近藤忠義氏が『西鶴』（日本古典読本9・一九三九年（昭和14）5月）で提唱して以来、定説化しているように思われる。簡単に紹介しておく。

漁師が淀川で左右及び鱗毎に巴の紋がある鯉を釣った。評判になり、死後大長寺で供養したところ、和尚の夢に現れて「自分は前世は武士で、殺生の報いで鯉になった」と語った。この話は寛文八年のことという。

西鶴がこの話を聞いて、鯉の目印として「巴の紋」を流用した可能性は確かにある。しかし、当代の大坂関係資料にこの話が見えないのは不審である。大長寺の名自体も、延宝期の案内記類（『難波すゞめ』・『難波すゞめ跡追』・『難波鶴』・『難波鶴跡追』・『古今芦分鶴大全』）には見えず、『難波丸』（元禄九年）にようやく見えるが、逸話は記載されていない。またこの逸話が当時評判になった形跡も、管見の範囲では見当たらない。元禄二年刊の『一目玉鉾』には、寺の記載もない。西鶴の興味を引いた話題であれば、何らかの記述があっても良さそうに思える。果たして貞享以前にさかのぼれる伝承なのかどうか、『摂陽奇観』の記事がどこまで信憑性があるか、疑問が残ることを指摘しておきたい(4)。そうであれば、西鶴はどこから巴の着想を得たのであろうか。

巴の紋は水の渦巻き模様を意味し、浪と付合（『類船集』）で、非常にポピュラーな紋である。従って、特別な鯉の目印としてその斑紋が巴の紋に見えたと設定することは、突飛な連想ではない。読者にも違和感なく受け入れられよう。だがもう一つ、ここで別な観点から巴の持つ意味を提示したい。

「巴御前の俳諧化」が、その意味である。本話全体を支配する好色の気配の中に改めて「巴」を置いてみると、「雌なれどもりりしく確かに目見しるしあ」る姿形に、巴御前の面影を重ねることは不自然ではない。この読みが承認されるとして、次に、咄の構想に関わってくるのか、あるいはこの場面のみの言い捨てなのか、が問題となろう。

女武者とはいえ本妻山吹に対してあくまで愛妾の座にあり、義仲と最期を共に出来なかった恨みに迷う、という女性像（当代の巴像の把握は、『平家物語』の木曽最期、謡曲「巴」・「現在巴」などとほぼ重なるものと考える）を異類婚姻譚に置き換えてみれば、自ら姿を消すしかない末路も首肯できる。『類船集』では巴の付合に「きその思いもの」がある。本話に立ち戻れば、まさしく鯉は内介の「思いもの」であった。ちなみに謡曲「現在巴」では「木曽の麻茅生かけし中の。よしなかりける契りのすえぞと行方も知らずなりにける。[5]」とあり、内介の女房を脅したあと「（鯉は）行き方知れず」という表現や幕切れの「（鯉は子を）吐き出し失せける」という表現と符合する。以上、鯉に巴の面影を重ねることができ、それが咄全体に及んでいるとみてよかろうと考える。

西鶴は巴御前を異類婚姻譚と結びつけ、何食わぬ顔で内介に鯉を「巴」と呼ばせる。表向きは巴の紋が浮き出ているから、という理屈が用意されているが、同時にそこに異素材の転合化を読み取り、西鶴の作意を見るべきであろう。この部分が架空咄への発端に当たり、鯉が人間と同一化していくための入り口に当たることを思い合わせれば、この呼び名が重要な意味を持つことに改めて気づかされる。「名付け」によってこそ、鯉は人との蜜月に入って行けたのである。

四　おわりに

第二節では語り口の側面から、第三節では「鯉」と「巴の紋」の二点から、それぞれ本話の特徴や作意を探った。

この手続きを通じ、「誇張やウソに引き込む語り口の秀逸さ、好色を効かせた当世化、架空咄からの現実回帰、異素材を結びつける取り合わせや作意」などが明らかになったと思われる。一話の構想を再確認しておけば、

① 『奇異雑談集』に載る「円魚の子」の奇談をもとにして、円魚を「鯉」に取りなす
② 新たに嫁を登場させることによって、異類（魚）の側の「嫉妬」を引き出す
③ 「鯉の怪」に繋げて鯉の失踪で閉じる
④ 最後に里人の評言を用意して現実に引き戻す

ということになろう。ひとことで言えば、「異類婚姻譚」の好色を効かせた転合化であり、後日（人間同士の結婚）の添加である。

以上をまとめると、この咄もまたこれまでに取り上げた二つの咄同様、西鶴の語り口や転合化を楽しみ、誇張や非現実に運ばれる心地好さを味わう軽口の咄と解することができよう。なおこの咄の挿絵が、緊迫した場面を描いているにもかかわらず戯画の趣となっていることも、この咄の軽さに一役買っているのであるが、挿絵の考察は第六章「挿絵と作画意識」に譲りたいと思う。

注

（1）『仮名草子集成』巻二十一（一九九八年（平10）3月　東京堂出版）の解題によれば、天正期といわれるものを含め近世前期の写本は計三本確認されている。

（2）鯉と淀は付合（『類船集』）。『和漢三才図会』他にも「淀の鯉が最良」とある。
（3）内助（ないじょ）が淵は『枕草子』「淵は」の条にいう「な入りその淵」のこととする、等。
（4）大長寺の「由緒記」他によれば、『摂陽奇観』にある「和尚」は中興、八代住職往西和尚（過去帳によれば寛文十年寂）と伝えられる。ただし、鯉塚に関する資料は戦災により皆無、碑文刻名は全て剝脱し未詳である。
（5）『謡曲二百五十番集』（一九七八年（昭53）7月　赤尾照文堂）

第五章　巻三「八畳敷の蓮の葉」論
――『大下馬』の原質（四）――

一　はじめに

『大下馬』の原質を探る試みのうち、書誌形態が他とは異なる四話の掉尾として、本章では巻三「八畳敷の蓮の葉」の構想と方法を検討する。この咄は、これまで序との重複部分がある点や、語り手の問題などが取り上げられたことがある。しかし、十分な論議が尽くされたとは思われない。その要因として、素材が十分には解明されていないこと、結末部分の解釈に揺れが見られることなど、根本部分の問題が未解決なままであることが挙げられよう。一方で本話は、先に扱った軽口の三話とは別な意味で、西鶴の「咄の方法」を考えるための貴重な観点を提供している。そこで本章では、諸説を検討しながら西鶴の「咄の方法」に踏み込み、構想と作為に焦点を合わせて、改めて一篇を読み解いてみたい。その際、新たな素材の提示を試み、西鶴が本話を創出する上で核になったものは何かを、併せて探りたいと思う。

「八畳敷の蓮の葉」の全文は次の通りである。便宜上全体をA～Dの四つの部分に分けた。

A　五月雨《さみだれ》のふりつゞき。吉野川《よしのかわ》もわたり絶《たへ》て。つねさへ山家《やまが》は・物《もの》の淋《さび》しやと。むかし西行《さいぎやう》の住《すみ》たまひし。こけしみづの跡《あと》をむすひ。殊勝《しゆしやう》なる。道心者《どうしんじや》のましますが。所《ところ》の人爰《こゝ》に集《あつま》りて。せんじ茶《ちや》に。日を暮《くら》しぬるに。

B　雨《あめ》しきりに。俄《にはか》にやまも見えぬ折ふし。板縁《いたえん》のかた隅《すみ》に。ふるき茶碓《ちやうす》のありしが。其しん木《き》の穴《あな》より。長七寸斗《ばかり》の。細蛇《ほそくちなは》の一筋《すじ》出て。間《ま》もなく花柚《はなゆ》の枝《えだ》に。飛《とび》うつりて。のぼると見えしが。雲《くも》にかくれて。行方《ゆきかた》しらず。麓《ふもと》の里《さと》より。人大勢《あふせい》かけ付《つけ》て。只今《たゞいま》此庭《には》から。十丈《じやう》あまりの。竜《たつ》か天《てん》（16ウ）」「上《じやう》したと申。此声《こへ》におどろき。外《そと》に出て見るに。門《もん》前に大木《たいぼく》の。榎《ゑ》の木《き》のありしが。一の枝引《えだひき》さけ。其下《そのした》ほれて。池《いけ》のごとくなりぬ。

C　さても〳〵大《あふ》きなる事やと。人〳〵のさはぐを。法師《ほうし》うち笑《わら》つて。おの〳〵広《ひろ》き世界《せかい》を。見ぬゆへ也。我筑《われちく》前《ぜん》にありし時《とき》。さし荷《にな》ひの。大蕪菜《あふかむな》あり・又雲州《うんしう》の松江川《まつへかわ》に。横《よこ》はゞ一尺弐寸づゝの鮒《ふな》あり。近江《あふみ》の長柄《ながら》山より。九間《けん》ある山の芋《いも》。ほり出せし事も有。竹《たけ》が嶋の竹は。其まゝ手桶《ておけ》に切《きり》ぬ。熊野《くまの》に油壺《あぶらつぼ》を引蟻《ひくあり》あり。松前《まつまへ》に。一里半《りはん》つゞきたる。こんぶあり。つしまの嶋《しま》山に。髭《ひげ》一丈《じやう》のばしたる。老人《らうじん》あり。遠《ゑん》（17オ）」「国《ごく》を見ねば。合点《かつてん》のゆかぬ物ぞかし。

D　むかし嵯峨《さが》のさくげん和尚《わうしやう》の。入唐《につとう》あそばして後《のち》。信長公《のぶなかこう》の。御前《ぜん》にての物語《ものがたり》に。りやうじゆせんの。御池《みいけ》の蓮葉《はちすば》は。およそ一枚《まい》が。弐間《けん》四方《ほう》ほどひらきて。此かほる風。心よく。此葉《は》の上《うへ》に。昼寝《ひるね》して。涼《すゞ》む人あると。語《かた》りたまへば。信長笑《のぶながわら》せ給へば。和尚《わうしやう》御つきの間《ま》に立《たち》たまひ。泪《なみだ》を流《なが》し。衣《ころも》の袖《そで》をしほりたまふを見て。只今殿《たゞいまとの》の御笑《わら》ひあそばしけるを。口惜《くちをし》くおぼしめされけるかと。尋《たづ》ね給へば。和尚《わうしやう》ののたまひしは。信長公天《のぶながこうてん》下《か》を御しりあそばす程《ほど》の。御心入には。ちいさき事の思《おも》はれ。泪《なみた》を洒《こぼ》すと。のたまひけるとぞ（17ウ）」

以上一読して明らかなように、本話は「古老から話を聞く」スタイルを取っている（とはいえ、いわゆる中世説話の枠を随所で越えており、単なる昔語りではない）。Aにおいて舞台と語り手とを紹介した上で咄の場が用意され、Bの事件をきっかけにしてその咄の場は増強される。即ちBを挟むことで、単なる茶飲み咄から法談へと咄の内容を変化させる枠組みが施されるわけで、そこから新たにC・Dの咄が紡ぎ出されていく。本話はストーリー性指向ではなく、大枠としてプリミティブな咄の形態を維持し、臨場感に留意した咄作りになっているのである。このことを踏まえた上で、以下本話の解析に当たっては、まず次節においてB・Dの素材に関わる問題を検討し、次いで第三・四節では、表現や構造上の原理にも目を配りながら西鶴の咄の創作方法――着想から構想への成熟過程――に筆を進めたいと思う。

二　素材をめぐって

1　竜の昇天

本書の素材としてこれまで指摘されているのは、Bの「竜の昇天」に関する類話である。今、便宜的に『西鶴事典』（一九九六年（平8）12月）に従えば、

○　類話に『奇異雑談集』巻五「硯われて龍の子出て天上せし事」がある（江本裕氏指摘「『西鶴諸国はなし』――説話的発想について」一九六三年（昭38）11月）。

○　『和漢三才図会』巻四五「竜蛇部」に記されるごときものが口碑化したものか（冨士昭雄氏指摘　対訳西鶴全集5『西鶴諸国ばなし　懐硯』一九七五年（昭50）8月）。

となる。冨士氏の指摘される『和漢三才図会』の話は、「北浜（琵琶湖）で、尺ほどの小蛇が梢に上がりまた降りて泳ぐことを繰り返すうちに、丈ほどに大きくなったかと思うと、黒雲・夕立を伴い竜が昇天した。その際わずかに尾が見えたのみであったが、大虚に入るや晴天となった」というものである。当時流布していた「湖（池）水の蛇が竜と化し、昇天した」という中国種の話(1)と大筋で重なるものと言えよう。

『西鶴大矢数』に、

世界のほたる影まつて今　　西鶴
化して竜のぼる梢は茂あひて　　西海
正筆の奇特《キドク》風があらはす　　西濤
（『西鶴大矢数』智の巻・第三十七）

といった付合があるところを見ると、『和漢三才図会』に載るような「竜の昇天」と「梢に上がる」という動きとの結び付きは、西鶴の連想範囲と重なっていると言えよう。

さて、本話が『和漢三才図会』に代表される類話と大きく異なるのは、蛇が「水中」ではなく「茶臼の中」から登場する点である。その点で江本氏の指摘された『奇異雑談集』の例は本話により近いと言えよう。この類話についても一瞥しておきたい。

『奇異雑談集』下「硯《スヽリ》われて、竜子《タツノコ》出る事」（写本校本）の咄と本話Bとの相違点は、次ページに示すように、場所・現れ方・昇天の三点にわたる。こうした違いが見られるとは言え、全体としては咄の場や大まかな推移等、類似性が極めて高い。

項目	『奇異雑談集』下	『西鶴諸国はなし』巻三の六「八畳敷の蓮の葉」
場　所	武蔵金河の禅寺	吉野苔清水の跡の庵
現れ方	硯が割れて二分ほどの虫（竜の子）が出る	茶臼の芯木の穴から七寸斗《ばかり》の細蛇が出る
昇　天	蓮池に投げ入れられるとそこで瞬時に大きくなり雲に包まれて登る	間もなく花柚の枝に移って登る

即ち、夏の方丈で数人が同席している中、加工された石から虫（蛇）が出て竜の昇天につながる点、（時が経過し）竜が昇天したのに伴い人々が駆け付ける点、あとを見ると石木も池水も乱れていた点等々で、両者には共通の伝承素材を考える余地がありそうである。(2)

「石から竜の子が飛び出し、瞬時に成長して昇天する」という奇異譚については、時代が下るが、『雲根志』後編巻之二生動類三の「竜石」の項に、武蔵・近江・河内・紀州にわたる共通性の高い五つの話が載るので、これにより特徴を押さえておく。

○「硯・茶臼・石」などの石又は石の加工品から竜が生ずる（全例）

○その「硯・茶臼・石」などが割れたあとを見ると、豆粒ほどの穴があいている（4例）
石を入れていた袋にのみ穴が見られるが、竜が抜け出た後、石自体が軽くなる（1例）

○水滴が自然に漏れ出るといった兆候がある、あるいは水に縁のある石である（4例）

○多くは僧侶の体験である（4例）

右の他、竜の昇天を第三者や近郷の人々が目撃するといった記述が見られ、大雨や震動、雷鳴を伴い、一天暗くなるなどの描写も見られる。なお、以上の特徴は管見の他の例にもほぼ当てはまり、説教の席などを通じて流布した気配が濃厚である。「八畳敷」のB部分も右の性格から逸脱しないことをひとまず確認しておきたい。

何れ中国種で、石譜や怪石録の類いに見る「竜石」「竜生石」「魚竜石」などの形状と、竜堆に潜む竜、上昇する竜といった伝承が合体して生まれたものであろう。『奇異雑談集』下「硯《スヽリ》われて、竜子《タツノコ》出る事」において咄の末尾に「古老《コラウ》の人の、いはく」として、

海底《カイテイ》の石《イシ》に竜子《リウシ》しぜんに、むまれて、千年すき（ぎ）て、その石、山にある事、千年ののち、又、里《サト》にある事、千年の内に、此石を硯《スヽリ》に、きる時、竜子《リウシ》その中興《（ママ）ウウコウ》にあたる

とわざわざ解説を加えているのは、この間の事情を示唆していると思われる。

但し、『古今事文類聚』・『太平御覧』・『淵鑑類函』等の類書には、該当する記事は見出せなかった。察するに、右の咄は中国の種々の伝承を元にしてはいるものの、日本において成長・定着したものかと思われる。管見の範囲では、上述した写本段階の『奇異雑談集』が文献上確認できる早い例で、その後刊本の流布などを通じて浸透し、定着を見たものと考えられる。仁斎が竜生石を見抜き奇石として所持する事に警鐘を鳴らした、という逸話が『雲根志』巻之二生動類十に見えるが、時代的には『奇異雑談集』に次ぐものであろう。

以上、いわゆる竜の昇天の第一段階に「石から竜子が飛び出して瞬時に成長する」という部分が付け加わった奇

異談は、類話から推して説教の場などを通じて広まったようであるが、『西鶴諸国はなし』執筆の段階で確認できるのは、写本の『奇異雑談集』のみである。この時点では未だ十分に定着していない、中国色のかかった珍しい話材として、捉えてよいように思われる。西鶴は竜の昇天咄の一つのバリエーションとして「石から竜子が飛び出す」という新しい説話を仕入れ、それに寄り掛かることで挿話を形作っている、というのがB部分に関する論者の見解である。

2　「二間四方の蓮の葉」の意味するもの

次にDの素材を検討する。冒頭でも触れたが、この部分については、結末の策彦が涙をこぼした理由を巡って解釈が分かれている。この対立は本話の読みの根幹に関わるものと思われるが、問題の議論に際して、「二間四方の蓮の葉」及び「この葉の上に昼寝して涼む人」がそれぞれ何に由来するのか、という問題は等閑に付されて来たように思われる。しかし一つの解釈に到達するためには、素材の探求を通じて西鶴の表現意図並びに作為を考えることが不可欠であろう。そこで以下では、解釈を論ずるに先立ってDの部分の咄の素材――八畳敷の蓮の葉の意味するもの――を新たに提示し、西鶴の表現上の工夫を確認しておきたいと思う。

『古文真宝』に「題㆓太乙真人蓮葉図㆒」という韓子蒼の詩が載る。今『諺解大成』により全文を示せば、次のとおりである（傍線論者）。

太乙真人蓮葉《ノ》舟、脱《シ》巾《ヲ》露《ソ》髮《ヲ》寒《ソ》
颼《シウ》々、輕風《ヲ》爲帆《ト》浪《ヲ》爲檝《カヂト》、臥《ソ》看《テ》玉
宇《ヲ》浮《フ》中流《ニ》、

中流蕩漾《トソ》翠綃《セウ》舞《フ》、穩《ナルコハ》如《シ》龍驤《シヤウ》萬
斛《ノ》擧《ルカ》、不《ンハレ》是峯頭十丈花《ニ》、世間那《ソ》
得《ン》葉《ノ》如《ナルヲノ》許、韓古意、太華峯頭玉井蓮開花十丈、藕如船、

龍眠《カ》畫手老《テ》入神《ニ》、李伯時自號龍眠居士、尺素
幻出《ス》眞《ノ》天人、恍然《トソ》坐《セシム》我《ヲ》水仙《ノ》府《ニ》、
蒼烟萬頃波粼々、

玉堂學士今《ノ》劉向《シヤウ》、禁直岧嶢《タリ》九
天上《ノ》、不須《ヒ》對《ソ》此《ニ》融《スルコヲ》心神《ヲ》、會《く》植《テ》青
藜《ヲ》夜相訪《ン》、劉向校書天祿閣、夜有老父手植青藜杖扣閣而進、乃吹杖端烟光照見向在暗中讀書、曰我太乙之精、

本話Dの「かほる風。心よく。此葉の上に。昼寝して。涼む人」という行文の原型となった素材が、右の詩に描

かれる太乙（太一とも）蓮舟ではないかと思われる。そうであれば、「二間四方」という奇抜な蓮葉の大きさも又、西鶴が無から創り上げたものではないことが了解されよう。太平の世に現れ、蓮葉の上に臥して軽風に吹かれるまま波のまにまに身を任す太乙は、楊万里や元好問の詩の材にもなっている。『諺解大成』所載の胡苕溪の注に、

李伯時畫㆘太乙眞人臥ソ㆓一大蓮中ニ㆒手ニ執テ㆓書一巻ヲ㆒仰テ讀ヲ㆖、蕭然トソ有㆓物外ノ之思㆒、子蒼題ス㆓詩ヲ其ノ上ニ㆒、語意絶妙、眞ニ能詠シ㆓盡ス此ノ畫ヲ㆒、

とあるが、元好問の題画詩「太一蓮舟三首」と併せると、中国では太乙蓮舟図が画題として定着していたと考えられる[3]。西鶴の太乙及び蓮舟図に関する知識の深浅は不明であるが[4]、『古文真宝』の詩は知っていて、蓮葉のイメージはそれに拠ったもの、とここでは考えておく。以上、素材の裏付けを得た上でDを読めば、「入唐後」の策彦の口から異国の珍しい咄として蓮舟が語られるという設定は、さほど唐突なものではないと思われてくる。

ここで太乙以外の蓮葉のイメージ効果を一瞥しておきたい。『類船集』に「極楽の蓮華は車輪の大きさ」とあるが、二間四方の蓮葉にはそれに一脈通ずるイメージがある。また蓮といえば同じ『古文真宝』に収載される周茂叔の「愛蓮説」が大方の頭に浮かぶであろう（『類船集』の付合に「蓮―周茂叔」とあり、「蓮」の項の説明文中でも愛蓮説に触れている）。この詩を通して蓮は、「悪に染まらず清潔上品で道理に通じる人格者」としての君子のイメージを容易に招き寄せる。

以上述べてきた蓮に関する事柄を総合すると、Dの部分は次のように読み取れようか。策彦の咄の中の「りやうじゆせん」には極楽のイメージが重なり、そこに太平の世に現れる太乙真人を具現した、大きな蓮葉の上でくつろ

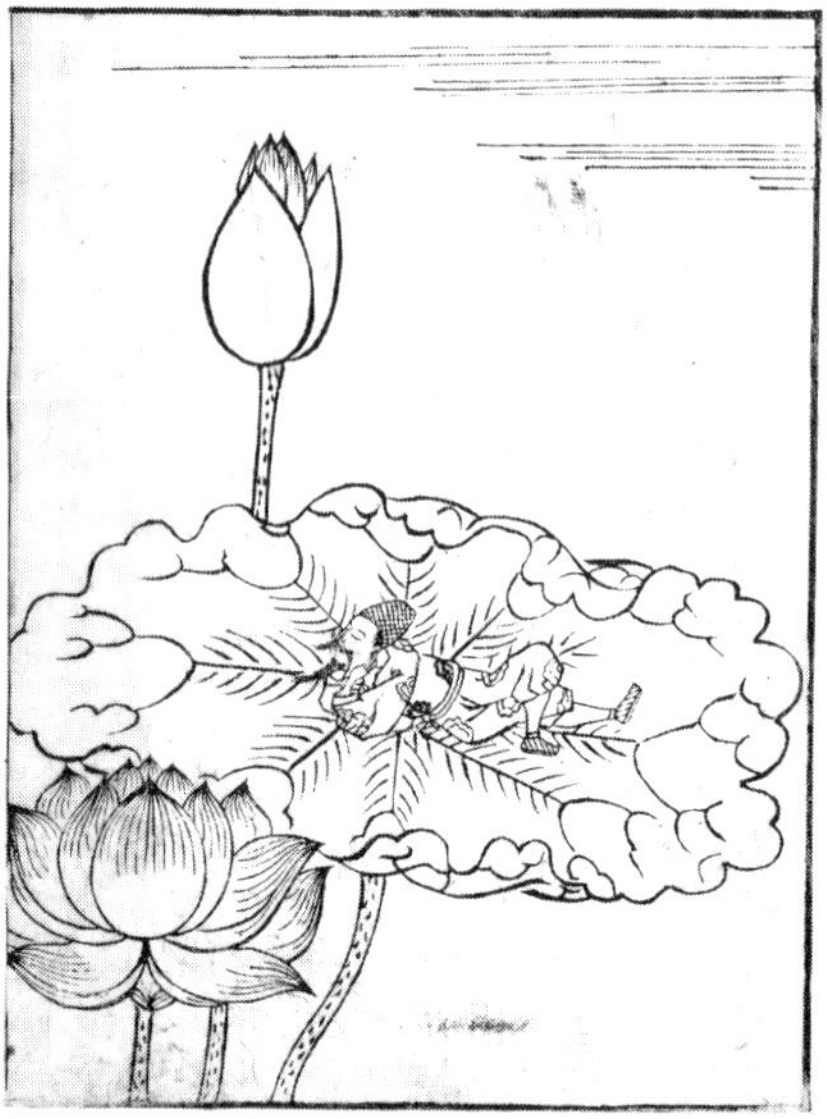

図１　「八畳敷の蓮の葉」挿絵

ぎ涼む人がいる。彼はまた、俗世に染まらぬ君子をも連想させる。但し素材は太乙真人であっても、西鶴の筆を通して仰臥読書の仙人は「かおる風の中で心地よく昼寝して涼む」という極めて卑近で人間的なものに変化させられている。更にこの部分は、あり得ない姿勢に戯画化されて挿絵に描かれることで、視覚的効果を十二分に発揮している。そこには現実離れしたウソ咄の気配と共に、論語の「（飯疏食飲水）、曲ㇾ肱而枕ㇾ之、楽亦在二其中一」（述而篇）のパロディかと思わせるような、遊びの気分が漂っている（**図1**参照）。

一方、蓮葉の方は西鶴の筆を通して、前掲韓子蒼の詩にある「大河を、波や風まかせに漂う蓮舟」というイメージではなく、「りやうじゆせんの池に浮かぶ、時が停止したような、極楽そのものの心地よさをもたらす蓮葉」というイメージに変化している。更に「八畳敷」という大きさの形容は、いかにも書院の畳に一人、大の字になって寝転ぶ自由なありさまを思わせる。この辺りの表現には、

小商人泊り定めぬ雲の空　松意
四五畳敷の海士の捨舟　江雲
（『虎渓の橋』）

などに通じる手慣れた俳諧の調子が伺えよう。

　このようにDの部分では、太乙蓮舟にまつわる咄を素材として、いくつかのイメージを重ね合わせ、最終的には中国の雰囲気を残したまま極めて卑近で人間的な味わいへと、当世化・俳諧化が施されているのである。また蓮葉が「りやうじゆせん」の池にあるものと限定し、「およそ一枚《まい》が二間《けん》四方《ほう》ほどひらきて」と強調することによって、蓮葉の上で涼む人物よりも、蓮の葉の大きさの方がクローズアップされるように描かれていることにも注目すべきであろう。既に素材は元の形にあらぬ方向に咀嚼され、ウソ咄の方向に創りなされたのである。

三　話材の連結——着想から構想へ

B・Dの素材に関しては、前節でほぼ明らかになったと考える。即ちBとDとは同じ中国種とはいえ、出生の異なる互いに無関係な咄なのである。両者を結び付けているのは、Bでは「十丈あまりの竜」の天上とそれに伴う現実（榎の木の下が掘れて池のようになった）によって描かれる大きさへの驚き、Dでは「りやうじゆせんの御池の蓮葉」の大きさへの驚きという共通項である。一話の構造としては、Cの部分が現実性のある大きなものを列挙することで連結機能を負い、BとDとを繋いでいるのである。

　ところで西鶴の咄の中には、思いがけない話材を組み合わせることによって一篇が作られているものがある。言葉を足そう。個々の話材が一話の中でどの程度独立性を保っているか、その度合いは一様ではない[5]のであるが、一つの咄がいくつかの話材から構成されており、それぞれの話材の取り合わせ方に独自性が顕著に見られるグループが抽出できるということである。「八畳敷の蓮の葉」の例で言えば、おそらく西鶴以外の誰も、吉野における竜の昇天と、策彦・信長の蓮葉をめぐる問答とを組み合わせることはなかったはずである。[6]

このBとDとの組み合わせは、先に述べた「大きさへの驚き」という共通項だけでは到底説明がつかない。つまり、大きさへの驚きを一つのメイン・モチーフに捉えたとしても、あるいは龍の昇天咄を章首に使うことを決めたとしても、そこから蓮葉や策彦・信長に繋がっていく必然性は見えて来ない。先に第一部「綜覧」において、目録小見出しは必ずしも主題を意味するわけではなく、その意味はフレキシブルに考えるべきであることを指摘したが、ここで、本話の目録小見出し「名僧」が本話を読み取る手掛かりであると仮定してみる。その場合、書き出しの舞台を吉野と設定することによって、吉野から「西行ゆかりの苔清水の跡をむすぶ道心者」（A部分）を導くまではよいとしても、名僧あまたある中で策彦を取り上げるには、やはり何らかの意図、あるいは連想上の必然がなければなるまい。西鶴の頭の中に予めBの「竜の昇天」というモチーフや、Dの「策彦と信長の蓮葉をめぐる問答」に成長していくモチーフがあったとしても、それらを結び付ける着想を得て始めて本話が形作られたはずである。何れにしても西鶴のたくらみをキャッチするには、BとDの挿話を繋げる連想上のパイプを探る必要があろう。そのパイプこそが、本話の核となった着想ということになる。

1　策彦和尚と八畳敷の蓮の葉とを繋ぐもの

先に第二節2において、「入唐後の策彦の口から異国の珍しい咄として蓮舟が語られるという設定は、さほど唐突なものではないと思われてくる。」と述べた。これは、あくまで咄の流れとして自然に受け入れることができるという意味であり、ここで取り上げようとしている作者の側の連想上の必然あるいは意図（作為）は、それとは別な次元の問題である。「大きなものであると同時に珍しいもの」は、それが異国の咄であればなおさら例示には事欠かないはずである。Dで「蓮葉」を持ち出したのには、何らかの必然性あるいは意図があると考えられる。

図2は、天龍寺妙智院蔵の「謙斎老師帰日域図」である。傘を差し掛けられて人々との別れを惜しんでいるのが、帰国の途につこうとしている策彦和尚である。この船の図は『和漢船用集』などにも類例が見られず判断に苦しむのであるが、ドーム型の簡便な手漕ぎ舟というところであろうか。この手漕ぎと帆を利用しているらしい原始的な舟で日域まで帰ったとは思われないが、印象に残る異国の見慣れぬ舟である。西鶴が「謙斎老師帰日域図」一幅を実見していたとしたら、この絵から何を連想したであろうか。以下は、あくまで西鶴の連想や見立てを辿ろうとする一つの仮説に過ぎないのであるが、あえて想像をたくましくしてみたい。

四人の水主の手漕ぎによるこの舟は、川舟程度の大きさであろう。中央が盛り上がり白旗（帆にしては幅がなく、固定されていない）が風になびいている。おそらく、中に船室がしつらえられ窓があるのであろう、人の姿が見える。策彦が立っているところは、甲板であろうか。この舟を見て俳諧師西鶴が軽く「八畳敷の舟」と表現しても、何の違和感もない(7)。

図3は『仙仏奇踪』に見える龍樹、**図4**はそれを手本とした宗達の描く龍樹である。二つの絵に共通して描かれる下向きの蓮葉と、**図2**の舟図に一脈通ずるものがあるのではないか、というのが論者の想像の出発点である（なお、寛文十年（一六七〇）版及び十二年（一六七二）版『徒然草』の挿絵（下巻29丁表）にも、同趣の蓮葉が見られる。下向きドーム型の蓮葉は、図柄として定着していたものと見なせよう）。即ち、西鶴が妙智院で「謙斎老師帰日域図」を実見し、その舟を、図柄に見える「水に浮かぶように見える下向きの大きな蓮葉」と見立て、同時に詩に描かれた伝説上の「太乙真人蓮舟図」を想起したのではないかと考えるのである。いささか強引の感もあるが、少なくとも西鶴にいくばくかは太乙蓮舟図の知識があったであろうこと、及び「謙斎老師帰日域図」を実見してい

図２　妙智院蔵「謙斎老師帰日域図」

図４　俵屋宗達　龍樹図　一幅

図３　『仙仏奇踪』　龍樹図

たであろうことは、どちらも非常に可能性が高いと断言しても許されよう。論者には、この見立てによる遊びを西鶴自ら種明かしすべく戯画化し、本話の挿絵の人物（太乙のパロディー）を、不自然な姿勢の中国風の人物に仕立てているように思われてならない（192ページ図1参照）。

さて右の想像はそれとして、この他に策彦と蓮葉とをつなぐ西鶴の着想の要素として考えられるものを、若干つけ加えておく。先に素材として竜の昇天咄の類話を挙げた際、『奇異雑談集』下「硯《スヽリ》われて、竜子《タツノコ》出る事」の記事が最も早いとし、西鶴が同一伝承に拠ったか、あるいは同書の写本を見ていた可能性が高いとした。『奇異雑談集』の咄では、竜の子は（梢を伝うのではなく）蓮池に投げ入れられ、そこで瞬時に大きくなる。この例に限らず、龍の昇天咄の舞台にしばしば登場する「禅寺」と「蓮池」とは、連想の範囲内にある取り合わせである。また、「竜」と「禅寺」も関係が深い（次項参照）。そこで改めて「竜―禅寺―蓮池」という連想に立って見れば、龍の昇天から蓮池が想起されても不思議ではなかろう。

また一方で、策彦和尚を出発点にして、「天竜寺―蓮池・竜」（寺号・禅宗寺院などからの連想）という連想の糸をたどることも可能である（次項参照）。但し、以上二側面の連想だけではBとDとを結びつけるには不十分であり、ましてや「蓮池」から「太乙真人（八畳敷の蓮の葉）」への連想を跡付けるのには無理があるように思われる。また、策彦の乗った舟図からダイレクトに蓮葉図を重ね合わせるのに比して、こうした連想の糸においては、咄を生み出す喚起力は弱いように感じられる。

2　吉野と策彦和尚を繋ぐもの

本話の舞台設定は吉野である。これはB部分の竜の昇天にふさわしい土地として選び取られたものというのが、これまでの大方の見方である。なるほど、都藍尼などの土地の伝承や地形、龍を冠する地名群（龍門寺・龍門滝・龍門村・龍在峠等）などからして、吉野が竜の昇天にふさわしい土地であることには、異論を差し挟む余地がない。ただ気にかかるのは、第二節1で述べたように、Bの竜の昇天咄が『奇異雑談集』下の類話と非常に近いことである。たとえば『西鶴諸国はなし』巻二「残る物とて金の鍋」の例のように中国種の話に顕著なのであるが、西鶴は素材にほとんど手を加えないで、外枠のみを卑近な形に整えるという咄の創り方をすることがある。そういう目で見直すと、B部分においては、先行する類話との距離が近すぎるだけに、かえってそれとの相違点に西鶴の意図が隠されているようにも思われる。そこで改めて、『奇異雑談集』「硯《スヽリ》われて、竜子《タツノコ》出る事」との大きな相違点である土地の設定に目を向けてみたい。即ち、何故本話では『奇異雑談集』の類話にある「武蔵金河の禅寺」等ではなく、「吉野苔清水の跡の庵」か、という舞台設定の問題を、西鶴の手の内を探る手掛かりの一つにしたいと思うのである。

今、『類船集』で吉野や吉野山を見ると当然のことながら「唐土、谷、峰の白雲、法師、桑門（ヨステヒト）、金の御嶽」など仏者・修行者・唐土・仙境といったイメージの付合が並ぶ。もう一つ吉野について回るイメージとして切り離すことが出来ないのは、改めて言うまでもなく「南朝」の記憶であろう。即ち、同じく『類船集』につけば、「御幸・皇居・禁中・内裏・帝・黒木の御所」などの語群がこれにあたる。ここで、天竜寺が南北朝動乱の罪業懺悔を本願として、後醍醐天皇の菩提を弔うために企図されたことに思いを致せば、その塔頭の一つである妙智院三世をつとめた策彦と南朝吉野とのつながりは、直ちに浮き彫りになってこよう。

天竜寺の主要行事として後醍醐天皇忌が執り行われている。牧田諦亮氏の『策彦入明記の研究』（一九五九年

（昭34）3月）には、策彦が六十九歳から七十四歳にかけてほぼ毎年御忌頌、献香の詩、焼香偈を捧げたこと、及び当時策彦が後醍醐天皇の御忌奉修に苦心していた事実が指摘されている。ちょうどこの時期は、信長の入京後にあたり、信長と策彦との交流があった時期にピタリと符合している。このように、実は「吉野」―「天竜寺・策彦」―「信長」という本話B・Dの挿話を結ぶ糸は強固に繋がり、その背後には後醍醐天皇の存在が張り付いているのである。

以上、西鶴が本話の舞台を吉野に設定した理由は、単に土地のイメージというだけではなく、より必然的な理由として、背景に南朝後醍醐帝と天竜寺策彦和尚との強固な結び付きがあった、と指摘することができる。また、後醍醐天皇の霊を弔うため、天竜寺の境内嵐山に吉野から「蔵王権現」と「桜の木」を移しているが、これなどは人々の目に触れ語り継がれたという点で、吉野と天竜寺とを直接結び付ける目に見える好例である。このように、天竜寺や後醍醐天皇と密接な繋がりを持つ吉野の土地を選び取った時点で、西鶴の念頭には、すでに策彦の咄を結末とする、あるいはメインとする青写真が出来ていたと考えられる。言い換えれば、表に現れない後醍醐帝（吉野）と天竜寺（策彦和尚）との繋がりが、本話の構想のもう一つの核となっているのである。

次いで、竜の昇天咄の位置づけを考えておきたい。以下、しばらく天竜寺に目を向けてみる。天竜寺の寺号や伽藍、庭に注目すると、本話Bの竜の昇天咄とこの寺との距離が一挙に縮まるように思われる。『太平記』巻二四「天竜寺建立事」には夢窓国師の進言を、

　　去六月廿四日ノ夜夢《ノ》ニ吉野ノ上皇鳳輦ニ召テ、亀山ノ行宮ニ入御座ト見テ候シガ、幾程無テ仙去候。又其後時々金龍ニ駕シテ、大井河ノ畔ニ逍遥シ御座ス。……哀可然伽藍一所御建立候テ、彼御菩提ヲ弔ヒ進セラレ候

ハバ、天下ナドカ静ラデ候ベキ　　（傍点論者）

と記す。この寺が天竜と名を変えたのは、足利直義が川から巨大な金竜があがるのを夢に見たためともいう(8)。また夢窓国師の作庭になる曹源池の山際には周知のように「竜門の滝」がある。これらを踏まえると、寺域も広大であった江戸時代の天竜寺から、天に向かって昇る竜を連想することは容易であったのではなかろうか(9)。更に、禅宗と竜（竜石）との結びつきが強いことも、BとDの組み合わせを考える上で参考になる（注9参照）。一例を挙げれば、山号・寺号に「竜」を冠する寺は各宗にわたるが、禅宗寺院においてはその割合が圧倒的に高い。以上、竜と天竜寺との結びつきが非常に深いことを考慮すると、西鶴はBの挿話を用意するにあたって、当初から天竜寺を十分に意識していたと思われるのである。

吉野の土地設定を巡って、素材との繋がりや西鶴のたくらみを探ってみた。西鶴の構想の中でBの挿話がどのように位置づけられるかを再度確認しておけば、西鶴は「竜の昇天咄を、大きなもののモチーフの一つとしてDの挿話と並び立てるべく、独立した形で冒頭に示して見せた」というのではなく、「Dに帰結していく咄の方向の出発点として吉野を選び取り、天竜寺につながる龍の昇天を第一の挿話としてBの部分に据えた」ということになろうか。Bの部分に類話との共通性が高く、作為があまり感じられない（第二節1参照）のは、導入部として機能させるために、謎を盛り込み過ぎぬよう配慮したせいではないかと思われる。

四　西鶴の謎掛け——信長の「笑い」と策彦の「涙」

D部分の策彦の涙をめぐっては、解釈が二つに分かれている。一つは、「信長の壮大な気宇に感激しての涙」と捉え、信長に比べて自分の話した蓮葉の咄など小さいとする説で、宗政五十緒氏（日本古典文学全集39『井原西鶴集　二』一九七六年（昭51）7月）・冨士昭雄氏（対訳西鶴全集5『西鶴諸国ばなし　懐硯』一九七五年（昭50）8月）がこの立場をとる。もう一つは、「天下を領ろうとする武将にしては、信長の心が小さいことを嘆いた涙」と捉える説で、江本裕氏（『西鶴事典』の「作品解題」一九九六年（平8）12月）・井上敏幸氏（新日本古典文学大系84『好色二代男　西鶴諸国ばなし　本朝二十不孝』一九九一年（平3）10月）がこの立場である（但し、何れも二つの捉え方があり得るという趣旨の断りがある）。有働裕氏（「〝はなす〟ことへの凝視—『西鶴諸国ばなし』の〝はなし〟と〝はなし手〟」一九九七年（平9）2月）は、基本的に後者の立場であるが、自分の笑われたことに対して策彦が悔し涙を流す、と捉える点が独自である。こうした解釈の揺れが見られるのは、西鶴が両用に取れる書き方をしているせいでもあろう。この部分を解釈する上でキーワードとなるのは、「涙」と「笑い」と考えられる。以下、本文に即して、この二語を検討したい。

まずは、「涙」である。「（策彦が）語りたまへば。信長笑（は）せ給へば。和尚御つきの間に立ちたまひ。泪を流し。衣の袖をしほりたまふ」と、途中の切れ目のない動きが展開する。西鶴の筆運びに従う限り、策彦の話に対して信長は即座に笑ったのであるし、策彦は座の途中であるにもかかわらず、その笑いを目にするや否や次の間に立ったということになる。相手が自分の話に対して笑ったというだけで策彦はこうした行動を取り、「袖をしぼる」と表現するほど涙を流したわけで、常識的に考えると不自然な反応と言わざるをえない。しかも不審に思ったであろう次の間の人物に問われ、それに対する答えの中でも策彦は「(〇〇の理由で)泪をこぼす」と自ら涙を明示している。

ところで、本書はそれぞれが八〇〇～一二〇〇字程度の完結した咄で、西鶴はその中で一つ一つの言葉に意味を持たせ、決して冗長な言葉選びをしてはいない。本話を見ても、例えば同種の言葉(道心者・法師・和尚など)でも無神経に繰り返すことはせず、それなりの意味を持たせ、効果的に言葉を選んでいる。脇道に逸れるようではあるが、これまでさほど注意が払われてこなかったように思われるので、章首部分を取り上げて、簡単にこの点を確認しておく。

吉野と言えば直ちに満山の桜が思い浮かぶが、本話では「五月雨のふりつゞき。吉野川もわたり絶《たへ》」たという設定で、ここに世間から隔絶された山中の空間がしつらえられる。書き出しは、

今日見れば川波高し三吉野の六田《むつだ》の淀の五月雨のころ　(『新拾遺和歌集』夏　義詮、謡曲「胡蝶」)

山里は冬ぞ寂しさまさりける人目も草もかれぬとおもへば　(『古今和歌集』冬　宗于)

などの歌を踏まえた表現であろう。周知のように、吉野は単なる山奥ではない。『野ざらし紀行』に、「むかしより此(の)山に入て世をわすれたる人の、おほくは詩にのがれ、歌にかくる。いでや唐土の廬山といはむもまたむべ

ならずや」とあるように、土地が歴史を記憶しているとも言うべき、高僧や文人とつながる土地柄である。

そこに登場する本話の語り手は、「苔清水」の跡に庵を結ぶ人物として設定されている。一旦は忘れ去られたかに見えた「苔清水」が新たに注目されたころでもあり(10)、吉野で咄を語る人物設定としては、これ以上の選択はなかろう。ここでは西行のイメージを取り入れたうえで当世化し、「見知った人々と五月雨のつれづれに、煎茶を楽しみながら咄に時を過ごす」という、そのまま付合語に見出だされる（「五月雨―茶―咄」）ほどパターン通りの、とはいえ自然な咄の場を準備しているわけである。この部分を導入として配することによって、例えば『奇異雑談集』巻五の類話「硯《スヽリ》われて、竜子《タツノコ》出る事」が「禅寺と寺院内の僧侶たち」という閉じた設定であるのに比べて、咄の展開や参加者（聴衆）に自由な広がりを約束することになる。

以上、章首を例にとって一瞥したに過ぎないが、省略こそ多いものの、無駄のない効果的な言葉選びがなされていることが確認できたと思う。以下、例えばBにおいては花柚と榎の木が見えるが、ここには俳諧的な笑いが隠されている。一つ一つの用語を疎かにはできないのである。このことに留意すれば、全体の締め括りとなる重要な箇所で「涙」が二度繰り返され、しかも二度目は策彦自らの口から語らせている点は、大いに注目すべきである。

この涙は第三者に見られて恥じ入るといった類いの涙ではなく、ある種「意志的な涙」と捉えるべきなのであろう。策彦は涙したことを、それも第三者から明確に見て取れる程であることを自ら認め、涙のわけを問われて「信長公天下を御しりあそばす程の。御心入には。ちいさき事の思はれ。泪を洒す」と改めて意志をこめて表明しているのである（さもなければ、ここでの言葉尻は「小さきことの思はれける」と結んでもよいはずである）。

もう一つここで考慮すべきは、この涙の主が名僧策彦であったことである。信長の非礼な反応に対して、単純に腹を立てるとか悔し涙を流すという解釈では、策彦が卑小な人物になってしまう。なぜここで意志的な涙が強調されるのであろうか。素直に取れば、信長の気宇の大きさにそこまで感激したということになるのであろうか。詳しくは「笑い」の意味を検討しなければ結論は出せないのであるが、なにかしら西鶴の謎掛けがここにあるように思える。

飛躍するようだが、西鶴はここで信長と後醍醐帝の気質に一脈通じるものがあることを念頭においていたのではないかと思われる。気性の激しさや悲劇的結末などにおいて両者を重ね合わせることは、当時の人々にとって無理なことではない。ここで年代記や将伝の類を引くまでもなかろう。両者と最も近い立場にあった晩年の策彦が、後醍醐帝と信長とを重ね合わせて見てしまう、その心情を外に現れた「涙」という言葉で表している、と捉えるのは穿ちすぎであろうか。もう少し軽口に取るのであれば、西鶴は策彦の涙によって、後醍醐帝と天竜寺との繋がりが本話の構想の核であることを、言い換えれば「後醍醐帝が本話の抜けである」ことのヒントを示している、とも取ることができよう。何れにせよ、論者には策彦のこの反応に後醍醐帝の影が感じられ、幾分か「悲劇の帝王に対する策彦の意志的涙」が混じっているように思われるのである。

次に、「笑い」に注目してみる。信長がどのような笑い方をしたのかは描かれていないのだが、「笑い」の語そのものはＢの竜の昇天に驚き騒ぐ人々に対する法師の反応として、Ｃの冒頭で一度用いられている。その場面では、「笑い」によって、法師に比して人々の見聞が狭く世界が小さいという上下優劣の関係が生じ、それを受けて次の段階――法師による知識の披瀝、大きなものの列挙へと咄が展開していくことになる。即ちＣでは、「笑い」が咄の展開上「梃子」の役割を果たしているのである。Ｄの部分の「笑い」を問題とする際には、それがＣと同じ構造の繰り返しとして読めるのかどうか、一話全体が「笑い」による優劣の発生という構造の重層によって成り立っているのかどうかが、一つの鍵であろう。

策彦の話の中味であるが、前述したように、策彦の語る「蓮葉の上に涼む人」は太乙真人の当世化・俳諧化であると考えられる。ただ、その蓮葉が大河を漂うのではなく「りやうじゆせんの御池」に浮かぶとしているのはなぜであろうか。先にこの点については蓮に付随する極楽のイメージが重ね合わされる、としておいた（第二節2）。しかし、後醍醐帝・天竜寺・策彦の関係を明らかにした後では、もう少し話の中味が具体的に見えてくるように思われる。

この場面の笑いをもたらす話そのものは、異国の伝承である太乙蓮舟図を当世化したものなのであるが、単に信長がそれを笑うだけでは、反応自体Cの法師と変わりがないことになってしまう。それでは、策彦の対話の相手が交流の深かった大内義隆でも武田信玄でもなく、天下統一を今一歩まで進めた信長であることの必然性が見えてこない。Cの法師と信長とでは、笑いのレベルに違いがあってしかるべきではないか。その証拠に、DはCまでとは違って終始敬語が使われている。また、咄を終結させるに足るだけのインパクトのある笑いでなければ、わざわざ大きなものの列挙を締め括る結末部分に配する意味はないのではないか。

以上二つの疑問を挙げたが、これらを解明するヒントは、先の「りやうじゆせん」にあると思われる。太乙蓮舟伝承で描かれるのは大河で、場所は特定されないが中国でなければならない。それがここでは釈迦説法の場である「りやうじゆせん」に置き換えられているわけで、この特殊な地名に西鶴の作為を読み取るべきであろう。結論を言えば、ここは「拈華微笑」を踏まえ、迦葉の笑みを信長の反応にとりなした俳諧的発想に基づく行文なのである。即ち、策彦の話に対して信長一人がその深意を解して微笑んだ、それを即座に解した名僧策彦は、信長が悟りに達していることに感激すると同時に自らを省みて、あるいは剛毅な気性の勝った不幸な生涯を終えた後醍醐帝を思って、意志的な涙をこぼした、というのが結末部分の論者の解釈である。

このように解するのには、文中の「りやうじゆせん」という地名以外にも根拠がある。天竜寺の境内にある嵐山に、吉野行在所から蔵王権現と桜を移して後醍醐帝の霊を弔ったことは、先に述べた（199ページ）。この嵐山は夢窓国師の手になる天竜寺十境の一つに数えられ、霊鷲山になぞらえて「不言開笑拈花嶺」（『太平記』巻二十四「天竜寺建立事」）と称されているのである。禅の教法の根本につながる「拈華微笑」が、拈花嶺を有する禅宗寺院天竜寺三世、策彦和尚のエピソードの中で用いられることには何の不思議もない。

なお右の解釈を裏づけるべく、「拈華微笑」が一般にも知られていた話であることを、同時代の仏書や仏教説話集以外の文献によって確認しておきたい。『太平記』巻二四「依山門嗷訴公卿僉議事」には、

禅ノ立ル所ハ、釈尊大梵王ノ請ヲ受テ、於二忉利天一法ヲ説（キ）給ヒシ時、一枝ノ花ヲ拈ジ給ヒシニ、会中比丘衆無二知（シル）事一。爰（ココニ）摩訶迦葉一人破顔微笑シテ、拈花瞬目ノ妙旨ヲ以レ心伝レ心タリ。此（ノ）事大梵天王問仏決疑経ニ被レ説タリ

とあり、その故事を紹介している。また『古今夷曲集』巻十・釈教に、

拈花をば八万人にしめせども迦葉独りぞ破顔微笑す

とあって、よく知られた話であることが分かる。さらに、『類船集』では「授」の項に「釈門の迦葉拈花微笑し給

へり」とあり、「笑」の付合に「悟り」が挙げられている。

以上、迦葉の破顔微笑を信長の「笑い」に重ね合わせると、禅問答のようなこの咄の結末部分の謎が氷解する。西鶴は太乙真人の蓮葉をパロディ化することでウソ話を作り上げているだけでなく、策彦と信長の問答に禅の公案を匂わせ、本文Dで「信長公天下を御しりあそばす程の。御心入れには。ちいさき事の思はれ。泪を洒す」と、意図的に「小さき事」や「泪」が両用に取れる書き方をしているのである。ここでの索彦の涙は、「壮大な気宇」への反応ではなく、「信長が直ちに話を解し、禅の本質に達したことへの感激」というのが、咄にそった表の意味である。裏は、「しかしそれも架空の咄でのこと、意表をついた組み合わせを用意しましたが、私の謎掛けがおわかりですか。」といったところでもあろうか。以心伝心、分かる者には余計な説明は不要というわけで、解釈が分かれるのもむべなるかなというところである。当時の読者はDの部分を禅問答として読み、俳諧を嗜むほどの者は、西鶴の作為・謎掛けを楽しんで読み解いたであろう。

本話は最後に蓮葉をめぐるDの挿話を置くことで、ウソ咄になり、同時にナゾ話にもなっているのである。なお、素材の「拈華微笑」に忠実であれば、策彦は釈尊の立場であり、信長は迦葉の立場ということになるのだが、Dの部分のみ突出して敬語に彩られていることからも察せられるように、そこは別格であって、信長の笑みを見て策彦は直ちに信長の人間の大きさを悟り、後醍醐帝を思うと同時に自らをも省みて涙する、という展開になったのである。ここでも、素材を突き抜け宗教上の権威をも茶にする（公安そのものの権威を剥脱し、遊びに転化して見せた）西鶴の自在な創作を見て取ることができよう。

五　おわりに

これまで三節にわたり、新たな素材を提示した上で西鶴の構想を探り、その仕掛けを読み解いてきた。本話がいかに中世説話を越えた、俳諧の性格を色濃く反映した西鶴独自の咄になっているか、その一端は明らかにできたのではないかと思う。

第二節では、Bに描かれた竜の昇天話が仏教（禅宗系の説教）と結び付いた珍しい咄であったことや、Dの「二間四方の蓮の葉とその上で涼む人」は太乙真人　蓮舟図をパロディー化したものであることを明らかにした。第三節では、これらの素材が結び付き、一つの咄として成立していく構想の側面を追求した。着想の核となったと考えられるものとして、1「策彦と蓮の葉との結び付き」、2「吉野の土地設定と策彦」、の二項目を立てて、本話の骨格をなすBとDの挿話のつながりを検証し、西鶴の構想に迫った。更に第四節では、「策彦の涙と信長の笑い」の意味に焦点を当てることを通じて西鶴の作為を解明し、本話の本質的性格を探った。

以上のことを通して、本話は、策彦に縁のある「明・信長・公案・禅宗・天竜寺・後醍醐帝」等々を出発点として、新たな話材とそれぞれを繋ぐ着想とを得、同時にウソ咄・ナゾ咄に持っていく作為を取り込んだ上で、大枠として独立性のある挿話を連ねる咄の形式を利用することによって一篇となしたものであることが、ほぼ明らかになったと考える。

挿話を連ねるという点に、今少し説明を加えておく。西鶴は挿話を連ねる際に、横並びに策彦のエピソードを連ねる形をとらない。むしろ一見別々の独立した挿話を並べてみせ、思いがけない配列を作り上げているのである。確かにそれは一見したところ、法話の枠や古老に咄を聞く形式等によりかかった形にみえる。また人物も「(西行)――道心者――策彦」と、あたかも「名僧」という小見出しに導かれた、名僧列伝のような形式に見える。更に、業比べの形式によって咄は展開していく。論者はこれらの枠組みを、咄があらぬ方向に逸脱するのを防ぐための、あるいは一つの咄として完結させるための、「セーフティネット」という観点で捉えようと思う[11]のだが、それはあくまで表面に現れた形であって、西鶴の構想・作為・仕掛けはこれとは別に考えねばならない。

即ち、こうした形式上のスタイルはあくまで西鶴が利用している外見にすぎず、本話はより本質的には、西鶴の俳諧師としての力を遺憾なく発揮した謎掛けや作為に満ちた咄なのである。その中で西鶴は、構想の骨組みや作為の本質にかかわる言葉を、決して咄の表面に示さない。例えば、「後醍醐帝・天龍寺・拈華微笑・破顔微笑・公案・禅宗」などがこれにあたる。それらを示唆するヒントは「吉野・嵯峨・りやうじゆせん・笑い・涙」など、見落としそうな所にさりげなく配されているのである。こうした本話のナゾ話としての側面を見落としてはなるまい。第一節で述べたように、本話は先に検討した軽口の咄群とは別な意味で「咄の原初形態」を踏襲したものである。それと同時に、西鶴の実験的試みを反映した咄でもあると捉えておく。『西鶴諸国はなし』の三五話のうち、いくつかにはこうした西鶴の謎掛けに満ちた咄が含まれているようである。

注

(1)　竜の昇天咄は、中国にその源が求められようが、周知のごとく民話・縁起・一代記・謡曲・説話等等、類話には事欠かない。多くは夕立・雷・雲・池水等とセットになって流布している。一つ一つ例示するまでもなかろう。

（2）『西鶴諸国はなし』と『奇異雑談集』との共通素材は、第四章（167ページ）で触れたように、巻四「鯉のちらし紋」にもみられる。禅宗系の法話、あるいは写本を媒介として、両者の間に何らかの繋がりが考えられそうである。

（3）管見の範囲では、絵手本や画題の類に見当たらない。

（4）太乙については、荀子以来漢代にかけて文献上の記載が見られるが、何れも形而上的な色彩が強い。こうした太乙の神としての概念が、西鶴の念頭にあったとは考えにくい。

（5）第一部第二章「綜覧」**表6**において、『西鶴諸国はなし』全三五話にわたって話材の並列性の度合いを表示し、若干の解説を加えた。

（6）例えば、『宗祇諸国物語』を例に取ると、同じ吉野を舞台にしている巻二「高野登五障雲」では、当然のことながら話材自体が吉野を一歩も出ない。咄本や仮名草子類とは異なる、西鶴独自の方法と言えよう。

（7）大きさを「何畳敷」と表現する例は、談林俳諧に普通に見られる。

（8）関牧翁「天龍寺の歴史と禅」（『古寺巡礼　京都4　天龍寺』一九七六年（昭51）10月　淡交社、78ページ）、他。

（9）水上勉氏は、「天龍寺の名には格別の語感があると思う。等持院できいた先輩の話だと、龍は禅の護神だということである。」として、この寺のイメージを、天に向かって登る龍と重ねあわせている。（「天龍寺幻想」前掲（注8）書　68〜71ページ）。

（10）「苔清水」が歌枕・付合・地誌類に見えるのは、管見の範囲では『吉野山独案内』が最も早く、『和州旧跡幽考』以降次第に定着し、貞享期以降になると、吉野の名所として急速に俳書にも多出するようになった、と感じられる。「苔清水」再発見の時期と言えようか。

(11)　形式や枠組みをセーフティーネットとして捉える観点は、他の作品においても有効であると考えるが、この点については別の機会に論じたい。

第六章　挿絵と作画意識

――「風俗画、怪異・説話画」と「戯画」と――

はじめに

本章では、第二・三・四・五章に続く『西鶴諸国はなし　大下馬』の原質追究の一環として、挿絵を取り上げる。書誌的に他とは違う形態を持つ四つの咄（巻三「行末の宝舟」・「八畳敷の蓮の葉」、巻四「力なしの大仏」・「鯉のちらし紋」）を論じた際、四話は共通して「挿絵の戯画性が際立つ」ことを指摘した。本章ではそれを受けて、「当該四話の挿絵と残る三一話の挿絵との間に差違があるのかどうか」を改めて検証し、併せて『諸国はなし』の三五の挿絵について、その作画姿勢を検討したいと思う。これは挿絵の側から西鶴の創作姿勢を追求しようとするもので、原質性を踏まえ、方法に焦点を当てて『諸国はなし』を捉え直すための足掛かりの一つとなるものである。

『西鶴諸国はなし』の挿絵の解説は、以下に掲載されている。

○　冨士昭雄・井上敏幸・佐竹昭広校注『好色二代男　西鶴諸国はなし　本朝二十不孝』（新日本古典文学大系76　一九九一年（平3）10月）（以下、「新大系」とする）

○宗政五十緒・松田修・暉峻康隆『井原西鶴集2　西鶴諸国ばなし　本朝二十不孝　男色大鑑』（新編日本古典文学全集67　一九九六年（平8）5月）（以下、「全集」とする）
○新編西鶴全集編集委員会『本文編　好色盛衰記　西鶴諸国はなし　本朝二十不孝　男色大鑑　武道伝来記』（新編西鶴全集第二巻・索引　二〇〇二年（平14）2月）以下、「新編西鶴全集」とする）
○「西鶴浮世草子全挿絵画像CD」（『西鶴と浮世草子研究1』　二〇〇六年（平18）6月）

『諸国はなし』の挿絵は西鶴の自画版下と考えられ、後述するように挿絵と本文とが一体となって一話を形作っている。両者の関係について、「挿絵は本文の枠を逸脱しない」、あるいは「挿絵は本文の主題を視覚化している」といった前提に基づく挿絵解説や論考が多いように見受けられる。以下の論述に当たっては、こうした固定的な捉え方に縛られず、三五話全てにわたって「絵が何を語り、何を語らないか」を柔軟に吟味していきたい。本文と絵との関係についても、「全ての挿絵を同列に扱ってよいかどうか、それぞれに位相の違いがないかどうか」を、改めて問い直すことから始めたいと思う。

一　絵を読む――アプローチの視点

西鶴自画版下と推定されているもののうち、『諸国はなし』以前に刊行されたものは、次の九点である（一部他筆が混じる）。書名はおおむね天理図書館編『西鶴』（一九六五年（昭41）4月）に従う。

・『歌仙大坂俳諧師』　延宝元年（一六七三）（初撰本『俳諧歌仙画図』寛文十三年（一六七三）9月序）
・『山海集』延宝九年（一六八一）序
・『百人一句難波色紙』　天和二年（一六八二）正月
・『三ヶ津』天和二年（一六八二）
・『高名集』天和二年（一六八二）
・『好色一代男』天和二年（一六八二）10月
・『難波の貞は伊勢の白粉』天和三年（一六八三）1月
・『諸艶大鑑』貞享元年（一六八四）4月
・『俳諧女歌仙』貞享元年（一六八四）

このうち浮世草子作品は『好色一代男』・『諸艶大鑑』の二書で、何れも絵が作品の一部として重要な位置を占めることは明らかである。この前提に立って、まずは『西鶴諸国はなし』の挿絵に関する指摘を整理しておこう。

○　巻一「公事は破ずに勝」の挿絵に描かれた太鼓の唐獅子模様が素材を示唆している（全集）。
○　巻四「忍び扇の長歌」の干し竿に掛けられた着物の紋が、織田家を示唆している（井上敏幸「忍び扇の長歌の方法」一九七三年（昭48）12月）。
○　巻二「夢路の風車」の荷物を担う首のない二人の女の図柄は、潮汲みの「松風・村雨」を踏まえる（新大系・全集）。

○　巻二「水筋のぬけ道」の女の死体は釈迦涅槃図を思わせる（西鶴全集）。

○　巻三「面影の焼残り」の挿絵は、『伊勢物語』の芥川の図柄を踏襲する（岡本勝「西鶴諸国ばなしの方法」一九九一年（平3）11月）。

右に挙げた以外に、論者も挿絵を読み解くことで作品の読みに新たな視点が加わることを、第二部・第三部の諸章において、作品に即して提示している。また、版下作成の手順に関することであるが、書誌形態の調査に基づき「本書の版下作成作業は挿絵も一体化した形で、章単位で進められた」とも提唱した（第二部第一章108ページ）。

以上、『諸国はなし』における挿絵は、本文に従属して外面的で忠実な説明に止まる類のものではなく、より積極的に「絵をして語らせる」ものであることを再度認識すべきであろう。このことは、先にも触れたように「何を描いているか」だけではなく、「何を描かなかったか」という問題意識をも含んでいる。確かに、画題や構図に規範(1)が幅をきかせている時代ではある。しかし、自ら絵筆を執るに当たっては、「描きたいもの、描かねばならないものだけを描き、描きたくないもの、描く必要のないものは描かない」という、画家西鶴の選択があったことを見落としてはなるまい。おおむね一丁半から二丁の本文に対し、半丁又は一丁の絵が必ず配される構成から見ても、本書における挿絵の重要性は強調しすぎることはないのである。

『諸国はなし』の挿絵を扱うに当たって前提となる要件を述べた。留意点を二、三挙げることで、アプローチの方向を明らかにしておきたい。

第一は、『諸国はなし』に先行する『好色一代男』・『諸艶大鑑』が共に自画版下であることから、これら三書の作画姿勢を同一のものとして扱う風潮がある点である。いわば『一代男』の挿絵論を他作品に敷衍して考える傾向があるわけだが、それぞれの作品に即した議論があってしかるべきである。『諸国はなし』の作画意識を洗い直す際、先行する二書とは切り離して考える必要があろう。

画題を例に取れば、本書はその内容を反映して、よりバリエーションに富み同じ主題は見られない（これに対し当然のことながら、『一代男』巻五以降及び『諸艶大鑑』では廓内の咄が多く、背景の変化に乏しい）。超現実的な画題も前二書に較べて多い。だが、両者の違いはそれだけではない。先行する二書に較べても、『諸国はなし』の各話は複数のモチーフによって成立している傾向が強い。中には「個々のモチーフとその繋がり具合」が表面に見える咄もある。従って『好色一代男』や『諸艶大鑑』に比しても、咄のどの部分を画題とするかについて、選択の余地が広がるはずである。となれば、その選択の基準はどうなっているのかが、本書の挿絵を扱う際には必要な視点となろう。

問題はモチーフの選択に止まらない。第一部第二章「綜覧」において指摘したように、本書は題材の多様さと共に、方法の多様さもまた見て取れる作品である。本文と絵とが一体化していればいるほど、本文の方法の違いを反映して、挿絵相互の間に位相の違いが生ずる可能性も高くなる。前二書とは別な意味で、個々の作画姿勢に対しては慎重であるべきと考える。

第二は、絵柄の問題である。西鶴自画挿絵一般に関して、これまでの研究が「戯画性」をその特徴として論じている点に耳を傾けたいと思う（用語の定義については後述する）。かつて岸得蔵氏は「挿絵から見た西鶴文学の一性格」（一九五四年（昭29）10月）の中で、「戯画性」を踏まえた上で、極めて粗い区分ではあるが西鶴画を俳画と浮世絵とに二分された(2)。その用語及び分類の是非は今措くとして、確かに西鶴自画挿絵を単一のトーンで括るわけにはいかない。事実、「怪異性や説話性を強く打ち出しているもの」と、「現実世界を写し出した浮世風俗画の傾向の強いもの」とが混在している。説話世界の絵巻的要素と、風俗を写す現実的な浮世絵の要素との違いと言えようか（西鶴自画に多かれ少なかれ共通して見られる、描線などの醸し出す可笑しみは、今問題にしない。例えば同種の怪異場面を描いて、専門絵師の絵に較べてどこか緊迫感・緊張感が足りないのは、西鶴自画の属性として処理しておく）。

さて、『諸国はなし』に限定した場合、岸氏の指摘に通じる上述の絵柄の違いは、本文の内容によってのみ生じるものであろうか。扱う題材によって、当代（浮世）風俗画と怪異・説話画とを描き分けているのだろうか。更には、右以外の方向性を持つ挿絵はないのだろうか――これらの問題は論点の一つになろう。

第三に、粉本の問題に触れておく。これまでに、「西鶴自画挿絵には粉本があり、西鶴は手近なそれらを組み合わせて一図に仕上げた」とする以下の研究成果がある。

・野間光辰「西鶴本の挿絵について」一九三九年（昭14）10月（『西鶴新攷』一九四八年（昭23）6月所収）
・岡本　勝「古今俳諧女歌仙の挿絵」一九七六年（昭51）2月
・若木太一「『西鶴名残の友』挿絵考」一九七〇年（昭45）5月

個々の例についていては検討の余地はあろうが、大枠として西鶴自画挿絵に、定着した画題や先行する構図の踏襲・模倣が見られることは間違いない。中で、「手当たり次第に座右の書物を翻しその挿絵を模した」と想像させる、とした野間光辰氏の指摘は重要と思われる。逆に言えば、粉本の有無も、西鶴が挿絵の図柄を決定する際に作用した因子の一つであったはずである。以下、挿絵の問題を論ずるに当たっては、先行する画題や構図の有無にも考慮していきたい。

二　怪異咄と挿絵

『諸国はなし』中の怪異咄に注目すると、本文が怪異を扱っているのにも拘わらず絵にそれが現れていないものがある。具体的に作品に即して見ていこう。

1　見せぬ所は女大工

巻一「見せぬ所は女大工」のあらすじは次のとおりである。

京の御所方の奥向きで奥様がうたた寝をしていると、夢の中で「天井から異形のものが降りてきて我が身に釘を打ち込む」と覚えて気を失った。奥様に傷はなかったが、畳に血が流れていた。この怪異を調べるために女大工が呼ばれる。言われるままにあちこち取り外して調べるうちに、比叡山の札板の間に、やもりが金釘に綴じられたまま生きているのが見つかった。

この咄は、一般の人の知ることのない御所の奥向きに場を設定し、「女大工」という珍しい職業を取り合わせて

図１　巻一「見せぬ所は女大工」

図２　『好色一代男』巻四「夢の太刀風」

いる。しかし、興味の中心は何といっても「やもりの怪」であろう。御所の奥向きを舞台にして、そこに出現する怪異は次のように表される。

四つ手の女・皃《かほ》は乙御前《おとごぜ》の黒《くろ》きがごとし・腰《こし》うすびらたく・腹這《はらばい》にして・奥《おく》さまのあたりへ・寄《よる》と見へしが・かなしき御声《こへ》を・あげさせられ・……其面影《そのおもかげ》消《きへ》て・御夢物語《ゆめものがたり》のおそろし・我《わが》うしろ骨《ほね》と・おもふ所《ところ》に・大釘《あふくぎ》をうち込《こむ》と・おぼしめず（す）より・魂《たましゐ》きゆるがごとく・ならせられしが・されども御身には・何《なに》の子細《しさい》もなく・畳《たゝみ》には血《ち》を流《なが》して有し

この部分は、まさに視覚化するにふさわしい効果的な場面である。本文と相補いあって怪異を印象づけ、読者受けするインパクトの強いものである。しかし西鶴はこの題材を描かなかった。怪異の場面ではなく、女大工が仕事をしている場面を挿絵に選んでいるのである（**図1**）。西鶴はこの中に「比叡山のお礼と釘で綴じられたやもり」を描き込んで、奥様に襲いかかった怪異の原因を現実世界の側から示してはいる。だが卒然として見れば、「女の大工」という珍しい職業を描くことの方が主題のように見える。(3) 左脇に描かれた「やもり」によって奇談性は感じられるが、この絵に緊迫感や怪異性は皆無である。

ところで西鶴は、『好色一代男』巻四「夢の太刀風」で世之介に襲いかかる異形の者達を描いている。その中に天井から舞い下がる女の首や、梯子の上からねらう遊女の霊が見える（**図2**）。『諸艶大鑑』巻二「百物語に恨みが出る」には、怪異の出現とそれを見て恐れおののく女達が描かれる。この種の画題は浅井了意の怪異小説を初め類例は多く、夢の怪異を描くのに粉本には事欠かない。又当代の夢の描写は通常寝姿と同一画面に夢の内容を描くのが約束事であるから、夢の怪異といっても特別な工夫が必要なわけではない。要するに、西鶴が本話の怪異場面を描こうとすれば、たやすく描けたはずなのである。

とすれば、西鶴は本話で「珍しい職業を描いた風俗画を主とし、そこに奇談を滑り込ませる」画題を意図的に選んでいるのは疑いない。この選択によって、本文で描く怪異の内実は、強い報復意識によって異類（霊魂）が人をあやめたという『伽婢子』に見るような類のものではないことが印象づけられる。(4) 次いで、当事者にとっては魂消ゆるがごとき体験も、外に現れた事象から見れば、「やもりが釘に綴じられながらも生きていた」という現実に偶然起こりうる奇談以上のものではない――そのことを絵が語っているようにさえ見えてくる。作画意図を推し量れば、画題に敢えて浮世風俗の側を選択することによって、意図的に怪異から遠ざかろうとする西鶴の姿勢がうかがえよう。

図3　巻四「鷲は三十七度」

2　鷲は三十七度

巻四「鷲は三十七度」の挿絵（図3）も、上述の「見せぬ所は女大工」と同様に、本文の主題を画題にしているのではなく、「珍しい狩猟方法」という諸国風俗の目新しさが、絵の主眼になっている。この咄のあらすじは、次のとおりである。

常陸の国鹿島の猟師林内は、妻の諌めに耳を傾けず「友呼び雁」を囮にして明け暮れ殺生を続けていた。夫が猟に出かけたある夜、寝かしつけた子供が三十七度声を挙げてびくびく身を震わせた。妻が帰宅した林内に問うと、果たしてその夜に絞め殺した鳥の数は三十七羽だった。子供の身に起きた異変を聞いた林内は身震いして、ただちに殺生をやめ、猟の道具を塚に納めて供養した。

殺生の報いを知り改心して猟師をやめた男の咄――テーマは明確で、「因果応報・殺生禁断の勧め」である。

全体を鳥塚起源説話の枠で括り、因果応報譚に「友呼び雁」という珍しい狩猟法を取り合わせ、「三十七」という三十七法・三十七尊に繋がる数字を重ねたところが西鶴の工夫である。最も教訓的になりやすい主題であるにもかかわらず、諌める役は妻からの訴えという範囲に留め、改めて説教を加えることはしない。仏教説話系の仮名草子との比較を持ち出すまでもなく、「子供が殺生の報いを受けて震えだし、うめき叫び悶え死ぬ」という同材を扱った『新御伽婢子』巻一「蟇霊」を開くだけで、西鶴の説教離れとその独自性は一目瞭然である。

この咄では、「眠っている子供達が声を挙げ驚く」という場面が、テーマに沿った山場となるとして異論はあるまい。構図は、「捉えた鳥を絞め殺す（又は首を切り落とす）林内と、憂い顔の妻、苦しむ（または何かに怯えて叫ぶ）子供」を見開き同図法で配すというのが、ほぼ定型に則った無理のないところであろう。半丁には、寝ている子供を見据える怪鳥（**図4**参照）を描き添えるのでもよい。しかし西鶴は、こうした怪異性を含む場面を敢て捨て去り、狩猟法の紹介を画題に選んでいる。その上、当該挿絵の猟師達には、残酷さや荒々しさが全く感じられない。**図3**右下に描かれた猟師達は、鳥が「友呼び雁」に誘われて網に掛かるのを、瓢箪の酒を酌みかわしながら離れた所から見ている。緊迫感とは遠い絵である。

図4　『御伽物語』巻一
「すたれし寺をとりたてし僧の事」

以上、本話のテーマである「因果応報・殺生の禁」と、咄の山場である「怪異」と、そのどちらもこの挿絵からは微塵もうかがえない。猟法の説明に終始した風俗画である。一々の比較考察は略すが、本書の周辺にある絵入り版本の中で、咄の主題と画題とのこうした意図的乖離は極めて特殊である。西鶴は本話にこの挿絵を組み合わせることによって、本文のメッセージ性を殺ぎ、珍しい狩猟法への興味の方に関心を擦り替えているのである。

3　「悋気・異類・霊魂」の怪

二つの例を取り上げたが、同様の操作は実は怪異を扱った咄の多くに見られる。巻二「水筋のぬけ道」、巻三「紫女」・「因果のぬけ穴」、巻四「形は昼のまね」などがそれに当たる。何れも一見して怪異を感得するという類の絵ではない。

「水筋のぬけ道」を例に取る。最後の部分で「ひさの遺体が上がった」と聞いた庄吉が、若狭から秋篠の里にやって来て、塚に語りかけまどろむところから本文を引く。

おのづからの草枕《くさまくら》•まだ夢《ゆめ》もむすばぬうちに•火《ひ》も（燃）へし車《くるま》に•女弐人とり乗《のり》て•飛《とび》くるを見るに•正《まさ》しく伝助《てんすけ》が女房《にょぼう》也•是を押《おさへ》て焼《やき》かね（金）あつるは•我《わが》なれし•ひさが姿《すがた》の替《かわ》る事なし•今《いま》ぞおもひを晴《はら》らし《（ママ）》けるぞと•いふ声《こへ》ばかりして消《きへ》ぬ•三月十一日の事なるに•日も時《とき》も違《ちか》はず•若狭《わかさ》にて•一声《こへ》さけびて•むなしくなりけると也

図5　『伽婢子』巻十「拓婦水神になる」

図6　『太平記』巻三十三
「新田義興自害の事」寛文頃版本

最も怪異性を帯びたクライマックスである。この場面にふさわしい「火車・嫉妬・怨霊・報復」の図は、中世絵巻を初め、絵入り正本や仮名草子に散見する。形相を変えて火を噴き相手を追いかける嫉妬の図は、「道成寺もの」にその典型が見られる。**図5**には『伽婢子』の例を掲げた。『諸艶大鑑』巻四「七墓参りに遭ば昔」の挿絵では、嫉妬に燃えた妻女達の首が屋根にまとわりつき、そのうちの一つは火を吹いている。また、二人の女の髪が絡みつく嫉妬の図も、しばしば目にするところである。火炎に包まれた怨霊に殺される図は「太平記もの」にも見える（**図6**）。何れも怪異表現に効力を発揮する定着した画題である。しかしここで西鶴が選んだ場面は、「湧き水の前で女の死体を囲む不審顔の男達」という、「水の通い伝承」をモチーフにしたものであった。奇異ではあるが、一見して怪異を感得するという類の絵ではない。緊迫感や怪異性は殺がれている。

検証は省略するが、巻二「水筋のぬけ道」と同様、巻三「紫女」・「因果のぬけ穴」、巻四「形は昼のまね」においても、本文で具体的な怪異現象を扱うにもかかわらず、挿絵ではそれを取り上げていない。それどころか、浮世風俗画への意図的接近が顕著に見られると言ってよい。「紫女」では現実の側から霊を弔う後日譚を描き、「因果の抜け穴」では敵討ちの不首尾を画題にして、本文に登場する霊魂の気配は拭い去られている。この間の事情を最もよく語るのは、巻四「形は昼のまね」の挿絵が、『声曲類纂』（弘化四年（一八四七）刊）に「井上播磨浄瑠璃舞台の図」として採用されていることであろう。

第3項で取り上げた「悋気」・「異類（妖怪・狸）」・「死霊」・「髑髏」等が、怪異画題として定着していたことを思い起こしてみれば、これらの怪異を扱った四話の挿絵においては、浮世風俗画への接近という画題の選択が特殊であることが了解されよう。

本節では、『諸国はなし』の怪異を扱った咄の中から六葉の挿絵を取り上げて考察した。当代における怪異描法のいわば規範文法を念頭に置けば、『諸国はなし』ではいかに怪異の方向に向かう（あるいは偏る）ことを意図的に避けているのかが明瞭になる。内容を明示するような「定着した画題」を踏襲することによって型に嵌るのを避け、一つのテーマに収斂していくことを嫌っているとも言える。現実の側に留まる視点を確保している巻一〜四にわたる六葉の挿絵を見ると、緊迫感を感じさせない絵柄を選択することによって、一話を現実社会の側に引き戻しているようにも思われる。

ところで、上記の例とは逆に、怪異をそのまま画題としている咄がある。巻五「執心の息筋」及び「身を捨る油壺」の二篇で、これらは三五葉の挿絵の中では極めて例外的なものである。前者は継子いじめに端を発した幽霊による復讐譚で、パターン通りの展開を見せる。挿絵は、幽霊が火を吹き相手を焼き殺すことで復讐を果たす、という常套の図柄である。後者は伝承に拠った山姥咄で、咄の中心は、やはり怪異と言ってよい。「身を捨る油壺」の挿絵（**図7**）の粉本として、寛文十三年（一六七三）三月 山本九兵衛刊の正本『一心二河白道』（**図8**）を挙げておく。構図といい人物といい西鶴の流用は明らかで、そこに取り立てて工夫が見られるわけではない。

巻五の第五・六章に連続して置かれたこの二篇の挿絵は、咄の中心となる怪異を視覚化してみせ多分に説明的である点、並びに絵柄の踏襲という点において、共に挿絵の文法の範囲内にある。本書の他の挿絵と対比してみると、伝統的な怪異の作画姿勢を積極的に継承しているという点では、明らかに例外と言えよう。話が広がるので、ここでは二篇の作画姿勢がむしろ特殊であることを指摘するに留め、詳しくは『新御伽婢子』との関係などを含めた形で、別の機会に扱いたいと思う。

三　軽口のウソ咄と挿絵

次に、笑いを含んだ軽口ウソ咄の挿絵を見てみよう。初めに巻一「傘の御託宣」を取り上げる。この咄のあらすじは次の通りである。

紀州掛作観音に貸し傘が寄進され、人々の役に立っていた。ある時傘が風で飛んで肥後の奥山に落下した。この見慣れぬ物体を、里人は評議の末伊勢内宮の神体と判断し、社を造って祀った。傘に精が入って神となり、「美しい娘を巫女に差し出せ」と託宣を下す。娘達が涙を流して嫌がると後家が名乗りを上げる。後家は、一

図７　巻五「身を捨る油壺」

図８　出羽掾正本『一心二河白道』

晩奉仕したが情けを掛けてくれなかったとして、傘を引き破って捨てた。

一読してこの咄が、

1　傘から連想される様々なモチーフ（観音の貸し傘、飛傘、傘の骨の数、雨、陽物など）に、そこから派生する「伊勢神」（飛神、末社の数、伊勢移し、神託など）を絡ませ、「愚か村」の話型を基調として繋ぎ合わせていること

2　右の連鎖は、次第に架空のウソ咄に移行していくという方向性を持つよう工夫されていること

3　ウソ咄を見破るオチを用意し、全体が傘の連想による艶笑譚としてまとめられていること

が明らかである。

とすれば、本話の挿絵の画題候補は複数の場面に及ぶことになる。中でもこの咄の中心話題を端的に表し同時に最も迫力を持つのは、最後に置かれた「後家が傘神を引き破る」場面に違いない。図柄の踏襲ということで言えば、邪鬼を踏みつける仁王像などの定着した形がそれに相当しよう。**図9**に、その当世化と論者が考える『好色一代男』巻六「詠は初姿」の挿絵を掲げた。世之介が太夫に踏みつけられている図である。本話とは、「愛欲の絡んだ女の怒り」という点で共通する。

この構図を利用すれば、次のような次第になろうか。後家は情けを掛けてくれなかった男ならぬ傘をズタズタにして踏みつけ（本文に忠実に描くならば、傘を握って引き裂き）、周囲に破られた紙や竹骨を描き添える。背景に

は社殿を描き入れ、後家の墳怒の姿を工夫する。場合によっては、異時同図で傘神を崇める村人を配してもよいし、おくら子に差し出すと言われて泣き出した娘達を配してもよかろう――これで、「傘の形を媒介にした艶笑譚」に「愚か村譚における見顕わしと力の逆転」とを組み合わせた本話のクライマックスは、過不足なく視覚化できるはずである。挿絵の常識に従えば、この場面を画題にするのが自然である。だが、西鶴はそうしなかった。何故か。咄のオチを説明することを避けたからだと仮定してみる。その場合、他の選択肢がいくつか浮上する。

まずは、架空咄に入っていく発端となる「飛傘」の図である。この図柄は『画筌』に見え（**図10**）、師宣にも例がある。画題の定着度を意識しなくても、『信貴山縁起絵巻』を知る現代人の目から見れば、飛ぶ傘とそれを呆然と見送る里人、背景の山、或いは遠くから仰ぎ見る人々を描くのはさほど困難とは思われない。**図11**に挙げたのは絵入り小本『善光寺』であるが、「飛傘」に繋がる構図である。この他の選択肢としては、「法体老人達の評議の図」・「宮の造営と伊勢移しの図」・「傘託宣の図」などが候補となろう。それぞれに絵柄の類型がある。(5)これらの図は、後家が傘を引き破るという最後の場面の視覚化に較べるとインパクトは弱いとしても、オチを語ることなく読者を咄に引き込む役割を果たすはずである。しかし西鶴は、上記の何れの場面をも選ばなかった。

この咄の挿絵は**図12**に示すように、貸し傘が並んで掛かっている所へ村人二人が袖傘で駆け込む、それだけの情景である。急な雨に袖傘・尻っ端折りという図柄は、別段珍しくもない当世風俗である。軒に掛けられている十本の傘は確かに目を引く。しかしこれも貸し傘がそこにあるという、現実社会の話題の一つにすぎない。この絵の段階では、肝心の咄はまだ始まっていない。選ばれた場面は、挿絵の機能として当然のごとく語られているような、「本文の主題を視覚化したもの」でも「本文理解を助けるもの」でもない。また、この絵をきっかけとして、読者を咄の中に引き込むほどのインパクトを備えているわけでもない。繰り返すと、貸し傘が実在する、それだけの絵

図 9　『好色一代男』巻六
「詠は初姿」

図10　『画筌』「王処」

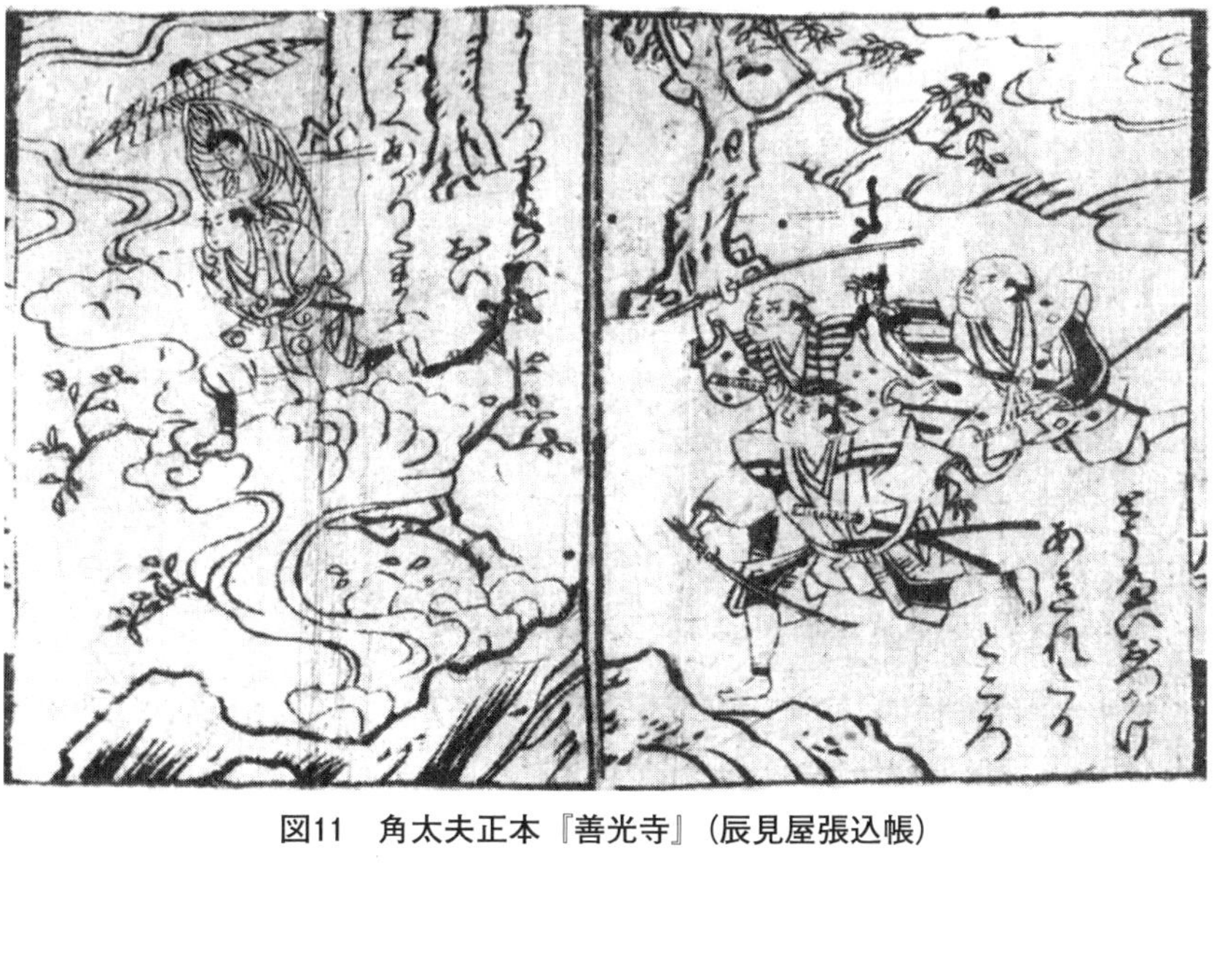

図11　角太夫正本『善光寺』（辰見屋張込帳）

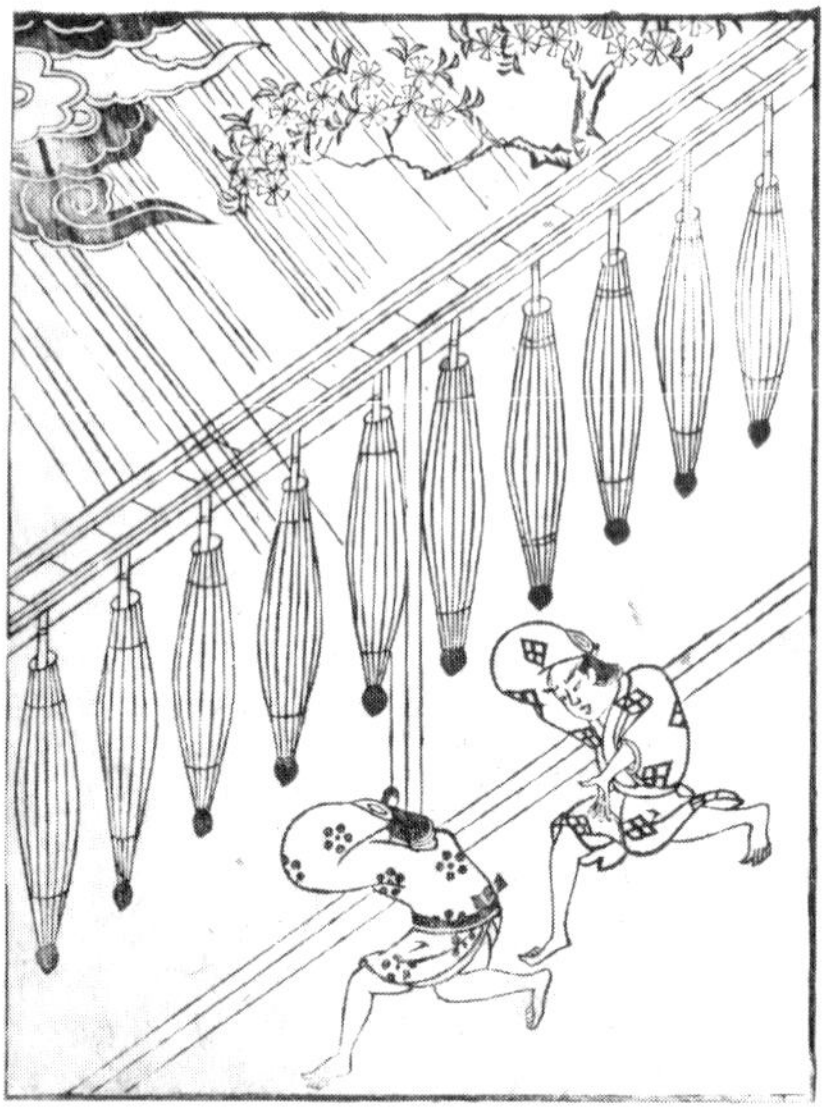

図12　巻一「傘の御託宣」

である。

それでは、西鶴がこの場面を選択した意図はどこにあるのだろうか。結論を言えば、咄の中心ではないからこそ、この場面を選んだものと考える。先に述べたように、この咄は現実にはありえない架空のウソ咄である。人々が崇めるに従って霊を持つに至った傘が、後家の怒りによりその力を引き剥がされ、本体そのものが破り捨てられてしまうというお伽噺である。この咄の読み方として、咄を構成しているモチーフの繋がりや作者の連想の必然を仲間内で解きあう、というのも興あることかもしれない。だが、一般の読者にとっては、咄に乗せられることを楽しみオチで笑う、という読み方が普通であろう。傘が飛ばされた奥山で大まじめに伊勢の飛神として祀られるあたりから、読者は現実に起こりうる奇談とは読むまい。現実の貸し傘を出発点として、愚か村譚や付喪神に類する咄に艶笑の粉を振りかけて繋げ合わせた、西鶴独自の軽口ウソ咄(6)であることに半ば気づきながらも、その語り口に引き込まれ、「架空のウソ咄」に運ばれることを楽しむことになろう。西鶴はそのことを十分承知していたはずである。

そこに、咄の内容を正確に写し出す絵を挿入するとどうなるか。滑稽味を極力抑えて描いたとしても、荒唐無稽な場面であることに変わりはない。わずか一丁半のこの咄に、半丁の絵の比重は大きい。架空場面を描き滑稽味を免れない絵を添えることで、軽口ウソ咄の気分がいっそう濃厚になる。西鶴はそれを避けたかったのではないか。

咄が始まる前の、発端にもならない現実世界を画題にし、本文の主題と重ならない場面を敢えて選んだのには、こうした理由があると考えるのである。見過ごしてしまいそうな何気ない挿絵によって現実性を強調し、一話が軽口のウソ咄であることを韜晦してみせているとは捉えられないだろうか。

こうした、笑いを押さえて浮世風俗画に近づくという傾向は、程度の差はあれ笑話系統に位置する巻三「お霜月の作り髭」や巻五「銀がおとして有」などにおいても見られる。これらの絵が、一見すると「ごく当たり前の当世風俗」や「何気ない床の間飾り」に見えるのは、偶然ではない。怪異を主要モチーフとした咄の挿絵の多くが怪異性を持たなかったのと同様、軽口や笑いを題材とした咄においてもまた、挿絵自体は滑稽性を積極的に表現するものではないことを確認しておきたい。

四　異類・仙人説話の視覚化

次に、上述の浮世風俗画を基調とした挿絵群とは異色で目を引く「説話画」を取り上げたい。例を挙げれば、巻一「狐の四天王」、巻二「残る物とて金の鍋」、巻四「命に替る鼻の先」・「夢に京より戻る」などがこれに当たる。巻五「楽の鱏鮎の手」なども、この中に含めてよかろうか。狐狸・名木等の異類の他、天狗・仙人・長生譚などを視覚化している。現実性という尺度を用いれば、異類譚などは人間社会から逸脱する題材とはいえ、当代の人々にとって架空の法螺咄ではない。狐狸に化かされる咄は、奇談集や小説類のみならず随筆記録の類にも見出される。登仙は、『神仙伝』・『列仙伝』の類を持ち出すまでもなく、その願望や失敗譚も含めてしばしば取り上げられる馴染みのある題材である。

話を挿絵に限定せねばなるまい。巻一「狐の四天王」、巻四「夢に京より戻る」などの異類を描いた挿絵は、現代人の目から見ると唐突にお伽噺の世界に迷い込んだように思える。しかし擬人化したこの描法は、中世小説『鼠草子』や『雀の小藤太』等のみならず、当代の小説挿絵においても定着している。本文との関係で言えば、先に第二・三節で扱った怪異咄や軽口の咄の挿絵が故意に主題離れをしていたのとは対照的に、本文に密着しており、より説明的で理解を助ける方向にある。「狐の四天王」などは、葬礼図の首から上を狐に置き換えたもので、「人々の目には人間の葬礼に見えるが、実は狐の葬礼だった」と咄の内容を解説している（図13・14参照）。擬人化しながら、頭部や尻尾等によって正体を顕わして見せることで内容を説明する描法は、『一休ばなし』巻三の一、『御伽物語』巻四の十五等々その正体の顕わし方に違いはあるにせよ、版本挿絵の規範の一つと言ってよかろう。変身の前後や過程を描く例さえある。なお、版本挿絵に描かれた異類は怪異を伴うことも多い(7)が、『諸国はなし』では、「異類を主題にした説話画」は怪異色の濃い咄には用いられていない。本書の異類画の特徴として指摘しておく。

一方、天狗や仙人などもしばしば人間世界と交渉を持つ定着した話題である。『御伽物語』・『浮世物語』・『曽呂里物語』・『伽婢子』・『新御伽婢子』・『宗祇諸国物語』等々本書の周辺にある草子類に、どちらか一方は必ず顔を出している。雑話ものにはこうした題材が要求され、起こりうる奇談の一つとして違和感なく受け止められていたのであろう。それだけに馴染み深く、逆に言えば、咄の内容も挿絵も共に一定のパターンを逸脱することが難しい。先に見た異類を画題とした挿絵と同様、咄の内容を説明する傾向の強い絵になっている。一瞥しておこう。

巻一「雲中の腕押し」の挿絵は、海尊と小平六が短斎坊の行司で腕相撲をするうち、そのまま雲中に上がっていくという図柄である。長生した人物の登仙や雲中の人物を描いて、規範の通りである。三人の描き分けは本文に忠

図13　巻一「狐の四天王」

図14　『諸艶大鑑』巻六「人魂も死る程の中」

実であり、長生・登仙譚を視覚化し印象づけるのに役立っている。いわゆる登天図に腕押しを取り込んだところに遊びが見られる。だが、例えば「久米仙人の図」（図15）（寛文年間（一六六一～七三）刊『うわもり草』・貞享三年（一六八六）刊『本朝列仙伝』・元禄四年（一六九一）刊『徒然草絵抄』等）を想起すれば、必ずしも型破りな挿絵とは言えないことが了解されよう。ここは海尊と小平六であることの証明として、「亀割り坂の腕押し」を復元してみせているのである。素材の説明に欠かせない要素を取り込んだ、極めて説明的な図と解すべきであろう。

巻二「残る物とて金の鍋」（図16）は、「木綿買いの男、（仙人が吐き出した）美女・瓜・酒、（美女が吐き出した）間男」といった本文に登場する事物を、異時同図法でそれぞれの関係がわかるように描き、極めて説明的である。本文に忠実で、なおかつ鉄拐図（図17）の踏襲であることは一目瞭然である。瓜を描き添えることで、生馬仙人説話を取り込んだ咄創りであることを示している。

巻四「命に替る鼻の先」では、杓子を持つ天狗と冠木門を抱える天狗とを型どおりに、これも異時同図法で描き、杓子天狗説話及び本文の内容を十二分に説明している。

以上、駆け足で取り上げた四葉は、何れも本文に忠実である上に、素材となった説話をも描き入れている。同時に、既に記号化されていると言ってもよい説話画の類型規範にも従っている。更に、章末に置くことによって本文の理解を助けるという意図が明らかである。要するに本節で取り上げた「説話画」は、挿絵の常識に最も適っている一群と言ってよかろう。

なお、『西鶴諸国はなし』には、動物・天狗・仙人等広義の異類を扱った咄以外にも、説話画を取り込んだ挿絵があると考える。紙幅の関係もあり話も広がるので、この点については稿を改めて論ずる予定である。

図17　「鉄拐仙人」顔輝

図15　「久米仙人」『徒然草絵抄』

図16　巻二「残る物とて金の鍋」

五　戯画性を主張する絵

これまで、怪異性の強い咄及び軽口のウソ咄では、挿絵が咄の性格に背いて浮世風俗画になっていること、及び異類・仙人咄などでは咄に忠実な「説話の視覚化」が見られることを検証した。ここでは以上の例とは異なり、「戯画性が表面に強く現れている挿絵」について考えてみたい。

1 「戯画性」とは何か

初めに「戯画性」という語の意味するところを定めておきたい。美術史の用語では普通「戯画」は、放屁画など風刺や滑稽を目的として描かれた絵を指す。但し西鶴自画に冠せられた「戯画」は、それとは別な意味を持つようである。岸得蔵氏は、「挿絵から見た西鶴文学の一性格」（一九五四年（昭29）10月、既出）において戯画性の属性として、

一　描線の躍動性（人物の動きの誇張、わけもない躍動、騒々しさ、絵画の安定性の埒外に出る奔放(8)）

二　構図・着想の奇抜さ（正統的画法にとらわれない大胆な着想、諧謔・風刺）

三　超現実性（中世の縁起絵巻など説話の具象化に通ずるもの）

を挙げている。西鶴自画についての同様の指摘は、水谷不倒「古版小説挿画史」（一九七三年（昭48）10月）・「浮

世草子西鶴本」（一九七五年（昭50）1月）、渋井清「西鶴本の挿絵」（一九五三年（昭28）1月）、諏訪春雄「西鶴本の絵――好色一代男を中心に」（一九七八年（昭53）1月）他の諸氏にもある。これらの指摘を総合すると、西鶴自画における「戯画性」とは一般に、描線などの醸し出す可笑しみ、型にはまらぬ面白さ、素人絵の素朴さなどの、意図しない諧謔を指して言うようである。西鶴自画に多かれ少なかれ共通して見られる、洒脱さをベースとした総体としての雰囲気を指す用語と言ってよかろう。

論者がここで用いる「戯画性」は、以上のニュアンスとは趣を異にする。用語本来の「風刺や滑稽を目的とした絵」の意でもなければ、西鶴画の「全体から受ける洒脱な印象」の意でもない。強いて言えば、岸氏が前掲論文において説話絵巻との近似といったニュアンスで指摘された、「超現実性」に近い。但し、前節で扱った説話の作画姿勢とは異なる。「何を描き、何を描かないか」という画題の選択と個々の画材の取捨を経た上でなお、意図された「超現実性」を備えているという意である。滑稽を目的としたというのではない。これを「ウソ咄の視覚化」と位置づけてもよい。絵によって遊んでいるという表現も可能である。以下に具体例に則して論じる「戯画性」とは、確信的選択によって描かれた「ウソ絵という性格」の謂いである。

2　自立する戯画――ウソ絵

『諸国はなし』中、右に定義した「意図的戯画」と目される挿絵は、私見では五図を数える。巻二「神鳴の病中」、巻三「行末の宝船」・「八畳敷の蓮の葉」、巻四「力なしの大仏」・「鯉のちらし紋」である。これらに共通するのは、画家が承知の上でどこか絵の規範文法をはみ出し、絵の中で遊んでいることである。

図18　巻二「神鳴の病中」

まず、巻二「神鳴の病中」の挿絵を考察する。初めにあらすじを示しておこう。

信濃の国浅間山麓の松田藤五郎の遺産相続で、「家宝の刀」をめぐって争いがあった。兄の藤六が無理を言って家を弟に取らせ、自分は刀を取った。ところがこの刀は鈍刀で何の価値もないと知れる。母親によると、「水争いで父親藤五郎が人に斬りつけたが切れなかったために、かえって罪にならず助かった。そこで命の恩人として刀を家宝にした」ということであった。

ストーリーとして取り出せば右のごとくであるが、最後に全体の三分の一弱の分量を占める神鳴の挿話が加わる。「水争いの際中に神鳴が降りてきて、日照りは水神鳴の腎虚が原因であるから牛蒡を送れ、と頼んだ。そのとおりにすると、淋病がちの雨がぱらぱら降ってきた。」という荒唐無稽なウソ咄である。まじめに読んできた読

図19　絵入正本『牛王の姫』寛文十三年八文字屋八左衛門刊

者は、ここに来て突然、好色を含んだ軽口咄と向き合うことになる。

図18が本話の挿絵である。ここには、咄の最後に取って付けたようなそのウソ咄の、まさに「神鳴が水争いの仲裁をしている」場面が描かれている。第三節で取り上げた軽口ウソ咄「傘のご託宣」の作画姿勢とは、正反対である。「此程は・水神鳴ども・若気にて・夜ばい星にたわふれ・あたら水をへらして・おもひながらの日照也・……」と説明し、強精剤の牛蒡を無心している神鳴の声が聞こえてきそうである。画家西鶴も読者と共に荒唐無稽さ（ウソ）を楽しんでいる、と言っても過言ではない。言い換えれば、本文とは別に絵自体も、描かれたエピソードが軽口のウソ咄であることを主張しているのである。

当代の雷は、雨の記号として雲とともに描かれるのが通例である。そこには何の違和感もないし、またメッセージ性もない。但し、雷が擬人化される例がないわけではない。その場合は、八文字屋八左衛門刊正本『牛王の姫』（寛文十三年（一六七三）刊）（**図19**）や、義太夫正本『松浦五郎景近』（延宝六年（一六七八）刊）等に見るように、超能力を持ち人を襲う、あるいは害をなす存在として描かれる。当該の**図18**に見られる「地上に降り立って喧嘩の仲裁をする雷」という親和性の高い擬人化は、そうした雷図の規範を意識的に破っている。これは第四節（233ページ）で考察した説話画の姿勢とは異質である。当該図の左半分には、刀を抜こうとしている藤五郎が描かれる。現実の側の緊迫した状況と、付加されたウソ咄とが見開き異時同図で描かれる点も特異である。

3　ウソ絵と四つの咄

本節の最後に、巻三「行末の宝舟」・「八畳敷の蓮の葉」、巻四「力なしの大仏」・「鯉のちらし紋」の四話を取り上げたい。これらは、繰り返し述べてきたように、『諸国はなし　大下馬』の原質追究という試みの手掛かりとして挙げた四話であり、すでに第二部第二・三・四・五章においてそれぞれの作品分析を行っている。そこで以下では内容の説明は省き、『諸国はなし』中の他の挿絵との間に位相の差異があるかどうかを検証することによって、原質追究の一環としたいと思う。

巻三「行末の宝舟」の挿絵（**図20**）が「浦島太郎」や「俵の藤太」の挿絵と共通性を持つことは、第二部第三章においてすでに指摘した。ただ当該図では、諏訪湖に臨む村に起きた現世の咄、という設定の中に異形のものたちが歩いているわけで、いわゆる竜宮絵の規範からは外れたところに位置する（『河海物語』などの異類物を除けば、当代の版本挿絵では**図21**に示すように、魚類の被り物を付けた異形のものは竜宮または水中に描かれる。『懐硯』巻三「竜灯は夢のひかり」の挿絵も参照されたい）。彼らに現世の品々を持たせている点も、西鶴の遊びである。

ところで当該の咄では、騙される側の村人が一方の主役であった。死んだはずの勘内を迎えて驚く村人、あるいは勘内と共に船に乗り込む六人の村人と残された者たちとの別れ、その何れも画題として採用するのに不足はない（船出とそれを見送る人々の構図としては、例えば『好色一代男』巻三に描かれた「寺泊の世之介」の図が想起される）。人間の不思議はこうした場面にこそ凝縮される。興味の対象が人間にあるとすれば、こちらの画題を選ぶ

図20　巻三「行末の宝舟」

図21　角太夫正本『大しよくはん』
延宝八年刊

であろう。しかし、当該図にはこの世の人間が全く描かれていない。「磯臭い供のもの達」を視覚化して見せ（個々の姿形は、「竜宮絵」の類型の範囲内である）、彼らに盆迎えの品物を持たせて竜頭の船に向かわせる。挿絵は荒唐無稽な咄のトーンをさらに強化し、架空の世界に遊んでいるのである。

先の巻二「神鳴の病中」の絵は、現実の人間の争いと地上に降りた雷とを同一画面に描いていた。それに較べると、この絵は現実世界との接点である村人を排除し、もう一歩ウソ咄の中に入り込んでいる。本文の荒唐無稽さとは別に、絵は絵として竜宮絵を俳諧化して楽しんでいるように見える。この絵を目にして、現実に起こった奇談が書かれているとは誰も思うまい。ウソ咄であることを自ら宣言しているような絵である。

巻三「八畳敷の蓮の葉」の挿絵（**図22**）は、一部屋もありそうな蓮の葉の上で男が寝転んでいる図である。これも奇妙に現実離れした絵である。人間の匂いを感じさせない。生活感のない、架空の世界である。巨大な蓮の葉と花があるだけで、池の水面すら描かれない。ただ蓮が規範通りの蓮であることで、かろうじて安心できる。だが、この男はどうやって葉の上に上がったのだろう。本文に「昼寝して涼む人ある」という、その範囲内の絵であれば、もう少し背景が描かれ説明があってしかるべきである。男の足の組み方がウソである。右足の膝から下が逆向きである。普通なら、つま先は下向きか、あるいは顔の方を向く。左足のつま先が上を向いているが、これも現実にはありえない。左右が逆というつもりかもしれない。そうだとしたら足を組んでいることが、ますます理屈に合わなくなる。寝ころんでいる男の絵自体は好色物にいくらでもあるわけで、「昼寝して涼む人」を描くのに不自由はしないであろう。西鶴が意図せずにこの不可思議な絵を描いたとは、到底思われない。この絵も本文の枠組みを越えて、画家西鶴が絵の中でウソを楽しみ、遊んでいるのである。知られた陳楠図（**図23**）の転合化と見えなくもない。

なお、読者を現実の奇談の側に止めようとすれば、この咄の冒頭で語られる「龍の昇天」の方を画題にしていたことであろう。その場合は典型的な「説話の視覚化」ということになるが、遠巻きに驚く麓の村人や近景の草庵をも描き入れれば、定型通りとはいえ印象深い絵になっていたはずである。

巻四「力なしの大仏」の挿絵（131ページ掲載）は第二部第二章で触れたように、一度見たら忘れられない絵である。本文の該当個所については既に分析したところであるが、かいつまんで言えば次のような次第である。即ち、子供を鍛錬する親の側の必然を用意し、時間の緩急の組み合わせと主語の省略とによって、「毎日何回も繰り返せば、なるほど可能になろう」と錯覚させる――このようにして読者を法螺話に乗せるよう、巧まれた語り口が用意されていた場面である。ところが、風景から切り取られた、背丈だけでも自分の七、八倍はありそうな牛を持ち上げている子供の絵は、その非現実性のあまり、本文の用意した自然な咄の運びと必然性とを見事に裏切っている。更にこの絵には、子供の鍛錬に最も関わっていたはずの父親が描かれていない。竹馬と風車で遊ぶ子供二人を左端に描き加えた絵は、文章が用意した「親の思惑」という理屈を超越し、子供だけの世界が展開している。一言で評すれば、本文のもくろみや枠組みを越えて、遊びの精神が横溢している一葉と言えよう。この絵もまた架空咄であることを視覚化して見せているのである。

ところで、この咄の前半には珍しい職業に注目した技較べが展開されていた。浮世風俗に焦点を当てていれば、目を引く職業技術が様々に視覚化され、印象的な画面になっていたはずである。粉本も『京雀』の「木樵町の図」など手近な例がある。しかし、西鶴はそれらには見向きもしていない。第二節で触れた「女大工」や「友呼び雁」が当世風俗を描こうとしたのに較べると、この咄の作画姿勢が全く異なることは明白である。

巻四「鯉のちらし紋」の挿絵（**図24**）についても、簡単に触れておく。この絵では、怪異性を孕んだクライマックスが画題に採られている。しかし大波の気配もなく、舟が傾いているわけでもない。内助は老人として描かれ、嫉妬や恨みの気配、緊迫感からは程遠く、まるで人面魚身の赤ん坊を歓迎しているかのようである。鯉は本文の

図22　巻三「八畳敷の蓮の葉」

図23　『画筌』「陳楠」

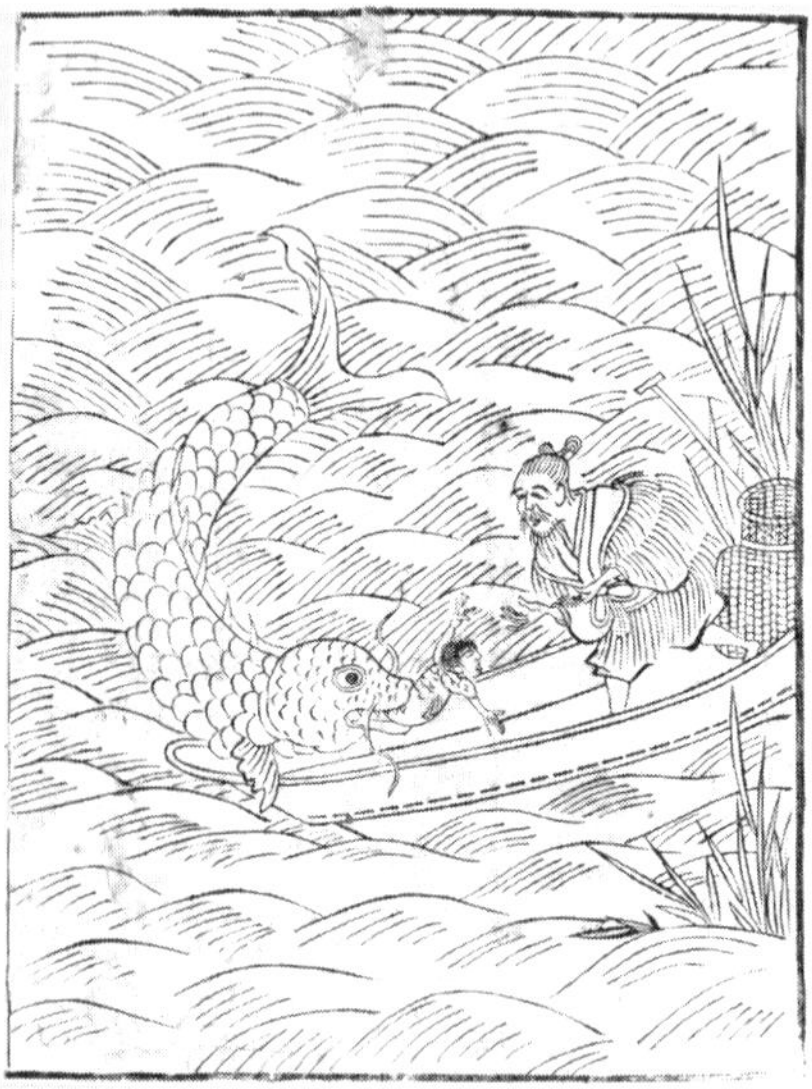

図24　巻四「鯉のちらし紋」

図25　『新御伽婢子』巻五
「人魚の評」

「十四、五なる娘のせい程」をはるかに越える巨大なものに描かれ、それを裏切る穏やかな画面と相俟って非現実感を際立たせている。本文の束縛を離れた、架空の世界である。

絵の規範から見るとどうであろうか。当該画に描かれたような魚類の口からの出産がありえないことは、断るまでもなかろう。一方、人面魚身といえば「人魚」が思い浮かぶ。画題としては中世以来『聖徳太子絵伝』と共に流布したようであるが、(9)当代では寛文六年（一六六六）刊の『聖徳太子伝』（巻十21丁裏）の図がポピュラーだろう。『新御伽婢子』巻五「人魚の評」（**図25**）や『武道伝来記』巻二「命とらるる人魚の海」などにも人魚は描かれるが、『和漢三才図会』四九の図と同じく、何れも上半身は成人女性で静止した姿に見える。こうした例を勘案するに、「魚の口からの出産」・「半人半魚の赤ん坊」という本画題は、人魚図の規範を覆すものと言ってよかろう。当該図は、人魚図を念頭に置いた、西鶴の転合精神に満ちた一葉なのである。

以上、第五節で取り上げた五葉の挿絵は、何れも軽口ウソ咄であることを隠す方向どころか、本文を越えた誇張を加えて架空世界を視覚化している。同時に絵の規範・類型をはみ出している。本文の軽口ウソ咄の内容と対峙するかのように絵もまたウソに遊び、両者が自立しながら一つの世界を作り上げているのである。

さて、右の五葉の挿絵のうち、『諸国はなし』の原質追究という試みの手掛りとして挙げた四話の絵と、巻二「神鳴の病中」の絵との間に差違は見られるだろうか。「神鳴の病中」では、見開きにそれぞれ現実世界と架空世界とが併存して描かれるのに対し、巻三・四の四葉では、現実との接点そのものが消失し、架空世界に終始している。些細なことのようではあるが、『西鶴諸国はなし』の成立及び方法からみたグルーピングを考える上で、両者のこの違いには注目しておきたい。

おわりに――現実指向の中の戯画性

本書の序は「世間の広きこと国々を見めぐりてはなしの種をもとめぬ」と書き出される。そこから展開される例示は、非常に珍しいものではあるが、事実や伝承の裏づけのあるものから始まる。続いて俳諧味が加わり、「竜女の掛硯・閻魔王の巾着」などに筆が及ぶが、最後は「四十一まで大振り袖の女」を挙げ、「これをおもふに人はばけもの世にない物はなし」と結ぶ。「この世にありそうもない俄に信じられないことが、広い世の中には実際にあるのだ」、と謳うこの序を見る限り、本書の意図はあくまで現実の世の中に起こりうる奇談を開陳して見せることにあるように見える。

そこで、改めて巻一を見直してみる。一・三・五の三章はあくまでも現実社会で起きた咄である。第二章では先に触れたように、怪異の方向に傾く題材を、珍しい職業を持ち込むことや挿絵の働きによって、現実の奇談に引き戻している。第六・七の二章で扱う長生登仙譚や狐狸に化かされる咄は、上述のごとく親疎の幅はあっても、当代の読者には非現実的な全くの法螺咄という感覚はなかったであろう。巻一を一瞥すれば、各章が現実色の濃い咄に仕組まれ、序の方向を裏切らないことが了解される。巻によって差異はあるにしても、本書は周辺に位置する『御伽物語』や『新御伽婢子』・『宗祇諸国物語』などと較べると、現実の奇談を語る姿勢がより顕著なのである。

挿絵に話を戻せば、本章で明らかにしたように、本文と挿絵の関係は、個々に位相の違いが見られる。作画姿勢も咄によってその基準に揺れが見られ、必ずしも挿絵の規範や常識に従っているわけではない。しかし全体を見渡せば、その基調とするところは現実社会のスケッチであると言ってよかろう。卒然として見ると、三五の挿絵中六割は浮世風俗画である。このうち、題材そのものが現実社会に取材した咄（盗賊咄・浪人の義理咄・茶の湯咄・駆け落ち咄・名人咄など）の挿絵については本章では触れなかったが、当然のごとく本文の枠を逸脱せず、内容理解を助ける画題が選ばれている。「怪異咄」及び「軽口ウソ咄」においても、先に考察したように絵だけを見れば「どこが怪異か、どこが軽口ウソ咄か」と思わせるものが多い。意図的に主題を避けて、当代の風俗を画題に据えているのである。笑話もまた然りであった。

こうした基調としての現実指向に類型を素直に踏襲した「説話画」を併せ、改めて全体を見直してみると、第五節3で取り上げた「戯画性が際立つ挿絵」が、特異な例外であることが際立ってくる。更には、戯画性が際立つ五つの咄の中においても、第二部二・三・四・五章で検討を加えた四つの咄には、共通の傾向があることが明らかになった。他の挿絵と異なり、現実から切り離され規範を超越した挿絵となっているのである。原質という観点から注目される四つの咄にウソ絵の傾向が顕著に見られることは、偶然ではなかろう。

最後に、規範を超越した「戯画性」（絵に見る遊び心）は、転合化の精神にも通ずるものであることを確認しておきたいと思う。ウソ絵の転合精神は、まさに西鶴の咄創りの原質に繋がるものであり、第二部で提示してきた『西鶴諸国はなし　大下馬』の原質追究を、挿絵の面からも裏づけるものと考えるからである。

注

（1）いわゆる日本美術史の通念とは別に、版本挿絵の規範があったと考える。この語の明確な定義については今後の課題としたい。本章では管見の挿絵に基づく類型パターンを基準として、その範囲で規範と逸脱とを判断しておく。

（2）なお、岸氏は「戯画性」を指して「いわゆる鳥羽絵・大津絵のように、はじめから諧謔を意図した漫画ではなく、過程に於いてにじみ出たおかしみ」と表現されたが、素人絵の素朴さは、同氏の言われる「浮世絵」を含め西鶴画に共通して見られる（239ページ参照）。

（3）論者とは視点が異なるが、次の論考に同様の指摘がある。
藤江峰夫「西鶴の咄の種――『西鶴諸国はなし』中の三篇をめぐって――」玉藻25　一九九〇年三月

（4）報復などの理由で異類の霊が夢うつつの人間に襲いかかる例があることは、一般に信じられていたと考える。『伽婢子』巻四「一睡三十年の夢」等。

（5）内宮・外宮、宮の造営などは『嵯峨問答』下に見える。託宣を聞く場面は縁起類に頻出する。手を合わせ拝む人々の左手に祭壇、あるいは雲に乗る神を配する図が一般的である。何れも特殊な図柄ではない。

（6）軽口ウソ咄の定義・特徴については、139ページで示した。現実から架空のウソに運ばれ、最後に再び現実に戻る点や、俳諧的連想による展開、付喪神に類する怪異の出現を笑いによって解体する点など、この咄は典型的な西鶴の軽口ウソはなしの一つであると言ってよかろう。

（7）当代の版本挿絵では、異類は説話画題としてだけでなく怪異画題としても定着している。

（8）周知のように『寛濶平家物語』巻四「微塵も絵図に違はぬ女」に、「好色一代男の絵は何ものゝ筆なりけん、島原の初音もろこし、よしの夕霧あづまをはじめ、皆江藻髪の婆々の御影を見るがごとく、腰かがまり袖ちいさく、鳩むね鑓おとがいにして、立すがたは大風にふかれて倒ありくに似たり」とある（『近世文芸叢書　擬物語　第七』一九一一年（明44）8月　国書刊行会　363ページ）。

（9）太子四十八歳「人魚献上」の図に、人魚は人面（多くは成人男性）魚胴として描かれる。

終　章　「構想と成立試論」に向けて

一

本章では、第二〜四章で取り上げた三話について、『諸国はなし』中の他の軽口咄との差異を確認し、第五章で論じた一話についてその原初性を示した上で、第二部「構想と成立試論」が指向した「試論」の方向を提示する。

第二〜四章で扱った三話（巻四「力なしの大仏」・巻三「行末の宝舟」・巻四「鯉のちらし紋」）については、各章末においてそれぞれの咄の特徴をまとめ、必要に応じて相互の共通性にも触れてきた。それらを総合すれば、三話からは「当代性の強い軽口のウソ咄」という共通性を抽出することができる。何れも中心に、「奇談の枠を超えて非現実の域に飛躍する誇張部分」を有する。

基本構造と題材に注目すると、共通して馴染み深い話型と題材を利用しており、非常にわかりやすい（第三部で若干触れることになるが、『諸国はなし』の中には取り合わせが複雑な咄、趣向が見えにくい咄、知識を必要とする謎掛けを含む咄などが含まれる）。便宜的に三話の基本構造と題材とを単純化して示せば、

○「力なしの大仏」……鍛錬咄に技くらべの型を取り入れて転合化
○「行末の宝舟」………竜宮譚とその往還を基本に、霊還りを取り合わせて転合化
○「鯉のちらし紋」……異類婚姻譚を基本に、嫉妬と鯉の怪異伝承を取り合わせて転合化

ということになろうか。土地を選ぶ契機や伝承を融合させる度合い、直接話法の有無、好色性の有無など、三話それぞれに脚色上の違いはあるものの、基本構造と題材の平明さは共通して見られる。何れも、「現実世界の日常から始まりウソ咄に逸脱していく」が、咄の最後には「現実に戻るよう後日談や評言が配され」ている。更に、説話の類型を利用しながらも「主要人物をめぐる時系列に沿った一話」に仕立てられ、「一定の首尾と整合性」が整えられている。わかりやすく単純な構造であるだけでなく、咄の流れに破綻が起きないよう構成に意を用いていることは明らかである。

こうした基本構造以外に、第二〜四章において指摘した三話に共通する特徴は、

①　誇張やウソに引き込む語り口の秀逸さ
②　題材の当世化
③　教訓からの離脱や価値の解体
④　挿絵の戯画性

というものである。ただし、こうした傾向自体は、程度の差はあれ他の咄にも見られないわけではない。ここでは、

軽口のウソ咄という点で三話と親近性の高い巻一「傘の御託宣」を取り上げ、両者の差異を検討することによって、三話を一群として括る妥当性を考えておきたい。

先に第六章でも取り上げたこの咄のあらすじは、次のとおりである。

紀州掛作観音に貸し傘が寄進され、人々の役に立っていた。ある時傘が風で飛んで肥後の奥山に落下した。この見慣れぬ物体を、里人は評議の末伊勢内宮の神体と判断し、社を造って祀った。すると傘に魂が入り、「美しい娘を巫女に差し出せ」と託宣を下す。後家が名乗り出て一晩奉仕したが、何事もなかったことに怒り、傘を引き破って捨てた。

一読してこの咄が、

○　傘から連想される様々なモチーフ（観音の貸し傘、飛傘、傘の骨の数、雨、陽物など）に、そこから派生する「伊勢神」（飛神、末社の数、伊勢移し、神託などの連想）を絡ませ、「愚か村」のパターンを基調として繋ぎ合わせていること

○　右の連鎖は、次第に架空のウソ咄に移行していくという方向性を持つよう工夫されていること

○　ウソ咄を見破るオチを用意し、全体の傘の連想による艶笑譚としてまとめられていること

が明らかである。

先に三話の特徴として挙げた①〜④と照合し、関連性を矢印で示してみると、重なる部分が多いことがわかる。

○　誇張やウソ咄に読者を運んでいき、最後に現実に引き戻す（→①）
○　後家を通じて当世風な艶笑譚を配す（→②）
○　「伊勢の御神体」や「託宣」の持つ意味を茶化し、価値を剝がす（→③）

それでは、「傘の御託宣」と当該の三話との間に違いは見られるだろうか。

「傘の御託宣」では、三話に共通して見られた「主要人物をめぐる咄」という制約に縛られることなく、傘をめぐる複数の連想（貸し傘、飛神、付喪神、傘の骨、陽物）を繋ぎ合せることによって一話を構成していることが明らかである。即ち、より自由な発想に貫かれているのである（ただし、連想を共有するためには、読者の側にも何らかの知識が要求される）。話型の面から見ると、「愚か村譚・艶笑譚・付喪神」などが自在に取り込まれていることがわかる。本来ならば結びつかない独立した挿話がその数を増し、それらを違和感のないように連結して一つの新しい筋書きに導いている、と言えよう。「主要人物をめぐる時系列に沿った」結構によって咄の首尾を整えている三話に較べると、「傘の御託宣」では、「傘をめぐる咄」という骨組みがあるとはいえ、挿話の自然な連結と統一のために、一層の技量が必要とされることが明らかである。要するに、複雑化しているのである。

さらに、当該の三話と「傘の御託宣」の咄が大きく異なるのは、挿絵にみる作画意識である。第六章でも指摘したが、クライマックスとなる非現実的場面を描く三話の挿絵とは逆に、咄のスタート地点に置かれた現実的情景（「貸し傘」の図）を画題に選んでいる（230ページ参照）。この絵が軽口やウソ咄の方向に向かわないのは、意図的なものであろう。

以上、当該の三話は、軽口の傾向の強い「傘の御託宣」と比較しても独自の傾向が認められる。より現実的な話群や怪異咄との違いは、説明するまでもなかろう。三話は、「より単純な題材と構成からなるわかりやすい咄で、挿絵も含めて軽口ウソ咄の方向を意図している」話群を形成しているのである。

次に、第五章で取り上げた巻三「八畳敷の蓮の葉」の原初性について、言葉を足しておく。この咄には、右の三話とは別な意味で「咄の原初性」が見られた。即ち、

① 「珍しいもの大きなもの」の列挙部分があり、その行文が序と重なり合う。序文に「大きなもの、珍しいもの」を列挙して「ないものはなし」と謳うことは、この要素を『西鶴諸国はなし』のコンセプト（全体を貫く綴じ糸）であると宣言することにも通じる。両者の重複の意味は大きい。

② 古老（広い世界を知る者）が耳目を驚かせるような珍しい話題を繰り広げて聴き手を咄に引き込む、という「咄の原初形態」を、そのまま構造の基本に取り込み再現している。

という特徴を併せ持つ点である。「八畳敷の蓮の葉」には、「読者が説法の延長として自然に咄の場に参加し、臨場感を共有する」ことを可能にするような咄創りと、西鶴の謎掛けとが見られた。同様の基本構造を持ち大きなもの尽くしを展開の直接原理とする例は、他の三四話には見られない。こうした点に注目し、「八畳敷の蓮の葉」が本書の原初形態に繋がるものと位置付けたのである。

二

第二部の考察結果をまとめておく。第一章の書誌形態から導き出された結論（巻三「行末の宝舟」・「八畳敷の蓮の葉」、巻四「力なしの大仏」・「鯉のちらし紋」の版下が、他とは異なる形態を持つ）と、第二〜五章で論じた四話の内容上の特性（単純な構造と軽口の傾向、咄の原初性）、及び第六章で確認した挿絵の戯画性とは、明らかな連動が見られた。他の三一話との差異は明確に存在する。そこからは、次の結論が導かれる。

他と性格を画すことができる「軽口の三話」と、「咄の原初形態を踏襲し、序と同じ行文を持つ一話」とは、その版下作成作業が同時期に、他から切り離された形で行なわれたと考えられる。その際何らかの意図により、この四話は共に挿絵の戯画性が際立つものとなり、現実指向の強い全挿絵の中では異色なものとなった。

第二部を通して、少なくとも右の二点については明らかにすることができたと思う。この事実は、原題『大下馬』の編集企画を探り、『西鶴諸国はなし』の全体像を把握する上で、重要な示唆を与えてくれるものと考える。

以上で、第二部の目的はひとまず達したものとし、ここで論者の「構想と成立試論」の方向性を、問題提起の意味で付け加えておきたい。当該の四話の版下作業は他に先行して行なわれたものであり、この話群は当初咄集『大下馬』を企画した段階で出発点となったものである可能性が高いと私考する。『諸国はなし』は、軽口咄に近い話群（『大下馬』の原形）から始まって、複雑性・多様性・現実性を指向していき、意表を突く作為を含む方向への広がりもみせたのではないか、と推測するのである。第六章で序文と巻一とを取り上げ、そこに現実志向が強く見られることを述べたが（248ページ）、第一冊目に色濃く見られる特色も、最終段階における編集方針と構想とを伺う材料の一つとなるように思われる。

ただしこの仮説の論証のためには、『西鶴諸国はなし』全体の多様性を視野に入れた四話の位置付けを、更に押し進める必要がある。西鶴年譜や出版状況などからの検討も必要であろう。それぞれの論証は、今後の課題としたい。なお、上記の問題提起と関連して、続く第三部では軽口性や誇張が押さえられた咄についても取り上げ、西鶴の作為と方法の実相を探っていきたいと思う。

第三部　咄の創作

——構想と方法——

第一章　巻一「大晦日はあはぬ算用」考

第三部では、『諸国はなし』の四つの咄を取り上げる。それぞれ章頭に原文を掲げ、「原拠」・「創作方法」・「作為」を探求し、併せて読みの可能性を追究する。

大晦日《あふつごもり》はあはぬ算用《さんやう》

榧《がや》かち栗《くり》・神《かみ》の松《まつ》・やま草《ぐさ》の売声《うりこへ》もせはしく・餅突宿《もちつくやと》の隣《となり》に・煤《すゝ》をも払《はら》はず・廿八日迄髭《ひげ》もそらず・朱鞘《しゆさや》の反《そり》をかへして・春迄《はるまて》待といふに・是非《ぜひ》にまたぬかと・米屋《こめや》の若《わか》ひ者《もの》を・にらみつけて・すぐなる今の世を・横《よこ》にわたる男《おとこ》あり・名《な》は原田内助《はらたないすけ》と申て・かくれもなき・牢人《らうにん》・広き江戸《ゑど》にさへ住《すみ》かね・此四五年・品川《しながわ》の藤茶屋《ふぢちや》の・あたりに棚《たな》かりて・朝《あした》の薪《たきゞ》にことをかき・夕《ゆふべ》の油火《あぶらひ》をも見ず・是はかなしき・年《とし》の暮《くれ》に女房《にようぼう》の兄《あに》・半井《なから》清庵《せいあん》と申て・神田《かんた》の明神《みやうじん》の横町《よこまち》に・薬師《くすし》あり・此もとへ・無心《むしん》の状《しやう》を・遣《つか》はしけるに・度〳〵迷惑《めいわく》（7ウ）「ながら・見捨《すて》がたく・金子十両包《りやうつゝみ》て・上書《うはがき》に・ひんびやうの妙薬《みやうやく》・金用丸《きんやうぐはん》・よろづによしとしるして・内《ない》義《ぎ》のかたへおくられける・内助《ないすけ》よろこび・日比別《ひころべつ》して語《かた》る・浪人中間《ろうにんなかま》へ・酒《さけ》ひとつもらんと・呼《よび》に遣《つか》し・幸《さいわい》雪《ゆき》の夜《よ》のおもしろさ・今迄《いま》は・くづれ次第《しだい》の・柴《しば》の戸《と》を明《あけ》て・さあ是へといふ・以上七人の客《きやく》・いづれも紙子《かみこ》

の袖をつらね・時《とき》ならぬ一重《へ》羽《は》織《をり》・どこやらむかしを忘《わす》れず・常《つね》の礼義《れいぎ》すぎてから・亭主罷《ていしゆまかり》出て・私《わたくし》仕合《しあはせ》の合力《こうりよく》を請《うけ》て・おもひまゝの正月を・仕《つかまつ》ると申せば・をの〳〵それは・あやかり物といふ・就夫《それにつき》上書《かき》に・一作《さく》有と・くだんの小判《こばん》を出せば・さてもかる口なる御事と・見てまはせば・盃《さかつき》も数《かづ》かさなりて・能《よい》（8オ）」「年忘《としわす》れ・ことに長座《ちやうざ》と・千秋楽《せんしうらく》をうたひ出し・間鍋塩辛壺《かんなべしをからつぼ》を・手ぐりにしてあげさせ・小判《こばん》も先《まづ》・御仕舞《しまい》候へと集《あつむ》るに・拾両《りやう》有し内《うち》・一両たらず・座《ざ》中居《ちうゐ》なをり・袖《そで》などふるひ・前後《せんご》を見れども・いよ〳〵ないに極《きはま》りける・あるじの申は・其内一両は・去方《さるかた》へ払《はら》ひしに・拙者《せつしや》の覚違《おぼへちが》へといふ・只今《たゞいま》迄慥《たしか》十両見へしに・めい〳〵の事ぞかし・菟角《とかく》は銘《めい》〳〵の身晴《みばれ》と・上座《しやうざ》から帯《おひ》をとけば・其次《そのつぎ》も改《あらた》めける・三人目にありし男《おとこ》・十面《めん》つくりて・物をもいはざりしが・膝立《ひざたて》なをし・浮世《うきよ》には・かゝる難義《なんぎ》もあるものかな・それがしは・身ふるう迄もなし・金子《きんす》一両持合《もちあは》すこそ・因果《ゐんぐは》なれ・思ひもよらぬ事に・一命《めい》を（8ウ）」「捨《すつ》ると・おもひ切《きつ》て申せば・一座《ざ》口を揃《そろ》へて・こなたにかぎらず・あさましき身なればとて・小判《こばん》一両持《もつ》まじき物にもあらずと申・いかにも此金子《きんす》の出所《どころ》は・私《わたくし》持《もち》きたりたる・徳乗《とくしやう》の小柄《こつか》・唐物《からもの》屋十左衛門かたへ・一両弐歩《ぶ》に・昨日売《さくじつうり》候事・まぎれはなけれども・折ふしわるし・つね〴〵語合《かたりあは》せたるよしみには・生害《しやうがい》におよびし跡《あと》にて・御尋《たづ》ねあそばし・かばねの恥《はぢ》を・せめては頼《たの》むと・申もあへず・革柄《かわづか》に手を掛《かく》る時《とき》・小判《こばん》は是にありと・丸行燈《まるあんどん》の影《かげ》より・なげ出ば・扨《さて》はと事を静《しづ》め・物には・念を入たるがよいといふ時《とき》・内証《ないしやう》より・内義声《ないぎこへ》を立て・小判《こばん》は此方《このほう》へまいつたと・重箱《ぢうばこ》の蓋《ふた》につけて・（9オ）」「座敷《ざしき》へ出されける・是は宵《よい》に・山の芋《いも》の・にしめ物を入て出されしが・其ゆげにて・取付《とりつき》けるか・さも有へし・是では小判十一両になりける・いづれも申されしは・此金子《きんす》・ひたもの数多《かづをゝ》くなる事・目出しといふ・亭主《ていしゆ》申は・九両の小判《こはん》・十両の僉義《せんぎ》するに・拾一両《りやう》になる事・座中《ざちう》金子を持《もち》あはせられ・最前《さいぜん》の難義《なんぎ》を・すくはんために・御出しありしはうたがひなし・此一両我方《わかかた》に・納《おさ》むべき用《やう》な

し・御主《ぬし》へ帰《かへ》したしと聞《きく》に・誰返事《たれへんじ》のしてもなく・一座《ざ》いなものになりて・夜更鳥《よふけとり》も・鳴時《なくとき》なれども・おの〳〵立かねられしに・此うへは亭主《ていしゆ》が・所存《しよぞん》の通《とふ》りに・あそばされて給《たま》はれ・願《ねが》ひしに・（9ウ）」「菟角《とかく》あるじの・心まかせにと・申されければ・彼《かの》小判を一升《しやうます》外に入て・庭《には》の手水鉢《てうづばち》の上《うへ》に置《おき》て・どなたにても・此金子《きんす》の主《ぬし》・とらせられて・御帰《かへ》り給《たま》はれと・御客独《きやくひとり》づゝ・立しまして・一度《ど》〳〵に・戸《と》をさし籠《こめ》て・七人を七度《たび》に出して・其後内助《そののちないすけ》は・手燭《てそく》ともして見るに・誰《たれ》ともしれず・とつてかへりぬ・あるじ即座《そくざ》の分別《ふんべつ》・座《ざ》なれたる客《きやく》のしこなし・彼是武士《かれこれぶし》のつきあい・各別《かくべつ》ぞかし

一　はじめに

『西鶴諸国はなし』巻一「大晦日はあはぬ算用」は、西鶴の浮世草子作品の中でも取り上げられることが多い作品の一つで、その時々の時代相を反映しながら様々なアプローチがなされてきた。今試みに、章末に置かれた評言「武士のつきあい格別ぞかし」と目録小見出しの「義理」の解釈に焦点を当てて私に整理してみると、おおよそ次のようになろうか。

まずは、評言を文字通り肯定的に受け止める立場がある。直前の「あるじ即座の分別・座なれたる客のしこなし・」から続く「彼是武士のつきあひ・格別ぞかし」という一文は、文字通りに読めば「あるじには当意即妙の思慮分別があり、浪人仲間の客たちは座なれた振る舞いをする。あれこれ考え合わせると武士のつきあいとは特別なものだ」ということになる。この読みを前提とした上で更に発展させて、

①「武士のつきあい格別ぞかし」に、義理を重んじ互いに信頼する武士の態度への賞賛を読み取る解釈
代表的なものに、近藤忠義氏とそれを継承発展させた暉峻康隆氏の論がある。近藤氏は、現代人にとって価値の追究・発見に文学作品の意味があるという立場から、『西鶴』（日本古典読本9　一九三九年（昭14）5月　11ページ）に評言の解釈を掲出している。暉峻氏は、劇的構成の緊密さと武士の義理や意地、人間としての誇りを読み取る（『西鶴評論と研究　上』（一九四八年（昭23）6月）206ページ）。
②人に知られることなく一両を元の持主に持ち帰らせた主人公内助の理知的振る舞いに注目する解釈
吉江久彌「『堪忍記』と西鶴」一九七八年（昭53）3月・他に一九八三年（昭58）12月など
③作品に描きこまれた浪人達の心情の動きに『世の人心』への先駆けを見る解釈
宗政五十緒「『西鶴諸国はなし』—一、二の考察」一九六九年（昭44）12月
④浪人の窮状への共感から清貧を重んじる武士の姿を形象化しようとしたとする論
田中伸「西鶴の説話の諸相」一九六七年（昭42）2月

などが展開されて、影響力を持った。その多くは、目録に提示されている小見出しの「義理」を守るべきモラルの一つと捉えており、「義理」は本話のキーワードであると共に、話をそこに収斂させる主題であると考える傾向が見られる。

これらに対し、昭和三〇年代以降には、例えば森山重雄氏が、「共同体の人間関係に内在する矛盾への気付きと内在的な批判（が見られる）」（「西鶴—人間喜劇」一九五七年（昭32）7月）と発言した例のような、本話に批判

的なニュアンスを読み取る系譜がある。昭和五〇年代終盤以降には、「武士のつきあい格別ぞかし」に対して、より積極的に笑いや皮肉・諷刺、或いは奇談性の強調などを読み取る解釈が多く見受けられるようになる。章末に置かれた評言には西鶴のひねりが加えられている、という読みである。かいつまんで言えば、次のようになろうか。「一文だけを取り出せば、武士のつきあいに対する肯定的文言に見える。しかし、全体のコンテクストに従えば、この咄の書きぶりが賞賛とは相容れないことは自明である。あるじには「即座」の分別などなかったし、客たちの言動は決して座馴れてなどいない。そもそも小判を回し見ること自体が無分別である。評文と本文とのこうした齟齬を出発点とするならば、評言には西鶴の作意を読み取るべきである。」というのである。本文に即した読みを迫るこの立場からは、

①「人間関係に内在する共同体の矛盾によって引き起こされる社会的身ぶりを人間喜劇としてえがいた」とする前述した森山氏の解釈

②展開の意外性や滑稽感を重視して俳文の性格を看取する解釈

湯沢賢之助「『大晦日はあはぬ算用』をめぐって―西鶴武家観の一端」一九八三年（昭58）7月

③武士の義理をめぐるリゴリズムに注目し、そこに不調和の笑いを読む解釈

堀切実「『西鶴諸国咄』における〈笑い〉の分析」一九八四年（昭59）12月

④人物設定・描写・展開にわたり一貫して滑稽な奇談の性格が色濃く、町人の目からみた武家の行為や心情・倫理のありようを奇談化したものとする解釈

谷脇理史「格別なる世界への認識―西鶴武家物への一視点―」一九八七年（昭62）4月

⑤　町人からみた武士への批判を読み取る解釈

などが展開された。ここに連なる諸論考では、目録小見出しが主題か否かはさほど問題とされていない[1]。小見出しの「義理」の意味内容自体が、反転させることによって笑いや奇談に転化し得るフレキシブルなものである、といった了解が共通して存するように思われる。

ところで、近時同じ方向の延長線上に、杉本好伸氏が「紛失した一両は主人公内助自身が蓋の上にうっかり置いたものではないか」という読みの根底を見直す見解を提示された（「『大晦日はあはぬ算用』について考える」二〇一〇年（平22）5月）。氏の読みに従えば、一話は武士への賞賛どころか愚か村譚にも通じるナンセンスな趣を帯びることにさえなろう。

以上、評言と目録小見出しとを取り上げ、解釈をめぐって二つの相反する立場があることを概括した。そもそも、こうした解釈の相違が生じる理由は、西鶴の表現そのものが両様に読み取れる可能性を含んでいることにある。本話の評言に見られるような、それまでの文脈からみると飛躍のある断定的な言辞、あるいは、あってしかるべき説明の省略などは、咄に奥行きを与える効果を持つ。そのことが同時に、読者の想像力をかき立て、複数の読み筋を許容することに繫がることは自明であろう。要するに、評言の解釈論争は、咄が本来持っている飛躍や省略に絡む側面を併せ持つ問題だということである。一方、文末に置かれた評言は、咄の枠組みとしての装置という機能的側面も担っている。どちらの解釈に与するかを問題にし続けるだけでは、これから先の新たな読みの進展はさほど期待できないだろう。既に、評言の意義や機能そのものを再考すべき段階に来ていると考える。

本章では、一旦評言の解釈論争から距離を置き、西鶴の創作方法に寄り添うことによって、新たな読みの可能性を探っていきたいと思う。(2) 誤解を恐れずに言えば、咄を創る側の視点に立って西鶴の手の内を楽しみ、時に自ら進んで謎解きに挑む「読者参加型の読み」を試みようというのである。創作に際して、西鶴は執筆契機となった咄の種を何処から発見したのか。その種を素にしてどのような構想の核を育てたのか。あるいは、モチーフに目を向けてみる。本話は一話完結型の緊密な咄になってはいるが、複数のモチーフから成り立っており、一つ一つのモチーフ（エピソード）には素材がある。その素材をどのように組み合わせ、どのようなアレンジを加えて時間系列に沿った一つのストーリーに流し込んでいるのか。そこに、どのような作意や仕掛けが施されているのか。西鶴の手法や組み合わせの妙を楽しむ。推理する。共有する。――作者との間の共通コードさえ発見できれば、こうした、より根源的な創作過程を読み解くことも可能になろう。いわば、連句の付筋を解し、付合の世界を享受する道筋に一脈通ずるところのある読みを試みようというのである。

以上の目的意識を念頭に置き、次節では、咄全体を貫く新たな論理に目を向け、一話の構造を捉え直すところから始めていきたいと思う。その際、西鶴が利用したであろう素材や話型に十分な目配りをしていくことが、重要な手掛かりとなるはずである。

二　咄の組み立てと素材

1　人物造型と主題

先に触れたように、本話に笑いの要素が見られることは、一部で指摘されてきた。とは言え、軽口咄の類という捉え方をされることは皆無であった。「個性的な人格を持った一人の浪人とその仲間たちが遭遇した出来事を、心情に踏み込む描写を伴って描き出したストーリーの整ったテーマ性のある話である」という前提のもとに読まれてきた、と言って差し支えないと思われる。この認識を自明のこととして捉えてよいのだろうか。

明確な主題のもとに咄が展開され、登場人物それぞれが自立した上で物語を増幅させる力を備えている、更には時間系列に従って展開するストーリーに破綻はない、というのであれば、ここで改めて「咄全体を貫く新たな論理」を求め、作品の構造を捉え直す必要はないことになる。回り道のようではあるが、ここでは、「何らかの主題なり登場人物なりが咄全体を貫くものとして用意されているのかどうか、備わるのであれば、それらが咄の中で十全に機能しているのかどうか」を検証することから始めたいと思う。その際、事件の形象化（ストーリー展開）が矛盾なく組み立てられているかどうかも併せて確認していきたい。

〈内助の造型〉

冒頭、主人公内助の登場場面は次のように説明される。

榧《かや》かち栗・神《かみ》の松《まつ》・やま草《ぐさ》の売声《うりこゑ》もせはしく・餅突《もちつ》く宿《やと》の隣に・煤《すゝ》をも払はず・二十八日迄髭《ひげ》もそらず・朱鞘《しゆさや》の反《そり》をかへして・春迄待といふに・是非にまたぬかと・米屋の若い者を・にらみつけて・すぐなる今の世を・横にわたる男あり・

（傍線論者）

朱鞘の腰の物を差し、借金取りに来た米屋の若者を相手に「切り殺すぞ」という態で刀の反りを返す。何とも傍若無人な振る舞いである。年の瀬というのに、正月準備など何一つしない。髭も剃らない――詳細は省くが、これらは個性的な人物造型というよりは、むしろ近世初期に見られた旗本奴や町奴の風俗をそのまま写したもので、類型的な描写の域を出ていない感がある。西鶴の描く浪人像を一瞥すると、本話のように、町人に対して横車を押し無理な世渡りをする例は少なくない（『世間胸算用』巻一「長刀はむかしの鞘」、『西鶴織留』巻五「具足甲も質種」など）。

内助の人物造型の中で一際目を引く「朱鞘」の例を挙げておこう。『好色一代男』巻一「尋ねてきく程ちぎり」で、世之介が撞木町の遊女の父を山科に尋ねる条には、

なをたづねゆかんと・里に行きてみれば・柴《しば》のあみ戸に・朝顔《あさかほ》いとやさしく作りなし・鑓《やり》一すぢ・鞍《くら》のほこりをはらひ・朱鞘《しゆさや》の一こしをはなさず・

とある。朱鞘の刀を差す武士は、『男色大鑑』巻二「雪中の時鳥」にも見える。いずれも浪人で、この刀を武士の命とばかりに後生大事にしている設定である。朱鞘の刀は、輝いていた時代の象徴でもある。博物館などで現物を目にすることがあるが、梨子地蒔絵に較べると大分薄手な印象である。年代物となれば、時代遅れの感がまとわりつく。要するに、「朱鞘」の刀は、際立った個性に通ずる刀のつくりではなく、カブキ者の風俗をかすめたいささか時代遅れの、典型的な浪人を造型する手段の一つと言えよう。なお、その朱鞘の「反りを返す」とは、刀を抜く構えになること、相手を殺す意志を意味するわけで、ここには内助の特異性が見える。仲間に見せる顔とのギャップの大きさを示すには甚だ効果的な言動である。しかしこれも、諸例を見ると無頼者の日常の一齣として読むこと

が可能な範囲と考えられる。

以上、主人公内助の人物造型については、存在感はあるものの類型的表現の枠内にある、と捉えるのが妥当であろう。物語を牽引し増幅させる役割を担うべく、確とした人格を与えられた人物であるとは言い難い。類型的浪人像を登場させることによってこそ、本話の軽さが保証される側面があることを見落としてはなるまい。

〈主題〉

次に、主題について考えておきたい。本話に何らかの主題と言えるものが用意されていると仮定するならば、目録小見出しに明示された「義理」を無視するわけにはいくまい。検討しておこう。

前半に描かれる、町人に対する横柄な態度及び義兄から届いた思いがけない十両包み、という二つのエピソードは、「義理」に帰属する話材とは言い難い（「義理」を主題として咄が設計されたのであれば、前半部分は単なる導入に過ぎないことになる）。続く山場には、貧しい暮らしの中でも、仲間うちに限っては礼儀や誠実さを重んじる浪人群像が描き出される。彼らのやりとりには、傲慢さや私利私欲の色が皆無である。「義理」に基づく浪人仲間の言動は、それぞれが正義感に満ちてはいるが、冷静に観察すれば、その内実は自己満足であったり、仲間の迷惑を考慮するゆとりのないものであったりする。互いを思いやる登場人物たちの言動は空回りし、新たな難題を生み出して事態の混迷を招いていく。事態の終結を導いて価値ありげな印象を残すのは、最後になって絞り出された内助の「機知あるいは智恵」の方である。「義理」は、咄の着地点には置かれていない。

以上、本文に即してみれば、目録に提示された「義理」は、大幅に笑いや皮肉の方向に転換された意味合いを持つものであり、同時に話材の一部（仲間同士のやりとりの部分）にのみ関わるものであると言う他はない。エピソードの連なりからなる咄の構造上から見る限りでは、「義理」は、全体を貫く論理あるいは全体をそこに収斂させていく主題としては、機能していないことが明らかである。

それでは、「義理」以外の語彙が主題に成り得るだろうか。「義理」を俎上に載せた際、咄の流れを説明する上で「礼儀・誠実さ・正義感・機知・智恵・笑い・皮肉」などといった語彙を用いた。これらの語彙の何れかを主題と考えることができるかと言えば、一つ一つについての検討は省略に従うが、やはり無理がある。一つのエピソードが閉じると、新たに別なエピソードが登場し拡散していこうとする構造の中では、咄自身が動きを持ち、一つの語に収斂していくことを拒んでいるからである。今日的な意味での作品の主題を抽出する試み自体が、甚だ困難な作品なのである。

以上、個性的な登場人物や明確な主題が存するといった近代的な捉え方が、読みの前提として一部に見られることに疑問を呈した。それでは一話を貫く縦糸は皆無かと言えば、縦糸の用意は備わっている。一つは、類型的とはいえ中心となる人物（浪人）を登場させ、彼をめぐって時系列にそった展開を用意していることである。但し、物語の増幅を担うことができるような個性を持った独自性の強い人物造型とは言えないことは、先に見たとおりである。また一つは、規定された場所と時間の枠組を設定していることである。一年の総決算期である歳末と、品川の宿場。この二つの定点が、本話の緊張と密度とを保つ重要な要素となっている。以上の他に、この咄の重要な縦糸になっているものが、冒頭で触れた「咄全体を貫いている論理」である。次項において、この点を詳しく述べていきたい。

2　全体を貫く構造論理――「算用が合う、合わない」

「一話を貫いている論理」とは、何か。結論を先に言えば、章題に含まれている「あはぬ算用」こそが、この縦糸、すなわちいくつかの話材（エピソード）を繋ぐ一話の構造論理になっていると考える。

274ページに掲げる表は、内助の側から展開を追った場合の咄の流れと、金の動きに焦点を当てた場合の展開とを対比させたものである。一つ一つの情景に応じて、金の動きが配されていることが明白である。以下、「金」の動きの方に焦点を当て、「算用が合う、合わない」に注目して咄の展開を詳しく追ってみよう。便宜上、咄の流れに沿って1～7の番号を付して説明を加える。

1　生活の「算用が合わない」浪人が、掛取りに対して横車を押す歳末風景――掛取りの側も内助の側も共に歳末の「算用が合わない」（不足）ことで、咄の幕が開く。

2　内助は、歳末に届いた義兄からの合力金十両によって、思いがけず「算用が合う」。

3　金包みの上書きに凝らされた趣向を披露する名目で、仲間を招待する。年越しの「算用が合った」幸運を皆で言祝ぎ、酒が重なる。包みが破れる。

4・1　宴を閉じようと鍋・蓋を片付け、裸金になって散らばった小判をしまおうとして、一両の不足に気づく「算用が合わない」（不足）。

4・2　一両の不足をめぐって、内助は辻褄を合わせようと言い繕いをする「算用を合わせようとする」（言葉）。だが、客の方は帯を解き捜索と身晴れに向かう「算用を合わせようとする」（動き）。

4・3　三人目の客が、疑いを招く恐れのある一両を所持「算用が合う」（見掛け上）。自害しようとする。

5　別な客が「小判はここにあった」と一両を投げ出す。この機転によって窮地が救われ「算用が合う」。
6・1　台所から内助の妻が重箱の蓋に付着した一両を持ってくる「算用が合わない」（余剰）。
6・2　増えた金を言祝ぐ「算用が合わない」（余剰）。
6・3　内助の呼びかけと謬着化「算用が合わない」（余剰）。
7　内助の工夫。余剰金が消え（持主に戻り）「算用が合う」。

以上列挙したように本話は、金額の多寡、不足と余剰、シチュエーションの変化、言葉と行動など多様な要素を織り込みながらも、実は「算用が合う、合わない」というエピソードの連なりから成り立っている。この点に注目して全体を見直すと、「大晦日はあはぬ算用」という咄の構造が明確になる。「合わぬ算用」、「合う算用」、「合わぬ算用」……と続けてきて、最後に「合わぬ算用」が「合う」ことで一話の結着がつき、咄が終わるのである。武士の義理咄と読めるが、視点を変えれば、「算用が合う、合わないの話」の積み重ねでもある。そこに「武士の義理咄」を取り合わせている、という見方が可能となろう。

3　モチーフと、その素材

本話で利用されている複数のモチーフの中には、話型や趣向がパターン化し定着しているものが含まれる。はじめに、次ページの表に示す素材欄「ア・イ・ウ」の話型及び趣向について、説明を加えておく。

ア　町人に対して横車を押す六方者の風俗を取り込んだ浪人像の類型（上述 第二節**1**〈内助の造型〉）。

	内助の側から見た展開	**金に焦点を当てた場合の展開**	**算用**	**素材**
1	師走、借金取りへの横車	歳末の掛取り金	×	ア
2	義兄からの合力	貧病の妙薬の金十両	○	イ
3	浪人仲間を招待、宴席	披露された金包みの趣向、包みが破れ、裸金の回覧へ	○	① ↓
4.1	第一の事件発生（不足）	紛失した一両	× ↓	② ↓
4.2 4.3	内助…初めから九両だったという 客…帯を解く	紛失した金を巡り、算用を合わせようとする主と見晴れを証明しようとする客	○ ↓ × ↓	③ ↓ ④
4.4	（→失敗）客の一人が切腹しようとする	疑いを招く一両…小柄の代金所持	△ ↓	
5	仲間を死から救う客の機転	窮地を救う一両	○	
6.1	（→失敗）第二の事件発生（余剰）	重箱の蓋に付着した一両	× ↓	⑤ ↓
6.2	客の言祝ぎ	増えた金	× ↓	⑥ ↓
6.3	内助の呼びかけ（→膠着化）、夜がふける	持ち主不明の一両…場の動きを止める	× ↓	⑦
7	内助の提案と工夫（→解決）	客の手（本来の持ち主か）に戻る金	○	ウ

○**「算用」の欄**の記号は、外見上の算用が「合う○、合わない×、どちらともいえない△」を示す。

○**「素材」の欄**の「ア・イ・ウ」は話型・原拠があるもの、①～④及び⑤～⑦は、論者が本話のオリジナルな趣向と考えるもので、それぞれの内容については次項及び次節で扱う。

○ 矢印は連動・継続を表す。

イ　薬袋の効能書をもじった趣向。

『可笑記』巻二、大江文平の話が素材（重友毅「西鶴諸国咄二題」一九六一年（昭35）9月）。同想の話は、『一休諸国物語』巻二ノ六、『秋の夜の友』巻三にもある（岡雅彦「西鶴名残の友と咄本」一九七三年（昭48）7月）。

ウ　一人ずつ立たせて帰らせる機転。

西鶴の後の作品『本朝桜陰比事』巻一「太鼓の中はしらぬが因果」に、被疑者に知られぬようにして個別に真実を探る奉行の機転を適用した好例がある。(5)なお、公事訴訟の類では被疑者一人一人を秘密裡にかつ個別に吟味する例は、和漢共に先例を特定し得るような特別なものではないと考える。犯人捜しという方向ではなく、善意の持主（小判を投げ出した人物）にその金を返すための工夫として個別に帰らせる策を考え出したところが、本話の工夫である。

一方、『智恵鑑』・『堪忍記』に取られる「楚の荘王の話」――女の袖を引いた狼藉者を、臣下全員の冠の緒を切らせることで庇った処置――に、本話との共通性を見出すことができるという指摘がある（吉江久彌前掲論文一九七四年（昭49）3月）。特定の一人の行為を一座の各人の直視から遮蔽した、という点で本話との共通性を見ようとする説であるが、素材源と断定するには意図や行為などに若干の疑問が残る。

作者の素材袋の豊かさや取り合わせの確かさを楽しむという読み方からすれば、右に見たような周知の話型や趣向をうまく当てはめた部分を通して、素材探しや謎解きのおもしろさが増す効果が生まれることは明らかである。

三　盗賊配分説話の利用

これまで、「算用が合う、合わない」が、本話を貫く論理であることを指摘し、先行する話型及び趣向にも触れた。しかし、それだけでは、本話の山場となる部分の説明がつかない。すなわち、仲間うちで金包みの趣向を楽しむうちに包みがほどけて裸金を回覧することになる展開や、その小判が一枚紛失すること、更には自らの身の潔白は勿論のこと、仲間の中には盗むような人間はいないはずだ、という浪人達の確信、その確信に基づいて次々に仲間の間のやりとりが進行し新たな課題を生み出す、といった本話の中心話題となる諸要素（表の①〜④）が説明できない。この点を補う材料として、新資料『盗賊配分金銀之辯』(6)の中の、西鶴が利用した可能性のある部分を含む盗賊配分説話を提示してみたい。なお、同資料については巻末に翻刻紹介を付しているので、参照されたい。

1.『盗賊配分金銀之辯』

本話と直接繋がりを持つと考えられる部分を以下に示す（［ ］は原本朱による加筆、（ ）及び「」『』は論者による補足）。

アル所ニ。童［ヘ］共寄［リ］合［ヒ］。物‐語シ居ケル中《［ナカ］》ニ。一‐人語ケルハ。「盗‐人金ヲ盗［ミ］取テ。同‐類寄‐集［リ］。頭《［トウ］》‐取《［ドリ］》ノ大‐将。下‐知シテ。配‐分ニ及フ時。小‐判小‐粒ノ中《［ウチ］》ニ。二‐朱‐判一ッ交《［マジリ］》リアリ。各等‐分ニ。分ケ与ヘテ後ニ。『カノ二‐朱（1オ）‐判ハ』ト問ヘバ。『コヽニモ無シ。カシコニモ見ヘズ』ト云テ。兎‐角出ズ。『今迄爰ニ有シ』ト。尋レドモナシ。其[ノ]時。頭-取アキレテ。『サテモ不-審也。此-中ニ。手ノ早キ者ハ。ナキガ』ト云[テ]。笑テ。分-散セシ」ト語テ。笑ヒト(゛)ヨメキヌ。

盗人仲間が寄り集まって金品の分配をする。等分に分配が終わったところで、今までそこにあった二朱金が紛失していることが判明した。手下に尋ね、探しもしたが出てこない。首領はすべて見通した上で、「仲間内に盗人はいないはずだが。」と言ってそれ以上は追及しなかった、という笑い咄である。当該本では、頭目の言葉を文字通りに解することで盗賊集団の視野狭窄を断じ、「自分たちの有り様を客観視できない」当世学者批判・半可通批判に繋げている。一方、盗賊達の戦利品分配中に紛失した「二朱判」は元禄十年（一六九七）六月に始めて鋳造されたもので、この時のものは宝永七年（一七一〇）四月まで通用していたとされる。従って、盗賊金銀配分説話は、元禄十年以降十数年の間の話ということになる。

『盗賊配分金銀之辯』自体は『西鶴諸国はなし』の三〇年後の資料であるが、同種の笑話が既に『醒睡笑』（広本系写本）にみえる。次に引用しておく。

盗人物をとりすまして、人なき所にあつまり、それ〳〵に資財《しざい》をわけどりにしけるが、唯今までありつる身のぐひかゝ見えぬ、いな事やといふ。一人つらをふり〳〵、あらふしんや、誰もこのうちに、ぬすミさうなる者はないにと。(7)

（『醒睡笑』巻四「そでない合点」第一七話　寛永五年（一六二八））

この咄がさらに江戸後期まで命脈を保っていることは、『民和新繁』「盗人の寄合」（安永十年（一七八一））に、

「これほどの心底を明かし合ふた中に、盗人があらふとは思はぬ」の例があることなどから知ることができる。

以上、盗賊の仲間うちで分捕り品を分配している最中に何かが紛失し（実は分捕り品の一部を誰かが盗んだことはわかっているという状況の中で）、自分たちが盗賊なのに仲間を信頼して、「この中に盗人はいないはずだ」という、この種の笑話は近世初期から知られる。西鶴も周知であった可能性が高い。

2. 説話との接点

「大晦日はあはぬ算用」の浪人と「盗賊配分説話」の盗賊とは、フィクション化の際の人物造型の仕方が奇妙に類似している。以下では、両者の共通点及び接点に触れておこうと思う。なお、論述の都合上、前掲表（274ページ）の**素材欄**に掲げた①〜⑦の数字及びア〜ウの記号を併記しておく。

- まず集団の特性であるが、何れも仲間内の信頼や結束が固い集団として描かれることが挙げられる（浪人に置き換えると「義理堅さ」が加わる）。社会的に見れば、各構成員が他に帰属する場を持たない特殊な集団であることも共通する。
- どちらの咄においても、仲間が車座になって裸金を回しあう、という非常に特異な状況が生まれる（①）。「大晦日」では酔余の出来ごとと推定されるものの、世間一般ではありえない状況である。その中で共に金銭が紛失する（②）。
- 紛失した金をめぐって、両者ともにどこかに紛れていないかを探す場面が挿入される（「大晦日」では、浪人達は着物を脱いで探す④）。

・その後、「盗賊説話」では、座を差配している者が、「仲間内に盗人はいないはずだ」として、その場を収める。「仲間内に盗人はいない」という論理は両者に共通するが、「大晦日」では、座を収めようとする言動（③）が新たに難題に繫がってしまう（「大晦日」では、そこから更に展開し、「不明な余剰金」のモチーフ（⑤・⑥・⑦）や「犯人捜しの場などに用いられる機知」のモチーフ（ウ）などを取り込んで広がりをみせる）。

・犯人を追及しない頭領と、「はじめから金子は九両で、自分の勘違いであった」と仲間をかばう、あるいは穏便にすませようとする内助の言動（③）に、共通するものがある。

・単なる行為の描写を越えて、狭い範囲でしか通用しない仲間内のみの相互理解や共通言語、心情が見える（なお、盗賊咄と人情はなしとの融合は、先行例が見られる。(8)『西鶴諸国はなし』巻三「蚤の籠ぬけ」に登場する盗人にも、心の動きが垣間見られるところである）。

以上、二つの咄の接点を列挙した。「大晦日はあはぬ算用」の前掲表④の部分を、本文に即して補足しておこう。客の一人が身の潔白を証明しようとして始める④の行為であるが、これは仲間の誰かを不利な立場に追い込むことになる可能性が高い提案である。だがこの時点では、たまたま金を持っている仲間がいるかもしれない、とか、犯人を追い詰めることになるかもしれない、などと考える余裕はない。浅い考えだが、「我々の中に盗人はいないはずだ」、「自分は潔白だ、他の仲間だってそうに違いない」という確信から出た発言である。笑話「盗賊配分はなし」の設定自体をずらして浪人仲間に置き換えると、「外では横車を押しても仲間内では義理堅い、仲間内に泥棒はいないはず」と、一途になる。だからこそ、次に想定外の事が起きたときに、結束の固いメンバーは、全員が難題に立ち向かわねばならなくなる。仲間内に盗人はいないという論理は、我々浪人仲間に裏切り者はいない、窮地に陥った仲間がいれば我が身の損得を省みずにかばい立てをする、という武士の行動へと飛躍していく（なお、前述した「算用が合う、合わない」という構成論理から見ると、この飛躍こそが次のターニングポイントを作り出すための装置となる）。

ところで、『盗賊配分金銀之辯』では、この咄が「童〔ヘ〕-共寄〔リ〕合〔ヒ〕、物-語シ居ケル中〔ナカ〕ニ、一-人語ケルハ」として紹介されていた。子供達の話題という設定が不自然にならないほど広く知られていた咄ということになる。とすれば、西鶴が「盗賊説話」を「浪人仲間」になぞらえた作意は、十分に解き得る謎掛けの範囲であったと思われる。盗人集団の笑い咄を浪人集団に置き換え、町人に対する態度との落差や金を前にして右往左往する武士群像のちぐはぐなおかしみに取りなし、更には前後に（イ）・（ウ）などのモチーフを加えて新たな咄を創作したのである。

但し、盗賊説話と武士（あるいは浪人）との距離は、かけ離れたものではない。参考例として、盗賊説話をもとに侍の心得に至る周知の『浮世物語』巻三「ぬす人の事」を示しておこう。唐士の三人の盗賊が、宝物の分配に際し互いに一人占めをねらって、一人を谷底へ突き落とす。残る二人の飯の中には毒が盛られており、結局三人とも死に至る。この盗賊分配説話の末尾におかれた評の一部を、次に引用しておく。

そのごとく、（武士も）軽薄《けいはく》・表裡《へうり》をいたす事、主君の気《き》に入りて物をもらひ、知行《ちぎやう》の加増《かぞう》をも給はらんと、たがひに目がけて、我《われ》、人をそしり、人、我をそしり、たがひにへつらひ嘘《うそ》をつく故に、天罰《てんばつ》あたりて、両方ながら身上《しんしやう》を滅却《めつきやく》する、かのぬす人のたぐひなり。されば荀子《じゆんし》がいはく、『士《し》《さぶらい》に妬《ものねた》む友《とも》ある時は賢《けん》なる友したしまず、君に妬《ものねた》む臣《しん》ある時は賢人《けんじん》いたらず』といへり。まことの侍《さぶらひ》は、人のよきをねたまず、人の悪しきをば隠してひろめず、おのれ他人の善悪《ぜんあく》を鏡として身をつつしみ、言葉をつつしみて礼《れい》あつく、心だて正直《しやうぢき》なり。

この例の他、言葉の上で両者の連想関係が案外に近いものであることは、『類船集』の付合「浪人—盗人」からも窺い知ることができる。西鶴が盗賊説話をもとにして浪人咄に置き換え、咄を創作したと推定しても、あながち突飛な発想ではなさそうである。

3　取り合わせの工夫

これまでに、咄全体を貫く論理があることを指摘し、各部分を構成しているモチーフとその素材源とを分析してきた。金を巡る歳末の浪人群像の咄に「盗賊説話」を取り込む着想が、一篇の核となっていることも確認した。ここでは、西鶴がそれぞれのモチーフを活かし、組み合わせた際の工夫に触れておきたい。

論理の柱は「あはぬ算用」である。ここで想定される話材は、まずは大晦日の収支決算であり、掛取りとのやりとりであろう。又、個々の日常レベルでは、損益勘定が日々ついて回る。金の紛失といった突発事故も、「あはぬ算用」の想定範囲である。反対に不明な余剰金が生じることも起こり得る。フィクションで取り上げられたり表面化したりすることはほとんどないのであるが、商人の日常業務の中ではありがちな事態である。そこを「あはぬ算用」の一齣として、一話の中に自然に取り込んで見せたことが、本話の新しさの一つと考える。

そもそも、金包みの趣向「貧病の薬」という第一モチーフの契機を抜きにしては、続く「裸金の回覧」という盗賊説話を基にした非現実的な設定が説得力を持たない。従って、続く「小判の紛失」・「不明な余剰金」という主要モチーフも積み重ねることができないことになる。以上並べてみれば、「算用が合う、合わない」という連結論理のもとで挿話が緊密に繋がり、次のモチーフを呼び込んでいる構造が見えてこよう。次に、こうした構成の諸要素を示しておく（※は西鶴のオリジナルな着想）。

①　あはぬ算用

・大晦日の収支決算
・金の紛失
・（損益勘定）
※不明な余剰金の発生

②　「仲間うちの義理」が生きる集団

・信頼や結束が固い
・狭い擬似共同体
・人間関係が長期にわたり存続している
・信条・目的などを共有している

右に挙げた①と②とを結びつけて、一つの世界を構築したと見ることが可能である。

四　咄の整合性とウソ咄の構築

先に取り上げたように、文末の表現「あるじ即座の分別、座なれたる客のしこなし」や目録小見出し「義理」と、叙述の内容とは必ずしもかみ合っているとは言えない。こうした枠組み上の不整合の他にも、展開上理屈に合わない、しかし読者は咄に引き込まれてその不合理性に気づかない、といった設定はいくつか指摘できる。

例えば、近年杉本氏が指摘された（前掲論文二〇一〇年（平22）5月）ように、「重箱の蓋に小判が張り付く」という設定が不合理である。本文に即してみると「山芋の煮しめを饗したが、その湯気で小判が蓋に張り付いたのだろう」ということになっている。山芋は、生で摺り下せば粘りが生じるが、煮しめにすれば粘着性はなくなる。だが事態の急転に巻き込まれた読者は、山芋からイメージして、いかにも小判が張り付いてしまう可能性もあるのではないか、と咄に乗せられてしまうわけである。ここは論理的に考えれば、杉本氏の指摘にあるように、暗がりの中、酔っぱらった客達が裸金を回し見るうちに、一枚が料理の重箱の蓋の上に置かれた、と考えるのが場の状況としては妥当であろう。だが、その理屈よりも「一両の金が偶然に不可抗力で室外に持ち出された」誰の落度と特定はできない。そして、後にそれが不自然さを伴うことなく発見された」という設定が確保でき、読者が理屈や事実に気づかないこと（理屈に気づくことによって読みが固定される方向を避けること）をねらったのではないだろうか。

咄の流れに説得性を持たせるのに、重箱の蓋に載る小判を描いた挿絵も一役買っている。「江戸に住みかね、品川の藤茶屋のあたりに棚かりて、朝の薪にことをかき、夕の油火も見ず。」といった極貧の生活を送っている内助。更に「くづれ次第の、柴の戸」といった描写などからすると、当該の挿絵はいかにも不釣り合いに感じられる。だが、逆に絵の舞台が長屋だとすれば、裸金を扱うこと自体がより不自然になる上に、武士の矜持が保てない怖れが生じる。また、別室で重箱の小判を発見する必要性があること、挿絵の分量が本書の構成上見開きを要求していること（第二部第一章参照）、下げ髪の女が長廊下を歩く、あるいは何かを運ぶ図は先行例があり取り入れやすいこと(9)なども、確かにこの挿絵の構図に関係しているであろう。だがそれ以上に、挿絵にはウソ咄の部分に気づかせないための目眩ましの一つになり、咄の流れを支える役割があったのである。

次に「年忘れの会」の設定について、その整合性を考えてみたいと思う。結論を言えば、年忘れの会そのものを大晦日の夜の話とするには無理がある。これまで諸論考においては、内助とその仲間の年忘れの会を章題の通りに大晦日の夜と捉え、論じられてきている。しかし、もし年忘れの会が大晦日であったとすれば、客達は夜更け鶏が鳴いてから、すなわち新年を迎えてから家に帰ったことになってしまう。それぞれが抱え込んだ「あはぬ算用」が年を越すこと自体が不自然である。年内に解決しなければ自己矛盾が生じる。また、貧しい暮らしをしている仲間の浪人の中には、一両小判を持ち合わせた者が少なくとも二名いたわけだが、それらは年末の支払い用に工面されたものであるはずだ。一切を棚上げして新年を迎えるまで仲間の家にいるという設定は、たとえ予想外の膠着状態が生じたとしても、おかしな話である。「それすらも、世間と隔絶した浪人らしさである」と言って言えないこともないが、やはり強引な解釈だろう。理屈どおりでなくても良いと言ってしまえばそれまでだが、ここは大晦日の前日か前々日を想定しておくのが妥当であろう。

本文には、内助は「二十八日まで髭も剃らず」とある。しかし、「大晦日の三十日に人々が集まった」という記述はどこにもない。テキストに従えば、二十八日に咄がスタートし、その日、あるいは二十九日に人々が集まった（小の月であれば二十八日）とするのが、整合性のある読みということになる。しかし、章題が「大晦日はあはぬ算用」となっていることや、最も切実な決算日が大晦日であるという事情から、読み手は、中心話題となる浪人仲間の集まりが大晦日当日と錯覚してしまう。西鶴の咄に乗せられ、実際に大晦日に人々が集まったと感じ取ってしまうわけである。ここは、「大晦日は算用が合わず、毎年のことながらみんなが苦労するものだ」という一般の認識が、咄の整合性よりも優位に立っている。（上述した「算用が合う、合わない」というエピソードの連なりに即して、「あはぬ算用」にフォーカスすれば、自ずからタイトルには「大晦日」が選ばれる）。読者の陥るこうした錯覚は、西鶴の語りの上手さによるものと言えよう。

以上、「山芋の煮しめ」と「大晦日」とを取り上げて、緊密に構築されているように見えるこの咄の中にウソ咄の要素が含まれていること、及び読者は語り口に乗せられ、矛盾を感じるいとまもなく一気に結末に導かれることを指摘した。話のスピードによって、不合理性は置き去りにされているのである。こうした特徴は、軽口咄らしさの一端を担う要素と考えられる。

五　おわりに

『西鶴諸国はなし』巻一「大晦日はあはぬ算用」を、西鶴の創作方法に注目して読み直してきた。新たに盗賊説話を本話の素材として提唱し、「盗賊説話」を「金を巡る歳末の浪人群像の咄」の中に取り込む着想にこそ、西鶴

の作意があるとした。その中で、

・主題や主人公は十全には機能していないこと
・咄全体を貫く論理が「算用が合う、合わない」にあり、そこに当てはまる様々なエピソードを繋ぎ合せていること
・咄の主眼は、盗賊説話から発して、歳末の掛取り、不明な余剰金など複合的にとらえた「あはぬ算用」を、「仲間うちの義理」が生きる浪人集団と結びつけた西鶴の奇想にあること

を明らかにし、一見したところ首尾一貫しているように見える本話の中にも、たくまれたウソ咄の要素があり、一つの方向性で読まれることを拒否している側面があることにも触れた。虚実入れまぜにした西鶴の語りの妙と軽口の気分とを、いくらかでも抽出できたのではないかと思う。

第二節において、内助の人物造型は類型的であると述べた。しかし、思いがけない方法で金が手に入ったことへの内助の反応や、特殊集団である浪人仲間の会話と動きなどが時間を追って描かれることによって、本話は結果的に行間に世の人心（人の不思議さ）を読み込める作品になっている。西鶴が意図的に世の人心を描こうとして人物造型を目論んだかどうかは即断できない。しかし、論者はウソ咄の中にあるこうした作品の豊かさを否定するものではないことを、最後に付け加えておきたい。

注

（1）例えば、湯沢賢之助氏は前掲論文において、小見出し「義理」について、「（義理をめぐる人間模様という程度の）一つの話柄であり、読みの方向を決定づける価値観を提示したものではない」という立場を表明している。
（2）本文と評言との齟齬をめぐる問題、末尾に曖昧さを含む表現形態を選択している理由、評言と目録小見出しの枠組みとしての機能などの諸問題についても扱うべきであるが、紙幅の関係もあり別の機会に譲ることとする。
（3）町奴や旗本の風俗についての詳細は次の二論考に譲り、ここでは繰り返さない。
・北島正元「かぶき者―その行動と論理」一九七七年（昭52）2月
・栢原昌三『旗本と町奴』一九二二年（大11）3月
（4）この他、西鶴作品には、手内職などによって細々と生計を立てながら町人に同化して暮らす浪人や、ほとんど餓死寸前の貧しい暮らしをする浪人も描かれる（『本朝二十不孝』巻五「古き都を立出て雨」など）。
（5）『本朝桜陰比事』巻一「太鼓の中はしらぬが因果」。窮地に陥った仲間に対し、織物職人仲間十人が集まって「一升枡に十両ずつ一人一人投げ入れ」併せて百両の援助をする。金は「恵比寿棚に上げて酒宴」になるが、「小判は紛失」。「身晴れに」と騒ぐが未解決。奉行の慧眼によって証拠があがり、合力した仲間の一人が百両盗んだという真相が明らかになる。
（6）京都大学文学研究科図書館蔵の写本「恕子」作　正徳五年（一七一五）三月成立。
（7）「身のぐひ」は不詳だが、自分の取り分の衣類であろう。

（8）盗賊の心情に目を向け、会話を通じて咄に取り込んでいく傾向は、既に『噺物語』下の二「盗人のはなし」・「安養の尼物語」などに前例が見られる。
（9）『好色一代男』巻一の一の挿絵参照。

第二章　巻一「見せぬ所は女大工」考

見せぬ所《ところ》は女大工《だいく》

A　道具箱《どうぐはこ》には・錐鉋《きりかんな》すみ壺《つぼ》さしかね・㒵《かほ》も三寸の見直《なを》し・中《なか》びくなる女房《によばう》・手あしたくましき・大工《だいく》の上手《じやうず》にて・世を渡《わた》り・一条小反橋《ぢやうこぞりはし》に住《すみ》けると也・都《みやこ》は広《ひろ》く・男《おとこ》の細工人《さいくにん》もあるに・何《なに》とて女を雇《やとい》けるぞ・されば御所《ごしよ》方《かた》の奥《おく》つぼね・忍《しの》び帰《かへ》しのそこね・または窓《まど》の竹《たけ》うちかへるなど・すこしの事に・男は吟味《ぎんみ》もむつかしく・是に仰《おゝ》せ付られると也・

B　折ふしは秋《あき》もすゑの・女郎達案内《じよろうたちあんない》して・彼大工《かのだいく》を・紅葉《もみぢ》の庭《には》にめされて・御寝間《ねま》の袋 棚《ふくろだな》・ゑびす大黒殿《だいこくでん》迄・急《いそ》ひで打《うち》はなせと・申わたせば・いまだ新《あたら》しき御座敷《ざしき》を・（5ウ）」「こぼち申御事はと・尋《たづ》ね奉《たて（まつ）》れば・

C　『不思議《ふしぎ》を立るも断《ことわり》 也・すきにし名月《めいげつ》の夜《よ》・更行《ふけゆく》迄奥《おく》にも・御機嫌《ごきげん》よくおはしまし・御うたゝねの枕《まくら》ちかく・右丸左 丸《みきまるひだりまる》といふ・二人の腰本《こしもと》ともに・琴《こと》のつれ引《びき》・此おもしろさ・座《さ》中眠《ちうねふり》を覚《さま》して・あたりを見れば・

D　天井《てんじやう》より・四つ手の女・㒵《かほ》は乙御前《おとごせ》の黒《くろ》きがごとし・腰《こし》うすびらたく・腹這《はらばい》にして・奥《おく》さまのあたりへ・寄《よる》と見へしが・かなしき御声《こへ》を・あげさせられ・守 刀《まもりかたな》を持《もち》て・まいれと仰《おゝせ》けるに・おそばに有《あり》し・蔵《くら》之助《すけ》とりに立間《ま》に・其面影消《そのおもかげきへ》て・御夢物語《ゆめものがたり》のおそろし・我《わが》うしろ骨《ほね》と・おもふ所《ところ》に・大釘《あふくぎ》をうち込《こむ》と・おぼしめず《（ママ）》よ

り・魂《たましゐ》きゆるがご（6オ）」「とく・ならせられしが・されども御身には・何《なに》の子細《しさい》もなく・畳《たゝみ》には血《ち》を流《なが》して有しを・

E　祇園《ぎをん》に安倍《あべ》の左近《さこん》といふ・うらなひめして・見せ給《たま》ふに・此家内《やない》に・わざなすしるしの有べしと・申によつて・残《のこ》らず改《あらた》むる也・用捨《やうしや》なく・そこらもうちはづせ』

F　と・三方《ばう》の壁《かべ》斗《はかり》になして・なを明《あかり》障子《せやうじ》迄・はづしても・何《なに》の事もなし・心に掛る物は・是ならではと・ゐいざんより御きねんの・札板《ふだいた》おろせば・しばしうごくを見て・いづれもおどろき・壱枚《まい》つゝはなして見るに・上《うへ》より七枚下《まいした》に・長《たけ》九寸《ばかり》の・屋守《もり》・胴骨《どうぼね》を金釘《かなくぎ》にとぢられ・紙程薄《かみほどうすく》なりても活《いき》てはたらきしを・其まゝ煙《けふり》になして・其後《のち》は何《なに》のとがめもなし

一　はじめに

本章は、『西鶴諸国はなし』巻一「見せぬ所は女大工」を取り上げ、これまでの諸説を検討しながら「守宮」・「御所方」・「女大工」といったキーワードの持つ意味を検証し、西鶴のたくらみという視点からその創作方法を明らかにしようとするものである。

「見せぬ所は女大工」の全文は章頭に挙げたとおりである。但し、便宜上全体をA～Fの六つに分け、鉤括弧を付した。

この咄で西鶴は、一般の人の知ることのない御所方の奥向きに場を設定して守宮の怪を描き、「女大工」という珍らしい職業を取り合わせて、その女大工に見顕わしの役を担わせている。全体の枠組みとしては、伝統的な「英雄による化け物退治」をなぞっていることが了解されよう。

以下では、右の構想が担う意味を探りながら、改めて一篇を読み解き、本話に込められた「西鶴のたくらみ」に迫りたいと思う。

二　典拠論をめぐって

本話は、『諸国はなし』一書の中でも比較的取り上げられることの多い咄である。典拠に関する論考が多い中で、「生き物が金釘に綴じられても生きていた」という興味の中心をなす奇談については、早くに類話が指摘され、それらを本話の原拠と見做す説が定着しているように見受けられる。一つは、後藤興善氏が「『古今著聞集』と西鶴説話」(1)（一九四二年（昭17）12月）において指摘された、『古今著聞集』「魚虫禽獣」の「渡辺の薬師堂にて大蛇釘付られて六十余年生きたる事」という話であり、もう一つは宗政五十緒氏がこれに付け加える形で「『西鶴諸国はなし』のあとさき」（一九六九年（昭44）4月）で提示された、『醍醐随筆』の「百足が護摩札の下に釘で打ち付けられながら二十余年生きていた」という主旨の記事である。始めに、この二つの典拠論を検討しておきたい。

1　『古今著聞集』の説話

まず、『古今著聞集』の説話を原拠とする後藤説を取り上げる。これは、『古今著聞集』の、先に挙げた生き物の奇談「大蛇釘付られて六十余年……」と、その直前に配された夢中の怪を描く「摂津国ふきやの下女昼寝せしに大蛇落懸かる事」の二話が、そのまま本話の中心話材と重なることに注目し、西鶴がこの二話を基にして「見せぬ所は女大工」を創作した、とするものである。本話の骨組みが十全に説明できるため疑念を挟む余地がなく、以降、諸注釈に踏襲されることとなった。(2)また本話の作品論・典拠論も、同説を土台として展開してきた側面があると言えよう。(3)

しかし論者は、「近年諸国はなし」と銘打って新しい「諸国はなし」を書こうとしていた西鶴が、咄の創作にあたって、先行説話集の連続して置かれた二篇をここまであからさまに利用するだろうか、という素朴な疑問を拭いきれない。意外なものを結びつける着想のエネルギーといったものが、西鶴の咄作りの原動力と考えるからである。この疑問はさておくとしても、後藤説には書承年時の問題が残る。『古今著聞集』の刊行年次が元禄三年まで下るからである（近世初期の写本も何点か報告されてはいるが、西鶴本人あるいは周辺の誰彼が『著聞集』の写本を所持していた確証は薄い）。

その後、佐竹昭弘氏によって『宇治拾遺物語』と『古今著聞集』の両書から一四六話を抜粋した『昔物語治聞集』（貞享元年刊）が紹介された（『民話の思想』一九七三年（昭48）9月）。本話の原拠と見なされた上記の二篇は、巻一の十五に「くちなは針におそれし事」として、巻二の十に「薬師堂のくちなはの事」として、それぞれ収められている。藤江峰夫氏は、この書と本話との関係に言及され、本話の原拠を上記『古今著聞集』の二話と見なした上で、直接の摂取は『昔物語治聞集』によると考える方が無理がないとされた。(4)藤江氏の補説によって、『古今著聞集』原拠説は確定したかに見える。だが、果たして書承年時の問題は氷解したと言えるのであろうか。以下に問題点を挙げ、再検討しておきたい。

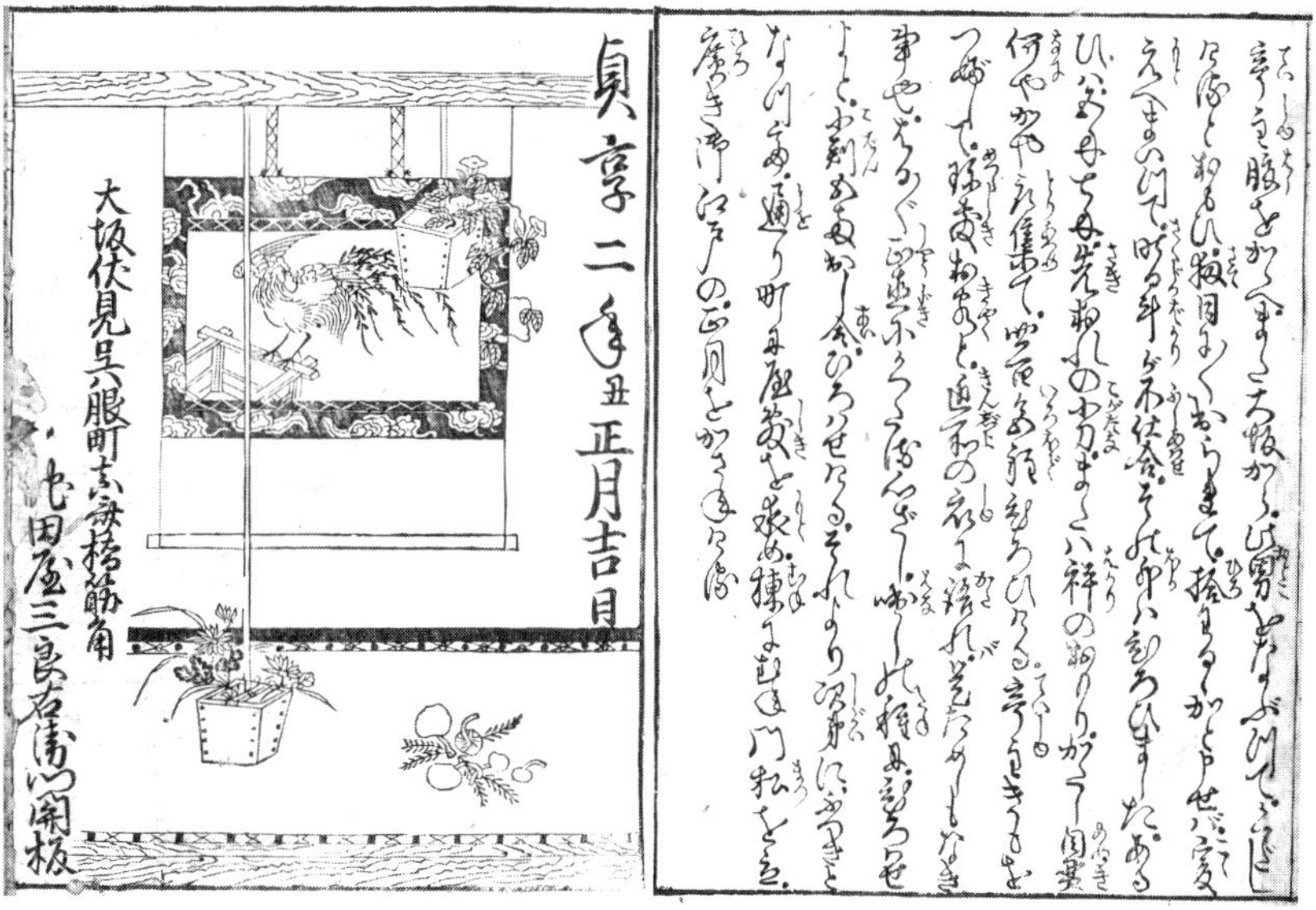

図１　『西鶴諸国はなし』巻五（16丁ウ・17丁オ）

管見の範囲では、『昔物語治聞集』は「貞享元甲子年十一月十六日　川嶌平兵衛　八尾清兵衛　開版」の刊記を持つもの（宮城県図書館伊達文庫蔵本）が早い[5]。一般に、初版本の刊記に記載された年時と実際の発売日との関係は詳らかではない。だが、八尾のように実績のある版元[6]が日付まで明示している場合、両者が大きく隔たることはないと推測する。

一方『西鶴諸国はなし』の刊記は、「貞享二年正月吉日」とある。「正月吉日」の範囲を推定することは可能であろうか。

『諸国はなし』巻五最終章「銀がおとして有」は、「棟にむね門松を立・広き御江戸の・正月をかさねける」という文言で閉じられる。浮世草子が祝言で終わることは常套とは言え、この文言には正月刊行を視野に入れた西鶴の意識が窺えるように思われる。刊記の背景には、**図1**（巻五17丁オ）に示すように床の間飾りが描かれる。刊記というより、床の間飾りを中心にして両脇に刊年と版元が配されている。

最終章「銀がおとして有」の挿絵を兼ねているため、よく見れば橙や若松ならぬ紅葉や秋の草花になっているとは言え、本書に新春の気分を添えていることは間違いない。刊記に絵を配すること自体珍しく、この形は意図的なものであると見るべきであろう。そうであれば、日付の正月「吉日」は新年を迎えた直後である方が、頌春を演出する巻末の効果は大きくなるはずである。

『諸国はなし』の実際の刊行時期を推定するもう一つの手掛かりは、同時期に西村から出された『宗祇諸国物語』（貞享二年正月上澣日刊）の存在である。この書は貞享二年（一六八五）正月刊の『改正広益書籍目録』に四冊本として掲出されており（実際には五冊本として刊行）、そこには一種の出版予告の意味合いが認められる。『宗祇諸国物語』の刊行予定は、あらかじめ一部には知られていたと考えてよかろう。競合関係にある本書の刊行にあたっては、西村に出遅れぬよう配慮が働いたことと思われる。

「正月吉日」刊行の書物と初商いとが明らかに結びつくのは、八文字屋本からである。だが本書の場合も、上述した巻末表現や刊記の挿絵、西村との競合などから、年が改まって間もない時期の刊行が予定されていたと推断することが可能なのではなかろうか。推測を重ねることになるが、場合によっては歳旦帳の例に見るように、前年の内の発売が予定されていた可能性もあろう。

一般に入稿から製本・発売までの一連の作業に要する時間は、順調にいって二カ月から三カ月と考えられる。(7)草稿執筆期間を含めれば、準備に要する期間が更に延びるのは言うまでもない。本書の場合、版元の池田屋が新興の本屋であったこと、池田屋を取り巻く大坂の出版業界もまた始発期と呼ぶべき段階であった(8)ことなどを考慮すれば、作業期間を大幅に短縮できたとは考えにくい。

以上を勘案すると、正月前後に刊行を予定されていたであろう『諸国はなし』の執筆にあたって、前年十一月十五日の刊記を持つ『昔物語治聞集』に見える記事を参照し得た可能性は、『古今著聞集』の本文を実見し得た可能性同様、低いと言わざるを得ない。

2　『醍醐随筆』と口承類話

次に宗政五十緒氏によって付け加えられた典拠である、寛文十年刊『醍醐随筆』の記事内容に目を向けよう。当該記事は、「百足が護摩札の下に釘で打ち付けられながら二十余年生きていた」というもので、中山三柳が「直接上林峯順に聞いた話」である。本文の一部を引く。

　或人家をあらためつくらんとて門をくづしけるに、家内安全護摩供など札多く打たるを取はなしたるに、札はかわれて《(ママ)》釘のこりたるをみれば、蜈蚣《ごこう》の一尺ばかりなる身の正中《まんなか》を釘にて打つけて有。……札に書たる年月を見れば、廿余年以前也。其蜈蚣いかにもすこやかにて、頭をあげ手足をうごかす。廿余年死せずしてかく生長するにや。

上林峯順は、『西鶴名残の友』にも名前が見える宇治在住の西鶴の俳友である。西鶴は書物を介さず、峯順から直接話を聞いていたとも考えられる。書承・口承いずれの経緯を取ったにせよ、この話は西鶴のもとに届いていた可能性が非常に高い。時代は下るが、同種の話が安永二年（一七七三）序『煙霞綺談』に見えることを、堤精二氏が「『近年諸国はなし』の成立過程」一九六三年（昭38）10月で紹介しておられる。類似の話は、三柳の身辺に限らず巷間に流布していたのではないかと推測する（時代は全く異なるが、論者は沖縄での報告例やシベリアでの類話を目にしたことがある。[9] いつの世にも有り得る奇談という印象が強い）。

入手経路が何であれ、「生き物が金釘に綴じられても生きていた」という奇談をキャッチした西鶴は、目録小見出しに明記するとおり「不思議」咄の一篇に仕立て上げた、として誤るまい。しかし、当該の類話を見るかぎり「金釘に綴じられても生きていた」奇談の主体は様々で、守宮に限るものではない。因みに入手経路として最も可能性の高い上林峯順（または『醍醐随筆』）による話では、主体は「蜈蚣」であった。では何故西鶴は、「蛇や百足、蜥蜴など」様々に伝わる事例を「守宮」に特定したのか。この問いは、当該話における西鶴のたくらみを探る上で重要な手掛かりとなろう。

三　何故「ヤモリ」なのか

1　「ヤモリ」の象徴するもの

古くから、守宮は雌雄の情愛が深いとされている。また『和漢三才図会』巻四十五では「守宮不多淫」としているが、その性質からか、中国では古くから「守宮を用いた呪法（女の浮気封じのまじない）」が行われてきた。この呪法は字書・注釈書・博物書などで「守宮」が説明されるときに必ず付随して語られる。そこではトカゲについて記す中で「在舎為守宮」のような記述が多いので、「守宮」は爬虫類の「有鱗目トカゲ亜目」の「ヤモリ」を指すことがわかる。「守宮」の呪法については、基法師が『妙法蓮華経玄賛』の法華経譬喩品「守宮百足　鼬貍鼷鼠」の「守宮」の説明中で、「以レ血塗二女人臂一必有二私情一洗レ之不レ落」と簡潔にまとめている。ただし外典（漢籍）のほうでは、「犯有るときには則ち血消滅す」のように伝えられている。次の詩はこの意味で歌われたものである。

西湖竹枝歌
其九
望郎一朝又一朝　　郎を望むこと　一朝　又《また》　一朝
信郎信似浙江潮　　郎を信ずること　信《まこと》に浙江の潮《うしほ》に似たり
床脚揩亀有時爛　　床脚に亀を揩《ささ》ふること　時に爛《ただ》るること有りとも
臂上守宮無日銷　　臂《ひぢ》の上の守宮は　日《ひとひ》として銷《き》ゆること無からむ
（『鉄崖古楽府』）

日本では、これに類似した「ゐもりのしるし」という語が、平安末期以後の歌論書のいくつかに現れる。いずれも由来の知れない「ぬぐ沓（くつ）の重なることの重なればゐもりのしるし今はあらじな」を解釈する条である。『色葉和難集』は、「是はもろこしの人、女を疑ひて、ものへ行く時にはゐもりといふ虫の血を薬に合せて、女のかひなに付くるなり。それが異男（ことをとこ）に会へばこの血失するなり。」と説明する（傍線論者）。これによればこの「ゐもり」は、「守宮」であり「ヤモリ」だということになる。

一方で、「ゐもり」は「深き井などに、とかげに似て尾長き虫の手足付きたるをいふ」（『歌林良材集』傍線論者）としている。「深き井」は水汲み場や灌漑水路のことであろうから、この「ゐもり」は、両生類の「サンショウウオ（有尾）目イモリ亜目イモリ科）の「イモリ」（日本では主にアカハライモリ）であるということになる。平安鎌倉時代には「ヤモリ」も「イモリ」も区別なく「ゐもり」と呼んでいたのであろうか。

右の問いはひとまず措き、次に西鶴の作品に目を移そう。

付合には、

心覚えいもりのしるしあらためて
ひさしき留守の内方の顔
大事じやぞ思ひにもゆる火のまわり
（『独吟一日千句』第一）

の例がある。

また『好色五人女』巻二の一「恋《こひ》に泣輪《なきわ》の井戸《いと》替《かへ》」では、こさんから「此むし（井守）竹の筒《つつ》に籠《こめ》て煙《けふり》となし恋ふる人の黒髪《くろかみ》にふりかくればあなたより思ひ付く事ぞ」と聞かされた樽屋は、おせんを思うあまり他のことが耳に入らず、ただただ「井守《いもり》を焼《やき》て恋のたよりになる事をふかく問《とふ》」ことになる。

『本朝桜陰比事』巻四の三「見て気遣は夢の契」では、

殊更此男りんき深《ふか》く旅《たび》立折ふしは女のしらざるやうに・宮守《いもり》の血《ち》をとつてひだりの肘《ひぢ》に付置ぬ・是を虫しるし迚其女男にま見へぬうちは何程洗《あら》ふても落《をち》ざるためし有・

と、まさに守宮の呪いを巡る不倫の有無が、裁きのテーマとなっている。

2　ヤモリとイモリ

上述のように、西鶴は「恋の象徴」・「呪い」の双方の伝承を小説に効果的に生かしている。注意すべきは、何れの意味合いでも、「ヤモリ」ではなく「イモリ」となっており、「ヤモリ」とした例は本話以外に見当たらないことである。藤本箕山の『色道大鏡』巻六「心中部」にも、「黥篇（いれずみのへん）」に前述した歌論書を引いて「ゐもりのしるし」を説明しているが、地の文でも「やもり」ではなく、「守宮《ゐもり》」・「守宮《いもり》」と表記している。西鶴及び同時代の人々は、まだ「ヤモリ」と「イモリ」とを区別していなかったのだろうか。回り道になるが、当代における「イモリ」と「ヤモリ」の表記及び用例に目を通しておく。

『類船集』の表記では、

いもり――印
いもりの印――消す
血――守宮《やもり》

が付合に挙がっており、イモリとヤモリが区別されていない様子が見て取れる。『節用集』の類いではどうか。区別の有無という観点から、掲載の有無と漢字表記の異同とを比較しておく。

慶長二年（一五九七）跋『易林本節用集』　ヰモリ　守宮
元和三年（一六一七）板『下学集』　イモリ　守宮

延宝八年（一六八〇）刊『合類節用集』

イモリ　守宮
同（イモリ）蝘蜓　ヤモリ　蝘蜓
イモリ　蠑螈

延宝八年（一六八〇）刊『新刊節用集大全』

イモリ　守宮　ヤモリ　守宮

享保二年（一七一七）梓『和漢音釈書言字考節用集』

イモリ　蝘蜓
同（イモリ）守宮
同（イモリ）壁虎　ヤモリ　壁虎
同（イモリ）蝎虎

本草系の書目も一覧しておく。人見必大の『本朝食鑑』（元禄十年（一六九七）刊）では、「蝘蜓　訓也毛利」「蠑螈　訓伊毛利」となっており、寺島良安の『和漢三才図会』（正徳五年（一七一五）跋）でも、「守宮　俗云也毛利」「蠑螈　俗云井毛利」と使い分けられている。時代がすこし前後するが、貝原益軒の『大和本草』（宝永五年（一七〇八））では、

守宮《イモリ》《ヤモリ》……国俗ニヤモリト云、カベニヌル蟲也、石龍子《トカゲ》ニ似テ四足アリ、……此血ヲ婦人ノ身ニヌレバヲチズ、
本邦ニモ……古ヨリイモリノシルシトイヘリ、又水中ニアリテ……守宮ニ似タルヲモイモリト云、是龍盤魚ナリ、共ニ倭名ヲイモリトイヘバ紛（レ）ヤスシ（傍点論者）

と説明している。つまり、「守宮」は方言鄙近の新語では「やもり」と言う。トカゲの類であって、古来「いもり」と言っている。一方、水中に生息する「守宮」に形が似たものも「いもり」と言う。「(トカゲ亜目ヤモリ科のヤモリ)」も「サンショウウオ目イモリ亜目イモリ科のアカハライモリ」も倭名（＝古来の日本語）で「いもり」と言うので紛らわしい、と言うのである。

つけ加えておけば、小野蘭山の『本草綱目啓蒙』（享和三年（一八〇三）〜文化三年（一八〇六）刊）では、「石龍子……トカゲ……一種、止水浅井中ニ生ジ、形守宮ニ似テ色深黒、腹赤ク尾扁ナルモノヲ　イモリト云、古名ノイモリニ非ズ」、「守宮　イモリ　古名　ヤモリ　京」としている。つまり、トカゲの一種で「守宮」に似たものを世間では「いもり」と言っているが、これは昔「いもり」と呼ばれていたものではない。昔の「いもり」は「守宮」であって、京言葉では「やもり」という、というのである。

以上の如くであるから、西鶴の活躍した時代には「いもり」と「やもり」を識別する状況にはなかったのは明白である。

3　表記と作為

話を、西鶴がヤモリに特定した理由に戻そう。**第三節1**で、守宮が男女の情愛を象徴する生き物であり、特に女の貞操と結び付くイメージが強いことを示した。西鶴が怪異の正体を「蛇や百足、蜥蜴」などではなく「ヤモリ(屋守)」とした選択の裏には、単なる奇談の受け売り的紹介ではなく、「男女の情愛や女の貞操」更には「空閨の恨み」と結び付けた咄を創ろうという、明確な企みがあったものと読むことができよう。

次に、西鶴が好んで用いる「イモリ」ではなく「ヤモリ」を選択し、かつヤモリにさほど一般的ではない[10]「屋守」の表記を当てていることに触れておく。

当代の一般的な表記は（イモリと読むにしろヤモリと読むにしろ）「守宮」である。この「守宮」という表記は「蝘蜓・蠑螈・壁虎・蝎虎」というトカゲじみた表記に較べて単純で、そこからは「宮殿を守護する」というような意味までも感じることになる。そのあらわれとして、先に触れた中国の字書・注釈書・博物書では、呪法の話を「宮を守る」の語源に結びつけている。以下、本邦の受け売り記事を引いておく。

○博物志云……点女人体、終身不滅、婬則点滅、故云守宮、（『袖中抄』・『色道大鏡』）

○若有婬犯、則其血消滅、故守宮也、古詩曰、臂上守宮何日消、鹿葱花落涙如雨（『下学集』）

○是により宮をまもるとは名付け侍り。宮は女のゐる所なれば、女を守護する心に名付け侍り。」（『歌林良材集』・『色道大鏡』）

○此故ニ宮中ヲ守ルト云意ヲ以、守宮ト名ツク（『大和本草』）

このように、同種の記載は多い。即ち当代においては、「守宮」という表記は宮を守る意味と結びつき、伝承と相俟って、空閨の恨みを直截に連想させるものであったことが知られるのである。

一方、第三節1で示した西鶴の用例のうち、『好色五人女』では井戸替の場面にあわせて「井守」（井戸を守る）と表し、『本朝桜陰比事』では「宮守」（宮を守る）と表している。何れも西鶴が表記に意を用いている例証となろう。論者は本書の版下が自筆によるものとする立場であるが、本話においても「屋守」の表記は意図的に選ばれているものと考える。即ち、本話でことさら「屋守」の表記を用いているのは、「屋を守るはずの屋守が原因となって、結果的に屋内を壊させることになった」と、言葉遊びの趣向を取ってみせていることによるものと思われる。この裏には、「奇談の主を守宮《やもり》に特定することで空閨の怨に繋げる」という着想と、「守宮」の文字に張り付くイメージとの付きすぎを嫌って、作為を包み隠し、さらには諧謔味を加えるねらいがあったものと思われる。読者に謎解きを委ねる姿勢といってもよかろう。表記一つにも、俳諧の手法に通じる精神が看取されるのである。

4　守宮と怪異との結び付き

次に、上述の守宮が怪異と結び付く筋道（西鶴の着想の経路）を確認しておきたい。

本話では怪異色を強調すべく、怪異譚の一典型とも言える「夢中の怪異」が取り込まれている。それらの多くは、「変化のものが現れて女子供に害をなす」というもので、正体は家霊・器物・爬虫類などが一般的である。例示には事欠かない。話型の一つと捉えてよいものである（西鶴作品で言えば、その利用例として『好色一代男』巻四「夢の太刀風」の一場面が直ちに想起されよう）。とは言え、この種の夢の怪異の中に守宮と繋がるものを見ない（むしろ守宮には、上述の『色道大鏡』の記述のように「守る」イメージが付着している）。一方、**第二節2**で本話の創作契機と結論づけた「生き物が金釘に綴じられても生きていた」という奇談であるが、この種の類話には怪異と結び付くものは見当たらない。では、守宮と怪異とが結び付く筋道（西鶴の着想の経路）はどこにあったのか。

この点について、本話の素材としてすでに指摘されたことがある(11)『伽婢子』巻十「守宮の妖」に注目したい。但し、「守宮の妖」が純然たる怪異咄に仕立てられており、守宮が多数集まって災いをなすのに比して、本話では危機感は薄く守宮も単独で登場するに過ぎない。また本話に用いられている「夢中の怪異」という話型そのものは、

「守宮の妖」には見られない。両者の間には、隔たりも大きいのである。要するに、『伽婢子』巻十「守宮の妖」は、「守宮」と「怪異性」とを結び付ける筋道を提供した可能性は高いが、あくまで媒材に過ぎず内容を左右するところまでは関わっていないとして誤るまい。

西鶴の手にかかると、怪異と結び付いても、守宮にはやはりどこか閨の秘め事の気配が濃厚であることを、重ねて指摘しておきたい。

四　何故御所方が舞台なのか

ヤモリに込められた西鶴の意図が判明すれば、舞台を御所方とした理由も自ずから明らかであろう。「閨怨」の舞台として最も効果的なのは、武家方ならば大奥もしくは大名の奥向きであり、堂上方ならば後宮（御所方）ということになる。世間一般との隔絶の度合いがより高いのが後者なのは、言うまでもあるまい。御所方は、筋目正しい色白の美男美女が琴碁香書歌に明かし暮らす雅な世界である。全てが華奢で、使用言語からして世間一般とは異なる高貴な空間である。西鶴は道具立てを揃えて、宮方の世界を具現化する。本話で内裏とそのゆかりをイメージさせるものを挙げれば、次のとおりである。

密室空間——御所方　奥局　忍び返し　窓の竹　御寝間　袋だな明障子　叡山の札

奥様とその周囲——奥　御うたたね（「転寝の枕—琴」は付合）女郎・腰本（元）（女官。雑仕・典侍・内侍等の俗化）琴のつれ引き（「琴—宮所」は付合）守り刀　御身　右丸左丸・蔵之助（女官の源氏

名）

占　い――――安倍の左近（晴明のゆかり）　小反橋（戻り橋。晴明のゆかり）

その他――――叡山（宮中の守護）　小反橋（綱説話）

わずか一丁半という分量を考慮すれば、西鶴が御所方の雅な世界とそのゆかりを選び出すことに意を用いて、実在感を確保していることが了解される。

本文C・Dに即して見ておこう。

すき（ぎ）にし名月の夜・更け行くまで奥にも御機嫌よくおはしまし・御うたゝねの枕ちかく・右丸・左丸といふ二人の腰本ともに・琴のつれ引・此おもしろさ・

その夜更けに怪異が起こる。奥様の夢物語によれば、異形の物が、

我がうしろ骨とおもふ所に・大釘をうち込とおぼしめすより・魂きゆるがごとく・ならせられしが・

とある。守宮が釘に打ち付けられたそのままを、西鶴は閨の秘め事にとりなしているのである。

本文D・E中の「（わざなす）しるし」や「血」が貞操と結びつく言葉（守宮の付合）であったように、本文Cの夜更けの描写も注意深く読めば、まさに「空閨の恨」と重なっていることに気づく。「名月」は「独り寝」と付

合であり、また深宮の涙と結び付いて詩に詠まれてきた。その「名月の夜」にもかかわらず、男性が全く姿を現さないことに注目すべきであろう。更に、「琴」も「人待ねや」と付合である。

地下から見れば、宮中の暮らしは生活の苦労のない隔絶した世界に思える。西鶴は、高貴なあたりであればなおさら、下々の知らない心労があるのだとおぼめかす。「閨の淋しさ」・「閨怨」は、直截には表現されない。名月の夜、独り寝の床に「守宮」という情愛の象徴を呼び込むことによって、あくまで典雅に彩られて表現されているのである。

一方で、お座敷に「戎大黒」を取り込む（本文B）趣向や女官の呼称などに俗化精神を見せていることを、付記しておきたい。

五　見顕わしを担う女大工

本話の怪異は最後に見顕わされ、打ち破られる。その役目を担うのは女大工である。藤江氏は前掲注3論文において、『昔物語治聞集』巻二の十「薬師堂のくちなはの事」の挿絵に大工が描かれていることに注目され、西鶴が女大工を思いついた契機はこの挿絵によるものだと推定されている。

本話の中核をなす奇談が「釘に綴じられても生き続けた生物」であることは間違いない以上、その奇談に「大工」を結びつけた着想の筋道を探ることは重要であろう。しかし実際の事例につけば、ほとんどの場合発見のきっかけは修理・改築工事であったはずである（上述の『古今著聞集』・『醍醐随筆』・『煙霞綺談』、何れの例も然りである）。従って、そこに大工が登場するのは自然であろう。『昔物語治聞集』の刊行と本話執筆との先後が明らかにならなければ議論は進まないが、論者は「釘に綴じられても生き続けた生物」という奇談の発見と大工との繋がりに、特別な筋道を用意するには及ばないと考える。本話の場合、「家屋に害をなすものがある」と言われれば、大工がしつらえを外して点検するのは自然な成り行きである。西鶴のたくらみを探る上では、その大工が何故ことさら「女大工」なのか、という点をこそ問題にすべきであろう。

女大工の設定を巡って、「婦人の大工もあるというところに西鶴は興味を感じている」（近藤忠義　前掲注11書）、「世間は広く世に無いものはないという世界観を描いた」（藤江峰夫　前掲注3論文）という解釈がある。しかし、そもそも、宮中に出入りできる女の大工職人があり得たのだろうか。迂遠なようではあるが、この点を確認しておく必要があろう。

1　女大工は実在したか

周知のように、寛永期には京都御大工頭中井家による大工組支配が確立[12]して、畿内・近江の大工はその支配体制下におかれる。一方、寛永期を過ぎると修理補修を原型とする小普請方が台頭し、作事方との競合時代となる[13]。谷直樹氏によれば、それに伴い民間への請負発注の例が多くなり、平大工も増加するという[14]。

当該の咄も、そうした趨勢を背景に創られていることは確かであろう。しかし、内裏関連の御用作事となれば幕府直営工事であり、小普請方が請け負うにしても町大工を単独で差し向ける可能性はない。たとえ小破修理であっても、中井家支配下の大工棟梁（または肝煎）が出向くはずである[15]。奥向きに男の大工は不都合という論理が通るならば、大奥の場合はどうか。当代の大奥修理例は記録に事欠かない。『承応日記』に見える次の記事などは、大奥への大工の出入りの実態とともに御用作事の責任体制も垣間見えて興味深い。参考資料に過ぎないが、紹介しておく。

（承応二年（一六五三）九月）十四五日時分、御城奥方破損有之候処、日暮候而御普請仕廻、大工罷出候処、一人天井ニ上リ在之、寝入不罷出、夜中さめ驚騒ぎ候付、之絡捕番人見付、右之大工則牢舎被仰付之、御普請奉行、御広敷番番頭宇都宮九郎右衛門、同組三人、伊賀同心三人閉門被仰付之

（『東京市史稿皇城篇弐』[16]）

小家の修理を頼まれる素人大工の中には、あるいは女性がいた可能性はあるかもしれない。しかし、大工組棟梁には女性は存在しない（前掲注15論文記載の個人名参照）。まして、女性の大工が監督なしに単独に近い形で御所方に出向くことはあり得ない（当時、大工組に素人を雇い入れることは取り締まられていたから、支配下に素人がいることは想定の範囲外である。また大工組支配とは別系統の内裏所属の大工衆は、既に廃止されている）。

確かに西鶴は、

都は広く・男の細工人もあるに・何とて女を雇けるぞ・されば御所方の奥つぼね・忍び帰しのそこね・または窓の竹うちかへるなど・すこしの事に男は吟味もむつかしく・是に仰せ付けられけると也・

と本文Aでその整合性を謳い、特殊な職業の実在性を読者に納得させる書き方をしている。しかしこれは虚構の中に仕組まれた論理であって、ストーリー展開上読者をウソ咄に引き込むための西鶴の仕掛けの一つと捉えねばなるまい。

本話の注釈書の中には、「女大工がいたかどうか不明。ただし西鶴は、京都にはそうした職業がありうると考えた」（前掲注2書一九九一年（平3）10月）とする向きもあるが、西鶴は女の大工が有り得ないことを承知の上で創作した、と考えるべきであろう。

話を戻そう。女大工という職業が西鶴の虚構であるならば、改めて大工が女である必然性を作品構想の上から考え直す必要がある。

2　英雄説話の利用とそこからの飛躍

先に述べたように、本話の構図は、「英雄による化け物退治の話型」を大枠で利用しつつ、そこに閨怨が絡む怪異を取り合わせた、と捉えることができる。これまでの説話や物語の世界では、最高権力者や高僧、何らかの超能力を持つ者、知恵に秀でる者などがこの英雄の役割を果たしてきた。しかし本話の場合、単純に英雄を登場させて化け物を退治し大団円となる、というわけにはいかない。何故ならここで起きた怪異は、中世説話に見るような「家霊や鬼・異類が人を殺める、攫う」という類とは異質なものだからである（現に本文Dには、「御身には何の子細もなく、畳には血を流して有し」とあり、実害のなかったことを示唆している）。

上述したように、本話の怪異の裏には、「空閨の恨」・「深宮の涙」が隠されている。それは、ただ一人の男をひたすら待つことで生ずる「怨み」であって、外から男が入り込んできては意味を成さなくなる。それを裏付けるように、怪異の起きた瞬間を含め後宮のそのあたりに男の気配は皆無であり（本文C）、登場人物も全て女に限定されている。守宮（＝妖物）までも雌にしている点に、注意を向けるべきであろう。一話そのものが「女だけの世界」から成り立っているのである。

後宮に出入りできる男は天皇以外にはいない。その天皇自身が「奥様」に独り寝の憂き目をみさせ、怪しいものの襲来を許すことに繋がっていく――つまり、この話は後宮という特殊な舞台を設定したことで（ヤモリを媒介に後宮の閨怨モチーフを選択したことで）、枠組みとしては伝統的英雄説話の型を借りながらも、外部の男の介入を拒むという矛盾を抱え込むことになった。即ち、構造自体が「英雄による鬼（異類）退治」という説話の論理を拒んでしまうことになったのである（論者は、当時刊行されていた中世説話は、ほぼ同時代作品として享受されていたと考える立場である。しかし、作品構造の違いは明確に指摘できる。『西鶴諸国はなし』に見る中世説話との乖離とそこからの飛躍については、話が広がるため稿を改めて論じたいと思う）。

空閨を守る奥様を襲った怪異を退治する、という役割を男に委ねるわけにはいかないとなれば、話の構造論理は、それに代わる女の英雄を要求することになる。「奇談」と「深宮の涙」とを「怪異」を媒介として結び付けようと着想した時点で、怪異を解決し現実に引き戻す「女の英雄」が不可欠となったのである。少なくとも見顕わしの役は女に委ねられる。作品内部の論理に従ってその条件を整理すれば、次のようになろう。

①　後宮の人々（女御・女官）とは別の世界に生きる女だが、出自は卑しくないこと
②　後宮の人々にとって、ライバル意識を持つ必要のない女であること
③　奥向きへの出入りが可能な女であること

以上の三点のうち、②について言葉を足しておく。出身が卑しくないのにライバル意識を与えない女とは、女で

ありながら中性的立場を保つことができる人物であり、性愛を超越している人物ということである。
ここで、女大工の容貌に注目してみよう。本文Aの前半部分にその描写がある。

道具箱には・錐・鉋・すみ壺・さしかね・顔も三寸の見直し・中びくなる女房・手あしたくましき・大工の上手にて・世を渡り・一条小反橋に住けると也・

これを森山重雄氏は「西鶴の方法」（一九五五年（昭30）11月）で次のように説明する。

まず大工に関連して錐・鉋・すみ壺・さしかねなどを挙げて、その連想から「顔も三寸の見直し」という諺をひく。もちろん、さしがね（曲尺）の縁で三寸といったのだが、同時にこの女大工の容貌が中低（杓子面）であることにかかってゆく。そして「手足たくましき」「大工の上手」のこの女が一条小反橋に住んでいるという。いうまでもなく小反橋は土蜘蛛伝説で有名な一条戻り橋を連想させるものであり、かつまた大工と縁のある「反る」という語をもちいて、この女大工の「中びくなる」容貌までも暗示している。

森山氏も触れているように、西鶴は女大工の形象にあたって、「三寸の見直し・中低・反る」、と醜女なることを重複も厭わず強調している（住まいの戻橋については後述）。第二部第五章「「八畳敷の蓮の葉」論」でも触れたように、一つ一つの言葉が周到に選ばれている本書であってみれば、この重複には明確な理由があるはずである。その理由とは、この女が「醜女」であることを強調しなければ、怪異の見顕わしのための先の三条件のうち、②を満たすことはできないからであると忖度する。同時に、女大工が人並みあるいはそれ以上の器量であれば、次項3に示す二極構造も成り立たないことになろう。

3　二極対立構造

「女大工」を虚構したことの意味を、別な観点から考えてみよう。咄の中に仕掛けられた「二極対立構造」に目を向ければ、大工は女、しかも醜女でなければならない必然性がより鮮明に見えてくるように思われる。

　本話に登場する奥様と女大工とは、全く異なる世界に住んでいる。その違いは、後宮の女と市井の女、美人と醜女というランク上の優劣に留まるものではない。一方は、男の視点による「女の品定め」という尺度を疑うことなく生き、もう一方は、（当代では異端に属するであろうが）男の目を度外視した「自らの生活力」という尺度によって生きる。両者の拠るところは、正反対の価値観である。意識するしないにかかわらず、二人の女はそれぞれの世界の頂点に位置し、二つの世界は交わることがない（女の頂点に位置すると見える奥様も、一旦尺度を入れ替え、女大工が拠り所にしている「自らの生活力」を基準に考えてみれば、実は無力な女に過ぎない。世界を入れ替えれば、二人の女の位置は直ちに逆転する）。こうした正反対の価値基準が併存している構造を称して、私に二極構造としたのである。先に**第四節**で指摘した御所方の道具立てへの配慮は、対極にある女大工の世界（読者にとって現実感のある市井の世界）との対比を際立たせ、二層構造を保障するためのものとも受け止められよう。

　右の二極構造を念頭に置いた上で、改めて女大工の姿形を見直しておこう。独身の労働者で、生活力あふれる「手足たくましき」醜女は、新しくかつ珍しい女像である。小説に醜女が描かれない訳ではない。西鶴作品に限ってみても、『本朝二十不孝』巻三「当社の案内《あんない》申程《ほど》おかし」や『好色一代女』巻一「舞曲《ぶぎよくの》遊興《ゆうけふ》」などに見える。そこに描かれた当世の醜女たちは、人並みの女以上に良縁を切望し、世帯を持ってからは嫉妬に苦しむ。これらの醜女たちと本話の女大工とは決定的に異なる。女大工の方は「縁遠さ」を意に介さず自活して生きているのである。それも、『好色一代女』に見えるような女の職種からも売色業からも遠い、「女大工」という特殊な設定となっている――つまり、女大工は明らかに後宮の女たちの対極を意識した造形なのである。対極の価値に生きるが故に、後宮でおきた怪異を解決し、全てを現実に引き戻すことが可能だったのである。

西鶴は二極対立構造を補完し女の恨みを明示するべく、登場人物を女に限定し、閉じられた空間を用意した。一般的尺度から見れば、最下位に位置する女が、最上位に位置する女の危機を救う。読者は、そこで虚を衝かれることになる。更には筋目・教養・品性・美と全てに完璧なはずの女の空閨までも、市井の醜女（対極に位置する女）によって顕わにされてしまう。ここに逆転のおもしろさと、権威を無にする現実的批評精神をも見て取ることができよう。

4　「戻り橋」に住む女

本節では女大工の造形を考えてきたが、最後に女大工が一条小反橋に住むという設定について、その意味を考えておこう。女の中低な容貌と重ねた表現であることは、先に見たとおりである。女大工がその戻り橋に住むことから、土蜘蛛伝説や綱の鬼退治説話を本話の原拠と考え、綱と女大工とを重ねて読む説がある[17]。確かに、一条戻り橋は説話のイメージを喚起する地名である。

試みに土蜘蛛伝説と本話とを比較すると、「主を悩ませる化生のものが登場し、それが退治される」という大筋において通底し、「戻り橋・血・刀」といった共通語彙を見出すことができる。一方、綱の鬼退治説話と比較すれば、鬼退治以外に「印・札・剣・戻り橋・安倍晴明」などの道具立てが重なっている。しかし、これらをもって本話の原拠とするのは乱暴であろう。全体の構想をそれによって説明できないからである。

霊剣をもって土蜘蛛を切り伏せる部分を山場とする頼光説話にしても、鬼が老母に化けて腕を取り返しに来る部分を見せ場として持つ綱説話にしても、それをもとに「あらぬものにしなす」創作をしたというのであれば、魑魅魍魎との格闘なり腕の奪還なりが、何らかの形で反映しているはずではなかろうか(18)。少なくとも、当時の読者は西鶴の咄に推理可能な作為や改変・謎掛けなどを期待し、謎解きや原拠離れの妙を楽しんだと思われるが、どうであろうか。

いずれにしても右の二つの説話からは、女大工を生む必然や御所方を舞台にする必然は見えてこない。ここはやはり、綱説話から英雄の面影のみを吸い上げ、女大工に付与したに過ぎない、と捉えるのが妥当なのではあるまいか。

「市井に住む風変わりな醜女というだけでは、見顕わしの力が足りない。そこで、一条戻り橋を住まいとすることで綱説話のイメージを利用し、英雄の面影を吸い上げて女に付与する。女大工はより強力な力を背景に持つことで怪異を見顕わし、更には、現実に引き戻す英雄の働きが可能になった」、と考えてはどうか。また上述のように、女大工は二極対立の一方の世界を形成し、雅な世界と対峙している。この構造もまた、説話世界の英雄のイメージを背景に、女大工にその面影を付与されたことによって、始めて可能となったものと思われる。

「一条戻り橋」は、説話のイメージを喚起する地名であると述べたが、この橋は綱以外に安倍晴明ゆかりの地でもある。橋に住む醜女というのであれば、橋姫なども想起されよう。英雄による化け物退治説話は数々ある。特定の一つが本話の原拠になったというのではなく、西鶴は化け物退治の話型を咄の枠組みに利用した上で、説話から吸い上げた様々な超人のイメージを女大工に付加したものと考える。

なお、『古今著聞集』の説話を原拠と考え、そこに登場する地名の「渡邊」から綱へ、「薬師堂」から薬師如来を経て比叡山へと、連想の糸に導かれて咄の道具立てができたという構想説がある（宗政五十緒　前掲書（一九九六年（平8）5月）、および論文（一九六九年（昭44）4月））。『古今著聞集』原拠説が崩れれば成立しない危うさはさておき、御所方を舞台に選んだ時点で「綱」を都の剛の者の代表として思い浮かべ、「比叡」を皇室にゆかりのある王城守護の本山として話に取り入れること自体は、自然な発想の範囲と思われる。特別な筋道を用意するまでもなかろう。西鶴の咄を読む際、特定の素材からの「物付」という方向から筋を通すことに固執すると、かえって見失うものもありそうに感じられる。

六　おわりに

本章では、これまでの典拠論を検討した上で、西鶴が怪異の主体を「守宮」に特定し、見顕わしの役を担わせる「女大工」を虚構した意味を中心に据えて一話を読み解き、仕掛けられた西鶴のたくらみに迫ってみた。本話は、**第二節2**で述べた奇談の入手を創作契機としており、奇談の主を「守宮」に特定することで閨怨を呼び寄せ、一方で「守宮」を介して怪異に繋がっていったものと考える。女大工の虚構の意味も大きい。単に女大工という珍しい風俗を扱ったがゆえに当世の咄になったのではなく、女大工を虚構することによって深宮の涙を暴くところまで及んでしまうところに、西鶴の作意と新しさとを窺うことができよう。

第五節4で若干触れたように、個々の道具立ては連想の糸で二重三重に繋がって重奏性をもたらしているが、同時に道具立ての一つ一つに、その部品を選んだ作者の必然がある。西鶴は何食わぬ顔で謎を仕掛けている。それぞれの意味を読み解くと共に、作為に気づくことを、咄自体も要求しているように思う。

最後に、『西鶴諸国はなし』に見られる「咄の新しさ、西鶴らしさ」という観点から、当該の咄に顕著な特徴を二点指摘し、付記としたい。

第一は、怪異を扱いながらもそこから離脱し、諧謔に向かう傾向があることである。怪異離れを起こしている要因は一、二に限らない。詳述は別な機会に譲るが、妖物の姿形の形容に始まり、誇張・俗化・言葉遊び・軽口的趣向・挿絵などがその働きを担い、俳諧的精神を具現していることが明らかである。西鶴は、もともと怪異そのものを描く意図はなかったようである。この問題については、「『諸国はなし』に見る怪異性」という一書全体を見渡す視点から、稿を改めて追究する予定である。

第二は、**第五節2**で簡単に触れたように、「中世説話の解体と当世化」ともいうべき咄の手法が見られることである。即ち、伝統的説話のパターンを利用しながらも、その拠って立つ論理を侵食して、当世の話に作り変えてしまう点である。本話に即して言えば、「市井の女大工が、後宮で起きた怪異の正体を見顕わす」、という虚構を新たに生み出したことで、結果的に「特別な人間の存在を必要としていた英雄説話」を侵食し、当世の咄として再生させることになった、と捉えられるのである。そこには、説話を当世に再生する西鶴の意図的方法を見ることができる。「先行作品群の解体と当世化」という言い方をすれば大上段に過ぎるテーマとなろうが、今後個々の作品に即してその様相を明らかにしていきたいと思う。

注

（1）同論文指摘の典拠のうち、「夢中の怪異」については**第三節4**で触れる。これは「咄の一類型」として捉えるべきものであって、一つの素材を厳選して原拠と見定める、という性格のものではないと考える。従って**第二節**で扱う典拠論の検討対象からは外すことをお断りしておく。
（2）宗政五十緒・松田修・暉峻康隆『井原西鶴集2　西鶴諸国ばなし　本朝二十不孝　男色大鑑』（新編日本古典文学全集67）一九九六年（平8）5月
麻生磯次・冨士昭雄『西鶴諸国ばなし　懐硯』（対訳西鶴全集5）一九七五年（昭50）8月
井上敏幸・冨士昭雄・佐竹昭広『好色二代男　西鶴諸国ばなし　本朝二十不孝』（新日本古典文学大系84）一九九一年（平3）10月
浮橋康彦『西鶴全作品エッセンス集成』二〇〇二年（平14）8月
（3）江本裕「『西鶴諸国はなし』――説話的発想について」一九六三年（昭38）11月
宗政五十緒「『西鶴諸国はなし』のあとさき」一九六九年（昭44）4月
藤江峰夫「西鶴の咄の種――『西鶴諸国はなし』中の三編をめぐって」一九九〇年（平2）3月
（4）前掲注3藤江氏論文
（5）大久保順子「説話の再編と受容――『昔物語治聞集』と改題本の諸本」（『香椎潟50』二〇〇四年（平16）12月）に、宮城県図書館伊達文庫蔵本（貞享元年刊）、及び東北大学附属図書館狩野文庫蔵本（元禄十四年刊）の書誌紹介がある。
（6）版元の八尾清兵衛は、『元禄太平記』巻六「書林の中で学者たづぬる」に、京都の本屋十哲の一人として挙げている「八尾」の同族と考えられる。『改訂増補近世書林板元総覧』（井上隆明　一九九八年（平10）2月　青裳堂書店）には、『般若心経註解並金剛経註解』寛文七年・延宝三年、が挙がっている。

（7）日記などの傍証のある例から引き出した数字である。実際には個別の様々な要因が絡むわけで、限られた例と西鶴の浮世草子とを同列に扱うことには問題がある。だが、俳諧興行に基づく俳書の出版や際物の刊行事例、近刊予告広告、草稿完成時の序跋年次などといった資料を併せ考えると、やはり二、三カ月の作業期間が想定されてくる。

（8）池田屋の出版活動については、羽生紀子『西鶴と出版メディアの研究』第二章「大坂出版界の具体相――西鶴の周辺」（二〇〇〇年（平12）12月　和泉書院）に調査・考察がある。

（9）『日本百科全書』「やもり」の項　一九八八年（昭63）なお、「イモリ」・「サンショウウオ」・「トカゲ」・「ヤモリ」の亜目・科名はこの全書によった。田中良治『50歳からの健康術』138ページ一九九三年（平5）

（10）『文明本節用集』・『和漢三才図会』には見られるが、後者は漢文脈の中で訓を使って語構成を示したもののようであり、前者は屋敷留守居役（留守番人）の「家護り」である。

（11）近藤忠義『西鶴（日本古典読本）』一九三九年（昭14）5月

（12）堤精二「『近年諸国咄』の成立過程」一九六三年（昭38）10月

幕府が大工田畠高役免除を公認した寛永十二年（一六三五）頃という（『平成15年度特別陳列　江戸時代の大工さん』吹田市立博物館　展示図録による）。

（13）例を挙げると、小普請方奉行は寛永九年（一六三二）に四名だったのが、承応三年（一六五四）には一〇名となる。延宝五年（一六七七）には、町大工から三人が小普請方棟梁に登用され、当代の技術力の向上と柔軟な体制が知られる。このように小普請方は次第に力を付け、元禄期には小普請方が作事方を凌駕するという（内藤昌『近世大工の系譜』一九八一年（昭56）9月）。

(14) 谷直樹『中井家大工支配の研究』第五章　一九九二年（平4）2月

(15) 中井家支配下の大工構成については、所属大工の個人名が記される奉加帳からの分析がなされている（前掲注14『中井家大工支配の研究』第一章参照）。個人大工も含まれるが、彼らは格付けの高い棟梁が多いという。なお小普請方の組織については、渡邊保忠『日本建築生産に関する研究一九五九』二〇〇四年　明現社　第Ⅱ部第三編第二章「江戸幕府における官営営繕組織」によった。

(16) 東京市役所編纂『東京市史稿皇城篇式』一九一二年（明45）3月

(17) 近藤忠義　前掲注11書　一九三九年（昭14）5月、及び森山重雄一九五五年（昭30）11月は、土蜘蛛伝説の諧戯化説を取る。綱説話を原拠とする立場に、江本裕「『西鶴諸国はなし』と『懐硯』」（一九七〇年（昭45）12月）、宗政五十緒　前掲論文（一九六九年（昭44）4月）などがある。

(18) 綱説話を当世化した話として、『懐硯』巻一「二王門の綱」が思い浮かぶ。それに較べると、本話には肝心の鬼の腕や鬼による奪還などが全く見られない。綱説話と鬼の腕との結び付きの強さを考慮すると、綱説話に原拠を求める考え方には与しにくい。

第三章　巻五「楽《たのしみ》の⿰魚摩《ま》鮎《ご》の手」考

A　楽《たのしみ》の⿰魚摩《ま》鮎《こ》の手

鎌倉《かまくら》の金沢《かなざわ》といふ所《ところ》に•流円坊《りうゑんぼう》と申て•世《よ》をのがれたる出家《しゆけ》あり•今《いま》は仏《ほとけ》の道《みち》も•ふかく願《ねが》はず•明暮丹後《あけくれたんご》ぶしの•道行《みちゆき》ばかりを語《かた》りて•柴《しば》の網戸《あみと》を引立《ひきたて》•軒《のき》の松《まつ》がえに•蔦《つた》の葉《は》のかゝりて•紅葉《もみぢ》するを見て•秋《あき》をしる•浪《なみ》の月心《こゝろ》をすまし•鴈《かり》のわたるを琴《こと》に聞《きゝ》なし•只夢《たゞゆめ》のやうに•日をおくりぬ•たくはへる物もなければ•露時雨《つゆしぐれ》の折《をり》ふしは•煙《けふり》を立る爪木《つまぎ》もなし•

B1　万《よろづ》其通《そのとを》りにして•死次第《しにしだい》と•身《み》を極《きは》めたまふ折《をり》から•入江《いりへ》にさゞ波《なみ》たつて•見なれぬ•いきもの弐疋《ひき》•人におそれず近寄《ちかよる》を•よく〳〵見れば•（6ウ）」「⿰魚摩《ま》鮎《こ》といふもの也•一疋《びき》は流《なか》れ木《き》を•ひろひ集《あつ》めて抱《かゝ》へ•また一疋《びき》は•ほし肴《さかな》を持《もち》て•物いはぬ斗《ばかり》•人間《にんげん》のごとく•かしらをさげて居《ゐる》•此心ざし嬉《うれ》しく•精進《しやうじん》をやぶりて•是くひける•

B2　其後《そののち》は手馴《てなれ》て•淋《さび》しきとおもふ時《とき》には•かならず来て•よき友《とも》となりぬ•ことにたのしみは•身《み》のうちのかゆさ•云《いは》ねど•自然《しぜん》としりて•思ふ所《ところ》へ手《て》をさしのべ•其《その》こゝろよき事•命《いのち》も長《なが》かるべし•今世上にいふ•孫《まご》の手《て》とは是なるべし•

C1　次第《しだい》になじみけるに•ひとつばかり来て•一疋《びき》は•ひさしく見えぬ事をなげき•もしも命《いのち》のおはりけるか

と申せば・笑《わろ》ふて沖《おき》のかたに指《ゆび》さす・いよ〳〵合点《かつてん》（7オ）」「ゆかず・

C2　それより百日程《ほど》すぎて・またはじめ（ママ）ごとく・弐疋《ひき》つれて・夜半《やはん》にきたる・戸《と》ざしを明《あく》れば・なつかしそふに近《ちか》くよる・何《なに》として此程《このほど》は・見へぬぞとあれば・紫《むらさき》の衣《ころも》を・たゝみながらさし出す・

D1　心《こゝろ》をとめて見るに・正《まさ》しく我古里《わがふるさと》に・まします・伊勢《いせ》の大淀《あふよど》の・上人《しやうにん》・円山《ゑんざん》の御ころもなるが・さても〳〵不思議《ふしぎ》也・何《なに》とて物《もの》をいはぬぞ・此事きゝたしと・いろ〳〵おもふ甲斐《かいなく》（ママ）・日数《かづ》ふりしうちに・国元《くにもと》よりのたよりに・円山《ゑんざん》御せんげのよし・しらせける・すゑの世《よ》のかたりくに彼《かの》御衣《ころも》を持《もち》て・伊《い》勢御《せのみ》寺《てら》にのほりぬ・

D2　それより此所《ところ》を・衣の磯《いそ》とぞ申しけるとかや

図1　「楽の鱒鮎の手」挿絵

『西鶴諸国はなし』巻五「楽《たのしみ》の鱏鮎《まご》の手」は、正面から論じられることが少なく、(1)この咄の原拠が何であるかは勿論のこと、描かれている人物や地名についても、ほとんどが未詳とされている。(2)また、「鱏鮎」という「見なれぬいきもの」は『神仙伝』等に見える仙女「麻姑」と関連づけて説かれてはいるが、両者の形状や性質に大きな隔たりがあることについては、未だ十分な説明がなされていない。(3)本章は、これら未詳の素材を探求して「鱏鮎」が何に由来するかを明らかにし、併せて本話の構想が成熟していく過程をたどって、西鶴の創作方法を探ろうとするものである。

一

「楽の鱏鮎の手」の全文は章頭に掲げたとおりである。私に全体をA～Dの四つに分け、B以下をそれぞれ二分した。

一見して明らかなように、本話は地名起源説話の形をとっている。A～Dは話の展開上「起・承・転・結」にあたると考えられ、互いに緊密な脈絡を有している。その上で、「道行」・「紫」・「死」などの複数の語彙が見え隠れに全体を貫いて機能し、「雁――琴――爪（木）――鱏鮎――孫の手」といった縁語が配され、更には間を隔ててAの金沢とD1の大淀とが呼応する等々、統一への細かな配慮が各所にみられ、かつそれらが成功していると言うことができる。

つまり、本話は「衣の磯」に伝わる一篇のまとまった伝承――流円坊と鱏鮎の話――として、西鶴が序に謳う「国々を見めぐりてはなしの種をもとめ」たうちの一話として読めるのである。しかし、主な固有名詞は西鶴の命名と目され類似の伝承も見当たらないなど、見聞奇談とは考えにくい要素がある。更には、素直に地名起源の伝承として読むことを躊躇させるに十分な謎をも、一方で用意している。

まず、「見なれぬいきもの」を「鱆鮎」と呼んでいる点が不可解である。先学の諸注の多くは、この「鱆鮎」を中国の伝説上の仙女で、『神仙伝』等に見える「麻姑」と関連づけている。確かに両者は無関係とは言えないので、その関係を一瞥しておこうと思う。ここでは、先行する延宝元年（一六七三）刊『愈愚随筆』から麻姑の記事を引用する。『和漢三才図会』とほぼ重なる記述で、『神仙伝』・『列仙伝』の記事が簡略化されたものである。

四十九　麻胡ヵ爪　　麻《マ》胡《コ》仙《セン》記《キ》

王《ワウ》方《ハウ》平《ヘイ》蔡《サイ》経《ケイ》ガ家《イヘ》ニ降《クダ》ル。麻《マ》姑《コ》ヲ召《ヨビ》テ至ル。年《トシ》十七　八ノ女子《ヂヨシ》ノ如シ。指爪《ユビノツメ》長《ナガ》サ数《ス》寸《スン》四五寸鳥爪《トリノツメ》ノ如シ。意《ヲモフ》ニ其痒《レカユカリ》ヲ爬《カク》ベシト。忽《タ》鉄《テツ》鞭《ベン》《クロガネノムチ》其《ノ》背《セナカ》ヲ鞭《ムチウ》ツ

（仙術　巻三・二〇丁ウ）

本話との接点は、蔡経が麻姑の爪を見て痒い所を爬くのによいと思ったそのままを、流円坊が現実に享受したという点にある。周知のように蔡経の心中思惟部分は、詩に詠まれるなど説話から一人歩きし、搔杖《マゴノテ》の由来説明に転用される。本文B2では流円坊が鱆鮎に親しむ様子が孫の手に結びつけて語られるが、ここは搔杖の由来説明を踏襲して笑いを醸す一場の趣向をねらったものと思われる。つまり、二匹の動物に伝説の仙女麻姑が直接投影しているのではなく、搔杖から逆に連想が働いて痒いところに手が届く行き届いた世話をする異類に鱆鮎と命名したと考えるのが自然である。とはいうものの、西鶴が何故「孫の手」を想起し異類に「鱆鮎」と命名したのか、またマゴに魚偏を付した文字を宛てているのは何故か、その理由については謎が残る。

次いで挿絵に目を転ずると、不可解な点が三つ挙げられる。第一は、鱆鮎が麻姑説話の言う十七八の仙女ではなく猿に似た動物として描かれている点である。

第二は、「身のうちのかゆさ」を自然に知って「思ふところへ手をさしのべ」るはずの鱆鮎が、耳掻を手にして流円坊の耳を掻いていることである。孫の手からの連想は背中を掻くことであろうから、二重に不自然な絵柄である。

第三は、流円坊が手にしている団扇が、唯一本文の季節に合わないことである。ここは「軒の松がえに・蔦の葉のかゝりて・紅葉するを見て・秋をしる・」という本文Aの描写に従った構図で、季節は秋である。本文は続いて「浪の月」・「鴈わたる」・「露時雨」などの景物を描き出す。即ち「只夢のやうに」日をおくるうちにめぐる季節は、初秋から晩秋に限られているわけである。(4) 本文に忠実であるならば、鱆鮎の登場は食料に事欠く露時雨の折ふし以降であるから、晩秋から初冬となろうか。従って、その季節に流円坊が団扇を手にしているのは、やはり奇妙と言わざるをえない。

既に先学により、巻一「公事は破らずに勝」・巻四「忍び扇の長歌」・巻五「恋の出見世」等で指摘されたことであるが、(5) 西鶴自画と考えられる本書の場合、挿絵はその章段の素材を示唆することがある。一方、巻二「残る物とて金の鍋」・巻四「鯉のちらし紋」のように、挿絵が必ずしも素材に忠実ではないものもあるが、(6) 私見では、この場合はむしろ素材が媒材に過ぎないことを示唆していると思われる。このように、『西鶴諸国はなし』では挿絵から作者の意図をある程度読み取ることができるとする立場に立つと、右に述べた三つの謎もまた、西鶴の方法を探る重要な手掛かりとして捉えることができよう。

二

以上、緊密な構成を持つ一方で謎を用意しているという両面を踏まえ、同時にその謎が西鶴の方法を探る手掛かりであると考えるならば、本話は文字どおりの見聞奇談ではなく、いくつかのモチーフを繋ぎ合わせ、全体の統一に意を用いて一篇に作りなした西鶴の創作であることが明確に看取されてくる。

ここで改めて構成に目を向けると、A及びD2が、全体の枠組みを形作っていることが理解される。Aは章頭にあって、人物・季節・舞台を描出し、D2は章末にあって、地名起源説話という形で全体を締め括る機能を果たしている。

これらの外枠を外すと、B1〜D1は次に示す二つの主要モチーフから成る。

①　B1・B2＝動物が困窮している出家のもとに薪や食糧を運ぶ話（『法華経』安楽行品「天諸童子以為給使」(7)）及びそれに基づく説話等(8)を核とし、隠遁者と動物との親交を添加

②　C1・C2・D1＝出家者の衣相伝(9)（「衣鉢を伝える」・「袈裟の功徳」）を核とし、動物が使者となる話を添加

つまり本話は、僧侶に取材して類話の多いポピュラーなモチーフを繋ぎ合わせ、そこへ出家の性格や日常・土地・季節を描き込むことで息吹を与え（A）、更に全体を地名起源説話の大枠でまとめる（D2）という形で編集

したものと捉えることができる。

以下、脇道に逸れるようではあるが、右に示した基本構成に従い、各所に配された趣向を中心に脚色の様相に言及しておく。

前半①のモチーフに孫の手の由来譚を結び付けているのは、一場の趣向であることを先に述べた。この前半モチーフに不可欠なのは、神の加護、或いは法華経の功徳という一条であり、それを受ける資格を有するのは、一人修行に励む出家である。しかし、流円坊は「今は仏の道もふかく願はず」音曲に親しむ隠遁者として描かれる。楽出家の様相を呈する日常は、初めから天諸童子や神の使わしめとは無縁のものであって、ここに転合化が見られる。同様に、仏教説話では動物が柴・木の実などを運ぶのは修行成就を助けるためであるが、本話の鱒鮎は乾し肴を運ぶことで逆に流円坊を破戒に導いており、このモチーフを扱った仏教説話との間には大きな隔たりがある。

後半②のモチーフに関連した神の使わしめが衣相伝に一役買う話としては、『廿二社本縁』「日吉社事」に、

以レ猿使者登寸留事毛有二口伝一。異朝乃天台山乃神獼猴形也。……（略）……。伝教帰朝乃時。一乃獼猴乎渡志天。衣乎造着世シ天无。今乃猴衣乃初也。彼獼猴乃後胤繁昌シ当社仁有トモ云恵利。

の例がある。伝教大師が、帰国の際に荊渓の糞掃衣を賜ったという著名な話[10]に、天台山の神が獼猴であるという話が混入したものであろう（但し、この話がどこまで遡るか、どの程度流布したものであるかは未詳である）。伝教大師には「紫衣」にまつわる話も伝わる[11]。本話でも『本縁』の話と同様に仏教説話をなぞり、もともと伊勢の上人

の側に仕える鱓鮎が形見の紫衣を流円坊に届けた、とも受け取れそうである。しかし、C1に見られるやりとりの軽さを見れば、ここではむしろ抜け参りが踏まえられ、紫衣を伊勢土産に取りなすという趣向が隠されていると読み取る方が妥当であろう。

更には、挿絵が示唆する猿のイメージを投影させることになるのであるが、後半②のモチーフには次に挙げる『誹諧猿黐』に見られるような「袈裟を盗む話」を流入させているとも考えられる。

猿のあほうさま〴〵芸をつくしけり

猿のあほうとは、世間に太鼓猿楽といふ者の事にや。猿利根。猿智恵。などゝこそいへ。名目をかいさまにつくされたり。唐ノ中宗ノ時有リ二一僧一隠ル二修南一ニ時ニ失フ二袈裟一ヲ猿ル盗ムレ之ヲ被《カブリ》二其身一ニ座-禅ス二岩上一ニ群猿郊《グンエンナラフ》レ之ニ衆-僧亦恥テレ之ヲ慣《ナラ》フレ之ヲ勤メ修メ坐-禅而終ニ得タリ二辟支仏之果一ヲとあり。是猿利根ノ証拠也。

周知のように、猿が物を盗むという話は枚挙に遑がない。(12) こうなると、衣相伝は袈裟を盗む話に擦り替わる。また本話では、最後まで流円坊が衣鉢を継いだとは書かれない。結末は、章首Aの「(丹後節の)道行」に呼応させて「故郷に帰る」とし、同時に「錦を着て故郷に帰る」を踏まえて、流円坊は衣を持って伊勢に上る。後には庵と伝承だけが残る仕組みである。

以上、脇道に逸れたが、基本モチーフとして仏教説話を踏まえながらそこから離れ、随所に趣向を配している様を述べた。話を本筋に戻そう。僧侶に取材した基本モチーフ①・②があり、そこに西鶴の脚色が加わっていることを指摘しても、第一節で提示した本話をめぐる謎は解けない。また、①・②のモチーフがポピュラーであると述べたが、そうであれば尚更、特に二つの話材を切り取り、創作に繋げた作者の側の契機が問われるべきであろう。

いずれにせよ、これまで本話の構成及びそこに配された趣向を提示したのは、原拠を探り西鶴の方法を解明するための出発点にすぎない。そこで次節では、先に第一節で挙げた謎を一つ一つ解明しながら、西鶴の執筆契機となった原拠を探っていくこととする。

三

結論から先に言えば、本話の原拠と目されるのは、大覚禅師にまつわる伝承と御猿場山王の縁起譚と考えられる。前者、大覚禅師の伝承には、「衣相伝」・「形見の円鑑」・「乙護童子」の三つがある。以下、三つの各伝承について順に検証していきたい。

1　衣相伝

最初に「衣相伝」を取り上げる。万治二年（一六五九）刊の『沢庵和尚鎌倉記』巻上、鎌倉五山建立の歴史を述べる中に、建長寺開山について次のように記されている。

平時頼建長禅寺《たいらのときよりけんちやうぜんじ》をはじむ。五山《さん》の第《だい》一たり。大覚禅師《かくぜんじ》を開山祖《かいさんそ》とす。此禅師《このぜんじ》は字《あざな》は蘭渓諱《らんけいいみな》は道隆大宋《だうりうたいさう》より。後嵯峨《ごさが》の寛元《くはんげん》四年《ねん》に来朝《らいてう》し給ふ。蜀《しよく》の人なり。昔年千光国師栄西建仁年中《そのかみせんくわうこくしえいさいけんにんねんぢう》に入滅《にうめつ》し給ふ。我世《われよ》をさつて後《のち》三十年に来朝《らいてう》の僧《そう》あるべし。我《われ》三十三年の拈香《ねんかう》の師《し》に請《しやう》ずべし。是《これ》を布施《ふせ》しまいらせよとて。藕糸の袈裟《けさ》をのこされける。年月《としつき》うつりて三十三年のを筑前 国《ちくぜんのくに》はかたの聖福寺《しやうふくじ》にしていとなみけるに。来朝《らいてう》の僧《そう》もなし。讖《しん》もありぬるかといひける所に。半斎《はんさい》計の時分《じぶん》。太宰府《だざいふ》に唐船《たうせん》入ぬいかなる人や渡《わた》りけると尋《たづね》ければ。大覚禅師《かくぜんじ》此舟にて来朝《らいてう》なり。即《すなはち》拈香《ねんかう》に請《しやう》じける。拈香の語《ご》は建仁《けんにん》の録《ろく》にみえたり。

蜀地雲高《しよくぢくもたかく》　扶桑水快《ふそうみづはやし》　前身後身《ぜんしんごしん》　両 彩一賽《りやうさいいつさい》と云々《うんく〱》

千光《せんくわう》は扶桑《ふさう》の人なり。水快《みつはやし》とは千光を大覚《かく》は蜀《しよく》の産《さん》なり雲高《くもたかく》とは大覚 自《かくみづから》いへり。自賛《じさん》の語《ご》なり。前身《ぜんしん》とは千光をいひ。後身《ごしん》とは大覚《かく》の自《みづから》いへるなり。合《あはせ》て一人なり。しかれば両 彩一賽《りやうさいいつさい》といへるなり。藕糸の袈裟《けさ》今に大覚禅師の塔西来院《たうさいらいゐん》にあり。千光国師《こくし》三十三年に大覚齢《よはい》三十三にして。寛 元《くはんげん》に来朝《らいてう》し給ふ。其《その》上千光の遺言《いげん》。大覚の来朝。千光の三十三年。大覚の歳《とし》三十三。誠《まこと》に符《ふ》を合するがごとし。又本朝《ほんてう》に三十三年有《あつ》て。後宇多《ごうだ》の弘安元 年《こうあんぐはんねん》に。寿《いのち》六十六にて入滅《にうめつ》ありき。

右の記事は、藕糸の袈裟の伝承をめぐるものであるが、「栄西の三十三年忌の最中に、遺言どおり大覚が三十三歳で来朝して袈裟を受持し、かつ三十三年後に彼が六十六歳で入滅した」という符丁の合い方は、人々の興味を喚起したと思われる(13)。以下、西鶴がこの『沢庵和尚鎌倉記』を目にし、かつ名勝地鎌倉を旅して建長寺を訪れた蓋然性が高いことを前提に話を進める。伝承の信憑性は問わない。

さて、周知のように、禅宗では袈裟受持が重視される。『正法眼蔵』の「袈裟功徳」及び「伝衣」では、袈裟は仏身であって如来嫡々正伝の袈裟の功徳が甚深たること、及び法蔵相伝の正嫡に衣も相伝相承することが繰り返し語られる。一般にも知られていたことは、「衣鉢をつぐ」・「衣鉢を伝える」という馴染みある表現や、「六祖さとりを得て衣鉢をさづけられし」（『類船集』鉢）という記述などからも明らかである。

ところで、禅門大祖栄西であるが、万年寺で虚庵懐敞に対面し正法を伝えられた記事が、『元亨釈書』巻二・『本朝高僧伝』巻三等に見える。前者には、

又達磨始伝㆑衣而来以為㆓法信㆒。至㆓六祖㆒止不㆑伝。汝為㆓外国人㆒故我授㆓此衣㆒為㆓法信㆒。則㆓乃祖㆒耳。

とある。この記事を背景におくと、沢庵の記した上述の袈裟のエピソードが、いかに建長寺開祖大覚の禅法における正嫡性を主張するものであるかが、理解されよう。鎌倉五山を日本の禅河の源として位置づける上で、大覚禅師の衣相伝は重要なエピソードの一つだったのである。

2　形見の円鑑

次に、大覚の伝承の二つ目に挙げた「形見の円鑑」を取り上げる。これは建長寺開山塔西来院に伝わるものである。この円鑑については『元亨釈書』に記載がある他、建長寺を訪れた人々が実際に拝する機会も多かったらしく、紀行・日記の類に散見する[14]。

貞享二年（一六八五）刊の地誌『新編鎌倉志』には、

円鑑　壱面　厨子に入、西来菴にあり。開山所持の鏡なり。高さ三寸五分、横三寸あり。鏡面に、観音半身像、

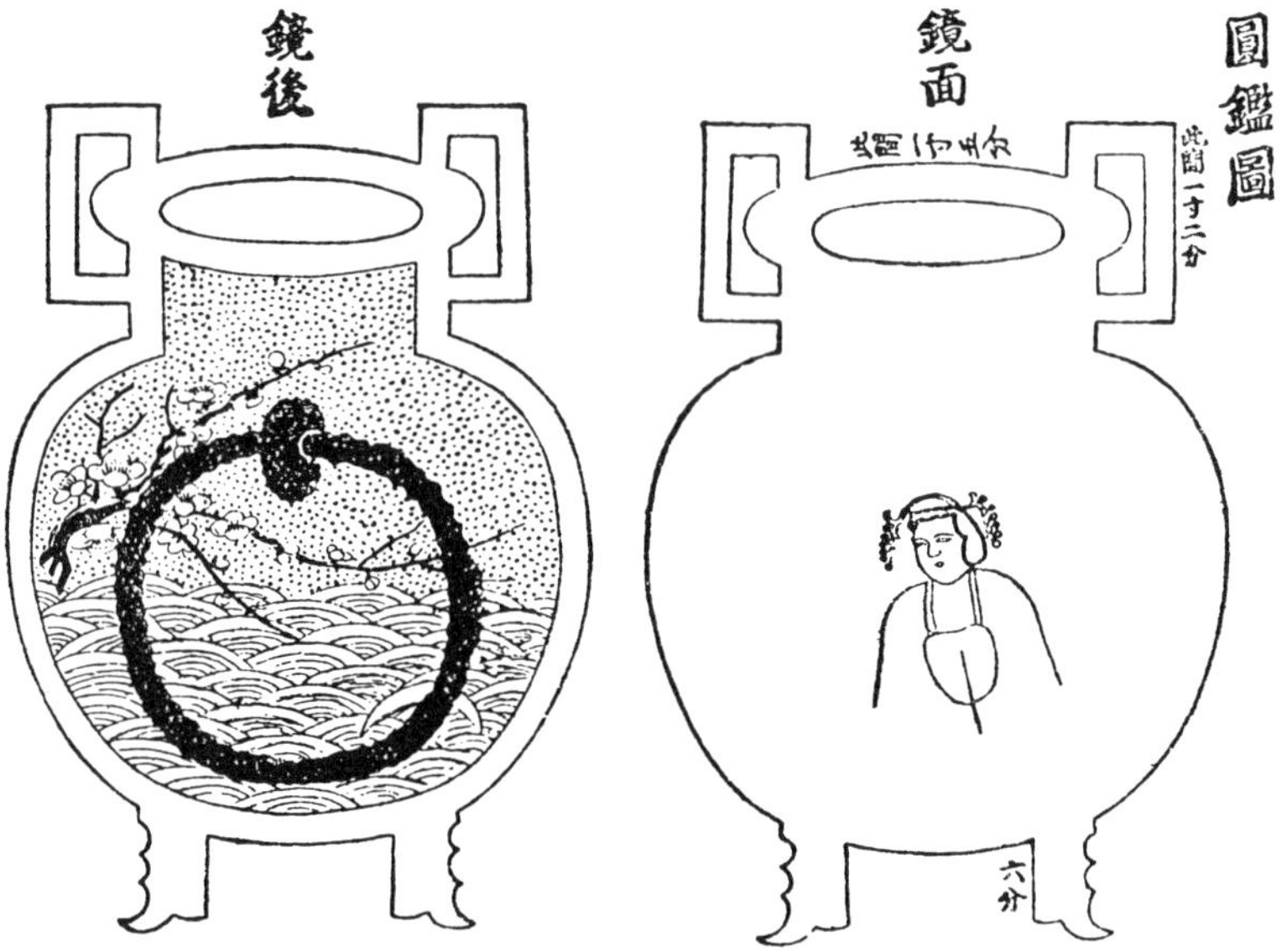

図２　『新編鎌倉志』円鑑図

手に団扇持少し俯したる様に見ゆるなり。頭に天冠をいたゞく。首尾、如意の如に見ゆる物の端に、瓔珞を垂る。珠を連る絲はなし。下に巾の如くなる物を著す。眼裏には睛《ヒトミ》を不入。鏡後に、水中に三日月の影、逆に鋳付。其高さ半分ばかりあり。上に梅枝を鋳付たり。是を提るやうに環を付たり。鏡形如鼎。是を円鑑と号する事は、開山在世の時より、自円鑑と額を書、今に昭堂に掛させ給を以てなり。其図如左。（図２）

とある。大覚が手にしているのが団扇であるという指摘は、早く『東国紀行』に見られる。[15] ここで団扇と考えられているのは、恐らく芭蕉扇であろう。この画像は、笄を挿し瓔珞を飾るなど中国風であり、円鑑の形の奇抜さと相俟って参観者の目を惹いたものと思われる。中世から近世初期の紀行・日記の類を見ると、円鑑にまつわる伝承と共にしばしば鑑の形状や画像に触れられ、スケッチが残されていることは、その裏づけとなる。逆に、鎌倉五山の高僧の画像に、払子や錫杖・数珠等ではなく団扇があしらわれていたならば、そこから大覚和尚を連想しても、あながち見当違いとは言えないであろう。

3　乙護童子

続いて、建長寺開祖大覚禅師にまつわる三つ目の「乙護童子」の伝承を、『玉舟和尚鎌倉記』により紹介する（傍線論者）。

塔ノ前、左ノ方ニ乙子（護）童子ノ像アリ、図（厨）子ノ内ニ納之。榎嶋（江）ノ弁才天、大覚禅師ニ参請ス。其報謝ノ為ニ此童子ヲツカハスト云ヘリ。女躰ノ童子也。大覚ノ師（子カ）弟ニエンケン首座ト云者アリ。大悪人也。大覚ノ勢位（声威カ）ヲ滅ジテ時宗ノ崇敬ヲ受ケント欲シテ、時々時宗ニ大覚ヲ讒ス。此童子女童ナルヲ以テ、大覚戒行ヲ乱ル由ヲ時宗ニ讒ス。是ニ依テ時宗ノ敬ウスク、大覚モ又穏ナラズ、終ニ建長ヲ去テ甲州へ行ク。其後時宗童子ノ平生ヲ聞ニ、アヘテ人ニアラズ。故ニエンケンガ讒言ヲ悔テ、イヨ〱大覚ヲ敬ス。終に使者ヲ以テ大覚ノ再ビ建長ニ帰ランヲ願フ。大覚其志ヲ感ジテ童女ヲ具シテ再ビ建長ニ帰ル。此トキ時宗夫婦、共ニ離山ニテ出向テ大覚ヲ迎フ。大覚、時宗ト共ニ建長ニ帰ル。童女眠蔵ノ内ヨリ種々ノ珍物ヲ尽シテ、時宗夫婦幷ニ数百諸臣ニ膳ス。大覚幷時宗夫婦ノ前ニハ童女自ラ給侍ス。脚痕（跟）席上ヨリ上一尺バカリヲ行テ、アヘテ席ニイタラズ。大覚団扇ヲ以テ席ヲ打コト一下スレバ、便チ脚跟席ニイタル。大覚終ニ童子ニ告テ云ク、我汝ニ依テエンケンニ讒セラレテ檀越ノ疑ヒヲ蒙ル、汝速ニ汝ガ真躰ヲ顕シテ時宗ノ疑ヒヲ散ゼヨト。此時童子前ナル池ニ下テ、忽チ数十丈ノ大竜ト成テ、前庭ノ鴨脚ノ大樹ヲ越テ、頭時宗ノ前ニイタル。時宗夫婦大ニ恐懼シテ、大覚ノ袖ヲ引テ命ヲ乞フ。

大覚又団扇ヲ以テ席ヲ打コト一下スレバ、大竜忽チ変ジテ小童トナル。是ニ依テ時宗ノ崇敬以前ニ百陪（倍）ス。

ここでも、大覚に団扇が添えられている。『鎌倉物語』・『金鎌藁』にも、同伝承の詳しい記述がある。『鎌倉物語』には、「蘭渓来朝の際、江ノ島弁天が童子を船まで迎えに遣わし、鎌倉まで送らせた」という挿話が入るなど異同が見られ、『金鎌藁』では、大覚が江ノ島の窟に百日籠った話が加わる。バリエーションに富み、各々話の成長の跡が顕著である。但し、いずれも西来院「乙護童子」の縁起であり、江ノ島弁財天が大覚随侍のために童子を遣わしたという大筋で共通している。

「乙護童子」はもともと伽藍の守護神であり、江ノ島弁財天との繋がりを考慮する余地はない[16]と言えば、それまでではある。しかし、近世初期に右のような話が先立によって参詣者に語られていた[17]ことは、「楽の鱏魼の手」の素材と方法とを考える上で示唆を与えてくれる。

以上の建長寺開山祖大覚にまつわる伝承を再度確認しておけば、次の三点になる。

ア　栄西から衣を伝えられる。

イ　形見に円鑑を残す。

ウ　江ノ島弁財天が遣わした童子が随身した。

ここで、第二節で述べた「楽の鱏魼の手」の構成を思い起こし、右の三点と照らし合わせてみると、アは本話の後半と、ウは前半と、それぞれ繋がりを持つことが明らかである。更に、イの円鑑やウの伝承を本話の下敷きに置いてみれば、挿絵で流円坊が団扇を手にしていた謎が氷解する。また、ウの伝承を踏まえれば、鱆鮎が海から現われる点も了解されよう。

以上述べてきたことから、ア〜ウの三つの伝承を併せ持つ建長寺の開祖大覚禅師は、鎌倉の金沢を舞台にした本話の基本構想に大きな影響を与えたものと推定される。

四

次に、もう一つの素材と考えられる御猿場山王の縁起譚を取り上げる。これには僧を養う猿が登場し、本話の「鱆鮎」と共通するところがある。そこで、この縁起譚について検討する前に、猿と鱆鮎の関係を考察しておこうと思う。

まず、西鶴が「鱆鮎」と命名した「見なれぬいきもの」の属性を見ておく。本文の描写に従えば、「一疋は流れ木を・ひろひ集めて抱へ・また一疋は・ほし肴を持て・物いはぬ斗・人間のごとく・かしらをさげて居」「思ふ所へ手をさしのべ」「笑ふて沖のかたに指さす」「なつかしそふに近くよる」「紫の衣を・たゝみながらさし出す」などの動きを示し、一貫してしゃべらぬ以外は人間と変わりがない。初めから人を恐れず近付き、人間にとって親しい生き物という設定である。

ここから即座に連想されるのは、「猿の人真似[18]」である。貞享四年（一六八七）三月序『懐硯』巻四「人真似は猿の行水」には、駆け落ちした男女に仕え、赤ん坊を湯に入れようとして誤って煮殺してしまう猿の話が描かれる。

その中で猿が薪を集め給仕する描写は、本話の鱓鮎の動きと重なる。猿では「見なれぬいきもの」という表現と齟齬を来すというのであれば、猿猴を想定すればひとまず問題はない。二疋揃って来る点も了承される。
鱓鮎に猿猴を重ねることの是非について、二、三付け加えておく。

猿猴が露の月とる蕨の手　　堺　成利
まごの手か山のうしろのかぎ蕨　　大坂　正之

右の二句は『ゆめみ草』の「蕨」に並んで掲載されており、季題の「蕨」をそれぞれ「猿猴の手」と「孫の手」に見立てている。両者は、形状の共通性から連想距離内にある。
また、第三節で紹介した円鑑の裏面には、水中の月が描かれているが、僧祇律の故事により、水中の月と猿猴との取り合わせは常識であろう。[19] 即ち、円鑑の図柄からの連想によっても猿猴が導き出されるのである。

ここで、本話執筆の際西鶴の念頭にあったであろう説話の類、及び西村本『宗祇諸国物語』にも目を向けておく。既に第二節で、後半②のモチーフに関わるものとして、最澄帰国の際猿が衣を届けた話、及び終南山で修行中の僧の袈裟を猿が盗んだ話の一つを紹介した。この他、前半①のモチーフ（326ページ参照）に関連したものとして、『古今著聞集』「紀躬高の前身の猿法華経を礼拝の事」[20] 並びに『山王絵詞』に、猿が人間のもとに食べ物を運ぶ類話が見られる。最澄の話を除けば、いずれも西鶴に馴染みのあるものであり、鱓鮎の形象化には、これらの話にみえる猿の属性がかなり取り込まれていると言ってよかろう。

一方、『諸国はなし』と『宗祇諸国物語』との関係については、堤精二氏による指摘がある[21]（「『近年諸国咄』の成立過程」（一九六三年（昭38）10月）。ここで二書の関係について新たな見解を展開する余裕はないが、私見では、この二書は堤氏の指摘以上に相互に影響しあっていると考える。その一例となるが、本話との関係を『宗祇諸国物語』巻四「老栖古猿宿」に見ることができる。これは宗祇が、「人倫たえたる所に」一人住み獣と馴れ親しむ老法師と出会う話である。結末の一節を次に引用する（傍線引用者）。

去折しも猿《さる》の大きなるがふたつつれて覆盆子《いちご》のうるはしきを一つかねつゝ持来り庵《いほ》にいらんとせしが祇のあるを見て足はやにかへるを主《あるじ》の法師手うつてよび返すに。いちごをさゝげ庭をさらす（ず）あそぶあるしの云み給へかくのごとく山野《さんや》の菓《くだもの》をかはる〳〵持はこびて我に親《したしん》ずるおといふにぞ。実往生《けにわうしやう》の期《ご》に思ひや出んと迄苦《くる》しがりし理《ことわり》とおもひしりぬ。此後あるし縁《ゑん》に出て手をうつに。めなれぬ獣類雲霞《うんか》のごとく鳥類《てうるい》又群《むらがり》て梢《こずへ》に羽《はね》を休《やす》む此時主《あるじ》の僧ひとつの猪《いのしゝ》に跨《またがつ》て庵《いほ》の外に出けるが彷彿《ほうほつ》と消て行がたなし只むすひ捨《すて》たる庵計そ残りける。

右の話は、『発心集』第四「三昧座主の弟子の話」などに近似性が認められる。神仙伝のパターンを踏襲している点で本話との相違はあるが、題材自体は本話の前半のモチーフ①と共通している。表現にも共通性が見られ（傍線部分）、素材の消化の度合いから推して、「老栖古猿宿」の二匹の猿が、本話の鱏鮎の形象化に影響を与えた可能性が高い。

以上の例示を総合して、西鶴が創り出した鱇鮎は猿猴のイメージを色濃く持つと断言できよう。挿絵の鱇鮎が猿に似ていることは、この推論が的外れでないことの証と思われる。但し、断るまでもなく、海中から姿を現す点など、猿猴の単一イメージでは律しきれないものがある。鱇鮎は、他に猿猴とも繋がりを持つ「カワロウ（河童）伝承(22)」や、第三節で紹介した「乙護童子」など複数の要素を融合して、西鶴が創り出した架空の動物であると言えよう。

ここで、話を御猿場山王（及び法性寺）の縁起譚に戻そう。縁起譚は『鎌倉物語』・『鎌倉日記』・『新編鎌倉志』等に見られ、近世初期にかなり流布していたことが知られる。次に『鎌倉日記』の記事を挙げる。

御猿場山王　小山ニ松少シ有所ヲ云。昔此ニ山王ノ社アリ。里老カ云、日蓮鎌倉へ始テ出ル時、諸人憎テ一飯ヲモ送ラズ。然ル時此山ヨリ猿ドモ群リ来リテ、畑ニ集リ、喰物ヲ営ミテ日蓮へ送リケル故ニ云トナリ。

法性寺　猿畠山ト号ス。寺ヨリ遙カ上ニ塔アリ。其上ノ岩穴ニ日蓮ノ影アリ。今ハ塔ノ内へ入置ク。塔ヨリ北ニ、六老僧ノ籠アリ。塔ノ前ニ日朗ノ墓所アリ。其上ニシルシノ木トテ大ナル松アリ。弘安九年ニ日蓮此寺ヲ建立ス。猿ドモ我ヲ養ヒシコト、山王ノ御利生トテ建立スト云リ。

先に第二節で示した構成のうち、前半のモチーフ①は食料に事欠いている出家を動物が養う、というものであった。右の日蓮ゆかりの伝承は、このモチーフと合致する。同時に、地名起源伝承という点で、本話の大枠に符合する。更に、鱇鮎の形象化に猿猴が大いに与っていることを考え合わせると、右に引用した御猿場山王及び法性寺の縁起譚も、本話創作の契機の一つと推定できよう。

以上、鎌倉を舞台にした建長寺開祖大覚の三つの伝承と日蓮の御猿場山王伝承とが補完しあう形で、本話の構想の骨組みが成り立っていることを述べた。本節の最後に、咄の舞台である「鎌倉」と「衣の磯」に触れておきたい。

鎌倉について『順礼物語』には、

昔。鎌倉は。将軍家代々相続し。繁昌のちまた。名所旧跡其数を知らず。詩人歌人の詠おほしとかや。然ば当代江戸へ。月卿雲客あまねく下り給ひぬ。これらの人々帰洛には。鎌倉一見として。かならず尋より給ふ。

とある。『東海道名所記』では、楽阿弥が脇道に逸れて鎌倉の名所を長々と語って聞かせる。西鶴も何度か東下した際、(23) 帰路に鎌倉を巡り話を採集した蓋然性が高い。

西鶴が地名起源説話の形で咄を完結させている、「衣の磯」についても付言しておこう。下敷があるとすれば、章首の「道行」との関連があり、鎌倉からの連想域内にあり、かつ地名起源を持つ地名ということになる。中で袖の浦は、『鎌倉日記』・『新編鎌倉志』・『鎌倉攬勝考』共に「西行・定家・順徳帝・長明」の歌を載せる旧跡である。以下、『鎌倉日記』の記事を引用する（傍点論者）。

袖ノ浦　霊山崎西ノ出崎、七里浜ノ入口、左ノ方稲村崎ノ海端ヲ云ナリ。地形袖ノ如シ。里民、西行ハ歌トテ語シ。

シキ波ニ独ヤネナン袖浦サハグ湊ニ寄ル舟モナシ
　定家ノ歌トテ
袖浦ニタマラヌ玉ノ砕ツ、寄テモ遠ク帰波哉
　順徳院ノ御製トテ
袖浦ノ花ノ浪ニモ知ラザリキ如何ナル秋ノ色ニ恋ツヽ
　海道記ニ、長明此所ニ来テ
浮身ヲバ恨テ袖ヲヌラストモサシモヤ浪ニ心砕カン

右に挙げられている四首のうち、相模の袖の浦を詠んだものは「浮き身をば」の歌一首のみであり、他は奥羽の歌枕「袖の浦」を題としたものであろうと思われる。右の記事は、他にもいくつかの誤りを含んでいる。[24]このことは、かえって『鎌倉日記』の記事が伝承の実態に近いことの証となろう。光圀が旅した延宝二年（一六七四）当時、奥羽の歌枕「袖の浦」の詠歌を取り込み、西行・定家・順徳帝・長明の名を連ねた伝承がこの地に成長していたわけで、里人はこの地が歌枕に通じる名所旧跡であるという意識を持っていたと思われるのである。

他にも、例えば顕成編[25]『続境海草』には、堺の空声が「袖が浦にて」詠んだ「浦の名の袖の紋かも波の月」が見える。相模の袖の浦も、俳人が訪れ発句を吟ずる名所となっていたのである。こうしてみると、西鶴自身もこの地を訪れ、地名に興味をそそられたと想像できる。本話の結末に「衣の磯」を配す契機となり得たであろう場所が、存在したということである。

本節の結論を述べれば、鎌倉を旅した西鶴が、大覚禅師・お猿場山王（及び法性寺）の伝承を繋ぎ合わせ、自ら訪ねた袖が浦をヒントに地名起源説話の形で結んだというのが、本話の構想と考える。なお、第二節で示したB1～D1の基本構成を、右に示した構想に重ねると、本話が類話に富む仏教説話の二つのモチーフ（出家を助ける動物、衣相伝）を踏まえており、そのことが咄に奥行きを与えていることが了承される。

五

ここでは、第一節で提示した謎のうち「孫の手」が導き出される経緯に注目し、「見なれぬいきもの」に「鱏鮎」と命名した根拠について考えてみようと思う。

孫の手は断るまでもなく如意に通じる。(26) また、『誹諧独吟集』下・林門跡独吟百韻に、

施餓鬼をも頼む人なき小寺にて
茶の木引切けづる孫の手

の例があるなど、出家に孫の手は不自然な取り合わせではない。

さて、第三節で紹介したように、本話の原拠の一つと考えられる大覚禅師は、円鑑を残している。その画像が頭に挿しているものを、『新編鎌倉志』では「如意の如に見ゆる」と描写しているが、これは笄であろう。以下、連想の再現を試みる。

まず、笄からは、即座に耳掻きが連想される(27)。つまり、大覚禅師の円鑑の画像を原拠として認め、そこからの連想をたどる時、第一節で謎として挙げた、挿絵に耳掻きが描かれていることの意味が理解できる。この〔笄――耳掻き〕及び第四節で触れた〔孫の手――猿猴の手〕は、それぞれ形状から相通じる。更に、この四つは「蕨」を媒介にして、いずれも連想の糸で繋がることになる(28)。また、「笄」は頭を、「孫の手」は背中を、共に掻く道具である点で共通する。その上、次の①～⑤に示すように、「孫の手」は十二分に本話の設定からの連想範囲内にある。

① 僧侶の持つ如意から孫の手
② 出家と孫の手の取り合わせ
③ 原拠の一つである猿猴の手から孫の手
④ 円鑑に描かれた笄から（耳掻きを経て）孫の手
⑤ 勧進聖の杓子から孫の手

いずれも俳諧師にとっては自然な連想である。

実際には、大覚禅師の画像と伝承、及び日蓮の伝承を機縁として、そこから触発され、直ちに孫の手のイメージが導き出されたものと思われる。孫の手と仙女麻姑とは通い合う。猿のイメージと麻姑との結び付きは、飛躍に見えるが道筋はある。更には、大覚の伝承に登場した童女姿の乙護童子と仙女麻姑とが一脈通じる（333ページ参照）ことも含めて、本話の「見なれぬいきもの」が「鱆鮎」と命名された、と結論づけておく。

六

第四節において、本話が大覚禅師及び日蓮の伝承をもとに構想されたことを示し、仏教説話を視野に入れた二つのモチーフ（出家が生きものに助けられる話、及び衣相伝）を併せ持っていることを指摘した。この二つのモチーフは、「生きものが衣を届ける」構図をとることで直ちに結びつく。確かに本話の鱆鮎は衣を届けており、右の構図はB1～D1の骨組みとして本話を律していると思われる。しかし、果たして西鶴は、最初にこのような青写真（構成の骨組み）を用意し、それに忠実に従って肉付けを施し、咄を組み立てるという創作方法に終始したと言い切れるだろうか。限られた題材を繋ぎ合わせ、趣向を添えるだけであれば、わざわざ挿絵や生き物の名に謎解きを用意するまでもあるまい。また、青写真が先行したにしては、文脈・用語に至る緊密性がある。その一方で唐突に伊勢上人が登場するなど、説明しにくい点もある。

先に、鱆鮎の形象化及び命名には、原拠から孫の手を介した俳諧師の自然な連想が働いていることを示した。この連想によるイメージの形象化は、単に鱆鮎の創作にとどまらず、連鎖していくことで、咄の進行にも作用していると思われる。そこで、ひとまず咄の展開に沿って、孫の手からの連想をたどって見ようと思う。

「孫の手」から「形見の衣」への繋がりを見ると、まず『西鶴大矢数』第十二に、

　　らく書は夜更て通る篁々
　お肌に添しあはれ摩胡の手

とあり、また『山の端千句』上に、

かゝれたり又かゝれたり札の辻　友
是ハ摩胡の手是は馬子の手　春
筐とて鼻ねち斗や残すらん　翁

とあるように、摩胡（麻姑・孫）の手と筐（形見）とは繋がりを持つ。従って、〔孫の手――形見・形見の衣〕の連想は困難ではない。

以上、「猿猴」や「僧・円鑑」などからの連想によって「孫の手」が導かれ、その「孫の手」から「形見の衣」が連想される道筋を辿ることができた。つまり、原拠からの連想によって浮かんだ「孫の手」を媒介にすることで、本話の二つのモチーフ（出家を助ける動物、衣相伝）は結び付けられるのである。あるいは構想の最初の段階で、形見という共通点によって〔円鑑・笄〕及び〔衣〕の二つの素材は、西鶴の頭の中では繋がっていた可能性もある。(29) その場合、猿猴や円鑑などから連想された「孫の手」が、二つの素材を結ぶ橋渡しとして用いられたとも考えられよう。

いずれにせよ、構想としては第四節で示した大枠がまずあり、その上で孫の手を核とする俳諧の連想が、本話のB1からD1に至る咄の展開を支えているのである。

ところで、「古里」を「伊勢の大淀」とし、「伊勢上人」が唐突に取り込まれる点については、ここに抜け参りが配されていることを第二節で述べた。円鑑からの連想を辿ってみると、〔団扇――神風――伊勢の山田〕（『類船集』の付合による）のように伊勢と繋がり得る。山田には、伊勢上人の慶光院がある。伊勢上人は、『遠碧軒記』・『和漢三才図会』・『伊勢参宮名所図会』等に記載があり、(30)紫衣を許された慶光院の比丘尼、清順上人を指すと考えて誤るまい。そこで、〔山田――伊勢上人――紫衣〕という繋がりを確認できる。

円鑑に描かれた笄は『色道大鏡』第三に、

さしぐしの事、此根源は斉宮伊勢へ行啓の時、大極殿にて、天子御手づから斉王にさしぐしをさゝせ給へる也

とあり、斎宮への連想も可能である。又、B2「淋《さび》しきとおもふ時《とき》には・かならず来て・よき友《とも》となりぬ・……云ねど・自然《しぜん》としりて・思ふ所《ところ》へ手《て》をさしのべ・其《その》こゝろよき事・」の一文と、「大淀の浜におふてふみるからに心はなぎぬ語らはねども」（『伊勢物語』七五段　傍点論者）とは、近距離にある。一例を挙げたが、実は本話と伊勢の繋がりは複数の連想によっても支えられていると見ておく。

さて、紫衣と伊勢上人との繋がりは確認したものの、本文C2〜Dに「衣」が繰り返し登場し、色を紫と明示している点に、依然としてこだわりを感じる。紫衣から即座に連想されるのは、紫衣事件であろう。『武江年表』寛永六年の項を見ると、江月が許され、玉室・沢庵が流罪になった記事に続き、「此のころ民間の狂歌に、江戸味噌を二すりすりて一すりはみそかすばかりのこる江月」とあり、一般の人々にも知られた事件であったことがわかる。

近世初期の鎌倉紀行・地誌のまとまったものとして『鎌倉物語』と双璧をなす『沢庵和尚鎌倉記』に、沢庵自ら記しているのであるが、建長寺には沢庵の先師にあたる大応国師の塔頭「天源庵」があり、沢庵は拝香に訪れている。従って、同じ寺内の西来院大覚の伝承を骨格とする本話に「紫衣」が登場すれば、そこに紫衣事件の影を見るのが自然であろう。即ち、紫衣事件は媒材として水面下で本話に作用し、後半モチーフの衣をあらかじめ紫色に指定しているのである。伊勢上人を唐突に登場させた裏には、紫衣を起点とした連想もあったと推定する。

七

西鶴の手法を、別な角度から探ってみる。これまでに示した原拠・媒材及び趣向に用いられた素材群を通覧すると、B1〜D1は高僧列伝の様相を呈することが理解される。

日蓮――お猿場山王・法性寺
大覚――円鑑・乙護童子・衣相伝
栄西――衣相伝
（伝教大師）――紫衣・猿から衣を受け取る
沢庵――紫衣
伊勢上人清順――紫衣

これら複数の高僧の面影は、章首Aで示される「仏の道も・ふかく願はず・明暮丹後ぶしの・道行ばかりを語」る一人の隠遁者に収斂され、個々の高僧のイメージは完全に消し去られる。

逆に言えば、もとの素材を消し去るに足るだけの、強力なインパクトを流円坊は備えて登場するのであって、音曲に親しみ自然を友とし、俗世との交流を断った伝統的隠者――長明・兼好[31]、あるいは王維・李白等の面影――として描かれる。更に、流円坊という名や、海辺の松が配されている点、「身を極めたまふ」と敬語が使われている点、紫衣のゆかりなどによって、須磨源氏等の貴種流離の面影さえ添う。そこへ丹後ぶしを取り込むことによって、糸竹・花月を友とする伝統的隠者は俄然当代の人物として生彩を帯びる。

一方、D1で登場する伊勢上人であるが、大淀を間に挿入して「伊勢の大淀の上人」とすることで、実在の比丘尼の存在感が希薄になると共に、業平のイメージを添加され、鎌倉の流円坊に対峙し得る風雅が備わる。

登場人物と同様に、土地の設定にも、素材を消し去るための西鶴の操作が見られる。即ち、建長寺・お猿場山王・法性寺等は統合され、章首において素材と直接にはかかわらない「鎌倉の金沢」に転化される。一方で「袖が浦」の実在性を剝奪し、「衣の磯」に置き換えることによって、この咄は締め括られる。金沢は、周知のように景勝地として知られ、前掲『東海道名所記』には、

武蔵国名誉の景ある所なれば、屛風にうつして、これをもてあそぶ、厳島・あまの橋立のよき景も、こゝにはまさらじと、いひあへり、

とある。この金沢が、個々の素材を超えて新たに作られた咄の舞台として説得力を持ち、全体のトーンを決定する役割を担うよう、西鶴は章首の表現を周到に練る。

『兼好家集』を引くまでもなく、金沢について『新編鎌倉志』には、「然らば兼好遁世の後暫く此所に居たるとみへたり」とある。方丈と兼好は付合であり、『なぐさみ草』（1丁ウ・29丁ウ）や奈良絵本『徒然草』など、当代の兼好画と本話の挿絵には共通性が見られる。つまり、金沢に舞台を設定することにより、流円坊には兼好の面影が加わったのである。(32)

一方、金沢の伝承としてまず思い浮かぶのは、謡曲「六浦」に作られている青葉の楓の話であろう。本文Aの「軒の松がえに蔦の葉のかゝりて・紅葉するを見て・秋を知る・」という表現は、為相の歌「いかにして此一本のしぐれけん山に先だつ庭のもみぢ葉」を意識した行文で、青葉の楓の逆設定として読むことができ、松には筆捨松が重なる。

続く「波の月心をすまし・鴈のわたるを琴に聞なし・」は、それぞれ瀟湘八景になぞらえた金沢八景(33)の洞庭秋月・平沙落雁を踏まえた表現であろう。つまり、西鶴は鎌倉から程近く(34)、景勝地であると同時に伝承に富み、鱚鮎を登場させるのに違和感のない土地柄である金沢を、本話の舞台として選び採ったと言える。その上で、土地に付随するイメージや伝承を章首の表現に巧みに織り込み、咄に説得力を持たせているわけである。

大淀も同様で、素材との連想を辿ることはできるが、直接の関わりは持たない。『伊勢物語』につながる歌枕として選び採られたのである。宇治山田にある慶光院を「大淀」に据えることで『伊勢物語』を喚起させ、章首の「金沢」と呼応して糸竹風月のトーンを貫くのに成功している。

大淀の浜におふてふみるからに心はなぎぬかたらはねども（『伊勢物語』七五段）
見るめかるかたやいづこぞ棹さして我にをしへよあまの釣舟（同　七〇段）

などの歌の転合化を、実際に本話の表現に窺い見ることが可能である。

以上見てきたように、人物設定・土地設定が、素材を消し去り新しい咄を創り出す上で大きな役割を担い、その多くが章首表現によっていることは、西鶴の手法の一つとして注目すべきであろう。

なお、付言すると、章首A部分には、人物及び土地の設定・季節の枠組み以外にも、全体を統一する仕掛けが施されている。「丹後ぶしの道行」がそれにあたる。「杉山丹後掾」の家紋が「紫の幕に蕪」であること(35)は、金沢（武蔵国――むらさき）・伊勢上人の紫衣・上人遷化の紫雲など、本話に一貫する「紫」とは無関係ではなかろう。

一方、「道行」であるが、名所・景勝地である鎌倉の金沢や伊勢の大淀を舞台として用意し、抜け参りを踏まえ、帰郷を結末におき、地名起源譚の形式を持つ点、及び生死にかかわる表現（死次第と・命も長かるべし・命のおはりけるか・遷化）を、主語を入れ替えながらB1・B2・C1・D1のそれぞれに配する点等、一篇の構想・趣向・用語は「道行」に直結している。

右に示したように、「丹後ぶしの道行」は構想の骨組みを支え、全体の統一に寄与している。つまり、章首は、大枠を準備すると共に、一篇が脈絡を逸脱せず緊密性を維持するように仕組まれているのである。

となっている。最後にこの点を解明しておきたい。

八

本話の目録小見出しは、素材群を示す「高僧」・「僧侶」・「上人」や、「紫衣」・「衣の磯」などではなく、「生類」となっている。最後にこの点を解明しておきたい。

本文に立ち戻ってみると、登場人物は流円坊であるが、B1以降その動きは、鱓鮎の差し出す肴を食い、夜半に戸ざしを開け、章末で伊勢の御寺に上るのみである。これは、鱓鮎の一連の動きとは対照的である。後半を例に取ると、衣を残す円山やそれを手にする流円坊よりも、何もしゃべらずに衣を持ち帰る鱓鮎の方に力点が置かれている。

こうして見ると、素材はどうあれ、本話は鱓鮎に焦点があり、咄の展開はもっぱら鱓鮎の動きによっていることが了承される。つまり、収集された素材は高僧伝・仏教説話の類でありながら、新たにそれを鱓鮎の咄に転換し、僧侶を脇役にしたのである。ここで鱓鮎の表記について触れておきたい。節用集類・『和漢三才図会』等に見られる一般的表記は、「麻姑」・「麻胡」であり、魚偏の表記は、『異体字弁』・『同文通考』等にも例を見ない。一方、先に挙げた『西鶴大矢数』の例では「摩胡」とあり、西鶴の表記意識に最も近いと思われる。以上のことから、「摩胡」を「鱓鮎」と表記したのは西鶴の造字であり、「まご」に魚の属性を与える意図によるものと断定できよう。

以上、本話の主題意識は、鱓鮎の咄を創ることにあった。ここで改めて西鶴の素材消化と転換の方法を振り返ると、原拠の円鑑の笄や如意等から孫の手を連想し、架空の生き物である「鱓鮎」を創作し、高僧伝その他ポピュラーな仏教説話を鱓鮎の咄に擦り替えるという俳諧化に、本話の眼目があったことが理解される。

「楽の鱏鮎の手」は、二種の縁起譚（大覚禅師ならびに日蓮）をもとに類話に富む仏教説話のモチーフを踏まえて構想し、連想で導かれた「孫の手」を核として咄を展開させ、様々な副材や仏教説話を転合化して織り込む一方で、章首及び末尾で登場人物・舞台・咄の大枠を用意し、更に紫衣事件を踏まえた「紫」や「死・道行」等周到に全体の統一をはかり、最終的には、素材群の高僧伝を「鱏鮎」の咄に転換した作品であった。

本話は、趣向・素材の転合化・連想による咄の展開等、俳諧色が濃いのであるが、同時に巻三「紫女」や巻四「忍び扇の長歌」等と同様、首尾一貫した咄を創ろうという姿勢が顕著に見られる。俳諧の方法と小説構成意識が結び付いた一篇と言えよう。

しかし、『西鶴諸国はなし』三五篇の多くがこうした小説構成意識を顕著に持つというわけではない。たとえば、巻一「傘の御託宣」は、複数のモチーフを一本の傘をめぐる話として繋ぎあわせ、次第に架空の話に持ってゆく（第二部終章参照）のであるが、この連鎖の方法は、一話の荒唐無稽さを示唆して効果的である。第二部で論じた巻三「八畳敷の蓮の葉」では、法師が同席の人々に見聞を語って聞かせる趣向となっており、咄の場の臨場感が一篇の説得力に繋がる。

一例を挙げたが、『西鶴諸国はなし』各話は、しばしば取り上げられる題材面だけでなく、素材の消化・配列の方法が多様であって、複数の編集構成意識が併存していると言える。方法・意識の多様性は、西鶴浮世草子の原初形態の豊饒を意味するように思われてならない。

注

（1）『諸国はなし』論の中で、本話に触れているものに、
・浮橋康彦「『諸国はなし』分類の試み」一九七七年（昭52）1月
・西島孜哉「『西鶴諸国はなし』論序説」一九八七年（昭62）11月
・岡本　勝「『西鶴諸国ばなし』の方法」一九九一年（平3）11月
がある。浮橋氏は本話を、巻三「紫女」と共に隠遁者奇談型に分類し、隠棲生活の詳しい描写に特色があり、隠棲者を異類が訪問する内容であるとされる。西島氏は、『諸国はなし』の意図は人間の内面に着目したはなしの構築にあるとし、本話の主題は「人徳」であるとされる。岡本氏は『奇異雑談集』の諸本に載る「伊勢の浦の小僧、円魚の事」に刺激されていたと推測される。

（2）諸注釈で、流円坊・円山・伊勢の御寺・衣の磯は未詳となっている。なお、参照した注釈は次の七種である。
・近藤忠義『西鶴』（日本古典読本9）一九三九年（昭14）5月
・藤村　作『井原西鶴集4』（日古典全書）一九五一年（昭26）8月
・暉峻康隆「西鶴諸国はなし」（定本西鶴全集3）一九五五年（昭30）9月
・野田寿雄『校注西鶴諸国咄』一九六九年（昭44）4月
・宗政五十緒・松田修・暉峻康隆『井原西鶴集2』（日本古典文学全集）一九七三年（昭48）1月　『西鶴諸国はなし』担当は宗政氏
・富士昭雄「西鶴諸国はなし」『西鶴諸国ばなし　懐硯』（対訳西鶴全集5）一九七五年（昭50）8月

・江本　裕『西鶴諸国はなし』一九七六年（昭51）4月

（3）前掲注2書において、宗政氏は鱏鮎を「猟虎の類か」とされ、江本氏も「『神仙伝』にみえる麻姑は一八・九歳の美女で、この挿絵のものとは違う」と指摘されている。

（4）本文中、季節を表す表現は章首のみであるが、この季節が一篇を大きく支配している。一匹の鱏鮎が姿を消した後の部分（C・D）は季語を持たず、季節の枠組みから外れている。

（5）「公事は破らずに勝」

宗政五十緒　前掲（注2）書、頭注

「忍び扇の長歌」

金井寅之助「『忍び扇の長哥』の背景」一九六六年（昭41）12月

井上敏幸「『忍び扇の長歌』の方法」一九七三年（昭48）12月

「恋の出見世」

杉本好伸「『古今俳諧女哥仙』勝女の行方」一九八三年（昭58）6月

（6）「残る物とて金の鍋」は、『続斉諧記』の「陽羨鵝籠記」に拠る話を、生馬仙人の話に作り変えていると指摘されている。しかし、生馬仙人の伝承と本書の挿絵との間には、瓜の数などに違いがある。

「鯉のちらし紋」の原拠の一つは『奇異雑談集』の「伊勢の浦小僧円魚の事」であり、本文中の鯉の「巴の紋」は、『摂陽奇観』十七の「鯉塚の由来」を取り入れているとされる。しかし、挿絵の鯉には紋が描かれていない（第二部第四章参照）。

（7）『妙法蓮華経・安楽行品』（覆刻日本古典全集の『倭点法華経』による。ただし訓点は省略し、その訓点に従う訓訳文を併記する。）

読是経者　常無憂悩　　是ノ経ヲ読(マ)ム者《モノ》ハ　常ニ憂悩《ウナウ》無ク
又無病痛　顔色鮮白　　又病痛無ケム　顔色《ゲンシキ》鮮白《センビヤク》ニシテ
不生貧窮　卑賤醜陋　　貧窮《ビング》卑賤《ヒセン》醜陋《シウル》ニ　生《ウマ》レジ
衆生楽見　如慕賢聖　　衆生《シユジヤウ》ノ見ムト楽《ネガ》ハムコト　賢聖《ケンジヤウ》ヲ慕《シタ》フカ如クナラム
天諸童子　以為給使　　天ノ諸《モロモロ》ノ童子　以テ給使《キフジ》スルコトヲ為《セ》ム

（8）・三昧座主弟子得法華経験事（『発心集』三）
・山谷比丘（『元亨釈書』十一・『本朝列仙伝』三）
・武蔵野郁芳院侍之事（広本『撰集抄』六・『本朝列仙伝』三、以上は武蔵野の庵の修行僧に対して天童が給仕する話、類話の『雑談集』三「愚老述懐の事」・『発心集』六には天童給仕が無い。）
・大嶺の山の仙人（『本朝神仙伝』二九）
・良算（『元亨釈書』十一・『今昔物語集』十二）
などがある。

（9）衣相伝の話としては、
・相真没後袈裟を返す事（『発心集』七）
・陽勝が延命に袈裟を譲る話（『元亨釈書』十八・『本朝列仙伝』二）
などが説話として流布している。

（10）『天台霞標』巻之一の「根本伝教大師」の条に「右前件者。天台鎮寺。授二与日本国。求法僧最澄一」とある中に、「天台山。仏隴禅林寺。附法所レ伝。荊渓納袈裟壱領」と見える（『大日本仏教全書』）。朝日新聞社『比叡山と天台の美術』一九八六年（昭61）328ページには、これに該当する七条刺納袈裟（唐時代）の写真が載る。同書の説明に、「裏裂縁に墨書があって、荊渓大師（天台六世湛然）の料をその弟子天台山仏隴寺の行満和尚から、さらに弟子最澄へと伝領されたものとわかる」とある。なお、景山春樹氏によれば、「荊渓和尚鎮納仏隴供養」の墨書があるという（『比叡山』一九七五年（昭50）9月　53ページ）。

(11)　伝教大師が宇佐八幡から紫の袈裟を授かった話が『三宝絵』（下巻　正月　比叡懺法）・『今昔物語集』（巻十一・伝教大師亘レ宋伝二天台宗一帰来語）・『古今著聞集』等に見え、著名な話である。それとは別に、『渡宋記』には、最澄が帰朝の際紫衣を賜ったという話が見える。

(12)　「長い」と「猿猴の手」は付合であり（『類船集』）、「手が長い」・「手くせが悪い」は、猿の縁語として広く用いられる。物を盗む例として、『新可笑記』巻一「木末に驚く猿の執心」などがある。

(13)　栄西（千光国師）の建仁寺創建は建仁二年（一二〇二）、示寂は建保三年（一二一五）、三十三回忌は宝治元年（一二四七）。蘭渓道隆（大覚禅師　隆長老）の日本帰化は寛元四年（一二四六、満三三歳）、建長寺創立は建長元年（一二四九）、同竣工は建長五年（一二五三）、示寂は弘安元年（一二七八、数え六六歳）。なお、『元亨釈書』・『沙石集』などにはこの伝承は見えず、栄西の著した『興禅護国論』にある予言「我没五十年禅宗大興於世」によって、建仁の栄西を建長の蘭渓が継ぎ、栄西没後五〇年後の文永二年（一二六五）頃に禅が興隆したとする。

(14)　近世前期までの管見の鎌倉資料のうちで、円鑑の記事が見えるのは次のものである。何れも西鶴の目に触れた可能性は高い。

・『東国紀行』宗牧　天文十四年（一五四五）
・『順礼物語』三浦浄心　寛永年間（一六二四〜一六四四）刊。古典文庫274の朝倉治彦氏解説によれば、初稿は慶長（一五九六〜一六一五）かという。
・『沢庵和尚鎌倉記』　万治二年（一六五九）刊。寛永十年の旅
・『玉舟和尚鎌倉記』鈴木棠三氏の推定によれば、寛永十五年（一六三八）から二十一年（一六四四）の間の旅である。（『鎌倉古絵図行——鎌倉紀行篇』114ページ）
・『鎌倉日記』徳川光圀　延宝二年（一六七四）の旅
・『新編鎌倉志』貞享二年（一六八五）刊。光圀の命により、延宝二年（一六七四）以降準備。

(15)「鏡の面曇りたるに。十一面の尊容定かに拝ませられたり。（略）御手には団扇を持ち給へりとみたる人も有。老眼さやかならず。又払子を持せ給へる時もあり。夏冬にかはれりと云々。」（『東国紀行』）。なお、島津忠夫氏によれば、『東国紀行』は大坂天満宮文庫に宗因筆本がある由であり（『日本古典文学大辞典』）、宗因が西鶴の師であったことや、俳諧師が地誌・紀行類に通暁していたことを勘案すると、西鶴の目に触れていた可能性が高い。

(16)『鎌倉日記』には、「本堂ニ乙護童子ノ木像アリ。江島ヨリ飛来ルト云伝フ。渓堂長老ガ云、本ヨリ伽藍ノ守護神ニテ寺ニアルベキ事ナリトゾ」とある。『新編鎌倉志』にも同様の記述がある。

(17)『鎌倉物語』に、乙護童子の逸話を紹介して「先立のかたりし也」と記している。

(18)『守武千句』「姉何　第四」に、

おんやうに捨られぬるも人に似て

うつりかはればさるとこそなれ
の付合がある。諺に「猿は人間に毛三筋不足分なり」・「猿が髭揉む」・「猿も喰はねど高楊枝」・「猿が傅（もり）する」・「猿も揉み手」（以上『譬喩尽《たとへづくし》』）等がある。

(19) 画題・諺等、人口に膾炙している。
猿猴か月をとらんとせしは愚かなるわざ也　（『類船集』）
猿猴が月に愛をなし　（『毛吹草』・『せわ焼草』）

(20) 『古今著聞集』「紀躬高の前身の猿法華経を礼拝の事」。類話に、『今昔物語集』十四の6・『元亨釈書十七』・『法華験記下』がある。

(21) 堤精二氏は、貞享二年（一六八五）刊の『改正広益書籍目録』に「四（冊）宗祇諸国物語」とあるのに注目され、この書は『近年諸国咄』（『西鶴諸国はなし』の目録内題）が五巻五冊で出版されたのに対抗して、巻五の終りの三章の素材を『近年諸国咄』に仰ぎ、急遽五冊に整えて刊行されたものと推論された。また『西鶴諸国はなし』に「西鶴」の名を冠した裏には、『宗祇諸国物語』からの刺激が考えられる、とされる。

(22) 『日葡辞書』に、「Cauarô　河の中で歩み、人の如く手足のある、猿の如き生類の名」とある。詳細は省くが、河童と猿との近似は、民間伝承や一八、九世紀の考証随筆・本草書などが示すとおりである。

(23) 西鶴が江戸もしくは武州へ何度か下ったことは既に指摘されている通りである。『西鶴諸国はなし』刊行に近い時期としては、森川昭氏が「西鶴と知足」（一九七八年（昭53）4月）で提出された延宝九年（一六八一）秋東下、翌天和二年（一六八二）暮春帰坂説に従いたい。この旅行中、あるいはそれ以前に鎌倉を訪ねたと推定する。

（24）西行の歌とされているのは、家隆の誤り。内裏歌合での題詠歌で、初句は「しく涙」。順徳院の歌の二句目は、「浪の花にも」が正しい。なお、「浮身をば」の歌は、『海道記』で稲村をつたい行く途次の歌として挿入されている。『海道記』は当時『鴨長明海道記』として流布していた。

（25）『古今誹諧師手鑑』（延宝四年（一六七六））、及び『西鶴名残の友』巻三「腰ぬけ仙人」に名前の見える貞門の俳人。

（26）形状が相通じる。『和漢音釈書言字考節用集』の「如意」には、「僧家ノ具。事ハ要覧（二）詳（ツマビラカナリ）」とあるが、その『釈氏要覧』「如意」の条には、「梵云阿那律。秦言如意。指帰云。古之爪杖也。或骨角竹木。刻作人手指爪。柄可長三尺許。或背有痒。手所不到。用以搔抓。如人之意。故曰。如意。」とある。『類聚名物考』の「如意」にも、「一名爪杖」として同様の記述が見え、「今俗に孫の手と云ふ者是なり」とある。

（27）『訓蒙図彙』（寛文六年（一六六六）刊）の「笄《けい》」の項には、「かんざし○今按○抿《みん》-子《し》　かみかき　かうがい　楴《てい》　同　穵《あつ》-子《し》　みゝかき　穵《あつ》-耳《じ》也」とある。

（28）前掲（336ページ）『ゆめみ草』の「蕨」の発句の他、「蕨」と「笄」とは付合（『毛吹草』・『類船集』）。更に、「耳かきや黒髪山の下わらび　忘水」（『誹諧東日記』）等、蕨は、「猿猴の手・孫の手・笄・耳搔」などに見立てられる。

（29）笄と形見については、『類船集』「形見」の条に、「方士がかたみはかんさしをせり」とある。

（30）『遠碧軒記』に清順上人の功績を載せる。『伊勢参宮名所図会』巻之上に、
伊勢上人中の切右の方にあり、慶光院と号す禅家の尼寺なり。世々上人の位にすゝみて、寺号を称せず。………直に伝奏を経

て紫衣を着して宮家の息女代々住職し給ふ
とある。

（31）　方丈の記にのこす春風／うす霞扨兼好の夕ながめ（『蛇之助五百韻』）
兼孝か見ぬ世の人を思ひ出し／おたつね申す賀茂の方丈（『独吟一日千句』第五）
など、長明（方丈の記・賀茂の方丈）と兼好は付合。

（32）『兼好家集』では次のとおり。
むさしのくにかねさはといふところにむかしすみし家のいたうあれたるにとまりて月あかき夜
ふるさとのあさぢのにはのつゆのうへにとこはくさ葉とやどる月かな

（33）金沢八景の名は、『順礼物語』・『鎌倉物語』・『新編鎌倉志』等に見え、近世初期すでに広まっていたこと
が知られる。

（34）『西鶴独吟百韻自註絵巻』に「鎌倉の《（ママ）》ありしへなたり貝」とあり、『類船集』鎌倉の条に金沢村が見えるな
ど、金沢は屢々鎌倉の一部と見做される。

（35）『声曲類纂』岩波文庫　173ページ

第四章　巻二「楽の男地蔵」考

A　北野《きたの》のかた脇《わき》に・合羽《かつぱ》のこはぜをして・其日をおくり・一生《しやう》夢《ゆめ》のごとく・草庵《さうあん》に独《ひとり》住《すむ》・おとこあり・

B　都《みやこ》なれば・万《よろづ》の慰《なぐさ》み事もあるに・此男《おとこ》はいまだ・西ひかしをも・しらぬ程《ほど》の娘《むすめ》の子《こ》を集《あつ》め・すける持《もて》あそび物を・こしらへ・是にうちまじりて・何のつみもなく・明暮《あけくれ》たのしむに・後《のち》には新《しん》さいの川原《かわら》と名付て・五町《てう》三町の子共《こども》・爰《こゝ》にあつまり・父母《ちゝはゝ》をもたづねず・あそべば親《おや》どもよろこび・仏《ほとけ》のやうにぞ申ける・

C　其後《そののち》此男夜《よ》に入・月影《つきかげ》をしのび・京中《きやうなか》にゆきて・うつくしき娘《むすめ》を盗《ぬすみ》て・二三日もあいしては・又帰《かへ》しぬ・是を不思《し》議《き》の（16ウ）」「沙汰《さた》して・暮《くれ》より用心《やうじん》して・いとけなき娘《むすめ》を門《かど》に出ず・都《みやこ》のさはぎ大かたならず・きのふは六条《じやう》の・珠数《じゆづ》屋の子《こ》が見えぬとて・なげき・けふは新町《しんまち》の・椀《わん》屋の子《こ》を・たづねかなしむぞかし・

D　比は軒端《のきば》に・菖蒲《あやめ》葺《ふく》・五月の節句《せつく》の・色めける・室町通《むろまちとをり》の・菊《きく》屋の何《なに》がしのひとり娘《むすめ》・今《いま》七才《さい》にて・其さますぐれて・生《うま》れつきしに・乳母《うば》腰本《こしもと》がつきて・入日をよける傘《かさ》さし掛《かけ》て・行《ゆく》を見すまし・横取《よこどり》にして・抱《いだき》てにぐるを・それ〳〵と声《こへ》をたつるに・追《おつ》かくる人もはや・形《かたち》を見うしなひける・

E　此男の足《あし》のはやき事・京《きやう》より伊勢《いせ》へ・一日に下向《げこう》するなれば・跡《あと》につゞくべき事・およびがたし・其面影《おもかげ》を見し人のいふは・先菅笠《まづすげがさ》（17オ）」「を着《き》て・耳《みゝ》のながき女と・見るもあり・いや皃の黒《くろ》き・目のひとつあるものと・とり〳〵に姿《すがた》を見替《かへ》ぬ・

F　彼娘《かのむすめ》の親《おや》・いろ〳〵なげき・らくちうをさがしけるに・自然《しぜん》と聞《きゝ》出し・彼子《かのこ》を取《とり》かへし・此事を言上《ごんじやう》申せば・めしよせられて・おもふ所を・御聞《きゝ》あそばしけるに・只何《たゞなに》となく・ちいさき娘《むすめ》を見ては・其まゝにほしき心《こゝろ》の出来《いでき》・今《いま》迄何《なん》百人か・ぬすみて帰《かへ》り・五か三日はあいして・また親本《おやもと》へ・帰《かへ》し申のよし・外《ほか》の子細《しさい》もなし・

G　かゝる事のありしに・今迄世間《せけん》にしれぬは・石流都《さすがみやこ》の大やうなる事・おもひしられける

はじめに

巻二「楽の男地蔵」については、これまでほとんど取り上げられることがなかったが、近年、井上敏幸氏によってこの話の原拠を、後漢代の道家「薊《けい》子訓」の逸話に求め、本話を神仙譚として位置づける説が出された（1）。本章は、井上氏の説の検討を出発点として、改めて一篇の素材を探り、西鶴の作意及び方法を読み解こうとするものである。章頭に、「楽の男地蔵」の全文を掲げた（ただし、私にA～Gの七つの部分に分けて示した）。

内容は、仏のように慕われていたが、夜になると町中に行っては幼女を誘拐していた一人の男の話である。とはいえ、話はさほど単純ではなく、やはり背後に別々の素材が見え隠れし、それらを主人公の「此男」に結び付けて一篇を構成しているらしいことが、看取されてくる。つまり、『西鶴名残の友』巻一「三里違ふた人心」の休甫や、巻二「昔をたづねて小皿」で道化役を演ずる月夜の四平を形象化したのと同様の手法が、ここでも用いられているわけである。それにしても、どのような意図が隠されているのか、不可解なもどかしさがつきまとう咄である。

一

本話について、井上敏幸氏は、

《本話は、徐子光注『蒙求』(2)の「薊訓歴家」の注文に引かれた『神仙伝』(3)中に見られる「薊子訓」(4)の、「隣の児を抱かせてもらおうとして抱き損ねて死なせてしまい、二十日程たってその児を蘇生させて返したことがあり、招かれて千里の道を半日で上京し、同時刻に二十三家を歴訪した」という話に、『古今著聞集』「変化」の、七歳の子が誘拐され三日後に返されるという話をミックスしたものであろう。なお、薊子訓は『神仙伝』に記載された「有道」の人であり、そのために隣の児を殺しても罪に問われなかったが、本話の男が、京都町奉行から罪に問われなかったのも、薊子訓がモデルだったからであり、本話の見出し「現遊」も、単に「夢うつつ」なのではなく、俗世間を離れた神仙に近い遊びという意味がこめられていた》

と述べておられる。

右の結論に至る論証過程において、井上氏は、本話の男の特徴を、〈1　とてつもなく足が速い〉、〈2　子供を盗んでは返す〉、〈3　一生夢のごとくに草庵に独り住まいをする〉、〈4　奉行に罪を問われない〉、という四点に集約され、これらをことごとく備えている人物として「薊子訓」を挙げ、本話の原拠と断定されている。こうして男の性格は神仙性によって説明され、一篇は神仙譚として位置づけられる。

もとより、提示された素材が「原拠」であるか否かという問題は、作者の深層心理に立ち入り、表面に見えないところにさかのぼって議論しなければならない性格のものである。従って、非常に論じにくく、うかつには判定できないものであるが、以下あえて井上氏の説に疑問を呈しておく。

第一に、〈1　とてつもなく足が速い〉を論拠とされている点であるが、これは神仙譚にはありふれている。薊子訓の場合は「足が速い」のではなく、方術による移動が速いのである。離京の際は騾馬に乗ってゆっくり動いているだけであるが、後から馳せる貴人たちの騎馬勢に押されて、常にその前一里ばかりに位置している。「男地蔵」という章題からすれば、本話は方術での移動よりは地蔵の移動との結びつきの方が強いと感ぜられる。その意味では、むしろ複数の地蔵奇譚が思い浮かぶ[5]。

第二に、〈2　子供を盗んでは返す〉であるが、井上氏は薊子訓説話のうち「曾テ隣舎ノ嬰児ヲ抱カンコトヲ求ム。誤テ地ニ堕テ死ス。児ノ家素ヨリ子訓ヲ尊ブ。即チ之ヲ埋ム。二十余日ニシテ、子訓外ヨリ来リテ、児ヲ抱キテ之ヲ還ス。（家、是鬼（キ）ナリト恐ル。子訓既ニ去ル。埋ム所ヲ掘リ視レバ、但泥而已（のみ））」の部分が、「男地蔵」の子供を盗んでは返す点に重なるとして、不思議な行為を「一回のみではなく、何百回も繰り返させるということで、都を大騒動に巻き込む誘拐犯人を造形しえたのではなかったか」と述べられる。しかし、この説話にある「嬰児」・「二十余日の方策」・「蘇生譚」・「一回性」の一つ一つの要素は、どれをとっても「男地蔵」とは結び付かない[6]。

第三に、〈3　一生夢のごとくに草庵に独り住まいをする〉については、これも神仙譚にはありふれているし[7]、地蔵奇譚にも多い。また、さまざまな霊験譚や、さらには、怪異譚にも当てはまる性格のものであって、取り立てて「薊子訓」に帰着させる根拠とはなり得ない。

第四に、〈4　奉行に罪を問われない〉根拠を、(8)井上氏は神仙性に基づく超脱性に求めておられる。しかし、これでは「奉行」対「神仙」という図式となって、ともすれば、神仙の優位性が示され、奉行の名裁きが際立ってこない。「男地蔵」の公事の場面は、当然、京都所司代板倉勝重・重宗父子を意識して書かれていようから、これでは不都合であろう。

以上、四件について、「薊子訓」伝を本話の原拠と見ることの危うさを見てきた。このほかにも、薊子訓伝では満たされない要件がある。例えば本話「男地蔵」の基本にある「子供にまじって遊ぶ人物像」が、薊子訓伝からは浮かんで来ない。「男地蔵」全体を貫くトーンは、同じ「超脱」でも神仙性によるのではなく、「無垢」「遊び」といった言葉に集約されるもののように思われる。従って全条件を満たすモデルを求めるのであれば、「子供と遊ぶ」という要素は不可欠であろう。子供にまじって遊ぶイメージは、むしろ日本の高僧説話に垣間見られる。

本節では、「薊子訓の行為と人となり」が原拠たるべきことをことごとく備えている、という井上氏の結論に対して疑問を呈し、あわせて奉行とのからみや全体を貫くトーンという側面から、本話に「神仙性」を読み取ることの妥当性についても言及した。次節では井上氏の説から離れ、改めて本話の素材と創作法を探っていくこととしたい。

なお、先に疑問を呈したことを、無に帰するようではあるが、ここで気になるのは、モデルを求める際に採られる井上氏の方法・手続きである。氏は、登場人物の条件をことごとく備える人物を捜し出すことに固執しているように見受けられる。しかし、原拠とはそれほど全構成要素にかかわり、作品にあからさまな痕跡を残すものであろうか。むしろ、『西鶴諸国はなし』では、典拠になった話にさまざまな媒材を混入させて、原拠隠しを行う、あるいはもとの話を「あらぬことにしなす」というのが、井上氏の諸論考を含めた、これまでの成果であったはずであり、「男地蔵」もその例外ではないと考える。前節でも触れたが、一篇の中には、いくつかの素材が見え隠れしているのである。

そこで、次節以下において改めて本話の素材を探るにあたり、まず西鶴がさまざまに用意している謎解きのヒントに注目し、それを手掛かりとしたいと思う。

二

冒頭で指摘したように、この話には、さまざまな素材が融け込んでいる。西鶴は、それぞれの素材を一人の「男」に結び付けることによって、統一性と起伏のある一篇に仕立てているのである。全体を貫く要素として、「此男」の他にも、「娘の子」「子供」「子」「うつくしき娘」「いとけなき娘」「ひとり娘」「ちいさき娘」などと表現される幼女が、一篇を通じてそこここに配される。これらの幼女と、「何の罪もなく幼女と明けくれ遊ぶ」と設定された「此男」とが織り成す話には、どこか「無垢」や「遊び」に通じるものが感じられる。以下、この点から話を進めることにする。

本話の中心部分にある室町通りの娘の誘拐を取り上げてみる。

ここでは、人知れず忍び込んでさらうのではなく、わざわざ人目に立つ通りで「横取りにして抱きて逃ぐる」のを、乳母・腰元が「それ〳〵と声をたつる」。ここに緊迫感は見られない。

本話の挿絵（**図1**）は、ちょうど男が娘を捕まえ、乳母と腰元が声を立てている場面である。乳母と腰元の手の動きや、余裕のある表情は、子供をさらわれる場面にそぐわない。また誘拐する男の側も、物腰がやわらかく表情が穏やかなせいか、怖ろしさを感じさせない。本話に続く巻二の「神鳴の病中」、巻三の「蚤の籠ぬけ」等の挿絵と比較してみても、この絵には緊張感が抜け落ちていることが了解される。

ところで、周知のように西鶴は挿絵に多くを語らせている。本書の挿絵は、しばしばその章段の素材や作意を解く鍵を秘めているのである。(9) 挿絵に作者の意図を読み取る立場に立てば、この挿絵の緊張感のなさは一つの手掛りとなろう。

図2は「子とろ」や「鬼どち」など、『守貞漫稿』および『尾張童遊集』による鬼遊びの図である。この絵と本話の挿絵（**図1**）とを比較してみると、本話の挿絵の緊張感のなさ、乳母や腰元の手の動き、全体の構図などは、「鬼遊びで鬼に捕らえられた図」に通ずるところがあるように思われる。つまり、本話の挿絵からは誘拐というよりも鬼遊びの気分を濃厚に受けるのである。

図1では左中央から右上方にかけて軒が配され、「よもぎと菖蒲」が挿してある。ありふれた端午の節句の景物であるが、ことさらそれを強調した構図には注意を払うべきであろう。(10) 古くからよもぎ・菖蒲は邪気を払うもので、鬼を払う記号でもある（例えば、全国に分布する民話「喰わず女房」では、追われる男を山姥（鬼）から救うのはよもぎと菖蒲の繁みである）。

端午の節句を本文に取り込み、よもぎや菖蒲を可視化した挿絵は、本話の誘拐事件がそもそも身の危険や怪異性とは無縁のものであって、さらわれる本人に害の及ばぬものであることを示唆している。現実に「害のない誘拐」はあり得ない。しかし「誘拐を遊びの一環と捉える」ならば、西鶴が誘拐の場面に菖蒲を描いた意図が了解されよ

図１　巻二「楽の男地蔵」挿絵

『尾張童遊集』「鬼どち」

『守貞漫稿』「子とろ」

図２

う。西鶴は周到である。

一方、一連の誘拐事件であるが、男は五日・三日誘拐した幼女の相手をするだけで、何事もなく親元へ返している。つまり、短期間行方不明にはなるが、実害はないわけである。このことと、本文Bの「何のつみもなく子供と明け暮れ楽しむ」という男の人物設定、及び散見する遊びの気分とを重ね合わせると、この誘拐は隠れ遊び(11)を連想させる。

罪に問われぬ点についても、奉行が男の行為の底に、以上のような遊びの要素を看取した、と考えれば分かりやすい。

この点に関連して、やや脇にそれるようであるが、童遊びの起源説話に注目しておきたい。

図3は法然寺蔵『地蔵縁起絵巻』の部分である（梅津次郎「「子とろ子とろ」の古図――法然寺本地蔵験記絵補記」一九五五年（昭30）5月による）。この図は、ひふくめの起源を説いた『三国伝記』の次の記事に対応する。

ひゝくめの事

わらんへのたはふれに、ひゝくめと云事は、恵心僧都、えんらてしこしわう経をみ給て、その心をえてはしめ給へり。

たとへは、こくそつ、さいにんを引てめいとにゆくとき、ちさうほさつ、かいもんしゆと云木のもとに立給て、さいにんをこひとり給。めいとはくらきところなる故に、にちせん菩薩を、ししやとし給。このほさつは、にちりんのことくに、くはうみやうを出して、万さうをかゝやかし給。しやはせかいにて、ちさうほさつに一花一香をもそなへたるしゆしやうをは、あたへ奉る。また、むえんしゆしやうをは、大し大ひのきやうくわん

図３　『地蔵縁起絵巻』

によつて、しこうしのとくのさいこうをてんすとて、をさへてうはひとり給へは、こくそつ、これをとりかへさんとてとるへし〳〵。ひく〳〵に、うはそく、うはいと申せは、ちさうほさつ、さいこうのしゆしやうなりとも、もし一善もや有らん。しやうはりのかゝみを見よ、と仰らるるなり。

ゑしんのそうつ、ちさうのひくはん、しん〳〵なる事をたつとくおもひて、はんにや院のちさうのまへにて、この経をかうしてのち、わらんへともを、おほくあつめて、両方へわけつらね、ちさうとこくそつとさい人を、とらん、とられし、とするありさまをまなんて、法楽にし給へるなり。はしめは取つゝ、ひくひくに、うはそく、うはひ、といひけるを、わらんへとも、まやゝちにいふとて、とりうゝひふくめといひけるなり。

されは、よしのゝてんのかはのへんさいてんの御前にて、おひたるもわかきも、ひふくめをして法らくする事は、ほんち、地さうほさつにておはします故也。

（傍点論者）

この起源説話は、『骨董集』(12)・『守貞漫稿』などに受け継がれている。「ひふくめ」を「子とろ」と言い換えれば、『南総里見八犬伝』第一輯の口絵「八犬子髫歳白地蔵之図《はちけんしあげまきのときかくれあそびのづ》」が思い浮かぶ。外にも『絵本倭文庫』『尾張童遊集』(13)・『物類称呼』・『嬉遊笑覧』・『絵本大人遊』(14)とさまざまな文献に書き留められており、中世から江戸時代を通じて盛んに行われた童遊びと知れる。一方、『三国伝記』記事中の「法楽」であるが、江戸時代にも弁財天の祭事に奉納されていたことが、『塩尻』によって知られる。(15)即ち、「子とろ」は単に童戯というだけでなく、地蔵と結び付いた起源説話を持っており、実際に法楽として行われてもいたのである。

「子とろ」ほど顕著ではないが、盲鬼・隠れ鬼・鬼どち等、当時行われていた一連の鬼遊びも、宗教行事――神楽――に起源を持つ。それらを一つ一つ意識しないまでも『法華経方便品』(16)や「今様」(17)を思い起こせば、罪のない童の遊びは「仏の種」であり、それに興ずるものを処罰するわけにはいかないことが確認されよう。こうして、全てを見抜いた奉行の炯眼が強調されることになる。

挿絵や誘拐場面の描写に不可解さを解く謎解きのヒントが隠されていることを指摘し、そのキーワードは「遊び」であることを明らかにした。このことは、実は目録小見出しにも明示されている。「現遊」というのがそれである。耳慣れない語だが、「天遊」や「夜遊」(18)などを意識した西鶴の造語であろうか。

ちなみに、「天遊」は『荘子』外物に「胞有㆓重間㆒、心有㆓天遊㆒、室无㆓空虚㆒、則婦姑勃谿、心无㆓天遊㆒、則六鑿相攘、大林丘山之善㆑人也、亦神者不㆑勝」(19)とあり、自然のままの自由な心を意味する語である。(20)すなわち、小見出し「現遊」とは、「天遊」の心を現実社会で持ち続ける余りに、法楽或いは童遊びの「子とろ」を現実社会での「子供を取る、返す」行為の繰り返しという形で実行してしまう――社会規範から逸脱してまで童と遊び続ける――そういう男のありようを示すことになろう。

つまり、あらかじめ、目録小見出しに遊びを意識した西鶴のねらいが示され、同時に、全篇に周到に遊びの気分が用意されていると考えられるのである。

三

一篇を通じて遊びの気分が流れており、「ひふくめ」の伝承が意識されていることを示した。しかしその一方で、京の人々にはこの失踪事件のからくりは理解されない。「足が速い」という手掛かりを媒介にして、人々の意識の中の男は、「菅笠を着て耳のながき女」「只の黒き目のひとつあるもの」と、次第に異形のものになっていく。この部分は、遊びの側から考えれば、仮面をつけた鬼が人の子を追い回す「盲鬼」を連想させるが、それだけでは説明がつかない。この背景には、京の町における「神隠し」「かどわかし」事件、更には鬼の歴史が踏まえられていると見るべきであろう。

もちろん、西鶴の時代にも、人買いや遊行聖等によるかどわかし、神隠し等、行方不明や失踪といった事件は珍しくない。『善悪因果集』には、「万治の頃天狗にさらわれ、その眷属となって十二年後に親元に姿を見せた」という例が載る。その男には鳥の翼に似たものがあったという。天和三年（一六八三）四月には、叡山に給仕に上がった十五・六歳の子供が行方不明になり、七日後に戻った事件も紹介されている。この子供は山伏に連れられ、日光をはじめ、日本国中見物して来たと語る。これらの採集された神隠し以外に、俳諧にも、子供を鉦や太鼓で探し歩く親の姿が掬い取られている(21)。

しかし本文Cのように、王城の地で頻繁に起こる幼女失踪事件となれば、より具象的な像と結びつくことになる。

即ち御伽草子の『羅生門』『酒呑童子』が直ちに連想されるし、謡曲「大江山」「隅田川」「花月」(22)、更には書承の問題は残るが、『古今著聞集』(23)や『沙石集』「天狗ノ人ニ真言教タル事」の怪異説話までもが二重写しとなってくる。こうした数々の伝承を重ね見ることによって、人々の意識の中で誘拐犯の男は鬼や天狗、山姥などの異形の姿となるのである。

ところで、男が幼女を連れ出し都が騒ぎになる部分については、『徒然草』第五十段「応長の比伊勢の国より……」の都の鬼女騒ぎを重ね合わせているように思われる。『徒然草』では、伊勢から都へ鬼女を連れて来たというので洛中洛外の人々が鬼を見ようと大騒ぎをする。「きのふは西園寺に参りたりし。けふは院に参るべし……」などと言い合う部分に続き、

まさしく見たりといふ人もなく。そらごとゝいふ人もなし。上下ただ鬼の事のみいひやまず。其比東山より。安居院辺へまかり侍りしに。四条よりかみさまの人。皆北をさしてはしる。一条室町に鬼有とののしりあへり。……人をやりて見するに。おほかたあへるものなし。……二三日人のわづらふ事侍りしをぞ。かの鬼のそら事は此しるしをしめすなりけりといふ人も侍りし。

とある（貞亨二年（一六八五）刊『鉄槌』）。

「楽の男地蔵」では、幼女誘拐は「六条、新町、室町」と広がっていき（本文C・D）、足が速く「伊勢」に一日で下向する、「耳の長き女」（本文E）などというが、実体は判然としない。本話のC・E部分に限って言えば、京の地名や群衆心理を含め、『徒然草』五十段の鬼女騒ぎを当世化して取り込んでいると見てよかろう。『徒然草』を

図４　『徒然草絵抄』

知る読者は、それに気づいたはずである。図４は、『徒然草絵抄』（元禄四年〈一六九一〉刊）に掲載された当該図である。なお、『新御伽婢子』では巻二で明暦の「人喰姥」騒ぎを描くが、『徒然草』五十段を引いて「それに似た話なのだ」と説明している。[24]指摘するに留めるが、この事実は示唆に富むものである。

以上、一篇は一方で遊びの要素をちりばめ、一方で神隠しやかどわかしの伝承を踏まえて構成されていることになる。さまざまに描かれてきた京の失踪事件を、西鶴が「子とろ遊び」「隠れ遊び」にすり替えて見せ、そこにさりげなく『徒然草』に描かれた都の鬼騒ぎを重ね合わせているというのが一篇の構図であろう。ここに西鶴の作意を読み取ることができる。その際、人々の意識には鬼や天狗の面影が残り、実体をつかめないまま怪異事件として取り沙汰されるが、奉行はそのからくりを見通した、というわけである。

四

全体の構図を、「神隠しやかどわかしを遊びにすりかえたもの」と捉え、そこに西鶴の作意があると把握した上で、章題の「男地蔵」に立ち戻っておく。

西鶴は、子供と遊ぶことを楽しむ一方で、親からも喜ばれ慕われた無垢な男を、地蔵にたとえ、章題に据えた。「子とろ遊び」が地蔵起原説話をもつことや、「隠れ遊び」が「白地蔵」と表記され、「隠れる」という意味を「地蔵」の二字に籠めることができることなども、この命名に一役買っていよう。[25]

しかし、それだけでなく、この章題の裏には、地蔵の付合である鬼が意識されている、と見るべきであろう。本文は、主としてB・Cに「さいの河原」「父母」「仏」「数珠」「椀」「笠」と、地蔵に縁のある語が綴られている（『類船集』では、「地蔵」・「さいの河原」・「父母」が相互に付合となっている）。同様に、B・C・Eの「さいの河原」「父母をたづね（る）」「女」「不思議」「用心」「さはぎ」「伊勢」「笠」[26]「目ひとつ」などは、鬼とつながる語である（「鬼」と「女」は『類船集』及び『毛吹草』で付合に挙がっている。「さはぎ」「伊勢」は『徒然草』第五十段による）。

このように、本話には地蔵と鬼の両方のイメージが巧みに織り込まれている。その様相をもう少し本文にそって見て行くことにしたい。

本文Bでは、生き地蔵そのものの男が描かれる。Cへの移りでは化け地蔵[27]の気分も醸しだされるが、やはり「さいの河原和讃」そのままに「日の入相のそのころに鬼」が登場する、と読むべきであろう。いわばここで地蔵と鬼のすり替えが行われているわけである。

この地蔵から鬼への変身、つまり、地蔵と鬼との互換性は、男の側にしてみれば、先に述べたような、遊びの中での単なる鬼の交替なのである。事態は切迫するには至らない。一方、人々の側は、初めは不可解なままに、噂をしあい、行方不明の子を捜す。このCの部分の都の騒ぎは、『徒然草』第五十段が重なり合う。

しかし、遊び気分たっぷりのDの室町通りの娘の誘拐場面を境に、事態は急転する。地蔵と鬼の双方に共通する「足の速さ」を橋渡しとして、Eでは、人々の意識を通して男は一挙に地蔵から異形のもの（＝鬼）に変貌して行く。ここには、男自身は無垢なままであっても見る側の意識の中で異形化してしまう、という人の心の不思議と、その意識を照射されることで、男も超越した能力を付与されていく、という不思議が読み取れよう（作者の意図は、今問わない）。

こうして、遊びが怪異性を帯びてきたとき、Fで話を現実に引き戻す役割を担うのが奉行であった。

以上見て来たように、地蔵は、化け地蔵のイメージや地蔵和讃を媒介にして、たくみに鬼にすり替えられる。男の側は遊びの鬼のつもりであっても、人々はそうは取らない。地蔵と鬼の互換性をめぐる男と人々の間の意識の隔絶が原因で、一旦は、無垢な男が異形化するところまで行くかに見える。しかし、最後に奉行によって怪異性は消し去られ、現実に引き戻されるわけである。右の地蔵と鬼との互換性とは、とりもなおさず、子供を鬼から守るはずの地蔵を鬼にすり替える、という西鶴の作意であったと言えよう。

五

これまで、本話が「かどわかしを遊びにおきかえ、地蔵を鬼にすりかえる」という構図を持つことを示してきたが、一篇が公事で終っている点は、この構図の枠外である。そこで本節では、唐突に公事の場を持ちだし、一篇の締め括りとしている点についてその意味を考えておきたい。

この公事が『板倉政要』(28)を踏まえていることは先に指摘した通りである。西鶴は京都所司代板倉殿の公事咄に親しかったと思われる上、舞台が京で、紛糾した事態を収め、解説があって初めて得心のいくといった凡人の考え及ばない裁きである点などから、この推論は妥当と考える。

さて、これまでに述べた奉行の役割は次の二点であった。

第一は、誘拐が罪のない遊びの延長であることを看取し、罰しなかった点。誘拐犯が異形のものと取り沙汰されたのは鬼や天狗伝承の投影であり、男の超越性もその逆照射であると見抜き、その上で怪異性を帯びていた事件を現実に引き戻したのである。

第二は、地蔵から鬼への変身が、男の側に立てば、遊びの中の地蔵と鬼との交替に過ぎないことを認めた点。これらは名奉行にふさわしい洞察と言えよう。だが、何故ことさら締め括りに公事を持ち込んだのかという点については、なお不審が晴れない。

ここで目を転じて、話の舞台になっている京都に注目してみる。

既に繰り返し確認したように、本話はさまざまな素材を含んでおり、それぞれを「此男」に結び付けることで、一篇は統一のとれた起伏ある話に仕立てられている。本文A～Gを通じて各素材を結び付ける機能を果たしている語として、他にも、

（北野）――都――京中――都――（六条）――（新町）――（室町通）――京――洛中――都

があげられる。これに寄り添うように、

娘の子——子供——うつくしき娘——いとけなき娘——ひとり娘——ちいさき娘

と幼女・子供が繰り返される。

即ち、一篇は、「此男」と「何百人かの小さき娘」の話に仕立てられているが、それを支え、緊密に結び付けている柱は「京」なのである。

京の付合として、まず浮かぶのは「童」である（京と童は『類船集』で付合）。これは、これまで述べた「遊び」「かどわかし」「鬼」「地蔵」と密接につながる語である。同時に章題に採られる「地蔵」もまた、よく知られる様に「京の町」と縁が深い（例えば『京羽二重』には「名地蔵」として将軍地蔵・勝軍地蔵・矢田地蔵等、二一体が記されており、京の地蔵信仰の隆盛を物語っている）。

ところで、本話に配される地名を挙げれば、

北野——六条——新町——室町通

となる。これを言い換えれば、

西陣——寺内町——諸職商家街——呉服問屋

となり、京都経済の二拠点に寺内町・職人商家街を挟んだ形であることがわかる。町衆に焦点を当ててみれば、京

都の商工業を物語る特色ある地域が、効果的に選び取られていることに気づかされるのである。

さらに、「北野」の天神、「六条」の本願寺、それに章題の「地蔵」を並べて見ると、そこに京の人々の信仰の一面も、浮かび上がる。また、先に第三節で述べたことであるが、本話の背景にある神隠し・かどわかし・鬼伝承の数々も京の歴史に裏付けられたものであった。

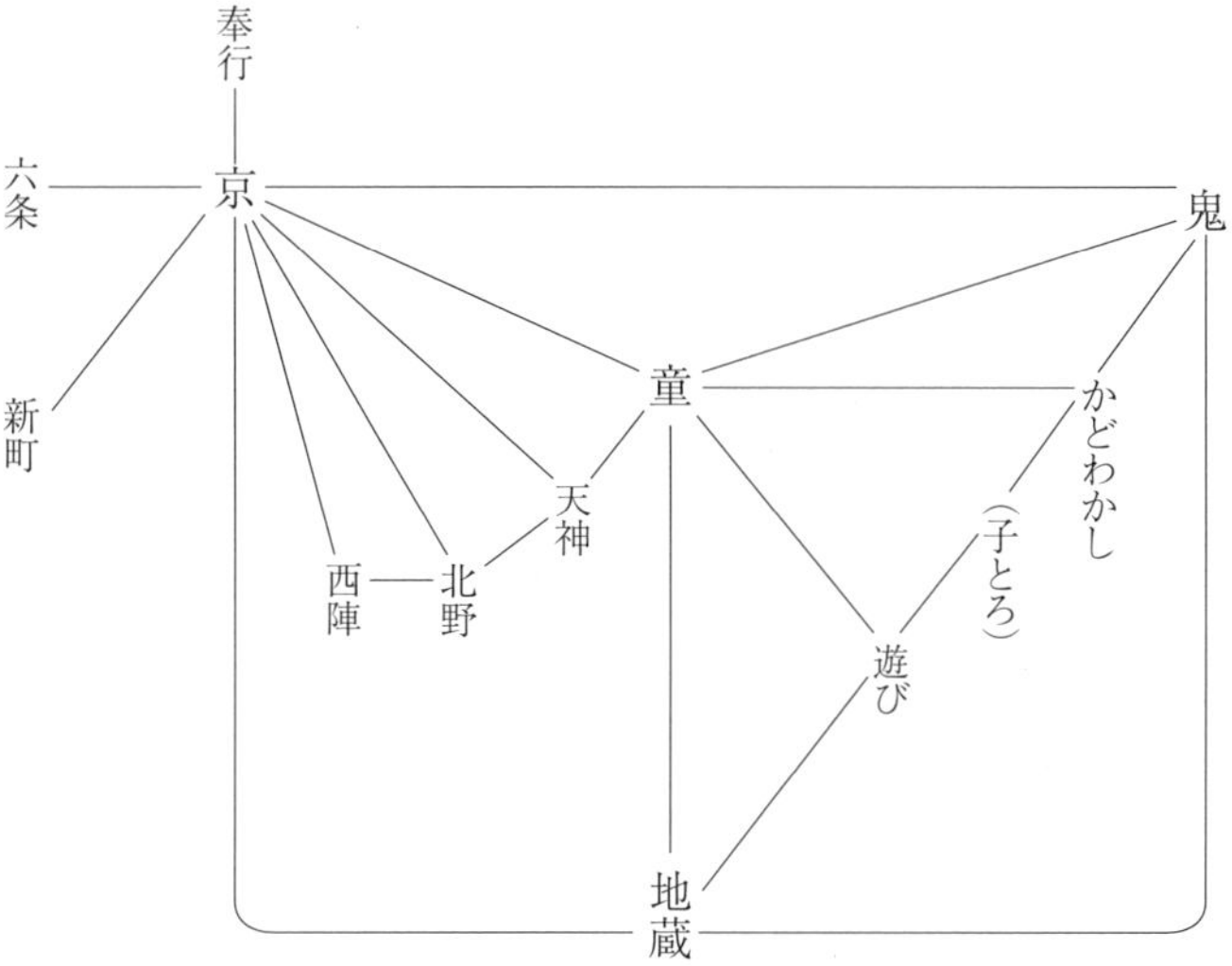

図5

このように見てくると、本話には、京を構成し、特徴づける諸要素が実に多く盛り込まれていることが理解されよう。除外されているのは、島原・宮方公家・四条河原・寺方ということになろうか。[29]但し、これらは、町方の子供たちからは懸け離れた世界である。

裏返せば西鶴は、京の付合である「童」に注目し、京都から町方の子供につながる要素を切り取って並べて見せたとも言えよう。その結果が、「地蔵」「かどわかし」「天神」「北野（西陣）」「六条」「新町」「室町」ということになったわけである。（**図5**参照）。

本話の諸要素が、何本もの糸によって「京」と緊密に結び付いており（**図5**）、「都」「京」「洛中」の語が個々のエピソードの繋ぎとして繰り返し用いられていることに注目すれば、話を公事でしめくくった理由も自ずから明らかである。

即ち、奉行も京の町方にとって欠くべからざる要素として盛り込まれたと見るべきで、子供へのまなざしを持ち得ると共に怪異伝承に捉われない立場として登場し、話を締め括っているのである。

章末が「石流都の大やうなる事・おもひしられける」となっているのは、以上述べてきた「都」を柱として緊密に結び付いた一篇の、いわば総仕上げと読み取れよう。

六

最後に、京の要素をさまざまに盛り込んだ一篇の中で、特に男の住まいを北野に、中心となる誘拐を室町通りに設定した点に注目し、その意図に触れておく。

男の住む北野は、西陣を控える。『西鶴織留』巻六「官女のうつり気」には、

鶯の局と申せし人。……北野の神へ御代参申されての下向に町筋の有さま目にめづらしく。駕籠の窓より小家がちなる西陣のほとりを通られしに。……今織りのはた音せし門に乗物たてゝ軒下に休みぬ。此内に摺鉢のおときこえて下女ことりまはしにはたらきければ。いまだ年若なる内義がつゐ腰掛ながらうつくしき手して。若菜をそろへ、鏡餅の名残を雑煮して。我夫をもてなす風情あるじは中敷居枕にして心よげに足を延て。

と、心やすい町屋の典型として描写されている。

また、『天満千句』第二に、

家〳〵の籏いかのほり也　西似
西陣や京わらんへの夕間暮　直成
名のなき事は北野の松原　武仙

とあるように、童の遊び戯れる声が聞こえて来る町である。千本通りには閻魔堂が控え、鐘や太鼓で我が子を探し歩く親の姿を見かけることがある。[30] また、天神境内には、五輪石塔が立ち（北野と石塔は『類船集』で付合）、北野はまさに男地蔵の住み所としてふさわしい場所である。

それに対し、室町通りは、京の商業の中心地で富裕な呉服問屋が軒を並べる。その様は『日本永代蔵』『西鶴織留』などに散見する通りである。室町通りの婦女と言えば、「仕出し衣装の物好み当世女の只中広京にもまたあるべからず」と言われた『好色五人女』のおさんが思い浮かぶ。本話の菊屋の娘は、文字どおり「おうば日からかさ」で、西陣の子供たちのように、自由に外で遊ぶことはできない。

この二つの地域は、あらゆる面で対照的でありながら、共に絹織物を通して興隆し、京都の経済を担っている。西鶴が、京の町を柱に「男地蔵」の話を書こうとした時、この二つの土地を選び採ったのには、それなりの必然性があったことが頷ける（前述したように、『徒然草』五十段には「一条むろまちに鬼あり」の一文が見える）。

ところで、北野には右に述べた以外に「抜け」と呼んでもよい仕掛けが込められているように思われる。確かに、千本通りに閻魔堂を控え、「石塔」を付合に持つ町外れの北野片町は男地蔵の住み所としてふさわしい。しかし、それだけでなく、北野といえば、天神を思い浮かべないわけにはいかない。

この時代の天神は、既に雷神のイメージはなく、子供の守り神、手習い・学問の守り神として定着している。それと同時に説話に裏付けられた[31]「雪冤の神・正直を守る神」としての信仰も健在である。例えば、『西鶴大矢数』第五の付合に、

是も思へは天神七代
正直は俄分限にとゝめたり

とあり、同じく第六に、

真ある神の誓の南无天満

の句が見られる。よく知られている『天神記』の詞章は、こうした天神信仰を雄弁に物語っていると言えよう。

子供たちにとって天神は暮らしの中にあり、特に天神講は自分たちで取り仕切る楽しみの一つであった。更に、天神は七歳の節目を無事通過させる守り神とも言われる[32]。

このように見て来ると、本話の主要素である「童」「北野」「七歳」「正直」「雪冤」が、すべて天神と強く結び付いていることが確認されよう。

つまり本話の表面には天神は一切登場しないが、大枠として話を方向づけているのである。読者は背景に天神が

隠されていることを発見し、西鶴の仕掛けを楽しんだと思われる。西鶴は章首で男の草庵を北野に設定することで、

○　菊屋の子供に何の子細もなく、

○　正直者の男地蔵は罪に問われない

という伏線を冒頭から準備していたわけである。

本来ならば、ここで天神が正直な男の冤罪をすすぐ筋書きになるのであるが、西鶴は代わりに奉行を登場させ、裁きの場において無実を示したのである。名奉行は一見唐突に登場するのであるが、実は、このように天神の役割を担うよう予め意図されていたと言えよう。

ここで改めて、北野に住む主人公の「此男」に取り込まれた諸要素を確認しておく。基本的には、恵心僧都や空也[33]をはじめとして、西行、あるいは本書より後の時代になるが、行智、良寛などに連なる人物像を面影としていると思われる。そこに子供を守る神仏である地蔵及び天神の伝承や信仰をも取り込むことによって、「此男」は全く邪気のない、無垢な人物として形象化されているのである。従って、一連の誘拐は、西陣の子供たちだけでなく、京中の子供たちと遊びたいという願いの表れと解釈できる。西陣と対照的に、子供らしい遊びを体験できない室町通りの娘が中心部に据えられるのも、こう考えれば当然の帰結であろう。

おわりに

井上氏の説に疑問を呈し、西鶴の仕掛けや謎ときのヒントに注目して、一篇を読み解いてみた。「原拠は何か」という氏の問いを繰り返せば、本話は特定の原拠を元に脚色されたものではない、というのが論者の結論である。

京のそこここで見掛ける地蔵堂や、鐘や太鼓で迷子を捜し歩く親の姿、無心に遊ぶ子供たち、神隠し事件等々、現実の社会における見聞をもとにして、それに地蔵伝承や天神信仰、古典に描かれた子供の行方不明事件、『徒然草』五十段の京の鬼騒ぎ、高僧説話、遊び起源説話などを重ね合わせ、「京」と「童女」とを核に「此男」を形象化したというのが、一篇の創られ方であった。そこに奉行を取り合わせて締め括っているのも、「京」や「天神」とのつながりによる必然である。

また、一篇にこめられた仕掛けに注目すれば、西鶴の作意の一つは、かどわかし・神隠し・行方不明事件を、子とろ・隠れ遊びにとりなした点、もう一つは鬼から子供を守るはずの地蔵自身を鬼にすり替える点にあった。さらに一篇の大枠に「天神」を置きながら、それを明示しない「抜け」の手法も用意されていた。

確かに、「地蔵のような男がいたが、彼は一方で童女誘拐犯であり鬼の一面をも持つらしい。誘拐が露見して裁きの場に立つが、罪に問われることもなかった」という不可解な話は、男の側、世の人々の側、それぞれの「人の不思議」をかすめてはいる。しかし俳諧を嗜むほどの読み手であれば、より興をそそったのは、この「不思議」よりも、むしろ一行一行話の移りをたどり、小見出し・挿絵等に隠されたヒントを手掛かりに、西鶴の仕掛けた転合化の跡を解明して大笑いすることではなかったかと思われる。この話は、まさに「抜からと心行のつけかたとて其座に一人も聞えず我計うなつきて一句〳〵に講釈大笑ひより外なし」（『西鶴大矢数』第四巻跋文）を散文に移し替えた咄だったのである。

注

（1）井上敏幸「『西鶴諸国ばなし』三題」一九九〇年（平2）12月
冨士昭雄・井上敏幸・佐竹昭広『好色二代男　西鶴諸国ばなし　本朝二十不孝』新日本古典文学大系76、一九九一年（平3）10月、岩波書店

（2）『蒙求』は唐代の李瀚撰、古人の事績を一人一句四字で表し、全部で五九六句から成る。薊子訓についても『蒙求』には「薊訓歴家（薊訓は家々を巡った）」の四字しか記述がない。宋代の徐子光が補注を作り、二句ずつ掲げて二人の伝記を列記した（その体裁から、『蒙求』本文の句は「標題」と呼ばれる）。

（3）『神仙伝』は晋代の葛洪撰、隋史の経籍志に著録され、末は宋史芸文志まで存在が確認できるが、元史・明史には著録がなく、明代の『道蔵』（道教の大蔵経）にも収録されていないところから、元〜明代に散逸してしまい、現伝の「漢魏叢書本」は、明末までに逸文などにより復元修輯したものであろう、ということである。「薊子訓」伝は現伝「漢魏叢書本」にもあるが、「徐注蒙求本」（注2参照）よりも、特に会話の量が多い。
沢田瑞穂訳『列仙伝・神仙伝』（平凡社ライブラリー19）一九九三年（平5）9月
池田利夫編『蒙求古註集成別巻』（一九九〇年（平2）1月　汲古書院）340〜341ページ
以下、日本刊本の『徐注蒙求』の「薊子訓伝」を、文禄五年（一五九六）刊古活字本・天和三年（一六八

（三）刊詳説本・文政三年（一八二〇）跋箋注本を参看しつつ訓点文で示す。

神仙伝二。薊子訓《けいしくん》ハ斉人《せいひと》ナリ。挙《あげ》ラレ二孝廉一二。除《ヂヨ》(ス)二郎中一二。又為(ル)二都尉一ト。人莫レ知(ル)コト二其有道《イウタウ》一ヲ。在テ二郷里一二。常以《テ》二信譲一ヲ与《くみ》スレ人二。二百余年。顔色不レ老。曽テ求ム二抱ンコトヲ鄰舎ノ嬰児一ヲ。誤テ堕シテレ地二死ス。児ノ家素《もとより》尊二子訓一ヲ。即埋レ之ヲ。二十余日。子訓自《より》レ外来(ル)。抱テレ児ヲ還《かへ》スレ之ヲ。家恐二是鬼《キ》一ナリト。子訓既去《すでにさる》。掘《ほり》二視《み》ルニ所レヲ埋ム。但泥而已《ノミ》。又諸老人ノ髪白《かみしろ》キ者。子訓与《とも》二対坐シ。共二語(ル)コト宿昔《シクセキ》。皆還《かへる》レ黒《コク》二。京師ノ貴人。莫レ不三ルコト虚《むなしうして》レ心欲レ見ンコトヲ。争テ請《セイ》(セ)二子訓一ヲ。比(シ)テレ居ル二太学一二。諸生為《ために》請《セイ》ス二子訓一ヲ。々々曰《イハク》。我某《しかじか》ノ月日当二レベシ往ク。到レテ期二。子訓以(テ)二食時一ヲ発シ。日中二到(ル)。未《いまだ》二ザル二半日一ナラ行(ク)コト千余里。乃《すなはち》見《み》二書生一ヲ。問《とふ》誰カ欲レ見レント我ヲ。卿《なん》ヂ尽ク語《つ》ゲヨレ之ヲ。吾日中当《まさ》(ニ)レ(ベシ)往ク。到二日中一二。子訓果シテ往二二十三処一二。諸貴人喜テ自《みづから》謂《おもへ》ラク先《まづ》詣ルトレ之二。明日相《あひ》参問スル二。各《おのおの》言《いふに》二子訓ノ衣服顔色如(シ)レ一ノ。而シテ所二論説一スル。随テ二主人所一二諮《とふ》不レ同。遠近驚異ス。子訓去ルトキ。乗二青騾一二。出二東門陌上一二。徐々トシテ行ク。諸貴人走(ラ)シメテレ馬ヲ逐(ヘ)ドモ不レ能レ及(ブ)コト。行(クコト)半日ニシテ。而(シテ)相去(ルコト)常一里許《ばかり》(ナリ)。乃《すなはち》止《やむ》。

（4）井上氏は〈『蒙求』「壺公謫天　薊訓歴家」の「薊訓歴家」に登場する「薊子訓」〉、〈『蒙求』「薊訓歴家」の薊子訓〉と記し、『西鶴事典』の「出典一覧」も〈『蒙求』「薊訓歴家」の薊子訓〉と表現している。

（5）清水寺勝軍地蔵、金台寺矢取地蔵、壬生寺縄目地蔵等の縁起が思い浮かぶ。逆に桂地蔵にまつわる騒動（『看聞御記』応永二十三年七月十六日及び十月十四日の記事参照）は、足が速く、不思議な霊験を表す地蔵奇譚が広く流布していたことの証となろう。

（6）この部分、漢魏叢書本に拠る沢田氏の日本語訳『神仙伝』（前掲注3書）では次のようになっている（傍線は『徐注蒙求』にない箇所）。

隣家の人が嬰児を抱いているのを見て、子訓も抱かせてもらったところ、手をすべらせて、地面に取り落とし、嬰児は即死した。隣家の人は、かねてから子訓を尊敬していたので、少しも悲しむ色なく、それを埋葬した。二十日ほどして子訓が訪ねて訊いた、「坊やのことを、今でも想い出されますか」隣人は、「あの子の運勢からみて、成人できそうにもなかったことですし、それに死んで幾日にもなりますことゆえ、想い出すこともできません」といった。すると子訓は外へ出たかと思うち、嬰児を抱いてその家に戻ってきた。家人は死んでいるものと思って受け取ろうとしない。子訓がいった、「お受け取りになっても差し支えありませんよ。もともとお宅の坊やなんですから」赤ん坊は母親を覚えていて、にっこり笑い、母親に抱いてもらおうとする。抱き取ったものの、まだ本当とは思えないでいた。子訓が帰ってから、夫婦して赤ん坊を埋めたところへ行って見ると、棺の中にはただ泥人形が一個。長さ六、七寸のがあるばかりだった。この子はよく生長することができた。

薊子訓の行なったことは、死に近い運勢にある嬰児を引き取って二十日間の方術を施し、丈夫に育つ子に変えていくことであった。そのためには、親に知れないように嬰児と泥人形をすり替える必要があった。どの時点ですり替えたかは言うまでもあるまい。これは方術による蘇生というよりは、方術による治癒と言った方がよく、内実は親による嬰児殺しの阻止であったかもしれない。

一方、「地蔵」と「蘇生」との繋がりは多くの霊験譚によって裏づけられてはいるが、本話章題の「地蔵」は、決して蘇生に連なる死後の守護神の意味で用いられているわけではない。単に子供とまじって遊ぶ姿を地蔵伝承に重ね合わせているのであるから、右に示した「死産に近い嬰児の蘇生譚」を面影として形象化したとは考えにくい。

（7）井上氏は、本話の「一生夢のごとく、草庵に独り住む男あり。」を「薊子訓」に繋げるために、「「一生夢のごとくに草庵に」ひとり住む人物には、……郷里にあって信譲をもって人に接し、二百余年間顔が変色も老いることなく、有道であることを秘めつづけている人物、さらに言えば、神仙伝に登載されている人物こそが最適だったといっても過言ではあるまい。」、「この……人物は、即（俗）世間を超脱した神仙性を持った人物でなければならなかった」として薊子訓に至るのである。
　この論法であれば、薊子訓でなくても名のある道士なら誰でもよかったのではあるまいか。薊子訓は正史では「斉国臨淄の人、李少君の邑の人なり」、又は「由りて来たる所を知らず、済陰の宛句に客となる。」、「神異の道あり、京師に至る。公卿以下之に候する者、恒に数百人あり、後に遁去し、終る所を知らず」程度のことしかわからないようだ。徐子光は薊伝を正史に依ることができず、すべて『神仙伝』を拠り所にしたのである。なお、種明かしのようになるが、現伝本『神仙伝』では、嬰児再生の直前に「資性淡泊を好み、いつも閑居して『易経』を読み、多少は文章も書いたが、いずれも内容のあるものであった。」の一文がある。

（8）嬰児の蘇生の件は、犯罪を構成しない。むしろこれによって、子訓が有道すなわち優れた道士であることが世に知られてゆく。

（9）巻一「公事は破らずに勝」、巻四「忍び扇の長歌」、巻五「恋の出見世」等で指摘されている。なお、巻五「楽の鱏鮎の手」の挿絵の動物や団扇が素材を示唆していることを、本書第三部第三章「巻五「楽の鱏鮎の手」考」で指摘している。

（10）『好色一代男』巻一「人には見せぬ所」本文に「あやめ葺かさぬる•軒のつま見越の柳しげりて•」とある

が、挿絵は菖蒲が見えない構図である。

（11）「隠れ遊び」は、西行の歌に、

むかしせしかくれ遊びになりなばやかたすみもとによりふせりつつ　（『聞書集』「嵯峨にすみけるにたはぶれ歌とて人々よみけるを」歌群）

とあるのをはじめ、俳諧にも『続山井』の、

小桜もせよや風にはかくれんぼ　守昌　（『貞門俳諧集二』（古典俳文学大系2）一九七一年3月　集英社　537ページ）

他の例がある。身近な題材であるから、西鶴が下敷きにしていたと考えても不都合はない。

（12）『骨董集』に**図3**の『地蔵縁起絵巻』と同種の図が掲載されており、「これは古画にあらず三国伝記の文（ことば）のおもむきをしらさんとて今あらたにつくりいでたる図なり」の詞が添えられている。

（13）『尾張童遊集』は、「子とろ」と同様の図を「道成寺」の名で掲載し、

おに後ろの子をとらへよふとする又後にてはとらへまいとする

と説明する。

（14）『絵本大人遊』続編巻之中に「子かを」の名で掲載する。

（15）「和州天の川弁才天の祭に、夜に入りて小児を集め並べて歩行せしむ。又予め鬼形の出立したる民を幕内に置きて、走り出て彼小児を執らんとするを、法師も小児も、同音に文（もん）を唱へて是を追ふとかや。是又鬼走の変風か。或人曰く彼唱る所の文は、閻羅天子経の文也。弁天の本地地蔵薩埵と習ふ。彼の経に此の行法ありといへり。」（『塩尻拾遺』巻四十六）

（16）乃至童子戯　聚沙為仏塔　乃至童子の戯《たはぶ》れに　沙《すな》を聚めて仏塔と為《せ》し
如是諸人等　皆已成仏道　是《かく》(の)如(き)の諸人等《ら》　皆已《すで》に仏道を成《じやう》しき
…………
乃至童子戯　若草木及筆　乃至童子の戯れに　若(し)は草木及(び)筆
或以指爪甲　而画作仏像　或(い)は指の爪甲《つめ》を以て　(而)画《ゑが》いて仏像を作《な》しゝ
如是諸人等　漸漸積功徳　是(の)如きの諸人等《ら》　漸漸《ぜんぜん》に功徳(を)積《つ》み
具足大悲心　皆已成仏道　大悲心を具足して　皆已に仏道を成じき
（『妙法蓮華経』「方便品」）

（17）平等大慧のぢ（地）のうへに　どうじ（童子）のたはぶれあそびをも
やうやくほとけのたねとして　菩提大衆（樹）ぞおひにける
（『梁塵秘抄』）

（18）『類船集』に次のような記載がある。
夜遊《ヤユウ》　日待　庚申《カウシン》　舞楽　月見　蛍見　鵜船　虫えらぶ　管絃
夜遊人欲尋来把　寒食家応折得驚　云々。馬頭藤式部などのすきものか物かたりこそ聞あかさらまし。
赤壁両度の賦は今の世にも見て只其時の心地するならし。短檠《タンケイ》を捨て長檠をもてはやして夜遊をことゝするを韓退之はあざけりたり。

（19）金谷一訳注『荘子』（岩波文庫　一九八三年（昭58）2月）には、「料理場にはいくつもの出入口があり、心には自然ののびやかな流通がある。部屋の中に息ぬきの空間がなければ、嫁と姑（しゅうとめ）との間でけんかをするうになり、心に自然の流通がなくなれば、感覚や知覚の器官が乱れることになる。大きな早矢仕や山のひろがりが人に喜ばれるのは、やはり人の精神が「日常のふさがりに」堪えられないからのことだ。」とある。

(20)『近代艶隠者』巻一ノ二に「天遊」について次の記述がある。

両所の武名至隠のいたることは我にすぎたり。然れども心にいまだ天遊をしる事すくなし。我むかし芸州の城を枕し。死爰（こゝ）に極めんと思ひし時は。勇を知りて道をしらず。今は天性の自然にもとづきし。我境界を二人に語らん。夫市中を市中にかくし。人家をかまはぬ野径とし。まつことなきを常とするは。天遊のはしめ也。身を山中にかくし。人を去（さけ）て己を誇るは。身をのがれて心をのがれず。己を遠（さけ）ておのれを立る物也。是非を捨て人と共に楽み。名を恐れて跡をなさず。我を知りて我をしらず。是を天遊の至徳といふ。

(21) 迷ひ子は都の西と聞こえたる　宗因
日も入相のかねと太鼓と　弘氏　（『宗因七百韻』）

鉦たいこ千本通り尋行　（『大矢数』第十八）

(22) 談林派と目される俳諧では謡曲「花月」の「さてもわれ筑紫彦山に登り七つの年天狗にとられて行きし山々を思ひやるこそ悲しけれ」による「天狗―とられ行く―七歳」の付合が頻出する。西鶴も好んで用いている点は、本話Dの設定を考える上で注意してよかろう。

(23) 井上敏幸氏は前掲（注1）論文で、『古今著聞集』巻一七「御湯殿の女官高倉が子あこ法師失踪の事」を素材の一つと見なされている。この話は後半、

（あこ法師は）なへ〳〵として、いける物にもあらず、物もいはず、たゞ目ばかりしばたゝきけり。験者・よりましなどすへていのるに、物多くつきたり。みれば馬のくそなりけり。三たらひばかりぞ有ける。されどもなを物いふこともせず、よみ帰りのごとくにて……

とあるように、神隠しの例である。但し、書承年代には問題が残る（292ページ参照）。

（24）『新御伽婢子』巻二「人喰姥」に、『徒然草』第五十段が都の幼児失踪騒ぎの引き合いに出されている。

明暦の比にや壬生の水葱宮に人喰姥といふもの住て幼子共を取喰ふと沙汰して洛中城外の騒数日止ざりき応長の比伊勢の国より女の鬼に成たるをゐて登りしとて京白川のさはぎけると。つれ〳〵に書しに似かよひたる事にて誰見たるといふ人もなく虚言ともいはでいつとなく静りぬ

（25）『千種日記』巻二「洛陽留止記」（天和三年（一六八三）三月・眼疾（めやみ）の地蔵堂の条）に、「地蔵の二字は地にかくるゝとよめり」とある。また『和漢音釈書言字考節用集』には「白地蔵《カクレアソビ》小児遊戯」とあり、『守貞漫稿』では「書言字考に白地蔵の三字をかくれあそびと訓ぜるは白地にかくるゝかりそめの遊と云心ならん」と説明している。

（26）鬼すらも宮の内とて蓑笠をぬぎてや今宵人にみゆらむ　（『躬恒集』新編国歌大観　一八五番）

あみた笠ぬいて久しや鬼の皃　定俊　（『二葉集』前掲（注26）書　談林俳諧篇　234ページ）

（27）小磯の地蔵が名高いが、『一目玉鉾』には、併せて奥州街道の化（け）地蔵も記されている。

また、『西鶴大矢数』第三十三に、

地蔵の化妖あらはれて月

の句が見える。

(28)『西鶴大矢数』第三十二に、

是あとしきの公事を聞るゝ
風も立ず波も静に周防灘

第二十二に、

聞及へうたん公事の埒明た

とあり、『世間胸算用』巻二「尤始末の異見」に、

夜食は冷飯に湯どうふ干ざかな有あいに借屋の親仁に板倉殿の瓢箪公事の咄しをさせことはりなしに高枕して腰元に足のゆびをひかせ茶は寝ながら内儀にもたせ置て

とある。

(29) なお、このうち宮方公家は巻一「見せぬ所は女大工」の咄の舞台である。町方の無常は、巻三「面影の焼残り」で描かれる。

(30)
人の不足の閻魔大王
鉦たいこ千本通り尋行
(『西鶴大矢数』巻十八)

此律義閻魔大王合点也
千本通まつすくにゆく
(『西鶴大矢数』第三十八)

(31)『古今著聞集』和歌第六に「小大進歌に依りて北野の神助を蒙る事」、及び「阿闍梨仁俊北野社に祈りて詠歌し感応ある事」がある。いずれも同じ話が『十訓抄』『北野縁起』等にも見られ、前者は『沙石集』にも

載る。

（32）宮田登氏は、童謡「通りゃんせ」に見られるように、天神には七歳の子供を守護するという基本的な機能があると指摘されている。

宮田登『天神伝説』一九八七年（昭和62）10月

（33）『雲錦随筆』巻四に、

世に佐比河原を冥途にて小児の集る所とし、且地蔵尊これを化益し給ふといふは、……往昔空也上人松尾明神へ日参し給ふ砌、西院の河原を往来し給ふに、里の児童あまた出て上人の衣の袖、或はつき給ふ杖などに携りて戯けるが上人殊に憐み給ひて、時々菓子など与へて愛し給ひし姿を写して画しを、後世地蔵菩薩とせし者なるべし。

とある。この話は他に裏づけはないので、流布の程度は不明である。他に、七歳ばかりの子供が父母を亡くして泣いていたが空也が諭すと泣き止んだ、という話が『古今著聞集』（哀傷）に載る。単に子供を愛し慈しんだ高僧という以上に、本話への影響が考えられる人物である。

第四部　研究史と課題

第一章　戦後の研究史概観

第四部では、四章に亘って『西鶴諸国はなし』の研究史を取り上げ、付章「研究論文・資料年譜」を添える。第一章では、一九四五年（昭20）以降二一世紀初頭までの半世紀余りの研究の流れを概観しておきたいと思う。

一　一九五〇年前後（昭和20年代）

戦後の研究の出発点は、戦前までの研究を総括した一九四八年（昭23）6月の暉峻康隆『西鶴 評論と研究 上』である。暉峻は近藤忠義（第四章第三節参照）を受けて自然主義的文学観を特徴とし、序の「人はばけもの世にないものはなし」に人間の不可思議さと生の多様さへの認識を読み取ると共に、一方では山口剛（第二章第三節参照）を受けて二万三千五百句興行のあとの精神の荒廃を言い、題材主義の低調な説話作品とする（暉峻が主唱した人間主義的読みは、一九九四年（平6）5月の荒川有史『西鶴 人間喜劇の文学』を始め、巻四「力なしの大仏」に人間の能力への信頼を読む解釈などに受け継がれている）。

同時期、野間光辰は一九四二年（昭17）6月の「西鶴のはなし序説」を進め、一九四八年（昭23）6月の「西鶴の方法」で「はなしそのままを文字に写す」咄の方法を西鶴の本質的な方法と捉えた。この時期には、このほか後藤興善「西鶴説話の一考察」（一九四九年（昭24）10月）、早川光三郎「西鶴文学と中国説話」（一九五四年（昭29）1月）、前田金五郎「西鶴題材小考」（一九五二年（昭27）11月）が典拠論に成果を挙げた。

二　一九六〇年前後（昭和30年代）以降

研究史では様々な視点が有機的繋がりを持つが、この時期については便宜上「咄の方法」・「典拠と方法」・「成立と構想」の三つの側面を取り上げて概観する。

1　咄の方法をめぐって

この時期に入ると、西鶴浮世草子の近代小説性のみが評価されたことへの反省として、説話文学への評価を志向し『西鶴諸国はなし』を積極的に評価する動きが現れる。その際、野間光辰の「咄の方法」や口誦的文脈に注目した中村幸彦の「仮名草子の説話性」（一九五四年（昭29）12月）は一つの指針となり、森山重雄は野間説の「談笑性」を進めて「共同体的基盤」に還元させた（『封建庶民文学の研究』（一九六〇年（昭35）10月）。共同体重視は水田潤「西鶴諸国はなしの近世的性格」（一九七三年（昭48）3月）に継承されるものの、本流の方は「民間伝承的発想や説話からの照射」・「方法の追究」へと分化していく。

暉峻康隆が説話性を論じて本書を題材主義の低調な作品と見た（「西鶴文学の説話性と非説話性」一九六二年（昭37）10月）のに対し、江本裕は中世説話との違いを追究し、「共通の伝承を出発点としてそこから飛躍転換していく」西鶴の説話の方法を次第に鮮明にさせ、作品の評価に繋げた（「『西鶴諸国はなし』――説話的発想について」（一九六三年（昭38）11月）・「西鶴諸国はなし解説」（一九七六年（昭51）4月）・『西鶴研究――小説篇』（二〇〇五年（平17）4月）他）。

その後、宗政五十緒は野間光辰の「咄の方法」を発展的に継承し、本書は西鶴の話のレパートリーが成長したものと捉え、「はなしの台本」を西鶴浮世草子の原点とみなす仮説を示した（宗政五十緒「『西鶴諸国はなし』の成立」（一九七五年（昭50）9月）・『井原西鶴集3』（日本古典文学全集・一九七三年（昭48）1月）の「解説」）。「話芸的方法」は浅野晃「椀久一世の物語と西鶴諸国はなし――主題と方法」（一九六八年（昭43）11月）にも継承された。

次いで新たな方向を打ち出したのが、井上敏幸である。井上は主流であった「咄の方法」や「共同体の文学」への反論として、「大笑ひ」の語を手掛かりとして西鶴の個性的意識的な小説手法を解析した（「西鶴『大笑ひ』の手法」（一九七〇年（昭45）5月））。

一九五五年〜一九七四年（昭和30〜40年代）における咄の方法や説話への関心の高まりは、原題「大下馬」の解釈をより積極的なものへと推し進め、中世説話との差異が強く認識されるようになる。その中で宗政（前掲書一九七三年（昭48）1月）・江本（前掲書一九七六年（昭51）4月）による作品解説や谷脇理史「西鶴小説の説話的基盤――『宇治拾遺』『撰集抄』の役割」（一九七八年（昭53）6月）によって、『宇治拾遺物語』との位相関係は依拠から飛躍、さらに競合へと塗り替えられた。この問題は後に広嶋進「『西鶴諸国ばなし』と説話集の方法」（二〇一〇年（平22）6月）に継承され、隣り合う各章が「連句的配列」となっているとした篠原進「『西鶴諸国はなし』の〈ぬけ〉」（一九八九年（平1）1月）を押し進めた形で、「モチーフの連繋」を挙げて『宇治拾遺物語』の編集方法を採用しているとした。

井上以降「咄の方法」は、「軽口ウソ話」の傾向が強い作品群を抽出した上でそこに特徴的な創作方法を論じて構想論に繋げた一九八九年（平1）から二〇〇五年（平17）の宮澤照恵の一連の原質追究（第二部参照）や、共同体との関係性を離れた笑いの分析に進んだ堀切実『読みかえられる西鶴』（二〇〇一年（平13）3月）などに発展していく。

ところで、「咄の方法」をめぐる一九七〇年前後（昭和40年代）の井上・宗政の見解の相違は、議論の応酬には至らなかった。しかし、平成（一九八九年以後）に入ると、「はなしと小説とは根本的に異なる」とする染谷智幸「西鶴のリテラシー――〈はなしの姿勢〉批判と『西鶴諸国はなし』二篇」（一九九六年（平10）10月）、はなしに還元させることに異議を唱える有働裕『西鶴はなしの想像力』（一九九八年（平10）10月）が相次いで出され、「咄の方法」及びそれを基盤とした諸成果を再検証する動きが出た。

2　典拠研究と方法の解明

岸得蔵「『西鶴諸国はなし』考――その出生をたずねて」（一九五七年（昭32）4月）は、怪異性や奇談性に拠った従前の作品評価を大きく変えさせる契機となった。序に列挙される珍奇な事物や紀州を舞台とした咄が裏付けを持つことを実証したこの論文は、「咄の種からの発芽」や「読者への説得性」を浮き彫りにしただけではなく、典拠論のあり方自体を問うものでもあった。

それに対し、堤精二「『近年諸国はなし』の成立過程」（一九六三年（昭38）10月）は、「先行作品との影響を考える際には、俳諧的操作が加えられていることを考慮するべきだ」と主張し、典拠研究のその後の方向を示した。直接本書を扱ったものではないが、宗政五十緒は「西鶴注釈の方法――『沙石集』を例に」（一九六三年（昭38）

4月）によって「一つの咄ないし句の注釈は作品の構造全体から考えられなければならない」として、典拠論のあり方に警鐘を鳴らした。

以上の総論を経て、一九七〇年前後（昭和40年代）になると典拠研究は次の段階を迎える。井上敏幸は、「紫女の素材と方法」（一九七三年（昭48）7月）、「忍び扇の長哥の方法」（一九七三年（昭48）12月）他で詳細な典拠論を矢継ぎ早に展開し、定説を検証した上で俳諧師としての西鶴の創作手法を解き、典拠研究を牽引した。井上は、新日本古典文学大系の「西鶴諸国ばなし」（一九九一年（平3）10月）に昭和期の典拠研究の成果を広く取り入れている。

宗政五十緒は「西鶴と仏教説話」（一九六九年（昭44）4月）・「『西鶴諸国はなし』――一、二の考察」（一九六九年（昭44）12月）などにおいて、趣向解明や後続作品への脈絡に特色を見せ、前掲の日本古典文学全集『井原西鶴集3』（一九七二年（昭47）1月）にその成果をまとめた。井上・宗政の典拠論は、付合連想を辿り構想・方法に及ぶもので、影響力を持った。冨士昭雄も「西鶴の素材と方法」（一九六九年（昭44）3月）他で成果をあげ、麻生磯次・冨士昭雄『西鶴諸国ばなし　懐硯』（対訳西鶴全集5）（一九七五年（昭50）8月）の典拠注に結実させた。江本裕は前掲『西鶴諸国はなし』（一九七六年（昭51）4月）に「出典一覧」を付した。個別の論文名は割愛するが、こうした注解の充実に促されて「忍び扇の長歌」・「紫女」・「見せぬ所は女大工」などの作品議論が進んだことを特記しておきたい。

一九七五年（昭50）以降の典拠論は、「素材探求」や「連想の認証」にとどまらず素材からの飛躍の様相を見極め、西鶴独自の語りの方法や構想の追究に及ぶ方向を強めた。前掲篠原進「『西鶴諸国はなし』の〈ぬけ〉」（一九八九年（平1）1月）は、『武道伝来記』に端を発した谷脇理史の一連のカムフラージュ論や尾形仂・乾裕幸ら俳諸研究者の側からの提言を進めて、直接表現されない部分（抜け）に政治的・社会的意味を解読しようとした。岩田秀行「『西鶴諸国はなし』巻四―二「忍び扇の長哥」について」（一九八二年（昭57）3月）・杉本好伸「『古今俳諧女哥仙』勝女の行方」（一九八三年（昭58）6月）・井口洋「鯉のちらし紋――『西鶴諸国はなし』試論」（一九九一年（平3）5月）・宮澤照恵等の典拠論も、それぞれの方法意識に根ざした作品論の構築に繋がるものを志向して、作品の新たな一面を照射した。こうした動きに対して谷脇は、象徴性を読み込んで迷路に入り込むことに警鐘を鳴らし（「西鶴諸国ばなし」一九九二年（平4）8月）、有働は前掲『西鶴はなしの想像力』（一九九八年（平10）10月）において、典拠を踏まえて読むことの意味を改めて問い直した。

挿絵の解読も、典拠論を充実させた。金井寅之助「忍び扇の長歌の背景」（一九六六年（昭41）12月）に続く宗政五十緒・井上敏幸・岡本勝らによる成果は、「挿絵が素材や主題を示唆する」という見方を定着させ、『新編西鶴全集第2巻本文篇』（二〇〇二年（平14）2月）及び『新編日本古典文学全集』（一九九六年（平8）5月）の「挿絵解説」、西鶴研究会編「西鶴浮世草子全挿絵画像CD」（二〇〇六年（平18）6月）に結実している。画題と本文との関係に注目し、全挿絵を扱った論考に宮澤照恵「『西鶴諸国はなし』の挿絵」前（二〇〇二年（平14）11月）・後（二〇〇三年（平15）1月）がある。

平成期には『西鶴事典』（一九九六（平8）12月）を始め、『新編西鶴全集第2巻自立語索引』（二〇〇二年（平14）2月）、前田金五郎『西鶴語彙新考』（一九九三年（平5）1月）・由井長太郎『西鶴文芸詞章の出典集成』（一九九四年（平6）9月）が相次いで刊行され、典拠研究を活性化させた。『西鶴事典』には、江本裕前掲書（一九七六年4月）を土台とした、川元ひとみによる典拠一覧が載る。話型・付合類型・類話・共通趣向をも含む様々なレベルの「典拠」を一九七五年（昭和50年代）以降継続して掲出したことで、研究者に再整理や淘汰を促すとともに、素材未詳とされていた作品にも目を向けさせ、戯作研究の佐藤悟（「「灯挑《ちやうちん》に朝皃《あさかほ》」の構造――『西鶴諸国はなし』の一典拠」一九八八年（昭63）3月）・茶の湯と西鶴の石塚修（「『西鶴諸国はなし』に何を読むか――「灯挑に朝顔」を中心に」二〇〇一年6月）、仏教説話・勧化本の西田耕三（『怪異の入口』二〇一三年（平25）2月）・後小路薫（『勧化本の研究』二〇一〇年（平22）2月）・堤邦彦（「近世怪異小説と仏書・その一――殺生の現報をめぐって」一九八五年（昭60）12月）など、多領域の研究者の参加を促した。二〇〇九年（平21）3月には西鶴研究会編の『西鶴諸国はなし』が刊行され、典拠・方法に加えて「テキストの空白を埋める」問題意識の共有を促した。

3　成立・構想論

『西鶴諸国はなし』の成立・構想論は、独自の展開を見せた。

第一は、「生前出版で西鶴を冠する浮世草子が異例なこと」、「水谷不倒による署名本の報告」、「三つの題を持つこと」という事情に端を発した「現存の諸本は初版本か再版本か」を論ずる戦前からの議論である。書誌研究の進展により、初版の早印（または再印）とみる説が定着した。

第二は、堤精二が前掲「『近年諸国はなし』の成立過程」（一九六三年（昭38））で展開した、書誌・メディア論・創作方法・素材探求法を総合した成立・構想論である。これは、『宗祇諸国物語』との競合を追究し、素材探求に「俳諧的創作技法」という視点を提唱、構想には『伽婢子』が深く関わっていると論じたものである。『諸国はなし』の「低調作品説」からの復権を「説話性」以外に求め、一書を総合的に捉える方向を打ち出し、今日に繋がる諸課題を提示した点に、研究史的意義がある。

構想に「本説」を求める堤の見解は広がりを見せ、冨士昭雄は笑話性に目を向けて、『噺物語』との関連を提示した（「西鶴の構想」（一九七五年（昭50）9月））。近時も、飯倉洋一による『諸国百物語』を本説とする提言（「人はばけもの――『西鶴諸国はなし』の発想」二〇〇五年（平17）3月）がなされている。一方「本説」に慎重な立場からは、本書の多様性を整理し直す動きが、浮橋康彦「諸国はなし分類の試み」（一九七七年（昭52）1月）や宮澤照恵「『西鶴諸国はなし』綜覧――成立論・方法論への手掛かりとして」（一九九八年（平10）3月）に見られる。こうした双方向の動きは、序の解読にも刺激を与えた。

第三は、宗政五十緒の「小冊子型のはなし台本をもとに冊子に仕立てた」とする仮説である（「**1　咄の方法をめぐって**」参照）。宮澤照恵は内容と書誌形態との関連性を探った上でこれを退け、軽口ウソ咄の傾向が強い作品群をグルーピングできることを示し、それらを本書の核になった話群と推定した（「『西鶴諸国はなし』成立試論――書誌形態を通して」（二〇〇〇年（平12）3月））。以上、成立をめぐる諸説については、今後の更なる検証が待たれる。

構想や主題へのアプローチには、上述した「本説」を求める外にも、集としての主題を凝縮した「語」を手掛かりに全体を把握しようとする試みがある。有働裕は、細部にこだわることで特質を抽出しようとした（前掲『西鶴はなしの想像力』一九九八年（平10）10月）。矢野公和は「『諸国はなし』と『懐硯』」（二〇〇三年（平15）9月）において、全体構想を「予定調和的」と見、巻三「八畳敷の蓮の葉」章末の策彦の笑いを「作り話を相対化して見せた西鶴自身の笑いに重ねる」という斬新な解釈を示した。飯倉は前掲論文（二〇〇五年（平17）3月）において、「奇談集の中に「人は化け物」を織り込む」という構造を示した。

本書が多様性に富むことから、全体構想から主題、編集までを一度に論じようとすると概説に陥りやすく、同時に例外の処理に窮することになりかねない。そのためか、構想論や主題論が定説に至る例は少ないように思われる。

三　課題と展望

前節では、昭和30年代以降の研究史の流れを概観すべく、三つの項目を立てて整理を試みた。書誌研究・表現論・メディア論など割愛した側面も多い。付章「研究論文・資料年譜」の他、公開されているデーターベースなども参照されたい。現在素材一覧がまとめられ初学者への便宜が図られているが、「**2　典拠研究と方法の解明**」の項で述べたように、吟味・淘汰を経たものではない。作品解釈を物指にした先行研究の検討・整理の上に立って、新たな素材や方法の解明を行っていくことが不可欠であろう。今後の課題として、以下に二、三のテーマを示しておく。

1　全体を貫く作品主題の有無、序や小見出しの再検討、グルーピングの是非などを含む構想の問題。
2　当代の諸国はなし群の中での位置づけ、『宗祇諸国物語』との共通題材をめぐる諸問題。
3　西鶴の後続同素材作品との比較検討による創作意図や方法の解明、作品の評価。

なお、第一部第二章「綜覧」及び第四部次章以下に、論者の視点による研究課題を提示した。併せて参照されたい。

第二章　戦前の研究史（1）
──一九四五年（昭和20年）以前の作品評価──

一　はじめに

本章では、明治以降一九四五年に至る『西鶴諸国はなし』研究を通観した上で、評価のありようを整理し、戦後研究の課題に繋げていく。

西鶴の研究史を通観する論考は、一九四一年（昭16）4月・同7月の滝田貞治『西鶴襍稾』・『西鶴の書誌学的研究』を始め、一九六四年（昭39）9月の暉峻康隆「研究史通観」、一九六九年（昭44）10月の谷脇理史「西鶴研究史」、一九八二年（昭57）～九〇年（平2）各3月の荒川有史「西鶴文学研究史」、一九九六年（平8）12月の竹野静雄「西鶴の影響と享受」など、様々な意識を持ってまとめられてきた。

『西鶴諸国はなし』に限定した場合、いまだ戦前からの研究史を通観したものはない。研究史を紹介・概観する論考は二、三備わるが[1]、何れも戦後から説き起こすのが常である。その理由を忖度するに、一九四五年（昭20）以前には本書を扱う論考自体が極めて少なかったこと、及び戦前の研究のエッセンスは、戦前からの研究をまとめた暉峻康隆『西鶴　評論と研究』（(上) 一九四八年（昭23）6月・(下) 一九五〇年（昭25）6月）、野間光辰『西鶴新攷』（一九四八年（昭23）6月）・『西鶴年譜考証』（一九五二年（昭27）3月）に継承されたと考えられたことが挙げられよう。あるいはまた、本書に対する戦前の評価は「低調作品説」が支配的であったことから、その時代の研究を掘り起こしても立ち向かうべき新たな問題は見つかりそうにない、という思惑が働いているようにも思われる。「低調作品説」からの復権も果たされつつある現在では、戦前の研究はすでにその役割を果たし終え、今日に繋がるような見るべき問題は残っていない、というのであろう。

しかし、戦後の研究が戦前の研究を踏まえたものである以上、研究の流れを俯瞰的に整理・理解し現在の位置づけを行うことは、不可欠なはずである。「戦前の研究史（1）・（2）・（3）」では、いくつかの観点を通して戦前における研究の流れを整理し、必要に応じて継承・発展、或いは解消の足跡にも触れたいと思う。戦前になされた問題提起のうち今日に繋がる課題については、掘り起こした上でその解決の糸口を探っていきたい。

二　一九四五年（昭和20年）以前の研究史通観

『諸国はなし』に関する戦前の翻刻・注釈・研究を通観すると、西鶴作品としての認知は一応あるものの、刊行年次が定着するのは後述するように大正末年以降であり、好色本・武家もの・町人ものへの関心に比して、本書への関心は多くはないことが知られる。雑話集であるとして軽視され、西鶴研究の中心的テーマたりえなかったのである。論述に先立ち、まずは明治・大正から昭和前期に至る時期（一八九〇年〜一九四五年）の研究の概略を、私に三つの時期に分けて把握しておきたいと思う。

1　〈明治〜大正　一八九〇年頃〜一九二〇年頃〉　文壇人主導による作品紹介と本文校訂

近代の作家による一八八〇年代（明治20年前後）の西鶴復興の機運は周知のことであるが、こうした中、一八九〇年（明23）10月、江島生（水谷不倒）が『延葛集』に「井原西鶴の著書」として『諸国話』を挙げたのが、本書を取り上げた最初のものである（ただし刊年は不詳とする）。これに続く大正期（一九二〇年前後）までの西鶴研究は、「文壇人主導による作品紹介と本文校訂（翻刻・書誌研究・概説）の時期」と位置づけられる。

一八九四年（明27）5・6月には、帝国文庫『校訂西鶴全集』上・下の刊行（7月に発禁）により、『西鶴諸国はなし』（ただし巻四の二まで。巻数ほかに原本との異同あり）を含む西鶴本一七篇が翻刻紹介された。『西鶴諸国はなし』は紹介・翻刻ともに、他の西鶴本に数年遅れるものであった。一九〇七年（明40）以後になると、ようやく抜粋本も含めた翻刻紹介が進む。一九〇七年（明40）3月『校訂西鶴全集』、一九一〇年（明43）12月『第二西鶴集』、一九一一年（明44）3月『元禄時代小説集』下などが早い時期のものである。続く校訂本については省略に従う。

ところで、この時期の『諸国はなし』の本文校訂は、いずれも四巻本を底本とするものである。『元禄時代小説集』下の古谷知新による「緒言」に、

> 此書大久保氏の浮世草子目録には、貞享二年版五冊とあれども、予の得たる紅葉山人の所蔵なりし写本は四冊にして、其出版年代また確証を得ざりしをもて、暫く未詳とす

とあるように、『諸国はなし』は「浮世草子目録」の五冊本という記述にもかかわらず、四巻本を底本として出版

年代未詳のまま西鶴作品群の最後尾に配されるのが常であった。

右の如く書誌研究の遅れた理由の一つは、五巻揃った伝本が少ないことにある（古谷の言う「紅葉蔵の写本四冊本」は措いて、現在確認されている諸本を見ても、京都大学附属図書館蔵本・東洋文庫岩崎文庫本は巻五が写本の取り合わせ本である）。そのせいか、明治期（一八九〇年頃）から大正10年（一九二一）頃までは「冊数・刊年とも不明」とする状態で、大正期（一九一〇年代頃）に至っても、存疑本として扱う概説が見られる。一例を挙げると、一九二〇年（大9）2月に刊行された鈴木敏也『西鶴の新研究』では、「四巻二十二話。刊行年代不明」とした上で、西鶴本と認めうる「多少の証左が認められる」としている。初めて頭注が付された藤井紫影『西鶴文集』（一九一三年（大2）5月、有朋堂文庫）も、底本は四巻本である（一九三四年（昭9）の改訂版で追補、五巻となる）。完本並びに刊年が認知されるのは他の西鶴本よりはるかに遅く、次に挙げる一九二〇年（大9）・一九二二年（大11）の水谷不倒・鈴木敏也による集大成を俟つことになる。

水谷不倒は、一九二〇年（大9）11月『浮世草子西鶴本』において五巻本を紹介し、奥付の写真を付した。ここに至って初めて刊年が定まるとともに、挿絵・版下についても自筆自画説が提示された。続いて鈴木敏也は、一九二二年（大11）5月『近世日本小説史』前編の総論において、『西鶴の新研究』における先の記述を訂正し、本書を五巻本として扱った。

この段階でようやく「西鶴著、五巻本」であることが定着し、刊行時期も定まったかに見える。しかし、一九二六年（大15）3月刊の片岡良一『井原西鶴』には、相変わらず「完本が発見されず刊年不明」とあり、昭和初年代の翻刻にも、後述するように四巻本を底本とするものが見られる。このように長い間テキスト未整備の状況であったことは、『諸国はなし』研究の特殊性という他ないものである。改めて指摘しておきたい。

2 〈大正末年〜昭和初年代　一九二〇年頃〜一九三五年頃〉 研究者による研究と低評価の定着

大正末年から昭和初年代にかけては、それまでの文壇人主導の書誌紹介・作品概説の段階から抜け出て、作品論・書誌・語彙考証の各方面に及ぶ、研究者を主体とした新たな研究段階を迎える。翻刻事業も盛んに行われた。一九二六年（大15）3月刊の片岡良一『井原西鶴』（前掲書）を始めとして、一九二九年（昭4）5月には大正期の論文をまとめた水谷不倒の『新撰列伝体小説史』、同年8月・10月に山口剛による詳細な解説を付した日本名著全集の『西鶴名作集』上下二巻が相次いで出される（『諸国はなし』は上巻に、解説は下巻に収められている）。この三者の位置づけをすれば、前年代から続く水谷不倒の基礎研究の上に立って、新たに山口剛と片岡良一とがこの時期の研究を拓いた、という関係になろう。当代の有識の読者の読み方を第一とする山口と、大正から昭和初期の文学観を前提とした文芸論的な読みを打ち出す片岡との対照的な研究の方向は、以後の研究者に多大の影響を与えることになる（それぞれの体系の中で展開された『諸国はなし』論の内容については、第三節「作品評価をめぐって」の各論に譲る）。

書誌的研究では、大正後期（一九二〇年代初頭）に完本が確認されたことを承けて山口剛が、「生前出版で西鶴の名を冠する浮世草子作品が異例であること、三つの題を持つこと、署名入り本が存在すること」などを疑問視し、書誌的問題から成立論に展開していくきっかけを作った（前掲『西鶴名作集』解説　一九二九年（昭4）10月）。見落とされがちではあるが、一九二〇年（大9）11月に出た水谷の「自画自筆版下説」は、昭和初年代には未だ定説に至っていないことに注意する必要がある。

語彙考証の面にも、研究の一分野として自立していく兆しが見られた。本書が直接取り上げられることはなかったが、東京における三田村鳶魚らの輪講や[2]、京都における藤井乙男らの輪講が[3]、古典解釈学を推進した。一九二八年（昭3）10月には佐藤鶴吉が、西鶴と近松の作品から広く語彙を採取した『元禄文学辞典』をまとめた。この辞典によって、語釈が進んだだけでなく、主要西鶴語彙の用例検索も可能になった。

こうした昭和初年代の研究者を主体とした動きの中で、『諸国はなし』の校訂本・注釈書の刊行も一つのエポックを迎える。一九二九年（昭4）9月、東京帝国大学本を底本とした土井重義責任校訂『井原西鶴集』によって、詳しい頭注を付した五巻本が初めて提供されたのである。

一方、前年代から続く実作者・文壇の側からのアプローチも衰えてはいない。一九二六年（大15）5月に真山青果が巻一「大晦日はあはぬ算用」を脚色した戯曲「小判拾壱両」を発表し、同年7月には正宗敦夫による日本古典全集の『西鶴全集』3に、京都帝国大学本を底本として『西鶴諸国咄』四巻本が収録された。一九三一年（昭6）9月には、久保田万太郎による『現代語西鶴全集』6に四巻本が収載された。

3　〈昭和10年代　一九四〇年前後〉基礎的研究の進展と新たな方向への模索

一九四〇年前後（昭10年代）には引き続き注釈書が刊行され、書誌的研究や語彙考証も進展してその成果がまとめられる。総じてこの時期は、それまでの書誌研究の集大成と、語彙研究とに傾いた時期と言える。作品論では、前年代の「低評価」を切り崩すべく新たな切り口が模索され提示されたが、十分には熟さない時期であった。

注釈書では、一九三九年（昭14）5月刊行の近藤忠義『西鶴』（日本古典読本）が注釈と評論とを併載し、典拠論・作品論双方に新しい方向を打ち出した。『諸国はなし』に触れた部分も多く、歴史社会学に裏打ちされた「人間主義」が、その作品論に顕著に現れている（第三節「作品評価」各論参照）。

書誌的研究では、滝田貞治の三部作（一九三七年（昭12）7月『西鶴襍俎』、一九四一年（昭16）4月『西鶴襍

稾』、同７月『西鶴の書誌学的研究』）により、西鶴書誌の刷新が図られた。『諸国はなし』については、前年代の書名をめぐる山口剛の問題提起を進め、題名・柱刻などから「現存諸本は再版改題である」として、成立問題に発展する問題を投げかけている（なお、この問題は戦後、外題「西鶴諸国はなし」は再版書名とする再版説の暉峻康隆と、水谷の紹介した署名入り本の存在を疑う初版説の吉田幸一との間の応酬に発展する。その後諸本の精査が進み[4]、現在では現存諸本は「貞享二年（一六八五）版の早印または再印本である」という結論に落ち着いている。題名は、出版に先立ち外題のみ急遽「西鶴諸国はなし」に変更したと考えられている）。

一九四〇年（昭15）12月―四一年（昭16）３月には、稀書複製会による複製本が刊行される。一九二六年（大15）８月刊の『好色一代男』、一九二七年（昭２）９月刊の『好色一代女』（いずれも愛鶴書院）などに較べて大分遅れたが、ようやく原本に近い形でテキストが提供されることになった。

語彙考証では、前年代の輪講や『元禄文学辞典』の流れを発展させて、一九三七年（昭12）２月から一九四三年（昭18）11月にかけて真山青果が、「語彙考証」を『中央演劇』・『西鶴研究』三に分載発表する。この分野は後に、前田金五郎・由井長太郎らによって継承・発展し、杉本つとむの西鶴語彙研究などにも影響を与えていくことになる。

訓古注釈の方法に沿った語彙考証は、解釈を定める上で不可欠なものである。その一方で事実探索という使命を帯びており、「事実に基づく創作」という作品理解や、露伴以来の「写実性」に注目する立場[5]と通底する一面を持つ。考証学が読みの方向性を規定する、と言い換えてもよかろう。後の、より専門分化していく過程では、現実との密着性を前提とする考証学と、創作方法や作為を読み解こうとする作品研究との連携は、困難を伴う場合が見られる。今後の課題の一つであろう。

作品研究の個別論文に目を向けると、一九四二年（昭17）6月に野間光辰が「西鶴のはなし序説」を発表し、それまでの西鶴研究を吸収した上で、先行する片岡・山口、及び同年代を席巻した近藤とは異なる新たな作品論を構築する端緒を開いた（第三節「作品評価をめぐって」参照）。この論文は、後に「西鶴の方法」と改題改稿され、戦後の研究に大きな影響を与えることになる（『西鶴新攷』一九四八年（昭23）6月）。

実作者の側からは、一九三九年（昭14）8月に佐藤春夫が本書巻五の二・四の二・五の一の現代語訳を含む『打出の小槌』を発表、一九四四年（昭19）9月には太宰治が巻一「大晦日はあはぬ算用」を翻案した「貧の意地」を発表した。

以上、明治から一九三九年（昭14）までの研究史を概観した。『諸国はなし』に限ることではないが、戦前はテキストクリティックに注意が向いていなかったこと、及び文壇実作者が作品研究に大きく関わっていたことが確認できたと思う。以下では、「作品評価」・「典拠論」・「俳諧性」の三つのテーマに絞って個個の研究を位置づけるとともに、今日に繋がる問題点を掘り下げていきたいと思う。なお、本章では「作品評価」を、第三章「戦前の研究史（2）」では「典拠論」を、第四章「戦前の研究史（3）」では「俳文意識」を扱う。

三　作品評価をめぐって

1　評価の諸相

ここでは前節で述べた研究史に沿って六人の研究者を取り上げ、それぞれの作品評価を整理した上で、位置づけを行う。

ア　水谷不倒

前述したように、『諸国はなし』を初めて西鶴本として紹介し、「貞享二年刊」本を発掘して自画自筆本と認めたのが水谷である。西鶴研究における水谷の功績の一つは、一九二〇年（大９）に前掲『浮世草子西鶴本』を著し、西鶴本全体にわたって書誌学的達成を示すとともに、作品それぞれの特質を炙り出して西鶴研究の基礎を築いたことである。『諸国はなし』に対する評価は、「不自然な妖怪談にはあらで、人事の上に奇異不思議と思はるる事柄を集めたもの」で、「地方気分に満ちている」というもので、当初から本書の持つ現実性・奇談性・諸国性に注目している。

一九二九年（昭４）刊の『新撰列伝体小説史』（前掲書）では、

> 『御伽婢子』のごとく荒唐無稽の奇怪のみを捕へたものでなく、むしろ事実としても有りうべく、しかも奇にして珍なる話を集むるが主となつてをる。……実際的観察からきたもので、奇談ではあるが決して怪談に属すべきものではない

とする。前著『浮世草子西鶴本』に較べると現実性がやや強調されているが、基本姿勢は変わらない。概説紹介のレベルに留まるもので作家意識に踏み込んだものではないが、『諸国はなし』の性格をよく捉えていると言えよう。

イ　鈴木敏也

研究者による西鶴研究書の刊行は、鈴木敏也によって始まる。『諸国はなし』について、一九二〇年（大9）11月刊『西鶴の新研究』（前掲書）では「刊行年不明、存疑四巻本二十二話」とする。百物語の系統における秀れた作品とし、精細な西鶴の筆を指摘する。

一九二二年（大11）11月刊『近世日本小説史』前編（前掲書）になると、刊行は「貞享二年」と明示、「百物語系に位置するが、個々の咄は巷談・奇談・怪異談にわたる。題材の上では在来のものと差がないが表現上の手腕が突出している」と説く。更に、

> 可笑味も凄味もまた諷諧もそれぞれに享受させる事が出来る。ここに彼の特色があり強味がある。最も多方面に活動した時代に当たつて、この一篇は、ある一方を代表する澪標である。

と述べ、「巷談に怪異性を加えたり、史上の人物を世話ものにくだいたり、また怪異題材に好色の味付けをほどこしたり転合化したり」、という『諸国はなし』の自在な叙述を、本文引用と解説とによって具体的に示した。大枠では概説の域を出ないものの、水谷不倒の解説を一歩進め、本書における西鶴の表現力・筆力を高く評価した点に特色がある。

ウ　片岡良一

一九二六年（大15）3月刊『井原西鶴』（前掲書）では、「低調な作品。百物語系の小咄集。現実的なトーンを

もった説話に閃きが窺えるものがあるが、それ以上は期待できない」という捉え方で、現実性については一定の評価をするものの、作品としての評価は極端に低い。片岡のいう低調作品説の論拠は、「題材主義と作品のリキミのなさ」、すなわち「奇談・小咄集」であることと「文体の軽さ・平明さ」の二点に集約される。人格主義的な視点を持ち文芸学を展開する片岡からすれば、人間の現実生活との必然的関係や統一的な主題を持たない作品への評価は低くなる。片岡の昭和前期の西鶴研究に与えた影響は大きく、この頃から『諸国はなし』低調作品説が表面化していくことになる。

片岡は、作品鑑賞をもとに作家の創作心理を追究し、西鶴を総合的に論じる中で、『諸国はなし』の執筆時期についての疑義を提示する。すなわち、「作品の展開は作家の成長変化と重なり合うものであり、西鶴は最終段階において平明素直な文体に至る」、と捉える彼の創作史論からすると、『諸国はなし』が武家物に先行するのは不自然ということになる。そこで、「貞享二年」刊行を疑うのである。鑑賞眼を第一とした論で、今日から見れば無理な結論である。だが、大正末年（一九二〇年頃）当時本書は稀覯本で、複製本も未だ刊行されてはいない。「貞享二年」の刊記を持つ完本が紹介されたのは一九二〇年（大9）であるが、片岡自身は『井原西鶴』執筆時には完本を見ていない(8)。片岡説を検討する際には、書誌的研究の成果が研究者の共通基盤たりえなかった時代の限界を考えないわけにはいかない(9)。

なお、片岡の「作家的成長変化説」は、暉峻康隆に継承される。それと同時に、西鶴の作品執筆年時を問題視する機運に繋がっていく。ただしその後の研究の進展により貞享二年初刊が確定すると、片岡の唱えた創作史的意義は一部で修正を余儀なくされる。本書を低調作品とみなす側に立つ研究者は、作家的成長説とは別なところに、その根拠を求めていくことになるのである。

エ　山口剛

前掲の『西鶴名作集』下「解説その一」（一九二九年（昭4））では、志怪の書の流行に倣ったものとしながらも、「教訓を避ける。また博識を衒はない。更に不思議のことのみを伝へない。むしろ怪談としては現実の色が濃い」などの点において、当時の志怪の書とは異なる西鶴の独自性を積極的に認めている。序文の「都の嵯峨に四十一まで大振袖の女ありこれをおもふに人はばけもの世にない物はなし」を取り上げ、現実色が濃い奇談異聞の書とする。

同書「解説その二」では、一八章にわたって問題を掘り下げ、それぞれの作品評価を打ち出している。「『諸艶大鑑』から『諸国ばなし』への推移には、『諸艶大鑑』における『宇治拾遺物語』の利用が介在している」という新見を示し、作品の構想や執筆契機を巡って、片岡の「作家的成長説」とは異なる立場を示した。一方では、本書を独吟二万三千五百句成就の疲労の中で書かれた題材主義の低調な説話作品とし、見聞の主の不在を欠陥と見る。この評価は、立場を異にしていたはずの片岡良一の低調作品説を、さらに強調した形である。

「その一」が概説にすぎず、「その二」が作品論である、という性格の違いを考えても、「怪異性・教訓性に走らず現実色が強い奇談集」として本書の際立った写実性を評価する「その一」と、「軽く貧弱な低調作品」と断ずる「その二」とでは、その姿勢が大きく異なる。言葉を足せば、前者は同時代の有識の読者を念願においた評価であり、後者は作品の主題や作家の主体性に重心を据えた評価である。変化をもたらした直接の要因は今詳らかではないが、山口が「小説における俳文趣味」という切り口によって、西鶴研究に新たな方向性を打ち出そうとしていたことと無関係ではあるまい（ただし山口の中で『諸国はなし』は、『一代男』・『諸艶大鑑』とはジャンルを異にする作品と捉えられていたようであり、「大矢数の後の休養期間中に筆をとった軽いもの」という認識は、「その一」を通して見られる）。

本書の俳文趣味については、「即離の技を見せる咄の配列」及び「宇治拾遺を母胎とする構想」の二点を指摘している。「編集」と「本説」の二側面に、初めて注目したのである。しかし論が十分に熟することなく、『諸国はなし』に限れば新しい切り口と作品評価とは乖離したままで山口は早逝する。山口の捉えた俳諧性については、第四章「戦前の研究史（3）」で改めて論ずる予定である。

山口の評価以後、『諸国はなし』を低調作品とみなす評価は定着し、作品の「軽さ」は「貧弱・低調」と同義に扱われていくように思われる。

オ　近藤忠義

前掲近藤忠義の『西鶴』（一九三九年〈昭14〉）では、『諸国はなし』は「自由なものの見方をはぐくもうとする新しい町人の知的欲求に応えようとする」もので、「封建的な視野の狭さや固陋な見解に対する激しい抗議がある」と説く。序文からは、「世間は広いのだ、こんな珍奇な話もあるものなのだ、視野を広げて広い世界を見よ」という主張を読み取り、そこに新しい題材や主題の探求、合理主義思想・人間主義思想が見える、とする。

各話に沿って概略すれば、修練による成果に人間の可能性や人間の力を信じる近世的な考え方を読み（巻二の二・巻四の六）、女主人公の貞操観に注目し（巻四の二）、あるいはまた武士への賛美を読み取り（巻一の三）、伝承の近世化（巻二の一・巻四の五・巻三の四）に新しい解放された人間意識を見る、というものである。

近藤の作品論は、それまで支配的であった片岡・山口の「低評価」を一変させる、「町人社会の解放の文芸」という歴史社会学派的な新しい視点を持つものであった。その内容と意義については、「戦前の研究史（2）・（3）」において、典拠論及び俳文意識の側面から、改めて検証することとする。

一九四〇年前後（昭和10年代）、真山青果・野間光辰・滝田貞治らは歴史社会学的な視座による作品分析に加わらない立場を通し、近藤の研究は、暉峻康隆『西鶴　評論と研究』上（前掲書　一九四八年（昭23））に受け継がれる（397ページ参照）。

カ　野間光辰

野間光辰は、一九四二年（昭17）6月に前掲「西鶴のはなし序説」を発表。「はなしらしさ」を西鶴浮世草子の特徴として指摘した。後に展開する「はなしの方法」の出発点である。作品に見る「諧謔・風刺」や、全体を貫く「明るさ」と「穏やかさ」は、「はなしの姿勢」で書かれたことに起因すると説明し、西鶴が咄の名手であったこと（『見聞談叢』の記事）をその裏づけとして提示した。この論文は、「短編小説の集合」であること、「雑話物」であること、「現実性」が色濃いことなど、それまで西鶴作品の特徴とされてきた要素をすべて吸収して、新たな体系化を志向したものと言えよう。

野間論文を一九四〇年前後（昭和10年代）の研究状況の中においてみると、近代小説性のみが評価されたこと、及び雑話物作品低調説が広がったことへの反措定であったと捉えることが可能である。「題材主義の低調作品説」（片岡）への抵抗の一つの形であり、具体的には「軽さ」（片岡・山口）に対する新たな価値の発見を目指したものと言えよう。前年代の鈴木敏也の、「叙述によって題材をいかようにも料理している」という、表現力に注目した論考を継承発展させた論でもある。

「奇談性・題材主義・文体の軽さ・飛躍・笑い」などといった、それまで本書を低く評価する根拠であった要素のすべてが、「話芸性」という視座を導入することによって逆転する。低評価作品をプラス評価に転化させる切り口の発見であった。野間は、「人間主義的評価」に対しても、直接議論を挑むことなく切り抜けている。近藤忠義のいう「社会的意欲」・「近世町人の知的要求」を、「はなしの要求と好奇心」にすり替えてみせたのである。

しかし、「はなし序説」は個別の作品分析や創作意識に及ぶものではない。「はなしの姿勢・はなしの気分」が西鶴作品全般に見られる、とする総論にとどまる。文字通りの序説であった。ただ、野間の念頭に低評価作品群、とりわけ『諸国はなし』があったことは間違いない。ここでは、論文の最後の部分を引用しておく。

> 「武家物」・「雑話物」に属する作品は、その「好色物」・「町人物」に対して傍系的作品とせられ、単に彼の世界の多面的複雑性を示すものとして軽く扱われているけれども、……作家西鶴とその芸術を全き理解にもたらすためには、改めてそれに属する作品を見直し、その西鶴に於ける意味を正しく把握しなければならない。そしてそれは、西鶴のはなしという観点からなし得るものと思う。

以上、本書をめぐる戦前の評価について考察した。

水谷不倒が『西鶴諸国はなし』五巻本を紹介して以降、大正期には表現に着目する論もあったが、大きな進展を見せることなく概説紹介に留まっていた。すなわち、当代の怪異書とは異なる百物語系の奇談集と捉え、現実性・諸国性・奇談性を評価するという、いわば消極的プラス評価である。

その後、「低調な作品である」というマイナス評価が大正末年（一九二六年）の片岡良一『井原西鶴』を契機として急浮上し山口剛がそれを広げたこと、昭和前期にはこの評価とは一見対立する近藤忠義の「人間主義的主張への賛美」によって積極的プラス評価がなされたこと、及び一九四二年（昭17）には野間光辰によって新たな評価軸が導入され始めたことなどを確認することができた。

次項では、昭和前期の研究に大きなうねりをもたらした片岡・山口と近藤による対照的な評価、及びそれらを超えようとした野間の「はなしの方法」が戦後研究に及ぼした影響について、触れておきたいと思う。

2　戦後研究への課題

ア　低調作品説

第一章で概観した戦後研究を大まかに図式化すれば、一つは戦前の「低調作品説」を母体として、そこからの離脱、すなわち作品の復権をめざす方向に進み、もう一つは「人間主義思想の有無」という評価軸から脱却して新たな価値基準を打ち立てようとする方向に進んだ、と捉えることができる。片岡と近藤による相異なる二つの評価軸は、一九四八年（昭23）に発表された暉峻康隆『西鶴　評論と研究』の二本の柱として取り入れられた。昭和前期の評価が、戦後研究の出発点に改めて提示されたことになる。

その後、「咄・共同体・説話・俳諧性・典拠離れ・たくらみ」といったキーワードを核とした研究が成長していったが、これらはいずれも、作品評価のための方向性を模索し、前代の研究を乗り越えようとする中から育ってきた切り口であった。前述した野間の「はなしの方法」はその前哨であるとともに、一九四五年（昭20）以降昭和期の研究を方向付けるものでもあったのである。「低調作品説」超克の諸相のうち、ここでは、「はなしの方法」の展開を取り上げておく。

野間は、戦後この論を「西鶴の方法」と改題して発表し、更に「西鶴五つの方法」に結実させる。その間、延宝期に咄が流行したことや、『西鶴諸国はなし』が「咄の本」としても享受されていたという『書籍目録』による傍証が加わり、「はなしの方法」を西鶴の本質的方法の一つとする説は定着する。直接本書を扱ったものではないが、一九五四年（昭29）の中村幸彦「仮名草子の説話性」は近世小説における口誦的文脈に目を向けさせ、こうした動きを牽引した。『諸国はなし』は、「はなしの方法」を展開する上で格好の題材となったのである。一九七五年（昭50）には宗政五十緒「『西鶴諸国はなし』の成立」により、本書を「咄台本の集成」とみる説が出るに及んだ。一方で、『本朝二十不孝』を扱った論ではあるが、井上敏幸「西鶴の方法2」（一九九三年（平5））により、「咄の点取り」の中から成長していった作品の存在を認めようとする動きも出る。

一九五五年前後（昭和30年代）に野間説から分化して主流となったのが、森山重雄による「共同体文学論」である。これも根本のところでは、「『諸国はなし』低調説」からの復権を求める動きであった（ただし、「はなしの方法」が共同体文学論の指標となった時点から、「はなしの方法」そのものの追究は「咄の場」や「共同体の文学」へと逸れていき、一九四二年（昭17）の段階で持っていたはずの緊急課題は忘れられていく）。

その後、江本裕らの「近世的説話」を注視する段階を経て、昭和40年代（一九六五年）以降には、本書独自の価値の発見や低調作品説からの復権を目指す矛先は、「創作意識の解明」に向かう。詳しくは次章「戦後の研究史（2）」に譲るが、「典拠研究」や「俳文意識の解明」を媒介にして、個個の論者の問題意識に基づく「方法論・構想論」の深化に向かうもので、作品ごとの創作意識に迫ろうとする動きである。いずれも「はなしの方法」を念頭におきながら、それを克服しようと試み、作家主体の追究に力点を移していったのである。こうした動きの中で、「はなしの方法」が本来内包していた文体研究や語り手の問題、咄の享受のありかたなど、多くの問題が積み残された。近年には、「はなしと主体的作家活動による創作とを同列に論じることが可能なのか」、という根本的な疑問が出され、原点に立ち戻ろうとする動きがでている。

以上、戦後の『諸国はなし』研究の根底には、片岡・山口・暉峻と続いた「低調作品説」を梃子として、文学作品としての復権を目指す意思があったことは間違いない。戦前の作品評価が、戦後の研究を方向付けたのである。当初野間の唱えた「はなしの方法」は一つの指針となり、次にその拡大利用があり、更には検証と克服に向かったと言えよう。

イ　人間主義的評価

戦後の『諸国はなし』研究を方向付けたもう一つの流れとして、「自然主義的解釈と作品評価」からの脱皮を図ろうとする方向がある。暉峻康隆『西鶴　評論と研究』によって戦後研究の出発点に改めて提示された、「人間主義思想の有無」という評価基準を乗り越え、本書の新たなおもしろさを積極的に抉り出そうとする志向である。前章で触れたところであるが、例えば、序の「人はばけもの」という表現を巡っては、人間に対する深い洞察と人間の可能性を読む近藤・暉峻を越えるべく、新たな解釈が試みられた(8)。

しかし、人間主義的評価に対しては、直接的な反論を明示しにくい事情があった。人間主義をいう側も『諸国はなし』全体を正面から取り上げたわけではなく、そのいくつかの咄を取り上げて評論しているにすぎない。従って反論する側も、対象作品ごとの創作意識を論ずる外はない。一方で、研究の主流が主題論よりも典拠論や方法論の方向に移ったことも、評価をめぐる論争が表立っては行われなかった一因であった。

これまで『西鶴諸国はなし』の咄について新たな解釈が試みられてきたが、水面下では人間的評価は現在もなお影響力を持ち続けている。すなわち、巻四「忍び扇の長歌」に封建社会を告発する女を読み新しい女性の生き方をみる(9)、巻四「力なしの大仏」に人間の力への信頼を読む(10)、巻一「大晦日はあはぬ算用」に武士の義理への賛美を読む、といった解釈が、完全には覆されることがないのである。[11]

言うまでもないが、これらの作品の中では、人間のプラス面だけではなくマイナス面も同時に形象化されている。例えば、「大晦日はあはぬ算用」の義理を重んじる武士も町人に対しては横柄であるし、「忍び扇の長歌」の姫は、身分の低い年下の醜男を選ぶ変人として描かれる。一話の中に、一つの方向性だけではなく対立項をも用意しているのである。そうした点も視野に入れた上で、改めて諸注釈に受け継がれている読みの拠ってきたところは何か、別な解釈の可能性はないのかを議論する必要があろう。

『諸国はなし』五巻三五章のうち、研究論文や高校国語教材などにおいて取り上げられる作品が、右の「大晦日はあはぬ算用」と「忍び扇の長歌」に限定される傾向にも、「人間主義的評価」の根強い影響が見られる。一九七六年（昭51）11月刊『西鶴』（『鑑賞日本古典文学』）の本文鑑賞でも、この二作品が取り上げられている。高校の国語教科書に採択される本書の咄が限定され、教材研究もそこに集中する、という循環が今日まで続いているのである。[12]その源をたどれば、「作者の主張」の有無を尺度とし、「新しい人間像」を肯定的に論ずるのに都合の良い咄を佳作としがちな、昭和10年代の「人間主義的評価」に行き着く。

第一部第一章で示したように同時代に思いのほか読まれた形跡のある本書のうち、俎上に載せられる二、三篇のみが鑑賞に値するというのでは、作品理解そのものに問題があるという外はない。どのような作品論を展開するにせよ、また教材として何を取り上げるにせよ、当代の咄本や諸国はなし群・説話集などに較べて、『西鶴諸国はなし』三五話の何がどうおもしろいのかを、先入観を取り除いて抉り出す作業が、改めて求められている。

四　おわりに

本章では、戦前の『諸国はなし』研究の流れを概観し、「評価」のありようを中心として個々の研究を検証した。併せて「戦後研究の課題」の項を設け、それぞれがどのように継承され発展していったか、あるいは残された問題は何かを考察した。西鶴研究全体との連動を前提として、その上で、『諸国はなし』研究史の特殊性を炙り出すことができたと考える。次章以降では、「典拠論」と「俳文意識」とを取り上げる予定である。テーマに即して、戦前の研究成果や問題提起を更に掘り下げ、今日に繋がる諸問題の解決への糸口を探っていきたいと思う。

注

（1）箕輪吉次「作品別西鶴研究史「西鶴諸国はなし」」一九七九年（昭54）6月
有働裕『西鶴はなしの想像力』一九九八年（平10）10月
宮澤照恵「西鶴諸国はなし」二〇〇六年（平18）6月

（2）一九二六年（大15）4月　三田村鳶魚らにより『好色五人女』の第一回輪講が行われ、『彗星』第一年4〜5に掲載された。この輪講は一九三二年（昭7）5月まで行われ、後に『西鶴輪講』に収められた。

（3）『諸艶大鑑』を対象とした藤井乙男・潁原退蔵らによる輪講で、一九三一年（昭6）1月より12月まで『上方』に掲載された。

（4）以下により書誌調査が進んだ。

天理図書館編・野間光辰監修『西鶴』一九六五年（昭40）5月
江本裕編『西鶴諸国はなし』一九九三年（平5）11月
宮澤昭恵「『西鶴諸国はなし』成立試論――書誌形態を通して」二〇〇〇年（平12）3月
宮澤照恵「『西鶴諸国はなし』諸本調査報告――先後と版行状況」二〇〇〇年（平12）9月
（5）一八九〇年（明23）5月　幸田露伴の「井原西鶴」に、「人の心内の現象を其のまゝ実事の如く写し出せる場合を以て多しとなす、写実派と云はむこと当れるに近かるべし」とある。魯庵や露伴らが指摘した西鶴の写実性は、その後の西鶴研究に様々な形で継承され、影響を与える。「写実性」をめぐる議論については、別な機会に触れたいと思う。
（6）片岡良一は『井原西鶴』の中で、「今日なおその完本が発見されず、……制作年代の不明のものとされている」として、朝倉無声が『小説年表』で貞享二年（一六八五）刊とした根拠を疑っている。
朝倉無声『日本小説年表』一九〇六年（明39）11月
朝倉亀三『新修日本小説年表』一九二六年（大15）9月
（7）一九二九年（昭4）10月　山口剛『西鶴名作集』「解説その二」に、「以上の解説中、再版、三版をいふのは寓目し得た範囲内のことである。他に多くの版本があるべきであらう」という付言がある。
（8）一九六〇年前後（昭和30年代）には岸得蔵が、序に示された珍しい事物がすべて事実に基づくことを解明していく。その後、湯澤賢之助・森田雅也がそれぞれの解釈を示し、飯倉洋一は「人は化け物」の読みを転換して見せた。
岸　得蔵「『西鶴諸国はなし』考――その出生をたずねて」一九五七年（昭32）4月

湯沢賢之助「『西鶴諸国はなし』〈序文〉をめぐって」一九九〇年（平2）1月
森田雅也「『西鶴諸国はなし』の余白《マルジュ》――その序文からの読みをめぐって」一九九九年（平11）3月
飯倉洋一「人はばけもの――『西鶴諸国はなし』の発想」二〇〇五年（平17）3月

（9）浮橋康彦「西鶴諸国はなし」一九八三年（昭58）10月

（10）松原秀江「『西鶴諸国ばなし』考――心と自由と自然のかかわりについて」二〇〇一年（平13）7月

（11）本書第二部第二章において「力なしの大仏」を取り上げ、人間主義的解釈を否定して「軽口ウソ咄」であると論じた。

（12）ただし前世紀八〇年代ごろより、『西鶴集』（鑑賞日本の古典　一九八〇年（昭55））で、「大晦日はあはぬ算用」とともに巻一「公事は破らずに勝」・巻五「灯挑に朝皃」も採択されるなど、例外が出はじめている。

第三章　戦前の研究史（2）
——一九四五年（昭和20年）以前の語彙考証と典拠研究——

一　本章の目的

前章「戦前の研究史（1）」において、戦前における『西鶴諸国はなし』研究の流れを概観し、それを踏まえて作品評価をめぐる諸問題を論じた。本章では典拠論に焦点を当て、引き続き諸問題を整理・検討しておきたいと思う。本章の目的を列挙すれば、次のようになる。

1　今後に引き継ぐべき指摘を篩にかける準備として、埋もれている戦前の素材論・典拠論の成果を掘り起こし、時代順に整理する。

2　戦前の研究成果については、初出認識に誤りがある場合や初出が示されずに踏襲される例があることから、可能な限りオリジナリティーのありかを明確にする。

3　戦前の語彙考証・典拠論の各成果について、それぞれの意義と限界とを筆者の視点から総括する。

4　1～3の作業の中で、各時代の思潮や作品評価のありようを浮き彫りにする。

5　研究史上、「リアリズムと結びついた典拠論」から「フィクション性に注目した典拠論」への筋道を明らかにする。
6　戦前の典拠研究における「作品評価と典拠論の関係」を考察する。
7　一連の作業の基本となる論者の典拠観を示し、典拠認定基準の再考を提言する。

以上、各項目は緊密な繋がりを持つ。まず1～4を統合した形で年代順に論述し、次に5・6を通じて「視座の変化」を、時代を追って捉え直し、研究史分析の切り口の一つとしたい。7は「現代への課題」として終節に位置づける。この問題は、本書第二部・第三部においていくつかの咄を取り上げた際に、具体例に即して論じてきたテーマである。本章では総論として試案を示すにとどめ、更なる具体例は別の機会に展開する予定である。

二　戦前の典拠研究概観

論述に先立って、明治期の一八九〇年以降一九四五年（昭20）に至る典拠研究の様相を俯瞰しておく。総じて戦前の典拠研究は、訓古注疏の流れを汲んだ語彙考証や考証随筆の形を取ることが多い。種彦や京山の考証随筆を継ぐと言い換えてもよい。西鶴語彙考証の機運は、初め露伴ら実作者による作品研究や校訂作業などを通じて高まる。たとえば、露伴「六十日記」に語彙考証関連の記事が認められる如くである。(1) 大正末年から昭和初年代にかけて（一九二〇年頃～三五年頃）は、前章「戦前の研究史（1）」で指摘したように、東京における三田村鳶魚らや京都における藤井乙男らによる『西鶴輪講』が古典解釈学を推進させた。さらに一九四〇年前後（昭和10年代）に至って真山青果が語彙考証の成果を挙げていく。『西鶴諸国はなし』の素材・典拠論も、こうした考証を中心とした解釈学の流れに即したものである。語彙考証や素材考証にとどまらない典拠研究の新たな波は、次節で述べるように一九四二年（昭17）の後藤興善「『古今著聞集』と西鶴の説話」・鈴木敏也「草の種」によって、ようやく広がりをみせることになる。前章で述べたような戦前の低評価を反映して、典拠素材に関連した方面においても、『西鶴諸国はなし』を扱った論考は極めて少ない。校訂本の解説や概論を除く管見の論考は次の一五点であるが、このうち次節で取り上げるものは論考1〜4、6、7、及び12〜15の一〇点である。

論考1　一八九七年（明30）7月　淡島寒月「好色一代女（合評）[2]」
論考2　一八九七年（明30）7月　森田思軒「標新領異録」
論考3　一九二二年（大11）5月　鈴木敏也『近世日本小説史　前編』（二篇4章1節「諸国咄」）
論考4　一九二四年（大13）11月　船越政一郎「鴻池新田と文豪西鶴の『大下馬』」
論考5　一九二六年（大15）3月　片岡良一『井原西鶴』4章6節の3「懐硯と大下馬」
論考6　一九二八年（昭3）5月　岩城準太郎「西鶴の諸国咄と大和」
論考7　一九二九年（昭4）5月　水谷不倒『新撰列伝体小説史』
論考8　一九三三年（昭8）9月　前島春三「西鶴と「諸国咄」」
論考9　一九三五年（昭10）11月　近藤忠義「大下馬とところどころ」
論考10　一九三六年（昭11）2月　近藤忠義「西鶴諸国咄論稿」『近世文学の研究』
論考11　一九三九年（昭14）2月　近藤忠義『日本文学原論』

論考12　一九三七年（昭12）２月〜真山青果「西鶴語彙考証」
論考13　一九三九年（昭14）10月　重友　毅「西鶴と秋成」
論考14　一九四二年（昭17）12月　後藤興善「『古今著聞集』と西鶴の説話」
論考15　一九四二年（昭17）12月　鈴木敏也「草の種」

次に、翻刻校訂本の施注に目を向けておく。前章「戦前の研究史（1）」の「研究史通観」において、戦前に刊行された『西鶴諸国はなし』の翻刻校訂本を年代に従って紹介したが、その中から注が施されたものに限って取り出せば、

校訂本1　一九一三年（大2）５月　藤井紫影『西鶴文集 上』（有朋堂文庫）
校訂本2　一九二九年（昭4）９月　土井重義『井原西鶴集』（新釈日本文学叢書）
校訂本3　一九三二年（昭7）２月　山崎　麓『西鶴文撰集』
校訂本4　一九三九年（昭14）５月　近藤忠義『西鶴』（日本古典読本）

となる。『日本永代蔵』や『好色五人女』などと較べて、その数の少ないことに驚かされる。まずは、四本の位置づけを確認しておこう。

一九一三年刊の『西鶴文集　上』（校訂本1）では、『大下馬』本文に初めて注が施され、従前の翻刻校訂本に欠けていた巻三「紫女」、及び巻四「命に替る鼻の先」・「驚は三十七度」・「夢に京より戻る」・「力なしの大仏」・「鯉

のちらし紋」の計六章が新たに加わった。当時の『西鶴諸国はなし』の扱いから見れば画期的なものであったが、底本を四巻本に求めるなど、[3]テキスト自体いまだ未整備の状況である。施注も、目録・序文は対象から除かれており、本文に若干の頭注があるというレベルにとどまる。

詳注が見られるようになるのは、昭和に入ってからである。一九二九年に出された土井重義『井原西鶴集』（校訂本2）所収の『諸国はなし』は、東京大学総合図書館蔵の霞亭旧蔵本（現霞亭文庫本）[4]を底本としたもので、初めて五巻本をテキストとした点、及び詳しい頭注が施された点が注目される。本書により、『西鶴諸国はなし』の校訂注釈は、ようやく第二段階を迎えたことになる。続く一九三二年刊の山崎麓『西鶴文撰集』（校訂本3）は、高等諸学校の国語教科書として編まれたアンソロジーで、『諸国ばなし（大下馬）』からは巻二「男地蔵」・巻三「蚤の籠ぬけ」・巻四「形は昼の真似《ママ》」の三篇が収録され、若干の頭注が施されている。

一九三九年刊の近藤忠義『西鶴』（校訂本4）は、知名度の高い『好色五人女』と並んで『近年諸国咄』・『西鶴自註独吟百韻』をも取り上げた意欲的な研究書である。「翻刻篇」では詳注が付され、「研究篇」では人間主義的読みを色濃く取り入れた作品論が展開された。ある意味で、『西鶴諸国はなし』の研究史上エポックをなした一書と言えよう。

以上、校訂本四本にはそれぞれ時代思潮や編集意図を反映した特徴があるが、何れも考証学に基づく施注である点は共通している。典拠に言及した注も見られるが、「作品評価を見据え方法論を加味した上で、典拠を指摘した」というよりも、「考証の延長上にあって、先行類話を指摘した」という性格のものと言ってよかろう。語彙考証と典拠の指摘とが渾然の体をなす明治以来の傾向は、戦前の典拠研究と諸注釈にほぼ通底している。「語彙考証」・「典拠論」・「施注」にわたって、その基本姿勢に乖離が見られないことから、次節で詳述する各論ではこの三者を区別せず、公刊の順にひとまず同等に扱うこととする。

三　典拠論の諸相とオリジナリティー

本節では、前節で紹介した素材や典拠に関わる諸論考・諸注釈を整理し、研究史上の位置づけを行うと共に、オリジナリティー（初出）を明らかにしておきたいと思う。類話・伝承・典拠及び語彙に関する新たな指摘を取り上げる他、

・表現に注目することによって、西鶴のねらいを炙り出そうとした指摘
・語彙考証を通して事実や伝承に基づく西鶴の創作態度を裏づけようとする意図が窺える指摘

など、論者・校訂者の独自性が窺えるものを併せて掲出する。なお、必要に応じて触れることになる戦後の諸文献については、第一章「戦後の研究史概観」を参照されたい。論述にあたっては、便宜上、

1　明治・大正期（一八八〇年～一九二五年頃）
2　昭和初年代（一九二五年頃～一九三五年頃）
3　昭和10年代（一九三五年頃～一九四四年）

の三期に分け、次の記号を用いる。

※　これまでの「典拠一覧」(5)に記載が見られず、本稿において新たにオリジナリティーがあると判断するもの。

◎　これまでの「典拠一覧」で初出と認めているもの。

↓　後の継承・発展。

↕　後の反論・異論。

↑　先行指摘からの継承。

1　明治・大正期（一八八〇年～一九二五年頃）

文壇人主導による作品紹介の時期である。『西鶴諸国はなし』の校訂本文が四巻本に拠るものであったため、「刊年未詳」とされる状態が長く続いた。文壇人による典拠の指摘に見るべきものが含まれる。前節で述べたとおり、初めての施注本が一九一三年に刊行された。

・一八九七年（明30）7月　淡島寒月「好色一代女（合評）」（論考1）

※一の二「見せぬ所は女大工」のヤモリをうち込む話は『醍醐随筆』から取る。

↕　◎後藤興善（「『古今著聞集』と西鶴の説話」　論考14）『古今著聞集』の二話を典拠と見做す（後述）。

↓　◎宗政五十緒（「西鶴諸国はなしのあとさき」　一九六九年（昭44）4月）後藤説を踏襲。『醍醐随筆』の記事にも触れる。

↓宮澤照恵（「『西鶴諸国はなし』咄の創作――見せぬ所は女大工の構想をめぐって」二〇〇五年（平17）9月）後藤説を廃し、同様の奇談はいつの時代にもあるが、俳友中山三柳からの直談という形で情報を入手した可能性が高いとして、『醍醐随筆』の記事を重視する（第三部第二章参照）。

・一八九七年（明30）7月　森田思軒「標新領異録」（論考2）

◎二の四「残る物とて金の鍋」は『続斉諧記』「陽羨鵞籠之記」（許彦の大銅盤）の翻案である。
↓水谷不倒（『新撰列伝体小説史』論考7）神仙譚として扱う。

↓近藤忠義（『西鶴』校訂本4）他、諸注釈に継承される。

↓◎早川光三郎（「西鶴文学と中国説話」一九五四年（昭29）1月）、岸得蔵（「『西鶴諸国はなし』考――その出生をたずねて」一九五七年（昭32）4月）、◎井上敏幸（「『西鶴諸国はなし』攷――仙境譚と武家物」一九七六年（昭51）10月）、◎藤江峰夫（「西鶴の咄の種――『西鶴諸国はなし』中の三篇をめぐって」一九九〇年（平2）3月）など、考証方法の進展に伴い、森田説を継承発展させる形で、類話の指摘をはじめ西鶴の素材利用の方法や直接的素材源（書承関係）を追究する諸論考に発展していく。


厳密な考証手続きを踏んだものではないが、的確な指摘である。以後、『諸国はなし』の説話素材の中に、中国説話の流入を考慮する契機となった。中国種の怪異譚を取り入れた咄は、西鶴らしい翻案の跡が辿りやすい。漢籍の素養がある者にとっては、『伽婢子』などとは一線を画す様が一目瞭然だったはずである。比較的早い時期から典拠として認識されていたと思われるが、典拠認識のレベルが西鶴の翻案方法まで立ち入ったものかどうかは未詳である。

・一九一三年（大2）［藤井紫影］『西鶴文集』（校訂本1）

『西鶴諸国はなし』の最初の施注であることを考慮し、当代の事象や風俗に関する常識の範囲内の解説も含めて、以下に具体例を掲出する。


一の一「公事は破らずに勝」豊心丹――西大寺より出す薬の名。

一の三「大晦日はあはぬ算用」徳乗――後藤徳乗名は光次、寛永八年（一六三一）十月十三日歿す、年八十二、金工の名人。

一の六「雲中の腕をし」比丘尼好――比丘尼の色を鬻ぐ者元禄時代にあり。

二の四「残る物とて金の鍋」高安通ひ――業平が河内高安の女の許へ通ひしこと『伊勢物語』に見ゆ。

二の七「神鳴の病中」奈良もの――奈良刀は鈍刀として世に知らる。

三の三「お霜月の作り髭」浄瑠璃御前――矢矧の長者の娘にて牛若丸と契りしこと『十二段草子』に見ゆ。

三の四「紫女」時雨の亭――定家卿の閑居。むかし読みぬる本歌――続古今「人知れぬ袖の湊のあだ波は名のみさわげどよる舟もなし」を指すか。

三の六「八畳敷の蓮の葉」策彦――天龍寺の僧にて明に行きし人、天正七年（一五七九）寂。

四の一「形は昼のまね」井上播磨――貞享二年（一六八五）五月十九日歿　年五十四。

四の五「夢に京より戻る」朱座――朱の製造販売の特許を得たる商人。
※四の七「鯉のちらし紋」――鯉が人を生みし話は『奇異雑談集』にも見えたり。
　↓　校訂本2・◎4に継承される。

「緒言」に「彼の作は目前に見る所を写して、いまだ一部の趣向を構ふるにいたらず。されどその描く所は元禄時代の活世相なるを以って、彼の様に依って胡蘆を描き、徒らに陳套爛熟の美辞麗句を羅列する物語風の弊を蟬脱し……」とあるように、藤井の西鶴論は写実性の評価を主軸としたものである。「写実を基調として、そこに俳諧的な修辞と諧謔風刺とを取り込むことによって、わが国の小説に新機軸を出した」というのが藤井の西鶴理解である。それを反映して、施注には巻一の一・一の六・二の七・四の五など「元禄時代の世相や事象」を説明したものが多く、西鶴の事実に基づく創作態度を裏づけようという姿勢が明瞭である。巻二の四・三の三・三の四など古典素養の常識的事柄に対しても遺漏はないが、何れも明確な「典拠認識」を伴うわけではなく、本文の語彙説明の域を出ない。唯一、巻四の七「鯉のちらし紋」の「鯉が人を生みし話」について、『奇異雑談集』に見える類話を挙げている点に、説話素材への関心が垣間見られる。この類話指摘は校訂本2・4に継承され、後に写本『奇異雑談集』と本書との関係に注目させる端緒ともなった。戦後の継承・発展については、本節**3ア**（校訂本4）に譲る。

・一九二二年（大11）鈴木敏也「諸国咄」（論考3）
表現上の手腕に注目し、転合化・俗化などの操作を自在な叙述力に求める。

・一九二四年（大13）船越政一郎「鴻池新田と文豪西鶴の大下馬」（論考4）
後世の鴻池新田が、四の七「鯉のちらし紋」の舞台「内助が淵」であることの紹介にとどまる。

2　昭和初年代（一九二五年頃〜一九三五年頃）

研究者を主体とした新たな研究段階を迎えると共に、『新釈日本文学叢書』本・『日本名著全集』本など、テキストもようやく整備される。片岡良一による文芸論的な読みが影響力を持ち、『西鶴諸国はなし』の低評価が定着する。一方では、語彙考証が研究の一分野として成長し始める。こうした動向を反映して、この時期の典拠論は行文にそった伝承の掘り起こしに向かい、成果を上げた。

・一九二八年（昭3）5月　岩城準太郎「西鶴の諸国咄と大和」（論考6）

※二の三「水筋のぬけ道」の若狭と二月堂との間に水の通いありという設定は伝承に基づき、女房殺しの場面は直接には『因果物語』や『百物語』による。伝説に思いがけないロマンスを結び付け、白粉くさい人情話を編み出した新しみを指摘。

↓　通い水伝承についての指摘は、◎近藤忠義（『西鶴』校訂本4）他、諸注釈に継承される。

・一九二九年（昭4）5月　水谷不倒『新撰列伝体小説史』（論考7）

※巻五の六「身を捨る油壺」に見える姥が火伝説、及び巻一の四「傘の御託宣」冒頭の「掛作り観音貸し傘の由来」は、有名な地方の口碑である。

↓　◎近藤忠義（『西鶴』校訂本4）他、諸注釈に継承される。

巻二の四「残る物とて金の鍋」が神仙譚に基づく。

↑　（論考2）を継承。

仮名草子から南嶺まで近世小説史を扱った書で、『西鶴諸国はなし』に関する言及はわずかであるが、『諸国はなし』の特色を多方面にわたって指摘している。題材に触れた部分は数行に過ぎないが、「姥が火」及び「貸し傘」伝承に関する右の指摘は、初出と認められる。

・一九二九年（昭4）9月　土井重義『井原西鶴集』（校訂本2）

前年代の藤井紫影『西鶴文集』に見られない施注のうち、独自性が窺えるものを以下に列挙する。多くが諸注に継承される。

※序　寝覚の床――『奇勝一覧（『信濃奇勝録』）』により、在住の翁が浦島太郎と呼ばれた伝承を紹介。

↓　岸得蔵（「『西鶴諸国はなし』考――その出生をたずねて」前掲436ページ）の序文考証へ発展。

※一の二「見せぬ所は女大工」恵比寿大黒殿——「恵比寿大黒は共に福の神とせられ、多くの商家にこれを祭る」として違和感・諧謔味を示唆。
※一の五「不思議のあし音」公治長——孔子の弟子である公治長の雀伝説を紹介。
※一の六「雲中の腕をし」海尊・熊井太郎・亀井——「後に義経と共に蝦夷に下る」伝承を紹介。
※一の七「狐の四天王」諸国の女の髪を云々——寶（寛）永十四年（一六三七）頃の髪切虫の出現話を寛文十一年（一六七一）刊『寶蔵』より紹介し、この巷談を狐に作り変えた行文とする。
三の五「行末の宝舟」狐の渡り初めて云々——「いわゆる神渡り也」として、諏訪明神の使狐の所為とする伝承の由来を説明。
※四の三「命に替る鼻の先」杓子天狗——「僧侶の化して天狗となるの伝説古来甚だ多し」として、『沙石集』・『本朝神社考』・『閑田耕筆』などを挙げる。類話として、『甲子夜話』にある喜多院の弟子のすりこ木天狗を紹介。
五の一「灯挑に朝皃」露地——暁の茶事の次第、露地入りの時間を示して、当該挿話が愚か者譚の行文であることを示唆。

施注語彙数は『西鶴文集』（校訂本1）の数倍に及ぶ。全体に、本文理解よりも語彙考証そのものが目的化しがちな傾向が見られる。一部誤認があるものの、『和漢三才図会』・『嬉遊笑覧』・『雍州府志』・『貞丈雑記』といった基本的な参考資料を引用した詳注が付され、前年代の『西鶴文集』に比して語彙考証・風俗考証などが前進している。章によって施注方針に揺れが見られるが、総じて伝承や類話の紹介に意欲が見られ、初出の指摘が散見される。

中で義経主従や杓子天狗に関する伝承の指摘は、作品構想を考える上で有益である。ただし、巻一の七の施注は本文当該箇所の行文のみを問題にしたもので、一話の創作方法全体に及ぶ評言ではない。

・一九三二年（昭7）2月　山崎麓『西鶴文選集』（校訂本3）

「研究・批判の科学的方法は、同時代の社会の理解を第一とする」という立場から、「自習の便に」社会風俗を中心とした若干の語彙注が付されるが、典拠・方法にわたっての新見は特には見られない。

3　昭和10年代（一九三五年頃～一九四四年）

前年代に引き続いて、書誌研究や語彙考証など基礎的研究が進展した時期である。作品論では、前年代の「低評価」を切り崩すべく、一九三九年（昭14）近藤忠義が「町人社会の解放と文芸」という視点を打ち出した。更に一九四二年（昭17）には、野間光辰が「はなしの方法」という切り口を提示した。こうした作品を見直す新たな評価軸は、次節で述べるように必ずしも典拠論と連動していたわけではない。一九四二年（昭17）には典拠論の新たな成果として、「素材の組み合わせとフィクション化」という創作方法に踏み込んだ認識が見え始める。

ア　前半

・一九三九年（昭14）5月　近藤忠義『西鶴』（校訂本4）

前年代までの校訂本には見られない新たな施注のうち、独自性が窺えるものを、発展・異論を併記する形で以下に列挙する。

※序　「近江の国堅田に七尺五寸の大女房もあり」には当代の見世物の裏づけがある。

↓　岸得蔵（「『西鶴諸国はなし』考――その出生をたずねて」）（一九五七年（昭32）4月）の序文考証に発展。

※一の一「公事は破らずに勝」西大寺の豊心丹の方組――『雍州府志』により太鼓の書付（事実の裏づけ）を紹介。

※一の二「見せぬ所は女大工」ヤモリの怪異は、浅井了意『伽婢子』など古来和漢ともに類話が多い（典拠認識は特にない）。話の本筋は土ぐも伝説と同工であるが、世間は広く婦人の大工もあると言う所に興味がある。

↓　◎堤精二（「『近年諸国咄』の成立過程」一九六三年（昭38）10月）の『伽婢子』を本説とする仮説に発展。

↓　◎森山重雄（「咄の伝統と西鶴」一九五八年（昭33）5月）の土ぐも説話原拠説、

◎長谷川強（「西鶴作品原拠臆断」一九七五年（昭50）9月）の土ぐも退治説話原拠（そのやつしであるとする）説、いずれも近藤による施注の延長上にある。

↕　※宮澤照恵（「『西鶴諸国はなし』咄の創作――「見せぬ所は女大工」の構想をめぐって」二〇〇五年（平17）9月）　土ぐも説話原拠説を否定し、女大工虚構説を提示。

※一の三「大晦日はあはぬ算用」十両の上書きの趣向は当代の薬の上包みの書きようをもって洒落たもの。

↓同趣向の先行例として、『可笑記』巻二の大江文平の話（◎重友毅「西鶴諸国咄二題」一九六一年（昭36）8月）、『一休諸国物語』二の六や『秋の夜の友』巻三（◎岡雅彦「西鶴名残の友と咄本」一九七三年（昭48）7月）が報告される。類似趣向の具体例が加わることで、笑話の趣向類型があったという認識が広がり、近藤の読みが補強された。

※一の六「雲中の腕をし」義経の容貌描写が伝承を踏まえたものであることを指摘。
◎この話は『剪燈新話』から『伽婢子』に繋がり、更に『西鶴諸国はなし』にきたと思われるが、『伽婢子』五の二や『狗張子』一の三などと比較して西鶴は近世的。

↓直接には野田寿雄の『校註西鶴諸国咄』（一九六九年（昭44）4月）の施注に踏襲される。
↓『剪燈新話』への注目は◎笠井清（「西鶴の剪燈新話系説話」（一九五六年（昭31）11月））へ、『伽婢子』との関係は◎堤精二（「『近年諸国咄』の成立過程」一九六三年（昭38）10月）へと発展する。

◎二の三「水筋のぬけ道」若狭と二月堂との間に水の通いありという設定は伝承に基づく。

↑岩城準太郎（「西鶴の諸国咄と大和」論考6）に既出。

二の四「残る物とて金の鍋」『続斉諧記』の翻案としながら、日本風な翻案の跡を探り、生馬仙人を当てはめた。

↑　森田思軒（「標新領異録」論考2）からの発展。

◎三の四「紫女」『剪燈新話』の牡丹燈記や『伽婢子』中の諸編（三の三、二の三、七の四）と同巧。紫女とは「紫姑」から思ひついて名づけたものであらう。

↓　戦後、類話の指摘及び「素材と方法」の深化が、江本裕・堤精二・冨士昭雄らによって推進される。井上敏幸は謡曲など、漢籍によらない典拠を探る。「紫は狐の異名」は継承される。

◎四の五「夢に京より戻る」金光寺の藤伝承が『堺鑑』にある。伝説の近世化を指摘。

※四の六「力なしの大仏」岩飛び・滝落としが事実に基づく。

↓　真山青果（「語彙考証」論考13）へ発展。

↓　宮澤照恵（「『西鶴諸国はなし』大下馬の原質（一）」二〇〇〇年（平12）4月）事実から次第に軽口ウソ咄に持っていく手法を指摘。

◎四の七「鯉のちらし紋」類似の説話として、『新釈』（校訂本2）の挙げた『奇異雑談集』以外に、『摂陽奇観』・『浪花のながめ』をあげる。↑校訂本2からの発展

↓　◎江本裕（「西鶴諸国はなし――説話的発想について」一九六三年（昭38）11月）巷説として狂歌を紹介。

↕　※宮澤照恵（「『西鶴諸国はなし』大下馬の原質（二）」二〇〇二年（平14）3月）西鶴の作為や素材の取り合わせに注目、一話を軽口ウソ咄と捉える。

※五の三「楽の𩸽鮎の手」麻姑仙人に関する注を付す。

↕　※宮澤照恵（「「楽の𩸽鮎の手」の素材と方法」一九八九年（平1）3月）縁起譚・仏教説話のモチーフを架空の𩸽鮎にまつわる奇譚に転換した、「俳諧の方法」と「小説構成意識」が結びついた一篇とする。

以上、前代の施注に較べると西鶴の創作態度への留意が見え、各話の末尾には、後続文学への影響や主題などに触れた寸評が備わる。当該書の類話・伝承に関する指摘を取り上げて、近藤施注の特質を確認しておこう。類話に関する指摘は、以下の三点が初出である。

・「女大工」に見えるヤモリの怪異には類話が多い。
・「紫女」は、『剪燈新話』の「牡丹燈記」や『伽婢子』中の諸編（三の三、二の三、七の四）と同巧。
・「鯉のちらし紋」の類似の説話に、『摂陽奇観』・『浪花のながめ』がある。

これらは、明確な典拠意識に基づいて博捜・吟味した上での成果というよりも、寓目した先行類話を拾い上げたものと言ってよかろう。怪異世界の利用に中国説話の影響を見た「紫女」に関する指摘は、書承関係を厳密に立証したものではないが、傾聴に値する。

伝承の指摘では、「諏訪湖の渡り初め」・「金光寺の藤」・「義経の容貌」・「姥が火」などの施注に進展が見られる。ただし何れも、典拠追究の成果というよりは、本文に見える地名や伝承についての語彙考証というべきものである（近藤による伝承資料や地誌類などの指摘は妥当で、後続の研究に継承されている）。類話・伝承への言及は総じて、「事実を踏まえた創作である」とした大正期の研究の延長線上にあり、西鶴が取り入れた「諸国のはなし（題材）」への関心が顕著である。その解明のために訓古注釈の方法を用い、語彙考証を通して新たな類話に気づく、あるいは事実に基づく記述であることを確認・解明する、という行き方と言えよう。裏返せば、本書を「事実や伝承を集めた説話集」と捉える傾向があるわけで、典拠注を検証する限りでは、西鶴独自の虚構作品という認識が十分に芽生えていたとは考えにくい。とは言え、伝承を利用した咄には「近世化」が施されているという指摘があり、虚構化に対する意識は皆無ではない。一言で言えば、「訓古注釈の方法」を基盤とした中で「創作態度に重点を置く姿勢」を志向しているものの、いまだ十分には成長していない観がある（同書の俳文意識に繋がる指摘や作品評価については、次章「戦前の研究史（3）」で扱う）。なお、近藤自身の戦後の展開に、巻五の五「執心の息筋」の典拠を『太平広記』巻百二十「徐鉄臼」とする指摘（「西鶴大下馬の原話一、二」一九六〇年（昭35）11月）がある。

・一九三九年（昭14）10月　重友毅　「西鶴と秋成」（論考12）

同じく『剪燈新話』二の四「牡丹燈記」の系統を引く、『西鶴諸国はなし』巻三の四「紫女」と『雨月物語』三の二「吉備津の釜」との創作法の差異を論じたもの。典拠認識は、「『奇異雑談集』・『伽婢子』の後を承けて西鶴が異国の怪談を取り入れたもの」という域を出ないが、素材を出発点として西鶴の創作方法に目を向けた点が注目される。「紫女」の特徴として、原説話の構成の簡略化と当世化及び現実性を指摘。怪異を扱いながら徹頭徹尾明るさに終始すると説く。

・一九三七年（昭12）2月～一九三八年（昭13）1月、一九四三年（昭18）1月　真山青果　「西鶴語彙考証」（論考13）

※序「豊後の大竹」が事実に基づくこと、「頼朝の小遣い帳」が自筆日記残欠の伝承によることなど、考証を通じて事実に基づく行文であることを確認。

↓　岸得蔵（「『西鶴諸国はなし』考」一九五七年（昭32）4月）の序文考証に発展。

※巻四の四「驚は三十七度」の「友呼び雁」、巻四の六「力なしの大仏」の「岩飛び」、巻五の二「恋の出見世」の「駿河の本町」、巻二の七の「火神鳴・水神鳴」、巻一の六と関連のある「弁慶の借状」、巻五の四「闇の手形」に登場する「木曾の麻衣」についての語彙考証を掲載。

イ　後半

・一九四二年（昭17）12月　後藤興善　「『古今著聞集』と西鶴の説話」（論考14）

◎一の二「見せぬ所は女大工」の典拠は、『古今著聞集』巻二十の連続する二つの話である。

↓　宗政五十緒『井原西鶴集二』（日本古典文学全集　一九七三年（昭48）1月）、井上敏幸『好色二代男

西鶴諸国はなし　本朝二十不孝』（新日本古典文学大系　一九九一年（平3）10月）など、諸注釈に継承され定説化する。

↕　宮澤照恵（「『西鶴諸国はなし』咄の創作――「見せぬ所は女大工」の構想をめぐって」二〇〇五年（平17）9月）『古今著聞集』の刊行が本書に遅れること、また『古今著聞集』と『宇治拾遺物語』の抜粋である『昔物語治聞集』も、刊行時期からみて本書執筆時に参照するのは不可能である、として後藤説を退けた。

◎一の七「狐の四天王」の化け狐が礫を打つ話は、『古今著聞集』巻十七変化二十五によったか。

典拠として『古今著聞集』に注目した最初の論文で、日本の先行説話集に目を向けさせ、単なる類話の指摘を脱して創作契機や方法に及んだ典拠研究の嚆矢として注目される。ただし、前述の如く論者は後藤の書承論に反対の立場である（なお、後藤は戦後も「西鶴説話の一考察――狂言「六人僧」から」一九四九年（昭24）10月で、巻一の七「狐四天王」の報復譚構想は狂言「六人僧」によること、狐が通る人を丸坊主にするという民間説話に『加無波良夜譚』巻二十「強情な狐」があることを指摘し、典拠から構想に及ぶ論を展開している）。

戦後には、後藤の後に続く成果が見られた。すなわち、野間光辰の提唱した「咄の方法」を進めた民間伝承・説話の見直しの機運の中で、先行説話の洗い直しが典拠論を活発化させ、成果をあげることになったのである。さらに、読者と共通の話題（生馬仙人・姥が火・内介が淵他）を置きながらそこから飛躍していく方法は、西鶴流の咄の創作方法であることが共通理解となっていった(6)。

・一九四二年（昭17）12月　鈴木敏也「草の種」（論考15）

◎三の三「お霜月の作り髭」の「作り髭」は、自然な悪ふざけとするには飽き足らない、「報復甘受型」の狂言「六人僧」を想起させるものがそこには感受される。

↓　◎後藤興善（「西鶴説話の一考察――狂言「六人僧」から」一九四九（昭24）10月）狂言「六人僧」の坊主にする強戯れは、より直接的には巻一「狐の四天王」の報復譚構想に繋がると見る。

「西鶴の作為が加わる」と鈴木自身が看取した部分に注目し、その趣向の拠り所について試論を提示し、素材とその利用法に目を向けた論である。語彙考証を超えて、西鶴の創作方法に及ぼうとする姿勢がある。

四　典拠論をめぐる視座

1　写実性からフィクション性へ

西鶴作品の中に「写実性」を発見したことが、明治の西鶴復興に寄与したことは改めて述べるまでもない。[7] その後「リアリズム」は、西鶴論に不即不離のキーワードであり続けた。リアリズムの内実は、時代思潮と評価基準の変容に従って様々に姿を変え、質的変化を遂げるのである。『諸国はなし』は題材に依存した諸国奇談集と見做されたため、その評価は、「リアリズムの変容」の影響をより直接的に受けることになった。西鶴の虚構作品に「リアリズム（実事らしさ）を発見する」、という本来の評価があり、そこから、書かれた奇談を「事実と見做す」風潮へと変化していく。並行して、一九四〇年前後（昭和10年代）の歴史社会学派的な人間主義を標榜する立場からは、現実主義者西鶴が強調され、「近代的人間像を冷静に観察し形象化した西鶴は、近代的人間である」という評価と結びつく。戦後一九七〇年前後（昭和40年代）以降、奇談集における西鶴の虚構性に注目が集まるようになると、「リアリズムを感じさせる虚構の手法」に目が向くようになる（リアリズムの諸相を跡付ける作業そのものは、本稿の範囲を逸脱するため、稿を改めて行う予定である）。ここでは、上述したリアリズム観の変化を視野に入れた上で、『西鶴諸国はなし』は現実に起こった奇談や珍談の見聞録である」とするリアリズムと結びついた実証的な典拠研究から、「作品の虚構性に注目した典拠研究」へと関心が移っていく筋道を、確認しておきたい(8)と思う。

前節で述べたように、一九一三年（大2）藤井紫影『西鶴文集』（校訂本1）の施注は、当代の世相や事象に関する語彙説明に力点が置かれており、事実に基づく創作であることを裏づけようとする立場が明瞭である。「緒言」において、「目前に見る所を写して、いまだ一部の趣向を構ふるにたらず。」と断じていることからも、作品のフィクション性に対してはほとんど関心が向いていなかったと考えられる。修辞や風刺・諧謔に新風があると見るものの、基本姿勢はやはり写実性（見聞そのものの説話化）を評価する立場である。校訂注釈本類を見る限りでは、この傾向は基本的には戦前を通じて変化がない。作品論に新し味を見せた近藤忠義『西鶴』（校訂本4）においても、先に触れた通り、基本認識は「事実に基づく奇談集」というもののように思われる。「事実に即した説話集である」、という方向からの典拠探しが、実証的な典拠研究の内実であった。意識するしないに拘らず、題材のおもしろさ・珍しさに作品の価値を見出だす、という題材主義の作品観は、根が深かったと言えよう。

それでは、『諸国はなし』の虚構性については、どのように扱われてきたのだろうか。『西鶴諸国はなし』における西鶴のフィクション性への注目は、題材の中に中国種のものが含まれていることへの気づきから始まると考えられる。漢詩・漢文が教養人の常識だった時代には、巻二の四「残る物とて金の鍋」・巻二の五「夢路の風車」・巻三の四「紫女」などの神仙譚や怪異譚に、中国小説の面影を看取するのは自然であったろう。文献に残る明治以降の指摘では、一八九七年（明30）7月の森田思軒「標新領異録」（論考2）が最も早い。詳細な比較研究や翻案・手法の分析が行われたわけではなく、寓目した中国小説に類話・類想を見出だした、というところでもあろう。だが、中国種の先行類話への気づきは、西鶴の素材渉猟の広さと自在な翻案の手腕への気づきをも、同時にもたらしたはずである。

「虚構性への関心」という側面からすれば、中国種の翻案が混じるという発見は、次に、本文に取り入れられた「伝承の発掘・考証と、西鶴による当世化の指摘」という形でその広がりを見せる。管見の範囲では、一九二八年（昭3）5月の岩城準太郎「西鶴の諸国咄と大和」（論考6）が早い時期のものである。かいつまんで言えば、「若狭の通い水」という伝承説話に、西鶴は「悋気・幽霊・殺し」の要素を結びつけ、首尾の整った新しい話を作り出した、というのである。厳密な考証を経た構想論というよりも、古都奈良を舞台に近世的な白粉の匂いを取り込んだところに、新味を読みとった論文である。それまでの、語彙考証や類話の指摘の域を出なかった典拠研究から一歩踏み出し、西鶴の作品構想と結びつけた研究の早い時期の成果と言えよう。

こうした伝承の発掘は進展を見せるものの、それ以上の虚構性・フィクション化に踏み込んだ研究が表に出るのには、昭和10年代後半（一九四〇年以降）を俟たねばならない。語彙考証が学問分野として自立していき、学問イコール実証という機運が高まったことを始め、リアリズムの捉え方の変容、作品評価の毀誉褒貶、時代思潮にそった読みの浸透など、その要因はいくつか考えられる。ともあれ昭和10年代前半（一九四〇年）まで、西鶴の作為やである。方法を注視しようとする虚構性の追究は、「伝承の発掘と当世化の指摘」というレベルから先には進まなかったのである。

2　作品評価と典拠論の乖離

書かれた内容が事実に基づくと見做す典拠考証が進むと、次には考証結果と作品理解の乖離、という問題が生じてくる。この点に関し、前章「戦前の研究史（1）」で、「訓古注釈の方法に沿った語彙考証は解釈を定める上で不可欠なものであるが、同時に事実を探索する使命を帯び、「事実に基づく創作」という作品理解や、露伴以来の「写実性」評価が自閉に向かったことと通底する面を持つ」こと、及び「現実との密着を前提とする考証学は、後の、より専門分化していく過程では、創作方法や作為を重視する作品研究とは立場を異にしていくことになる」ことを述べた（413ページ）。

語彙考証・典拠研究と作品論との間の乖離は、山口剛の「低調作品説（『名著全集解説』）」、近藤忠義の「人間主義思想の展開」などに垣間見られる（前章第三節参照）。例として、典拠研究の一つのエポックとなった近藤の典拠注（校訂本4）を見てみよう。前節で述べたように、近藤の典拠の指摘は、「事実や類話に限定された」段階にとどまっている。すなわち、本文中に用いられた語句・伝承・挿話・趣向などを出発点とし、それらが実在したこと、あるいは先行書に類例があることを、考証学の手続きによって突き止めることに終始しているのである。「解釈を定める一助としての施注」と言ってしまえばそれまでであるが、一方で、頭注スペースには一話ごとに短評が掲げられ、作品論に対しても意欲的であることに注意したい。短評は、近藤による「新しい読み」の提唱である。同書の評論篇で言う「新しい町人の知的欲求に応えようとする」作品で、そこに「封建的な固陋な見解に対する激しい抗議を読み取ることができる」という言辞に共通する姿勢が、そこには見られる。

　そうであれば、素材観・典拠観にも何らかの新し味があってもよいのではないか、という気がしてくる。要するに、評論篇の主張に比して、施注には「作品主体の意図にそった典拠解明意識」が伴っていないことへの疑問である[9]。近藤の場合、伝統的な注釈の方法を駆使したテキストの読みと、時代思潮を反映した歴史社会学的な作品論とが必ずしも融合してはいない。そこでは、「西鶴の意図」について新しい歴史社会学的な解釈を挙げながら、「周知の題材から新たな咄を創作する」という西鶴の虚構化について注意を払わない、という現象がおきている（仮に、「語彙考証によって、事実に基づく記述であることを解明する」という姿勢に徹し、その成果によって、近藤の言う「新しい解放された人間意識」という作品評価に到達することがあるとしよう。その場合、評価は題材や表現描写にのみ向けられ、その域を出ないことになるのだろうか）。リアリズムに貫かれた奇談であっても、作品自体はあくまで虚構であることは明白だったのではないか（「大下馬とところどころ」（論考9）参照）。近藤の言う「新しいものの見方」が西鶴にあるとすれば、それは、「現実的な新しい題材の選択」にとどまるものではなく、作品の構想や方法と不可分な新しさであるはずだ。繰り返すようではあるが、近藤の主張する新しい読みと、本文施注に見られる考証学とがどのように結びつくのか、論者にはその筋道が不分明に思われる。

　近藤の仕事を通じて現代に通じる課題を挙げれば、「作品論と典拠論との有機的結合」をどのように実現させるか、という点であろう。読解の手助けとしての注釈は、あくまで作品に表れた語句の解説である。しばしば西鶴は、「あらはにしるすまでもなし、知る人は知るぞかし」とばかりに暗示したまま、その先は読者に委ねて突き放す表現を用いる。そうした作品の解釈には、作者の思考回路に踏み込んだ注釈が必要であろう。的を射た注記は、表出されなかった言外の企みを炙り出すはずである。そこに、典拠解明の積極的意味があり、そこに新しい読み、新しい作品論が生まれる余地が残されていると考える。

以上、伝統的な注釈の方法によるテキストの読みと、時代思潮を反映した作品論とが融合されなかったことが、典拠紹介の記述と作品主題論との「乖離・不統一」という形で露呈している近藤の例を挙げた。作品の新たな面を掘り起こそうとする際、同様の危うさは常について回ることを銘ずる必要があろう。

五　典拠論とは何か

これまで戦前の典拠論を整理検討してきたが、まとめに代えて「典拠論とは何か」という基本問題に触れておきたい。具体的に作品に即して語るのでなければ意味をなさない問いであるが、冒頭で断ったように、ここでは総論のみを述べておきたいと思う。

『西鶴諸国はなし』の典拠論が紆余曲折を経てきた理由の一つに、「諸国奇談集」という形態を取るがゆえの特殊性があったと思われる。題材のおもしろさ・珍しさに依拠した説話であると安易に考えられがちだったこと（すなわち、フィクションとしての説話という認識が育っていなかったこと）、一篇が非常に短くストーリー性が希薄であったこと、他作品に較べてフィクション化のありようが摑みにくいことなどである。西鶴の「写実性」という特質も誤解に一役買っていたことは、先に指摘したとおりである。だが、典拠研究の進展に伴い、様々な素材が一つの咄の中に溶け込み、構成を担っていることが、次第に見えてきたように思う。しかも、その利用方法が多様なのである。私に気づいたいくつかのパターンを挙げてみる。

一つの素材から想像もしなかったような思いがけない展開を導く、意味を少しずつずらしながら別の文脈に発展させていく、素材や本説を隠して謎を仕組む、周知の話型や世界を利用しながらもとの咄を成り立たせていた論理（約束ごと）を引っ繰り返してしまう、素材の組み合わせの意外性を楽しむ、あるいは江本裕が指摘してきた（注6参照）ような、周知の伝承からの飛躍を仕掛ける——こうした素材の利用方法に加えて、西鶴は完結した咄としての自立を確保するために、一話ごとに全体を貫く論理を用意している。それは、本説に近いものであったり話型であったり、行間に隠されたキーワードであったり人物であったりする。そうした西鶴の咄ごとの企みを見抜く試行と論理構築とが、筆者の考える典拠論である。

それらは、本文に表現された語句の考証とは異なる。また、付合を駆使して連想の跡を解明しようとする試みや、語句の類似性の数量的処理とも異なる。また、類話の指摘もそれだけでは典拠論にはなるまい（笑話にせよ怪異譚にせよ、筋立ての共通する咄は多いわけで、それらを例示するだけでは、西鶴の咄を型に当てはめる表層的議論で終ることになろう）。——ある意味で手掛りが摑みにくい、それだけに「発見された咄の論理」と「論者の読み」との間の主体的往復作業が不可欠である。素材の一つ一つを典拠として認定することが、論者自身の作品の読みと整合性を持つのでなければ、意味がない。本稿で取り上げた戦前のいくつかの例は、教訓になるはずである。最後に蛇足として、「語彙考証」は作品を同時代の読みに即して理解享受するための基礎作業であり、各話の「典拠」とは分けて捉える必要があることを付け加えておきたい。

注

（1）竹野静雄は、『近代文学と西鶴』（一九八〇年（昭55）5月）において、露伴が門下生の西鶴研究に対する指導を行ったことや、西鶴輪講の企てのあったことを指摘している。更に、「六十日記」一八九九年（明32）3月28日の条に、鯛の江戸送り（『日本永代蔵』巻二の四「天狗は家名の風車」に見える鯛の腹に針を指す輸送方法）の記事についての書きとめがあることなど、三つの例を紹介して、「校訂作業上、こういう語彙考証の不断につづけられたことは容易に想像がつく」としている。ただし本稿では、日記や私信に見られるのみで公刊されなかった考証成果については、考察対象から外すこととする。

（2）幸田露伴「六十日記」一八九九年（明32）2月（『現代日本文学全集3　幸田露伴集』一九五四年所収）

（3）淡島寒月「好色一代女（合評）」寒月の発言を「同人氏」が合評の席で紹介したもの。

『西鶴文集』は、一九三〇年（昭5）4月重版された際、大阪の吉田祥三郎氏所蔵本により第五巻を追補している。

（4）『西鶴諸国はなし』東京大学総合図書館蔵霞亭文庫本（第一部第一章参照）

（5）以下に掲載の各典拠一覧。

江本裕『西鶴諸国はなし』一九七六年（昭51）4月

江本裕『西鶴諸国はなし』（西鶴選集〈翻刻〉一九九三年（平5）11月）

川元ひとみ編「出典一覧」（江本裕　谷脇理史編『西鶴事典』一九九六年（平8）12月）

（6）伝承からの飛躍に注目したのが、江本裕の以下の一連の論考である。

江本裕「『西鶴諸国はなし』――説話的発想について」一九六三年（昭38）11月（『西鶴研究――小説篇』二〇〇五年（平17）7月所収）

江本裕「西鶴における説話的方法の意義――雑話物を中心として」一九六五年（昭40）8月

江本裕「西鶴小説における『説話性』について（一）」一九六七年（昭42）12月

（7）幸田露伴「井原西鶴」一八九〇年（明23）5月に、「人の心内の現象を其のまゝ実事の如く写し出せる場合を以て多しとなす、写実派と云はむこと当れるに近かるべし」とある。魯庵や露伴らが指摘した西鶴の写実性は、その後の西鶴研究に様々な形で継承され、影響を与える。

（8）一九七〇年前後（昭和40年代）以降、井上敏幸・宗政五十緒・江本裕らによって、『西鶴諸国はなし』の虚構性に注目した典拠研究が進展を見せた。井上は、俳諧師としての西鶴の創作手法を作品に即して解き明かし、宗政は趣向の解明に特色を見せた。江本は共通理解としての説話伝承素材に興味を示し、そこから飛躍して独立した咄を創り出しているとした。こうした西鶴のフィクション化に注目していく発想はいつ頃に芽生え、どのような経過を辿ってきたのか、その筋道を戦前に逆上って明らかにしようとするものである。

（9）この傾向は、俳文意識の指摘箇所において、より顕著である。近藤忠義の『西鶴』本文編についてみれば、近藤自身は説話素材の「当世化」・「近世化」・「滑稽化」といった西鶴の操作を十分に認識していることが見て取れる。しかし奇妙なことに、これらの気づきは「人間復興・人間性への目覚め・封建社会への抵抗」といった理論にすべて吸収されていってしまう。個々の作品の読みとは別に、当世のありのままの人間を描くという発見とそれに対する賛美が大前提としてあり、そこにこそ西鶴文学の価値があるとするあまりに、個別の作品の読みによる発見が全て「人間主義的作品」・「人間復興の文学」という一つの方向へ収束していったと思われる。なお、詳しくは次章「戦前の研究史（3）」で論ずる。

第四章　戦前の研究史（3）
――一九四五年（昭和20年）以前の俳文意識――

一　はじめに

第二章「戦前の研究史（1）」において、一九四五年（昭和20年）以前の『西鶴諸国はなし』研究の流れを通観し、作品評価をめぐる個々の研究を検証すると共に、現代に繋がる課題を考察した。次いで第三章「戦前の研究史（2）」では、戦前の『西鶴諸国はなし』典拠研究を整理してオリジナリティーの在処を明確にし、諸問題を検討した上で、論者の考える典拠論とは「作者の作為・たくらみを発見し、フィクション化の筋道を明らかにしようとする試論である」と定義づけた。

本章は、戦前の『西鶴諸国はなし』研究における「俳文意識」を跡付けることを目的とし、「戦前の研究史（1）・（2）」の補遺とするものである。一九七〇年前後（昭和40年代）に至って、『西鶴諸国はなし』に見られる「俳諧に通じる方法」に焦点を当てることを通して西鶴の咄の独自性を探ろうとする動きが起こり（「戦後の研究史概観」**第二節2**参照）、現在に続いている。本章は、こうした試みがいつごろどのような形で芽生え、どのように発展していったのかを、明治以降の『西鶴諸国はなし』研究の中で検証し、その意義と限界とを考えようとするものである。

とはいえ、『諸国はなし』の中に俳諧の方法が見られると認識し、「俳文意識」または「俳諧的」といった表現を用いて積極的にその様相を分析する、あるいは、文体や構想における俳諧的な特徴を抽出して作品論に発展させるという動きは、戦前には極めて少ない。

確かに、西鶴の浮世草子作品が現実の題材を扱っていること、及びそこに日常生活や当世風俗の描写が見られることは、早くから認識されていた。しかし、こうした認識が、談林俳諧の特質の一つである「現実性」や「当世化」という操作に結びついた形で論じられることは少なかった(1)。その理由の一つには、明治20年代（一八九〇年頃）の西鶴の復活が文学者の手によるものであり、文学者主導の研究時期が続いたことが関係しよう。

こうした中で、「西鶴浮世草子に見られる俳文趣味」への気づきが明確な形で論じられたのは、山口剛による「『好色一代男』の成立」（一九二二年（大11）3月）をはじめとする一連の論考である(2)。『西鶴諸国はなし』論は、『西鶴名作集 下』に掲載されている。一方、談林俳諧と浮世草子との内面的な交渉を「リアリズム」の側面から捉え、小説と俳諧双方にわたって人間性の発露を論じたのが近藤忠義である。『西鶴』（日本古典読本9・一九三九年（昭14）5月）には、『近年諸国咄』の翻刻と施注、作品解説が収められている（第二章「戦前の研究史（1）」参照）。そこには、西鶴の俳諧的手法を近藤自身が十分に認知していた様子を見て取ることができる。

以下では、山口剛と近藤忠義の研究を取り上げて検証し、西鶴浮世草子の「俳文趣味」に目を向けた彼らの指摘が、同時代の『西鶴諸国はなし』評価に変革をもたらす方法原理に成長することができなかった理由を考察していきたいと思う。なお、影響関係のメモを矢印によって付記し、引用には現代表記も併用する。

二　山口剛

1　『西鶴諸国はなし』に対する評価

はじめに、山口の『西鶴諸国はなし』に対する評価を確認しておく。『西鶴名作集下』「解説その一」では、志怪の書の流行に倣ったものとしながら、「教訓を避ける。博識は衒はない。更に不思議のことのみを伝へない。むしろ怪談としては現実の色が濃い」などの点において、当時の志怪の書とは異なる西鶴の独自性を積極的に認めている。序の「都の嵯峨に四十一まで大振袖の女ありこれをおもふに人はばけもの世にない物はなし」を取り上げ、現実色が濃い奇談異聞の書とする。

同書「解説その二」では、テーマに即して問題を掘り下げ、作品評価を打ち出している。『諸艶大鑑』から『諸国はなし』への推移には、『諸艶大鑑』における『宇治拾遺』の利用が介在しているという新見（後述）を提示し、片岡良一が唱えた「作家的成長説」とは異なる立場を示した。一方作品の評価では、独吟二万三千五百句成就の疲労の中で書かれた題材主義の低調な説話作品とし、見聞の主の不在を欠陥と見る。この評価は、立場を異にしていたはずの片岡良一の低調作品説（『井原西鶴』一九二六年（大15）3月）を、さらに強調した形である（第二章「戦前の研究史（1）」**第三節ウ**参照）。「解説その一」が概説にすぎず、「解説その二」が作品論である、という両者の性格の違いを考えても、「怪異性・教訓性に走らず現実色の強い奇談集」として本書を評価する「解説その一」と、「軽く貧弱な低調作品」と断ずる「解説その二」とでは、その姿勢が大きく異なる。

変化をもたらした直接の要因は今詳らかではない。おそらく、同時代の人間主義賞賛に抗し、「浮世草子に見る俳文趣味」という切り口によって新たな方向性を打ち出そうとしたことと無関係ではあるまい。山口の中では、『好色一代男』や『諸艶大鑑』といった小説としての結構を持つ作品と、諸国奇談集をうたう『諸国はなし』とはジャンルを異にする作品と捉えられていたようであり、「大矢数の後の休養期間中に筆をとった軽いもの」という認識は、「解説その二」に一貫している。山口のこの評価以後、本書の「軽さ」は「貧弱・低調」と同義に扱われていくように思われる。

2　虚実の手法

山口の『西鶴諸国はなし』評価は見てきたとおりである。以下では「虚実」というタームに注目することにより、山口の考えた「俳文趣味」の真相を探っておきたい。

まず、『好色一代男』に着目して、次のように述べる。

西鶴の俳諧、また彼が属する談林の俳諧の性質は、おのづから蕉風の閑寂と異なるものである。興は山野幽邃の境に寄せられずに、遊里絃歌の地に寓せられる。さながらに浮世草子の世界のものであつた。その俳諧がわづかに表現の様式をかへさへすれば、もうとうに浮世草子であり、好色本であつた。……（俳諧生活の）二十六年はあまりに永かつた。彼の目も耳も心もすべて俳諧的になりきつた。新しい芸を浮世草子に託さうとしながらも、態度も手法も依然として昨の俳諧を脱しかぬるものがあつた。

（前掲『西鶴名作集　下』「解説その二」156ページ）

山口は、西鶴浮世草子に伺うことのできる俳諧的な要素を、俳諧師という作者の属性に帰結させる。「俳諧精神」が西鶴の浮世草子を貫いていることを認めた上で、それが西鶴浮世草子の長所でもあり短所でもあると言う。『一代男』に俳諧の方法を看取することは、今日では疑いの余地がない了解事項である。しかし、西鶴に近代性を発見し、そのリアリズムを顕彰しようとする研究状況の中では、極めて斬新な卓見であったと思われる。さらに山口は、西鶴の小説手法が意図的な方法であり俳諧に通ずるものであったとして、「虚と実」という表現を用いる。

西鶴は見聞の正しきをそのまま伝へると共に、精しからぬ筋には虚を以て輔《（ママ）》ふ。虚を実と見紛らす場合もあつた。虚を虚としてをかしさに資する場合もあつた。それがすべて俳諧の興趣であつた。

（前掲『西鶴名作集　下』「解説その二」201ページ）

右に引用した「虚と実」のありようについては、「西鶴が当時の有識の読者を想定していた」という視座に立って次のように説明する。

多くの場合に、西鶴は個々の事象の描写に於いて、実を以てし、その配列に於いて虚を以てする。また、個々の事象に実を以て宛てながら、その一部に虚を残す。たとへば、事と処に実があれば、人に虚があり、人と事とに実があれば、処に虚のあるが如きである。もとの事実を悉く知らぬ者は、読んで悉く信じ、その中の一虚事を見出したものは、他の事実に対しても、軽い疑ひを有つ。信ずべきか、信ずべからざるか、その惑ひの中に、をかしさ面白さを味ふのであつた。当時の有識の読者には、かういふ感を抱くものが多かつたのであらう。

（「虚実皮膜の間」一九二九年（昭4）5月）

以上の山口剛による指摘は、二つの面から捉える必要があろう。第一は、作品世界のあくまでフィクションである以上、事実そのものと作品世界とは異なることを認識し、読みの原点に立ち戻ることを主張する側面である。当然至極な前提であるが、敢えて再認識を促さねばならない時代の必然があった。第二は、当代における有識の読者が行ったであろう作品享受のあり方に近づき、虚と実とを意図的に交えて創作している作家の虚構意識に分け入る必要性がある、と説く側面である。後代の研究指針となる姿勢を、ここに見ることができる。

いずれも、「人間の真実を描くリアリスト西鶴」を顕彰する同時代の思潮に傾斜した近代的作品理解、及び描かれた事柄を「事実」と捉え、その実証に向かう研究のあり方に対する反定立と解して誤るまい。次の記述などは、その間の事情を伺わせるに十分である。

時の隔たりは、西鶴の虚実を全く混淆させてしまつた。今は多く、西鶴の筆を信じて、書かれたものを、みながらに実とのみおもはせる。作意を露はに見せなかつた町人物になると一段とさうである。西鶴が猶ゐたなれば今の読者にどんな苦笑を以て対するか。推測するに難くない。

（前掲「虚実皮膜の間」）

「近代的人間像を冷静に観察し形象化した西鶴は、近代的人間である」という評価の筋道が定着していた時代にあって、西鶴の方法に注目し続けた山口の西鶴研究は、特筆すべきものであった。

3　俳諧性の諸相

本章のテーマである「俳文趣味」に話を絞ろう。山口の言う「俳諧的」「俳諧化」は、いくつかの要素を含む。私に四つのキーワードを取り上げ、その内容を以下に整理しておく。併せて、それぞれの意義と問題点にも触れておきたいと思う。

ア　作品創作の推移

第一は、前句との脈絡と距離（即離の関係）を保つ独吟の付合変化が、そのまま作品創作の推移に当てはまるとする点である。『西鶴諸国はなし』については、「解説その二」から要約すれば、次のように説明される。

『諸艶大鑑』と『西鶴諸国はなし』とを比較すると、目録小見出し形式の近似性や、後者における怪異性の増加などが見られる。ここで両者の間に『宇治拾遺物語』を置いてみると、両者の関係の大きさと創作推移のありようとがより鮮明になる。すなわち

①　『諸艶大鑑』の発端にすでに『宇治拾遺物語』の面影が見られること、及び巻三「朱雀の狐福」が『宇治拾遺』「利仁薯粥の事」の転合化と見られることが確認できる。

②　前作において『宇治拾遺物語』を利用した西鶴が、同じく『宇治拾遺』の形式を借りて諸国奇談集に手を染めたのが『西鶴諸国はなし』である。

というのである。

作品間の変化の要因を作家的成長に求めた片岡良一の研究（「戦前の研究史（1）」417ページ参照）を考え併せると、山口が、いかに西鶴の方法に焦点を合わせた独自の読みを開拓していたかが明瞭になる。すなわち、「作家の精神性とその成長とが作品に直接反映しているという前提を疑うことなく、創作方法はリアリズムの手法（事実に基づく形象化）に、作品の読みは人間主義的解釈に向かう」という同時代の研究方向に与せず、「先行文芸との関係を重視している点」、及び「虚構化の方法に着目している点」が画期的なのである（先行文芸との関係は、次に挙げる俳文趣味「**イ　翻案**」に繋がる要素である）。

但し、著作の推移と付合変化とを重ねるという山口の提示した論理は、著作順序と刊行順序の問題もあって、必ずしも西鶴生前の全作品にわたる整合性を伴っているわけではない。本書に限ってみても、『諸艶大鑑』と『西鶴諸国はなし』との間に先行文芸を置くことで、両者間の即離の関係を説明するものの、それぞれの成稿過程に関する顧慮や言及は見られない。今日的な視点からすれば、創作推移を取り上げるに当たっては、それぞれの作品の成稿過程という問題意識が不可欠であろう。

イ　翻案

第二は、西鶴が創作にあたって典拠を必要とし、その典拠を種種に弄び、俳諧化しているという捉え方である。要するに、一つの作品が本説を持つ、或いは和漢の古典と部分的関係を持つという立場である。原拠とその翻案方法に着目する行き方で、前述した虚実論と通底している。残念ながら、具体的に論じた例は少ない。最も重要な作品が『一代男』であり、これが『源氏物語』の翻案であることを証する、さらには、続く『諸艶大鑑』が「宇治十帖」と『宇治拾遺』の翻案であるとする（論の是非は、本稿では扱わない）。こうした論考によって、山口は西鶴の方法論に注目する道を拓いたと言えよう。

ところで、翻案とは作者自身の作意を梃子とした原作の再構築を意味する。山口が「その典拠を種種に弄び」と言うとき、そこに俳諧に通じる興と笑いとを念頭に置いていたことは、改めて述べるまでもないであろう。

その後、前期の作品が「必ず典拠を必要としている。その典拠を種種に弄ぶ、俳諧化する。その事がともすると中心となっていた。……典拠の俳諧化のうちに現代の事象を籠める（虚の中に実を籠める）」のに対し、後期の作品は、「典拠を離れて現代の事象に専らになる。……そうなると却って実なき典拠の名をその作に負わせようとする（『永代蔵』と『大福新長者教』、『新可笑記』と『可笑記』など）」と説明が加わる。さらには、通観して「典拠ある時期には、ひた隠しに隠し、ない時期には却って附会しようとする。例の俳諧の戯れである」として、作風の変化を視野に入れつつも俳諧精神は貫かれていると説く（前掲『西鶴名作集 下』「解説その二」）。

『大福新長者教』云々は措くとして、古典作品の翻案を挙げる山口の論考は、本説にこだわりすぎるかに見える部分がある。その拘りによって、作意や興の方向性が限定される危惧がないとは言えない。また、全体構想を論じる際の本説の問題に重心が置かれるが、本説と一つ一つの説話を問題にする際の原拠の問題とは、さらに区別して考える必要があろう。

↓「戦前の研究史（2）」でも触れたが、『西鶴諸国はなし』と『宇治拾遺物語』との関係は、その後の研究に大きな影響を与える。第一章「戦後の研究史」で述べたように、一九七〇年前後（昭和40年代）の説話や咄の方法への関心の高まりは、原題「大下馬」への解釈を深めた。すなわち、「宇治大納言隆国にならって、人々を下馬させて聞いた咄を書きとめた」意であるというそれまでの解釈から、「馬から下りてお聞きなさい」という咄の呼び込み（宗政五十緒）、「人々を下馬せしめるくらいおもしろい話」という自負の表明（江本裕）、という積極的な解釈に進み、作品の位置づけが大きく異なってきたのである。さらに谷脇理史は、『宇治拾遺物語』が同時代作品として享受されていたことを示し、西鶴が対抗意識をもって（発想・方法・内容などを）逆転し相対化して超えようとする姿勢があったと説いた。ここに至って、『宇治拾遺物語』との位相関係は、依拠から競合へと完全に塗り替えられたといえよう。

ウ　配列

山口によって指摘された「俳文趣味」の第三は、同一作品内における章や巻の配列に俳諧方式、すなわち変化となんらかの脈絡（一見繋がらぬようでいて、どこか繋がる即離の関係）を認めようとする点である。『西鶴諸国はなし』目録における地名の配列と小見出しに、即離の俳諧精神が見られるとする。同一作品内の説話配列構成の問題を、俳諧手法と絡めて考えようとする試みである。

たとえば巻一を見る。奈良、京、江戸、紀州、伏見、箱根、播州の名が見える。この配列には地理的聯絡がない。そこに意味がある。意味はむしろ変化にある。しかも標目の下に一々その内容を要約する言葉が見える。知恵、不思議、義理、慈悲、音曲、長生、恨、かう読み続けると、もとより連絡がない。連絡のないのは、変化を求めたためであらう。しかし、二度三度読みかへすと何となしに、聯絡のありさうな気がする。……離れもせぬ、即きもせぬ関係によって配列せられてゐる。即離の関係を重くみること、俳諧の如きものはない。すなはち、俳諧の型が形をかへてこゝに現はれたものとして見てよい。

（前掲『西鶴名作集 下』「解説その二」206―207ページ）

『西鶴諸国はなし』のような諸国奇談集の場合、各章の説話配列の問題は、編集意図の問題として避けて通ることができない。解き明かそうと試みて、山口の言う「即離の関係」という表現を用いれば、それはマスターキーとなる。しかし、その先の道標がない。究めようとすれば、煩瑣ではあるが、各章に置かれた説話の多様性を腑分けし、次には配列基準について様々な仮説を立て、それぞれの妥当性を探るところから始める以外あるまい。この作業には、怪異性の有無、笑話性の有無、土地の配列等々、様々な要素が絡んでこよう（第一部第二章「綜覧」参照）。たとえば土地設定の問題一つ取っても、咄の内容と設定された土地とに必然的な繋がりがあるかどうかを一つ一つ確認した上でなければ、一括りにして扱うことは危険である。

また、「地名の配列と小見出しに即離の俳諧精神が見られる」という場合、「即離」の内実に捕らわれすぎて例外の可能性を排除する危険も伴う。山口は巻一の章配列を例示して説明する。しかし、巻一と他の巻との間で、配列に伴なう緊張感が同じレベルであったとは考えにくい(3)。やはり、各巻すべての繋がりに法則性なり俳諧の呼吸なりが当てはまるのか、という問題意識は不可欠であろう。章配列に着目した山口の提言は、今なお本質に迫る論として貴重であるが、総論に留まる物足りなさが残る。

↓篠原進は、巻一を例に連想による連続を述べ、各章の「連句的配列」を提言した（「『宇治拾遺物語』の〈ぬけ〉」『日本文学』一九八九年（平1）4月）。

↓咄ごとの脈絡を「人はばけもの」というキーワードによって解明しようとする試みが、森田雅也によってなされた（「『西鶴諸国はなし』試論――「人はばけもの」論（下）」二〇〇一年（平13）9月）。

↓広嶋進は、『宇治拾遺物語』の説話配列と『西鶴諸国はなし』の配列との共通性を提言した（『西鶴諸国はなし』と説話集の方法」二〇一〇年（平22）6月）。

エ　各章内部の展開

「俳文趣味」の内実の第四は、各章が「俳諧的組織」を取っており、そのために却って一書全体の統一が害われているという見解である（テキストに即した具体的な説明はない）。自立した各章に変化や脈絡の即離性といった俳諧的な部分があり、そのために一書全体を貫く翻案論理や展開の筋道に破綻を来しているという指摘である。「安定した全体構想が小説には不可欠であり、それは何らかの一貫性に裏打ちされて実現する」、という文学観に依拠すれば、構想からの逸脱はマイナス要因とならざるを得ない。しかし、一方で「飛躍・省略・価値の解体」といった俳諧の精神構造並びに手法は、安定を拒む。この間の自家撞着を越えられなかった点が、山口西鶴の限界ではなかったか。

各章の咄の自立性が保証されている『西鶴諸国はなし』については、踏み込んだ記述はない。ここでは、山口の考えた「俳文趣味」の内実を示す一要素として、一文を引用するに留めておく。

かうまで俳諧的である西鶴は、その章その章に於いても俳諧的組織をとつた。それがために、いかに組織の統一が害はれてしまつたか。この俳諧的なことが、また長編の制作にも累を及ぼしたことはいふまでもない。「一代男」はいふも更なり、能の組織に倣つた「五人女」にも、浄瑠璃の定型を追うた「暦」にも、病弊は明に見られる。

（『西鶴名作集　下』「解説その二」207―208ページ）

4　意義と問題点

以上、四つの側面から山口剛が捉えた「俳文趣味」を辿ってきた。山口説は、俳諧師西鶴と浮世草子作者西鶴とを結びつけて捉えようとした早い時期のものとして注目される。同時代の研究においては、俳諧と散文との交渉は「談林俳諧に現実社会を詠んだものが多い」という指摘や、「心付けの流行を指摘して、西鶴にとって小説に着手することと不自然ではない」とする説に留まっていた。このことを考え併せると、散文に見られる俳文趣味を創作手法という観点から分析しようとする方向性の指示は、貴重である。昭和40年代（一九七〇年前後）の研究方向を先取りしていると言えよう。「典拠とその転合化」「俳諧精神」という、本書の読解に欠かせない視点を提示した功績は大きい。山口は「好色もの」・「町人もの」・「武家もの」といった題材による分類ではなく、大きな視野に立って、俳文趣味の度合いによる作品の捉え直しを提案したのである。

こうした視点は画期的なものではあるが、作品を一つの単位とみなし、作品ごとの変化を論じている点には問題もある。また、それぞれの作品に照らして十分な紙数を費やしているわけではない。これまで見てきたように、例示が少ないため、具体的論証を欠いた総論になっているのである。現代から見ると、問題を単純化し、やや結論を急ぐ感が否めない。総じて山口が先鞭をつけた「俳文趣味」とは、大枠の提示であり精神のありようの指摘であった。問題関心そのものは、『一代男』を中心とする俳諧精神及び作品相互間の脈絡に向いており、俳諧精神を論じても彼自身の小説構想論理の枠内に留まるものであった。この点が、『西鶴諸国はなし』への積極的な評価や創作方法への分析に向かわなかった直接の理由と考える。

三　近藤忠義

1　『西鶴諸国はなし』に対する評価

近藤忠義の前掲書、日本古典読本『西鶴』（一九三九年（昭14）5月）は、『近年諸国咄』が「自由なものの見方をはぐくもうとする新しい町人の知的欲求に応えようとするもので、封建的な視野の狭さや固陋な見解に対する激しい抗議がある」と説く。序を取り上げて、「世間は広いのだ、こんな珍奇な話もあるものなのだ、視野を広げて広い世界を見よ」という主張を読み取り、新しい題材や主題の探求、合理主義思想・人間主義思想が見える、とする。

各話に沿って概略すれば、

修練による成果に人間の可能性や人間の力を信じる近世的な考え方を読む（巻二の二・巻四の六）

女主人公の貞操観への注目（巻四の二）や武士への賛美（巻一の三）を読み取る

伝承の近世化（巻二の一・巻四の五・巻三の四）に新しい解放された人間意識を見る

というものである。近藤の評論は、それまでの「『諸国はなし』低評価」を一変させる「町人社会の解放の文芸」という歴史社会学派的な新しい視点を持った批評であった。

2　俳諧性の諸相

日本古典読本『西鶴』の「近年諸国咄」についてみれば、近藤自身は説話素材の「当世化」「近世化」「滑稽化」といった西鶴の方法を十分に認識していることが見て取れる。しかし奇妙なことに、これらの気づきは「人間復興、人間性への目覚め、封建社会への抵抗」といった理論にすべて吸収されていってしまう。個々の作品の読みとは別に、「当世のありのままの人間を描く」という発見とそれに対する賛美が大前提としてあり、そこにこそ西鶴文学の価値があるとするあまりに、個別の作品の読みによる発見が全て「人間主義的作品」並びに「人間復興の文学」という一つの方向へ収斂していく様が伺えるのである。

以下では、近藤の付した詳注に見られる俳文趣味の指摘を取り上げ、内容を整理しておきたい。なお、同書研究篇も一部参照する。

ア　滑稽化

巻一「狐の四天王」

狐狸妖怪の神秘や恐怖を主眼とはせずにすべて滑稽化している点に注意すべきである。

巻五「身を捨る油壺」

西鶴は『名残の友』巻五の五でも此の伝説（姥が火の伝承）を滑稽化して扱つてゐる。

近藤は、単なる滑稽化にも「固陋な見解への抗議」や「人間解放」を読み込む。その結果、読みの成果が理論に覆い隠されてしまうという現象がおきている。

イ　近世化（当世化、あるいは素材の脚色）

巻一「雲中の腕をし」

　義経の反歯で猿眼だった容貌描写が、伝承を踏まえたものであることを指摘。

『伽婢子』五の二や『狗張子』一の三などと比較してみて西鶴の近世的態度を理解されたい。

巻二「姿の飛乗物」

　妖女も当世めいている点に注意
巻二「残る物とて金の鍋」

『続斉諧記』「陽羨鵝籠記」そのままを巧みに翻案。

巻三「紫女」

妖女や亡霊と契る話は支那の志怪の書に多いが、この話は『剪燈新話』の「牡丹燈記」や『伽婢子』中の諸篇と同巧である。ただ大いに近世化せられている点に注意を要する。

巻四「夢に京より戻る」

　伝説の近世化を此處にも見ることが出来る。


右に引用した五例では、中国種や伝説の典拠となる話をあげ、「近世化している」趣旨の頭注を付している。意図するところは、実質的には転合化であり俗化・当世化であると言って誤るまい。談林俳諧の精神に基づく意図的な操作の指摘である。

ウ　当代性（新風俗への関心）

『諸国はなし』の題材や描写に現実色が濃いことは早くから指摘がある中で、近藤は、「リアリスト西鶴」という捉え方を前面に出す。「**イ　近世化**」の項でも触れたところであるが、頭注に見る限り、近藤の指摘する当代性や現実意識傾向は、談林俳諧の精神と深く繫がっている。当代の怪異小説類や諸国はなし群とは異なる、俳文趣味の現れを認識していると思われる。

たとえば一の二「見せぬ所は女大工」について、

土蜘蛛伝説と同巧であるが、世間は広く婦人の大工もあるといふ所に興味を感じているのである

という指摘がある。作者西鶴の当代への関心のありようや、取り上げる題材に当代性が色濃く見られることへの気づきと言えよう。(4)

エ　組み合わせという指摘——方法への気づき

巻二「夢路の風車」

仙境譚と比事物とを合したもの。中国種である。

↓器と中身という捉え方は、『桃下源記』を首尾に、中に「蘇娥」をはめ込んだという説（岡本勝「『西鶴諸国ばなし』の方法」一九九一年（平3）11月）に発展。

巻二「神鳴の病中」
町人もの的説話と奇談とをくっつけたもの
巻二「楽の男地蔵」
町人もの的説話と奇談とをくっつけたもの。

右の三例では、取り合わせによる創作という、西鶴の方法に着目した読み方を提示している。

3　認識と問題点

近藤は、「大下馬ところどころ」（一九三五年（昭10）11月）において、滑稽表現と現実主義とに目を向けている。取り上げているのは、序の「閻魔王の巾着」と「浦島が火打ち箱」、巻一「雲中の腕をし」の義経主従の描写などにみる滑稽であり、巻二「姿の飛乗物」や、巻三「紫女」などの怪談の現実化である。

しかし、焦点は俳文趣味そのものには当たってはいない。まず、「本書の構想は珍談奇談を蒐集したという擬態をみせてはいるが、囚われた知識や生活の解放に伴う未知の世界への関心や新しい経験への欲求の反映である」と読む。上述した滑稽表現（俳諧的手法）は、近世的写実主義の方法によるものとする。さらに怪異ものについては、「（紫女の）鬼女の姿態・言動をさえ、現実の浮世女房として描いている」と賞賛する。

つまり、一連の俳諧的操作は素材の近世化（現実化）への手段であって、そこに単なる手段を越えた西鶴の思想的根拠を認めなければならぬ、という結論に至るのである。しかし、誇張や滑稽化・転合化といった俳諧的手法は、そもそも俳諧精神にこそ基づくもので、写実とは整合しないのではないだろうか。

ア～エの例示に戻ろう。『西鶴』本文篇を頭注に従って読む限り、先に抄出したように、近藤自身は説話素材の「当世化」・「近世化」・「滑稽化」といった西鶴の操作を十分に認識していることが見て取れる。ところが、これらの気づきは同書の研究篇になると、すべて「人間復興、人間性への目覚め、封建社会への抵抗」といった理論に吸収されていってしまう。個々の作品の読みや方法への認識とは別に、「当世のありのままの人間を描」いた作品であるという「リアリズム」を介した発見と賛美とが、大前提としてそこにはある。西鶴小説の価値の発見と称揚に性急なあまりに、個別の作品の読みによる発見が全て「人間主義的作品」、「人間復興の文学」という一つの方向へ収斂していくのである。近藤にとって「俳文趣味」は、超現実素材から脱するための単なる手段を意味した。それ以上、西鶴の方法に拘わる意味はなかった。ここには、注釈作業と作品論との奇妙な乖離が見られる。時代の要請と訓詁注疏の伝統的方法との乖離とが、そのまま投影しているようにさえ思われるのである。

↓近藤の『西鶴諸国はなし』に対する積極的な評価は、暉峻康隆『西鶴　評論と研究　上』（一九四八年（昭23）6月）に受け継がれる。

四　おわりに

「俳文趣味」をめぐる戦前の研究史を紐解いた結果、山口剛と近藤忠義との対照的な『西鶴諸国はなし』論の展開を跡づけることとなった。

前述したように、山口が先鞭をつけた俳文趣味の追究は、作品の文学性をうたう同時代の研究方向とは一線を画す、作家の創作方法に目を向けたものであった。具体的には、創作に当たって本説があることを示したものであり、著作相互の脈絡、虚実を織り交ぜた描写や各話の配列などに俳諧精神が横溢していることの指摘であった。しかし、山口が切り拓いた「創作方法への注目」は、戦前には前進が見られなかった。その要因としては、山口の小説構想論理並びに本説論に限界があったことや推移説の十全な証明が不可能であったこともあろうが、背景にあった時代思潮――文学に人間の可能性や自由を発見するパラダイム――に抗えなかった面も大きかったように思われる。「俳文趣味」は西鶴が個人的特性として身につけていたもので、創作にあたって何ら工夫し達成したものではないとすれば、時代を席捲した「元禄期の人間解放」という立場からの評価は得られなかったのも道理である。方法への注目という姿勢自体も、文学性の発見追究や文芸理論の構築という方向とは相容れなかった。期を一にして俳句革新の流れがあったことも周知のとおりで、散文における俳諧性追究はマイナス評価に繋がる恐れさえあった。

本書に冠せられた評価を軸にしてみると、皮肉なことに山口剛が低調作品説に、近藤が「人間主義的主張への賛美」によって積極的高評価に傾いたことを付記しておきたい。

第二章「戦前の研究史（1）」において筋道を示したように、その後の研究の中で評価の見直しや変化をもたらしたものの実相は、「咄の方法」や「説話からの飛翔」であって、「俳文趣味」ではなかった。「軽さ・自在性・スピード感・省略・脱線」といった俳諧の特性は、そのまま野間光辰の提唱した「咄の方法」に置き換えられていったのである。(5)

時を隔てて昭和40年代（一九六五年）以降に、山口の提唱した西鶴の方法への注目が再生する。以降、現代に及ぶ散文における「俳文趣味」の追及には、「西鶴に目論見があってそれが隠された主題となっていること」、及び「作品形象化の過程には一見気づかれない形で俳諧的手法が用いられていること」が前提になっているように見受けられる。すなわち、西鶴の目論見や作意を探り筋道をつけて解き明かすことが、作品に仕掛けられた謎を解くこと（俳諧性の解明）に繋がり、作品の本質に迫ることを可能にするというのである。その意味において、『西鶴諸国はなし』には俳文趣味が凝縮されていることを、改めて主張しておきたいと思う。

注

（1）『西鶴諸国はなし』に限定した時、現実性の指摘が、咄本や仮名草子の諸国はなし群といった、西鶴が本書の執筆に当たって当然意識していたはずのジャンル意識を十分踏まえた上でおこなわれていたものかどうかについても、疑問が残る。たとえば、笑いや現実性は、咄本の原点ともいうべきものである。咄本につきものの日常生活や当世風俗の描写（当代性や写実性）と本書の持つ当代性や写実性とを比較検討して、そこに西鶴の独自性を発見したのかどうか、さらにはそこに談林俳諧の影響を色濃く感得したかどうかは、不分明である。

（2）谷脇理史は、山口西鶴の研究史上の独自性と孤立性とに触れ、山口説の復権を呼びかけた。山口の立場の特異性に対し積極的評価を下しているが、山口西鶴自体の分析には向かわず、論文間の齟齬や限界にはほとんど言及していない。谷脇は、「（山口剛は）深刻に、生真面目に（西鶴を）読もうとする姿勢を意図的に斥けようとしているがごとくなのである。」として、「をかしさ面白さ」を生む西鶴の作意に注目する読みの提唱に主眼を置いている。

谷脇理史「山口西鶴の復権――読みの姿勢をめぐって」一九八三年（昭58）10月

（3）たとえば、一書の構造を各巻の構成だけから見た場合、巻一と巻五の間の分量や体裁の差は明らかである（第二部第一章「書誌形態から見えてくるもの」参照）。

（4）論者は、女大工そのものについては、西鶴の創作であると考えている（第三部第二章参照）。

（5）野間光辰「はなしの方法」（『西鶴新攷』一九四八年（昭23）6月）によって、現実的な話材や「軽さ・自在性・スピード感・省略」といった文体に見られる話芸性に照明が当てられ、西鶴が咄の名手であったこと（『見聞談叢』の記事）がその裏づけとして提示された。近藤忠義のいう「社会的意欲」・「近世町人の知的要求」を「はなしの要求と好奇心」に掏り替えてみせたのである。

その後、延宝期の咄の流行説（江本裕）や『西鶴諸国はなし』が「咄の本」としても享受されていたという傍証（『書籍目録』）が加わることで、西鶴の「はなしの方法」は定着し、一九七五年（昭50）9月には本書を「咄台本の集成」とみる説（宗政五十緒「『西鶴諸国はなし』の成立」）が出るに及んだ。

付章　研究論文・資料年譜
――一八六九年（明治2年）以降――

第四部で取り上げた論文・資料、及び第一部～第三部の本文と注に挙げた近代以降の論文・資料を併せて年代順に掲げ、初出・改稿・改題・再録等の関係を「↓」「↑」によって示す。

一八九〇年（明23）5月　幸田露伴「井原西鶴」国民之友83

一八九〇年（明23）10月　江鳥生（水谷不倒）「井原西鶴の著書」延葛集5（筆写回覧誌）（『西鶴研究資料集成』所収）

一八九四年（明27）5月　尾崎紅葉・渡部乙羽編　帝国文庫『校訂西鶴全集』上　博文館（『西鶴研究資料集成』所収）

一八九四年（明27）6月　尾崎紅葉・渡部乙羽編　帝国文庫『校訂西鶴全集』下　博文館（『諸国はなし』は四巻本）（『西鶴研究資料集成』所収）

一八九七年（明30）7月　淡島寒月「好色一代女（合評）」めさまし草19　↓一九九三12（寒月の発言を「同人氏」が合評の席にて紹介したもの）（『西鶴研究資料集成』所収）

一八九七年（明30）7月　森田思軒「標新領異録」めさまし草19　↓一九九三12（『西鶴研究資料集成』所収）

一八九九年（明32）2月　幸田露伴「六十日記」（『現代日本文学全集3　幸田露伴集』一九五四年所収）
一九〇六年（明39）5月　大久保葩雪「浮世草子目録」（『新群書類従　第七　書目』国書刊行会）
一九〇六年（明39）11月　朝倉無声『日本小説年表』金尾文淵堂
一九〇七年（明40）2月　熊谷千代三郎校訂『校訂西鶴全集』下　平民書房（『諸国はなし』は四巻本）（『西鶴研究資料集成』所収）
一九〇七年（明40）4月　熊谷千代三郎校訂『校訂西鶴全集』上　平民書房（『西鶴研究資料集成』所収）
一九一〇年（明43）12月　村瀬兼太郎編『第二西鶴集』国書出版協会（『諸国はなし』は四巻本）（『西鶴研究資料集成』所収）
一九一一年（明44）3月　古谷知新編『元禄時代小説集』下　国民文庫刊行会（『諸国はなし』は四巻本）（『西鶴研究資料集成』所収）
一九一二年（明45）3月　東京市役所編纂『東京市史稿　皇城篇　弐』博文舘
一九一三年（大2）5月　藤井紫影（乙男）・有朋堂文庫『西鶴文集』上　有朋堂書店（『大下馬』は四巻本）
一九一九年（大8）11月　水谷不倒「西鶴本の挿絵について（1）」錦絵31
一九二〇年（大9）1月　水谷不倒「西鶴本の挿絵について（2）」錦絵32
一九二〇年（大9）2月　鈴木敏也『西鶴の新研究』天佑社
一九二〇年（大9）3月　水谷不倒「西鶴本の挿絵について（3）」錦絵33
一九二〇年（大9）11月　水谷不倒『浮世草子西鶴本』上下　水谷文庫　↓一九七五1
一九二二年（大11）3月　栢原昌三『旗本と町奴』国史講習会

一九二二年（大11）3月　山口剛「好色一代男の成立」早稲田文学196
一九二二年（大11）5月　鈴木敏也『近世日本小説史』前編　目黒書店（『西鶴研究資料集成』所収）
一九二四月（大13）11月　船越政一郎「鴻池新田と文豪西鶴の『大下馬』」難波津10
一九二六年（大15）3月　片岡良一『井原西鶴』至文堂　↓一九七九3
一九二六年（大15）4月　『西鶴輪講』（三田村鳶魚らによる『好色五人女』第一回輪講は『彗星』第一年4回・5回に掲載、以後、一九三二年まで）↓（『西鶴輪講』青蛙房）所収
一九二六年（大15）5月
～一九三二年（昭7）5月　真山青果「小判拾壱両」演劇新潮（一九三四年初演）↓一九七五9
一九二六年（大15）5月　山口剛・三田村鳶魚他「西鶴輪講　好色五人女――からげし八百屋物語（巻四）」彗星・江戸生活研究1―3（一九三二年まで行われた）↓一九六〇7
一九二六年（大15）6月　山口剛・三田村鳶魚他「西鶴輪講　好色五人女――からげし八百屋物語（続）」彗星・江戸生活研究1―4　↓一九六〇7
一九二六年（大15）9月　朝倉亀三『新修日本小説年表』春陽堂
一九二八年（昭3）5月　岩城準太郎「西鶴の諸国咄と大和」奈良文化14
一九二八年（昭3）7月　正宗敦夫・与謝野晶子・与謝野寛校訂・編　日本古典全集『西鶴全集』第三　日本古典全集刊行会（『諸国はなし』は京都大学蔵四巻本による）
一九二八年（昭3）10月　佐藤鶴吉『元禄文学辞典』芸林舎
一九二九年（昭4）5月　水谷不倒『新撰列伝体小説史』↓一九七四6
一九二九年（昭4）5月　山口剛「虚実皮膜の間」理想3―2　↓一九三一10

一九二九年（昭4）9月　土井重義責任校訂　新釈日本文学叢書1『井原西鶴集』日本文学叢書刊行会
一九二九年（昭4）10月　日本名著全集刊行会編・山口剛解説　日本名著全集・江戸文芸之部2『西鶴名作集下』日本名著全集刊行会
一九三〇年（昭5）4月　有朋堂文庫『西鶴文集』重版　『大下馬』は大阪の吉田祥三郎氏所蔵本により第五巻を追補している。
一九三一年（昭6）1月〜12月　藤井乙男・潁原退蔵他　諸艶大鑑輪講（第一回〜第六回）上方1〜12より12月まで
一九三一年（昭6）9月　久保田万太郎『現代語西鶴全集』六　春秋社（『諸国はなし』は四巻本）
一九三一年（昭6）10月　山口剛『西鶴・成美・一茶』武蔵野書院　↑一九二九5
一九三二年（昭7）2月　山崎麓『西鶴文撰集』春陽堂
一九三三年（昭8）9月　前島春三「西鶴と「諸国咄」」国語と国文学10―9
一九三五年（昭10）4月　水谷不倒『古版小説挿絵史』大岡山書店　↓一九七三10
一九三五年（昭10）11月　近藤忠義「大下馬ところどころ」国文学誌要3―2　↓一九七七8
一九三五年（昭10）11月　無署名「「雲中の腕押」ノートより――西鶴のレアリズムについての一考察――」国文学誌要3―2
一九三六年（昭11）11月　近藤忠義「西鶴諸国咄論稿」（藤村博士功績記念会編『近世文学の研究』至文堂）↓一九三七2
一九三七年（昭12）2月　近藤忠義（藤村作名義）『日本文学原論』同文書院　↑一九三六11　↓一九四六11

一九三七年（昭12）2月〜三八年（昭13）1月　真山青果「西鶴語彙考証」中央演劇2―2　→一九四八1　一九七六
一九三七年（昭12）3月　真山青果「西鶴語彙考証（二）」中央演劇2―3　→一九四八1
一九三七年（昭12）7月　滝田貞治『西鶴襍俎』巌松堂
一九三七年（昭12）8月　真山青果・綿谷雪（稿）「西鶴語彙考証（三）」中央演劇2―8　→一九四八1
一九三七年（昭12）9月　真山青果・綿谷雪（稿）「西鶴語彙考証（四）」中央演劇2―9　→一九四八1
一九三七年（昭12）10月　真山青果・綿谷雪（稿）「西鶴語彙考証（五）」中央演劇2―10　→一九四八1
一九三八年（昭13）1月　真山青果・綿谷雪（稿）「西鶴語彙考証（完）」中央演劇3―1　→一九四八1
一九三九年（昭14）5月　近藤忠義　日本古典読本9『西鶴』日本評論社（研究篇は『近世小説と俳諧』一九七七年（昭52）8月　所収）
一九三九年（昭14）8月　佐藤春夫『打出の小槌』書物展望社
一九三九年（昭14）10月　重友毅「西鶴と秋成」古典研究4の10
一九三九年（昭14）10月　野間光辰「西鶴本の挿絵について」書物新潮　→一九四八6
一九四一年（昭16）4月　滝田貞治『西鶴襍稾』野田書房
一九四一年（昭16）7月　滝田貞治『西鶴の書誌学的研究』野田書房
一九四二年（昭17）6月　野間光辰「西鶴のはなし序説」西鶴研究1　台湾三省堂　→一九四二12「西鶴の姿勢」と改題して「上方」へ
一九四二年（昭17）12月　後藤興善「『古今著聞集』と西鶴の説話」西鶴研究2　台湾三省堂

一九四二年（昭17）12月　鈴木敏也「草の種」西鶴研究2　台湾三省堂
一九四二年（昭17）12月　野間光辰「西鶴の姿勢」上方139　↑一九四二6　↓　一九四八6「西鶴の方法」と改題して『西鶴新攷』へ
一九四三年（昭18）11月　真山青果「続西鶴語彙考証」西鶴研究3　↓一九四八1　一九七六8
一九四四年（昭19）9月　太宰治「貧の意地」文芸世紀　↓一九四五1
一九四五年（昭20）1月　太宰治『新釈諸国噺』生活社
一九四六年（昭21）11月　近藤忠義（藤村作共著）『日本文学原論』河出書房　↑一九三七2　↓一九五五7
一九四八年（昭23）1月　真山青果『西鶴語彙考証』第一　中央公論社　↑一九三七2・3・8・9・10、三八1、四三11　↓一九五二12　一九七六8
一九四八年（昭23）4月　梅津次郎「法然寺蔵地蔵縁起絵巻に就いて」美術研究143
一九四八年（昭23）6月　暉峻康隆『西鶴　評論と研究』上　中央公論社
一九四八年（昭23）6月　野間光辰『西鶴新攷』筑摩書房　↑一九四二6「西鶴のはなし序説」を「西鶴の方法」と改題改稿して収める。↓一九八一『西鶴新新攷』
一九四九年（昭24）10月　後藤興善「西鶴説話の一考察——狂言「六人僧」から」年刊西鶴研究2
一九五〇年（昭25）6月　暉峻康隆『西鶴　評論と研究』下　中央公論社
一九五一年（昭26）8月　藤村作　日本古典全書『井原西鶴集4』朝日新聞社
一九五二年（昭27）3月　野間光辰『西鶴年譜考証』中央公論社
一九五二年（昭27）11月　前田金五郎「西鶴題材小考」語文7

一九五二年（昭27）12月　真山青果『真山青果随筆全集』大日本雄弁会講談社　↑一九四八1　↓一九七六8
一九五三年（昭28）1月　渋井清「西鶴本の挿絵」国文学解釈と鑑賞200
一九五四年（昭29）1月　早川光三郎「西鶴文学と中国説話」滋賀大学学芸学部紀要3
一九五四年（昭29）12月　中村幸彦「仮名草子の説話性」国語国文23―12　↓一九六一5
一九五五年（昭30）5月　梅津次郎「「子とろ子とろ」の古図――法然寺本地蔵験記絵補記」MUSEUM50
一九五五年（昭30）7月　近藤忠義『日本文学原論』河出文庫　↑一九四六11　↓一九六七4
一九五五年（昭30）9月　暉峻康隆「西鶴諸国はなし」定本西鶴全集3　中央公論社
一九五五年（昭30）10月　岸得蔵「挿絵から見た西鶴文学の一性格」近世文芸2
一九五五年（昭30）11月　森山重雄「西鶴の方法」（『国民文学の課題』岩波書店）　↓一九六〇10
一九五六年（昭31）11月　笠井清「西鶴の前燈新話系説話」年刊西鶴研究9　↓一九六三2
一九五七年（昭32）4月　岸得蔵「『西鶴諸国はなし』考――その出生をたずねて」国語国文26―4　↓一九七四6（日本文学研究資料叢書『西鶴』所収）
一九五七年（昭32）7月　森山重雄「西鶴――人間喜劇」（日本古典鑑賞講座『西鶴』）　↓一九六〇10
一九五八年（昭33）5月　森山重雄「咄の伝統と西鶴」文学26―6　↓一九六〇10
一九五九年（昭34）3月　牧田諦亮『策彦入明記の研究』法蔵館
一九六〇年（昭35）7月　三田村鳶魚編『西鶴輪講（一）好色五人女　武家義理物語』青蛙房　↑一九二六5
一九六〇年（昭35）9月　重友毅「西鶴諸国咄二題」文学研究15　↓一九六三12　一九七四2
一九六〇年（昭35）10月　森山重雄『封建庶民文学の研究』三一書房　↑一九五五11　一九五八5

一九六〇年（昭35）11月　近藤忠義「西鶴「大下馬」の原話一、二」文学28―11　↓一九七七1

一九六一年（昭36）5月　中村幸彦『近世小説史の研究』桜楓社　↑一九五四12　↓一九八二8

一九六二年（昭37）10月　暉峻康隆「西鶴文学の説話性と非説話性」国語と国文学39―10　↓一九六九10　一九八一10

一九六三年（昭38）2月　笠井清『西鶴と外国文学』明治書院　↑一九五六11

一九六三年（昭38）3月　宗政五十緒「西鶴注釈の方法――『沙石集』を例に」　↓一九六九4

一九六三年（昭38）6月　谷脇理史「『好色一代男』の成立過程」近世文芸9　↓一九八一10

一九六三年（昭38）10月　堤精二「『近年諸国咄』の成立過程」（国文学論叢6『近世小説　研究と資料』慶応義塾大学国文学研究会編　至文堂）

一九六三年（昭38）11月　江本裕「『西鶴諸国はなし』――説話的発想について」近世文芸8　↓二〇〇五7

一九六三年（昭38）12月　重友毅『近世文学史の諸問題』明治書院　↑一九六〇9　↓一九七四2

一九六四年（昭39）9月　暉峻康隆「研究史通観」（暉峻康隆・野間光辰編著　国語国文学研究史大成11『西鶴』三省堂）

一九六五年（昭40）4月　天理図書館編・野間光辰監修『西鶴』天理図書館

一九六五年（昭40）8月　江本裕「西鶴における説話的方法の意義――雑話物を中心として」国語国文学研究1

一九六六年（昭41）12月　金井寅之助「「忍び扇の長歌」の背景」文林1　↓一九八九3

一九六七年（昭42）2月　田中伸「西鶴の説話の諸相」解釈と鑑賞

一九六七年（昭42）4月　近藤忠義『日本文学原論』法政大学出版局　↑一九五五7　↓一九七七4
一九六七年（昭42）9月　野間光辰「西鶴五つの方法（一）」文学35―9　↑一九四八6〜六九年（昭44）3月　↓一九八一3
一九六七年（昭42）11月　野間光辰「西鶴五つの方法（二）」文学35―11
一九六七年（昭42）12月　江本裕「西鶴小説における『説話性』について（一）」国文学論考4
一九六七年（昭42）12月　金井寅之助「諸艶大鑑の版下」松蔭女子学院大学・松蔭短期大学紀要9　↓一九八九3
一九六八年（昭43）2月　野間光辰「西鶴五つの方法（三）」文学36―2
一九六八年（昭43）5月　野間光辰「西鶴五つの方法（四）」文学36―5
一九六八年（昭43）8月　野間光辰「西鶴五つの方法（五）」文学36―8
一九六八年（昭43）11月　浅野晃「椀久一世の物語と西鶴諸国はなし――主題と方法」国語と国文学37―11　↓一九九〇5
一九六八年（昭43）12月　野間光辰「西鶴五つの方法（六）」文学36―12
一九六九年（昭44）3月　野間光辰「西鶴五つの方法（完）」文学37―3
一九六九年（昭44）3月　冨士昭雄「西鶴の素材と方法」駒沢大学文学部研究紀要27（日本文学研究資料叢書『西鶴』所収）
一九六九年（昭44）4月　野田寿雄『校注西鶴諸国咄』笠間書院
一九六九年（昭44）4月　宗政五十緒「西鶴と仏教説話」（『西鶴の研究』未来社）書きおろし

一九六九年（昭44）4月　宗政五十緒『西鶴の研究』未来社
一九六九年（昭44）10月　暉峻康隆「西鶴文学の説話性と非説話性」（日本文学研究資料叢書『西鶴』有精堂出版）一九六二10　↓一九八一10
一九六九年（昭44）10月　谷脇理史「解説」中の「西鶴研究史」（日本文学研究資料叢書『西鶴』有精堂出版）
一九六九年（昭44）10月　日本文学研究資料刊行会『西鶴』（日本文学研究資料叢書）有精堂出版
一九六九年（昭44）11月　近世文芸叢刊Ⅰ『俳諧類船集』般庵野間光辰先生華甲記念会
一九六九年（昭44）12月　宗政五十緒「『西鶴諸国はなし』――一、二の考察」文学・語学54　↓一九六九4
一九七〇年（昭45）5月　井上敏幸「西鶴『大笑ひ』の手法」語文研究28
一九七〇年（昭45）5月　若木太一「『西鶴名残の友』挿絵考」語文研究28
一九七〇年（昭45）12月　江本裕「西鶴諸国はなしと懐硯」国文学解釈と教材の研究15―16　↓二〇〇五7
一九七三年（昭48）1月　松田修・宗政五十緒・暉峻康隆校注　日本古典文学全集『井原西鶴集2』小学館
一九七三年（昭48）3月　水田潤「西鶴諸国はなしの近世的性格」論究日本文学36　↓一九七三5
一九七三年（昭48）5月　水田潤『西鶴論序説』桜楓社　↑一九七三3
一九七三年（昭48）7月　井上敏幸「紫女の素材と方法」近世文芸22
一九七三年（昭48）7月　岡雅彦「西鶴名残の友と咄本」近世文芸22
一九七三年（昭48）9月　佐竹昭弘『民話の思想』平凡社
一九七三年（昭48）10月　水谷不倒「古版小説挿絵史」（『水谷不倒著作集』5　中央公論社）↑一九三五4
一九七三年（昭48）12月　井上敏幸「「忍び扇の長哥」の方法」国語と国文学50―12

一九七四年（昭49）2月　重友毅『西鶴の研究』（『重友毅著作集』1　文理書院）↑一九六三12

一九七四年（昭49）3月　吉江久彌『西鶴文学研究』笠間書院（「『好色一代男』に始まるもの二、三」）

一九七四年（昭49）6月　岸得蔵『仮名草子と西鶴』成文堂　↑一九五七4

一九七四年（昭49）6月　水谷不倒「新撰列伝体小説史」（『水谷不倒著作集』1　中央公論社）↑一九二九5

一九七四年（昭49）8月　日本銀行調査局『図録日本の貨幣』3　東洋経済新報社

一九七五年（昭50）1月　水谷不倒「浮世草子西鶴本」（『水谷不倒著作集』6　中央公論社）↑一九二〇11

一九七五年（昭50）3月　江本裕「『西鶴諸国はなし』——伝承とのかかわりについて」伝承文学研究17　↓二〇〇五7

一九七五年（昭50）8月　冨士昭雄「西鶴諸国はなし」（麻生磯次・冨士昭雄　対訳西鶴全集5『西鶴諸国ばなし　懐硯』明治書院）

一九七五年（昭50）9月　景山春樹『比叡山』角川書店

一九七五年（昭50）9月　野間光辰編『西鶴論叢』中央公論社

一九七五年（昭50）9月　長谷川強「西鶴作品原拠臆断」（野間光辰編『西鶴論叢』）↓一九九一12

一九七五年（昭50）9月　冨士昭雄「西鶴の構想」（野間光辰編『西鶴論叢』）

一九七五年（昭50）9月　真山青果『真山青果全集』4　講談社　↑一九二六5

一九七五年（昭50）9月　宗政五十緒「『西鶴諸国はなし』の成立」（野間光辰編『西鶴論叢』）

一九七六年（昭51）3月　岡本勝「古今俳諧女歌仙の挿絵」愛知教育大学研究報告25

一九七六年（昭51）4月　江本裕「西鶴諸国はなし解説」（『西鶴諸国はなし』桜楓社）↓一九九三11
一九七六年（昭51）7月　宗政五十緒　日本古典文学全集『井原西鶴集2』小学館
一九七六年（昭51）8月　真山青果『真山青果全集』16（西鶴随筆）講談社　↑一九四三11・一九四八1・一九五二12
一九七六年（昭51）10月　井上敏幸「『西鶴諸国はなし』攷――仙境譚と武家物」国語国文45―10
一九七六年（昭51）10月　関牧翁「天龍寺の歴史と禅」（『古寺巡礼　京都　4天龍寺』淡交社）
一九七六年（昭51）10月　水上勉「天龍寺幻想」（『古寺巡礼　京都　4天龍寺』淡交社）
一九七六年（昭51）11月　暉峻康隆編　鑑賞日本古典文学27『西鶴』角川書店
一九七七年（昭52）1月　浮橋康彦「『諸国はなし』分類の試み」近世文芸稿22
一九七七年（昭52）1月　近藤忠義『日本古典の内と外』笠間書院　↑一九六〇11
一九七七年（昭52）2月　北島正元「かぶき者――その行動と論理」（『近世史の群像』）吉川弘文館
一九七七年（昭52）4月　近藤忠義　近藤忠義日本文学論1『日本文学原論』新日本出版社　↑一九六七4
一九七七年（昭52）8月　近藤忠義　近藤忠義日本文学論2『近世小説と俳諧』新日本出版社　↑一九三五11
一九七七年（昭52）8月　近藤忠義　近藤忠義日本文学論3『日本文学原論　近世小説と俳諧』新日本出版社
一九七八年（昭53）1月　諏訪春雄「西鶴本の絵――好色一代男を中心に」国文学解釈と鑑賞別冊『講座日本文学　西鶴上』
一九七八年（昭53）1月　松田修『日本逃亡幻譚』朝日新聞社
一九七八年（昭53）3月　吉江久彌「「堪忍記」と西鶴（一）」仏教大学研究紀要62　↓一九九〇3

一九七八年（昭53）4月　森川昭「西鶴と知足」ビブリア68
一九七八年（昭53）6月　暉峻康隆編『近世文芸論叢』中央公論社
一九七八年（昭53）6月　谷脇理史「西鶴小説の説話的基盤――『宇治拾遺』『撰集抄』の役割」（暉峻康隆編『近世文芸論叢』）
一九七八年（昭53）11月　吉江久彌「「堪忍記」と西鶴（二）」仏教大学人文学論集12　↓一九九〇3
一九七九年（昭54）6月　箕輪吉次「作品別西鶴研究史　西鶴諸国はなし」国文学解釈と教材の研究24―7
一九七九年（昭54）8月　片岡良一『片岡良一著作集』1　中央公論社　↑一九二六8
一九七九年（昭54）11月　太刀川清『近世怪異小説研究』笠間書院
一九八〇年（昭55）3月　長谷川強・宗政五十緒編　鑑賞日本の古典『西鶴集』尚学図書
一九八〇年（昭55）5月　竹野静雄『近代文学と西鶴』新典社
一九八一年（昭56）8月　野間光辰『西鶴新新攷』岩波書店　↑一九四八6
一九八一年（昭56）9月　内藤昌『近世大工の系譜』ぺりかん社
一九八一年（昭56）10月　井口洋「鯉のちらし紋――『西鶴諸国はなし』試論」叙説6　↓一九九一5
一九八一年（昭56）10月　暉峻康隆『西鶴新論』中央公論社　↑一九六二11
一九八一年（昭56）10月　谷脇理史『西鶴研究論攷』新典社
一九八二年（昭57）2月　杉本つとむ『西鶴語彙管見』ひたく書房
一九八二年（昭57）3月　荒川有史「西鶴文学研究史――戦後〈その一〉」国立音楽大学研究紀要16　↓一九九四5

一九八二年（昭57）3月　岩田秀行「『西鶴諸国はなし』巻四―二「忍び扇の長歌」について」跡見学園女子大学国文学科報10

一九八二年（昭57）8月　中村幸彦『中村幸彦著述集』5　中央公論社　↑一九六一5

一九八三年（昭58）3月　荒川有史「西鶴文学研究史――戦後〈その二〉」国立音楽大学研究紀要17　↓一九九四5

一九八三年（昭58）6月　杉本好伸「『古今俳諧女哥仙』勝女の行方」国語と国文学60―6

一九八三年（昭58）7月　湯澤賢之助「『大晦日はあはぬ算用』をめぐって――西鶴武家観の一端」日本文学32―7

一九八三年（昭58）10月　浮橋康彦「西鶴諸国はなし」（研究資料日本古典文学『近世小説』明治書院）

一九八三年（昭58）10月　谷脇理史「山口西鶴の復権――読みの姿勢をめぐって」国文学研究81　↓一九九五5

一九八三年（昭58）12月　吉江久彌「「堪忍記」と西鶴（三）」仏教大学人文学論集17　↓一九九〇3

一九八四年（昭59）3月　荒川有史「西鶴文学研究史――戦後〈その三〉」国立音楽大学研究紀要18―3　↓一九九四5

一九八四年（昭59）12月　堀切実「『西鶴諸国咄』における〈笑い〉の分析」学術研究国語国文学編33　↓二〇〇一3

一九八五年（昭60）3月　荒川有史「西鶴文学研究史――戦後〈その四〉」国立音楽大学研究紀要19　↓一九九四5

一九八五年（昭60）3月　田中邦夫「『武家義理物語』と『見ぬ世の友』――西鶴典拠利用の方法」大阪経大論集164

一九八五年（昭60）12月　堤邦彦「近世怪異小説と仏書　その1――殺生の現報をめぐって」芸文研究47

一九八六年（昭61）3月　朝日新聞社『比叡山と天台の美術』朝日新聞社

一九八六年（昭61）3月　荒川有史「西鶴文学研究史――戦後〈その五〉」国立音楽大学研究紀要20　↓一九九四5

一九八七年（昭62）2月　前田金五郎『西鶴大矢数注釈』2　勉誠社

一九八七年（昭62）3月　荒川有史「西鶴文学研究史――戦後〈その六〉――近世文学と近代文学との接点をさぐる」国立音楽大学研究紀要21　↓一九九四5

一九八七年（昭62）4月　谷脇理史「格別なる世界への認識――西鶴武家物への一視点」『日本の文学　第1集』有精堂

一九八七年（昭62）11月　西島孜哉「『西鶴諸国はなし』論序説」武庫川国文30

一九八七年（昭62）12月　宮田登「天神伝説」太陽スペシャル　平凡社

一九八八年（昭63）3月　荒川有史「西鶴文学研究史――戦後〈その七〉」国立音楽大学研究紀要22　↓一九九四5

一九八八年（昭63）3月　佐藤悟「灯挑に朝㒵」の構造――『西鶴諸国はなし』の一典拠」実践国文学33

一九八八年（昭63）9月　相賀徹夫編『日本大百科全書』23　小学館

一九八九年（平1）3月　荒川有史「西鶴文学研究史――戦後〈その八〉」国立音楽大学研究紀要23　↓一九

九四5

一九八九年（平1）3月　金井寅之助『西鶴考　作品・書肆』八木書店　↑一九六六12・一九六七12

一九八九年（平1）3月　宮澤照恵「「楽の鱏鮎の手」の素材と方法――『西鶴諸国はなし』の研究」国語国文研究82

一九八九年（平1）4月　篠原進「西鶴諸国はなしの〈ぬけ〉」日本文学38

一九九〇年（平2）1月　湯澤賢之助「『西鶴諸国はなし』〈序文〉をめぐって」国文学言語と文芸105

一九九〇年（平2）3月　荒川有史「西鶴文学研究史――戦後〈その九〉」国立音楽大学研究紀要24　↓一九九四5

一九九〇年（平2）3月　藤江峰夫「西鶴の咄の種――『西鶴諸国はなし』中の三篇をめぐって」玉藻25

一九九〇年（平2）3月　吉江久彌『西鶴文学とその周辺』新典社　↑一九七八3・同11　一九八三12

一九九〇年（平2）4月　町田市立国際版画美術館『近世日本絵画と画譜・絵手本展Ⅱ――名画を生んだ版画』

一九九〇年（平2）5月　浅野晃『西鶴論攷』勉誠社　↑一九六八11

一九九〇年（平2）12月　井上敏幸「『西鶴諸国ばなし』三題」江戸時代文学誌7

一九九一年（平3）5月　井口洋『西鶴試論』和泉書院　↑一九八一10

一九九一年（平3）10月　井上敏幸・冨士昭雄・佐竹昭広校注　新日本古典文学大系76『好色二代男　西鶴諸国はなし　本朝二十不孝』岩波書店

一九九一年（平3）11月　岡本勝「西鶴諸国ばなしの方法」（檜谷昭彦編『西鶴とその周辺』勉誠社）

一九九一年（平3）11月　檜谷昭彦編　近世文学3　論集『西鶴とその周辺』勉誠社
一九九一年（平3）12月　長谷川強『浮世草子新考』汲古書院　↑一九七五9
一九九二年（平4）2月　谷直樹『中井家大工支配の研究』思文閣出版
一九九二年（平4）3月　宮澤照恵「『西鶴諸国はなし』「楽の男地蔵」の素材と方法」北星学園大学経済学部北星論集29
一九九二年（平4）8月　谷脇理史「井原西鶴「西鶴諸国ばなし」――「はなし」と怪奇・幻想と」国文学解釈と教材の研究37―9
一九九三年（平5）1月　前田金五郎『西鶴語彙新考』勉誠社
一九九三年（平5）6月　井上敏幸「西鶴の方法2」（谷脇理史・西島孜哉編『西鶴を学ぶ人のために』世界思想社）
一九九三年（平5）11月　江本裕編　西鶴選集『西鶴諸国はなし』翻刻　おうふう　↑一九七六4
一九九三年（平5）11月　江本裕編　西鶴選集『西鶴諸国はなし』影印　おうふう
一九九三年（平5）11月　田中良治『50歳からの健康術』北海道新聞社
一九九三年（平5）12月　竹野静雄編『西鶴研究資料集成』1～4　クレス出版
一九九四年（平6）2月　竹野静雄編『西鶴研究資料集成』5～8　クレス出版
一九九四年（平6）5月　荒川有史『西鶴　人間喜劇の文学』こうち書房　↑一九八二3　八三3　八四3　八五3　八六3　八七3　八八3　八九3　九〇3
一九九四年（平6）9月　由井長太郎『西鶴文芸詞章の出典集成』角川書店

一九九五年（平7）5月　谷脇理史『西鶴　研究と批評』若草書房　↑一九八三10

一九九六年（平8）3月　染谷智幸「西鶴のリテラシー――はなしの姿勢批判と『西鶴諸国はなし』二篇」日本文学論叢21

一九九六年（平8）5月　宗政五十緒・松田修・暉峻康隆　新編日本古典文学全集67『井原西鶴集2　西鶴諸国ばなし・本朝二十不孝・男色大鑑』小学館

一九九六年（平8）12月　江本裕「作品解題　西鶴諸国はなし」（江本裕・谷脇理史編『西鶴事典』おうふう）

一九九六年（平8）12月　江本裕・谷脇理史編『西鶴事典』おうふう

一九九六年（平8）12月　川元ひとみ編「出典一覧」（江本裕・谷脇理史編『西鶴事典』おうふう）

一九九六年（平8）12月　竹野静雄「西鶴の影響と享受」（江本裕・谷脇理史編『西鶴事典』おうふう）

一九九七年（平9）3月　有働裕「〝はなす〟ことへの凝視――『西鶴諸国ばなし』の〝はなし〟と〝はなし手〟」愛知教育大学研究報告46

一九九七年（平9）3月　山本恵子「『西鶴諸国はなし』巻三の五――「行末の宝舟」の素材と方法」国文橘23号

一九九七年（平9）5月　金井紫雲『復刻版　東洋画題綜覧』国書刊行会

一九九七年（平9）6月　群司正勝『和数考』白水社

一九九七年（平9）9月　羽生紀子「岡田三郎右衛門・毛利田庄太郎出版書目年表」鳴尾説林5　↓二〇〇〇12

一九九八年（平10）2月　井上隆明『改訂増補近世書林板元総覧』青裳堂書店

一九九八年（平10）3月　宮澤照恵「『西鶴諸国はなし』総覧――成立論・方法論への手掛かりとして」北星学園大学文学部北星論集35

一九九八年（平10）10月　有働裕『西鶴はなしの想像力　『諸艶大鑑』と『西鶴諸国ばなし』』翰林書房

一九九九年（平11）3月　宮澤照恵「『西鶴諸国はなし』咄の創作――「八畳敷の蓮の葉」の構想と素材」北星学園大学文学部北星論集36

一九九九年（平11）3月　森田雅也「『西鶴諸国はなし』の余白《マルジュ》――その序文からの読みをめぐって」日本文芸研究40―3　↓二〇〇六3

二〇〇〇年（平12）3月　宮澤照恵「『西鶴諸国はなし』成立試論――書誌形態を通して」国語国文研究115

二〇〇〇年（平12）4月　延廣眞治編『江戸の文事』ぺりかん社

二〇〇〇年（平12）4月　宮澤照恵「『西鶴諸国はなし』大下馬の原質（一）――力なしの大仏をめぐって」（延廣眞治編『江戸の文事』ぺりかん社）

二〇〇〇年（平12）9月　宮澤照恵「『西鶴諸国はなし』諸本調査報告――先後と版行状況」北星学園大学経済学部北星論集38

二〇〇〇年（平12）12月　羽生紀子『西鶴と出版メディアの研究』和泉書院　↑一九九七9

二〇〇一年（平13）2月　林　晃『浦島伝説の研究』おうふう

二〇〇一年（平13）3月　堀切実『読みかえられる西鶴』ぺりかん社

二〇〇一年（平13）6月　石塚修「『西鶴諸国はなし』に何を読むか――「灯挑に朝顔」を中心に」江戸文学23　↓二〇一四2

二〇〇一年（平13）7月　松原秀江「『西鶴諸国ばなし』考――心と自由と自然のかかわりについて」説話論集10　清文堂

二〇〇一年（平13）9月　森田雅也「『西鶴諸国はなし』試論――「人はばけもの」論（下）」日本文芸研究53―2　↓二〇〇六3

二〇〇二年（平14）3月　宮澤照恵「『西鶴諸国はなし』の原質（二）――軽口咄の方法」北星学園大学文学部北星論集39

二〇〇二年（平14）8月　浮橋康彦『西鶴全作品エッセンス集成』和泉書院

二〇〇二年（平14）11月　宮澤照恵「『西鶴諸国はなし』の挿絵――「風俗画、怪異・説話画」と「戯画」と（前）」国語国文研究122

二〇〇三年（平15）1月　宮澤照恵「『西鶴諸国はなし』の挿絵――「風俗画、怪異・説話画」と「戯画」と（後）」国語国文研究123

二〇〇三年（平15）9月　矢野公和「『諸国はなし』と『懐硯』」『西鶴論』若草書房　書きおろし

二〇〇三年（平15）10月　吹田市立博物館展示図録『平成15年度特別陳列　江戸時代の大工さん』

二〇〇四年（平16）7月　吉江久彌『西鶴　思想と作品』武蔵野書院

二〇〇四年（平16）12月　渡邊保忠『日本建築生産に関する研究1959』明現社

二〇〇四年（平16）12月　大久保順子「説話の再編と受容系――『昔物語治聞集』と改題本の諸本」香椎潟50

二〇〇五年（平17）3月　飯倉洋一「「人はばけもの」――『西鶴諸国はなし』の発想」国文学解釈と鑑賞別冊『西鶴　挑発するテキスト』至文堂

二〇〇五年（平17）3月　木越治編　国文学解釈と鑑賞別冊『西鶴　挑発するテキスト』至文堂

二〇〇五年（平17）3月　宮澤照恵「西鶴この一行　天井より四つ手の女～奥様のあたりへ寄と見へしが」国文学解釈と鑑賞別冊『西鶴　挑発するテキスト』至文堂

二〇〇五年（平17）7月　江本裕『西鶴研究――小説篇』新典社　↑一九六三11・一九七〇12・一九七五3

二〇〇五年（平17）9月　宮澤照恵「『西鶴諸国はなし』咄の創作――「見せぬ所は女大工」の構想をめぐって」北星学園大学文学部北星論集43―1

二〇〇六年（平18）3月　森田雅也『西鶴浮世草子の展開』和泉書院　↑一九九九3・二〇〇一9

二〇〇六年（平18）6月　西鶴研究会編「西鶴浮世草子全挿絵画像CD」（『西鶴と浮世草子研究』1　笠間書院）

二〇〇六年（平18）6月　宮澤照恵「研究史を知る　『西鶴諸国はなし』」（『西鶴と浮世草子研究』1　笠間書院）

二〇〇七年（平19）3月　宮澤照恵「『西鶴諸国はなし』研究史ノート（1）――昭和20年以前の作品評価」北星学園大学文学部北星論集47

二〇〇八年（平20）3月　宮澤照恵「『西鶴諸国はなし』研究史ノート（2）――昭和20年以前の語彙考証と典拠研究」北星学園大学文学部北星論集49

二〇〇九年（平21）3月　西鶴研究会編『西鶴諸国はなし』（三弥井古典文庫）三弥井書店

二〇一〇年（平22）2月　後小路薫『勧化本の研究』和泉書院

二〇一〇年（平22）5月　杉本好伸「『大晦日はあはぬ算用』について考える」（『西鶴と浮世草子研究』3

笠間書院）

二〇一〇年（平22）6月　広嶋進「『西鶴諸国ばなし』と説話集の方法」近世文芸研究と評論78

二〇一一年（平23）3月　宮澤照恵「『西鶴諸国はなし』研究史ノート（3）——昭和20年以前の俳諧性の指摘をめぐって」北星学園大学文学部北星論集50

二〇一二年（平24）3月　宮澤照恵「『盗賊配分金銀之辯　全』解題と翻刻」北星学園大学文学部北星論集49—1

二〇一三年（平25）2月　西田耕三『怪異の入口』森話社

二〇一三年（平25）3月　宮澤照恵「『西鶴諸国はなし』「大晦日は合はぬ算用」の構想と方法」北星学園大学文学部北星論集50

二〇一四年（平26）2月　石塚修『西鶴の文芸と茶の湯』思文閣出版　↑二〇〇一6

第五部　参看資料

一　西鶴本

第五部「参看資料」のうち、**一　西鶴本**　では西鶴本について本文及び注に挙げた作品名を採録し、五十音順に配列する。併せて、西鶴作品の基本テキスト三種――『定本西鶴全集』（翻刻）・『近世文学資料類従』（影印）・『新編西鶴全集』（影印と翻刻）――について、作品の所収状況を一覧し、「巻数（算用数字）・刊行年月」を掲載する。

	潁原退蔵・野間光辰・暉峻康隆編 **『定本西鶴全集』** 中央公論社	近世文学書誌研究会編 **『近世文学資料類従』** 勉誠社 西＝西鶴編　俳＝古俳諧編	新編西鶴全集編集委員会編 **『新編西鶴全集』** 勉誠出版
『一代男』→『好色一代男』			
『大句数』→『西鶴俳諧大句数』			
『大矢数』→『西鶴大矢数』			
『哥仙大坂俳諧師』	10一九五四年（昭29）12月		5上二〇〇七年（平19）2月

『近代艶隠者』	14 一九五三年（昭28）12月	西23 一九七五年（昭50）8月	
『好色一代男』	1 一九五一年（昭26）8月	西1 一九八一年（昭56）8月	1 二〇〇〇年（平12）2月
『好色一代男（江戸版）』		西2 一九七四年（昭49）10月	
『好色五人女』	2 一九四九年（昭24）12月	西4 一九七五年（昭50）3月	1 二〇〇〇年（平12）2月
『高名集』	11上 一九七二年（昭47）8月	俳29 一九七六年（昭51）11月	
『虎渓の橋』→『俳諧虎渓の橋』			
『古今誹諧師手鑑』	10 一九五四年（昭29）12月		5上 二〇〇七年（平19）2月
『古今俳諧女歌仙』	11上 一九七二年（昭47）8月		5下 二〇〇七年（平19）2月
『五人女』→『好色五人女』			
『西鶴大矢数』	11下 一九七五年（昭50）3月	俳31 一九七五年（昭50）4月	5上 二〇〇七年（平19）2月
『西鶴織留』	7 一九五〇年（昭25）12月	西16 一九七六年（昭51）2月	4 二〇〇四年（平16）2月
『西鶴諸国はなし』	3 一九五五年（昭30）9月		2 二〇〇二年（平14）2月
『西鶴独吟百韻自註絵巻』→『独吟百韻自註絵巻』			
『西鶴名残の友』	9 一九五一年（昭26）11月	西19 一九八〇年（昭55）2月	4 二〇〇四年（平16）2月
『西鶴俳諧大句数』	10 一九五四年（昭29）12月		5上 二〇〇七年（平19）2月
『山海集』	11上 一九七二年（昭47）8月		
『三ヶ津』→『誹諧三ヶ津』			
『諸艶大鑑』	1 一九五一年（昭26）8月	西3 一九七四年（昭49）12月	1 二〇〇〇年（平12）2月

『諸国はなし』→『西鶴諸国はなし』
『新可笑記』　5―一九五九年（昭34）1月　西11―一九七四年（昭49）10月　3―二〇〇三年（平15）2月
『世間胸算用』　7―一九五〇年（昭25）12月　西14―一九七七年（昭52）12月　4―二〇〇四年（平16）2月
『独吟一日千句』→『誹諧独吟一日千句』
『独吟百韻自註絵巻』　12―一九七〇年（昭45）7月　5下―二〇〇七年（平19）2月
『難波の皃は伊勢の白粉』　9―一九五一年（昭26）12月　西20―一九七六年（昭51）1月　5下―二〇〇七年（平19）2月
『男色大鑑』　4―一九六四年（昭39）12月　西7―一九七五年（昭50）12月　2―二〇〇二年（平14）2月
『日本永代蔵』　7―一九五〇年（昭25）12月　西9―一九七六年（昭51）12月　3―二〇〇三年（平15）2月
『俳諧大句数』→『西鶴俳諧大句数』
『俳諧哥仙画図』→『哥仙大坂俳諧師』
『俳諧虎渓の橋』　10―一九五四年（昭29）2月　5上―二〇〇七年（平19）2月
『誹諧三ヶ津』　11上―一九七二年（昭47）8月　俳29―一九七六年（昭51）11月
『誹諧師手鑑』→『古今誹諧師手鑑』
『誹諧独吟一日千句』　10―一九五四年（昭29）10月　5上―二〇〇七年（平19）2月
『俳諧女歌仙』→『古今俳諧女歌仙』
『俳諧百人一句難波色紙』　11上―一九七二年（昭47）8月　俳29―一九七六年（昭51）11月
『一目玉鉾』　9―一九五一年（昭26）12月　西22―一九七五年（昭50）5月　5下―二〇〇七年（平19）2月
『百人一句難波色紙』→『俳諧百人一句難波色紙』

『武家義理物語』	5―一九五九年（昭34）1月	西10―一九七五年（昭50）11月	3―二〇〇三年（平15）2月
『二葉集』	13―一九五〇年（昭25）12月		5上―二〇〇七年（平19）2月
『懐硯』	3―一九五五年（昭30）9月		3―二〇〇三年（平15）2月
『本朝桜陰比事』	5―一九五九年（昭34）1月	西13―一九七五年（昭50）9月	3―二〇〇三年（平15）2月
『本朝二十不孝』	3―一九五五年（昭30）9月	西6―一九七五年（昭50）2月	2―二〇〇二年（平14）2月

二　古典籍資料

二　古典籍資料　では、本文及び注に挙げた古典籍資料を採録し、五十音順に配列する。凡例は以下のとおりである。

○　翻刻・複製が備わる資料についてはそれらを優先し、複数の翻刻・複製が備わる場合には、現在入手・閲覧が容易な資料を優先した。

○　西鶴作品については**一　西鶴本**にまとめ、ここでは参照扱いとした。

○　掲載した図版については、別途「図版一覧」にまとめた（左7ページ）。

○　近代以降の資料については、第四部付章「研究論文・資料年譜」に採録した。

『秋の夜の友』　武藤禎夫・岡雅彦編『噺本大系4』一九七六年（昭51）6月　東京堂出版

『海士』（謡曲・五番目物）　→**謡曲**

『いくののさうし』　→『好色伊勢物語』

『異形仙人つくし』　菱川師宣　元禄二年（一六八九）刊　鱗形屋版　京都大学附属図書館蔵本

『伊勢参宮名所図会』　芦田伊人編・日本歴史地理学会校訂『伊勢参宮名所図会　上』（大日本地誌大系4）一九一五年（大4）6月　大日本地誌大系刊行会

『板倉政要』　文政一年（一八一八）写本　国立国会図書館蔵本

『一代男』　↓**西鶴本**『好色一代男』

『一休諸国物語』　武藤禎夫・岡雅彦編『噺本大系3』一九七六年（昭51）4月　東京堂出版

『一休はなし』　谷脇理史・岡雅彦・井上和人校注『仮名草子集』（新日本古典文学大系64）一九九九年（平11）9月　岩波書店

『一心二河白道』　信多純一・阪口弘之校注『古浄瑠璃　説経集』（新日本古典文学大系90）一九九九年（平11）12月　岩波書店

『狗張子』　廣谷雄太郎編　徳川文芸類聚4　一九二五年（大14）11月　廣谷国書刊行会

『色葉和難集』　久曾神昇編　日本歌学大系別巻2　一九七二年（昭47）10月　風間書房

『因果物語（片仮名本）』　朝倉治彦『仮名草子集成4』一九八三年（昭58）11月　東京堂出版

『浮世物語』　谷脇理史・岡雅彦・井上和人校注訳『仮名草子集』（新編日本古典文学全集64）一九九九年（平11）9月　小学館

『雨月物語』　中村幸彦校注『上田秋成集』（日本古典文学大系56）一九五九年（昭34）7月　岩波書店

『宇治拾遺物語』　三木紀人・浅見和彦・中村義雄・小内一明校注『宇治拾遺物語　古本説話集』（新日本古典文学大系42）一九九〇年（平2）11月　岩波書店

『浦島太郎』　大島建彦校注訳『御伽草子集』（日本古典文学全集36）一九七四年（昭49）9月　小学館

『うわもり草』　渋井清氏蔵（『初期板画』一九五四年（昭29）4月　アソカ書房　掲載）寛文年間（一六六一～一六七三）刊。角書「せかいのなりひらでん」

『雲錦随筆』　日本随筆大成第一期3　一九七五年（昭50）4月　吉川弘文館

『雲根志』　今井功訳注『雲根志』一九六九年（昭44）11月　築地書館

『絵本大人遊』　日本庶民文化史料集成9　一九七四年（昭49）6月　三一書房

『煙霞綺談』　日本随筆大成編輯部編『日本随筆大成1期4』一九七五年（昭50）5月　吉川弘文館

『淵鑑類函』　光緒21年（一八九五）8月　上海　家蔵

『遠碧軒記』　日本随筆大成編輯部編『日本随筆大成1期10』一九七五年（昭50）9月　吉川弘文館

『大江山』（謡曲・五番目物）　→**謡曲**

『大句数』　→**西鶴本**『西鶴俳諧大句数』

『大下馬』　→**西鶴本**『西鶴諸国はなし』

『大矢数』　→**西鶴本**『西鶴大矢数』

『遠近草』　中村幸彦・橘秀哲校訂『遠近集・元用集』（西日本国語国文学会翻刻双書）一九六五年（昭40）2月

『伽婢子』　松田修・渡辺守邦・花田富二夫校注『伽婢子』（新日本古典文学大系75）二〇〇一年（平13）9月　岩波書店

『御伽物語』　谷脇理史・岡雅彦・井上和人校注訳『仮名草子集』（新編日本古典文学全集64）一九九九年（平11）9月　小学館

『尾張童遊集』　芥子川律治解説『日本歌謡研究資料集成8』一九七七年（昭52）2月　勉誠社

『改正広益書籍目録大全』　貞享二年（一六八五）刊　↓書籍目録

『海道記』　福田秀一・岩佐美代子・川添昭二・大曾根章介・久保田淳・鶴崎裕雄校注『中世日記紀行集』（新日本古典文学大系51）一九九〇年（平2）10月　岩波書店

『下学集』元和三年版　山田忠雄監修・解説『元和三年板　下学集』（古辞書叢刊第2）一九六八年（昭43）3月　新生社

『花月』（謡曲・四番目物）　**↓謡曲**

『可笑記』　廣谷雄太郎編　徳川文芸類聚2　一九二五年（大14）11月　廣谷国書刊行会

『哥仙大坂俳諧師』　**↓西鶴本**

『甲子夜話』　中村幸彦・中野敏幸校訂『甲子夜話』（東洋文庫306・314・321・333・338・342）一九七七年（昭52）四月～七八年（昭53）11月　平凡社

『鎌倉日記』　鈴木棠三編『鎌倉古絵図・紀行——鎌倉紀行篇』一九七六年（昭51）6月　東京美術

『鎌倉物語』　横山重監修・森川昭解説『鎌倉物語・他』（近世文学資料類従　古板地誌編12）一九七五年（昭50）9月　勉誠社

『鎌倉攬勝考』　芦田伊人編・日本歴史地理学会校訂『大日本地誌大系5』一九一五年（大4）8月　同刊行会

『歌林良材集』　久曾神昇編『日本歌学大系別巻7』一九八六年（昭61）10月　風間書房

『河内鑑名所記』　上方芸文叢刊3　一九八〇年（昭55）2月　上方芸文叢刊刊行会

『寛濶平家物語』　近世文芸叢書『擬物語　第七』一九一一年（明44）8月　国書刊行会
『閑田耕筆』　日本随筆大成編輯部編『日本随筆大成1期18』一九七六年（昭51）4月　吉川弘文館
『堪忍記』　朝倉治彦・深沢秋男編『仮名草子集成20』一九九七年（平9）8月　東京堂出版
『看聞御記』　『続群書類従　補遺2（訂正3版）』　続群書類従完成会
『奇異雑談集』　朝倉治彦・深沢秋男編『仮名草子集成21』一九九八年（平10）3月　東京堂出版
『聞書集』　『新編国歌大観3　私家集編』　一九八五年（昭60）5月　角川書店
『奇勝一覧』　→『信濃奇勝録』
『北野縁起』　『群書類従　神祇部（訂正3版）』　続群書類従完成会
『嬉遊笑覧』　日本随筆大成編輯部編『日本随筆大成別巻7〜10』一九七九年（昭54）2月〜5月
　吉川弘文館
『狂歌はなし』　武藤禎夫・岡雅彦編『噺本大系3』一九七六年（昭51）4月　東京堂出版
『京雀』　新修京都叢書刊行会『新修京都叢書1』一九六七年（昭42）10月　臨川書店
『京羽二重』　『増補京都叢書6』一九三四年（昭9）7月　増補京都叢書刊行会
『京町鑑』　新修京都叢書刊行会『新修京都叢書3』一九六九年（昭44）5月　臨川書店
『玉舟和尚鎌倉記』　鈴木棠三編『鎌倉古絵図・紀行——鎌倉紀行篇』一九七六年（昭51）6月　東京美術
『金兼藁』　鈴木棠三編『鎌倉古絵図・紀行——鎌倉紀行篇』一九七六年（昭51）6月　東京美術
『近代名家著述目録』　森銑三・中島理壽『近世著述目録集成』一九七八年（昭53）12月　勉誠社
『近代名家著述目録後編』　森銑三・中島理壽『近世著述目録集成』一九七八年（昭53）12月　勉誠社

『近代名家著述目録続編』　森銑三・中島理壽『近世著述目録集成』一九七八年（昭53）12月　勉誠社
『近代艶隠者』　↓西鶴本
『近年諸国咄』　↓西鶴本　『西鶴諸国はなし』
『訓蒙図彙』（寛文六年刊）　近世文学書誌研究会編・小林祥二郎解説『近世文学資料類従　参考文献編4』一九七六年（昭51）1月　勉誠社
『毛吹草』　竹内若校訂『毛吹草』（岩波文庫）一九四三年（昭18）12月　岩波書店
『兼好歌集』　西尾実校訂『兼好法師家集』（岩波文庫）一九三七年（昭12）1月　岩波書店
『元亨釈書』　黒板勝美『日本高僧伝要文抄・元亨釈書』（新訂増補国史大系31・新装版）二〇〇〇年（平12）5月　吉川弘文館
『現在巴』（謡曲・四番目物）↓謡曲
『見聞談叢』　亀井伸明校訂『見聞談叢』（岩波文庫）一九四〇年（昭15）7月　岩波書店
『元禄太平記』　東洋文庫・日本古典文学会『浮世草子Ⅰ』（岩崎文庫貴重本叢刊3）一九七四年（昭49）7月　日本古典文学会
『廣益書籍目録』　↓書籍目録
『好色伊勢物語』　吉田幸一編『好色伊勢物語』（古典文庫426）一九八二年（昭57）3月　古典文庫
『好色一代男』　↓西鶴本
『好色五人女』　↓西鶴本
『興禅護国論』　柳田聖山校注『中世禅家の思想』（日本思想大系16）一九七二年（昭47）10月　岩波

書店

『高名集』　↓**西鶴本**

『合類節用集』　中田祝夫編著・小林祥二郎著・野沢勝夫協力『合類節用集研究並びに索引』一九七九年（昭54）2月　勉誠社

『牛王の姫』　信多純一・阪口弘之校注『古浄瑠璃　説経集』（新日本古典文学大系90）一九九九年（平11）12月　岩波書店

『虎渓の橋』　↓**西鶴本**『俳諧虎渓の橋』

『古今芦分鶴』　塩村耕『古版大阪案内記集成　影印篇』（重要古典籍叢刊1）一九九九年（平11）2月　和泉書院

『古今夷曲集』　岩崎佳枝・網野善彦・高橋喜一・塩村耕『七十一番職人歌合　新撰狂歌集・古今夷曲集』（新日本古典大系61）一九九三年（平5）3月

『古今著聞集』　永積安明・島田勇雄校注『古今著聞集』（日本古典文学大系84）一九六六年（昭41）3月　岩波書店

『古今誹諧師手鑑』　↓**西鶴本**

『古今俳諧女歌仙』　↓**西鶴本**

『古今事文類聚』　『新編古今事文類聚』一九八二年（昭57）12月　中文出版社

『骨董集』　日本随筆大成編輯部編『日本随筆大成1期15』一九七六年（昭51）1月　吉川弘文館

『五人女』　↓**西鶴本**『好色五人女』

『古文真宝諺解大成』　『古文真宝前集』（漢籍国字解全書11）一九一一年（明44）11月　早稲田大学出版部

『今昔物語集』　池上洵一校注『今昔物語集3』（新日本古典文学大系35）一九九三年（平5）5月　岩波書店

『西鶴大矢数』　→西鶴本

『西鶴織留』　→西鶴本

『西鶴諸国はなし』　→西鶴本

『西鶴独吟百韻自註絵巻』　→西鶴本

『西鶴名残の友』　→西鶴本

『西鶴俳諧大句数』　→西鶴本

『堺鑑』　古板地誌研究会『堺鑑』（古板地誌叢書13）一九七一年（昭46）10月　藝林舎

『嵯峨問答』　朝倉治彦編『仮名草子集成31』二〇〇二年（平14）3月　東京堂出版

『桜川』　加藤定彦解説『桜川』一九八五年（昭60）4月　勉誠社

『座敷咄』　武藤禎夫編『未刊軽口咄本集下』（近世文藝資料14）一九七六年（昭51）11月　古典文庫

『山海集』　→西鶴本

『三ヶ津』　→西鶴本『俳諧三ヶ津』

『三国伝記』　名古屋三国伝記研究会『三国伝記〈平仮名本〉』（古典文庫643）一九八三年（昭58）1月　古典文庫

『山州名跡志』　新修京都叢書刊行会『新修京都叢書15』一九六九年（昭44）7月　臨川書店

『山王絵詞』　近藤喜博編『中世神仏説話　続』（古典文庫99）一九五五年（昭30）10月　古典文庫

『三宝絵』　馬淵和夫・小泉弘・今野達『三宝絵　注好選』（新日本古典文学大系31）一九九七年（平9）9月　岩波書店

『塩尻』　日本随筆大成編輯部編『日本随筆大成第三期17』一九七八年（昭53）1月　吉川弘文館

『鹿の巻筆』　武藤禎夫・岡雅彦編『噺本大系　第五巻』一九七五年（昭50）12月　東京堂出版

『色道大鏡』　野間光辰編『色道大鏡』一九六一年（昭36）12月　友山文庫

『地蔵縁起絵巻』　梅津次郎「法然寺蔵地蔵縁起絵巻に就いて」美術研究143　一九四八年（昭23）4月

『十訓抄』　泉基博編『十訓抄［片仮名本］』（古典文庫352・359）一九七六年（昭51）4月〜9月　古典文庫

『信濃奇勝録』　信濃史料刊行会『新編信濃史料叢書13』一九七六年（昭51）6月

『釈氏要覧』　大正新修大蔵経54　一九二八年（昭3）9月

『沙石集』　渡邊綱也校注『沙石集』（日本古典文学大系85）一九六六年（昭41）5月　岩波書店

『蛇之助五百韻』　飯田正一・榎坂浩尚・乾裕幸校注『談林俳諧集1』（古典俳文学大系3）一九七一年（昭46）9月　集英社

『十二段草子』　中村幸彦編・森武之助翻刻解題『十二段草子』（大東急記念文庫善本叢刊別巻）一九七七年（昭52）10月　大東急記念文庫・汲古書院

『酒呑童子』（御伽草子）　大島建彦校注訳『御伽草子集』（日本古典文学全集36）一九七四年（昭49）9月　小学館

『順礼物語』　朝倉治彦『順礼物語』（古典文庫274）一九七〇年（昭45）4月　古典文庫

『聖徳太子絵伝』　奈良国立博物館編集『聖徳太子絵伝』（一九六九年（昭44）10月　東京美術）に、法隆寺献納宝物本・四天王寺本・本証寺本・鶴林寺本・橘寺本・頂法寺本他、諸本の全体図掲載

『聖徳太子伝』　牧野和夫編『聖徳太子伝記』（伝承文学資料集成1）一九九九年（平11）5月

『正法眼蔵』　増谷文雄全訳注『正法眼蔵（一）～（三）』（講談社学術文庫）二〇〇四年（平16）4月・5月・9月　講談社

『諸艶大鑑』　**→西鶴本**

『諸国はなし』　**→西鶴本**『西鶴諸国はなし』

『諸国百物語』　高田衛編・校注『江戸怪談集』（岩波文庫）一九八九年（平1）6月　岩波書店

『書籍目録』　慶応義塾大学附属研究所斯道文庫編『江戸時代書林出版書籍目録集成1・2・3・索引』（斯道文庫書誌叢刊1）一九六二年（昭37）12月～六四年（昭39）4月　井上書房　→近代名家著述目録

『女用訓蒙図彙』　田中ちた子・田中初夫編『女用訓蒙図彙』（家政学文献集成続編・江戸期8）一九七〇年（昭45）2月　渡辺書店

『新御伽婢子』　湯沢賢之助編『新御伽婢子』（古典文庫441）一九八三年（昭58）6月　古典文庫

『新可笑記』　**↓西鶴本**
『新刊節用集大全』　『節用集大系15・16』一九九三年（平5）11月　大空社
『神仙伝』　沢田瑞穂訳『列仙伝・神仙伝』（平凡社ライブラリー19）一九九三年（平5）9月
平凡社
『新版増補書籍目録』　**↓書籍目録**
『新編鎌倉志』　芦田伊人編・日本歴史地理学会校訂『大日本地誌大系5』一九一五年（大4）8月
同刊行会
『隅田川』（謡曲・四番目物）　**↓謡曲**
『声曲類纂』　藤田徳太郎校訂『声曲類纂』（岩波文庫）一九四一年（昭16）4月　岩波書店
『西遊左券』　新修京都叢書刊行会『新修京都叢書12』一九七一年（昭46）9月　臨川書店
『世間胸算用』　**↓西鶴本**
『摂陽奇観』　船越政一郎編『浪速叢書』一九七七年（昭52）11月〜七八年（昭53）4月　同朋社
『節用集』　↓合類節用集・新刊節用集大全・節用集易林本・文明本節用集・和漢音釈書言字考節
用集
『節用集易林本』　天理図書館善本叢書和書之部編集委員会『節用集二種』（天理図書館善本叢書和書之
部21）一九七四年（昭49）1月　天理大学出版部・八木書店
『せわ焼草』　米沢巌編『せわ焼草』一九七六年（昭51）3月　ゆまに書房
『善悪因果集』　宝永八年版本（巻四）　鹿沼市立図書館蔵大欅文庫本

『善光寺』　古浄瑠璃正本集刊行会編『古浄瑠璃正本集　角太夫編第一』一九八〇年（昭55）7月　大学堂書店

『撰集抄』　西尾光一校注『撰集抄』（岩波文庫）一九七〇年（昭45）1月　岩波書店

『剪燈新話』　飯塚朗訳『剪燈新話』（東洋文庫48）一九六五年（昭40）8月　平凡社

『宗因七百韻』　近世文学未刊本叢書『談林俳諧篇1』一九四八年（昭23）6月　養徳社

『宗祇諸国物語』　近世文学書誌研究会編『近世文学資料類従　仮名草子編28』一九七七年（昭52）9月　勉誠社

『荘子』　金谷一訳注『荘子（四）』（岩波文庫）一九八三年（昭58）2月　岩波書店

『雑談集』　松浦貞俊解説『雑談集』（古典文庫42・43）一九五〇年（昭25）11月・12月　古典文庫

『続境海草』　飯田正一・榎坂浩尚・乾裕幸校注『談林俳諧集1』（古典俳文学大系3）一九七一年（昭46）9月　集英社

『続斉諧記』　百部叢書集成　一九六六（昭41）　藝文印書館

『続山井』　小高敏郎・森川昭・乾裕幸『貞門俳諧集2』（古典俳文学大系2）一九七一年（昭46）3月　集英社

『曽呂里物語』　花田富二夫・大久保順子・菊池真一・柳沢昌紀・湯浅佳子『仮名草子集成45』二〇〇九年（平21）3月　東京堂出版

『大日本国法華経験記』　→『法華験記』

『醍醐随筆』
森銑三・北川博邦『続日本随筆大成10』一九八〇年（昭55）12月　吉川弘文館

『大福新長者教』
↓**西鶴本**『日本永代蔵』

『太平記』
後藤丹治・釜田喜三郎校注『太平記1・2』（日本古典文学大系35）一九六〇年（昭35）1月・六一年（昭36）6月　岩波書店

『太平御覧』
夏・王巽校点　二〇〇三年（平15）3月　河北教育出版社

『太平広記』
吉田幸一『新語園』（古典文庫419・420）一九八一（昭56）8月・9月　古典文庫の巻五・六・七による。

『沢庵和尚鎌倉記』
中村幸彦・日野龍夫編『沢庵和尚鎌倉記』（新編稀書複製会叢書29）一九九〇年（平2）12月　勉誠社
森川昭解説『鎌倉物語他』（近世文学資料類従　古板地誌編12）一九八一年（昭56）9月　勉誠社（沢庵巡礼鎌倉記）

『沢庵巡礼鎌倉記』
↓沢庵和尚鎌倉記

『譬喩尽』
宗政五十緒『譬喩尽並ニ古語名数』一九七九（昭54）11月　同朋舎

『俵の藤太物語』
市古貞次・秋谷治・沢井耐三・田島一夫・徳田和夫『室町時代物語集下』（新日本古典文学大系55）一九九二年（平4）4月　岩波書店

『智恵鑑』
近世文学未刊本叢書『仮名草子篇1』一九四七年（昭22）6月　養徳社

『千種日記』
『千種日記』（古典文庫449）一九八四年（昭59）2月　古典文庫

『露鹿懸合咄』
武藤禎夫編『未刊軽口咄本集上』（近世文藝資料14）一九七六年（昭51）11月　古典

文庫

『徒然草』　佐竹昭宏・久保田淳校注『方丈記　徒然草』（新日本古典文学大系39）一九八九年（平1）1月　岩波書店

『徒然草』寛文十年版　大和田安兵衛版　架蔵

『徒然草』寛文十二年版　青木晃解題『徒然草』（和泉書院影印叢刊26）一九八一年（昭56）4月　和泉書院

『徒然草絵抄』元禄四年版　出雲寺和泉掾刊　架蔵

『貞丈雑記』　島田勇雄校注『貞丈雑記』（東洋文庫444・446・450・453）一九八五年（昭60）4月～八六年（昭61）2月　平凡社

『鉄崖古楽府』　『鉄崖古楽府注』（『四部備要』集部）一九六〇年（昭35）上海中華書局

『鉄槌』　貞享二年（一六八五）二月　永田長兵衛版　架蔵

『天神記』　松崎仁・原道生・井口洋・大橋正叔校注『近松浄瑠璃集　上』（新日本古典文学大系91）一九九三年（平5）9月　岩波書店

『天台霞標』　高楠順次郎・望月新亨編『大日本仏教全書125・126』一九三二年（昭7）8月　有精堂出版部

『天満千句』　天理図書館司書研究部編『近世文学未刊本叢書　談林俳諧篇1』一九四八年（昭23）6月　養徳社

『東海道名所記』　『東海道名所記』（東洋文庫346・361）一九七九年（昭54）1月～9月　平凡社

『東国紀行』　堀田秀一・井上敏幸編『桑弧3』（古典文庫658）二〇〇一年（平13）9月　古典文庫、

群書類従　紀行部14

『盗賊配分金銀之辯』　↓参看資料（第五部三）

『独吟一日千句』　↓西鶴本『誹諧独吟一日千句』

『独吟百韻自註絵巻』　↓西鶴本

『渡宋記』　宮内庁書陵部『諸寺縁起集』（図書寮叢刊）一九七〇年（昭45）3月　明治書院

『なぐさみ草』　日本古典文学会編・堤精二・小高道子解説『日本古典文学影印叢刊28』一九八四年（昭59）8月　日本古典文学会

『（懐中）難波すゞめ』　塩村耕『古版大阪案内記集成　影印篇』（重要古典籍叢刊1）一九九九年（平11）2月　和泉書院

『（増補）難波すゞめ跡追』　塩村耕『古版大阪案内記集成　影印篇』（重要古典籍叢刊1）一九九九年（平11）2月　和泉書院

『難波鶴』　塩村耕『古版大阪案内記集成　影印篇』（重要古典籍叢刊1）一九九九年（平11）2月　和泉書院

『難波鶴跡追』　塩村耕『古版大阪案内記集成　影印篇』（重要古典籍叢刊1）一九九九年（平11）2月　和泉書院

『難波の㒵は伊勢の白粉』　↓西鶴本

『浪花のながめ』　西島孜哉・光井文華・羽生紀子『古新狂歌酒』（近世上方狂歌叢書21）一九九五年（平7）1月　近世上方狂歌研究会・和泉書院

『難波丸』　塩村耕『古版大阪案内記集成　影印篇』（重要古典籍叢刊1）一九九九年（平11）2月　和泉書院

『男色大鑑』　↓西鶴本

『南総里見八犬伝』　日本名著全集刊行会編輯『南総里見八犬伝上』（日本名著全集第1期　江戸文芸之部16）一九二七年（昭2）2月

『廿二社本縁』　『群書類従　神祇部2（訂正3版）』続群書類従完成会

『日本永代蔵』　↓西鶴本

『鼠草子』　横山重・松本隆信編『室町時代物語大成10』一九七四年（昭49）9月　角川書店

『野さらし紀行』　杉浦正一郎・宮本三郎・荻野清『芭蕉文集』（日本古典文学大系46）一九五九年（昭34）10月　岩波書店

『誹諧東日記』　飯田正一・榎坂浩尚・乾裕幸校注『談林俳諧集1』（古典俳文学大系3）一九七一年（昭46）9月　集英社

『俳諧大句数』　↓西鶴本『西鶴俳諧大句数』

『俳諧歌仙画図』　↓西鶴本『哥仙大坂俳諧師』

『俳諧虎渓の橋』　↓西鶴本

『誹諧猿黐』　勝峯晋風『貞門俳諧集下』（日本俳書大系）一九二九年（昭4）7月　春秋社

『誹諧三ヶ津』　↓西鶴本

『誹諧師手鑑』　↓西鶴本『古今誹諧師手鑑』

『誹諧独吟一日千句』　↓**西鶴本**

『誹諧独吟集』　中村俊定・森川昭校注『貞門俳諧集1』（古典俳文学大系1）一九七〇年（昭45）11月　集英社

『俳諧女歌仙』　↓**西鶴本**『古今俳諧女歌仙』

『俳諧百人一句難波色紙』　↓**西鶴本**

『俳諧類船集』　↓『類船集』

『梅花無尽蔵』　『続群書類従12下（訂正3版）』　続群書類従完成会

『はなし大全』　浜田義一郎・武藤禎夫編『日本小咄集成上』一九七一年（昭46）9月　筑摩書房

『噺物語』　武藤禎夫・岡雅彦編『噺本大系4』一九七六年（昭51）6月　東京堂出版

『一目玉鉾』　↓**西鶴本**

『百人一句難波色紙』　↓**西鶴本**『俳諧百人一句難波色紙』

『百物語』　小川武彦『百物語全注釈』二〇一三年（平25）2月　勉誠出版

『武家義理物語』　↓**西鶴本**

『武江年表』　金子光晴校訂『武江年表1』（東洋文庫116）一九六八年（昭43）6月　平凡社

『二葉集』　↓**西鶴本**

『物類称呼』　東條操校訂『物類称呼』（岩波文庫）一九四一年（昭16）11月　岩波書店

『懐硯』　↓**西鶴本**

『文明本節用集』　中田祝夫『改訂新版　文明本節用集研究並びに索引』一九七九年（昭54）9月　勉誠

社

『法華経』　↓『倭点法華経』

『法華験記』　井上光貞・大曾根章介校注『往生伝・法華験記』（日本思想大系7）一九七四年（昭49）6月　岩波書店

『法華玄賛』　↓『妙法蓮華経玄賛』

『発心集』　簗瀬一雄訳注『発心集』（角川文庫）一九七五年（昭50）4月　角川書店

『本草綱目啓蒙』　杉本つとむ編著『小野蘭山　本草綱目啓蒙―本文・研究・索引―』［新装版］一九八六年（昭61）10月　早稲田大学出版部

『本朝桜陰比事』　↓**西鶴本**

『本朝高僧伝』　高楠順次郎・望月信亨編『本朝高僧伝』（『大日本仏教全書102・103』）一九三二年（昭7）8月　有精堂出版部

『本朝食鑑』　島田勇雄訳注『本朝食鑑3・4・5』（東洋文庫）一九七八年（昭53）10月・一九八〇年（昭55）5月・一九八一年（昭56）3月　平凡社

『本朝神社考』　石井恭二編集『本朝神社考・神社考詳説』（続日本古典全集）一九八〇年（昭50）6月　現代思潮社

『本朝神仙伝』　川口久雄校注『古本説話集・本朝神仙伝』（日本古典全書）一九六七年（昭42）9月　朝日新聞社

『本朝二十不孝』　↓**西鶴本**

『本朝法華験記』　↓『法華験記』

『本朝列仙伝』　塚田晃信解説『本朝列仙伝』（貞享三年（一六八六）版複製・古典文庫341）一九七五年（昭50）6月　古典文庫

『松浦五郎景近』　古浄瑠璃正本集刊行会『竹本義太夫浄瑠璃正本集』一九九五年（平7）2月　大学堂書店

『躬恒集』　『新編国歌大観3　私家集編』一九八五年（昭60）5月　角川書店

『見ぬ世の友』　吉田幸一編『見ぬ世の友』（古典文庫378）一九七八年（昭53）3月　古典文庫

『妙法蓮華経』　↓『倭点法華経』

『妙法蓮華経玄賛』　大正新修大蔵経34巻　大正一切経刊行会

『民和新繁』　浜田義一郎・武藤禎夫『日本小咄集成下』一九七一年（昭46）12月　筑摩書房

『昔物語治聞集』　貞享元年（一六八四）、川嶋平兵衛・八尾清兵衛版、伊達文庫本の写真に拠る

『名所都鳥』　新修京都叢書刊行会『新修京都叢書5』一九四三年（昭18）12月　臨川書店

『蒙求徐子光補注』　池田利夫編『蒙求古註集成別巻』一九九〇年（平2）1月　汲古書院

『守貞漫稿』　『類聚近世風俗志』一九七七年（昭52）11月　日本図書センター

『守武千句』　天理図書館善本叢書和書之部編集委員会『古俳諧集』（天理図書館善本叢書和書之部22）一九七四年（昭49）11月　天理大学出版部・八木書店

『山路の露』　東京大学総合図書館蔵霞亭文庫本による。翻刻は西村本小説研究会編『西村本小説全集　下』（一九八五年（昭60）7月・勉誠社）にあるが、挿絵は左右を正しく入れ

替えて掲載している。

『大和本草』　寛永六歳（一六二九）永田調兵衛版　巻十四17ウによる。

『山の端千句』　東京大学附属図書館所蔵　竹冷文庫32　延宝八年（一六八〇）刊

『西陽雑俎』　長澤規矩也解題・古典研究会『和刻本漢籍随筆集6』一九七三年（昭48）2月　汲古書院

『愈愚随筆』　北海道大学附属図書館蔵本による。　延宝元年（一六七三）刊

『ゆめみ草』　飯田正一・榎坂浩尚・乾裕幸校注『談林俳諧集1』（古典俳文学大系3）一九七一年（昭46）9月　集英社

「謡曲」　日本名著全集刊行会『謡曲三百五十番集』（日本名著全集江戸文芸之部29）一九二八年（昭3）5月

『雍州府志』　新修京都叢書刊行会『雍州府志』（新修京都叢書10）一九六八年（昭43）8月　臨川書店

『吉野山独案内』　近世文学書誌研究会編『近世文学資料類従　古板地誌編15』一九八一年（昭56）6月　勉誠社

『洛陽名所集』　新修京都叢書刊行会『新修京都叢書11』一九七四年（昭49）1月　臨川書店

『羅生門』（御伽草子）　横山重・松本隆信編『室町時代物語大成13』一九八五年（昭60）2月　角川書店

『羅生門』（謡曲・五番目物）→謡曲

『梁塵秘抄』　天理図書館善本叢書和書之部編集委員会『古楽書遺珠』（天理図書館善本叢書和書之

部16）一九七四年（昭49）3月　天理大学出版部・八木書店

『類聚名物考』『類聚名物考』一九〇三年（明36）～一九〇五年（明38）近藤活版所

『類船集』野間光辰鑑修『俳諧類船集』（近世文芸叢刊）一九六九年（昭44）11月　般庵野間光辰先生華甲記念会

『列仙伝』沢田瑞穂訳『列仙伝・神仙伝』（平凡社ライブラリー19）一九九三年（平5）9月　平凡社

『和漢音釈書言字考節用集』家蔵後刷無刊記薄葉本と『享保二年板書言字考節用集』（一九七九年（昭54）7月　前田書店）とを参照した。

『和漢三才図会』和漢三才図会刊行委員会『和漢三才図会』一九七〇年（昭45）3月　東京美術

『和漢船用集』三枝博音編『海上交通』（復刻日本科学古典全書7）一九七八年（昭53）7月　朝日新聞社

『和州旧跡幽考』池田末則解説『版本地誌大系1』二〇〇一年（平13）2月　臨川書店

『倭点法華経』『倭点法華経』（覆刻日本古典全集）一九七八年（昭53）11月　現代思潮社

三　『盗賊配分金銀之辨　全』解題と翻刻

本章では、第三部第一章で取り上げた巻一「大晦日は合はぬ算用」関連の新出資料である、京都大学文学研究科図書館蔵の写本『盗賊配分金銀之辨　全』の解題と翻刻を掲載する。盗賊配分説話が作品の構成の大きな柱となっていることは、既に論じたとおりである。

〈解題〉

国文学研究資料館『日本古典籍総合目録』では「雑記」に分類され、底本とした京都大学文学研究科図書館蔵本のみが記載されている（ただし同データベースには「京都大学図書館蔵」とある）。諸本については未詳である。成立は奥書から正徳五年三月と考えられる。本書には、後筆と思われる音合の符号、振り仮名、送り仮名、返り点、白丸点、朱引きなどが朱によって多数施されており、音読による享受がなされた可能性が高い。

考察は別の機会に譲ることとして、ひとまず本書の性格を列挙すれば、次のようになろう。

○　何らかの教導や唱導と結びついて享受された可能性の高い資料である。

○　盗賊説話が成長し、講釈等に利用されていく展開の一側面を示す資料である。
○　江戸時代小説などの当世批判に一脈通じる、識者による講義用ノートや掌篇雑記の類と考えられる。
○　表記や使用語彙等を含め、儒学を援用した民間教化の一端を示す資料である。
○　宝永・正徳期における京都在住の儒学者（識者）の有り様、及び朱子学をめぐる諸相を示唆する資料である。

いずれにしても、楷書で丁寧に記されていること、並びに初筆大字の行数や字数が整っていることなどから推して、後世に残そうとする著者の意図があったことは明らかであろう。

話の導入及び縦糸として利用され、題名にも採用されている「盗賊配分説話」そのものについても触れておこう。同趣向の咄は、既に『醒睡笑』（広本系写本）巻三に見える。そこでは、仲間内の誰かが戦利品の一部を盗んだことは明白であるにも拘わらず、頭目は「仲間に手の長い人間はいない」と笑ってすませる、という笑話仕立てになっている。対するに、本書の作者「恕子」は同趣の話材から笑いを切り離し、教化を前面に押し出している。頭目の言葉を文字通りに解することで盗賊の格物と視野狭窄を示し、「自分たちの有り様を客観視できない」当世学者批判・半可通批判に繋げるのである。一方、盗賊達の戦利品分配中に紛失した「二朱判」は元禄十年六月に初めて鋳造されたもので、この時のものは宝永七年四月まで通用していたとされる（『図録日本の貨幣3』一九七四年8月）。そうであれば、本書の初稿成立時期は自ずから限定され、奥付の正徳五年から若干溯るということになろう。身近な盗人配分説話に、わずか二・二一グラムの「二朱判」が取り込まれることによって、説得力と臨場感、同時代性が加わり、俄然生きた話になったと言えよう。

〈書誌〉

所蔵　京都大学文学研究科図書館蔵写本。（国文学／Nq／9）
書形　大本。一冊。仮綴。
表紙　原装、本文共紙。縦二三・六cm×横一七・二cm
外題　「盗賊配分金銀之辨　全」中央墨直書
内題　なし
字高　一六・五cm（一丁オ）
字数　大字一行一一字、ただし「註」は二段下げ一行九字。大字については、字数・行数・字高共に統一性が見られる。
行数　八行、ただし一丁表のみ七行。
補筆・後筆　墨右寄小字による送り仮名の補筆、朱による送り仮名・振り仮名・返り点・白丸点の後筆、書名・人名・年号・地名への朱引。
句読点　朱後筆白丸点。ただし、結語を除く一〇丁ウ五行目以降の漢文体部分には句読点がない。
丁数　本文一五丁、奥付〇・五丁。紙数一六丁。
丁付　なし
匡郭　なし

奥付　一六丁表「于時／正徳五未年清明日／洛陽一条於于嵯峨口書之／奈佐氏／恕子」
印記　単郭朱方印（四・五㎝）「京都大学図書之印」、双郭墨堕円印（三・六㎝×五・二㎝）「京大／854595／昭和24・1・12」

〈凡例〉

一、翻字に際しては、原本を尊重しつつ印刷の都合及び通読の便を考慮して、表記形式等を工夫し改めた所がある。
一、本文は、原本の丁付・配行にかかわりなく追い込みとした。ただし、各丁の表・裏の末尾に（2ウ）の如く丁付を記した。
一、読みやすさを考慮して、挿話の箇所などに私意による段落を設け、会話には「　」を付した。行アキ・付註は原本のとおりとした。
一、墨補筆は、原本に倣い右寄の片仮名小字で翻字した。
一、漢字は原則として通行の字体を用いた。慣用表記については、正字を括弧に入れて示した箇所がある。
一、「(イフ) ココロ」や合字体の「トモ」「コト」「(ト) シテ」「シメ」などは、それぞれ通行の表記に開いた。仮名の「子」は「ネ」とした。
一、原本には一ヶ所（一丁裏六行目「者ハナキガ」）を除いて濁点がないが、翻字文では私意により濁点を付した。
一、原本の朱筆による白丸点は、翻字文では読点または句点によって示した。一〇丁ウ五行目以降の句読点がない約五丁分については、私意により句読点を加えた。

一、原本の朱筆による音合の符号は、翻字文では原本の位置に「-」を付すことによってこれを示した。

一、朱筆・朱引・音合の符号などは、次の記号によって示した。

［　］朱による加筆

-　音合の符号

（　）翻字者による注（正字・送り仮名・振り仮名等）

□　朱引一本線

□　朱引二本線

〈翻刻〉

盗賊配分金銀之辨　全

アル所ニ、童［ヘ］-共寄［リ］合［ヒ］、物-語シ居ケル中《［ナカ］》ニ、一-人語ケルハ、「盗-人金ヲ盗［ミ］-取テ、同-類寄-集［リ］、頭-取《［トウ　ドリ］》ノ大-将、下-知シテ、配-分ニ及ブ時、小-判小-粒ノ中《［ウチ］》に、二-朱-判一ッ交《［マジリ］》リアリ。各等-分ニ、分ケ与ヘテ後ニ、『カノ二-朱（1オ）-判ハ』ト問ヘバ、『コ、ニモ無シ、カシコニモ見ヘズ』ト云テ、兎-角出ズ。『今迄爰ニ有シ』ト、尋レドモナシ。其［ノ］時、頭-取アキレテ、『サテモ不-審也。此-中ニ、手ノ早キ者ハ、ナキガ』ト云テ、笑テ、分-散セシ」ト語テ、笑ヒドヨメキヌ。

予、是ヲ聞テ思フ。（1ウ）今ノ学-者ハ、聖-賢ノ心《ムネ》ヲ、知リ得タリト思ヒ、其[ノ]志[シ]ヨリハ、慎ミ、謙-譲ノ心、イサヽカナク、広ク、聖-経賢-伝ノ旨ヲ、発-明シタリ。易経ヲ能[ク]通-達シ、常ニ、「是而-已用ルレ之（ヲ）」ナド云ヒ、「程朱ニ誤リ多キ」ナド、広-言ス。又、「是-等ノ見-解違ヘリ。予ハ、（2オ）朱子派ノ学ヲ、尊-信ス」ト云ヲ聞[ケ]バ、朱子流ト題-号シ、是モイツシカ、朱文公ヲ、腰ニ付タルヨウニス。聖-門ノ学ニ、何-流、何-派ノ学ト云事ヲ聞ズ。学ヲ誰ニ受ク、誰ニ授[ク]トハ見ヘ侍ル。聖-門ノ外ニ、自-見、自-悟ヲ建-立シ、誰[レ]流、何[ニ]派（2ウ）ナド云フ、異-端ノ輩ハ、名-目品-々アリ。是[レ]悉ク、学之門ニ志シト、教[ヘ]ト、此二ノ差ヨリ、一-歩万-里ノ違[ヒ]ト成テ、追[ヒ]レ月[ヲ]経[フル]レ年[ヲ]ニ随テ、日-用当-行ノ教ニ離レ、益[ス]、自-得不-肖ノ身ノ、助ト成[ル]事無シテ、翔[リ]二虚-遠[ニ]一、身ヲ害ヒ、学ヲ廃ルニ至ル。吾先-生ノ（3オ）教ヲ貴（ミ）テ、入-徳受-用ノ学ノ、至-尊タル事ヲ、深ク信-用セザランヤ。其[ノ]利-害得-失、挙[テ]レ之[ヲ]記[ス]ニタラズ。

近思録ニ曰、人謂[ハヾ]レ要[スト]二力-行[ヲ]一、亦-只-是、浅-近[ノ]語、トアリ。不-幸ニシテ、時ニ会ハズ、聖-賢ナリト思ヒ、自《ミヅカラ》モ言ニ含ミ、書ニ顕[ス]ハ、甚[ダ]、誤タル非（3ウ）哉。又、行（ハ）ズンバ、学[ニ]非[ズ]ト、専ニ勧[メ]教ユ。知《シルノ》一[ツ]成[ル]事ヲ、曾テ、知（ラ）ザルニ出ヅ。

茲《コヽ》ニ、遠-国ヲ隔[テ]闘-剣ノ術ヲ、互ニ、無[ク]二間-断一修-行ス、同-門ノ者アリ。年-久（シ）[ク]対-話セズ。アルトキ、西-国ノ師ヨリ、弟-子ノ中業-能ク、第-一ト思フ者ヲ、東-国ノ師ノ所（4オ）へ、差-下シ、見-舞ト称（シ）テ、剣-術ノ位ヲ窺（ハ）シム。東-国ニ下-向シ、互ノ安-否尋[ネ]-問ヒ、事-終[ル]ト、東-国ノ師-匠ガ云ク。「定（メ）テ其方（ガ）師-匠、心-術共ニ、上-達シタラメ、如-何ヨウノ事ゾ」ト尋ヌ。弟子ノ曰〔ク〕。「吾（ガ）師、西国ニ並〔ブ〕者無シ。ヲヨソ、無形ニ至ル」（4ウ）ト答フ。又問フ。「師モサヨウ云ハル、カ」ト尋ヌ。「成ホド師モ、『恐ル、者ナシ。予ハ、無形ノ兵法ナルト、人モ誉〔メ〕、尤吾モ得タリ。習ヒ学（ブ）ベシ』ト宣フ」ト云フ。其〔ノ〕時東国ノ師、大ニ欺笑《アザワラフ》テ、「此上《ウヘ》、聞（ク）ニモ、見（ル）ニモ及バズ。心術トモニ、昔ニ替（5オ）（ラ）ズ、同〔ジ〕位〔ヒ〕ニ留リテ、ワル功付テ、返（却）テ下段ニ、位スト見ヘヌ。自讃其〔ノ〕験〔シ〕明〔カ〕也。況、其方〔ノ〕剣術ニハ、無形ト云〔フ〕詞ハ云〔ヒ〕テモ、心ニ得ル場ニモ、眼ニ見ユル所ニモ非ズ。師匠殿サヘ知レタリ。書中ニ、秘蔵ノ弟子トアリ。斯ク云テモ、実ニ仕合（ハセ）テ（5ウ）見ザレバ、知レズ」トテ、立合ケレバ、元ヨリ未熟故、悉ク打落シ、蹴落シナンドシテ、遥ニ遠キゾ。「随分修行セラルベシ。此方ナド、此一事、多年一筋ニ、余事ナク、間断セズシテサヘ、意味位ナド、深長ニシテ、死スルマデ勤（メ）タリトモ、（6オ）望ミノ場ヘハ、到着ナルマジト、思ハル、」ト謂テ、返シケルトゾ。

是ヲ彼レヲ思フニ、能々慎（ミ）テ、実ニ、観察スベキニ非（ズ）ヤ。聖賢ハ一生終ヒニ、聖ナリトハ知〔リ〕給ハズ。外ヨリ聖ナリト、称シ奉テモ、尚、イサ、カ、ソレトハ思シ召給ハズ（6ウ）ト見ユ。当世ノ人、物学ブ族、吾等如キハ、少、耳ウタセシ事ハ、早《ハヤ》、自得シタリト合点シ、意味、位ノ場ヲ知ラズ、外ニ云ヒフケラシ、行フナド、心得ユ。智徳アル人ニ、愚慮短才ヲ、見捜（サ）レ、自ラ恥ヲ顕シ、笑ヲ招（ク）ト云ツベシ。呼嗚、慎ミ顧テ、（7オ）恐レ守リ、勤（メ）ザランヤ。

カノ盗賊ハ、拙ク、非道ノ至極、賤キ道ト云ヘドモ、入リ入テ、己〔レ〕モ徒《トモガラ》モ、己ガ身、盗人タル事ト、人ノ財ヲ、盗（ミ）奪（フ）ト、盗タル心モナク、我物ノ如〔ク〕ニ思フ。是〔レ〕モ、盗ノ格物無〔ク〕間断、積累ノ功、至リ至テ、不思不知ノ、自然ト云ツベ（7ウ）シ。此等ノ意味、能[ク]勘弁シテ、察セザルベケンヤ。魚ハ水中ニ住《スム》故[ヘ]ニ、水ニ住[ム]ト云（フ）コトヲ不知。人ハ道ノ中《ウチ》ニ居[イ]テ、道ノ中ニ居[ヲ]ル事ヲ不顧。須更（須臾）モ道ノ、離レヌ事ノ、教ヲモ自得セズ。

盗人モ忍テ、人ノ財宝ヲ盗メバ、善道ヲナス（8オ）トハ、思ハネドモ、性質アシク、彼[ノ]道ニ沉溺シ、入[リ]入テハ、左ノ如[ク]ニコソ思[フ]ラメ。魚モ過《アヤマツテ》テ、網ニ掛リ、鉤ニ上《アゲ》ラレテ、水ヲ離（レ）テ水ヲ知（レ）リ。人モ、理ヲ背[ヒ]テ、運ツキ、道絶[ヘ]テ、一理ノ中ニ、孕《ハラマレ》レナガラ、道ヲ破（リ）テ害ニ逢ヒ、至[テ]茲[ニ]、非道ヲ悔ュ。（8ウ）

世ノ学者、聖人ノ道ハ、天地ト等（シ）ク、高明無窮ノ、深理アル事ヲ不知。意味、位ノアル事ヲモ、曽《カツ》テ不弁シテ、記聞ノ、雑博（駁）学問ヨリ、管見ヲ以[テ]、自ラ称（シ）テ、聖域ニ至リト覚ヘ、聖賢ノヨウニ思ヒ、聖賢ノ経伝ニ、善悪ヲ評ス。誠ニ、惑（フ）ル（9オ）ノ、甚（シ）[キ]ニ非（ズ）哉。志ス所違[ヒ]テ、学ヲ誤リ侍ルヨリ起ル。依[テ]之[ニ]、至リ、知リト思[ヒ]テ、言ニ発シ、書ニ記ス。

是[レ]全ク、入徳ノ門ニ望[ム]ニ、相[ヒ]似タリト云ヘドモ、志[ス]所ニ差《チガ》[ヒ]有テ、実地ヲ不[ズ]踏（マ）。取ベキ物ハ、採テ試[ミ]、可[キ]踏（ム）モノハ、踏テ不[ズ]試[ミ]。入レリトシテ、（9ウ）出ルノ差《チガ》[ヒ]、可[キノ]恐懼[ス]ノ甚[キ]ナリ

彼[ノ]盗人ノ頭取ニハ、善悪異[リ]ト云ヘドモ、実地ニ至リ不[ル]到（ラ）ハ、抜群ニ非[ヤ]劣[ルニ]哉。心ヲ付テナスト、自然ト、意ナクシテナストハ、黒白ノ差ト可シ知[ル]。

弥、先‐生ノ教ヲ守リ、サシウツムキテ、反〔フトシテ〕レ己〔ニ〕、実ニ、格‐物致‐（10オ）‐知ノ功ヲ積テ、其〔ノ〕物其〔ノ〕事ノ理ヲ、一ツ〱、能〔ク〕自‐得シ、再‐吟間‐断ナフシテ、勤‐学厚カラシムルノ、外ナカルベシ。

君‐子〔ノ〕之道四〔ツ〕、丘未〔ダ〕〔ズ〕レ能〔クセ〕レ一〔ツヲモ〕焉。所レ求〔ル〕二乎子一〔ニ〕以〔テ〕事〔ルコト〕レ父〔ニ〕、未〔ダ〕〔ズ〕レ能〔ハ〕也。所レ求〔ル〕二乎臣一〔ニ〕以〔テ〕事〔ルコト〕レ君ニ、未〔ダ〕〔ズ〕レ能〔ハ〕也。所レ求〔ル〕二乎（10ウ）弟一〔ニ〕以〔テ〕事〔ルコト〕レ兄〔ニ〕、未〔ダ〕〔ズ〕レ能〔ハ〕也。所レ求〔ル〕二乎朋‐友一〔ニ〕先〔ヅ〕施〔スコト〕レ之〔ヲ〕、未〔ダ〕〔ズ〕レ能〔ハ〕也。庸徳《ツネノ》之‐行《コレヲ》〔ヒ〕、庸〔ノ〕言之《コト》〔レヲ〕謹〔ム〕。有〔レバ〕レ所レ不〔ル〕レ足〔ラ〕、不〔ズ〕二敢〔テ〕不〔ンバアラ〕一レ勉。有〔レバ〕レ余〔リ〕不〔ズ〕二敢〔テ〕尽一〔サ〕。言《コト》顧〔ミ〕レ行〔ヲ〕、行顧〔ル〕レ言〔ヲ〕。君‐子胡《ナンゾ》不〔ザラン〕二慥‐々‐爾一〔ナラ〕。

註

求〔ハ〕猶〔ヲ〕〔シ〕レ責〔ノ〕也。道不〔ズ〕レ遠〔カラ〕レ人〔ニ〕。凡〔ソ〕己〔ガ〕所二‐以〔ノ〕責〔ル〕レ人〔ヲ〕者〔ハ〕、皆道〔ノ〕之（11オ）所〔ナリ〕レ当〔ニ〕〔ベキ〕レ然〔ル〕也。故〔ニ〕反〔トシテ〕レ之〔ヲ〕、以〔テ〕自〔ラ〕責〔テ〕、而〔シテ〕自〔ラ〕修〔ム〕焉。庸〔ハ〕平‐常〔ナリ〕也。行〔ハ〕者踏〔ム〕二其〔ノ〕実一〔ヲ〕。謹〔ハ〕者択二其可一〔ヲ〕。徳不〔シテ〕レ足〔ラ〕而勉〔レバ〕、則行〔ナヒ〕益〔〱〕‐力《つと》〔ム〕。言有〔テ〕レ余〔リ〕而訒《シノ》〔ベバ〕、則謹〔コト〕益〔〱〕‐至〔ル〕。謹〔ノ〕之至〔リハ〕、則言〔ト〕顧〔ル〕レ行〔ヲ〕矣。行〔ナヒノ〕之力〔メバ〕、則行顧〔ル〕レ言〔ヲ〕矣。慥‐慥〔ハ〕篤‐実〔ノ〕顔、言《イフ》〔ココロハ〕君‐子之言‐（11ウ）‐行如〔シ〕レ此〔ノ〕。豈不〔ン〕二慥‐慥一〔ナラ〕乎《ヤ》。賛二‐義〔スル〕之一〔ヲ〕也〔ナリ〕。凡〔ソ〕此‐〔レ〕皆不〔ズ〕レ遠〔カラ〕レ人〔ニ〕。

以[テ]為[ルノ]レ道[ト]之事、張子[ノ]所謂以[テ]二責[ル]レ人[ヲ]之心[ヲ]一責[レバ]レ己[ヲ]、則尽[スト]レ道[ヲ]是[ナリ]也。

宰我子貢[ハ]善[ク]為[ナス]二説-辞[ヲ]一。丹牛(求)閔子顔淵[ハ]善[ク]言[フ]二徳-行[ヲ]一。孔子[ハ]兼《カ》[ネタマヘリ]レ之[ヲ]。(12オ)曰《タマハク》[ノ]、我[レ]於[テ]二辞-命[ニ]一則不[ズト]レ能[ハ]也。然[ラバ]則夫子[ハ]既[ニ]聖[ナル]矣[カ]乎。

註

此一-節林子以-為《オモヘラ》[ク]、皆公孫丑[ガ]之問[ヒ]是[ナリ]也。説-辞[ハ]言-語也。徳-行[ハ]得[テ]二於心[ニ]一、而見《アラ》[ハル]二於行-事[ニ]一者也。三-子[ノ]善[ク]言[フ]二徳-行[ヲ]一者[ハ]、身有[リ]レ之[レ]故[ニ]言[コト]レ之[ヲ](12ウ)親-切[ニシテ]而有[リ]レ味[ヒ]也。公孫丑言《イフ》[ココロハ]、数-子各[〻]有[リ]レ所レ長[ズル]、而孔子[ハ]兼《カ》[ネタマフ]レ之[ヲ]。然[ドモ]猶[ヲ]自《ヅカラ》[ミ]謂[ノタマフ]レ不[ズト]レ能[ハ]二於辞-命[ニ]一。今孟子乃《ナハチ》[ス]自《ヅカラ》[ミ]謂[フハ]二、我[レ]能[ク]知[リ]レ言[ヲ]又善[ク]養[ト]レ気[ヲ]。則是[レ]兼[テ]二言-語徳-行[ヲ]一、而有[リ]レ之[レ]。然[レバ]則、豈不[ル]二既-聖[ナラ]一矣[ヤ]乎。此夫-子[ハ]指[ス]二孟子[ヲ]一。程子曰、孔子(13オ)自《ヅカラ》[ミ]謂[ノタマフハ]レ不[ズト]レ能[ハ]二於辞-命[ニ]一者、欲[スル]レ使[ンコトヲ]二学-者[ヲシテ]務[メ]レ本[ヲ]而-已。

曰[ク]、悪[アヽ]是[レ]何[ント]-言[フコトゾ]也。昔[シ]-者、子貢問[テ]二於孔子[ニ]一曰[ク]、夫子[ハ]聖[ナル]矣[カ]乎。孔子[ノ]曰、聖[ハ]則吾[レ]不[ズ]レ能[ハ]。我[ハ]学[テ]不[ズ]レ厭[ハ]、而教[テ]不[ズト]レ倦[マ]也。子貢[ガ]曰[ク]、学[テ]不[ルハ]レ厭〔ハ〕智〔ナリ〕也。教〔テ〕不〔ルハ〕倦〔マ〕仁〔ナリ〕也。仁〔ニシテ〕且〔ツ〕智〔アラバ〕、夫子〔ハ〕（13ウ）既〔ニ〕聖〔ナリ〕矣。夫〔レ〕聖〔ニハ〕孔子〔ダ（ニ）モ〕不レ〔ズ〕居。是〔レ〕何〔ント〕言〔コトゾ〕也。

註

悪《アヽ》〔ハ〕驚-歎〔ノ〕辞也。昔-者〔ハ〕以-下孟子不三〔ズ〕敢〔テ〕当二〔ラ〕丑之言一〔ニ〕、而引二〔テ〕孔子子貢問-答〔ノ〕之辞一〔ヲ〕、以〔テ〕告レ〔グ〕之〔ニ〕也。此夫子〔ハ〕指二〔ス〕孔子一〔ヲ〕也。学〔テ〕不レ〔ルハ〕厭〔ハ〕者、智〔ノ〕之所二-（14オ）以自《ツカラ》〔ミ〕-明一〔ナル〕、教〔テ〕不レ〔ルハ〕倦〔マ〕者、仁〔ノ〕所二-以及レ〔ブ〕物一〔ニ〕。再〔タビ〕言二〔テ〕是〔レ〕何-〔ント〕言一〔コトゾト〕也。以〔テ〕深〔ク〕拒《フセ》レ〔グ〕之〔ヲ〕。

子曰、古〔ヘノ〕之学-者〔ハ〕為レ〔ニス〕己〔ガ〕。今〔ノ〕之学-者〔ハ〕為レ〔ニス〕人〔ノ〕。

註

程子〔ノ〕曰、為レ（ニ）〔スルハ〕己〔ガ〕欲レ〔ス〕得二〔ンコトヲ〕之〔ヲ〕於（14ウ）己一〔ニ〕也。為レ〔ニスルハ〕人〔ノ〕欲レ〔ス〕見《レ》レ〔ンコトヲ〕知二〔ラ〕於人一〔ニ〕也。程子曰、古〔ノ〕之学-者〔ハ〕為レ〔ニス〕己〔ガ〕。其〔ノ〕-終〔リ〕、至二〔ル〕於成レ〔スニ〕物一〔ヲ〕。今〔ノ〕之学-者〔ハ〕為レ〔ニス〕人〔ノ〕。其〔ノ〕-終〔リ〕、至二〔ル〕於喪レ〔フニ〕己一〔ヲ〕。愚-按〔ルニ〕、聖-賢論二〔ズル〕学-者〔ノ〕用レ〔ル〕心〔ヲ〕得-失〔ノ〕之際一〔ヲ〕、其〔ノ〕-説多〔シ〕矣。然〔ドモ〕未〔ダ〕〔ズ〕下レ有〔ラ〕如レ〔クニ〕此〔ノ〕言〔ノ〕之切〔ニシテ〕而要〔ナル〕者上。於レ〔テ〕此〔ニ〕、明-弁〔シテ〕而日〔〈ニ〕省《カヘリミル》レ〔ハ〕之〔ヲ〕、（15オ）則庶《チカ》三-〔カラン〕乎其〔ノ〕不レ〔ルニ〕昧《クラ》二〔カラ〕於所レ〔ニ〕

従〔了〕矣。

コレラノ語ヲ見テ、能ク、意-味ヲ、識-得スベキ事ニコソ（15ウ）

于時

正徳五未年清明日

洛陽二条於于嵯峨口書之

奈佐氏

恕子

本書の翻刻掲載を御許可下さいました京都大学文学研究科図書館に深謝申し上げます。

あとがき

本書は、これまでに発表した『西鶴諸国はなし』関連の論文一六本と資料翻刻一点に加筆訂正を加え、整理し直したものである。各論考の初出は、次に示すとおりである。

第一部　基礎的研究

第一章　諸本調査報告――先後と版行状況――

「『西鶴諸国はなし』諸本調査報告――先後と版行状況」

北星学園大学経済学部北星論集38　二〇〇〇年（平12）9月

第二章　綜覧――成立論・方法論への手掛かりとして――

「『西鶴諸国はなし』綜覧――成立論・方法論への手掛かりとして」

北星学園大学文学部北星論集35　一九九八年（平10）3月

第二部　構想と成立試論

第一章　書誌形態から見えてくるもの

「『西鶴諸国はなし』成立試論――書誌形態を通して」　国語国文研究115　二〇〇〇年（平12）3月

第二章　巻四「力なしの大仏」論――『大下馬』の原質（一）――
「『西鶴諸国はなし』大下馬の原質（一）――力なしの大仏をめぐって」
延廣眞治編『江戸の文事』ぺりかん社　二〇〇〇年（平12）4月
第三章　巻三「行末の宝舟」論――『大下馬』の原質（二）――
『西鶴諸国はなし』の原質（二）――軽口咄の方法」前半
北星学園大学文学部北星論集39　二〇〇二年（平14）3月
第四章　巻四「鯉のちらし紋」論　――『大下馬』の原質（三）――
「『西鶴諸国はなし』の原質（二）――軽口咄の方法」後半
北星学園大学文学部北星論集39　二〇〇二年（平14）3月
第五章　巻三「八畳敷の蓮の葉」論――『大下馬』の原質（四）――
「『西鶴諸国はなし』咄の創作――「八畳敷の蓮の葉」の構想と素材」
北星学園大学文学部北星論集36　一九九九年3月
第六章　挿絵と作画意識――「風俗画、怪異・説話画」と「戯画」と――
「『西鶴諸国はなし』の挿絵」――「風俗画、怪異・説話画」と「戯画」と（前）」
国語国文研究122　二〇〇二年（平14）11月
「『西鶴諸国はなし』の挿絵」――「風俗画、怪異・説話画」と「戯画」と（後）」
国語国文研究123　二〇〇三年（平15）1月
終　章　「構想と成立試論」に向けて

＊上記六論文の結論部分をまとめて若干の加筆をした。

第三部　咄の創作――構想と方法――

第一章　巻一「大晦日はあはぬ算用」考

「『西鶴諸国はなし』「大晦日は合はぬ算用」の構想と方法」

北星学園大学文学部北星論集50　二〇一三年（平25）3月

第二章　巻一「見せぬ所は女大工」考

「『西鶴諸国はなし』咄の創作――「見せぬ所は女大工」の構想をめぐって」

北星学園大学文学部北星論集43―1　二〇〇五（平17）9月

第三章　巻五「楽の鱏鮎の手」考

「「楽の鱏鮎の手」の素材と方法――『西鶴諸国はなし』の研究」

国語国文研究82　一九八九年（平元）3月

第四章　巻二「楽の男地蔵」考

「『西鶴諸国はなし』「楽の男地蔵」の素材と方法」

北星学園大学経済学部北星論集29　一九九二年（平4）3月

第四部　研究史と課題

第一章　戦後の研究史概観

第二章　戦前の研究（1）――一九四五年（昭和20年）以前の作品評価――
「『西鶴諸国はなし』研究史ノート（1）――昭和20年以前の作品評価」
北星学園大学文学部北星論集47　二〇〇七年3月

第三章　戦前の研究史（2）――一九四五年（昭和20年）以前の語彙考証と典拠研究――
「『西鶴諸国はなし』研究史ノート（2）――昭和20年以前の語彙考証と典拠研究」
北星学園大学文学部北星論集49　二〇〇八年（平15）3月

第四章　戦前の研究史（3）――一九四五年（昭和20年）以前の俳文意識――
「『西鶴諸国はなし』研究史ノート（3）――昭和20年以前の俳諧性の指摘をめぐって」
北星学園大学文学部北星論集50　二〇一一年（平23）3月

付　章　研究論文・資料年譜――一八六九年（明治2年）以降――　＊各論文の注より作成

第五部　参看資料

一　西鶴本　＊各論文の注より作成

二　古典籍資料　＊各論文の注より作成

三　『盗賊配分金銀之辯　全』解題と翻刻
「『盗賊配分金銀之辯　全』解題と翻刻」
北星学園大学文学部北星論集49―1　二〇一二年（平24）3月

このうち、第一部の第一章、及び第二部の第一章に掲載した版下の比校データは、三十数年前の調査が基になっている。私の『諸国はなし』研究の原点というべきもので、原稿用紙に透写した比校表が手元に残っている。本書では初出発表時のまま、このうちの一部を図版として使用し、近年新たに所在が判明し調査を許可された版本についても、比校部分については、同様に模写を使わせていただくことにした。

また、発表以降に公にされた拙稿と関わりを持つ新しい作品研究のうち、本書で触れることができなかったものが存在する。この点についても、ご容赦いただきたいと思う。

ところで、本書に収めた論考の中には、フルタイムの研究職とは無縁な生活の中で少しずつ発表したものが多く含まれている。向学心や勤勉さに欠ける私が、そうした期間を研究から離れずに過すことができたのは、大変多くの方々のおかげであったという他はない。一々のお名前は省略させていただくが、厚くお礼を申し上げたい。

中でも恩師の堤精二先生には、長い歳月にわたり数々のご指導ご厚情を賜ってきている。とりわけ、研究室を遠く離れて子育てに専念していた時期に、先生から勉強会へのお誘いを頂いたことは、忘れることができない。年二回のこの会は、その頃の私にとって、西鶴研究に繫がる唯一の窓口であった。改めて深い感謝の意を表したいと思う。

さて、本書が出版されるに至ったきっかけは、学会の折に和泉書院の廣橋社長に偶々お会いし、出版に話が及んだことによる。不躾な申し出にもかかわらずご快諾いただき、ご高配をいただいた。記してお礼を申し上げたい。

二〇一五年二月

宮　澤　照　恵

本書は、二〇一四年度の北星学園大学学術出版補助を受けて出版するものである。

索　引

凡例

・第一部から第四部までの本文に出てくるおもな人名・書名の索引である。
・研究者・研究書・叢書などは立項していない。
・注の人名・書名は除いた。
・本文中の表記に関わらず、原則として略称は避けた。

人名索引

〔あ行〕

〔か行〕

〔さ行〕

〔た行〕

〔な行〕

〔は行〕

〔ま行〕

〔や行〕

〔ら行〕

書名索引

〔あ行〕

〔か行〕

〔さ行〕

〔た行〕

〔な行〕

〔は行〕

図版一覧

・記載の順に従って配列したが、所蔵者が同一の図版については、初出の位置にまとめて配した。
・著者手書きによる諸本対照図等については、「比校参看」として初出発表時のまま収録した。

１部１章参考図版１　同（巻一題簽）
（『西鶴諸国はなし』1996　和泉書院より転載）　同
１部１章図１等　『西鶴諸国はなし』（比較参看）　立教大学図書館蔵
１部１章図１等　『西鶴諸国はなし』（比較参看）　京都大学附属図書館蔵
１部１章図１等　『西鶴諸国はなし』（比較参看）
東京大学総合図書館霞亭文庫蔵
２部６章図25　『新御伽婢子』（「人魚の評」）　同
２部６章図21　角太夫正本『大しよくはん』（延宝八年刊）
（『古浄瑠璃正本集角太夫編　第一』1990　大学堂書店より転載）　東京大学総合図書館蔵
１部１章図１等　『西鶴諸国はなし』（比較参看）　東洋文庫岩崎文庫蔵
１部１章図１等　『西鶴諸国はなし』（比較参看）　星槎大学蔵
１部１章図１等　『西鶴諸国はなし』（比較参看）　東京女子大学図書館蔵
２部１章図１　『諸艶大鑑』
（『近世文学資料類従』1974　勉誠社より転載）
２部１章図１　『好色一代男』
（『近世文学資料類従』1981　勉誠社より転載）
２部５章図２　『謙斎老師帰日域図』
（『策彦入明記の研究』1959　法蔵館より転載）　妙智院蔵
２部５章図３　『仙仏奇踪』龍樹図　大和文華館蔵
２部５章図４　俵屋宗達　龍樹図
東京国立博物館蔵（Image：TNM Image Archives）
２部６章図２　『好色一代男』（「夢の太刀風」）　国立国会図書館蔵
２部６章図５　『伽婢子』（「拓婦水神になる」）
（『伽婢子』2001　岩波書店より転載）　同
２部６章図９　『好色一代男』（「詠は初姿」）　同
２部６章図14　『諸艶大鑑』（「人魂も死る程の中」）　同
３部４章図２　『守貞漫稿』（子とろ）　同
２部６章図４　『御伽物語』（「すたれし寺をとりたてし僧の事」）
（『仮名草子集』1999　小学館より転載）

大洲市立図書館矢野玄道文庫蔵

２部６章図６　『太平記』（寛文頃版本「新田義興自害の事」）　個人蔵

２部６章図８　『一心二河白道』（寛文13年３月山本九兵衛刊出羽掾正本）

大阪大学附属図書館赤木文庫蔵

２部６章図19　絵入正本『牛王の姫』（寛文13年八文字屋八左衛門刊）　同

２部６章図10　『画筌』（「王処」）　大阪府立中之島図書館蔵

２部６章図23　同（「陳楠」）　同

２部６章図11　太夫正本『善光寺』（辰見屋張込帳）

（『古浄瑠璃正本集角太夫編　第一』1990　大学堂書店より転載）

２部６章図17　「鉄拐仙人」（顔輝筆）　知恩寺蔵

２部６章図15　『徒然草絵抄』（「久米仙人」）　著者架蔵本

３部４章図４　同　同

３部３章図２　『新編鎌倉志』（円鑑図）

（『新編鎌倉志（貞享二年刊）』2003　汲古書院より転載）

東京都立中央図書館特別文庫室蔵

３部４章図２　『尾張童遊集』（鬼どち）

（『日本歌謡研究資料集成第八巻』1977　勉誠社より転載）

個人蔵

３部４章図３　『地蔵縁起絵巻』

（『MUSEUM』50　国立博物館美術誌　1955・５月より転載）

■著者紹介

宮澤照恵（みやざわ てるえ）
一九五三年静岡県生まれ。東京大学文学部卒、同大学院修士課程修了、北海道大学大学院後期博士課程退学。
現職　北星学園大学教授　専門　日本近世文学
著書（共著）『西鶴が語る江戸のミステリー』（ぺりかん社、二〇〇四年）、『西鶴が語る江戸のラブストーリー』（同、二〇〇六年）、『西鶴諸国はなし』（三弥井書店、二〇〇九年）など。
論文「石山合戦譚の成長」（『北星論集』30）、「『好色五人女』諸本調査報告」（同33）など。

研究叢書459

『西鶴諸国はなし』の研究

二〇一五年三月二五日初版第一刷発行
（検印省略）

著者　宮澤照恵
発行者　廣橋研三
印刷所　亜細亜印刷
製本所　渋谷文泉閣
発行所　有限会社 和泉書院

大阪市天王寺区上之宮町七－六
〒五四三－〇〇三七
電話　〇六－六七七一－一四六七
振替　〇〇九七〇－八－一五〇四三

ISBN978-4-7576-0744-6　C3395

研究叢書

421 日本語音韻史論考　小倉　肇著　一三〇〇〇円

422 賀茂真淵攷　原　雅子著　一二〇〇〇円

423 都市言語の形成と地域特性　中井精一著　八〇〇〇円

424 近松浄瑠璃の史的研究　作者近松の軌跡　井上勝志著　九〇〇〇円

425 日本人の想像力　方言比喩の世界　室山敏昭著　一一〇〇〇円

426 近世後期語・明治時代語論考　増井典夫著　一〇〇〇〇円

427 法廷における方言　「臨床ことば学」の立場から　札埜和男著　五〇〇〇円

428 軍記物語の窓　第四集　関西軍記物語研究会編　一四〇〇〇円

429 西鶴と団水の研究　水谷隆之著　八〇〇〇円

430 『歌枕名寄』伝本の研究　研究編・資料編　樋口百合子著　一三〇〇〇円

（価格は税別）

――研究叢書――

431 八雲御抄の研究 名所部 用意部 本文篇・研究篇・索引篇 片桐洋一編 二〇〇〇〇円
432 源氏物語の享受 注釈・梗概・絵画・華道 岩坪健著 一六〇〇〇円
433 古代日本神話の物語論的研究 植田麦著 八五〇〇円
434 都市と周縁のことば 紀伊半島沿岸グロットグラム 岸江信介・太田有多子・中井精一・鳥谷善史編著 九〇〇〇円
435 枕草子及び尾張国歌枕研究 榊原邦彦著 一三〇〇〇円
436 近世中期歌舞伎の諸相 佐藤知乃著 一三〇〇〇円
437 論集 文学と音楽史 詩歌管絃の世界 磯水絵編 一五〇〇〇円
438 中世歌謡評釈 閑吟集開花 真鍋昌弘著 一五〇〇〇円
439 鹿島鍋島家 鹿陽和歌集 翻刻と解題 島津忠夫監修 松尾和義編著 一三〇〇〇円
440 形式語研究論集 藤田保幸編 一三〇〇〇円

（価格は税別）

研究叢書

（価格は税別）